海右文学精品工程
新时代海右文学攀登计划

粮安天下

齐建水 著

济南出版社

中国作家协会2021年度定点深入生活项目扶持作品

图书在版编目（CIP）数据

粮安天下 / 齐建水著. -- 济南：济南出版社，2025.2. -- ISBN 978-7-5488-6994-8

Ⅰ. I247.5

中国国家版本馆 CIP 数据核字第 2024JZ1921 号

粮安天下
LIANGANTIANXIA

齐建水　著

出版统筹	李建议
责任编辑	董慧慧　张爽　李颖　李韫琬　樊庆兰
装帧设计	纪宪丰

出版发行	济南出版社
地　　址	山东省济南市二环南路 1 号（250002）
总 编 室	0531-86131715
印　　刷	济南新先锋彩印有限公司
版　　次	2025 年 2 月第 1 版
印　　次	2025 年 2 月第 1 次印刷
开　　本	160mm×230mm　16 开
印　　张	41.5
字　　数	520 千字
书　　号	ISBN 978-7-5488-6994-8
定　　价	98.00 元

如有印装质量问题 请与出版社出版部联系调换
电话：0531-86131736

版权所有　盗版必究

目录

上部
守望炊烟 ... 001

中部
人间烟火 ... 186

下部
粮安天下 ... 402

上 部
守望炊烟

1

一声鸡叫,啼醒了1954年春天的黎明。

闻韶镇土黄色四合院的房顶上,开始竖起了炊烟的旗杆,起先只是寥落的几根,不大会儿工夫,满镇飘荡的都是炊烟的旗帜了。

粮库主任陈良石起床后,想到的第一件事,是去看炊事员冯兰英。他拄了拐杖,一瘸一拐地来到伙房,一看,门敞着,却不见人影。一回头,看到冯兰英正挑着一担水从西面走来,急忙迎上去要替她挑。冯兰英连忙说:"不用,不用,我行。"

陈良石看看冯兰英的脸,见她的腮上有两道暗红色的抓痕,关切地问:"兰英姐,还疼吗?"

"没事。"冯兰英看他一眼,淡淡地说。

"那姓尹的娘们儿要再来粮库,我一定好好教训她!"陈良石挥挥拳头。

冯兰英心里感激,嘴上却说:"以后少惹那赖人毛!"

陈良石跟着冯兰英回到伙房,帮她把水倒进水瓮里。

冯兰英系好围裙,开始生火做饭。她坐在一个木墩子上,手拉风箱,身子一仰一合。呼哒呼哒,炉火从灶门里冒出来,把她的脸映得红红的。

陈良石站在那儿不动，定定地看着。她的一举一动，让他想起了自己的娘。娘生前做饭也是这个样子的。

冯兰英往灶膛里添把柴火，回头看他一眼，说："你在这里愣着干啥？烟熏火燎的，去外面转转吧。"

"哦。"陈良石转身出了伙房，开始围着粮库院子转圈。

粮库院子原来是一座地主庄园。几年前，他曾在这里给魏地主家扛过两年活，对这个院子的一草一木十分熟悉。

这座庄园建于清朝早期。高大的拱券门坐北朝南，大门两侧有两尊石狮矗立着。石狮的外面，有两株苍老的大槐树，碗口粗的根茎裸露在地面上。大门下原来高悬着一块刻有"魏氏祥居"四个大字的横匾，现在换成了写着"闻韶粮库"的木牌。庄园共三进九座院落，布局严谨，错落有致。虽然是青砖灰瓦，但使用了大量的灰雕、木雕，斗拱飞檐，彩饰金装，加上工匠的精湛技艺，古朴中透着华丽。中路为主体建筑，是魏氏祠堂，西侧跨院从前到后分别是住宅院、私塾院、裁缝院，东侧跨院从前到后分别是车马院、厨房院和粮仓院。

陈良石还记得，院中原来建有仪门、假山、戏台、花园等装饰建筑，院与院之间有小门相通。改成粮库后，为了方便车马通行，搬运粮食，仪门、假山、戏台、院与院之间的隔墙和很多装饰建筑都拆除了。

陈良石环视整个大院，心生感慨：真是十年河东十年河西啊！那年自己在这里差点被打死、饿死，要不是兰英姐施救，早成荒坡野鬼了。几年过去，自己竟做了这座院子的负责人！

他低头慢走，忽然发现地上有几粒玉米，便费力地蹲下去捡起来，丢回粮仓里。

走到7号仓门前，他停下了，看看仓门下那块松动的石头，不由得想起了昨天下午的事。

昨天下午，粮库的人都下乡收粮食去了，陈良石正坐在办公室里合计账目，满囤领着一群孩子一蹦一跳地跑进来。满囤，八九岁的样子，细长的脖子上长着一个小脑袋，面黄肌瘦，显得眉毛更黑，鼻子更高，乌溜溜的大眼睛透着机灵和调皮。

一群孩子缠着陈良石吹军号。

陈良石在部队当过司号员，部队起床、休息、冲锋都听他的号声。一次战斗中，他正吹号冲锋，一颗子弹冲他脑袋飞过来，正是铜号挡住了子弹，救了他一命。从此，他把这个被子弹穿了一个洞的铜号当作护身符，走到哪里带到哪里，每天擦一遍，擦得锃亮。

他还能用铜号吹奏一些乐曲。满囤缠着他吹了号，又让他讲铜号的故事。铜号是他的骄傲，背后有着无数次的战斗经历。正讲到热闹处，满囤和两个孩子却溜了出去。许久，听他讲故事的几个孩子见满囤迟迟不回来，都散去了。

他把铜号擦拭一遍，重新挂回墙上，走出办公室到院子里转了一圈，就见7号仓门下的石头移了位置，一猜就知道是满囤他们干的。他贴门细听，里面果然传来咯吱咯吱吃瓜干的声音，还有喊喊喳喳的说话声。他本想打开门训斥一通，但童心未泯，改了主意，有意提高了嗓门儿说："这些小耗子精，这么大的石头也搬得动，愿偷吃就让你们吃个够！"说完，把石头重新堵好，又搬来一块石头顶在外面，然后回办公室去了。

过了一个来小时，陈良石回到7号仓门口，饶有兴趣地听着里面的动静。里面的孩子开始合力推石头，可怎么也推不动。有孩子哭了，先是小声的，还掺杂着满囤不让哭的训斥。渐渐地，哭声大起来，其中也包含了满囤的声音。

陈良石不为所动，直等到里面号啕着砸门了，才把门打开。门一开，满囤领着两个孩子一下窜出来，陈良石想捉一个，一个也没捉住，想追，一条假腿又不听使唤，作势追了几步就停下来。

三个孩子跑向大门，见大门关着，转而向院墙边的一棵大槐树跑去。

看到孩子们猴子似的爬上大树，顺着枝干跳到院外，陈良石开心地大笑起来，说："哈哈，老子当年也是从这棵树上逃走的呢！"

天刚擦黑，陈良石坐在伙房里正要吃饭，粮库门口突然传来女人的骂街声："你这瘸驴是啥托生的呀，欺负俺家满囤，让他摔折了腿。你这黑心肝的瘸驴，有种的给我滚出来！"

陈良石问："兰英姐，这是谁在咱粮库大门前骂街？"

冯兰英正在盛饭，用鼻子哼了一声，说："还不是尹巧凤那个泼妇？一天不骂街嘴皮子就痒痒！"说着，放下碗，侧耳仔细听了听，问陈良石，"你咋招惹那寡妇了？"

"我哪认识啥寡妇？咋会招惹她？"陈良石一脸不解。

"那你招惹她儿子满囤了？"

"满囤是她儿……"陈良石没把话说完，一怔，恍然地用手指着自己的鼻子问，"她这是在骂我？"立时怒火上窜，提起竖在身边的拐杖，拄在腋下，一瘸一拐地冲了出去，像极了一只瘸腿的斗鸡。

"你沉住气呀！"冯兰英急忙追出来。

大门已被看门的郑天道关上了。那女人正在外面大声叫骂着，还不时把门板踹得"咣咣"响。

郑天道隔门劝道："尹巧凤，快回家吧，这才来的陈主任可不是好惹的，他要听见了可没你的好果子吃。"

尹巧凤不服气地说："才来的有啥了不起，你让他出来，我倒要看看这头瘸驴可长了三头六臂，能把我吃了？"

陈良石一听，七窍生烟，上前一下抽开门闩管，打开门，大声骂道："这是哪来的臭娘们儿！嘴叉到屎上了，满嘴喷粪！"

尹巧凤三十来岁，个子高挑，宽额圆脸，蓬头散发，两颗虎牙很招眼地龇着，嘴角上泛着白沫。她一手掐腰，一手点着陈良石问："你就是那黑心肝的瘸驴呀！俺满囤咋招惹你了，你让他摔折了腿？你要赔俺孩子的看病钱，不然俺跟你没完！"接着，左一声瘸驴，右一声瘸驴，不停地骂，满嘴里喷着唾沫星子。

很多人围拢过来看热闹。

陈良石心里汹涌的火气岩浆似的往上冒，瞪着的眼珠子像子弹似的随时都会脱膛而出。他声色俱厉地骂道："下午你那崽子偷吃粮库的瓜干还没找你算账呢，你倒恶狗先咬人找上门来了。闪开！"骂着，举起拐杖就要冲出去。

郑天道见了，急忙从后面抱住了他的腰。

听到吵闹声，粮库会计文省三和保管员刘年、周永禄等人也都赶过来，合力把陈良石拉了回来。

陈良石一条假腿用不上劲，不满地呵斥道："你们拉我干啥？她在咱门前扯着嗓子浪吱吱，是骑在咱脖子上拉屎呢。去，把她给我拖走！"

文省三说："她这人，你越惹她她越上劲。你要不搭理她，她一会儿就滚了。"

陈良石气愤地说："不行，现在就给我拖走！"

刘年和周永禄走到尹巧凤面前，要去架她。尹巧凤一看，马上抱住了门前的一个石狮子。无奈两人都是壮汉，一人卡住她一条胳膊，像提小鸡一样，把她提到百米之外。可刘年和周永禄刚回来，她接着跟了过来。他俩又转身去扯她，她一边挣扎，一边吁天呼地叫喊："救命啊，粮库的干部打人了，这还是不是共产党的天下呀！还有没有王法呀！"

陈良石从没见过这样的无赖，用拐杖点着她的脸骂道："你血呼溜子豁鼻子——不要脸了！你们放开她，让她过来。老子的手正好痒痒呢，她敢上来，老子就敢撸她！"说着，撸起袖子，摆好了架势。

尹巧凤一看他那架势，胆怯了，一屁股坐在地上，自己扯乱了头发，然后拍着大腿，一边哭一边骂："快来看呀，粮库的瘸驴打人了，俺没法活了！"

冯兰英上前说："尹巧凤，别耍烂泥了，快回家吧。"

尹巧凤看一眼冯兰英，见来了个好捏的软柿子，立时从地上爬起来，冲着她说："谁的裤子开了裆把你漏出来了？你这地主婆，也敢来教训我！"

"你骂谁是地主婆？"冯兰英虽然长得娇小，看上去很柔弱，骨子里却有股男子气，忍不住上逼一步，质问道。

"骂别人对得起你吗？"尹巧凤一手掐腰，一手指着冯兰英。

"你……你这妨男人的臭娘们儿！扫帚星！"冯兰英不甘示弱地骂道。

"你才是臭娘们儿！你才是扫帚星！"尹巧凤回骂着，双手挓挲着扑向冯兰英，与冯兰英扭打在一起。

陈良石举着拐杖要打尹巧凤，又怕误伤了冯兰英，无从下手，就冲着粮库的人吼："快把她们拉开呀！"

大家正要上前，只听有人在人群后大喝一声："住手！"

人们转头一看，是区公安特派员潘少武。

潘少武个子不高，身材粗壮，脸上长着几颗麻子，红红的酒糟鼻子，一双外凸的眼睛不怒自威。手里握着一把手枪，举过头顶，枪口冲天。

大家呼地为他闪出一条通道，尹巧凤跟冯兰英也愣住了，停止了互掐。

"潘特派员，你可要为俺做主啊！他们粮库一帮人合起伙来欺负俺。"尹巧凤怨天怨地地说。

"胡说八道！"陈良石要上前跟她理论。

潘少武冲陈良石摆摆手，然后用枪点着尹巧凤，威严地说："尹巧凤，你的底细我还不知道？讹人讹到国家粮库头上了。快滚，不然老子给你上刑法！"

尹巧凤一看这局势，沾不到一点儿光，突然一咧嘴"哇哇"地哭了，一边哭一边说："派出所也不给俺做主，你们当官的向着当官的，老百姓没法活了，俺回家就上吊，呜呜……"说完，站起来拍了几下屁股，嘟嘟囔囔地走了。

有人戏谑地说："上吊有绳子不？没有借你一根。"

人群里爆出一阵笑声。

蓝幽幽的夜幕罩了下来。人们都散去了，陈良石让潘少武到粮库里喝两盅，潘少武毫不客气地说："喝两盅就喝两盅！"

潘少武跟陈良石是战友，一起参加过解放省城、攻打上海、进军大西南。潘少武嗜酒如命，在贵州剿匪时，部队要攻打一个村庄，连长派他前去侦察敌情，结果他被敌人发现了，躲进了一户人家的酒窖里。酒窖里，酒香浓郁，他酒虫子钻心没忍住，拿起舀子偷喝了人家的原酒，醉了一天一夜。等他醒来，战斗已经结束了。由于严重违反了部队的纪律，本应严肃处理他，部队领导念他多次立功，身上伤疤无数，只给他一个较轻的处分，让他转业回到了原籍。

陈良石带潘少武来到宿舍，从床底下摸出一瓶酒，放在桌子上。

潘少武眼珠一亮："嘀，老白干！"

陈良石得意地说："闻韶台老白干，62度！"说着拿过两个搪瓷缸子放在桌子上。两个搪瓷缸子上，一个印着"上海战役战斗英雄"，一个印着"抗美援朝战斗英雄"。

陈良石"咚咚咚"把酒匀在两个缸子里，比了比说："好酒平分，你也别沾光，我也不吃亏。"

"你真小气！"潘少武端过酒，抿一口说。

"你大气，你在我这里喝过几回了？到现在我还不知道你家大门朝哪呢！"陈良石反击说。

潘少武眨巴眨巴眼，打起哈哈："我就那么点工资，上有老母，下有两个孩子，你那黄脸婆嫂子整年病歪歪的，啥都干不了，一家人就靠我那点工资糊弄肚子呢，能跟你比？一个人吃饱了全家不饿，不吃你这大户吃谁？"

"大户，哈哈，我成大户了？你小子，可真会说。让别人送死，还说人家壮烈牺牲！"陈良石笑了。笑毕，又从床下一个小口袋里捧出一捧花生，放在桌子上。

潘少武说："这叫花子酒也太寒酸了吧？"

"要饭的嫌饭凉，毛病还挺多！不喝拉倒。"陈良石说着，又俯身去捧花生。趁这空儿，潘少武偷偷地端过陈良石的缸子往自己的缸子里倒了一些。

陈良石坐回椅子上，一看自己的酒少了，就说："老潘，你小子不仗义，倒我的酒了。"

潘少武未置可否，笑笑说："你的酒量小，别喝醉了。"

陈良石一耸鼻子："喊，论酒量你还真不是个儿！"

潘少武激将说："要不，你再拿一瓶试试，看谁先钻到桌子底下去。"

陈良石一眼看破了他的心思，说："想得美！我能跟你似的，狗窝里放不住热窝头？"

潘少武龇龇一嘴的大黄牙，笑了。

两个人坐下来喝酒说话。

陈良石问潘少武："那姓尹的寡妇是哪来的死狗，我咋不认识她？"

潘少武说："你刚回来，咋会认识她？她娘家是城关镇尹家村的，原来嫁到河东茅草张村，前几年丈夫死了，带着孩子改嫁到这东街上，男人叫宋大喜，"他剥颗花生米放进嘴里嚼着，含混地说，"这宋大喜本来身体就不好，结婚不久又得了肺结核，前年春天死了。说起来这个女人也真够倒霉的。"

陈良石问："你咋知道得这么底细？"

潘少武说："咱是区里的公安特派员呢，她整天跟这家吵那家闹的，我没少为她处理事。"

陈良石突然担心地问："她不会真回家上吊吧？"

潘少武撇撇嘴说："才不会呢！她整天把上吊、跳井挂在嘴边，一次也没见她真干过。"转而问陈良石，"你咋惹着这烂泥了，让她堵了粮库大门大骂小叫的？"

陈良石瞪他一眼："我惹她？还不是她那倒霉儿子满囤自惹的？肯定是从树上往下跳时摔伤了。"接着把下午满囤来粮库偷瓜干吃的事简单说了一遍。

潘少武说："那熊孩子真够调皮捣蛋的！"

"就是。"陈良石忽然挂心地说，"也不知摔得厉害不。"

潘少武说："管他呢，摔一回就长记性了。"

陈良石正想着昨天的事，"当，当，当……"伙房开饭的铃声响了，便抬脚向伙房走去。

伙房的门前也有一棵苍老的大槐树，三米多高处伸出一个树杈，树杈上挂了一口大铁钟，铁钟下垂着一段绳子，每当做好了饭，冯兰英就扯着钟绳敲几下，大家听到钟声就知道饭熟了，便来打饭。

闻韶粮库共有十六名职工。趁吃饭的空儿，陈良石把一天的工作做了安排："今天我要到乡下的存粮点看看，张信宽和刘年跟我同去，顺便给姚集分站送些面粉和小米，把站上收的粮食拉回来。其他的人由文会计领着在家过筛晾晒粮食。"

2

粮库里有一架大马车和一辆地排车，喂了一匹马骡子一匹驴骡子，还有一头毛驴。

张信宽以前在地主魏德厚家就是车把式，陈良石当时就在他的手下帮着喂牲口。他年纪四十岁上下，生得人高马大，宽肩阔背，国字黑脸，豹眼，挺鼻，大嘴，络腮胡须像葳蕤的麦芽一样盘踞脸颊和下巴。他说起话来直来直去，脾气又倔又硬，人们背地里都叫他"邪驴"。不过，他饲养牲口却是一把好手，十分用心，也有心得，把骡马喂得膘肥体壮，毛皮锃亮，还特别听他的使唤，就像他的儿子一样。

张信宽饮好了马骡子，套在大车上，细心地理好绳套，又去仓库装好了面粉和小米，把车停在大门口，然后拿来油罐给大车轴上油。

陈良石走过来，张信宽把他扶到车辕上坐下，把他的拐杖放在车厢里。

跟过来的刘年也要上车。

张信宽平时就烦他，一下把马鞭子横在他面前："拉着粮食呢，不能坐人！"

刘年一脸尴尬，指了指陈良石："不能坐人，陈主任他……"

"人家是荣军呢，你要是砸折了腿，你也坐！"张信宽说出的话就像硬石头。

刘年一下子被石头噎住了，站在那儿，脸憋得通红，只好怏怏作罢。

张信宽松开车闸，在空中一摇鞭子，叫声"嘚嘚"，马骡子便拉着车平稳地上路了。马骡子的脖子上挂了一个铜铃铛，发出"叮当叮当"清脆的响声。

刘年嘴唇动了动，在心里骂一声："邪驴！"然后郁闷地跟车步行。刘年身长腿短,为了跟上马车的速度,迈步的速率格外快,像只慌了神的鸭子。

向西走出不远,马车便进入了旧时的"官道"。

俗话说,千年的大道走成河。官道陷在地下,足有一人多深,人走在下面,看不到路两旁的景物。单从这一点,就能看出闻韶镇历史的悠久。

长时间没下雨了,路上起了一层浮土,脚踏上去噗噗作响。

头顶上,成群结队的燕子在阳光下飞舞。温暖的春风顺着官道吹来,把刘年原本梳得很整齐的分头吹乱了,他不时用手理一理。他会理发,自然对自己的发型很重视。

他不但对发型重视,对穿着打扮也很重视。每次出门都要捯饬一番:衣扣系得严严的,衣角扯得平平的。虽然衣服不多,又懒得洗,脏乎乎的,但每次都要再三比较,挑选相对干净点儿的穿在身上。

直到走出四五里路,马车拐出了官道,人才好像从沟底钻出来,眼界立时开阔起来。路边地里的麦子已开始拔节,远看一地碧绿,近看却稀稀的,细细的,瘦瘦弱弱的样子。张信宽说:"今年春旱,麦子的收成好不了。"

陈良石点点头,担忧地说:"今年麦收任务还不知好完成不。"

刘年说:"完不成倒好,那样我们粮库就轻省了。"

陈良石摇摇头:"轻省?现在全国都在大搞建设,需要大量的粮食做保障,国家的粮食收购任务必须完成。要是真发生歉收,国家让收,老百姓不交,咱夹在中间,工作的难度会更大啊。"

刘年夸赞道:"还是主任站得高,看得远。"

陈良石对刘年的恭维不以为然:"你来粮库比我早,这道理你也懂。"

走了一段路,张信宽问陈良石:"你以前不是叫陈石头吗?现在咋叫陈良石了？"

陈良石一龇牙，说："改好几年了，还是一位大首长给改的呢。"

"咋回事？"刘年问。

陈良石看他们一眼，讲起了自己改名的经过。

1946年的春天，陈良石爹病死了。为了给爹出丧，陈良石借了魏德厚家的高利贷。由于秋旱歉收，高利贷还不上，陈良石只好到魏家扛活抵债。第二年冬天，娘又因饥寒交迫病倒了，他向魏家借粮，魏家怕他还不上，说什么也不借。没有办法，他就想偷魏家的马料给娘吃，不想让管家逮住了，被毒打一顿，关进黑屋子里饿了三天，后来被冯兰英救出来。可等他回家一看，娘已经死在了土炕上。他为此恨死了魏德厚。埋葬了娘，在一个月黑风高的晚上，他潜入魏家，在粮仓放了一把火后，仓皇逃走。

不知走了多少天，走了多少里，沿途看到河开了，树绿了，牛开始耕地了。

这天，他来到一个镇子上，远远地就听到大街上敲锣打鼓，见一些身披大红花的人正在排队。走近一打听，才知道是解放军在招兵，要去"打倒蒋介石，解放全中国"。

他听说当兵管饭吃，二话没说就去报了名。管登记的田参谋问他叫啥名字，他说叫陈石头，田参谋说："已经有一个人叫陈石头了，你换个名字吧。"

他一听就急了，大声嚷嚷道："俺从小就叫陈石头，谁把俺的名字先占了？"

旁边一个挎盒子枪的人笑了，和善地拍了拍他的肩膀，说要给他改个名字。只见那人略一皱眉，说："看你眉清目秀的，以后准定能成为一个好战士，你原来叫陈石头，就改名叫陈良石吧。"

"我就这样改了名。"陈良石说话的语气中带着自豪和满足,说着,看看刘年,见他脸上和脖子里出了一层油汗,就说,"你都出汗了,咋不把外衣脱了?"

刘年摇摇头,一副懵懂不解的样子,说:"热吗? 我咋没觉得? 不热呀。"

张信宽撇撇嘴说:"他是怕死了撇下这身衣裳哩。"

刘年愤愤地反击道:"你才怕死了撇下! 人家就是不热嘛。"

他们在一个村子里停了下来。

闻韶区下辖包括闻韶镇在内的五十多个村庄。 由于粮仓不足,粮库在全区十几个村里存有粮食,粮仓多是没收的地主的房子或者选用的民房。 这些分散在各村的粮仓平时并不派人值守,只是在门上上把锁,贴上封条。 每隔几天,粮库派人去查一次仓,看看粮食的储存情况。 虽然无人驻守,却很少发生被盗事件,人们知道这是国家的粮食,都会自发地进行保护。

他们揭下粮仓门上的封条,开了锁,查看一番,见没有问题,就重新贴了封条,到下一个村子去。

走着走着,路过一个沙土岭,岭上长着野枣树、槐树、杨树,还混杂着一些不知名的乔木。 张信宽指着土丘说:"去年冬天,翟主任就是在这里被人打死的。"

陈良石心里骤然一惊。

他听人说过,前任粮库主任姓翟,是位敢于负责任的好干部,因为收粮食被人打死了。 他急忙让张信宽把车停下,下了车,沿一条羊肠小道来到沙土岭的背面,在张信宽的指点下找到翟主任牺牲的地方,摘下帽子,低下头,恭恭敬敬地默哀了好一会儿。

新中国成立后,战争的硝烟逐渐消散,城市人口大量增加。 除自然增长外,大都来自农村,过去他们吃粮食抡镢头自己种,进城后则需要国家供应商品粮。 为了统筹全国粮食生产和分配,1952 年国家专门成立了粮食部，主要管理全国粮食流通采买的事务。从1953年开始，国家实施了国民经济第一个五年计划，一大批工业项目开始破土，无数条铁路公路建设相继动工，占用了很多耕地。同时，为满足国家经济建设需要，经济作物的种植面积不断扩大，挤占了粮田，这样一来，粮食产需矛盾就尖锐起来。一些粮食投机商趁机抢购粮食，与国营粮食部门争夺市场。庄稼还青青绿绿地生长着，私商们就开始到农村大肆购买"青苗谷"和"禾花谷"，囤积粮源。一时粮价忽高忽低，人心惶惶。为了应对这种严峻的形势，国家要求国营粮库发挥主渠道作用，积极收购，掌握粮源。翟主任带领粮库的同志到村里收购粮食时，与一个姓洪的私营粮商结下了仇。一天晚上，翟主任去村里做工作，劝人们把余粮卖给国家，赶夜路回粮库时，就在这沙土岭，被洪姓粮商雇人打死了，尸体被扔在了这片树林里。没多久，案子破了，洪姓粮商和参与打人的凶手都被政府枪毙了。

凭吊翟主任回来，三人的心情都十分沉重，默默地走着，不再说话。

来到姚集分站，陈良石由分站宋站长陪着，围着粮站看。

这个粮站并不大，临街三间门头，后面一个院子、五间仓库，是去年实行公私合营时，国家从一个私营粮商手里赎买来的。

陈良石看到地上散落了一些玉米和豆粒，让宋站长拾起来，并嘱咐说："粒粒皆辛苦呢，不能浪费一粒粮食。"

张信宽和刘年卸下了面粉和小米，装上了几麻袋玉米。

宋站长留他们吃饭，陈良石一看天还早，就推辞了，让张信宽赶车去另几个村的存粮点看看。

再上路时，太阳明晃晃地照耀着，柔软的暖风如水若云地拂来拂去，远远的什么地方，两只雀子在叫，声音清脆婉转。触景生情，他们的情绪又好起来。

张信宽对陈良石说:"我记得你是属小龙的,二十六了吧?"

陈良石看看他,说:"是啊。"

张信宽关爱地问:"年纪也不小了,咋还不找媳妇?"

陈良石脸一红,道:"没人跟啊。"接着换副自嘲的口吻说,"谁家好马愿配瘸驴?"

张信宽摇摇头说:"大英雄,大主任,还没人跟?"想了想接着说,"你看冯兰英行不行?你要愿意,我给你俩做媒人。"

陈良石心里一振,可没等他回答,刘年便抢话说:"这哪行?陈主任是大英雄哩,那冯兰英是嫁过人的地主婆,陈主任咋会要她?"

听刘年这么一说,陈良石两道眉毛拧成个八字,脸色立马变得生铁一般,发火道:"地主婆咋了?地主婆就不是人?"

刘年没想到陈良石会急,连忙说:"你咋急了?我不是……"

陈良石毫不客气地打断他,呛白说:"不是啥呀?以后别张口地主婆闭口地主婆的,她是我的救命恩人,是我姐呢。以后谁要再叫她地主婆,别怪我不客气!"

"哦,哦。"刘年知道自己刚才失言了,想堆一个笑脸给陈良石,可笑得又干又瘪,见他还在瞪着自己,急忙尴尬地低下了头。

大家都不说话了,只听得骡子晃动脖子发出"叮当叮当"的铜铃声和大车那两个包了铁皮的轮子在坑坑洼洼的路上发出的吱呦声。

陈良石像是生了天大的气,脸铁青铁青的,直到傍晚返回粮库也没缓过来。

3

其实,冯兰英真的当过地主婆。

冯兰英从小不知道自己的亲生父母是谁,出生在哪镇哪村,她是养父冯三拣来养大的。

冯三是个阉猪骟牛匠,把方圆二三十里以内村庄的公猪公牛都阉割了。很多人都说做这样的事会断子绝孙,果然他到三十多岁了还没娶上媳妇。这年春天,他去邻村骟一头牛,没想到这头牛挣脱了羁绊,低头朝他猛冲过来。他躲闪不及,被牛的尖角刺伤了右腿,伤到了骨头,留下了终身残疾,成了跛脚,走起路来一颠一颠的。

这一次受伤,让他对自己的职业产生了恐惧。伤好以后,冯三本想重操旧业,但一看见牲口就打怵,手心冒虚汗,抓东西也抓不牢。于是,他决定改行,想来想去,换了一个也是动刀子的活儿——剃头理发。

他请人做了剃头挑子,整天挑着一颠一颠地去赶集。可他的一双手原来经常摸猪尿牛蛋,很多人都忌讳让他剃头,所以他的生意并不好,日子过得也挺紧巴。

这样一来,还是没有讨到老婆。

一年秋天的早上,冯三起早去赶集,在路上捡到了一个被人遗弃的、奄奄一息的女婴。冯三把孩子抱回家,邻居们都劝他送人,一个光棍汉子咋能带活一个没出满月的孩子?再说,留一个累赘在身边,想讨老婆就更难了。冯三却不答应,说即使不娶老婆也要把孩子留下来。

冯三买了一只刚下过羔的山羊,靠挤羊奶给孩子喝,硬是把孩子养活了。

冯三为孩子取名叫兰英。

兰英越长越可爱,冯三更是心肝肉胆地疼她。他挣了钱就给她买包子,买花生,买蜜三刀,买雪花膏,买花衣裳,还买红头绳和发夹。

冯三每天早上都给她梳头,梳得很精细,很轻柔。

他的手很巧,会编各式各样的好看的辫子。

有人问:"兰英,是谁给你扎的辫子呀,这么好看?"

兰英就说:"俺爹。"

人们不相信，都说："不会吧。"

小兰英急得眼泪都要掉下来，认真地说："就是俺爹嘛！"

冯兰英与养父相依为命，慢慢长大了，长得像花一样漂亮。

然而，天有不测风云，在她十五岁那年，冯三得了肺病。到镇上、县上的诊所去看，大夫都说这种病很厉害，弄不好要出人命，最好去省城的大医院治。

可大医院要花大钱，到哪里去弄钱呢？

碰巧，这天冯三的一个远房表姑来到家里。表姑在魏德厚家当佣人，一看兰英立时眼睛一亮。

魏德厚虽然家大业大，但人丁不旺，娶过三房妻妾，膝下单传一子。儿子又娶过三房女人，也只生下一棵独苗。这棵独苗偏偏又得了一种弱病，药汤灌了无数，补品喂了无数，始终不见好转。

冯三的表姑给魏地主出了个"冲喜"的建议，要他给小孙子娶房媳妇。有病乱投医，魏地主正无计可施，就让冯三的表姑去找合适的人家，事成之后有重赏。冯三的表姑于是开始到处寻觅合适的对象。

这天，她来到冯三家，一见到兰英，又想起病病殃殃的表侄，在心里一拍巴掌，说："这事成了！"

她说，要是兰英肯嫁过去，两家成了亲家，冯三看病的钱就不用愁了。

冯三摇摇头，说这样等于把女儿给卖了。

可兰英却态度坚决地同意了，她感恩地说："爹救了俺一命，俺也要救爹一命。"

冯兰英嫁到魏家当年的冬天，魏德厚听说解放军就要打过来了，打过来就要斗地主分田地，于是带着一家老小慌忙逃到南方去了，留下兰英和几个人看宅子。

第二年春天，有人从南方回来，告诉冯兰英，她的小男人病死了。由于没有感情，她不但不伤心，反而有些庆幸。她把冯三接到家里来，专心伺候他养病。冯三虽然到省城的大医院看了病，但由于病情太严重，没活一年就死了。冯兰英出钱让冯三的两个近服侄子给出了丧，把家里的宅子和物业给了他们。

新中国成立以后，魏家的庄园被没收，改成了粮库。冯兰英没处去，政府可怜她是穷苦人家出身，留她在粮库当了炊事员。

粮库让冯兰英做炊事员，真是选对了人。她自嫁到魏家，常到厨房帮着干活，魏家是大户人家，雇了一个技艺高超的厨师，专门给魏德厚做小炒。冯兰英天生聪慧，对烹饪之道过眼便明，见形得法，闻闻味就能知道制作程序。现在在粮库当炊事员，做大锅饭，食材自然没有魏家那么多，那么精致，但她会拆东补西，就地取材，翻新创新，家常便饭也能做成美味佳肴。买不到甜面酱，就自己做，没有菜就自己种，一时吃不了就晾晒干了，做成干豆角、干扁豆、干茄片、干蒜薹，等到冬春无菜时再吃。加上粮库吃油近水楼台，即使是普通的白菜豆腐或田间野菜，经她一做，也可以让人大快朵颐。

其实，刘年说冯兰英是地主婆，本身并无恶意，而是心里打着自己的小九九。他并不是真心贬低她，而是想通过贬低她来奉承陈良石。另外，还有一个更重要的原因，就是他暗恋着她。他想，把一件东西说得一文不值，别人就不会跟他抢了。

刘年恋上她有一年多了，曾请会计文省三喝过酒，让文省三为他说媒，但他在冯兰英心里堆积了足够的反感，被她一口回绝了。

新中国成立以前，刘年在国民党一个亦兵亦匪的黑团里混饭吃，后来被县大队俘虏了，加入了县大队，当伙夫。新中国成立以后转到了粮库。他矮墩墩的，肩膀和屁股一样宽，两条短短的罗圈腿，细长脖子的上面是一颗不大的脑袋。他有点儿丑，长脸瞪眼，厚厚嘴唇露着固执倔强的神情。

冯兰英不答应，倒不是嫌他长得丑，而是嫌他看自己的眼神里带着淫邪，还嫌他小肚鸡肠，半青，不熟成，爱显摆——本来斗大的字认不了一升，衣兜里却常常插着两支钢笔，本来是个二杆子，却装得很有学问。

她对刘年一直没有好感，还缘于几个窝头。

那是大前年夏天的事了。冯兰英不识字，大家吃饭时有欠饭票菜票的，就由本人在伙房的西墙上画出各种符号。欠馒头票的画圆圈，欠窝头票的画三角，欠菜票的画竖杠。这年雨季，没想到房子漏雨，西墙皮一下子张了下来，上面的欠账没了，大家凭良心凑饭票菜票。刘年本来赊了馒头和窝头账，只还了馒头账，赖了窝头账。冯兰英虽然不识字，却心中有数，从此最看不起他。

想打我的主意，真是妄想！冯兰英有足够的理由轻视他。

有些男人，自尊一旦受到挫败反而会更加偏执，认为难啃的骨头才是最香的，慢火细焖，再硬的米也会烂熟；只要水大，再硬的墙也能泡倒。刘年开始上犟，决心纵有千难万难也要把冯兰英追到手。这回，张信宽说要给陈良石做媒，让他沉不住气了。

直觉告诉他，自己有对手了。

他有了危机感。

晚上，刘年一改往日吃饭狼吞虎咽的习惯，坐在伙房里细嚼慢咽，像女人在做针线活儿。吃完了饭，依然赖在那儿不走，坐在板凳上用扫帚苗剔牙，剔完牙又去剔指甲，把十个指头都剔了个遍，最后又把那扫帚苗咬在嘴里。

大伙吃完饭都走了。他掏出一个烟荷包，油黑油黑的，边上磨破了，毛扎扎的，又从烟荷包里抽出一杆小烟袋，挖出一锅烟末，用拇指压结实，划根火柴点着了，吧嗒吧嗒地抽几口，突然说："兰英姐，求你个事行吗？"

冯兰英正在洗碗，回头瞟他一眼，问："啥事？"

"给我绣个烟荷包行吗？你看，我的烟荷包实在不成样子了。"

冯兰英头也没抬，说："我不会。"

"你不是给陈主任绣了一个吗？"

冯兰英脸一红，说："那……那是我找别人绣的呢。"

"那你也找别人给我绣一个呗。"

冯兰英不耐烦地说："人家没空儿！"

4

公鸡提高了嗓门儿，催促人们起床劳作。叫第二遍的时候，天慢慢地灰了，白了，光线透过窗子，填满屋子。

冯兰英起床了。她并不住在粮库里，政府在没收魏家的宅子时，在离魏宅不远的地方给她安排了一处有两间平房的小院子。

她洗了脸，梳了头，拿了围裙向粮库走去。

来到伙房，她摸起扁担要去挑水，发现水瓮里的水已经满了。正纳闷，刘年抱着一抱劈柴走进来，殷勤地笑笑，说："我把水瓮挑满了，柴火也劈好了，做啥饭？我烧火，你做饭。"那热情劲儿就像丈夫对老婆。

冯兰英心里腻烦，眉一皱，没好气地说："我的事不用你管！"

刘年尽量把话说得轻巧些："啥你的事我的事，我们是革命同志，有活儿大家一起忙。"说着，走到锅头旁，要帮着生火。

冯兰英正往腰里系围裙，看他一副死皮赖脸的样子，索性把围裙一摔，赌气说："你愿做你做吧，我找主任调工作去。"说完，转身要往外走。

刘年一看，急忙站起来说："好，你做，你做。"接着转身向门外走去，一边走，一边嘟囔，"好心当成驴肝肺！"

热脸贴了个冷屁股，一大早就赶上这糟心事，今天的运气太坏了！刘年臊眉搭眼地出了伙房，正好看见陈良石要出去散步，心里莫名地对他生出一丝恨意。

早晨的天气出奇地好。丝缎般的阳光穿过高高的树冠，星星缕缕地洒了下来，各种小鸟远远近近的叫声，也像阳光一样，穿过树叶，从头顶上一串串跳落。空气清新，让人胸腑里分外舒畅。

陈良石出了大门，看见文省三正在一块平地上打太极拳。

文省三的动作不紧不慢，沾、粘、连、随，连贯而不失节奏，无过不及，随曲就伸，柔和中又暗藏着几分刚劲。

等他翻掌前撑，分手下落，收脚还原，做完最后一个动作，陈良石走过来问："文会计，这套太极拳练多少年了？"

"从小就练，近四十年了。"

"功夫真到家了。我要不是一条腿，就拜你为师了。"

"'为师'不敢当，可以教你比划两下。"

"一块儿走走？"

"好。"

二人沿着粮库院外的路走着，文省三向陈良石汇报了昨天倒粮食的进度，提出了今天工作安排的建议。

文省三的父亲早年的时候是个货郎，靠走街串巷卖杂货为生。后来有了一些积蓄，就在县城里开了一家煮酒熬糖的小作坊，靠着货真价实和薄利多销慢慢起家。有了一定的资本之后，又开设了粮油店和布匹店。他的思想非常开明，把几个孩子都送进了学堂。文省三不念书后就跟着父亲到粮店里学做生意，他有文化，能写会算，很快就独当一面。1952年公私合营，粮店和布店被国家赎买了，他被安排到闻韶粮库做会计。他对粮食经营和管理有着丰富的经验，陈良石刚来粮库不久，有些业务还不太熟悉，非常需要他的建议。

文省三说："昨天上午，那尹巧凤又来了，你不在家，她在门口闹了一阵，没人搭理，就无趣地走了。"

陈良石咬牙切齿地说："她要再来粮库闹，我就撸她！"

文省三笑笑说："好男不跟女斗，要真把这赖人毛打了，她领了孩子不在咱粮库吃上十天半月是不会散伙的。那样，粘在手上就难抖搂了。"

陈良石瞪着眼说："我堂堂一个国营粮库主任，难道还怕她不成？非要治治她，看她有啥本事！"

文省三规劝说："孩子摔断了腿，哪个当娘的不心疼？就别惹她了。"

陈良石仔细一琢磨，此话在理，就点点头，气消了一大半。

正走着，前面走来一个人，是位五十多岁的老农，肩上扛一个粪叉，背后挑一个粪筐，正沿路搜寻着人和牲畜的粪便。文省三老远就跟他打招呼："老哥这么早啊！"

老哥迎过来说："早啥呀，我走了一路，没拾到几摊粪，肯定是有人早起拾走了。"

文省三笑哈哈地说："这就叫'莫道君行早，更有早行人'，兴许有人抢到你前头了。"

老哥说："是啊，庄稼一枝花，全靠肥当家，拾到一摊粪，也许就能多收一把麦子呢。"

文省三又笑笑，说："那你赶快拾粪去吧，别耽误了你多收麦子。"

老哥说声"好"，匆忙沿一条林边小路向前寻去。

陈良石望着他的背影，感慨地说："通过土改，农民真正成了土地的主人，人都变得勤快了。早起拾粪的特别多，真可谓'路无遗粪'啊。"

文省三点点头，说："是啊，土地改革免除了过去每年向地主交纳的地租，现在多收一粒都是个人的，大家生产积极性高了，都重视积肥了，"接着指指路旁的一些简易小厕所，"你看这些小茅子，名为供走路的人方便，实则是为自己积粪。"

陈良石深以为然，说："都是为了能多打些粮食吃饱肚子呢。"

他们一边说一边走，不知不觉来到了闻韶台边。

这闻韶台可是远近闻名。据传两千多年前，孔子带弟子到齐国，路经这里，在此欣赏过《韶乐》，之后经常沉醉于乐曲的美妙韵味当中，以至于好几个月吃肉都觉不出肉的味道了。这就是"子在齐闻《韶》，三月不知肉味"的典故。汉唐时期，文人墨客为纪念这一史实，在古镇东街修建了这座闻韶台。

闻韶台是一座用黄土堆筑而成的方形高台，台高 40 多米，随着风雨侵蚀和战争损毁，上面的大成殿、状元阁、魁星楼和碑林等建筑都已破败，有些已经坍塌，但从其建筑遗迹仍能看出当年建筑之宏大精致。

文省三抬头看看高台，说："咱们这里正是因为这座闻韶台才叫闻韶镇的。"

"咱们这个镇真是历史悠久呢！"陈良石点点头。

他们围着闻韶台转了一圈，开始往回走。走到一个离粮库不远的水湾边，见郑天道正在一块空地上种旱烟苗。他先用镢头在地上刨个坑，然后把烟苗栽入坑中，扶正，在烟苗四周培上土，弄出个碗状的小坑，再去水湾里提来水，用一个小葫芦瓢浇一遍。

陈良石向郑天道打招呼："种旱烟呢？"

郑天道直起腰，应道："哦。转转？"

陈良石和文省三走到郑天道跟前，看他给烟苗浇水。

文省三说："你每年种的烟又香劲又大，秋后割了可要送我两把。"

郑天道不置可否地说："哦，哦。"

陈良石也凑热闹说："也给我留两把。"

郑天道咧咧嘴角，含糊其词地说："你一个大主任倒找叫花子讨起饭来了，你咋抽这旱烟叶？应该抽大前门！"

文省三笑笑，指着他说："怪不得人家都叫你老抠，连个大方话都舍不得说。"

郑天道脸一下子红了，有些被人看透心思的尴尬。

陈良石和文省三继续散步。

陈良石问："听郑天道的口音，不是本地人吧？"

文省三说："他是安徽人呢。"

陈良石问："咋来咱粮库看门的？"

"说来话长。"文省三讲起了郑天道的情况。

郑天道的老家在安徽西部的一个偏僻贫穷的山沟里。他1945年参加八路军，随部队南征北战，在解放省城的战斗中负了伤，伤好后留在闻韶镇一个草料场工作，新中国成立后转到了闻韶粮库。开始，翟主任安排他收发粮食，可他不认字，经常发错货，有一次单子上明明写着玉米12斤，他却发给人家21斤。翟主任发现了，问："郑天道，你发了多少啊？"郑天道说："单子上写了多少就发了多少啊，还能多给他？"翟主任让那人拿回来一称，果然多了，原来郑天道把两个数字看颠倒了。他为人正派，干工作毫无私心，可没有文化，有时转不过弯来。他负责打油，用的是油葫芦，大葫芦半斤，小葫芦一两。有些想占便宜的，打油时有意跟他交谈，问他些老家的事，比如他的老婆孩子，比如他老家的山有多高，石头上咋种庄稼……从而分散他的注意力，把他的脑子搅浑了，多打一两葫芦也是常有的事。即使倒掉重打，沾在罐子壁上的也足有半两——这也许是一家人半月二十天的用度。这样一来，粮食和油在月底盘点时，常常出现超耗。郑天道对给国家造成的损失很内疚，就跟翟主任提出要去看大门。

郑天道的老婆在老家拉着两个儿子过日子，非常艰苦。郑天道每月发了工资，除留些基本生活费外，全部通过邮局汇给老婆，人情分子从来不随，人们都说他抠门儿。为了省粮省钱，他利用空闲时间在这湾边开了一块荒地，一半种瓜菜，一半种烟叶，瓜菜自己吃，烟叶除了自己抽，还拿到集上去卖，别人想跟他要两把抽，没有等价交换是要不来的。

"这么抠？"陈良石听完文省三的介绍，感慨地说："不过，他也是个革命的功臣呢。"

文省三跟着说："是啊。离家这么远，舍家撇业的，也不容易。"

这天的工作还是筛粮食，倒仓。

惊蛰已过，再有几天就是春分了。每到这个季节，仓库里的虫子从冬眠中醒来，开始吃粮食，必须及时进行过筛、晾晒、倒仓。

陈良石腿脚不便，蹲不下，只能干些力所能及的活儿，比如递麻袋、绑口绳等。

不知怎么了，几天来，他的心上一直像有根绳牵着似的，挂念着满囤的腿到底摔得怎么样，好些了没有。他反思，满囤的摔伤与自己脱不了干系，当时要是放他们从大门里走就好了。

他并不觉得满囤偷吃地瓜干是啥大不了的事儿。将心比心，当年娘是饿死的，自己被魏家关了三天，也差点饿死。还有，在朝鲜战场上，因为食物供不上，曾跟战友们饿得嘴里含着石头跟敌人战斗……他真切地知道挨饿的滋味。自从他从部队转业来粮库当主任，满囤就经常来玩，在满囤的身上，他看到了自己小时候的影子，总觉得跟他挺投缘，有一种说不出的亲近感。他甚至想，我叫陈良石，他叫宋满囤，合起来就是"粮食满囤"，多么吉利的名字啊！

傍晚，陈良石看见一个孩子在粮库门前的树林里拾柴火，便赶过去问："这两天你见过满囤吗？他的腿咋样了？"

"满囤的腿摔折了，打上了夹板，要一百天才能好呢。"

"这么厉害？"

"不光这，他娘还用鞋底打了他的屁股，说是要惩罚他。"

"为啥？"

"因为偷吃粮库的瓜干呗。"

"哦。"

陈良石拿定主意，抽时间要去看看他。

闻韶镇一、六逢集。每到集日，如果没有要紧事，陈良石必定去集上转转。他去赶集，既不为了买，也不为了卖，而是去粮食市看看。

进入集市的商品，粮食为大宗。农民家婚丧嫁娶、打油买醋等支出，都要靠把自家生产的粮食投入集市出售换钱，口粮除外。有的赶上家里有大事，甚至被迫要出售必要的口粮。还有一些口粮不足的人家，常常把小麦等好粮食粜了，再籴入杂粮自食，以维持最基本的生存。

新中国成立以后，经过三年多的艰苦奋斗，老百姓从长期粮价飞涨的惶恐中解脱出来，生活得到安定，而且初步有所改善，不用再过那种半年糠菜半年粮的日子了。这期间，国家减轻了农民的公粮负担，只征收一道农业税。这从根本上消除了地方"层层加征、任意摊派"的现象，受到广大农民的欢迎和拥护。

陈良石常常在粮食市上一逛就是半天，大家慢慢跟他熟了，见他没有当官的架子，都愿意跟他攀谈。他就借机向大家了解粮食生产和家庭存缺粮情况。讨论、预测粮食产量和市场粮价走势的同时，向群众宣传国家的粮食政策，反对哄抬粮价，号召粜粮食的人把粮食卖给粮库，支援国家建设。

这天上午，陈良石到集上转了一圈，刚回到办公室。区里的公务员送来了一张县粮食局的通知，让他到县里开会。

他站在门口，一手拿着镜子，一手摸摸长长的头发和下巴上的胡子，想到街上去理发。正好路过的刘年看出了他的心思，上前说："陈主任，你该理发了。今儿个天好，我给你理理吧。"

刘年嫉妒冯兰英对陈良石好，在心里对陈良石藏着一丝恨意，但没有直接表现出来。因为陈良石是主任，是领导，通常远远地看到他，还是准备下一张笑脸。

刘年有一手理发的手艺，既会理平头，也会理分头，尤其用剃刀刮脸，又干净又舒服。

陈良石看看他，高兴地说："是啊，我正想到街上去理理呢。"

"花那冤枉钱干啥，我理得不比街上的剃头匠差。"

"那敢情好。"

刘年回宿舍拿来剃刀、剪刀和梳子，让陈良石坐在一个方凳上，把一块围布围在他脖子上，倒了温水，为他洗过头，问道："陈主任，理啥发型，平头还是分头？"

"你看理啥好？"

刘年拿起木梳为陈良石梳梳头发，左右端详一番，说："理分头吧，分头显得精神。"

陈良石赞同说："行。"

刘年说着，拿起剪刀开始为陈良石剪头发。剪刀发出有节奏的"喳喳喳"的声音。

剪完了头发，刘年把一块手巾在热水里投了两遍，轻轻地捂在陈良石的脸上，滋润着皮肤，接着拿过剃刀，在一块厚牛皮上"噌噌"地镗几回，揭去脸上的手巾，再用一个毛刷蘸上一些香皂沫，刷在双鬓和胡子上，然后开始为他刮脸。

太阳照着，非常温暖。陈良石索性合上眼，任刀锋柔和地贴着皮肤游走，很受用地静听着胡茬自根部清脆断裂的声音，不由得联想起割麦子的情景来。

刘年理得很仔细，连鼻孔、眼睑、耳轮都刮到了。

刮完了，刘年又拿块手巾，在温水里投了投，轻轻地为他擦脸。

收拾完毕，陈良石站起来，刘年把镜子递给他，问："看，满意不？"

陈良石拿过镜子一照，一个英俊的面孔出现在镜子里，连声说："满意，满意！"

刘年看着陈良石爽洁英武的脸，心里突然生出一丝悔意："为啥帮他收拾得这么亮眼呢？"

5

当天下午，陈良石到县粮食局开会去了，会期两天。

陈良石骑自行车来到县城。

说起这辆自行车，还有些来历。魏德厚的儿子曾娶过一个省城的洋学生，为了讨好这洋学生，托人从上海买回了这辆德国造的自行车。洋学生刚能歪歪扭扭地骑，解放军就快打过来了，魏家出逃南方，没法带自行车，就把它埋在了一间仓库里，想躲过风头回来后挖出来再骑。没想到一去不复返。春天修理仓库地面时，有人挖出了这辆自行车。这可是个稀罕物，当作浮财交到区上，后来拍卖，陈良石用国家发给的伤残补助金买下了它。

陈良石一条假腿，学骑自行车自然费了不少劲。好在他人高腿长，骑之前先用拐杖支撑着，把假腿跨上去，叉住了，再把拐杖挂在自行车横梁加装的挂钩上。经过练习，很快就骑得很稳当了。

在食宿站报到后，天就要黑了。令陈良石没有想到的是，跟他同住一屋的是乔江龙。

乔江龙也是一名荣军，战斗中被打掉了左手大拇指。去年夏天，他们从各自部队转业后，一起到田兴荣军学校培训，住在同一个宿舍。二人脾气相投，相见恨晚。六个月培训结业后，正赶上国家从上而下组建粮食部门，人员不足，学校就把整个培训班的人一锅端到了县粮食局。乔江龙分到了李集粮库，陈良石分到了闻韶粮库，这是他们分别后的首次见面，见了自然肆无忌惮，相互喊着对方的外号：

"陈粮食儿！"

"嗬，乔倔子！"

在田兴荣军学校补习文化时，学校里有一个外地老师，不知道是哪里口音，点名时，总把陈良石的名字喊作"陈粮食儿"，时间长了，大家也戏谑地叫他"陈粮食儿"。乔江龙因为脾气倔强，凡事爱争论，好上犟，大家给他起个外号叫"乔倔子"。

乔江龙上前接过陈良石的行李，往床上一扔，右臂勾着他的肩膀，左手握拳头打着他的胸口："伙计，又见面了！"

陈良石握着他的手，高兴地说："是啊，怪想你的呢！"

乔江龙说："可不是！"接着提议说，"伙计，晚饭咱不在这里吃了，咱找个馆子喝酒去，一边吃一边聊。"

陈良石开心地说："行，咱走！"

他们来到附近一个小饭店，点了一盘酱猪蹄和一盘辣炒豆腐皮，要了一瓶酒，然后就你一杯我一杯地喝起来。

不一会儿，多半瓶酒就下了肚。

他们喝的酒是用高粱酿的，叫老黄河，度数高，酒味大，冲劲足，进口如火炭，必须赶紧咽，不然能烧坏了舌头、嘴巴、牙花儿、嗓子眼儿。

两个人一边喝酒，一边回忆过去。拉起参加战斗的事儿，时而伸出大拇指称赞对方，夸对方厉害，时而把嘴撇成一张弓贬低对方，说对方吹牛。他们颠三倒四地从开始参加革命一直扯到转业到地方。

乔江龙呷口酒，问陈良石："伙计，当粮库主任啥滋味？"

陈良石脸膛通红，兴奋地说："比当兵舒坦多了。你猜，闻韶粮库在哪儿？就在我当年扛活的魏地主的大院里，那年我点的那把火，差点没把那个大院烧了！现在老子的办公室就是当年魏德厚的书房，我睡的那张床是当年他跟小老婆睡的，哈哈！"

乔江龙一看他得意的样子，撇撇嘴说："本来局里让我去闻韶镇，可我嫌那里离家远，顾不了老婆孩子，就便宜你小子了。"

"是吗？你几个孩子？多大了？"

"老婆不争气，生仨丫头片子，大的十二，小的六岁，中间的十岁。"

"你老婆挺能生啊！"陈良石说。

"俺十三岁就结婚了，当兵时就两个娃了。"乔江龙嘿嘿一笑，接着关心地问，"咋样，你老大不小了，还不快划拉一个？要不，连孩子都耽误了。"

陈良石喝口酒，露出一脸的愁苦，说："哎呀，为这事可愁死我了。"

乔江龙两眼盯着他，同情地点点头，说："也别太着急，总会有人看上你的。"

陈良石摇摇头，夹口菜，放在嘴里嚼着，用筷子点着乔江龙，说："你不知道我愁啥哩。"

"愁啥？"乔江龙皱皱眉，关切地问道。

陈良石一脸神秘的表情，说："现在大姑娘在粮库门口排队呢，把门槛都踢破了，都说陈良石虽然一条腿，可是咱这十里八村打着灯笼也难找的俊后生。这个说要嫁给他，那个说非他不嫁。老乔，你给咱出个主意，咋能不伤人家姑娘的心又能解了这个围？"

"吹吧，你以为自己是西门庆呢！"乔江龙一听，明白陈良石是在逗自己，哈哈大笑起来。接着，他眼珠一转，也做出一副认认真真的样子，说："那我可要提醒你，快点把粮库的大门换了——换成钢门，不然就给挤破了。"他有意把"钢门"二字说得很重，接着还指了指屁股。

陈良石知道乔江龙说的不是"钢门",而是"肛门",一下子没忍住拊掌大笑起来。

乔江龙也跟着笑。笑毕,又说:"那闻韶镇我去过几次,确实是个好地方,现在真后悔没去,让你小子占便宜了。"

陈良石一听,不耐烦了:"我占啥便宜了? 风大不怕闪了舌头! 你凭啥分到条件最好的粮库? 论级别,咱俩一样,论战功,你还不如老子,老子可是一等功!"说着,拍拍自己的一条假腿。

乔江龙笑笑说:"这事还真不是吹,"接着压低声音说,"你还不知道? 县粮食局的马宗芳副局长是我表姐呢,她正好分管政工人事,我想去哪儿就她一句话。"

"瞎扯! 她一个副局长有这么大权力?"陈良石瞪着一双红眼说。不过他也听人说过,这位马副局长确实挺王道,因为她有靠山,丈夫是县委副书记,在局里能当半个家,于是禁不住又问:"亲表姐?"

"当然。以后有啥事,跟我说,我替你找她。"乔江龙说,声音中有一种毫不掩饰的得意味道。不过他也是一片好意。

没想到陈良石却不领情:"我能有啥事? 走关系的事,咱老陈从来不做!"

两个人都是性情中人,酒一多话自然就多,拉着拉着,就大声地争论起来,跟吵架似的,惹得店里吃饭的人都往这边看。

乔江龙提议划拳,划了几轮,陈良石输多赢少。他看一眼乔江龙少了大拇指的左手,说:"来用左手!"

乔江龙也不生气,说:"不服气? 左手就左手,左手照样赢你!"

吹归吹,到底少了一根手指,乔江龙划拳开始赢少输多。

可不管输赢,两个人都开心极了。本来中间隔着桌子喝,喝到兴奋处，乔江龙一手端着酒杯，一手拖着椅子跌跌撞撞地绕过来，紧挨着陈良石坐下。两人勾肩搭背吼起了《中国人民志愿军战歌》："雄赳赳，气昂昂，跨过鸭绿江。保和平，卫祖国，就是保家乡。中国好儿女，齐心团结紧，抗美援朝打败美帝野心狼……"

酒是一样怪东西，它可以让你的脑袋发飘，腿肚子发软，即使有扳倒牛的气力，也拽不住它，摆不平它。等他们走出饭店的时候，都禁不住歪歪搭搭，走不稳。尤其是陈良石，本来腿就不好，这下拄了拐杖就赛在地上画天书了。

第二天上午，会议正式开始，主持人是方太广局长。

他二十五六岁，别看年龄不大，却是原来县大队的大队长。白面脸皮，左脸上有一道暗紫色长长的伤疤，从耳朵边贯穿到下巴，是当年跟鬼子拼刺刀留下的。眼睛不大却炯炯有神，透着精干。个头不高，却有种谈笑间即可掌控全局的气场。

他首先讲了会议的议程，然后讲起国家实行粮食统购统销政策的背景和重大意义。其实，粮食统购统销的政策，国家从上年就发布了。粮食局也组织全体职工学习贯彻过，不过现在到了具体实施的时候，必须详细布置，统一实施。

陈良石第一次接触这项政策，听得格外上心。

新中国成立后，各地粮食产量虽有较大幅度增长，但随着工业建设的发展，城市人口急剧增加，土地改革以后，农民生活水平提高，也许是以前挨饿挨怕了，收了粮食亦不急于出售，加上粮商粮贩和其他行业的一些商人争购囤积，造成国营粮食公司收不到足够的粮食进行调节分配，非农业粮食供应难以为继。1953年粮食受灾减产，国家为了切实掌握粮源，平衡供应，当年10月中央讨论通过了《中共中央关于粮食的计划收购与计划供应的决议》，决定在全国实行粮食统购统销政策。今年是这项决议发布后的第一年夏粮统购，还要跟农业税征收合并进行，任务艰巨，必须统一政策，保证完成任务。

方局长声音洪亮地说："大家都知道，民以食为天。肚子的事比天大，比地大！手中有粮，心中不慌。当前城市里那么多人等着吃饭呢，总不能让他们饿着肚子做工吧，不然就会影响我们的国家建设，甚至会引起其他后果，所以大家一定要把这统购统销政策学习好，理解透，回去贯彻执行好！"

接下来由业务股长进行具体政策讲解。

他先讲了农业税。农业税以前叫田赋，是我国历朝历代的主要财政收入。抗日战争全面爆发后，通货膨胀，粮价猛增，部分粮商囤积居奇，以致军公用粮及一般民食用粮不能保证供应，从1941年开始实行农业税征收。在共产党领导的革命根据地，称为"救国公粮"，后简称"公粮"。

所谓粮食统购，简单地说，就是生产粮食的农户要按照国家规定的品种、价格和数量将余粮卖给国家。所谓粮食统销，就是对城镇非农业人口和农村缺粮户或灾区灾民，凭证凭票定量供应粮食，关闭粮食市场，取消粮食市场自由贸易。

农业税征收与粮食统购合并进行，统称"征购"，由粮食部门统一组织验收入库。其中"征"的部分，价款由粮食部门向财政部门结算拨付，作为财政部门的征税收入；"购"的部分，粮食部门直接同交粮户结算付款。

等业务股长讲完了业务，大家开始分组讨论。通过讨论，大家认识到，粮食统购统销是党中央的一项新政策、大政策，关系到全国5亿多农民和7000多万城市人口的吃饭问题，是继国家财政经济大统一后在经济领域展开的第二次"大战役"。中央要求全党动手，全力以赴，务必打好这场硬仗。

会议结束前，方局长又强调说："当下节气就要到谷雨了，麦子已开始打苞绣穗，各粮库回去就要立即着手统计土地亩数，查看麦子生长情况，为分配夏季统购任务做好准备。大家务必高度重视，要当作一件重大政治任务来抓，哪个粮库出了问题，就拿哪个粮库的主任是问！"

方局长说话斩钉截铁。

会上，大家鸦雀无声，会后却议论纷纷。

有的说："这粮食市场说关就能关了？"

有的说："一下从老百姓手里收这么多粮食，老百姓能同意？"

有人随声附和："我看够呛，粮食自古就是你买我卖，说不让粮商粮贩收，他们就不收了？能管住？谁的钱不好使？"

陈良石最讨厌这种当面不说背后乱说的人，听到他们的议论，渐渐地气就喘不匀了，走过去，高声反驳道："我看能管住，现在是人民的国家了，不是以前那个官僚资本的国家了，前两年的'三反''五反'运动你们没看到？只要共产党下决心管住的事，没有管不住的，你们信不信？"

那几个人的脸一下子都变了色，一看他挂着拐杖，是个荣军，纷纷点头说："信，信！"

开完会，回闻韶镇之前，陈良石去食品店买了一封子点心，一包糖块。他要去看看满囤。

西边的霞光渐渐淡下去，风驱赶着云彩，让一弯新月仿佛飘摇在云海里。

吃过晚饭，陈良石提了点心、糖块去尹巧凤家。

闻韶镇是一座古城，历史上曾做过一个方国的国都。东西长五六里，南北阔四五里，有四街八隅头。东西南北四街的房屋连在一起，又各自独立。粮库在西街，尹巧凤的家在东街，相距有二里来远。

陈良石来到东街，不知道尹巧凤的家在哪里，就向一位中年人打听:"同志,请问满囤的家在哪里?"

那人看看陈良石,笑笑说:"听到那房顶上骂人的了吗? 那骂人的就是满囤他娘,那儿就是他的家。"

陈良石仔细一听,果然是尹巧凤在房顶上骂人。 他转身想回,可一想到满囤,犹豫再三,还是决定去看看他。

循着骂声三拐两拐,来到一个胡同里,只见尹巧凤正坐在房顶上,手里拿根棒槌,用力敲着一块木板,高声地骂着:"你这缺了八辈子德的馋嘴子,你偷俺家的豆子种,日馕了你不怕撑死啊,不怕噎死啊! 你这挨千刀的,你这没良心的! 你不得好死,出门让驴踢死,下雨让雷劈死!"

也许人们对这种骂习以为常了,并没有人去劝。 陈良石站在门口,进也不是退也不是。

这时,从北面走过来一位老太婆,一边走一边嘟囔:"谁不长眼偏偏偷她家的豆种,这不是自找挨骂吗? 再说人家孤儿寡母的容易吗? 也真缺德!"走到陈良石面前,看一眼,不认识,就问,"你找谁?"

陈良石忙说:"找满囤。"

老太婆仔细看看他,然后冲着房顶上的尹巧凤喊:"满囤他娘,别骂了,快下来,来客人啦!"

尹巧凤听到了,停了一会儿,连忙作结束语:"今儿个先骂到这里,识相的把俺的豆种给俺送回来,要不,明天俺还要接着骂,骂得你祖宗八代在地下都不得安生!"

尹巧凤顺着梯子从屋顶下来,一回头正好与陈良石撞个正面,顿时吃了一惊。 她说啥也想不到他会到她家来,脑子一下子短路了,刚才还伶牙俐齿骂人如说书,此时却没了词,良久才问:"你……你走错门了吧?"

陈良石一瞪眼,说:"没错,我是来看满囤的。 咋,不欢迎?"

说着，没经她允许，径直走进屋里，把拿来的东西放在桌子上。

"陈叔叔！"满囤在炕上叫道。

陈良石走到炕边，问："腿咋样了，还疼吗？"

满囤说："不大疼了，就是捆得慌，没法下炕玩儿。"

陈良石摸摸他的头，说："光知道玩儿啊？"说着，把糖包打开，抓给他。

尹巧凤站在一边，摸手摸脚，不知怎么是好。

等陈良石坐在椅子上，急忙上前接过他的拐杖竖在炕沿边，想了想，转身去给他倒水。

她端着水碗，站在他身后，嘴唇张开了，又合上了，再张开，又合上了，像条缺水的鱼一样在那里翕动着。良久，她才把水碗递过去，说："陈……陈主任，喝口水吧。"

陈良石看她一眼，并没有接，讥讽地说："我不是陈主任，我是瘸驴呢！你喝吧，骂得这么精彩，也该渴了！"

尹巧凤好不尴尬。

她把水碗放在靠近陈良石的一张小桌子上，意识到屋里的光线有点暗，就划根火柴把油灯点上。橘色的光线立时灌满了整个屋子。她还嫌不够亮，从头上摸下一个发卡，拨了拨灯芯。

陈良石环视一下，屋里收拾得非常整洁，东西摆放得也有条理。冲门墙上贴一张毛主席像，主席像下面是一张八仙桌，两把圈椅，旁边是一张牙桌子，炕的四周挂着花布围子，炕头放一个被搁子，上面整整齐齐地叠放着粗布被子。

他想，这个女人虽然泼，过日子却不是个马虎人。

尹巧凤站在一边，不知道说啥好，只是不停地给他倒水，说："陈主任，你喝水呀。"

陈良石显然对喝水没有多少热情，直到尹巧凤加得碗里的水都要漾了，他还是没喝一口。

尹巧凤一次又一次为自己鼓劲,想为前些天的事向他道歉。可陈良石一眼也不看她,像她不存在一样。他跟满囤说:"男子汉要坚强,不能怕疼,看叔叔一条腿被炸掉了,也没叫一声。"

满囤佩服地说:"你真格犟!"

陈良石笑笑,说:"好好养伤,快快好起来,你到粮库去我再给你讲故事听。"

"好来!"满囤欢喜地答应着。

陈良石站起来要走。等他走到门口,尹巧凤才鼓足勇气,很不顺畅地说:"陈主任,前两天满囤去粮库偷瓜干吃,是……实在饿得没法了……你大人不计小人过……我也不该……"

陈良石打断她的话,冷冷地说:"以后别再骂我瘸驴就行了。"

尹巧凤望着陈良石一摇一摆的身影,眼里突然溢满了泪水。

6

在农村实行粮食统购统销政策,关键是如何核定农民的粮食余缺,切合实际地分配收购任务。既不能让农民卖了"过头粮",又不能让一些人钻了空子,隐粮不报或少报。

在接下来的日子里,陈良石跟粮库的人开始到各村统计麦子种植亩数,查看麦子长势。一同去的还有区政府分管农业、民政的人员,他们分了组,负责不同的村。

大家一村村开会,一家家走访,一户户调查。

谷雨节气到了,天上真的下起了雨。细密的雨丝,柔软地飘了一天一夜,空气变得畅快了许多。然而,路上的浮土经雨淋后变成了红胶泥,人走路时,沾得两只鞋像两个石砣,无法带动,脚常从鞋里拔出来。

陈良石跟文省三一组。他一条假腿,脚上沾满了泥,身体好像一辆笨重的马车,走路的时候要用全身的力气拉着才能拖动。

文省三看他实在辛苦，就劝他留在粮库合计数字，但他坚持下乡，说不能错过这熟悉基层情况的好机会。

由于一些群众文化水平不够，政策解释了多遍他们也听不懂，不愿配合，陈良石就有点急。文省三眉头一皱一展，想出个好办法，他根据上级政策精神画了几张图板，配上实物，在村里举办展览会。展览分三个部分，一是国家为什么要收购粮食；二是鼓励增产节约，把多余的粮食卖给国家；三是卖粮得的钱用到哪里好。

展览图文并茂，浅显易懂，宣传效果很好。农户想通了，都主动配合统计调查工作。

之后，各村也相继推广这种办法，粮食统购统销政策很快家喻户晓，核定统购数量工作也进行得比较顺利。

刚核定完粮食统购数量，天就热了起来，小麦开始泛黄，粮库要做入库准备了。

在粮食保管过程中，"防潮"是重要的一环。这年，县粮食局推广了一种新方法：在储粮前，先把粮仓打扫干净，在仓底铺上五到八寸厚的经过暴晒的沙土，沙土上面盖上一层土坯，然后用泥抹光，墙壁用土坯立着砌成附墙，中间也灌上沙土。入库时，把小麦晒干，趁热装仓，上面铺上席子、苫子，再用沙土压实密闭。这样不但可以防潮，还能够防虫。

大家有的负责用地排车运土坯，有的负责挑水，有的负责和泥，有的负责用泥板抹平泥光，干得热火朝天。陈良石干不了重活，帮着抛土洒水，给大家递递工具。

中间休息的时候，冯兰英送过来两暖瓶开水，大家就围在一起喝水抽烟拉呱，天南海北，胡吹海谤。

刘年指指刚泥好的仓底，问文省三："文会计，咱费这么大的劲，能管用吗？"

没等文省三回答，保管员杜志儒先说话了："肯定管事儿，沙土本身就吸潮，你小时候尿了床不也用沙土曝干？"

大家都笑了。

文省三收敛了笑，一板一眼地说："确实是一样的道理。这法在民间早就用过了。古籍《齐民要术》里就记载了一千多年前农民的窖麦法，说'必须日曝令干，及热埋之'，我们的老祖宗早就用过这办法了，没啥新鲜的。"

冯兰英给每个碗里续些水，说："文会计知道得可真多！"

杜志儒上前拍拍文省三的肚子，笑着说："别看这肚子不大，里面装的学问可都是硬货！"

大家又笑起来。

过了一会儿，杜志儒对正端碗喝水的周永禄说："小周，该你请客了吧？"

周永禄感到莫名其妙，说："我为啥请客？"

杜志儒朝大家挤挤眼睛，又转过脸对周永禄说："装糊涂呢！你老婆前两天来，你们两口子床上那点事我可都听到了，还在我肚子里攒着呢。"

周永禄二十来岁，个头不高，细腿宽肩，圆脸，腮上有两个女人般的甜酒窝，嘴角上翘，总带着一种谦逊、迎合的神情。

他出生在一个富裕的家庭，祖父一直在省城里开当铺，赚下了不小的家业。1937年12月，日军攻占省城，烧杀掠抢，把当铺抢劫一空后，付之一炬。祖父祖母被杀，他的父亲冒死抢出一些值钱的东西，带着一家逃回清阳老家，隐居起来。周永禄七八岁时，父亲送他在镇上读初级小学，几年后又供他在清阳城里读高级小学。解放战争爆发后，全县所有的学校都停办了，父亲就让他到清阳城里的玉昇粮店当学徒。学了不到两年，自家就开了一处鸿福粮店。去年，国家规定所有私营粮商一律不准经营粮食，鸿福粮店被公私合营了。

根据"量才录用、适当照顾"的原则,他被录用到粮食部门,分配到了闻韶粮库。 也许是因为家庭遗传,也许是私营粮店的熏染,他形成了见风使舵、八面玲珑的性格。 因为家庭经济条件好,早早地结了婚,虽然他在粮库里年龄最小,可已是两个孩子的父亲了。

"快拉拉!"大家来了兴致,围过来说。

冯兰英一听,脸一红,提了一个空暖瓶走开了。

杜志儒三十多岁,高高的身材,红脸膛,秃头顶,大家在背后都叫他"瞎包篓子"。 他满肚子的珍闻逸事和香艳故事,有的隐秘含蓄,有的毫无遮掩。 他还有一个爱好,就是听房。 他的眼睛和耳朵仿佛会飞,有谁的老婆偶尔来粮库住上一宿,不管如何谨慎,都逃不过他。 他一双巧嘴还能把整个过程学得惟妙惟肖。 后来,这成了他讹人请客的手段,并屡试不爽。 谁要不请客,他便威胁把看到、听到的讲出来。 面皮薄的当事人怕丑事外扬,就只好花钱请客封他的口。

周永禄不相信,以为杜志儒在诈他,就摇摇头。

杜志儒马上细着嗓子,学起女人的声音说:"禄禄,俺不要坐轿了,俺要骑马……"

周永禄脸一下子红了,连忙说:"别讲了。 我请客,我请。"

大家又"轰"的一声大笑起来。

笑毕,杜志儒转身对陈良石说:"陈主任,你不能总这样不劳而获呀! 你不去听房,不能让别人请客,你又没有女人,我们也不能听你的房,没法让你请客,你这叫吃白食儿!"

"就是呀!"大家都跟着起哄。

陈良石一脸无奈的表情,说:"那有啥法儿?"

周永禄说:"那你快讨个老婆啊。"

"就是。"刘年凑上前对杜志儒说:"老杜,你小姨子不是还没找婆家吗? 我看跟咱主任挺合适的。"

"是啊，我咋没想到呢！"杜志儒眼睛一亮，接着回过头跟陈良石描绘起小姨子的长相，"俺小姨子可漂亮了，柳叶眉，丹凤眼，樱桃小口一点点，那脸面，那身段，那小腚槌，走起路来……这样……这样，一扭一扭的，好看极了！"杜志儒一边说着，一边表演起来，惹得大家笑得肚子疼。

笑毕，杜志儒正色道："陈主任，俺小姨子今年二十三了，你要愿意，俺回家跟俺老婆说，小姨子最听俺老婆的话了，保证一说一个准。"

陈良石连连摆手说："不行，不行，我一个残废呢，谁跟了我不受一辈子累？"

"你是荣军，你是英雄，你是主任哩，他小姨子也许巴不得呢！"周永禄恭维地说。

"就是，缺一条腿怕啥，裆里又不少那东西！"刘年说，接着又回头对杜志儒说，"我看这事宜早不宜迟，今天的活我们替你干，你回家赶紧让嫂子去串通串通，说合说合。"

杜志儒真想帮忙，于是站起来说："行，这事包在我身上！"说完转身要走。

陈良石突然像有个锥子刺痛了他，挂了拐杖忽地一下从板凳上站起来，厉声喝道："回来，我的事不用你们管！"接着，气呼呼地走了。

大家不知道陈良石为啥这么大的火药味，一个个呆若木鸡，面面相觑。

杜志儒迷惑不解地说："这陈站长咋了？一会儿狗脸一会儿猫脸的，真让人捉摸不透！"

过了一会儿，文省三说："以后少跟陈主任提讨老婆的事。好了，大家该干活了。"

大家散开，开始干活。

本来,像这样的活,粮库可以雇人来做,为了节省费用,陈良石便发动粮库的人自己干。由于活累,他让冯兰英去街上割了肉,买了蒜薹,和上粉条炖了一大锅,中午每人一大碗,不收菜票。怕大家吃撑了,规定每人免费两个大馒头,多了自掏饭票。

菜刚炖好,冯兰英为陈良石盛出一碗,肉自然多一些。她怕别人攀比,把菜直接送到他的宿舍,然后才敲响了开饭的钟。

大家打了饭菜,都回到宿舍去吃。因为这样可以拿出藏在床底下的酒,独酌两盅。

这么好的菜,不喝两盅似乎说不过去。

只有刘年没走,坐在伙房里,像大姑娘绣花似的吃着菜,还不时地看冯兰英一眼,欲言又止。

冯兰英瞥见了,冷着脸端了碗到门外去吃。等到吃完,准备回来刷锅洗碗,见他还坐在那里,把碗有意往桌子上使劲一墩,转身又走出去了。

刘年知道她这是做给自己看的,尴尬地把一双手在腿上搓来搓去,继而面颊开始发烫,酒糟鼻子上冒出细密的汗珠,眉宇间一团黑云越积越厚。

过了许久,他紧抿双唇,站起来,悻悻地离开了。

看着刘年回到了宿舍,冯兰英才回到了伙房。

冯兰英刷完了锅,洗完了碗,炉子上燎壶里的水开了,她提起来往暖瓶里灌,暖瓶都满着,一看没处倒了,寻思用这些热水洗洗头。

正午的太阳当空照着,明亮而又温暖。冯兰英散开两条大辫子,在门口向阳处洗起头来。

正低头洗着,突然听到有人明知故问:"你在洗头吗?"

冯兰英一听是刘年,不愿理他,接着抓过一个水瓢,从盆里舀了水,浇到头上,胡乱地搓了搓。

"我来帮你吧。"刘年说着上前拿水瓢。

"不，不，不用！"冯兰英连忙拒绝。

"水热不热？要不要再加点热水？"刘年又说。

他的声音又干又涩。

冯兰英没再理会他。

刘年不走，就在她身前不远的地方站着。

冯兰英看见了他脚上穿的已露出脚指头的布鞋。该死！她索性不洗了，想找个东西来擦一擦。

刘年急忙把手巾递过去。

她没有接，看见灶上有一块围裙，顾不上干净，抓过来就擦起来。

她背对着他，在等着他离开。

刘年站了一会儿，见她一直不回身，从怀里掏出一卷黑布放在饭桌上，说："兰英姐，求求你了，给我做双鞋吧，我的鞋都露脚指头了。"说完，怏怏地走了。

"想得美！"冯兰英哼一声，转过身长长地松了一口气。

她回到门口，将头发抖开，让南风吹着它。

刘年离开伙房，心里堵得慌，要到大门外散散心。走到大门口，见郑天道正在刷碗，看看自己露脚指头的鞋，对郑天道说："老郑，给我补补鞋好吗？"

郑天道参加工作前当过修鞋匠。看看刘年，他眼珠一转说："行啊，不过，我给你补了鞋，你要给我剃剃头才行。"

刘年鄙视地说："真是老抠儿，从不做吃亏的事。"

郑天道笑笑："我不做吃亏的事，也从不白沾别人的光。"

刘年不耐烦地说："好好，你先给我补鞋，等会儿我给你剃头。"说完，拿过一个杌撑子坐在门前，把那只露脚指头的鞋脱下来，光脚垫在另一只脚面上。

郑天道从床下拿出修鞋的用具，系好围裙，开始为刘年修鞋。

刘年四处观瞧，一眼瞥见冯兰英走进了陈良石的宿舍，心里顿时像灌满了陈年老醋。

冯兰英到陈良石的屋里去收碗筷。陈良石正好吃完了，显然也喝了两盅，一张脸红红的，把筷子往碗上一放，说："我正要把碗送回去呢。"

"不用，一会儿我拿走就行了。"冯兰英并不急着要走，一下坐在陈良石的床沿上。过了一会儿，她问："上午老杜拉的啥呱，你们都喜得哈哈的？"

陈良石的脸更红了，说："他能拉啥呱？他要讹小周请客呢！"

冯兰英脸上桃花绚烂，小声地说："讲讲听听么。"说完，用水汪汪的眼睛看着他。

陈良石心里一紧，胸部急剧地波动着，双手使劲抓住椅子圈。他努力让自己平静下来，推脱道："他拉呱的时候，我忙别的事去了，没听。"

"嘁！死石头！不拉拉倒！"冯兰英使性子说。

两个人都不说话了。

沉默良久，陈良石打破了沉寂："兰英姐，你……你咋还不嫁人啊？"

冯兰英心里一振，觉得似乎有了转机，立时两眼闪光，看他一眼，害羞地低下头，说："一个嫁过人的人，谁要？"

陈良石真心实意地说："姐，我给你介绍一个行吗？"

冯兰英抬起头，迟疑地问："谁？"

"县荣军医院有位杨大夫，医道不错，人也……"

"别说了！"没等他说完，冯兰英的脸立马霜下来，后背猛然扭动了一下，意思很明确了——不要你管！

7

热风顺着纵横的阡陌,滑过初夏的脊梁。转眼间,麦子熟了,农民们那捂了一冬一春的丰收之梦就要圆了。

粮食是土地的儿女,是养育乡村的爹娘。在布谷鸟一阵紧似一阵的催促声中,悠闲的村庄开始绷紧了全身的肌肉,人们提着磨好的镰刀快步走向麦田。

粮库职工们都放假回家割麦子去了,留下来值班的是陈良石、郑天道、杜志儒和冯兰英。

郑天道离家远,回不去,杜志儒患有一种怪病,一割麦子就犯哮喘,因此也没有回家。

大忙季节,来粮库卖粮食、买粮食的都少,非常清闲,陈良石就跟杜志儒下象棋。

两个人棋艺都不高,杜志儒行棋慢,有时为走一步棋要思考很长时间,显得稳妥一些。而陈良石是个急性子,行棋快,但经常出现纰漏,老想悔棋。杜志儒却很认真,不让他悔,两个人经常为此大声吵吵。

这不,两个人又为了一步棋争得面红耳赤。杜志儒吃掉了陈良石的一个炮,抓在手里不放,陈良石去夺,他说啥也不给,陈良石一下把棋盘撅了,棋子落了一地:"不下了!"

杜志儒也不示弱,说:"不下就不下!"说着佝偻地出了门。

陈良石闲着没事,走出粮库大门,来到大街上,见有很多人从坡里往家运麦子,有的用车拉,有的用车推,有的用担挑,还有的用肩背,汗水浸湿了他们的衣服和头发。

经过漫长的、青黄不接的守候,庄稼人闻到了新麦的香味,心里头便生出一道光芒来。这光芒与天上太阳的光芒针锋相对,甚至把太阳光芒的锐利给抵消了。人们不觉得苦,甚至想,要是每天都收麦子该多好啊，那样每天都能吃到白馒头了。不管多苦多累，散发着面香的白馒头，能让所有的苦累俯首称臣。

陈良石突然间想起了尹巧凤，不知一个寡妇带着一个摔断腿的孩子，怎么把麦子收回来。想了想，一瘸一拐地向尹巧凤家走去。

路上，他遇到两位农民，一个推着独轮车，车上的麦子堆得很高，连路都看不见了，另一个在车前面用一根绳子用力拉着。由于是上坡，他们走得很吃力，陈良石赶紧上前搭把手，帮前面的人拉绳子，等上了坡，他问拉绳子的人："今年的麦子收成好吗？"

拉绳子的人说："还行吧。"

陈良石又问："今年天旱，收成没受影响？"

后面推车的人说："当然受影响了，麦粒不鼓粒，有些秕，不过，总比以前租种地主的地留下的多。"

陈良石连连点头："哦，哦。"

拉车的人说："现在这世道多好！没土匪，没盗贼，没苛捐杂税；不抓丁，不派款，不打人骂人。现在种地虽然也苦，却是为自己苦，以前苦，是为地主苦，感觉不一样呢！"

陈良石又点点头，问："国家规定今年的余粮要全部卖给国家，你们觉得咋样？"

推车的人说："国家的规定当然得听。共产党定的事咋定俺咋办！"

陈良石心中一振，朗声笑着说："好！你们的觉悟真高！"

拉车的人说："啥觉悟不觉悟的，俺家几辈子受穷，地无一垅，是共产党给咱分了地，让咱不再饿肚子，咱能不听共产党的？"

"说得好！"陈良石豁亮地说，向他伸出大拇指。

陈良石来到尹巧凤家，房门虚掩着。他推开门，炕上接着传来满囤欣喜的叫声："陈叔叔！"

陈良石答应着来到炕前，见满囤正坐在炕上用麦莛编高楼，问：

"你娘呢？"

"下地割麦子去了。"

陈良石见满囤面前有一个碗，碗里放着一块干巴巴的高粱面饼子和一块咸菜，就问："还没吃饭？"

"吃过了，俺娘说，割了麦子她要一点一点往家背，说不定啥时候才能回来做饭，要饿了让我先垫垫。"

"就吃这？"

满囤点点头："嗯。"

陈良石心里一阵发酸，继而生出一股怜悯之情，说："别吃这些了，中午我给你买肉包子吃吧。"

满囤眼睛一亮："真的？"

陈良石一笑，调皮地说："骗你是小狗。"

满囤又开始编高楼，这勾起了陈良石对儿时的回忆。小时候他跟伙伴们用麦莛或草秸编蚂蚱、螳螂和刺猬等动物，用线穿成长长的一串，拴在一根小木棍上，高挑着，在街上疯跑。

他拿过麦莛，熟练地编了一个蚂蚱，一个螳螂，并对满囤说："知道吗？这螳螂是益虫，专吃害虫，要保护它；这是蚂蚱，是专吃庄稼的害虫，见了它不能留情，要消灭它。"

满囤拿过蚂蚱说："这蚂蚱用油煎了吃才香呢，俺娘逮了蚂蚱就给俺煎了吃。"

陈良石笑笑说："这东西用火烤了也挺好吃的。"

陈良石跟满囤东扯西拉，一直玩到晌午，站起来说："你等着，我给你买包子去。"

"哎！"满囤欣喜地应着。

炎阳当空，房子和树木的影子萎缩着，懒懒地瘫在地上。一声声单调的蝉鸣，让人感到焦躁。

出了尹巧凤的家门，在路边的一个场院里，陈良石正好遇到了尹巧凤。她正背着一大捆麦子往场里走,低着头,弓着腰,绳子深深地陷进肩膀里,汗水把头发浸湿成一绺绺的,上面沾满了麦芒和麦草,像一块脏乱的毛皮贴在头上。

陈良石上前帮她把背上的麦子接下来。

尹巧凤气喘吁吁,回头一看,是陈良石,诧异地说:"咋是你?"

陈良石说:"我来看看满囤的腿咋样了,刚从你家出来。"又指了指麦子,问,"靠人背?"

尹巧凤把一绺被汗水沾在额头上的头发顺到耳后,长叹一口气说:"有啥办法,好不容易种出来,总不能让它烂在地里吧?"

"家里没有推车啥的?"

尹巧凤一听,眼就红了,咬牙说:"原来有一辆推车子,本来是俺公婆死后分家分给俺男人的,可俺小叔子宋二喜硬说是他的,抢去了。"

陈良石气愤地说:"他咋这样欺负人!"接着又问,"你没加入互助组?"

尹巧凤落下泪来,哽咽着说:"宋二喜两口子真是头顶上长疮,脚底下流脓——坏透了!谁要想帮俺,他们就拦着,甚至跟人家打架,他是想逼走俺,霸占俺的正房呢!"

陈良石听着,不由得义愤填膺:"你没去找派出所?"

"找过。俺找过那个姓潘的特派员,可他……"尹巧凤欲言又止。

"改天我跟老潘说说,治治他!"陈良石看看太阳,晌午了,说,"中午别做饭了,我给你们买包子去。"

"不用,不用!"尹巧凤连忙说。

"你不用管了,回家等着吧,刚才我已答应满囤了,不能说话不算数。"陈良石说完,转身向镇上的包子铺走去。

镇上的包子铺在东西南北街的十字路口,这里地势最高,大家都叫这里"隅头上"。

陈良石来到包子铺，包子正好出笼，卖包子的师傅揭开笼帽，习惯性地用手捏捏包子，试试生熟，然后扯开嗓子吆喝起来："包子唻，新出笼的韭菜猪肉包！"叫卖声和包子的香气传得很远很远。

陈良石掏出钱买了二十个包子，卖包子的师傅用一张大荷叶包起来，从旁边一盘纸绳上拉过绳头，很熟练地打了一个十字结，再拧一个扣，啪的一声把纸绳折断，递给他。

陈良石提了包子来到场院边，见尹巧凤正在摊晒麦子，就走过去把包子递到她手上。

尹巧凤心里一阵感动，眼角忽然挂了泪珠，嘴唇哆嗦几下。她慌忙吞下眼泪，说："这，这……让俺说啥好呢……要不，你在俺家一块吃吧。"

陈良石摆摆手："粮库里还等着我呢。"

陈良石回到粮库时，汗流浃背，上衣的胸前和背后都浸湿了一大片。

冯兰英正在等着他吃饭，问他到哪里去了，陈良石如实说，去看满囤了。

冯兰英瞪着一双诧异的眼，一边从锅里给他盛饭，一边说："那满囤与你非亲非故，你去看他干啥？你忘了那泼妇大呼小叫地骂你了？"

陈良石解释说："那天满囤摔折了腿，我也有责任，要是不搡他们，他就不会摔伤了，再说，他们孤儿寡母的，过日子也真不容易。"

冯兰英撇撇嘴说："你倒菩萨心肠！"

陈良石淡然一笑说："啥菩萨心肠，我就是见不得人受苦嘛。"

冯兰英把饭菜放在桌子上。

陈良石真饿了，狼吞虎咽地吃起来。

吃过了饭，陈良石出了伙房，看见张信宽正在饮驴，就走过去，对他说："张叔，下午你用驴车去帮尹巧凤把麦子拉回来吧。"

张信宽以为听错了："谁？ 那姓尹的泼妇？"

陈良石点点头说："是哩。"

张信宽立时梗起脖子来，说："你中邪了？ 我不去！"

陈良石一笑，说："你不是常说要惜老怜贫吗？ 那寡妇拉着一个病孩子，也够可怜的，去帮帮她吧。"

张信宽说："她骂咱骂出功劳来了？ 再说，咱粮库的人还没有用公家的牲口拉过麦子的呢。"

陈良石心里有点上火，本想说："这事我说了算！"可他还是压住火气说："下不为例。 月底发了工资，我给这头驴加点料。"

张信宽满脸的不情愿，但没再说什么，牵了驴套车去了。

8

开始收公粮了。

农户们肩挑车推从各村而来，把"爱国粮"交给粮库。

粮库同时开了两个仓门收粮，卖粮的人排成了两条长队。

陈良石把粮库的人分为两组，用两杆大秤收粮食。 那大秤由红木做成，足有两米长，单秤砣就有十斤，上面铸着"伍佰斤"的字样。

一个收粮组由四个人组成，两人用杠子抬，一人执秤报数，一人负责写单子和付款。

自新中国成立以来，公粮一直是国家财政收入的主要组成部分，财粮一家，粮就是财。 在全国财政概算中，公粮收入要占到全部财政收入的40%以上。 因此，各级政府都对征收公粮工作十分重视。

区政府派了一名副区长前来坐镇，潘少武也带了派出所的两个人来维持秩序。

陈良石呢，负责协调全面工作，由于是第一年参与征收公粮，心里没底，就不辞辛苦地到处转，到处看，恐怕哪里出现纰漏。

他对顶着烈日前来缴公粮的人们，从内心里充满了敬佩。人们把用汗珠子摔成八瓣换来的粮食交给国家，支持国家建设，是多么高的觉悟啊！当他见到老弱病残来缴公粮时，就特别怜惜，主动上前帮忙，即便他们的麦子质量稍差点，他也让人收下，倒在一边，由粮库自行整理后再入仓，省得他们再跑一趟。

当然，他对一些故意掺杂使假的人也格外提防，怕被人钻了空子，让国家吃了亏，损害了国家利益。

这天上午，陈良石看到一个中年人鬼鬼祟祟的，便对他格外留意。平常情况下，人们过完秤，为了省力气，喜欢一进仓门就一倒了之，可这个中年人过完秤，扛了口袋有意到仓角去倒。陈良石觉得反常，就跟了过去，果然发现他倒出的粮食里有一大块土坯。那人被抓了个现行，脸一下子就红了，他不知道这个瘸子就是粮库主任，还以为是雇来看仓的呢，见没有第三个人看到，抵赖说："这堆不是俺倒的。"

陈良石顿时火了："你醉死不认半壶酒钱，我亲眼看见你刚倒的，你还抵赖！"说着看了看另一袋粮食，见里面也有硬东西撑着，指了指问，"这袋子上写的是你的名字吧？粮食是你的吧？"

中年人黄了脸，怕一袋子粮食被没收了，就嗫嚅着说："是。"

陈良石解开袋口，提起口袋底部，一下把麦子倒了出来，麦子里又露出一块土坯。

陈良石拿起土坯，厉声问："这是啥？"

中年人无言以对，脸上的汗都下来了，连忙说："大哥，我错了。你饶过我吧。"

陈良石指着他的鼻子斥责道："饶过你？你跟大伙说说为啥坑国

家！"说着把他揪出仓来。

中年人没有办法，只得当着众人的面低头做检讨："今年俺地里收成不好，就想少交点儿，以后不敢了。"

副区长和潘少武听到吵闹声，赶了过来。

潘少武一下扯下中年人的上衣，拔出手枪一下对准了他的胸膛。

陈良石以为他要枪毙他，连忙上前制止："老潘，别乱来！"

周围的人吓得一下散开了，站在远处观瞧。

中年人吓傻了，脸比生姜还黄，话都说不出来了。

潘少武枪口戳在中年人的胸膛上，用力一拧，中年人"哎哟"一声，胸膛上顿时起了一个铜钱般的血印子。中年人一下跪在地上，惊恐地求饶："好汉饶命，好汉饶命！"

陈良石心里嘀咕："潘少武这下成绿林土匪了。"

潘少武黑着脸训斥道："你小子胆不小，敢来坑国家！"接着对两个手下民警说，"绑了，游街示众！"

陈良石觉得有点过分，上前跟潘少武耳语几句，潘少武却摇摇头说："那不行，收粮食是你的事，处理坏分子是我的事！"

潘少武让人找来一块木板子，上面写上"破坏收粮坏分子"几个字，拴根细绳子，挂在中年人脖子里，让他站在晒场上。

中年人像后颈被砍断了似的，垂着头，不一会儿，炎炎烈日就把他的皮肤晒红了。

中年人一直被示众至天黑，潘少武又训斥了一番才放他走。

还别说，得益于这一事件，整个夏粮收购工作秩序井然，进度快，质量好。闻韶区在全县率先完成了统购任务，受到了县政府的表扬。

收完了公粮，要趁热封仓密闭。

陈良石派人到黄河岸边的一个沙土岭拉来几车沙土，摊在晒场上曝晒。粮仓内，把麦子整平了，盖一层废旧麻袋片，铺一层苇席，然后将晒得烫手的沙土运进仓里，压盖在苇席上，最后把门窗关好，用废旧报纸把缝隙糊上。

天又热，仓内又闷，背了土，出了汗，大家身上就跟从泥汤里滚过一样。

天黑了，陈良石招呼大家收工。

收工后，大家本想痛痛快快地冲个澡，但碍于冯兰英是个女的，只好简单地洗洗手、洗洗脸去吃饭。

冯兰英很识趣，打完饭就走了，嘱咐大家吃完饭把碗筷放在桌子上就行，她明天早上来收拾。

吃过晚饭，郑天道把粮库大门一关，大家都来到晒场的东北角洗澡。晒场的边上，放着几口防火大缸，缸里的水晒了一天，热乎乎的，撩到身上非常舒服。大家用水桶提来，用舀子往身上浇。

月光浓重地泼洒下来，粉粉地映衬着，一个个赤身裸体显出了比白天厚重的轮廓。

当时，人们生活条件普遍较差，衣服很少，也不讲究，大多数人都不穿内裤，洗澡的时候都光着身子。唯独陈良石是个例外，穿着一个碎花的大裤衩子。

杜志儒从防火缸里提了一桶水，走到陈良石面前，说："陈主任，我来替你搓搓背吧。"

"好。"陈良石把手巾递给他。

杜志儒接过手巾，在水桶里投了几把，给陈良石搓后背。当他从脖子、肩膀搓到腰部时，拽拽他的大裤衩，说："主任，把这脱了吧，又没有女人，有啥不好意思的？"

陈良石马上扯紧裤腰，说："不，不，我不习惯。"

杜志儒去给他搓澡，有另外的目的。粮库的男人们裆里的东西他都见过，是他开别人玩笑的凭据，唯独不识陈良石的"庐山真面目"。 本想借给他搓澡之机，侦察一番，没想到他把裤衩子兜得很紧。 见达不到目的，就为他打了一遍肥皂，又冲洗了一遍，就回到了大伙中间。

9

公粮收完了，粮仓也密闭了，从现在到秋季收购前，是粮库一年中工作较为轻松的阶段。

这天上午，陈良石又想满囤了，就去看他。

尹巧凤正在家给猪剁草，锈刀隔着多汁的青草空洞地撞上木板，响声刺耳又辽远。 她一抬头，看见陈良石进了家门，急忙停下手里的活，把他迎进屋里。

伤筋动骨一百天，满囤的腿好得差不多了，只是走路还有点瘸。

尹巧凤把水端到陈良石面前，说了一会儿家长里短，忽然眼珠一转，一下把满囤揪过来，厉声斥道："满囤，快跪下，给大恩人磕头！"

陈良石愣了："恩人，谁是他的恩人？"

尹巧凤并不接他的话茬，夸张地对满囤说："你小小的年纪，就敢去偷国家粮库的粮食，要不是你陈叔叔心善，早把你送到派出所去了，让你蹲一辈子大牢！ 快，叫干伯，快叫呀，叫不应就别起来！"

按当地的叫法，干伯就是干爹。

满囤的腿刚好，一弯曲还钻心地疼，不想跪，可看到母亲凶巴巴的样子，快吓哭了，只好忍痛跪下来，仰脸看着陈良石，怯怯叫了一声："干伯！"

陈良石不答应，只是问尹巧凤："你这是唱的哪出戏？"接着拔腿要走。

尹巧凤也一下子跪下来，哭腔哭调地说："陈主任，您是好人，俺孩他爹死得早，满囤从小没人疼，您就收下他做干儿吧！ 满囤，抱住你干伯的腿，快叫干伯！快叫！"

满囤抱住陈良石那条假腿，连声叫："干伯、干伯……"

"唉——"陈良石脱不了身，摇摇头，郁闷地长叹一声。

尹巧凤站起来，说："满囤，起来吧，你干伯答应了。"

陈良石急忙争辩道："我啥时候答应了？"

尹巧凤说："你刚才'哎'着了，大老爷们吐口唾沫是个钉，你可不能反悔！"

陈良石意识到自己落入了她布好的陷阱，又叹了一口气，"唉——"

尹巧凤接着说："满囤，你干伯答应第二遍了。"

陈良石生气地转身就走。

刚走到院子里，就听尹巧凤激动地说："孩子，你有个当粮库主任的干伯了，咱以后有靠山了！"

"中了这个女人的圈套了！"陈良石叹口气，深一脚浅一脚地走了。

陈良石确实中了尹巧凤蓄谋已久的圈套。其实，尹巧凤的想法也简单，逼着儿子叫"干伯"，就是想找他做靠山，震一震那些欺负她的人。她料到，如果好好说，他肯定不会答应，演这么一出，不管他答应不答应，满囤在外面就叫他"干伯"，让大伙都知道了这层关系，她的目的就达到了。

陈良石回到粮库，非常愤懑，也觉得荒唐，自己还没结婚呢，怎么能认干儿子？别人会怎么说？

他发誓从此再也不理尹巧凤了。

可又一想，满囤从小就失去了父爱，多么可怜！自己又非常喜欢他……经过一番思想斗争，决定认下这个干儿子。

当了干伯，就多了一份责任。

这天上午，满囤到粮库来玩，陈良石对他说："过了年，我送你去上学吧。"

满囤歪着脖子问："上学就不用拾柴火了？那俺家做饭烧啥？"

"你可以在放学后或者星期天去拾呀，少玩会儿就行了。"

"俺娘没钱买书和本子咋办？"

"不是还有干伯我嘛。"

"干伯，你能供我念书吗？"满囤看着他，又问。

"能啊，当然能，你干伯是个男人，男人哪有连干儿上学都供不起的，那还叫男人？"

"干伯，你说话可要算数。"

"男子汉大丈夫，一言既出，驷马难追！"

满囤不知道"驷马难追"是啥意思，但知道自己能跟其他孩子一样去上学了，兴奋地蹦了起来。

下午，陈良石来到尹巧凤家，对她郑重地说："满囤这个干儿子我认下了，不过我们要约法三章：第一，只认干儿，不认你这干亲家婆；第二，满囤可以随便去粮库找我，但你不能，有事让满囤给我捎信儿；第三，春节后要让满囤去上学，不能让他当个睁眼瞎，你给他准备一下衣服和书包。"不等尹巧凤说什么，他转身就走了。

回到粮库，他对郑天道说："以后没有我的批准，不许尹巧凤踏进粮库半步！"

郑天道应道："好！"

这天，陈良石坐在桌子前合计账目，把算盘珠儿拨得噼噼啪啪直响。满囤来了，他觉得打算盘很好玩，就说："干伯，你教我打算盘吧。"

陈良石高兴地说："好啊，学会了打算盘，长大了像你文大爷那样当个会计。"

"嗯呐，那你快教我。"满囤快活地应一声，上前就把算盘拿起来一抖，害得陈良石一叠声地叫苦："上面的数我还没记下来呢，被你这一弄，要重新合计了。"

不过，陈良石并没有生气，一下把满囤搂在怀里，手把手教他打算盘："一上一、二上二、三上三、四上四、一下五去四、二下五去三……"

刚开始，满囤兴致很高，打了一会儿就觉得乏味了，胡拨珠子，乱打一气。陈良石仍不生气，看看算盘，对他说："咱不打了，我给你猜个闷儿吧。"

满囤一听说猜闷儿，又来了精神，连忙说："行，行！"

"听好了，"陈良石念了谜面，"两个将士五个兵，城上城下纪律明，诸葛军师动动手，打尽曹操百万兵。"

满囤连猜几个答案，都没有猜对。陈良石指指算盘说："笨儿子，不就是这个吗？看，这上面两个将，这下面五个兵。"

满囤恍然大悟地点点头。

陈良石又说："来，再猜一个。秦楚两国隔条岗，秦国没有楚国强，秦国英雄人五个，不及楚国人一双。"

满囤眼珠一转，看了看算盘，高兴地说："还是算盘！"

陈良石满意地点点头，称赞说："干儿子，真聪明！"

不知是受了母亲的教唆，还是粮库的饭食比家里的好，满囤便常到粮库来蹭饭。这当然要由陈良石拿饭票。陈良石只有三十斤粮食定量，多出半张嘴来，只好自己少吃些，从肚子里往外挤。

几个月下来，他瘦了，这让冯兰英看了很心疼。

陈良石常去尹巧凤家看干儿子，不久，街头巷尾便传出了闲话，说他和尹巧凤黏糊上了，经常在尹巧凤家过夜。

闲话传到陈良石的耳朵里，他红头涨脑地骂道："污蔑，污蔑！老子有那本事就好了！"

尹巧凤听到了，却不急不躁，装聋卖哑，不承认，也不争辩。要放在以前，她早找上门去把造谣传谣的人骂个狗血喷头了。

这天晚上，潘少武又来粮库找陈良石蹭酒喝。

东扯西扯的，扯到了尹巧凤，潘少武盯着陈良石，问："老陈，你认尹巧凤做干亲家了？"

"没有啊，我只是认满囤做了干儿子。"陈良石说。

潘少武稀疏的眉毛一挑，说："那还不一样？我看你最近有点儿不对劲，该不是看上那寡妇了吧？"

陈良石把盛酒的搪瓷缸子一墩，斥责道："老子是那种人吗？你也跟着扯淡！"说着一下把潘少武的酒缸子夺过来，扔出了门外，喝道，"管你喝酒也堵不住你那张破嘴！滚，滚！"

"没有就算了嘛，你这熊脾气……"潘少武没想到他会发这么大的火，只好站起来，讪讪地走了。

陈良石躺在床上，两眼盯着房梁，久久不能入睡。他扪心自问，做一件好事为啥这么难呢？自己做错了吗？他不想背这样的名声，想到了放弃，但想来想去，又怕没有人为尹巧凤撑腰，街上那些地痞流氓再去欺负她，还担心宋二喜一家人会变本加厉地挤对她，又想到满囤从小缺少父爱，很可怜，就反过来劝自己不能放弃。

接下来的日子，陈良石去尹巧凤家的次数明显少了，隔段时间去一次，去的时候还把潘少武叫上，以证明他跟尹巧凤并没有那回事。在尹巧凤家喝酒时，他们大声地划拳行令，故意让左邻右舍都听到。

这一招很灵，有了荣军英雄做干亲家，派出所特派员又经常去她家里喝酒，街上那些地痞子就不敢去招惹尹巧凤了。

尹巧凤对陈良石心存感激，无以为报，就扯了一块青布，精心为他做了一双千层底布鞋，让满囤给他送去。

过了一段时间，她见陈良石一直没穿，就问满囤："上次送给你干伯的鞋咋没见他穿呢？"

满囤说："谁稀罕你做的鞋？光兰英姨做的鞋他都穿不了，窗台上的新鞋好几双呢，干伯早把你做的那双送给俺潘大爷了。"

尹巧凤的脸上立时浮过一层阴影，心里一阵委屈，紧紧地咬住嘴唇，把哭声憋住，眼泪却泉水般地涌出眼眶。

满囤疑惑地问："娘，你咋哭了？"

尹巧凤擦擦眼窝，喟然长叹一声，哀怨地说："你干伯看不起我，人家不领咱的情啊！"

10

秋天到了。

一个星期天，天空阴沉欲坠，淅淅沥沥地下起雨来。槐树上，挂着水珠的黄叶无声地从枝头滑落，静静地落在地上。

陈良石正坐在宿舍里，用一块绸布擦他那心爱的铜号。这时，满囤来了，身上披了个包袱皮。他问："下雨了，你咋来了？"

"俺娘在家包饺子呢，让我来叫你，去俺家里过阴天。"

"过阴天？好，我去。"陈良石往身上加件衣服，问，"这阵子你娘又骂人了吗？"

"骂了，昨天晚上还坐在房顶上骂哩。"

"为啥？"

"不知谁把俺家的水瓮砸破了。"

"是谁这么缺德？"

"一定是俺二婶子，这个娘们儿太坏了。哎，干伯，你让潘大爷把她抓起来关禁闭吧！"

陈良石看他一眼，问："你看见你二婶子砸的？"见满囤摇摇头，又说，"没有证据是不能乱抓人的。"

"俺娘说，要是冤枉了她管换，准是她！"

"你娘在屋顶上骂,她没出来跟你娘打架?"

"她不敢了,打架俺娘比她厉害。上一次俺娘就把二婶的脸抓破了。"

"你娘还挺狠呢。"

"俺娘说了,有干伯撑腰,她谁都不怕!"

陈良石笑了,披件雨衣,拄了拐杖,跟满囤一块儿出了门。

路过派出所门口,陈良石想了想,喊上了潘少武,经过隅头上肉食店,买了一只金李扒鸡、一块猪头肉和一瓶酒。

来到尹巧凤家,果然看到伙房门口有一地水瓮破碎的瓦片。

陈良石看看瓦片,见西屋里宋二喜两口子正伸头往外瞧,于是提高声调说:"这是谁把水瓮砸破的?"

尹巧凤从屋里迎出来,说:"谁知道是哪个缺德的人干的好事!"一看潘少武也跟着来了,心里不由得生出一丝不快。

陈良石冲潘少武递个眼色,说:"老潘,明天找两个人来查查,查出谁干这缺德事,逮起来上刑法!"

潘少武明白其意,大声说:"好,欺负一个孤儿寡母的,算啥本事?一旦查出来非关他禁闭不可!"

他们来到北屋里,尹巧凤先为他俩沏了茶,然后把陈良石买来的扒鸡撕好,把猪头肉切了,加上葱丝拌好,摆到桌子上,自己继续包饺子。

陈良石把一根鸡腿拿给满囤,满囤坐在一个小杌子上,一边吃一边看小人书。

陈良石跟潘少武开始喝酒,一边喝一边拉些以前一起当兵时的趣事。这时,有孩子在外面喊满囤,满囤从盘子里拿了一个鸡翅膀,跑出去玩了。

尹巧凤包完了饺子,收拾了面板,坐在炕沿上看两个男人喝酒。中间,潘少武起身去门外解手,尹巧凤瞄了一眼他的脚,果然发现他脚上穿着她送给陈良石的鞋，心里一酸，委屈的眼泪落下来。

陈良石看到她抹泪，忙不迭地问："你咋啦？"

尹巧凤抽抽噎噎地说："你咋每次都叫他一块儿来？"

陈良石笑着说："叫他来给你家'避邪'啊，他这身衣服就好比门神，大鬼小鬼见了不敢进来。"

"这个人……"尹巧凤欲言又止。

陈良石开玩笑地说："咋，心疼人家吃你的饭了？"

"不是……"尹巧凤话锋一转，"你，你是不是看不起俺？"

陈良石马上说："哪儿的话？没有啊。"

"那俺给你做的鞋，咋穿在那姓潘的脚上了？你不稀罕也罢了，咋把俺的心意送人了呢？"尹巧凤说着，又抹起泪来。

陈良石想起来了，那天晚上潘少武到他宿舍喝酒，看到窗台上摆了好几双鞋，提出要一双，当时没在意，随手抓一双给了他。

陈良石一拍脑袋："哎呀，真对不起。"

尹巧凤低声道："人家纳鞋底把手都磨破了，你可好，随手就给人了。他那脏样儿，也配穿这么好的鞋？"

陈良石是聪明人，从她的埋怨中，体会到了她对自己的一种特别的情义，连忙道歉说："都是我不好，以后你送我的东西我再不会送人了。"

这时，潘少武回来了，看见尹巧凤正在擦泪，就粗门大嗓地说："有啥委屈的？说出来，老子给你做主，以后谁再敢欺负你，老子法办他！"

陈良石连忙说："没你的事，来，坐下继续喝酒。"

以后，尹巧凤虽然知道陈良石不领情，可还是照样为他做鞋，两个月一双。陈良石穿不了，让满囤拿回来，她再逼着满囤送回去。

又到了秋季收公粮的时候。

今年的庄稼是平常年景，但征购任务增加了百分之二十。在粮库主任会议上，方局长解释说，今年长江流域和淮河流域遇到了百年不遇的大洪灾，粮食大面积减产，国家要在非灾区增加粮食统购，以丰补歉，调剂余缺。

粮库主任们听了，都觉得这是鞭打快牛，表示任务落实有困难。

陈良石也担心地说："前段时间才给群众核了产，现在突然让人家多交粮食，咋跟老百姓交代啊？"

方局长有同样的顾虑，但他必须跟国家政策要求保持一致，就说："大家要服从大局，回去多做做老百姓的工作，让他们多做些贡献。"

陈良石心里不服，又说："地里就产这么点粮食，交上公粮，老百姓口粮就不够了，明年春天挨饿了谁管？"

粮食局业务股长站起来说："到时候国家会从别处调粮食来安排统销的。"

陈良石看他一眼，反问："我们明知道他们不够吃的，还要征'过头粮'，到明年春天又要从别处调粮食来，给他们供应统销，这又购又销的瞎折腾，不浪费人力物力？"

"就是啊。"主任们都随声附和。

方局长一看会议气氛不对，连忙虎起脸，脸上那道伤疤也绷得紧紧的。他严肃地说："大家别瞎议论了，这是国家计划，国家政策，懂不懂？全国一盘棋呢，这件事想通了要执行，想不通也要无条件执行。这是纪律！"

听方局长这么一说，大家面面相觑，无话可说，只有回去执行的份了。

陈良石虽然在会上有意见，执行会议精神却不打折扣。作为一名部队转业军人，听命令、守纪律是他多年来养成的习惯。他领着粮库人员走村串户，不厌其烦地进行总路线和统购统销政策教育，启发群众自觉自愿地把余粮卖给国家。

通过广泛深入的宣传动员，村里的党员、团员、干部和积极分子带头向国家交售余粮。同时，政府对辖区内的几个投机奸商进行了法办，以儆效尤。软硬办法兼施，没用一个月的时间，闻韶区的种粮户都按分配的任务交足了粮食。

陡然冷了，前几天还是暖冬，倏地进入了寒天。

太阳躲在云雾织成的厚厚的纱幕后面，发着力道不足的光。旷野残树，满目灰凉。呼呼的北风吹着尖厉的哨声，钻过衣衫，细密密地往身上扎。

早晨起床的时候，尹巧凤拿出棉裤让满囤穿上。

满囤一边穿着棉裤，一边笑着说："俺干伯真笨，做棉裤两根裤腿缝在一块了，穿上迈不开步了。"

尹巧凤急忙问："最后缝好了吗？"

"没呢。"满囤一边系着裤腰带，一边说。

"眼看就要下雪了，他不冷吗？"尹巧凤自言自语。

"他是英雄哩，英雄还怕冷？俺干伯说，在朝鲜打仗时，在雪地里，脚冻烂了都不吱一声。再说他一条假腿，塑料做的，使劲掐都不疼，更不怕冷。"满囤天真地说。

"傻儿子，英雄的肉就不长在人身上？你干伯一条是假腿，另一条不是肉长的？"尹巧凤一阵心酸，眼一阵红，差点掉下泪来。说完，找出剪刀、针线和顶针就要出门，刚走到门口却停住了脚步。她想起了陈良石的约法三章，不许她到粮库去。

她转回身，坐在炕沿上发愣。

满囤不解地问："娘，你咋了？"

尹巧凤摇摇头，看看满囤，说："没啥，快吃饭吧。"说着，给满囤拾掇了饭，到外面去了。

尹巧凤走了几户人家，借了钱和棉絮，又到镇上供销社扯了表和里，回家给陈良石缝制棉袄棉裤。

第二天下午，尹巧凤缝好了棉袄棉裤，亲自到粮库去送，在大门口被郑天道拦住了。

尹巧凤把手里的包袱抖了抖说："我是来给陈主任送棉衣的。"

郑天道却不买账，说："陈主任不在，没有他允许，你不能进粮库大门。"

尹巧凤气恼地说："你这人的心是不是肉长的？天这么冷了，给他送棉衣都不让进？"说着又要往里闯。

郑天道伸出胳膊拦住她："国库重地，说不能进就不能进！再说陈主任去县里开会了，不在。"

尹巧凤不相信，说："我去看看，要是不在，马上就走。"

郑天道说："别黏糊了！放你进来，你说不定要讹粮库些啥呢！"

"我……"尹巧凤被人揭了短处，脸一下子红了。

郑天道又说："你把棉衣留下，我转交给他吧。"

尹巧凤想把包袱交给他，又马上变了主意，说："我要亲自看看合适不合适呢。陈主任回来你告诉他，满囤病了，吵着闹着要见他，让他去俺家看看。"说完，抱着棉衣扫兴地回家了。

陈良石的确到县粮食局开会去了，会议内容主要是冬季安全防火。傍晚回到粮库，郑天道就把尹巧凤来送棉衣和满囤生病的事跟他说了。

陈良石放下洗漱用具，去看满囤。

一进尹巧凤家门，见满囤正和两个孩子在院子里玩弹杏核，上前问："满囤，病好了吗？"

满囤见是陈良石，欢喜地叫声"干伯"，说："我好好的，没生病呀。"

尹巧凤从屋里走出来,说:"他干伯来了,快进屋,满囤晚上冻着了,有点咳嗽,喝点红糖姜水发发汗就好了。"

陈良石狐疑地看看尹巧凤,没说啥,走进屋里坐下。

尹巧凤拿出棉袄棉裤,递给陈良石:"给你做了身棉衣,试试合适不?"

陈良石摸摸棉衣,连忙说:"真暄乎! 谢谢你,这花了多少钱,我给你。"

尹巧凤连忙摆手说:"你见外了,你帮俺那么多,给你做身棉衣算个啥?"

"钱一定要给,你们孤儿寡母的,不容易,我能沾你们的光?"

"我们哪是孤儿寡母,满囤不是有你当爹嘛。"尹巧凤有些暧昧地说。

陈良石一听,心里像刮过了一阵暖风,嘴上却冷静地说:"是干爹。"

尹巧凤一笑,说:"啥干的湿的,反正都是爹么!"

陈良石一时无语。

尹巧凤催促说:"穿上试试,看合适不。"

"回去试吧。"

"就在这里试试,要是不合适,我现在就给你拾掇拾掇。"

陈良石脱了旧棉袄,试穿新棉袄。他前后伸伸胳膊,连声说:"正好,正合身。"

尹巧凤又把棉裤递给他:"再试试棉裤。"

陈良石难为情地说:"不用试了,一定合适。"

尹巧凤坚持说:"试试嘛!"

陈良石重复说:"不用试了,一定合适!"

尹巧凤见他坚持不试,就说:"回去试试,不行拿回来我给你重做。"

暮色悄悄地笼罩下来，风把遮在月亮上的云彩吹开了，黄黄的、静静的月光洒在大地上。

陈良石回到宿舍，刚点上灯，冯兰英抱着一身新棉衣走了进来，一看他身上穿了新棉袄，心里一阵诧异，问："咦，穿新棉袄了，谁给做的？"

陈良石含含糊糊地说："别人做的。"

冯兰英猜出了是谁做的，还是问："别人是谁？"

陈良石稍一迟疑，还是说了实话："尹巧凤。"

冯兰英心里生起一股醋意，酸溜溜地说："我说找不到你呢，原来一回来就急着串寡妇门子去了。"

陈良石脸上一阵发烧，连忙解释："郑天道说满囤病了，我就过去看了看。"

冯兰英没听他解释，上前拽拽他的棉袄袖子，撇撇嘴说："这样的针线活也拿得出手？针脚跟巴锔子似的！"接着，解开包袱，拿出自己做的棉袄说，"来，试试我给你做的。"

陈良石心里一热，顺从地把身上的棉袄脱下来，把冯兰英手中的棉袄穿上。

冯兰英为他系好扣子，扯扯领子，拽拽袖子，扑拉掉粘在面料上的一些棉花丝，然后站在一旁，直直地看着他。

陈良石瞄一眼冯兰英，不知何故，她那慈爱的样子让他怦然心动，胸膛里像有两只兔子在跳高，脸也热胀起来。

冯兰英又让他试试棉裤，骤然间，他的情绪低落下来，想了想说："姐，你二十七了吧，你该……"

冯兰英打断了他的话说："该啥了？"

"该嫁……"陈良石只说句半截话。

"你不也该娶……"冯兰英羞涩地看着他说。

他们的话有点像两个人在练太极推手。

两个人不再说话，仿佛嘴唇之间吐出的不是话，而是火炭，一不小心就会烧到对方。

不知过了多长时间，冯兰英突然扬起脸，两眼火辣辣地、锥子一样地盯着陈良石，说："石头，你说俺对你咋样？"

很长时间没有人叫他石头了，陈良石心里一惊，盯着冯兰英看，说："兰英姐，咋问这？你是俺的恩人呢！"

"还有呢？"冯兰英期待地说。

"还有……给俺做鞋……做棉袄棉裤……"陈良石一时语塞。

沉默良久，冯兰英突然问："你嫌俺以前嫁过人？"

"兰英姐，你的事我还不知道？你那是知恩图报，为了救父亲才嫁给那个小地主崽子的。"陈良石连忙说。

过了一会儿，冯兰英又说："石头，以后别叫俺姐了。"

"不叫姐叫啥？"

"你真不明白俺的意思？跟你明说吧，俺想……俺想嫁给你！"冯兰英坚定地盯着陈良石。

在冯兰英火辣辣的目光下，陈良石乱了阵脚，呼呼地喘着粗气，结结巴巴地说："姐，不……不行！"

"咋不行？你嫌俺？那地主崽子没有桌子高，俺从没让他上过俺的身，俺还是个……是个……黄花大闺女！"冯兰英说着用双手捂住了脸。

陈良石急得脸都发紫了，说："姐，我是残废！"

冯兰英一下捉住他的手，索性竹筒倒豆子，将久闷在内心里的真情一股脑儿倾诉出来："你不就缺条腿吗？你要是看得上俺，俺就是你的腿！你累了饿了，俺侍候你，给你做饭洗衣，你病了，俺守着你、照顾你，心疼你。给你当老婆，干啥俺也心甘情愿……"说着，一下扑进他怀里。

陈良石只觉得头"轰"的一声，浑身上下像着了火，脑袋晕乎乎的，像喝多了酒。良久，他用双手推开了冯兰英，道："姐，天黑了，你该回去了。"

沉浸在幸福中的冯兰英，根本没注意到陈良石表情的变化，顺从地走了。走到门口，深情地回望一眼，像嘱咐孩子似的说："天冷了，明天早晨别忘了把棉裤穿上。"

"哎。"陈良石用颤抖的声音应道。

11

腊月二十六是闻韶镇一年之中规模最大的一个集，也是春节前最后一个集。方圆一二十里地的人都来赶集，男的女的，老的少的，买的卖的，闲赶的看热闹的，大都倾家而出，聚拢在闻韶镇的四街八隅头，真可谓摩肩接踵，衣袂遮天。

过年，是人们一年中最大、最重要的节日。年就是一个节点，有了年，漫长的岁月才有了刻度。有了这刻度，人们的脚步才有了新的起点，日子才有了新的盼头。

早晨，陈良石安排两个人在粮库看家，其他人全放了假，让他们去赶年集，买年货。

各种年货都上市了，商家们连平常卖不掉的陈货也搬出来凑热闹。闻韶镇东西南北四街分为不同的市场，西街为肉菜市，南街为衣帽市，北街为烟酒杂货市，东街为粮食果品和炮仗市。

陈良石提一个竹篮子，被人流裹挟着往前走。他先到西街买了三刀肉，每刀三斤左右，还买了鲅鱼和芫荽、藕等青菜，又去南街买了一顶时兴的鸭舌帽、一块红色的方围巾和一顶皮帽子，再去北街买了几瓶酒和一些纸香，最后到东街去买炮仗。

炮仗市设在东街的一片开阔的场院上，此时已是人山人海。

摊主们把大车停放在场院四周，为了证明自己的炮仗最响，一边叫喊，一边一挂又一挂地燃放，来吸引人们的眼球。

一位摊主穿一件破旧的棉大衣，戴一顶破棉帽，长长的棉帽耳朵紧系在下巴处，护住耳朵和腮，他手里拿一挂炮仗，走到人们面前声嘶力竭地咋呼："牛皮不是吹的，泰山不是垒的，蛤蟆嘴大不是拉的，鸭子嘴扁扁不是砸的。比一比，听一听，看看谁家的炮仗最肯响啦！"说完，就要拆包往杆子上挂。这时就有人上前说："慢，这一挂我买了！"一些人认为，摊主要试放的这些炮仗都是特制的，一定比卖的好，于是就上前买下来，脸上笑着，跟占了多少便宜似的。

摊主又从桌子上拿过一包炮仗，又是一阵白活，这次没人买，就挂在杆头上，划根火柴点着了，炮仗炸响，人们纷纷捂住耳朵。

这个摊主的炮仗还没响完，另一个摊主的炮仗又响了，此起彼伏，震耳欲聋。

陈良石比较了一下，在一家摊上买了几包百头鞭。

由于街面长，走得慢，等陈良石回到粮库时，已是下午两点多了，肚子饿得咕咕作响。

陈良石刚进粮库大门，冯兰英就从警卫室里出来，迎着他问："才回来，还没吃饭吧？"

陈良石摇摇头，说："没呢。集上太挤了，走不动。"

冯兰英上前把他胳膊上挎的竹篮子接过来，说："锅里给你留着饭呢，先去吃饭吧。"

"好。"陈良石心里一阵感动，甜丝丝的，随冯兰英一起来到伙房。

在陈良石洗手的空当，冯兰英已麻利地把碗筷和馒头摆在桌子上了。

陈良石洗过了手，并没有立即坐下来吃饭，他从怀里掏出那块红围巾，递到冯兰英眼前，说："兰英姐，过年了，我为你买了条红围巾，你看好看不？"

"给我买的？"冯兰英欣喜地拿在手上，连连说，"好看，好看！"说着抖开来，对角叠成个三角形，围在头上，反问陈良石，"好看吗？"

冯兰英的意思分明不只是问围巾好不好看了，陈良石看着她娇羞的表情，心里一颤，欣赏地说："好看，真好看！"

陈良石坐下来吃饭，狼吞虎咽。冯兰英倒了一碗开水，放到他的面前，然后坐在一旁看着他。

过了一会儿，冯兰英说："我们一起过年吧。你一个人，又不会做饭。"

陈良石巴不得，欣喜地说："行啊，我负责买肉买菜，你负责做。你看还缺啥，今天的大集一直赶到黑呢，我再去买。"

冯兰英说："我都买好了，你就别操心了。"一丝笑意像温暖的阳光在她嘴唇上一闪一闪地跳动着。

吃过饭，陈良石拿上几斤面、一刀肉和一瓶酒，骑上自行车去陈沙窝，给二叔陈洪章家送年。

陈洪章是陈良石的堂叔，陈良石父母死的时候，一切都是陈洪章帮忙操办的。因此，陈良石对二叔和二婶格外敬重。

陈良石推了自行车走进二叔家，见他正在打扫院子，喊了声："二叔！"

陈洪章黑红脸膛，一双小眼睛，眉毛灰白得都快看不到了，鼻子挺大，黄色的八字胡向两边翘着，见陈良石来了，高兴地迎上去，说："石头来了？"

二婶从伙屋里出来，腰里系着围裙，头上包一块手巾。她把手巾扯下来，抽打着身上的灰尘，亲切地说："快屋里坐。我在蒸黄面和枣山呢，快蒸熟了，走时你拿一些，省得你二叔去给你送了。"

陈良石也不客气，说："好啊，二婶，我还真馋黄面了。"说着把带来的东西从自行车上拿下来。

二婶忙接着，说："在外面工作也不容易，买这些东西干啥？"

陈良石真心实意地说："过年了，应该孝敬您二老。"

陈良石来到屋里坐下，二叔沏了茶，然后坐下来一起说话。

陈良石问起一年的收成，二叔说："不错，终于不愁吃不饱了。以前把年叫年关，过年如过关。新中国成立以后一年比一年好。上午赶集我买了肉，买了鱼，青菜买得也不少。"

陈良石激动地说："这都是共产党毛主席给了咱好日子啊。"

二婶走进屋里来，热情地邀请陈良石："你回来咱们一起过年吧！"

陈良石说："过年粮库要有人值班。别人都上有老下有小，我安排他们回家过年了，我得值班，就不回来了。"

又说了一会儿话，陈良石要告辞，二婶拿来一块笼布，包了几个黄面和两个枣山，让他带上。

从陈沙窝回来，陈良石又拿了一刀肉、两挂炮仗和新买的皮帽子去尹巧凤家。

满囤一看到炮仗，快活地跳起来。对孩子来说，对炮仗远比对吃喝穿戴更期待，更喜欢。

陈良石嘱咐他："放炮仗一定要小心，千万别炸了手。"

"嗯。"满囤拿着炮仗点点头。

陈良石把皮帽子戴到他头上："看合适不？"

皮帽子外面呈棕色，里面有一层绒毛，下面一周既可拉下来护住耳朵，又可挽上去系在头顶。满囤戴上照照镜子，说："真好看！"

尹巧凤倒了一碗水给陈良石，站在一旁看着儿子，说："还不快谢谢干伯！"

"谢谢干伯！"满囤甜甜地喊道。

"不用谢，玩去吧。"陈良石慈爱地摸一下他的头。

满囤解开炮仗，拆下几个，到院子里去放。

看着他一蹦一跳的样子，陈良石对尹巧凤说："过了年，让满囤上学念书吧，将来没有文化可不行。"

尹巧凤点点头，又叹口气说："是该去念书，可你看俺家这情况，能供得起吗？"

陈良石说："有我呢，我供他。"

尹巧凤听了，觉得一股热流涌到心里，就要流出泪来："这些日子，多亏了你，不然，俺和满囤的日子真不知道咋过呢！"她努力克制着，让声音抖得不要太厉害。

陈良石说："人这一辈子，说不定遇到啥难处。好在现在这社会好了，要搁在以前，穷人上学连想都不敢想。"

泪水落到尹巧凤微笑着的煞白的嘴唇上。她一喋，又甜又咸。

腊月二十九下午，粮库开始封仓。文省三用粉红纸写了很多封条，盖上粮库的公章。冯兰英用面粉打了一盆糨糊，倒进两个桶里。陈良石把粮库的人分为两路，一路负责在本粮库贴，一路负责到下面的粮站和粮点贴。

封完仓库，陈良石让大家把粮库内外打扫一遍，安排好了假期值班的顺序。此时已近天黑，大家匆匆赶回家过年去了。

第一批留粮库值班的共三人，陈良石、冯兰英和郑天道。

郑天道因为道路遥远，舍不得路上的盘缠，自动要求春节值班。他已整整两年没回家了。

三十上午，街上的炮仗声开始密集起来。

一吃过早饭，冯兰英就开始张罗炸年货。她准备了不少食材，藕盒子、干扁豆、小河虾、小干鱼，等等。陈良石过来给她打下手，负责烧火，俨然一副小两口过日子的情景。

炸藕盒刚出锅，陈良石就要捏了吃，冯兰英一下把他的手打开，嗔怪地说:"看你手上,黑乎乎的,洗洗去! 刚出锅,热哩。"

陈良石乖乖地走到脸盆前洗了手,回身看着冯兰英麻利地忙这忙那,心想,谁要娶了她,是谁的福分。

炸完了东西,又开始煮肉,煮完了肉又开始熬汤。 等汤熬好了,就晌午了。

郑天道来打饭,冯兰英给他盛了一大碗汤,汤上盖了一层肥肉,又用另一只碗为他盛了各种炸货,上面放了两个馒头。

郑天道连忙说:"吃不了这么多呀。"说着就要掏饭菜票。

陈良石制止说:"今天过年不收饭菜票。"

郑天道说:"这咋行,咋能占你们的便宜?"

陈良石说:"说啥占便宜,你过年都不能回家,不容易哩。 要不,我们一块喝两盅吧。"

郑天道急忙说:"不喝,我不喝酒。"说完端着碗走了。

冯兰英望着郑天道的背影,说:"他好像不太高兴。"

陈良石用同情的语调说:"过年了,想家呗。"

"一定是。"冯兰英恻隐,点点头。

三间伙房,很空旷,灶里停了火,很快变得非常清冷。 冯兰英提议把饭菜端到陈良石的宿舍里去吃。

陈良石的宿舍里点着一个用废水桶做的煤炉子,炉子上坐把铁燎壶,燎壶里的水发着升温的"吱吱"声。

陈良石在冲门的八仙桌上摆了几样菜肴和两盘馒头,用黄表纸叠了两个牌位,一个写上自己父母的名字,一个写上冯三的名字,然后劈开秫秸秆夹住,插在两个馒头上。 百姓人家,馒头是通天地敬祖宗的法宝。

点上蜡,焚上香,烧了纸,陈良石跟冯兰英分别磕了头,请逝去的亲人"回家"过年。

他们在火炉旁安了一张小桌,两人隔桌坐下。 陈良石拿出一个高高的锡酒壶，倒上酒，满到一个酒盅里，点着了，开始烤酒。等酒烤热了，斟满两盅，一盅递给冯兰英，说："兰英姐，你也喝一盅。"

冯兰英把酒盅推回他面前，说："我不会喝。"

陈良石相视一笑，说："咋不会喝？端起来往嘴里倒就行。"

冯兰英一耸鼻子，说："你喝吧，女人家哪有喝酒的？"

陈良石见她执意不喝，就说："那你多吃菜。"说着端起一个酒盅，"嘲"的一声吸进嘴里。

两个人离得很近，对视着，彼此可以从对方的眸子里看到自己缩小了的影像。

不知过了多久，屋门突然一下子被推开了，郑天道从外面撞进来，手里拿着两把烟叶。他把烟叶递给陈良石，说："陈主任，我不能白吃你的，白沾你的光，这两把烟叶送给你吧。"说完，用手拍打拍打身上的雪花。

陈良石惊异地说："咦，下雪了？"说着，把目光投向门外。

果然下雪了，柳絮一般，芦花一般，轻烟一般，雪花像天女下凡，盘旋，嬉逐，飘落，将天幕渲染成白茫茫的一片。

陈良石让郑天道坐下一起喝两杯，郑天道连忙摆摆手，说："不喝不喝，我不喝酒。"说完急忙退出屋去。

陈良石送到门口，说："晚上咱们再一块吃饺子啊。"

这顿饭吃了很长时间，吃完的时候，陈良石掏出怀表一看，已是下午两点多了。

吃完了饭，把锅碗洗刷完毕，冯兰英开始拾掇馅子包饺子。陈良石插不上手，就坐在火炉旁戳弄炉子，把炉火弄得红旺旺的，火苗从壶底和炉口之间的缝隙中蹿出来，屋里暖烘烘的。

冯兰英把一枚硬币放在白菜肉馅里，说："晚上咱看谁能吃到这个钱儿，谁吃到了谁有福。"

陈良石愉快地说，"好，谁吃到它，明年一定有好运。"

冯兰英干活干净麻利，一下午一个人就包了两大盖垫，连明天早晨吃的都够了。

由于下雪，天早早地暗下来。

街上开始传来稠密的炮仗声。

陈良石也孩子似的，拿根竹竿，挂一挂鞭炮，让冯兰英举着，自己去点引信儿。由于阴天反潮，炮仗的声响有些沉闷，可冯兰英还是有些怕，缩着脖子，头向后扭着，举着的竹竿越来越低。陈良石看了，马上走过去，站在冯兰英背后，两人合伙把竹竿重新撑高了。

等炮仗响完了，陈良石才意识到自己把冯兰英抱在怀里了，他的手紧握在她的手上，脸上一阵发烧，急忙松开，对她说："兰英姐，该下饺子了。"

下饺子的时候，冯兰英没有到伙房的大锅里去下，而是拿来一个小铁锅在煤炉子上煮。

煮好了，冯兰英把满满的一碗饺子放在陈良石面前。

陈良石看到碗里有一只样子有点特殊的饺子，会心地笑了，心想，这一定是那只有硬币的饺子，夹起来正要往嘴里放，又停住了，想了想，背着冯兰英夹到另一个碗里，然后站在门口大声招呼郑天道，让他来端饺子。

冯兰英眼看着陈良石把那碗饺子吃完了，也没吃出硬币来，就有些纳闷，以为自己看错了标记，把另一碗一下合到他的碗里，让他再吃，非要他吃出那"福"来才行。

陈良石又勉强吃了几个，把碗一推，夸张地说："真饱了，再吃就撑破肚子了。"

吃过饭，冯兰英把锅碗瓢盆收拾停当，开门一看，外面漆黑一片，屋里剌出的亮光里，雪花还在纷纷扬扬地飘着。

陈良石看看天，走过来，说："兰英姐，雪下这么大，别走了，我们一起在这里守岁吧。"

冯兰英一听，心底忽然升起一种不可抑制的、隐秘的喜悦。她开始心神不宁，接着感到心跳剧烈，嘴里发干，双膝酸软。她咬牙平息了心中的风浪，嘴上尽量平静地说："雪下这么大，想回也回不去了。"说着把门掩上，想了想，干脆把门插上了。

她做出了一个决定，今天晚上要把自己交给这个男人！

桌子上两根蜡烛明晃晃地照着，三炷黄香袅袅地升着青烟。他和她分坐在八仙桌的两边，四目对视，目光如同红线，纠缠结系在一起，把他们浑身上下都捆住了，甚至连话语都被捆住了，谁也说不出。

最终还是陈良石的目光率先敌不住了，撤退到了一边。他搜肠刮肚地想了想，旧话重提，说："兰英姐，那一年多亏你帮我逃出去，救了我，要不然……"

冯兰英继续用直率的眼神追踪着他躲闪、逃遁的目光，打断他的话，说："提那些陈芝麻烂谷子干啥？别说这些！"

不让提陈芝麻烂谷子，陈良石一时又找不到别的话题。

两个人都不作声，屋子里的空气似乎凝固了，只能听到两个人粗重的喘气声。

风从门缝里吹进来，吹得灯火直摇晃，摇晃不定的灯影子，在他们的脸上闪来闪去。冯兰英等着陈良石说话，可他显然不知道说些什么好。最后还是她率先打破了静寂："石头，春天的时候，我差点就去了省城工作呢。"

"是吗？"陈良石抬起头，瞪着好奇的眼睛问。

"刚过了年，国家要搞工业化，省城国棉厂来清阳县招女工，可愿去的人不多，政府就进行动员，我真动心了。"

"咋没去？"

"还没拿定主意呢，听说你转业回来了，就没去。"冯兰英一边说，一边用直勾勾、火辣辣的眼睛盯着他。话里的寓意很明确：我是因为你才留下来的。

陈良石不傻，当然听出了话里的意思，心里一热，拿感激的眼神直直地看了她一会儿，深深地吸口气，把目光转向黑洞洞的窗外，许久才说："你该去呢，城市里'楼上楼下，电灯电话'，生活一定更有意思。"

"你……"这显然不是冯兰英想要的回应，她内心中暗藏着的火焰般的情感，却无法引燃眼前这个男人的心，不由得黯然神伤，刚才嘴上的微笑就像被风刮走了似的。她就像一只走投无路的小鹿，两只瞪大的眼睛里充满了忧郁和不解。

焦灼的火焰，同样热辣辣地烧着陈良石的脸，烤干了他嘴里的唾沫，他干涩地叫一声："兰英姐……"接下来又说不出话了。

经过一段令人着急的沉默，冯兰英想了想说："石头，我们这么闷坐着多无趣，我们一起喝酒吧。"

"喝酒？你不是不会喝酒吗？"陈良石对她的提议非常意外。

"你不是说往嘴里倒就行吗，这有啥难的？"冯兰英说完，就到一旁的盆子里拾炸货，还切了一盘熟肉，剁了蒜末撒上，倒些酱油拌了，端到火炉旁的小桌上。

陈良石很高兴，急忙拿来酒壶酒盅要烤酒。冯兰英说："这太费事了，用这个。"说着，拿来了那两个印着"上海战役战斗英雄"和"抗美援朝战斗英雄"的搪瓷缸子，"咚咚咚"倒上酒，一个递给陈良石，自己端起另一个，豪爽地说："兄弟，过年好！"

陈良石悲喜交集，眼泪一下子盈满眼眶，深情地说："姐，应该我敬你。来，姐，过年好！"

"当"的一声，他们的搪瓷缸子碰在一起，都喝了一口。

冯兰英从来没有喝过酒，觉得烧酒像一条火蛇顺着喉咙钻进胃里，沿途火光冲天，脑袋里顿时烟雾弥漫，嗓子一痒，止不住咳嗽起来。

陈良石说:"你真不会喝酒,喝得太猛了。慢点喝,来,吃点菜压压。"说着,夹一片肉送到她的嘴边。

冯兰英张嘴把肉吃到嘴里,嚼了一会儿,才止住了咳嗽,脑袋里稍微明朗了一些。她对陈良石说:"跟你一起过年真高兴,往年一个人又冷清又苦闷。今儿个高兴,来,再喝一杯!"说完,又喝了一大口,喝完后又开始咳嗽。

陈良石看了心疼,劝她说:"你要不能喝,就别喝了。"

冯兰英却跟自己较劲地说:"喝!酒壮怂人胆,喝!"

"酒壮怂人胆?"陈良石觉得这句话很突兀,这个时候说出来好没因由,她在指什么呢?做啥事需要壮胆?才喝两口酒就说醉话?

冯兰英看着他懵懂的样子,问:"不明白?"

陈良石摇摇头。

"不明白?来,再喝!"冯兰英喝下一口酒,脑袋就像是一大堆麦秸被天火烧着了,烈焰冲天。她又开始咳嗽。

陈良石愣住了,不知所措地看着冯兰英,说:"你没喝过酒,就不要喝了。"

冯兰英拿过酒瓶,又"咚咚"地往缸子里倒了些,端起来,硬着舌头说:"我想喝,我想喝醉!"说着,端起缸子独自喝了起来。

"兰英姐,你不能再喝了!"陈良石发觉她不大对头,急忙站起来夺她手里的缸子,缸子中的酒泼洒在两个人的手上。

冯兰英嘴里喃喃地说道:"能……我能……能喝!"

渐渐地,她站不稳了,眼看要倒下去,陈良石急忙上前扶住,她的双手一下子吊住了他的脖子,目光迷离地望着他,说:"石头,俺早就看中你了,今天,你……你……要了俺吧。"

陈良石的心"咚"地被敲了一下,她原来要喝酒壮胆说这些!他浑身的血登时成了"咕嘟咕嘟"冒泡的沸水,用力箍抱着她,眼睛盯着她，心里想着她，眼睛潮湿了，呼吸粗重了，半天才吐出一句话来："姐，我的恩人！姐，我的冤家！"

冯兰英已无力说话，胃里一阵翻江倒海，哇的一声吐了出来。陈良石急忙弯下腰，用一只胳膊抱住她，腾出一只手来，轻轻地叩击她的后背。

吐完了，冯兰英就像一条柔软无力的蚕，一根骨头也没有了。陈良石拖着一条假腿，艰难地把又软又滑的她抱到床上。

烛光把她的脸映得绯红，她的胸脯不规则地起伏着。

一种不可名状的冲动像热浪撞击着陈良石的心扉，他伏下身子，用双手捧住她的脸，深深地吻下去。

他没有亲吻的经验，格外地笨，格外地仓促。他吻她的脸颊，她的眼睛，她的耳朵，她的鼻子，她的额头和她的脖颈。

他想爬上床去做些什么，不料腿一下子磕碰在床沿上。"哎呀！"他咬牙叫了一声，脑子里突然清醒了，坐在床边，定定地看着冯兰英，伸手摇摇她，叫一声："兰英姐！"

冯兰英真的烂醉了，一动不动。

陈良石坐在床边，看着她，情绪迅速败坏，嘴里不停地喘着粗气，胸膛快要胀破了。

"我是个废人，我不能害她！"陈良石刺骨锥心，对天鸣誓。

他给她盖好被子，决定到外面透透气。雪花还在无声地飘落，打在他滚烫的脸上，立刻就融化了，和他眼里流出的泪水混合在一起。

他看一眼大门口警卫室还亮着灯光，就抹一把泪水，踩着厚厚的积雪走过去。

还没走近，就听到郑天道正在屋里唱小曲。走过去透过门缝一看，只见郑天道坐在桌子边，桌子上放着一把花生果，一个酒瓶子，一个茶碗。他端起茶碗抿一口酒，剥一粒花生丢进嘴里，嚼一会儿，然后很享受地闭上眼睛，用一根筷子敲着桌沿，像和尚念经一样唱起小曲来。

三月里来春风吹，
柳树枝上抽绿丝儿，
怪俊的小妮子让俺娶进门儿。
睡上那牙子床，
盖上那红绫被，
小妮子让俺尝到了好滋味儿。

五月里来暖风吹，
树上的知了叫吱吱儿，
能干的小娘子跟俺割麦子儿。
一块去推磨，
一块去磨粉儿，
小娘子为俺包了两碗肉饺子儿。

九月里来秋风吹，
树上的黄叶落满地儿，
细腰的小娘子变成了大肚子儿。
携上小筐子儿，
一起去赶集儿，
俺为小娘子买了山楂一筐子儿。

腊月里来北风吹，
天上飘下雪霰子儿，
抗战的郎哥当兵去打鬼子儿。

告别了爹和娘,
撇下了小家子儿,
再也搂不上小娘子的热身子儿。

转过年来暖风吹,
老乡给俺捎来信儿,
小娘子为俺生下个胖小子儿。
你对我有情啊,
我对你也有意儿,
见不到面面哥哥我吃饭没滋味儿……

郑天道的小曲情真意切,缠绵悠扬,让陈良石听得入了迷。

小曲停下来,陈良石再往里一看,见郑天道抿了一口酒,又丢一粒花生米,慢慢地嚼着。他想,大过年的,这"叫花子酒"也太寒酸了吧!于是返回宿舍,把刚才跟冯兰英喝酒没动儿筷子的菜合在一个大碗里,把大碗和一瓶酒放在一个竹篮子里,回头看看冯兰英还安静地睡着,便提了向警卫室走去。

来到警卫室门口,他又站住了,因为屋里郑天道又开始唱了。他不想打断他思乡的情绪。

……
日出它照东墙啊
月斜它照墙根儿,
苦累里过日子多么不容易。
草多庄稼稀啊,
无米饿肚皮儿,
俺啥时候能回家帮帮你。

过年人就长一岁啊,
树木就添道年轮儿,
越是过节越是想念亲人儿。
伢子啊,俺的心头肉,
媳妇啊,俺的心尖子儿,
山高路远谁来给俺擦眼泪啊?

雪花它打窗纸儿,
俺为你唱小曲儿,
日久天长也拆不散咱一对对儿。
你活着是俺的人儿,
死了是俺的鬼儿,
求你跟俺一起过今生下辈子儿!

曲调戛然而止。

陈良石一愣,再从门缝里往里观瞧,只见郑天道脸上流下的两道泪痕,在灯光映照下闪闪发光。没想到这个平时寡言少语的人,内心情感这么丰富!

陈良石感动得也要落泪了,心想,要是有可能,一定要帮他调回原籍工作,让他们一家人团圆。他用拐杖"笃笃"地敲门,喊:"老郑,快开门。"

"谁?"郑天道问。

"还能有谁?我。"陈良石应着。

郑天道听出了陈良石的声音,急忙抹干眼泪来开门。

陈良石进了门,把竹篮子放在桌子上。在门外站得太久了,他的帽子上、衣服上都落满了雪花,郑天道急忙拿过一个扫床用的笤帚，上上下下为他扫雪，问："陈主任，你咋过来了？"

"过来跟你喝酒啊。"陈良石说着，指了指桌上的酒瓶酒杯，说，"你不说你不喝酒吗？让你在我那儿喝，你不，大过年的，咋一个人喝'叫花子酒'？"

"我……"郑天道舌头打了结，"我……怕白喝了你的酒还不了那人情。"

"啥人情啊，你的心总是这么小。我的人情你不用还！"陈良石豪爽地说着，打开酒瓶要给他倒酒。

郑天道急忙上前夺过酒瓶，说："我来倒酒。"说着，拿过一个茶碗，倒满了，端到陈良石面前，刚坐下，又站起来，走到橱子边，从橱子里端出一碗炸货，放在桌子上。

陈良石疑惑地问："咋，中午你没吃呀？"

郑天道羞赧不已，笑笑说："没呢。中午我把肉吃了，这些想留着以后解馋。"

陈良石觉得既好气又好笑，说："真不怨大家都叫你老抠儿！对自己都这么抠！"

"嘿嘿。"郑天道不好意思地笑了。

两个人开始喝酒。开始，郑天道还有些拘束，一碗酒下肚后，两个男人便敞开了心扉……

冯兰英是在炮仗声中醒来的。

她艰难地睁开眼，感觉眉心像要裂开一样疼，要坐起来，挣扎了几次才得以成功。她定定神，努力回忆着昨天晚上的事，脸先红了。可再看看床上，陈良石并不在身边，也没有他睡过觉的痕迹。"石头，石头！"她叫两声，也无应答，再看看自己的衣服，严丝合缝地扣着，又摸摸自己打着活扣的腰带，还好好地系着，心一下子失望了，继而，脸开始慢慢发烧，一种自卑感就像毒蛇一样爬满全身。

她狠狠地抓一把下身，咬牙切齿地骂道："不要脸的贱货！ 送上床人家都不稀罕！"她感到无限羞耻，比自己遭到了歹人奸污还要羞耻。

冯兰英连头带脸埋进被子里，蜷缩成一团的身子不停地哆嗦着。

她挣扎着下了床，打开门跌跌撞撞地往外跑。

雪已经停了，地上积了一尺多厚的雪。 风把乌云拨开了，东天边露出一抹红红的朝霞。

陈良石和郑天道正在扫雪，他们从大门的方向朝这边扫，哈出的热气落到围脖上结成了白霜。 冯兰英一下子明白了，陈良石是在郑天道屋里过了一夜。

陈良石在远处对她喊："你别过来，我们扫吧，你把炉子戳旺了，负责下饺子吧。"

冯兰英并不停下，仍是深一脚浅一脚地往前走。 等走到跟前时，陈良石才发现她面色阴沉，眼睛红红的，问："兰英姐，咋了？ 你去干啥？"

冯兰英低下头，用干干的舌头舔了舔冰凉的嘴唇，没有吱声。 陈良石拉她一把，她使劲挣脱了，双手捂着脸，沿着他们刚扫出的道向大门外跑去。

"谁惹她了？ 大过年的咋使脾气了？"郑天道望着她的背影，疑惑地问。

"谁知道啊？"陈良石嘴上这么说，其实心里了然，是自己辜负了她，让她失望了！ 目送她远去，心像掉进了冰窟窿，五味杂陈的表情凝固在脸上。

接下来几天，陈良石都是在沮丧的情绪中度过的，白天跟值班的人员在院子里扫雪，然后用车子把雪推到大门前面的湾里去。 晚上，吃过晚饭他就早早躺下睡了，不愿意多说话。

他曾想去看看冯兰英，又一想，见了面说啥呢？ 会不会更增加她的痛苦？

12

正月十六早上,闻韶小学开学了,陈良石为满囤准备了课本、本子、铅笔和橡皮,送他上学去。

背上书包的满囤明显多了几分神气,几分骄傲。

学校设在离闻韶台不远的一个大院子里。每天放了学,满囤都要到粮库玩一会儿才回家。

一转眼就到了春分,解了冻的田野发出一股股甜甜的、生长的气息。

自从除夕夜被拒绝,冯兰英的自尊心受到了深深的伤害,脸上总是一副忧郁、沉闷的表情,走路也总是低着头,看着自己的脚尖。

她愤愤地想:"你有啥了不起?不就是个荣军吗?荣军多着呢!当了主任就看不起人了?你要这样骄傲下去,准定打一辈子光棍儿!臭石头!"

她强迫自己忽略陈良石,疏远陈良石,可不知为什么总也做不到,恋着他的心思就像野火烧不尽的春草,不断地生长。不久,她又原谅了他,开始关心他。这不,她又来给他收被子了。她用一个鸡毛掸子,倒过来使劲地抽打着被子上的浮土,然后从左边往里一叠,从右边往里一叠,撩起一头往肩上一搭,拿到他的宿舍里去了。

正巧,这一幕被从粮库门口路过的尹巧凤看到了,她的心里就像打翻了一坛子酿制了许久的老醋,酸得牙根发痒。她突然想进去问问冯兰英为啥给陈良石晒被子,于是放下柴筐,要到粮库里来。刚要进门,郑天道照例上前拦住了她。

尹巧凤说:"我找陈主任有急事。"

郑天道还是那句话:"不行。陈主任说过,没有他的批准,你不能踏进粮库半步。"

尹巧凤撒谎说:"是他叫俺来的,他的褂子破了,让俺来给他缝缝。"

郑天道认真地说:"不管啥原因,只要陈主任没通知我,我就不能放你进来。"

尹巧凤恳求说:"就让我进去吧,我一会儿就出来。"

郑天道仍坚定地说:"说不行就不行!"

尹巧凤实在没辙,恨恨地看着郑天道,用鼻子哼一声,说:"过天我非到粮库里去不可!"说完,悻悻地走了。

回家的路上,突然的一个念头在她心里翻腾起来,像一团火越烧越旺——我一定要嫁给他!

闻韶粮库的工作变得紧张起来。

去年秋季收购时陈良石意料的后果果真发生了。由于当时征收了"过头粮",现在出现了人人谈粮食、户户要统销的情况。青黄不接,国家不得不从外地调来粮食供应统销粮。陈良石跟大家一起调运粮食,卸车收发,忙得站不住脚,一天下来身子就像散了架。

虽然累,陈良石却改不了早起的习惯。起床后,先在院里转一圈,看地上有没有散落的粮食,如有就捡起来放回仓库里。

清晨,金黄的阳光里有一股甜甜的蜂蜜的味道。他刚出门,忽然看到院中的大树上飞来了一只白头翁,是雄鸟,立在大槐树刚刚冒出嫩芽的枝丫上,响亮地啼叫。稍后,一只雌鸟从院外的一棵树上飞过来,先是矜持地立在房脊的瑞兽边,审慎地端详着雄鸟,再娇声回应,然后"扑啦"一翅子飞到雄鸟身边,两颗洁白圆圆的头顶开始在枝丫间不停地弹动。

看到这番生动景象,陈良石为之一振,心里产生了一种春光浓艳的向往。

吃过早饭,陈良石正给大家安排工作,大门口突然传过来嚷嚷声,他急忙赶过去,一看,竟是尹巧凤。

只见尹巧凤一手拿着布袋,一手拿着统销粮供应证,大声地跟郑天道嚷道:"俺来批粮食,别人能进,为啥俺不能进?"

郑天道站在门口中央,伸开双臂挡着她:"没有陈主任的批准,你就不能进!"

尹巧凤愤愤地大声说:"俺是二等公民? 你们粮库的人还讲不讲道理?"

陈良石一看,走过来说:"老郑,她来批粮食,让她进来吧。"

郑天道闪到一边,尹巧凤走到他面前时,斜他一眼,把布袋朝他面前一抖,飞扬的粉尘扑了他一脸。

她走进粮库院内,并不向批粮食的仓库走,直接走向陈良石的宿舍。

陈良石连忙说:"错了,仓库在那边!"说着向东一指。

她像是没听见,还是向他的宿舍走去。

陈良石一看,急忙追过来。

陈良石的宿舍兼做办公室,只要不外出,门总是敞开着。 尹巧凤径直走进去,气咻咻地坐在床沿上。 陈良石一瘸一拐地走进来,以为她是要私下跟自己说,多批点玉米少批点高粱,于是问:"想多批点玉米?"

尹巧凤看他一眼,说:"俺才不让你作那个难,吃啥不一样?"

陈良石问:"那你……"

尹巧凤直视着他:"俺是你干儿的亲娘呢,没事就不能到你这里来?"说着来到床边,一下把床单和枕巾扯下来,说,"你看都脏成啥样了,也不知道洗一洗,你们男人啊,离了女人伺候还真不行!"说着,又把叠在床上的几件衣服一块扔在脸盆里,端了就往外走。

陈良石想拦没拦住,说:"都是才洗过的,别洗了!"

尹巧凤只当耳旁风,来到水井旁,用辘轳打了水,呼哧呼哧地洗起来。

陈良石看着她，不知道她又在耍啥鬼点子，心里生出几分无奈。

尹巧凤洗得很慢，她盼望着冯兰英能来井上打水。不知从何时起，她心里总有跟冯兰英较量一番的欲望，尤其那天从大门口看到她给陈良石拿被子后，这种欲望更强烈了。

令她失望的是，冯兰英没有来。像比武没有找到对手，准备好的套路没有施展的机会，她心有不甘。她又开始盼着有熟人看到她，问她："你咋到粮库来洗衣裳啊？"她会大声地说："俺这是为陈主任洗的，陈主任是俺儿满囤的干伯呢！"可是，她左看右看，总看不到一个熟人，情绪一下低落下来。

洗完了，尹巧凤不紧不慢地把衣服晾晒在陈良石宿舍门前的一根晒条上。今天也是邪了，来批粮食的倒不少，可一个熟人也没有见到，更没有人关心她给谁洗的衣裳。这样，那句闷在肚子里的台词，沤烂了，也没有机会吐出来。

尹巧凤又在陈良石的宿舍坐了一会儿，陈良石像躲着她一样，始终不见面。她觉得很无趣，抬眼看看门外，天快晌午了，该回家给满囤做饭了，于是郁闷地站起来，拿起布袋和购粮本，无精打采地走了，连粮食也没买。

陈良石站在远处，看着尹巧凤蔫头耷脑地走了，心乱得就像攀满篱笆的豆角秧，复杂交错……

这天，天上下起了小雨，空气里吹来湿漉漉的风。

为防粮食返潮霉变，雨天是不能开粮仓卖粮的，大家迎来了一个难得的休息日。下午，陈良石和杜志儒下象棋，杜志儒占了上风，车马炮把陈良石的一个马围住了。神神气气的杜志儒满脸笑容，挺着身子，不停地催促说："走啊，快点走啊！你这是象棋还是相面？"

陈良石正低头看着棋盘，见马确实无处可逃了，就琢磨着怎么兑个子儿,这时,冯兰英来了,一屁股坐在床沿上,霜着脸。

陈良石抬头一看,诧异地问:"兰英姐,咋啦? 脸阴得够厚的啊。"

经他这么一说,冯兰英的脸上果然落下了雨点。

杜志儒却眼盯着棋盘,没轻没重地说:"兰英妹子,有事等我们下完了这盘棋再说,你看,他这个马死定了,我是车马炮,他只剩下单车滑炮,我很快就把他将死了。"

一句话惹恼了冯兰英,她猛地冲过去,一下把棋子弄乱了,气呼呼地说:"将啥将,你走吧,我找陈主任有事呢!"

陈良石的棋要输,冯兰英上来把棋打乱了,正好借坡下驴,笑着打圆场:"找我有事? 是伙房要吃结余,还是谁吃饭没拿饭票?"转身对杜志儒说,"你回去吧,等有空咱再下。"

杜志儒恋恋不舍地把手里攥着的那个棋子放在桌上走了。

陈良石急忙问:"兰英姐,到底咋了?"

冯兰英擦把眼泪,说:"刘年他……"

陈良石一惊,急忙问:"刘年欺负你了?"

冯兰英点点头。

陈良石心里一震,问:"对你动手动脚了?"

"那倒没有,"冯兰英吞吞吐吐地说,"他……他净缠着俺。"

陈良石当然明白"缠着"的意思,提高嗓门儿问:"你答应了?"

冯兰英瞪他一眼,跺跺脚说:"俺哪会答应?"

陈良石咬牙说:"他敢动你一根手指头,老子削他!"

冯兰英见他义愤填膺的样子,不再说话,从怀里摸出一只鞋底子,嗤嗤地纳起来。

第二天,小雨还在紧一阵慢一阵地下个没完。

陈良石把刘年找来,让刘年给他理发。 其实,他的头发并不算太长,他只是想借此跟刘年拉拉。

开始，刘年剪得还算认真，一把剪刀"嚓嚓嚓"发出有节奏的声音。

陈良石开门见山地说："刘年，你以后不要再纠缠冯兰英了。"

刘年心里一惊，手一哆嗦，剪刀一下在他头顶上剪了个坑。

因为刘年站在身后，陈良石没有发现他的情绪变化，继续说："冯兰英不中意你。"

刘年手又一哆嗦，剪刀又在他头顶上剪了个坑。他停下来，许久才说："她中意谁？"

陈良石没想到刘年会这么反问他，一时语塞了，回头看他一眼。

刘年一改对陈良石毕恭毕敬的态度，问："冯兰英现在是不是单身啊？"

"是啊。"

"她是单身，我也是单身，新社会讲究男女平等，自由恋爱，我追她，不犯法吧？"

"这……"陈良石半天答不上话来，想了想才说，"自由恋爱是不犯法，可要双方都愿意才行，不能剃头挑子一头热。"

"一头热？"刘年信誓旦旦地说，"她的心是块石头我也要把它捂热！"

陈良石一听火了，气汹汹地说："你这人咋一根筋呢？不撞南墙不回头！"

刘年生硬地说："我就一根筋，我就不回头！"说完，竟一下扯掉陈良石肩上的围布，拿了剪子剃刀，倔倔地走了。

望着刘年的背影，陈良石肚子气得一鼓一鼓的，真恨不得上前去踹他两脚。他用镜子一照，发现刘年并没有为自己理完，一边长一边短，头顶上还有两块地方露了头皮，他的火气更大了，狠狠地骂一句："浑蛋！"

没有办法，他只好用一顶帽子遮着，去了隔头上的国营理发店，剃了一个光头。

陈良石一夜没有合眼，早晨起床后对着镜子一照，见脑袋锃亮，脸色却一片灰暗。

刚开屋门，冯兰英就撞了进来，进门就哭。

陈良石慌了，忙问："兰英姐，咋了？"

冯兰英抽噎着说："刘年昨天晚上去砸俺的门。"

"啥？砸门？"陈良石不相信似的。

"晚上他砸角门，俺不给他开，他就爬墙头进到院子里，又砸俺的屋门，俺好怕呀，拖过桌子顶上，他才没把门撞开。"冯兰英一脸的后怕。

"这个王八羔子！变本加厉啦，我去找他！"陈良石声嘶力竭地骂着粗话，摸过拐杖，虎虎地向刘年宿舍走去。

刘年似乎早预料到陈良石会来找他，正在门口等着。

陈良石见到他，用拐杖指着他，火气很大地叫嚷道："你小子吃了豹子胆了？敢三更半夜去砸女人的门！"

刘年不紧不慢地说："兰英姐他误会了……"

陈良石截住他的话，说："兰英姐是你叫的？"

刘年反问："兴你叫就不兴我叫？"

陈良石用沉雷似的声音说："你知道你这是啥行为吗？你这是耍流氓呢！"

刘年又反问道："我干啥了，给我戴耍流氓的帽子？我不就想送她一块布料吗，咋成耍流氓了？"

"送布料？"陈良石疑惑地问。

刘年回屋从桌子上拿来一块花布，抖开，挑衅地对陈良石说："陈主任，你看这块花布给兰英姐做个褂子，好看不？"

刘年的这句话彻底激怒了陈良石，他眉毛倒竖起来，大骂一声："你奶奶个腿！"说着举起拐杖就打。刘年一躲，拐杖一下子打在花布上,他趁机夺门而出,一边跑一边喊:"打人了,主任打人了!"

文省三和杜志儒几个人跑过来,拉住了陈良石。

陈良石眼睛里喷射着愤怒的火苗,嘴巴里咆哮着风声,对大家说:"大家说说,这小子半夜三更去砸冯兰英的门,人家不开就爬墙头,这不是耍流氓是啥?"

刘年见有人拉架了,就走回来说:"俺跟冯兰英谈恋爱哩,不兴俺去找她?"

冯兰英正好赶过来,一听刘年这么说,脸一下红了,上前质问:"你胡说,谁跟你这样的二杆子谈恋爱? 没羞没臊的!"

陈良石指着刘年的鼻子说:"你看看,人家不答应,你这样死乞白赖的有意思吗?"

刘年挺挺脖子说:"只要她没结婚我就有这样的权利!"

陈良石用逼人的目光盯着他,怒吼道:"放屁! 谁给你欺负女人的权利?"

刘年不示弱地说:"谁给你管闲事的权利,你又不是她男人!"

"咦? 你真是老娘们儿编草绳——专找别扭呢!"陈良石气急了,抡起拐杖又要打,又一次被大家拉住了。

刘年被杜志儒几个人拉走了,文省三把陈良石拉回了宿舍,劝他消消气。

陈良石的满腔怒火怎么也憋不住,高声说:"等会儿我就去县粮食局,把这个祸害调走!"

文省三摇摇头:"咱方局长当年是县大队大队长,刘年就在他手下当兵,你去了未必能搬动他。"

"那他以后再去砸冯兰英的门,咋办?"陈良石瞪着眼问。

文省三想了想,说:"要想从根本上解决这个问题,自然是冯兰英尽快嫁人,她嫁了人,姓刘的就死心了。"

陈良石不满文省三这个主意,说:"兰英姐心定得很,没有合适的人她会嫁？一时到哪里去找合适的人？"

文省三看看陈良石，笑了，说："陈主任，你不是还没找吗？"

陈良石明白他的意思，摆摆手，痛苦地说："不行啊，兰英姐是我的救命恩人，我不能害她啊！"

文省三看着他痛苦的样子，知道他一定有难言之隐，没再细问，想了想说："那要把刘年这小子拴在粮所里才行，只好这么办了。"

陈良石听了文省三的建议，点点头："试试吧。"

陈良石吃早饭的时候，除了安排一天的工作，还说晚上要办夜校，组织业务学习，除了与粮食购销业务无关的门卫郑天道、炊事员冯兰英和饲养员张信宽三人外，其余的必须参加，不许请假，不许早退。

陈良石向郑天道交代，天黑就关大门，晚上夜校散学后，不得放任何人外出。又嘱咐张信宽，让他留心刘年。为防刘年爬树翻墙而出，他让人找来木匠，把那棵大槐树伸出院墙外的横枝丫锯了下来。

晚上，吃过了饭，大家各自搬了凳子来到办公室。一盏嘎斯灯发出吱吱的响声，喷出银亮的火苗，把屋子照得雪亮。

刘年坐在角落里，灯光照在脸上，一块暗一块亮，像幅版画。

陈良石来了，端了个搪瓷缸子，手里攥着两份文件和一张报纸。他坐下来，很郑重地做了一通开场白："毛主席教导我们说，'没有文化的军队是愚蠢的军队'，开办夜校是我们党的光荣传统。建党早期，毛主席等共产党人和革命者都开办过夜校，通过夜校向群众传播革命道理，唤起工农千百万，经过艰苦奋斗，建立了新中国。在旧社会，只有有钱人家的子女才能上学，穷苦老百姓学习文化的权利被剥夺了。包括我们在内，文化水平普遍很低，大多是文盲、半文盲，斗大的字认不了一筐。新中国成立以后，我们翻身做了主人，主人就要有主人的样子，不能再当'睁眼瞎'。你不认字就不会看报纸、学文化，就不能准确领会党和国家的方针政策，工作就会出偏差，打败仗，甚至犯路线错误。我们粮食系统的干部职工，承担着供应军需民食的重大责任，业务政策性非常强，所以我们一定要加强学习，提高本领，为国家守好这块阵地！"

接着，他领着大家学习两个中共中央文件，一个是《关于中华人民共和国发展国民经济第一个五年计划草案的决议》，一个是《关于高岗、饶漱石反党联盟的决议》。

由于陈良石文化水平也不高，念文件时难免磕磕巴巴。好不容易念完了，他把报纸递给文省三，让他领着学《人民日报》社论。

文省三开始读报。学习完了"社论"，又读了几篇"通讯"，一直学到了晚上十点半。

陈良石朝墙角处望一眼，看到刘年还坐在那儿，说："今天先学到这里，明天晚上接着学。"

陈良石每晚盯着学。一连学了几天，把手头上的文件和报纸全学完了，开始为没啥学而发愁。他脑子一转，计上心来，让文省三教大伙识字和算账。这下好了，汉字数字这么多，几年都学不完。

大家开始有些怨言，可通过学习，认识自己的名字了，歪歪扭扭地会写自己的名字了，会打算盘算账了，便对学习产生了兴趣，甚至乐此不疲。

陈良石以身作则，学得很认真，还勤做笔记，认字多了，读书、读文件变得流畅起来，组织文字的水平也提高了。

刘年知道这是陈良石在整自己，对学文化没有半点兴致，一点也记不到脑子里去。但这样一来，他白天忙于业务，晚上参加学习，就没有机会去骚扰冯兰英了。

其实，真正让刘年心灰意冷的，是方局长的态度。

这天，刘年请了假，说是回家，实际上是去了县粮食局。他向方局长告状，诉说陈良石如何打他，如何以办夜校为名整他。方局长一直苦于粮食系统的人文化水平偏低，上级政策掌握少，吃不透，缺乏管理工作经验，一听刘年说闻韶粮库办夜校，眼前一亮，觉得这不失为提高职工素质的好办法。他不仅对陈良石打人的事没有重视，反倒对他办夜校的事大加赞赏，第二天就亲自来到闻韶粮库搞调研。然后下发文件，要求全县所有粮库都要向闻韶粮库学习，掀起学文化的热潮。

接下来十几天，不少粮库都前来"取经"。

乔江龙也来了，一见到陈良石就朝他胸前捣一拳，说："好啊，陈瘸子，你小子成全县学习典型了！"

陈良石欢畅地说："咱啥时候落后过？打仗是英雄，工作是典型！"

乔江龙见他志得意满的样子，撩撩他后面的裤子说："瞧，尾巴都翘到天上去了！"

说完，两个人都笑得满脸开花。

这样的结局是刘年始料不及的。怎么会这样呢？陈良石这个人的命太硬了，怎么也克不动，坏事可以变成好事这句话竟在他身上应验了！刘年把自己关在屋里呜呜地哭起来。他感到太委屈了。

这场大哭以后，刘年简直变了一个人，像只斗败的公鸡，整天愁眉苦脸，一肚子怨气没处撒，没事就关在宿舍里，很少跟别人说话。但从他那倔强的、阴冷的眼神中，又让人感觉到他在积攒一股锐气，一股寒气，让人有些怕。

13

日子一波一波地流淌着。

农历四月初八是满囤十岁生日。陈良石买了个新书包，又买了点心和糖果，去尹巧凤家为满囤过生日。

尹巧凤把家里打扫得干干净净，收拾得整整齐齐，自己身上也经过了精心的捣饬。她上身穿的一件单薄的杏黄色褂子，被耸起的乳房支起两座高高的山峰，撑得没有一丝褶皱。下身穿一条崭新的蓝裤子，脚上穿一双绣花缎鞋，乌黑的头发挽在脑后，白皙的脸上贮满盈盈的笑意，两颗虎牙露在外面，更有一种诱人的神韵。

陈良石怔了怔，说："你今天咋打扮得这么漂亮？又不是你过生日。"

这本是陈良石一句无心的话，尹巧凤不知为什么却顿住了，回不上话来，脸腾地红了。幸而她脑子机灵，只顿了一顿，便笑道："听你的口气，好像我平时是个丑八怪。"

陈良石连忙说："我可没那么说。"

尹巧凤笑着，目光里闪烁出无数的娇嗔，噘起嘴说："你本来就是这个意思嘛。"

尹巧凤麻利地炒了一盘鸡蛋，一盘芹菜，一盘蒜薹，拌了一盘猪头肉，又拿出一瓶酒。陈良石和尹巧凤坐在桌子两边，满囤跪在桌子前的凳子上。

尹巧凤为陈良石斟满了酒，自己也倒上一杯，端起来说："他干伯，我们孤儿寡母的，多亏了你帮扶着，来，我敬你一杯。"

陈良石摆摆手，说："又说这话，客气啥？"接着端起来喝了。

尹巧凤也喝了，回头对满囤说："满囤，快敬你干伯一杯。"

满囤拿过酒壶给陈良石斟满，陈良石逗他说："儿子，陪干伯喝一杯？"

满囤端过母亲的杯子斟满，一下倒进嘴里，辣得一下吐在地上，伸着舌头，用手扇着凉风。

陈良石嘎嘎地笑着，夹了一块肉放进他嘴里，接着又问他："在学校学的啥，能跟上班不？"

"学拼音，学认字，还学算术。老师净表扬我呢！"满囤兴奋地说。

"是吗？那就好，那就好！"陈良石奖赏地摸摸他的头。

尹巧凤也很高兴，对满囤说："拿你的课本来，给干伯念念听听。"

满囤拿来书包，掏出初级小学语文课本，一页一页翻着，读起来。

读了十多页拼音和汉字，都非常流利。陈良石禁不住竖起大拇指夸赞道："好，有出息！"

听到干伯的夸赞，满囤更得意了，逞强地说："有些老师还没教呢，我就会念了，不信我念给你听——放学了，我回家去。妈妈做饭。姐姐洗菜。哥哥洒水，我和妹妹扫地。爸爸回来了。大家一块儿吃饭。我唱歌，小弟弟也唱歌。爸爸妈妈都拍手。"他一边读着，一边把书翻得"哗哗"响。

"好，好！"陈良石连声说。他一面对满囤的学习情况感到满心的高兴，同时被课文里描写的场景感动了，爸爸妈妈，哥哥姐姐，弟弟妹妹，一家人多么温馨！自己要生活在这么一个大家庭该多好！自己曾有过一个弟弟，没有满月就夭折了，也曾经有过一个妹妹，没活到三岁就因病而死，后来爹娘也先后去世，一家人只剩下他一个人孤单地活着，还是个残疾……

他这样想着，脸上兴奋的表情就低落了下来，眼窝潮湿了。

尹巧凤看在眼里，诧异地问："他干伯，咋了？"

陈良石一下醒怔过来，急忙掩饰着说："没事啊，我在为干儿子高兴呢！来喝一盅！"说着，率先端起酒盅倒进嘴里，夹口菜，调整一下情绪，又用愉快的声调问满囤，"长大了想干什么？"

满囤从没有考虑过这个问题，歪着脑袋想了半天，说："当主任！"

"当主任，什么主任？"陈良石疑惑地问。

"跟您一样，当粮库主任！"

"为啥不去当解放军，不去当科学家，不去当老师，而想当粮库主任？"陈良石饶有兴趣地看着他。

"当粮库主任有好吃的，不挨饿，"满囤抓抓头皮，又说，"还有……威风！别看你的腿不好，可走起路来比谁都威风！像老虎，谁见你都害怕。"

陈良石听了，忍不住哈哈大笑起来，笑毕，又问："我是老虎？你害怕不？"

"我不怕，干伯对我最好了。"满囤说。

尹巧凤捂着嘴笑了。

满囤一通吃喝，填圆了肚皮，提了书包上学去了。

陈良石与尹巧凤慢慢地饮着酒。他一次一盅，尹巧凤每次只用嘴唇沾一点，可脸还是红了，样子也显得更媚了。

尹巧凤忽然说："他干伯，你的头顶上有一根白头发，怪扎眼的，我给你拔去吧。"说着，就绕到陈良石的背后，仔细地扒拉着头发，分离出那根白发，用指甲掐紧了，猛地一顿，拔下来，递到他面前。

陈良石捏着白发，看了看，感慨地说："老喽。"

尹巧凤说："啥呀，你还没三十岁，咋说老了？"她停一停，仿佛运了运气，又说，"他干伯，跟你要件东西行吗？"

陈良石想都没想，满口答应说："只要我有的东西就行。"

尹巧凤说："你有。"

陈良石问："啥？"

尹巧凤说："你的心。"

陈良石身子一颤，回过头看着尹巧凤，她的眼神黏黏的，全是蜜意。他霍地站起来，定定地看着她。

尹巧凤眼里闪着莹莹的光，也直直地对视着他。

当尹巧凤看到陈良石眼神逐渐黯淡、不停摇头的时候，不解地问："你不愿意？"

陈良石脸上涂满痛苦，没有答话。

尹巧凤急切地问："你嫌俺名声不好？"不等陈良石回答，接着说，"其实俺以前撒泼那是装的哩，一些人欺负俺孤儿寡母的，要占俺的便宜，俺就装着撒泼耍赖，还不是为了领着孩子活下去？其实，俺脾气好着呢，你放心，你要同俺一起过日子，俺一定会把你侍候得服服帖帖的！"

陈良石的胸口就像有一团火在燃烧，又像有谁把他的整个内脏都掏出来不停地揉搓。他痛苦地摆摆手，示意尹巧凤不要再说下去。

看着陈良石一脸俨然，尹巧凤的心一下子从云端跌落到深潭，用手捂了脸，颓唐地坐在床沿上，悲伤地说："人家是大主任，俺配不上哩，唉！俺知道你心里装着冯兰英，那冯兰英有啥好的，不也是寡妇？"说着，她胸脯大起大伏，抽抽搭搭地哭起来，看那样子，内心受到了极大伤害。

陈良石辩解说："不是，不是，你和兰英姐，我谁都配不上，我……我是个废人！"

尹巧凤一下站起来说："不要找理由，不就是一条假腿吗？以后家里的活儿我来干还不成？"

陈良石用手使劲抓着头发，结结巴巴地说："不是，我……我是……我不是……"话没说完，便提起拐杖，像一个逃兵，一瘸一拐地走了。

他走得很快，像刮风似的。

陈良石在屋里整整躺了一天，皱着眉头，痛苦地思索着一个他实在想不通的难题。要不是县粮食局来通知要他到县里开会，也许还要躺下去。

陈良石参加的这次大会是一次有关粮食政策调整的全县干部大会，主要内容是部署粮食的"三定"政策。

新中国成立以来，国家一直实行"以农补工"的政策，不管种粮的农业人口能否吃饱，先要保证非农业人口的口粮供应。部分农民生产积极性有所下降，一些地方的农民甚至开始大量杀猪、宰牛，不再热心积肥，不再积极备耕。为了鼓励粮食生产，增加粮食供给，国家在农村要实行粮食定产、定购、定销的办法，简称"三定"。

会上，县委书记亲自传达了中央两份文件精神，县长就本县如何贯彻实施讲了具体意见。要求全县以乡镇为单位，确定每一农户的常年计划产量和粮食统购统销的数量，并向农民公布统计结果，使每一农户都知道自己是余粮户还是缺粮户，余粮户该卖给国家多少粮食，缺粮户能够向国家购买多少粮食，做到心中有数。

全县大会以后，县粮食局又召开了三天粮库主任会议，对全县大会的落实进行具体部署。

回到闻韶镇，区委抽调八十多位机关人员，组织了一百多位村支部书记、村文书共同参加的业务培训班，成立了多支工作队，然后开始了轰轰烈烈的粮食"三定"工作。

陈良石跟另外两名机关干部负责六个村的"三定"工作。

为了让群众更好地理解中央政策，借鉴上次调查统购时的经验，陈良石又让文省三设计了很多宣传展板。每到一村，他们先召开群众大会，讲解宣传中央的有关政策精神。开始，一些农户担心多报多缴，也有怕露富的，在申报土地亩数和产量时，少报瞒报。针对这种情况，工作队又深入到各农业生产合作社、互助组和单干农民中召开座谈会，说明道理，说服农户讲实话，露真情，报实产量。

要落实"三定"，首先要核实每一农户的土地亩数的土地品质。土地改革后，国家分田到户，做到了"耕者有其田"，但土地是可以自由转让的，如果一户人家种不了那么多地，可以自主转让给别人耕种。这样就形成了户与户、村与村之间的土地交叉，给土地丈量统计带来了困难。

陈良石带领两名机关干部，和村支部书记、文书一起对每一户每块地进行逐一核实。当时，农村普遍使用大亩计量，三百六十杆为一大亩，一大亩折合市亩1.8816亩，要进行现场换算，同时还要对土地品质进行评议，分为上中下三等，每块地参考历年产量和当年的长势核定单产，由单产计算出总产，然后再计算"四留"。所谓"四留"，就是给农民留下的口粮、种子粮、饲料粮和一定数量的机动粮。总产与"四留"一比较，就知道是余粮户还是缺粮户了。

这天下午，陈良石正埋头和村文书核实调查数据，突然有一个老汉撞进来，只见他帽子拿在手里，额头上沁出密密的汗珠，进了门，看见陈良石，就粗声大气地喊："石头，可找到你了。"

陈良石抬头一看，惊奇地问："二叔，你咋来了？"

二叔陈洪章用手里的帽子扇着风，一屁股坐在刚才文书坐的杌子上，端起陈良石面前的搪瓷缸子喝了几口水，然后说："石头啊，我到粮库去找你，说你到这村来了。"

陈良石拿过暖瓶，往缸子里续些水，问："二叔，有事？"

陈洪章说："当然有。"说着，拿眼看了看站在一边的文书。文书一看，知趣地走了出去。

陈洪章说："石头，工作队欺负我呢，我的地本来是下等地，可工作队却非说是上等地，一亩地给我定了三百斤的收成，哪里能收这么多？"

陈良石一听，明白了，二叔肯定是找他"走后门"的，于是问："哪坡的地？"

陈洪章说："村西那片。"

陈良石想了想，说："村西那片不是咱村的地核儿吗？定三百不高呀。"

陈洪章说："啥地核儿啊，反正打不了那么多。你去跟他们说说，给减减，你当粮库主任，这点事你说了算。"

陈良石又问:"相邻的地定了多少啊?"

陈洪章说:"都是三百……可……可我那地里有条沟哩。"

陈良石笑笑说:"二叔啊,有条沟旱能浇涝能排,地边地沿的还不搭数,该增加定产才对,你这是沾光了啊。"

陈洪章一看自己说一句陈良石截一句,就有些恼怒,伸手指点着陈良石,说:"好小子,二叔求你这么点事你都不办?"

陈良石为难地说:"二叔,这有纪律的,你的地调下来了,别人的咋办?"

"这事没商量?"二叔瞪着眼,额头上的皱纹挤成密密麻麻的一绺。

"二叔啊,这事侄子真不能办。"陈良石毫不妥协地说。

"不办拉倒!"陈洪章满心想,这是侄子说句话就一准办成的事,来时已跟村里人说了大话,没想到却吃了闭门羹。他脸涨得通红,把搪瓷缸子往桌子上一墩,转身气倔倔地走了。

陈良石追出来,大声喊:"二叔,你听我说。"

陈洪章连头都没有回,倒剪着手走远了。

陈良石用眼睛一直把他送出老远,心里一阵愧疚。心想,忙完了这阵子,一定要回家跟二叔解释清楚。

由于粮食"三定"办法合民心,政策宣传又到位,工作进展很顺利。

这天,陈良石在一户农民门口走过,见一位老农正在往大门上贴对联,走上前问:"儿子要结婚?"

老农摇摇头说:"俺儿子早结婚了,孙子都六岁啦。"

陈良石纳闷:"这不办喜事不过年的,咋贴对子?"

"你看上面写了啥,"老农指了指对子,接着念起来,"毛主席号召三定,人人高兴";接着又指着下联,"共产党规定四留,个个不愁"。最后指着横批,"努力生产"。

"你自己写的?"陈良石兴奋地问。

"那当然。"老农户脸上呈现出骄傲的神情,接着又说,"这个办法好啊,不是'三定'而应该叫'四定'。"

"为啥?"陈良石问。

老农说:"粮食的产、购、销定了,我们的心也定了,这不是'四定'?"

陈良石听了,感奋地笑起来。

14

搞完粮食"三定",麦子就快熟了,陈良石开始组织粮库的人清扫仓底,维修仓门,做着收粮准备。

这天傍晚,陈良石刚端起饭碗要吃饭,满囤气喘吁吁地跑来了,脸色煞白,一进伙房门,就上气不接下气地说:"干……干伯,不……不好了! 潘大爷要……要……枪毙俺娘!"

"啥? 你慢点说!"陈良石没听出啥意思。

满囤浑身筛糠一般,结结巴巴又说一遍,陈良石听明白了,提起拐杖,像刮风似的来到宿舍,推出自行车,蹿上去就朝尹巧凤家飞驰而去。

来到尹巧凤家,见院子外围了很多的人,但没有人敢到院子里去。 陈良石把自行车往旁边一支,径直走向尹巧凤屋里。

来到屋里,只见屋当面斜歪着一个散了架的纺车,棉布机、线穗子、暖瓶、水杯子散落在地上,一片狼藉。 潘少武手里举着手枪,用脚"砰、砰"地踹里屋的门,一边踹,一边说:"尹巧凤,装啥假正经,竟敢耍老子!"

里屋里,传来尹巧凤呜呜的哭声。

潘少武继续踹门:"尹巧凤快开门,再不开门老子可要开枪了!"

"老潘,别胡来!"陈良石大吼一声,冲过来,用拐杖打了潘少武的手腕，手枪一下子掉在地上，接着收回拐杖，一个标准的战场格斗动作，把潘少武打翻在地。

陈良石出手又快又重，潘少武本来喝了酒，脚下没根，又没有提防，"哎呀"一声摔了个嘴啃泥。

陈良石利索地把枪踢向远处，指着潘少武骂道："喝点儿猫尿就不知道姓啥了，到处胡作非为！"他越说越气愤，拿起拐杖狠狠地打了潘少武两下。

潘少武从地上爬起来，用手背擦擦嘴角的血，红着眼气急败坏地说："你狗拿耗子多管闲事呢！要不是老子平常帮她镇住那些地痞流氓，她还不知道要吃多少亏呢，还不该报答报答我？"

陈良石听着，心中的愤怒由浓烟转为火舌，指着他的鼻子骂道："你放屁！给老百姓办点事还要报答？"

潘少武低下头，但仍不服气："这寡妇是你什么人，你这么护着她？该不是你真想娶她做老婆？"

陈良石气得肺都要炸了，脸上火辣辣的，大声吼道："就算老子娶她咋了？老子娶她也不犯法，可你是有老婆的人，调戏妇女就是犯罪！走，到区上找书记说说去！"

潘少武的酒意已醒了大半，自知理亏，正想趁机逃掉，可守着这么多人又不甘示弱，于是说："去就去，老子还怕你？"说着，想过去拿枪。

满囤眼疾手快，一下冲过去把枪抢到，递到陈良石手上。

潘少武说："把枪还给我！"

陈良石说："这是凶器呢，到区上见了书记再说！"

潘少武耷拉着头，像个俘虏，陈良石在后面押着他，两人一前一后地走了。

尹巧凤站在屋门口，看着人们纷纷离去。因为受了惊吓，她脑子一片空白，连腿都迈不开了……

原来，今天下午，尹巧凤正在纺棉花，潘少武醉醺醺地来了，进了门就用一双色眯眯的眼睛盯着她，油嘴滑舌地说："咦，小娘们儿越来越漂亮了！"

其实，潘少武的这句话也没有错，自从陈良石做了满囤的干伯，尹巧凤就像变了一个人，不但很少再上房顶骂人，对人也客气了许多，还注意打扮自己了，头发整天梳得光光的，即使穿着有补丁的衣服，也总是那么干净得体。不过，潘少武语气轻佻的话显然并不是真心夸她。

尹巧凤不愿搭理他，又不想得罪他，就站起来说："来了？坐吧。"说着就去给他倒水。

潘少武没有接水杯子，手在尹巧凤的屁股上摸了摸，使劲扭了一把，尹巧凤尖叫一声，弯腰一躲，水洒了一地。

尹巧凤想逃，潘少武在门口又把她堵住，一下抱住她，嘴里的酒气一下子哈到她的脸上。他用一种被炽热的欲火烧焦了的声音说："娘们儿，这阵子老子为你挡了多少地痞流氓？你也该报答报答我了。"

尹巧凤一边使劲挣扎，一边喊人："满囤——，满囤——"可刚喊两声，她的嘴就被捂住了。

潘少武抱着她要往床上拖，尹巧凤突然不挣扎了，对他说："慢，潘大哥，我答应你，可大白天的，咱不能在外屋里干那事吧，咱到里屋床上去吧。"说着，指了指里屋门。

潘少武以为她回心转意，放松了警惕，随她到里屋去。可尹巧凤一踏进里屋，马上回身把他推出门外，咣当一声把门关上。门撞到了他的鼻子，他鼻子一酸，"哎呀"一声蹲到地上。

过了一会儿，潘少武站起来，恼怒地说："好啊，你个臭娘们儿！竟敢耍老子！"说完，三脚两脚把纺车给踹散了。

里屋里的尹巧凤开始骂起来："潘麻子，你个孬种！我早看你不是好人，想占老娘的便宜，没门儿！你不得好死！"

潘少武被骂了一肚子火，用脚踹门，尹巧凤在里面用一张桌子顶住了，门板又结实，任他把脚踹得生疼，也没有踹开。他又拔出手枪恐吓，无奈尹巧凤就是不开门，气得他把暖瓶和杯子都摔了。

他们的吵闹声惊动了四邻，大家都赶过来，一看到潘少武手里拿着枪，耀武扬威的，便都不敢上前。满囤回来一看，吓得想哭，但眼珠一转，转身跑去粮库找陈良石。

要不是陈良石及时赶来，潘少武真要朝里屋里开枪了。

经过这件事，尹巧凤对陈良石更多了一层感激。

接下来的日子，她每天晚上都睡不着觉，"就算老子娶她咋了？"这句话一直在她的脑子里回响。

她盼着陈良石再来，可陈良石一连多天都没有露面。

她去粮库，郑天道还是坚决不让进门。

该准备麦收了，别人家已经砘场，磨好镰刀准备割麦子了，她却心神不定，毫无动作。

她从心底里深深地呼唤："陈良石！"双颊被自己的泪水烫着了。

尹巧凤脖子都等长了，终于，陈良石来了。前两天，他又去县粮食局开会了。因为资源不足，国家对粮食相当重视，隔不长时间就会收到中共中央或国务院发出的指示，多是就掌握粮源统一调剂供应进行工作部署。这次开会的内容，是国家对粮食机构进行了重大调整。在此之前，粮食机构分属财政、贸易两个系统，为了全面统一落实好国家粮食政策，这次把二者合了起来。粮库也不再叫粮库，改叫粮食管理所，为管理粮食物资的综合机构，并有粮食市场管理职能。这样一来，陈良石的职务由闻韶粮库主任改为闻韶粮食管理所所长。

已是向晚时分，一弯新月像鱼一样从波浪似的流云里游出来，来到明净的天空中，将朦胧的光彩洒在大地上。陈良石提了一个新暖瓶和两个新水杯，来到尹巧凤家。见到满囤，又从口袋里抓出两把炒花生放在桌子上。

满囤黏到陈良石的背后，搂住他的脖子，用下巴轻轻地磕着他的后脑勺，说："干伯，你真好！"

"哈哈，你小子嘴还真甜！"陈良石非常开心，伸手奖赏地揪揪他的耳朵。

尹巧凤来到伙屋里灌了一燎壶水，放在一个用三块砖头临时搭起的炉子上，用木柴生了火，喊满囤来烧水。

满囤抓了两把花生装进口袋里，到伙屋里烧水去了。

陈良石掏出烟荷包，卷了一支烟，刚想摸火柴，尹巧凤先把火柴划着了，递过来，为他点上。

尹巧凤感激地说："那天多亏了你！"

"没想到潘少武这小子是这种人！"陈良石随着一口烟吐出了这句话。

尹巧凤愤恨地说："这种人不得好死！"

陈良石也诅天咒地，发誓与潘少武断绝交情，永不来往，最后负疚地说："都怪我常领他来，引狼入室了。"继而又说，"你以后不用害怕了，这小子被免去了特派员职务，调到县监狱打杂去了。"

"活该！"尹巧凤解恨地说。

水开了，满囤提着燎壶走进来，尹巧凤接过来，为陈良石沏了茶，把剩下的冲到暖瓶里，让满囤再去烧一壶。

茶杯里冒出的热气，合着陈良石嘴里吐出的蓝烟，把他的脸埋在缥缈之中。尹巧凤看着陈良石，目光变得越来越温柔，情意从里面一点一点地汪出来。她咽口唾沫，沙哑地问："他干伯，那天你说的话算数吗？"

陈良石疑惑地问："啥话？"

尹巧凤目光炯炯，单刀直入，说："你说……你说要娶俺……"

陈良石耳根一热，突然感到这房间里有一种特别的气息，黏稠、热烈、微甜，却又汹涌。他本能地拒绝着这种气息，不等她说完，佯装没听明白，岔个话头说："马上要过麦了，准备得咋样了？"

尹巧凤索然地说："有啥准备的？"

"砘场了吗？"

"没呢。"

"准备好镰刀、绳子了吗？"

"没呢。"

"问好推车子了吗？"

"没呢。"

"马上就芒种了，咋啥都没准备，地里的麦子不要了？"陈良石道。

尹巧凤知道他这是故意在打岔，满腔的柔情顿时化作一肚子怨气，突然站起来，嗓子里发出尖锐的喊声："你别东扯西扯的！你说个痛快话！那天你说的要娶俺的话还算不算数？"

陈良石脸一下子红了，辩解道："那不是跟潘少武那小子话赶话赶的吗，你还当真了？"

听了这话，尹巧凤心中的暖意瞬间凝固，委屈像水一样一点一点漫上来，眼泪扑簌簌地落下来。

陈良石见她哭了，不知该怎么劝，只是说："你哭啥呀！"说着站起来在屋里转圈。

尹巧凤嘤嘤地哭着说："你们男人都会骗人！"

这时，满囤提着水壶进了门，见到尹巧凤哭，问："娘，咋了？你哭啥？"

陈良石看他一眼，说："你娘担心割麦子没人帮呢。你放心，到时我找人帮你们。"说着，提起拐杖就往外走。

刚走到门外，就听尹巧凤哇的一声哭出来。

满囤稚声稚气地劝她，说："娘，别哭了，不是还有我吗？我帮你割麦子！"满囤这么一说，尹巧凤的哭声更响了。

陈良石的心就像核桃被砸碎了一样，可他不敢留下来，仓皇而逃。

15

伴随着潘少武被撤职调走的消息的广泛流传，陈良石要娶尹巧凤的消息也像春天随风飞舞的柳絮，飘满大街小巷。

这个消息让蔫头耷脑的刘年突然"复活"了。他又看到了娶冯兰英的希望，情绪再一次高涨起来，走路变回雄赳赳、气昂昂的样子了。

他的犟劲就像墙根的榆树，你折一下它就弯一下，可你要折断它——休想。

一大早，刘年帮冯兰英把伙房的水瓮挑得满满的，坐在板凳上等她来。等了许久，冯兰英终于来了。刘年站起来兴奋地说："兰英姐，知道吗，陈所长要娶尹巧凤了！"他的眼睛里闪出星星点点的火花，好像有萤火虫飞进了眼球。

冯兰英听了，心脏骤然一收，身子哆嗦一下，感觉一股寒气从脊椎往上升，直蹿到头部，脸上立时暗了气色。

"兰英姐，陈所长不要你了，你就跟了我吧，我们……"刘年没有觉察她脸色的变化，只顾按照自己的逻辑骚情地说下去。

冯兰英蛾眉倒蹙，凤眼圆瞪，尖声斥责道："啥你们我们的？姓刘的，你就死了那条心吧，我就是一辈子不结婚，老在家里，也决不会嫁给你这样的二杆子！"愤愤的话语里充满了蔑视。

刘年像三九天被迎头泼了一盆冷水，一下怔在那里，眼睛下面的肌肉往上一牵，一皱一皱地痉挛，刚才闪亮的眼神倏然间又散了，就像磕破的蛋黄。

酝酿许久,刘年用发狠的目光在冯兰英身上拧一把,撂下一句话:"别不识抬举,你会后悔的!"说完,趑回身,臊眉耷眼地走了。

冯兰英木木地站在那里,满怀的酸苦,直胀得胸脯快要容纳不下了。接着,眼睛一红,鼻子抽吸着,要哭,用手捂住嘴,可嘤嘤的声音还是从指缝里钻了出来。

不知过了多长时间,忽然有京剧《空城计》的唱腔传来,"我正在城楼观山景,耳听得城外乱纷纷。旌旗招展空翻影,却原来是司马发来的兵……"同时传来的还有筷子敲碗的伴奏声。冯兰英一听,知道是文省三,突然意识到,该开饭了,可自己还没做饭呢。于是赶紧收拾了眼泪,往锅里添上水,坐好篦子,馏上干粮,生了火,呼哒呼哒地拉起了风箱。

听到了风箱的喘息声,文省三没走到门口就在大槐树前停下了。

远处有人问:"文会计,这么早就吃完了?"

文省三用老生念白的腔调说:"这饭么,还没做熟啊——"

不一会儿,大家都来打饭了,见饭还没做熟,就聚集在大槐树下,有一句没一句地闲聊。

周永禄指着大槐树树杈上挂着的大铁钟问文省三:"文叔,这口钟有年头了,应该有啥讲头吧?"

"是哩,是哩。"文省三从地上捡起一节竹竿,指着钟上的一处铭文念道,"清咸丰九年,黄河决口,闻韶镇沿河十八村,捐资补堤,集资购地五十亩,空口无凭,铸钟为证。"接着指着钟体上的纹饰说,"这是'二龙戏珠'。这些花纹是卷云纹。这是缠枝莲。这是忍冬花。这是八卦纹饰。还有这一幅画,是'大禹治水图'。"最后指着铁钟两侧的铭文说,"这面是'国泰民安',这一面是'风调雨顺',你们看,这'国泰民安'四个字有没有错呢?"

大家整天在这铁钟下过,谁也没有注意到铁钟上有没有字,更没有注意到上面的字到底有没有错。经文省三这么一提醒，大家都像扯长了脖子的鸭子，仰着脸往铁钟上看。

通过办夜校，大家都能认识好多字了。杜志儒看了很久，才惊奇地喊："还真错了呢，这'国'字少了一点，而'民'字一横上面多了一点。当时铸钟的人咋这么马虎！"

"也许那人也识不了多少字。"周永禄说。

文省三摇摇头，连说："差矣，差矣。其实这是人家故意写错的，别有寓意呢。"

杜志儒疑惑地说："别有寓意，啥寓意？"

文省三解释说："人家的寓意是，要实现真正意义上的'国泰民安'，国家就要少收一点税，多给平民一点实惠，所以'国'字少一点，'民'字多一点。这叫多予少取。"

大家明白了，都对文省三佩服地点点头。

杜志儒又看了看大铁钟，说："这么说，这口钟还是个文物呢，该好好保护才是。"

文省三认真地说："确实应该。"

冯兰英听见大家在门外说话，心便有些急，风箱拉得紧，火苗催得旺，不想，欲速则不达，粥煳在锅底上了，发出一股焦煳味。她急忙把还没烧透的柴火倒出灶门，柴火冒出的烟熏得她一阵咳嗽，眼又红了起来。

吃饭的人来到伙房，一看满屋子是烟，打好饭后到外边去吃，没有一人发现冯兰英阴得要下雨的脸色和通红的眼睛。

这一年的粮食征购工作总体还算顺利。但有些土地较多的农户认为按地亩数交粮，自己交多了，不公平，坚持不交或少交；也有一些农户相互攀比，拖着不交。

这天早晨，区长罗三圣找到陈良石，说："陈所长啊，陈沙窝村进度太慢了，村里人都在看着你二叔陈洪章哩。他不交，很多人都不交。你回村去给他做做工作吧。"

陈良石一听，脸红了，像自己没完成任务一样，连忙说："好，好。"接着火急火燎地骑上自行车，跟工作队一起赶往陈沙窝村。

陈良石来到二叔家，好言相劝："二叔，求你把粮食交上吧，您侄当粮所所长，别让人看笑话啊。"

"看笑话？我一个多月前不也被人看笑话了吗？"陈洪章阴着脸，酸溜溜地说，"我的事你不是不管吗，今天咋反过来求我了？"

陈良石脸皮发烧，说："那事我确实不好管……"

二叔翻着眼，呛白说："那这事就好管了？"

陈良石听出他有抬杠的意思，心里生出了火气。

这时，二婶走过来对陈洪章说："你这老倔子，中了哪门子邪，跟国家作对能有好果子吃？"

二叔白她一眼，呵斥道："把粮食交上了，你喝风屙屁啊？"

陈良石连忙说："二叔，您看这样行不行，咱先把粮食交上，要是家里缺了吃的，找我。"

陈洪章冷冷地瞥他一眼，阳阳怪气地说："你这大所长，咱可指望不起。"

陈良石再三劝说，全是白费口舌。二叔的油盐不进，使在场的每一个人都盯着他，好像说："看你有什么办法让你二叔交公粮，他不交我们也不交！"

陈良石用拐杖戳戳地，口气里开始带点警告的意味了："二叔！别给你面子你不要了，你种的这地是哪里来的，不是国家分给你的呀？没有土地你会有这吃饱饭的日子？让你拿点公粮你觉得冤屈了？"

"你甭给我灌迷魂汤啦！没用！"当着众人的面，陈洪章强硬地说。

"我问你一句，你到底交还是不交？"陈良石瞪着他，目光凛然，提了声调。

陈洪章斜他一眼，然后把脸转向一边不说话了。

陈良石胸中的火气实在压不住了，冲着门外的两名公安人员说："来，陈洪章抗粮不交，把他绑起来反省反省！"

话音刚落，两名公安人员手拿绳子走进屋来，上前要绑陈洪章。

陈洪章像踩了弹簧似的蹦起来，太阳穴和脖子上的青筋有蚯蚓那么粗，大声咋呼道："好啊，石头，你忘本！你六亲不认！"

二婶见了，吓得脸都黄了，连忙上前求饶，说："石头啊，咋能把你二叔绑了？放了他吧，我们这就把粮食交上去。"

陈良石看了看半院子看热闹的人，知道箭在弦上不能不发了，就大声说："带走！"

陈洪章被两个公安人员带走了，陈良石也骑上自行车回到了粮所。

回到粮所，陈良石心里非常痛苦，不知道这件事是不是做得过了火。陈洪章是自己的堂叔，以前家里的大事小事都由他跟二婶帮着料理，现在自己竟让人绑了他，以后再怎么去面对二老？作为一个在农村长大的人，他深知种粮的艰辛和饥饿的痛苦，理解二叔把粮食看得比金子还重的心情，可是，粮为国基，要是大家都不交粮，那国家咋办？种地缴税，这是原则问题，没有妥协的余地！

陈良石大义灭亲的举动收到了很好的效果，陈沙窝村的公粮在第二天就交齐了，对其他村也起到了促进作用。

为加快粮食定购收尾的进度，粮所派了大车随工作队一起下村，收了粮食马上拉回来。一些水分高的小麦拉回来，无法直接入仓，就卸在晒场上，由粮所自行晒干后入仓。

这天，天气晴好，炎阳当空，粮所的人除了陈良石、郑天道和冯兰英，都下村去了。三个人把堆在晒场上的小麦摊开，进行晾晒，每隔一段时间就用推耙翻一遍。

临近中午的时候，东北天际突然传来沉闷的雷声，像是有人在推空石磨。接着，一股黑云从东面黄河大堤边涌过来，先是探出一个尖尖的头，继而迅速漫过了头顶，遮住了太阳，铺天盖地地逼压过来。顿时，狂风大作，天地片刻间笼罩在浓重的黑色之中，一场暴雨就要来临。

陈良石一看，慌了神，急忙跟郑天道和冯兰英一道抢场。可是，小麦太多了，凭他们三个人的力量一时难以堆起。他焦急地看看天，向大门口跑去喊人。

跑到大门口，一眼就看见尹巧凤和两个妇女正端了一盆衣服往家跑，他急忙咋呼道："尹巧凤，尹巧凤，快来堆粮食！"

尹巧凤听到喊声，招呼两个妇女一同跑过来，把盛衣裳的脸盆丢在地上，随手抄起家伙干起来，用耙推，用锨铲，用扫帚扫，一通手忙脚乱。

他们刚刚把麦子堆好，盖上苫布，四周压好石头，老天便咔嚓一声扔下一个响雷，大雨从云层里泼了下来，风声、雨声、雷声顿时响成一片。大家来不及躲到屋里去，急忙就近躲到粮仓的房檐下避雨。

尹巧凤见郑天道站在身边，想起自己每次来粮所他都拦着，就说："郑大哥，这回我到粮所来你咋没拦着？"

"这……"郑天道脸一红，笑一笑，"陈所长让你来你就可以来，不让你来你就不能来。"

尹巧凤看一眼陈良石，酸酸地说："这回可是陈所长亲自请我来的啊。"

陈良石眼睛一眯一眯的，脸上带着隐隐的、不出声的笑。

方向不定的风，裹挟着雨水，漫天飞洒，几道雨帘扫过，把大家身上的衣服都浇透了。

尹巧凤索性把上衣脱下来拧干，身上只穿个背心，背心贴在身上，两只乳房高高地凸起，很是显眼。

冯兰英瞄了一眼，下意识地用双手护住自己湿漉漉的前襟。她身穿单衣，叫雨一淋，紧紧地粘在身上，觉得身上光溜溜的。她想去伙房躲躲，无奈雨下得越发密了，屋顶的瓦楞上腾起了一层水烟，只好继续站在檐下。

尹巧凤把拧干的衣服重新穿好，看一眼冯兰英，一个坏主意浮上心头，上前说："兰英妹子，快把衣服脱下来拧拧干，不然要着凉的。"说着上前帮她解衣服。

冯兰英急忙抱紧前襟，躲闪着，说："不，不。"

尹巧凤嘴一撇，酸酸地说："害啥羞呀，怕人看到你的奶子？又不是黄花大闺女了。"

一旁的女人一听，打趣说："这女人啊，过门前的奶子是金奶子，过了门的奶子是银奶子，喂过孩儿的奶子是狗奶子。尹巧凤，你的狗奶子可随便让人看，人家的奶子可金贵的哟。"

尹巧凤歪一下鼻子，说："都嫁过人了，还是没开过的花儿吗？还不知让那地主崽子摸过、吃过多少遍了呢。"说着，有意去问陈良石，"陈所长，你说呢？"

陈良石脸一沉，责备道："你嘴上积点德吧！"

尹巧凤讨了个没趣，转身又要对冯兰英说什么，一回头，见她已冲进风雨中。

"兰英姐，兰英姐！"陈良石叫着，也随冯兰英冲入风雨中。

风把斜斜的雨帘撕成了碎片。

尹巧凤怔怔地看着，呆若木鸡。

陈良石一瘸一拐地追冯兰英，跑着跑着，突然脚下一滑，"哎呀"一声趴到地上。跑在前面的冯兰英听到了，回头一看，急忙停下来去扶他。尹巧凤也跑过来，拉住他的胳膊。然而，陈良石太沉了，手又滑，两个女人费尽全力，也扶不起他。郑天道和另外两个女人也赶过来，才拉起他把他扶进宿舍里。

陈良石坐在椅子上，身上沾满了泥水。额头磕破了，血顺着眼角往下淌，胳膊肘也破了，血顺着胳膊往下滴。冯兰英急忙从盆架上拿来手巾，先给他擦拭了头上的泥水，又擦了胳膊上的泥水，擦完了，找来一块干净布，从中央撕开，一块裹在他的头上，一块缠在他的胳膊上。

不一会儿，雨暂时停了下来。但云彩还叠得非常厚，似乎在重新聚集能量。

郑天道和帮忙抢场的两个妇女趁着雨停，赶回去换衣服了，尹巧凤和冯兰英站在那儿不动，像犯错的学生一样低着头。

陈良石摆摆手说："你们都走吧，小心着凉了。"

尹巧凤自知这事是自己惹的，忐忑地站在一旁，懊悔地说："今天这事都怪我。"

陈良石一皱鼻子一瞪眼，教训道："你呀，真是骡子卖个驴钱——全坏到这张嘴上！以后不许你再欺负兰英姐，不然，老子饶不了你！"

尹巧凤喏喏地应着。

冯兰英听了，心里五味杂陈。既为陈良石对自己的袒护而欣喜，又觉得他的话音里有种丈夫训斥妻子的暧昧味，她的心里生出一种失落。

冯兰英和尹巧凤前后脚走了。陈良石把门一关，衣服也没脱，痛苦地一下把自己摔在床上。

他的心拧成了一个疙瘩。闭上眼，两个女人交替着在他眼前出现，就像秋天的雾气，一忽儿清晰，一忽儿朦胧。

他问雾中的陈良石："陈良石，你喜不喜欢兰英姐？"

雾中的陈良石说："当然喜欢。"

他又问:"那我再问你,喜欢不喜欢尹巧风?"

雾中的陈良石不说话。

他催促:"说啊,喜欢不喜欢? 说实话!"

雾中的陈良石说:"也喜欢。"

他指着雾中的陈良石说:"可你只能选一个啊! 咋能脚踏两只船?"

雾中的陈良石痛苦地说:"我……我真不知该咋办啊!"

其实,陈良石心里跟明镜似的,两个女人都爱着他,他对这两个女人也都有好感,可是,如果选择了一方,肯定会伤了另一方的心。而自己有生理缺陷,选择了谁就如同让谁守半辈子活寡,这对一个女人来说,也许是更大的伤害。 两个女人全放弃,自己又心有不甘。这种选择太难了,以至于让这个一度在战场上冲锋陷阵的勇士,一时没有了突破的方向。

幸福是人类亘古恒久的追求,陈良石是个血气方刚的男人,也全身心地向往着幸福!

他用拳头擂在自己的胸脯上,"咚咚"作响,心中有一种痛苦在灼烧。 他饥渴,膨胀,仿佛要自我毁灭。

自己是个正常的男人该多好!

他自己惩罚自己,僵硬地躺在床上,不吃不喝。

16

第二天,雨还在不紧不慢地下。

冯兰英感冒了,浑身酸痛,一点力气也没有。 她倚在被垛上,两眼望着窗外。 不知过了多久,雨停了,檐口的水帘没有了,变成了水珠子,一粒一粒的,半天滴答一下,半天又滴答一下,有一种凝神的幽静。 她望着水珠子,人却走神了,走得相当远,眼睛好像还看着檐头,其实早已失焦。

她想到了养父冯三，想到了在冯三的精心呵护下快乐的成长。

她想到了魏家，想到了在魏家那种寄人篱下的遭遇。

她想到了陈良石，甚至想到了刘年……

人的命运怎么如此难以预测？自从养父冯三生病后，她一直生活在暗灰色的雾霾中，迷迷茫茫中，看不清未来。直到陈良石转业来到闻韶粮库，才觉得天又晴朗起来。她多次心问口，口问心，不得不承认自己正深深地爱着陈良石。如果说陈良石在魏家扛活时，自己对他的帮助是出于一种同情，是一种姐弟之情，那么如今，对他的爱就是深切的，透明的。

她自信自己的感觉是灵敏而准确的，能够断定他也正深深地爱着自己。从他痛苦不堪的表情中可以看出，他拒绝自己的感情，必定有难以言说的原因。

自己该怎么办呢？

爱一个人，意味着让对方幸福、快乐，如果这种爱给对方带来的是不堪的痛苦，还是爱吗？爱，不应是占有，不应是俘虏，而应是祝福，是祈祷，是放手，是牺牲，是为使他更幸福去做需要做的一切……

天，渐渐黑了。风，收起翅膀，憩息了。夜色遒劲，四野沉淀着一片幽静。天空繁星点点，突然有一颗明亮的流星拖着一条长长的尾巴，划过长空，瞬间就消失了。

她想，自己的爱情就是这颗流星吗？

她想哭，却哭不出来。

尹巧凤把家里的一只母鸡杀了，熬了鸡汤，盛在陶罐里，来给陈良石送。

陈良石假寐着，一声不吭。

她端了碗，苦求半天，可他不说一句话。她的心像泡在黄连里一样苦。

大家都来了，竭力想法子劝陈良石，劝慰的话因为说了多遍都成了陈词滥调，听着倒像是挖苦。

陈良石心乱如麻，脑袋像生铁铸的一样沉重，还嗡嗡直响。身上一会儿热，一会儿冷。阳光通过窗棂子照进来，影子仿佛是一把把刀子，把他的身体切成一块一块的，疼得他喘不过气来。

文省三来了，坐在他的床头，点了一袋烟吸着，说："为了那两个女人？"

他身子一动，睁开眼，看看他，接着又合上了，没有说话。

文省三一看，心里有底了。吸口烟，吐出来，用开导的语气说道："你是明白人，这人啊，一辈子不一定会遇到啥人啥事呢。一时看不开就记着，一时放不下就背着，一时舍不得就留着。可总有那么一天，记不清了，就要看开了，背不动了，就要放下了，留不住了，就要舍得了。不能总是患得患失。俗话说，当断不断，反受其乱。"

陈良石躺着不动，文省三却警觉地发现他的耳朵支了支，眼皮动了动，知道他在听，就继续说："我早看出来了，两个女人对你都是真心的。你应该尽快选择一个，让自己从中解脱出来，也让两个女人解脱出来。这人啊，就好比阳光下的一样东西，既有光亮的一面，也有阴影的一面，迷茫的人往往只看到阴影的一面。仰起头来能看到幸福，低下头去还能看到幸福，才算真正活明白了。不然只会走到死胡同里去。你仔细想想吧。"

文省三见他一直不说话，就在鞋底上磕掉了烟锅里的烟灰，走了。

陈良石的心就好像夹在两个磨盘中间，要被碾得粉碎。他想啊想啊，渐渐地，心里的天平开始向尹巧凤倾斜了。

他想，冯兰英虽然结过婚，但没有做过真正意义上的女人，自己身体残疾，既不会给予她性爱，今后也不会有孩子，这会让一个女人丧失天然的情感寄托而痛苦一生。从这个意义上说，娶尹巧凤可能让自己的精神压力更小一些，她毕竟嫁过两个男人，还有满囤这个儿子。而自己也正好需要一个儿子传递老陈家的香火。

可是，咋跟兰英姐说呢？

陈良石两天没吃饭了，嘴唇上结了一层白色的痂。尹巧凤看了，心里像针扎一样疼。

她决定去找冯兰英。

她急匆匆地来到冯兰英家门口，刚要进门却胆怯了。她踌躇了好大一会儿，才壮着胆子进了院子。

这时的冯兰英正木雕泥塑般坐在炕上。两天来，她多么盼望陈良石能来安慰她，来抚慰她那心上流血的伤口啊！听到敲门声，她精神一振，一下挺直了腰身，连忙说："快进，快进！"但一看到尹巧凤冒冒失失地推门进来，身子一下子塌下去。

完了。彻底完了。

冯兰英的样子让尹巧凤心碎。

尹巧凤觉得自己在家里积攒的勇气马上就要用完了，急忙走到炕前，小心翼翼地叫了一声："姐……"接着，眼泪就像夏天的雷阵雨，滂沱起雾，滚滚而下。本来，尹巧凤比冯兰英大两岁，但不知道为什么她叫了一声"姐"，连她自己都感到吃惊。

听到这声"姐"，冯兰英心里猛地一颤，缓缓地转过头，用干干的舌头舔了舔干裂的嘴唇，用痛苦的、疑问的目光直直地看着她。

尹巧凤吃力地提了提声音，说："姐，你快去劝劝他吧，也许只有你的话他才能听进去。他已经两天没吃饭了……"

"是吗？"冯兰英一惊，看一眼窗外，云彩快速地移动，太阳趁机从一道云隙间露出了脸。

阳光透过窗棂，豁然照进屋里，被分割成一条条线。光线铺在床上，有些耀眼，像一道道绚丽的纹路，缠绕着她，像绳索一般收紧，在她感到窒息的一瞬，倏然松开了。

"他已经两天没吃饭了……"尹巧凤重复说一遍，话音里透着明显的焦虑。

冯兰英并不着急，用苦恼而嫉妒的语气说："我也两天没吃饭了呢，咋没人关心我？"

"是吗？那我给你做饭吧，米面放哪里了？"尹巧凤一怔，挽挽袖子就要张罗。

冯兰英摇摇头。她平时在粮所伙房里吃，从不在家里生火，家里没有米面。

"那我去给你买点吃的吧。"尹巧凤说着就要往外走。

"不用了。"冯兰英说着，移到炕沿边，伸出脚尖懒散地在地上四下找鞋。

尹巧凤急忙跑过去，拿起她的鞋，给她套在脚上，并为她提上。

冯兰英下了炕，开始梳洗。

尹巧凤眼睛眯成一条缝看着冯兰英，焦急的火焰热辣辣地烧着她的脸，烤干了她嘴里的唾沫，她干涩得说不出话来。

冯兰英梳洗得很仔细，一点也不马虎。"让我一个人陷在泥里，总比大家都受苦强些。"她对着镜子里的自己说。说完，抿抿嘴，深吸一口气，"呼"地吐出来，仿佛因为作出了一个重大决定而如释重负。

天空中，形状不同的巨大云堆快速地变幻着，阳光透过云隙射出来，像扇子一样散开，东天边竟架起了一道七色彩虹。

冯兰英迈着两条虚弱无力的腿，来到陈良石床前。陈良石正痛苦地把脸侧向里边。她用心疼的目光编了张爱怜的网，密密地把他罩住了。 许久，她用一种不安的声调叫了一声："石头——"

陈良石的身子仿佛被撞了一下，这称呼既亲切又陌生，有点像母亲生前的呼唤。 他的眼睛啪地睁开，一瞬间就醒透了。

冯兰英异常平静地说："石头，姐姐求你件事，好吧？"

陈良石转过了身，看着她。

冯兰英说："你以前给我说的那个徐大夫娶老婆了吗？ 我想跟他见见面，你给我约约好吗？"

陈良石耳朵颤一颤，瞳孔突然放大，一下子被她的话惊着了。 什么都想过，就是没有想到这个结果，一时呆在那里，嗓子发紧，说不出话来。

屋里一派凝滞的沉默。

尹巧凤直直地看着陈良石，盼着他说句话。

仿佛过了一个世纪，陈良石突然坐起来，定定地看着冯兰英，说："姐，那人不姓徐，姓杨，叫杨中吉。 你同意了？"

"对，对，就是那个姓杨的。"冯兰英脸上挤出一丝笑。

陈良石难以对视她泪光闪闪的目光，低下头，内疚地说："姐，对不起……我……我不答应你……也是为你好。"说着语泪凝噎。

冯兰英强作笑颜，点点头："我知道，兄弟咋不盼着姐姐好呢？"

她的这句话，让陈良石的表情难以形容，他双腮肌肉颤动，泪水长流。

陈良石起了床，接过了尹巧凤递过来的饭碗，狼吞虎咽地吃起来，好像要把许久以来的苦楚连同食物一起咀嚼吞下。

"慢点吃。"尹巧凤看着他的吃相，满眼泪翳。

推下饭碗，陈良石身上像装上了强劲的弹簧。 他来到办公室，给县荣军医院的杨中吉大夫打电话，让他来粮所相亲，并嘱咐他："穿得板正点，别邋邋遢遢的！"

杨中吉本是个慢性子，可不到一个小时，就骑一辆崭新的自行车来到了粮所。要知道荣军医院离闻韶镇有四十多里呢！

杨中吉穿一身灰色的中山装，头上戴着一顶簇新呢帽，脚上穿一双锃亮的黑皮鞋。陈良石见了，笑笑说："杨大夫，你这是唱的哪一出，大热天穿这么厚，捂痱子啊？"

杨中吉擦擦满头的汗，不好意思地笑笑，说："你在电话里不是让我穿得板正点嘛，我选来选去，觉得这件衣服最板正。"

陈良石拿过一把扇子，点着他的鼻子说："你们这些知识分子呀，聪明是聪明，就是容易犯教条主义的毛病。"

陈良石把扇子递给杨中吉，让他坐下，给他沏了茶，然后去叫冯兰英。

冯兰英低着头，跟着陈良石进了门。她抬头看一眼杨中吉，正好杨中吉也在看她。杨中吉不显年轻，可也不见老，个子很高，浓眉压目，模样端正。不知为什么，此时，冯兰英倒希望他老一点，或者有秃顶、麻脸一类的毛病，甚至是歪瓜裂枣，这样才会使她的婚姻更显悲壮。可他没有，反而很标致。这让盼望自虐的她心里有点失望。

陈良石把他们相互介绍一番，就退出了屋，找文省三商量事去了。

过了一个多小时，陈良石回到宿舍，见两个人都坐着不说话。他不知道他们谈得怎么样，就把冯兰英叫出来，问："姐，这人还相得中？"

冯兰英原本就抱了无所谓的态度，为了宽他的心，强露笑颜，说："行，兄弟介绍的还能不行？"

陈良石一听，心里踏实了不少，回到屋里，笑眯眯地看着杨中吉，问："咋样，还行吧？"

杨中吉伸出舌头舔舔嘴唇，一迭声地道："很好，很好。"

陈良石郑重地说："兰英姐是个好人，也是我的恩人，以后你一定要好好地待她，要是亏待了她，我可跟你没完！"

杨中吉连忙说："哪能呢？你放心，我一定会对她好的。"

"好，走，我请你下饭店去！"陈良石说着，拉起杨中吉往外走。

外面的阳光多么刺眼，陈良石好像一下子到了另一个世界。

天蓝得像水洗过一样，空中那静静飘浮的云朵像雪一样白。

17

可这种风和景明的心情并没有维持多久，陈良石去了一件心事，又添了一件更重的心事，就是总觉得自己辜负了冯兰英，做了一件亏心事。愧疚感就像一条虫子，时常在他的心上爬来爬去，扰得他不得安宁。

陈良石决定快刀斩乱麻，尽快敲定与尹巧凤的婚事。

这天傍晚，他来到尹巧凤家，尹巧凤问："还没吃晚饭吧？"

陈良石说："今天过来，就是打谱来混饭吃的，要不，能厚着脸皮赶到饭辙了才来？"

一句话把尹巧凤逗乐了，说："你真会说笑话，我盼还盼不来呢！"说完，就挖了面擀油饼。

尹巧凤和好了面，放在面板上揉，身子一仰一合。陈良石痴痴地看着，心中那向往已久的家的味道冉冉升起。

不经意间，尹巧凤一抬头，发现陈良石正痴痴地看着自己，暧昧而又放肆。她将媚眼一抛，说："看啥？没见过揉面的？"

陈良石脸一下子红了，突然说："尹巧凤，我们……我们一起过日子吧。"

"哦，哦！"尹巧凤不敢相信自己的耳朵，抬眼看着他，激动得眩晕了，鸡啄米似的点头。

陈良石冷静下来，说："你先不要点头，我有事必须告诉你，你考虑几天再答复也不迟。"

接着,他把自己的生理缺陷实事求是地说了。

在抗美援朝的一次战斗中,他领一个排坚守一处高地,美军一连三天向高地发起无数次进攻,都被打败了。美军的飞机来了,铺天盖地地扔下炸弹,把山头削去了好几米。一颗炸弹落在他们的工事旁边,为了掩护战友,他被炸掉了一条腿,男根也被削去一截,两个卵也被炸散了黄。

讲完这段不堪回首的经历,陈良石痛苦地说:"尹巧凤,你可要想好了,你要嫁给我,就是嫁给了一个废男人,将来可别后悔。"说完,站起来抬腿就撤了。

他不想让她马上回答,毕竟这不是一件小事情。

"他干伯,别走啊,你不说在这里吃饭吗?"尹巧凤还在惊讶中,等到陈良石快到大门口时,才醒怔过来,急忙跑出去撵。

陈良石风一样地走远了,留给她一个一歪一斜的背影。

尹巧凤前思后想了三天三夜,最终拿定主意要嫁给陈良石。她已经嫁过两个男人,知道他的缺陷对自己来说意味着什么。人活着有两种状态,一种是生存,一种是生活,生存是生活的前提和基础,为了自己能活下去,不再被人欺负,为了儿子满囤能有饭吃,她认了!何况自己还深爱着这个男人!

冯兰英过门的日子选在了农历九月初六。

杨中吉本想让冯兰英早一点过门,冯兰英倒是一副无所谓的态度,可陈良石不想仓促行事,他要替冯兰英做几件嫁妆。

陈良石说:"兰英姐,你娘家没人了,就把我和巧凤当成你的娘家人吧。"

冯兰英眼含热泪,频频颔首。

陈良石一边忙工作,一边积极为冯兰英准备嫁妆。

根据1955年8月国务院发布的《市镇粮食定量供应暂行办法》精神，清阳县于10月1日起对城镇居民实施粮食定量供应，依据劳动差别和年龄大小，分为9类21个等级。这样，就要以户为单位，核实人口、评议定量、填写供应申请单，连同户口簿送当地粮食部门核发《市镇居民粮食供应证》，凭证供应粮食。集体起伙的工商企业，由所在单位按实有人口和规定的供应标准，评议定量，编造名册，填写申请单，经审查后凭证购粮。

这项工作非常复杂，同时直接涉及城镇人口能否填饱肚子，必须非常认真地落实。粮库能写会算的骨干都被抽调到了这项工作中。

陈良石每天都要调度情况，汇总数据，处理工作中遇到的一些实际问题，忙得不可开交。可他为兰英姐准备嫁妆也一点都不马虎。他为她买来一张八仙桌，两把圈椅，一个被搁子，一个樟木箱子，全是新的，让木匠漆了一层栗子红的大漆。他还买来花布和棉絮让尹巧凤为她做了三套被褥。

他很郑重地告诫尹巧凤，今后一定要好生对待冯兰英。

尹巧凤是明白人，知道陈良石能选择自己，关键是因为冯兰英主动放弃了。投桃报李，她对冯兰英彻底转变了态度，舌头甜得很，一口一个姐，很亲热，都成亲姐妹了。

她为冯兰英准备嫁妆非常热心和细心，跑前跑后，所有针线活都是她和邻居们帮着做的。

为了报答尹巧凤的热情操办，过门的前一天，冯兰英从箱子里拿出一件绣花长裙，送给她。这件长裙红底色，上面绣满了花草鸟虫，既喜兴又好看。这是当年她出嫁魏家时，父亲冯三给她置办的，一直压在箱子底没舍得穿。

尹巧凤手捧绣花长裙，受宠若惊，说："姐，你咋把这么好的东西送人？还是你自己留着穿吧。"

冯兰英说："嫌孬？"

尹巧凤连忙说："不，不，咋会呢？"

冯兰英真诚地说："过几天你也要结婚，没啥送给你，算我的一点心意。"

九月初六早晨，天没理由地降下大雾来，天地间被一张巨大的纱帐罩住了，房子、树木都在雾气里变成看不透的、乳白色的混沌，连鸡叫声都显得黏稠而涩滞。

冯兰英是从平房院子里出嫁的。

早早地，陈良石和粮所的人都来了。尹巧凤也领了一帮妇女来帮忙。一些街坊邻居也来了，小院里站满了人。

陈良石让满囤拿了一盒烟，到处给人们散烟。

在弥漫的晨雾里，不远处的大树下，影影绰绰地站着一个人，那是刘年。此刻，他正愤恨而失望地望着眼前的一切，酸苦的味道正在胸口不停地发酵，直胀得胸脯生疼。

因为大雾，几步之外，竟然不辨人影。娶亲队伍来到时，比原定的时间晚了一些。

杨中吉接亲用的是单乘轿，他自己则骑了一匹枣红马。由于赶了三十几里路，头发被雾气打湿了，水漉漉贴在头皮上。

陈良石把杨中吉和几个前来娶亲的接到家里，沏了茶，简单地上了几盘菜，倒了酒，边喝边等着冯兰英打扮停当。

侧屋内，冯兰英端坐在镜子前，身上穿着火红色的嫁衣。尹巧凤和两个女人正为她盘头，盘好后别上一朵红色的纸花。

等冯兰英打扮停当，一顶花轿就把她抬走了。

陈良石亲自去送她。他让张信宽套了粮所的大车，一起去的有尹巧凤、满囤、文省三和杜志儒。

陈良石随身带了他那把宝贝铜号，从一上车，就"嘟啊嘟啊"地吹起来。铜号的声音直爽、激昂，旋律并不优美，甚至有些不着调，但高亢的声响穿破了浓雾，直传到云外。

冯兰英坐在轿子里，听到号声，很是感动，眼窝热了，却并未流下眼泪。

她处于一种极平静的感动之中。

杨中吉把冯兰英娶到了荣军医院的宿舍里。

荣军医院对他们的婚事非常重视，由一位姓付的副院长任总指挥，在院子里扎了棚，摆了席。

婚宴还算丰盛，酒也不错，陪客也热情。

陈良石心情复杂，不多时就喝多了，竟反客为主，频频站起来敬酒。最后话都说不利索了，不管对着谁都叫人家姐夫，说着同一句话："姐夫，对我姐好点，不然老子枪毙了你，信不？"

人们见他喝醉了，也不怪他，七手八脚地把他架到大车上。

回来的路上，他"哗哗"地吐起来，回到粮所时，人事不省了。

少见的浓雾一直笼罩着，直到第二天下午，才开始渐渐消退，渐渐变淡。

一天多来，尹巧凤一直服侍在陈良石身边。她先按文省三出的解酒秘方，买来鲜藕，洗干净，捣成藕泥，取汁后给他喂下，然后又讨换来绿豆、红小豆、黑豆，用文火煮烂，让他先喝汤，后吃米，解酒、健胃、充饥。

三天过后，陈良石才还过阳来。

18

吃过晚饭，尹巧凤正在刷锅洗碗，陈良石坐在门口陪着满囤数星星。金色的新月像一把镰刀高高地挂在空中，星星眨着亮晶晶的小眼睛，熙熙攘攘，缀满天幕，一直连接到银河的明亮光带。满囤数了一遍，又数了一遍，一遍和一遍的数目都不相同。过了一会儿，门外有小孩招呼满囤去捉迷藏，满囤就去了。

尹巧凤收拾完锅灶，来到陈良石身边，拿一个马扎把他的那条好腿担起来，然后坐在一个小板凳上，低着头为他按摩腿部。陈良石的情绪一瞬间由于幸福而燃烧起来。尹巧凤头发梳理得很利索，高高地盘在后脑勺上，露出一截柔白的脖子。他用手摸了摸她的头发，她仿佛不觉得似的，依旧低着头用拳头为他敲打大腿，但刹那间幸福的刺激让她双手开始颤抖，有些加不上力了。

陈良石拍拍她的头说："我们明天去领结婚证吧。"

"嗯。"尹巧凤欣喜地抬起头来。

"不过，我有一个要求。"陈良石用严肃的腔调说。

"啥要求？"尹巧凤的心往上一提，警醒地问。

陈良石严肃地说："以后你不能再撒泼了，待人要和气，我毕竟是个国家干部，不能让别人说三道四。"

尹巧凤听了，如释重负，深明大义地点头不止，说："你让俺咋样俺就咋样，全听你的。"眼里满满的全是憧憬。

陈良石抬眼把目光投向天空。

无际无涯的天空，庄严、纯净、美丽、亲切，偶尔有流星坠落，绽出无声的光焰。

好日子定在九月二十六。

喜事鼓动着全粮所人的热情。提前两天，大家开始整理院子，清扫房子，借来盆碗盘子，买来肉鱼蔬菜，抓鸡捉鸭，准备待客。

文省三饱蘸浓墨写了两副对联，一副贴在大门口，上联写"玉镜人间传合璧"，下联写"银河天上渡双星"。另一副贴在新房门口，上联写"一对鸳鸯成好梦"，下联写"五更鸾凤唤新声"。就连大门前卧着的一对石狮子，脖子上都扎了红绸布的吉祥结。

陈良石把新房设在粮所院子东南角，这两间房是原来魏地主的儿子和洋学生小老婆住的，房子按那洋学生的要求改造过，把原来的木格窗户换成了玻璃窗子，房间中光线充足，显得非常明静。房间里靠窗放一张宽大的木床，床上叠着两床印有龙凤呈祥图案的大花新被子，被子上放一对绣着鸳鸯戏水图案的花枕头。床边有一张带抽屉的梳头桌，两只木凳，都新刷了漆，光鉴照人。

离新房不远，还有一间小房，里面放了一张小床，那是为满囤准备的。

结婚的前一天下午，陈良石回到老家陈沙窝，去给父母上坟，把喜讯汇报给先人，顺便去请二叔二婶来参加婚礼。

他先去了二叔家。

夏粮收购时让人绑了二叔，对二叔的自尊心伤害太大了，他几次提着礼品回来，都被二叔赶了出来："我没有你这样的侄子，我也不是你二叔！"

街坊们说什么的都有，这令他非常尴尬。

他多次在心里暗自掂量当初绑二叔是对还是错，掂量来掂量去，每次的结论都是于公没有错，于私确实伤害了他。二叔和二婶是自己的亲人，也是恩人，不能就这么轻易放弃，要用诚心和耐心把他们之间的关系重新捂热。二叔不让进门，他就找跟二叔关系好的人从中做工作，请他们说好话，渐渐地，二叔心里的坚冰开始融化了，他进家门不再往外赶他，但态度仍不冷不热。

二婶心软，也晓事理，已经理解、原谅了他。

陈良石提了两瓶酒和两封点心进了二叔的家。

二婶热情地让他坐下，陈洪章却站在一旁，话里带刺地说："这次没带公安来？"

陈良石赔着笑脸说："看二叔说的，我哪能调得动公安？这次是您侄子来请您老人家去喝喜酒的，叫公安干啥？"

二叔阴阳怪气地讥讽道:"要是二叔不去可以绑了抓去啊。"

陈良石脸红了,压着火,低声下气地说:"二叔,您宰相肚里能撑船……"

没等陈良石说完,二婶上前指着二叔说:"你这倔老头子咋这不依不饶的? 孩子是来请你去喝喜酒呢,咋净扯些不咸不淡的? 别牵着不走打着倒退了。 再说那次能怨石头? 人家都交公粮你为啥不交? 石头是公家人,咱应该带头给他长脸才是!"

"不提那些事了。"陈良石感激地看着二婶,转而对二叔说,"我爹娘死得早,侄子的喜事,咋能少了您?"

二叔不吱声了。

日头落了坡,二婶端了个簸箕,里面盛了点心水果、酒壶酒盅、黄表纸和香,跟陈良石一起去村北的祖茔上坟。

来到坟前,见爹娘的坟上枯草萋萋,陈良石鼻子一阵发酸。 他把草一撮一撮地拔掉,又拿锨在坟上培了一层新土。

这时,二婶已把水果和点心摆在坟前,陈良石跪下来,一边焚纸,一边说:"爹、娘,儿子明天就要结婚了,儿子终于有家了,媳妇是我自己选的,她一定会对我好,二老放心吧!"

二婶蹲在一旁,拿一根树枝挑着纸,嘟念道:"哥,嫂子,石头现在出息了,当粮所所长呢。 都怪你们没福气,要搁现在咋也不会饿死。 孩子明天要成亲了,你们也一定盼着这一天,盼着他们来年给咱生个大胖孙子!"

听了二婶的话,陈良石心如针扎,两行泪水流下来,在火焰的映照下,就像两道鲜亮的伤疤。

这一夜,陈良石没合眼,一会儿想到死去的爹娘,一会儿想到死去的和活着的战友,一会儿想到救命恩人冯兰英,一会儿想到因吵架相识的尹巧凤,一会儿想到明天的婚礼,一会儿想到今后的日子……

就像水中的月光，星星点点，却连不成片。他的意识一会儿清晰，一会儿恍惚，一会儿亢奋，一会儿忧伤。他闭上眼睛，平气调息，想让自己快些入眠，但徒劳无益，突然冒出的一个个心思一次次把眼皮重新撑开。

东天边刚刚放亮，他就起床了，打开房门，照例围着院子转一圈。

有两只红翅膀的小鸟从树梢上飞来，一长一短地叫着，时不时缠在一起，轻轻地往下落，又忽地拔高到空中，像是在做一种表演。然后身子滑着斜道往下坠，一坠就坠到大树上的鸟巢里了。

真是个好兆头！

陈良石回到屋里，洗完脸，拿出一套新中山装，穿在身上。中山装深蓝色，是尹巧凤陪他去县城扯了布，找了县城最有名的裁缝缝制的，笔挺挺的，非常合身。

冯兰英赶来的时候，陈良石正拿梳子对着镜子梳头发。梳好头发，扣好扣子，把脖子伸一伸。

看着他那顾影自怜的样子，冯兰英不由得抿嘴一笑，说："呀，这么心盛，这么早就把新衣服穿上了？"

陈良石脸一阵发烧，挠挠头皮说："兰英姐，你看这衣服行吗？"

冯兰英连声说："行，行，我兄弟穿啥都好看。"

不一会儿，粮所的人都来了，文省三把人分成两伙，一伙陪陈良石去娶亲，一伙在粮所布置婚礼和准备酒席。

按照陈良石的意思，他娶亲既不坐轿，也不骑马，要"喜事新办"，用大车去接尹巧凤。

张信宽早早地把骡子喂饱了，套好了车。他在骡子的额头系上一朵红绸花，在骡子腰上搭一块绣花的垫子，在大车上系了一道又一道红绸带，整辆大车显得非常喜庆。

娶亲的大车从闻韶镇的街道上缓缓走过，大人们在大街两侧看热闹，一群孩子跟着大车跑着，闹着。

尹巧凤是回到尹家村的娘家出嫁的。上午十点多，娶亲的队伍回到闻韶镇。

陈良石坐在车辕上，尹巧凤坐在车厢里。尹巧凤身上穿着冯兰英送她的那件红底色长裙，头发高高地绾在头顶上，额前打着很长的刘海，漂亮而极富女人味。

"快看，新郎官陈所长穿戴得可真板正啊，你看他笑得那个得意，啧啧！"一个女人怀里抱着孩子，张着嘴，眼光亮得出奇。

"是啊。这是尹巧凤三婚了吧？也不知她哪辈子修来的福，竟又嫁了个国家干部！"另一位女人手里牵着孩子，神色充满了眼气和羡慕。

"一个骂人精！看打扮成这个样，老黄瓜刷绿漆——装嫩呢！"这个女人以前一定挨过尹巧凤的骂，说罢，嘴巴撇成一张弯弓。

"不管咋说，嫁了粮所所长，以后就不会饿肚子了。"怀里抱孩子的女人无限向往地说。

这些话，尹巧凤有的听到了，有的没听到，但听到了也充耳不闻，嘟着嘴，脸颊上的两个酒窝盈得满当当的，两个虎牙露着，满面春风。

大车来到粮所门口，鞭炮响起来。几个胆大的孩子抱了头，在鞭炮声声、纸屑飞扬、烟火四溅中，去抢那些没来得及响或者攒眼了的瞎炮仗，先用脚在地上撮一撮，保险了，再用手去捡，像捡了宝贝似的。

婚宴设在新房前的空地上，用毡布搭了篷，一共四桌。尹巧凤娘家的男人一桌，由文省三和杜志儒陪着，女的一桌，由冯兰英陪着。亲戚一桌，由二叔、二婶陪着。战友一桌，由陈良石亲自陪着。

乔江龙也来了，与战友们一起，闹哄哄地跟陈良石和尹巧凤开着玩笑。

由于人比较多，陈良石在镇上请来了一名厨师帮着做菜。每桌安排了十二道菜，四个盘子、六个大件、两个汤碗，既有蒸鱼蒸肉，也有青菜素炒，香喷喷的，惹人流口水。酒是52度闻韶台大曲。大家很久没吃过这么丰盛的宴席了，都馋得要命。

婚礼由文省三主持，他指挥陈良石和尹巧凤拜完天地，刚要说些祝福的话，乔江龙站起来说："娶媳妇嘛，就是俩人睡在一个被窝里，文会计，别说那么多了，开喝吧。"

"开喝！"战友们也跟着起哄。

文省三笑一笑，并没有受到干扰，还是说了一串"白头偕老""长相厮守"的祝福词。

文省三刚说完，乔江龙又站起来，说："文会计，你还掉下个词哩，早、生、贵、子，你咋把这么重要的一个词忘了呢？"

正在为茶壶里续水的杜志儒跟着说："最好生个十个八个的。"

尹巧凤羞得用手捂住脸。

这话正戳在陈良石的痛处，可他不便发作，脸和脖子都红了，站起来向大家拱拱手："谢谢大家的光临！来，大家喝酒！"

客人们毫不推辞，举杯一干而尽，一摸嘴，连夸："好酒，好酒！"

不等酒过三巡，菜过五味，一些人便按捺不住，猜拳的，行令的，咋咋呼呼，沸沸扬扬，异常热闹。

一直喝到下午三点多钟，客人们才陆续回去了。陈良石送走了客人，又陪请来的厨师和粮所帮忙的一起喝酒，等大家吃饱喝足，收拾停当，天快要黑了。

秋夜的寂静有如沉沉入睡的婴儿，安宁而又甜蜜。天宇阔大，星儿在天空闪烁，风和月光抚摸着树枝，地上摇曳着斑驳陆离的光点。

闹洞房的人都走了，夜归于平静。

陈良石合衣躺在床上，假装喝醉了。尹巧凤为他把假肢解下来，开始为他脱衣服，当为他脱得只剩下一条短裤的时候，他突然一下钻进了被窝。尹巧凤笑了，接着也脱光衣服钻进他怀里。

新婚之夜，在陈良石的心上留下了永远羞于向人启齿的经历，并永生难忘。

尽管陈良石和尹巧凤非常谨慎，还是被无孔不入的杜志儒把房事听了。杜志儒惊异得不敢相信，更不敢对别人说。

后来时间长了，嘴馋了，想讹壶酒喝，就直向尹巧凤伸手指头。尹巧凤开始不解其意，后来心领神会了，脸一阵红一阵白的。

尹巧凤炒了一桌子菜，宴请杜志儒，当然也少不了粮所的其他人。

杜志儒正在得意，被尹巧凤叫到伙屋。尹巧凤指着菜板上一个用白萝卜雕刻成的人头，笑盈盈地说："杜大哥，俺家老陈是所长哩，那事传出去会坏了他的名声，要是有第三个人知道，你看——"说着举起锃亮的菜刀，一下把白萝卜人头一劈两半。

杜志儒的脸唰地白了，但他头脑转得快，很快回过神来，笑嘻嘻地说："你放心，让它烂在我的肚子里了。这白萝卜是一道下酒的好菜哩，瞎了多可惜！"说着拿起菜刀，把那白萝卜人头切成细丝，放点盐，浇上醋，端走了。

19

尹巧凤嫁给陈良石以后，满囤成了陈良石名副其实的儿子，并把名字宋满囤改为陈满囤。

陈良石见满囤的字写得歪三扭四，就让文省三教他学写毛笔字。每天下午放了学，满囤都要在文省三的指教下，用毛笔描几张仿影子。

尹巧凤虽对夫妻间的鱼水之欢有不尽兴之憾，却对婚后的生活非常珍惜。她感激陈良石能娶自己，把他伺候得周到极了，一切家务都不让他沾手。每天晚上，不管他睡得多晚，睡前总要为他烧水烫脚。

一次，尹巧凤正为陈良石揉搓着脚心，陈良石非常享受地看着她专心和细致的样子，笑笑说："你上辈子肯定欠了我什么，今世来还人情。"

"是啊！"尹巧凤表情认真地说，"这辈子能为你做牛做马是俺的福气。"

陈良石好生感动，伸手拍了拍她的脸颊。

尹巧凤的脾气彻底变了，不仅不再撒泼，待人接物，也变得宽容大度，善解人意，不论村里谁家有事，她都热情相帮。

这让人们都非常惊讶。

有人说："这陈所长也不知施了啥魔法，一下子把她的气焰压下去了。"

有人说："卤水点豆腐，一物降一物。尹巧凤这锅豆汁离了陈所长这卤水还真做不成豆腐。"

不管别人怎么说，陈良石听了都很高兴。他私下里经常夸赞尹巧凤，尹巧凤得到鼓励后，更加注意自己的言行，遇到不顺心的事就忍着。渐渐地，性格柔和了，也变得爱笑了，经常笑得两道眉毛在额头上跳舞。

其实，她本来就是个很要面子的女人，是一个渴望被人关爱的女人。之前为了生存，只能用一个刀枪不入的壳撑住，要不是被生活所逼，谁愿做一个泼妇、骂人精？树要皮，人要脸，谁不愿意得到别人的尊重？现在有了丈夫陈良石这个硬壳做支撑，自己的身段自然就柔软了。何况自从她嫁给陈良石，在别人眼里便自带一圈光环，都高看她一眼，很少有人去招惹她了。她有些骄傲，也有些惶恐，担心这些好不容易得来的东西又会失去，因而倍加珍惜。

就连宋二喜两口子似乎也改变了态度，见到她不再怒目而视，有时还主动点头，打声招呼。他们有自己的盘算，陈良石掺和进来，要赶走尹巧凤娘俩夺取正房办不到了。既然无法实现最好的目标，要是靠上粮所所长，也许能沾些光呢。

不过，第二年交公粮时宋二喜还是碰了钉子。

宋二喜来交公粮，杜志儒抄起粮食一看，麦子不但秕，而且潮湿，杂质还多，就不收他的。宋二喜找到陈良石，脸上下意识露出谄媚之色，甜甜地叫声"哥"，让他给通融一下，把粮食收下。

陈良石本也想缓和一下跟宋二喜一家的关系，现在尹巧凤和满囤虽然住在粮所里，但种地的家什和一些旧家具还放在家里，经常要回家去拿。抬头不见低头见的，长期僵下去，谁见了谁也不顺眼，心里都膈应得慌。这次，宋二喜求到跟前，如果勉强能说得过去，他就让杜志儒收下了，自己帮他整理入仓都行。可他上前一看麦子，气便不打一处来，愤愤地说："你看看别人，都是把最好的麦子晒干扬净交给国家，你这是啥？咋这么多土和麦鱼子，这样的麦子不能收！"

宋二喜赶紧觍着脸说："今年俺家的地没浇上水，麦子长得不好，这就是俺家最好的麦子呢。再说你们粮仓里收了这么多麦子，就掺俺这一点，也看不出来，你就让他收下吧。"

陈良石抄一把麦子，一倾手让麦粒慢慢滑下，剩下一手土，让宋二喜看看，愤恨地说："地里没浇上水，麦子可能长得秕，可这人心不能长秕了，这是爱国粮呢，咋能往里面掺土？"

宋二喜低下头，不甘心地小声说："就这一次，亲戚里道的，让我推回去多没面子啊。"

陈良石越听越气愤，提高嗓门儿斥责道："你以为这粮所是我自己开的呀？这可是国家粮库！面子，还里子呢！你这种人有了面子,那国家的面子还要不?"

宋二喜脸一阵红一阵白,汗都下来了。

这时,一旁宋二喜的媳妇撇撇嘴说话了:"哟,来交公粮还要受这样的气呀,不收是吧? 好,我们推回去,区上的人不去求三遍,我们决不再来!"说完,跟宋二喜一起把麦子口袋装上推车子,推着走了。

因为这件事,宋二喜一家又跟尹巧凤杠上了。 尹巧凤只要一回去,宋二喜的媳妇就打鸡骂狗,指桑骂槐。 搁以前,尹巧凤早跟她对骂了,为了陈良石的脸面,她只好忍气吞声。

这天,陈良石跟尹巧凤商量说:"南街有一个院子要卖,咱们买下来,到那里去住吧。"

尹巧凤想都没想,说:"你说了算。"接着又说,"咱东街的房子咋办? 总不能便宜了宋二喜那两口子!"

陈良石点点头,说:"当然。"

陈良石早就想买处新房子搬出去住了。 粮所杜志儒这帮爱听房的,让他晚上睡觉倍感压力。 他想寻一个独院过一种隐秘而又惬意的小日子。

卖房子的事,陈良石并没有声张,他打听到东街有户姓霍的,五个儿子,小五二十五了,别人为他介绍了一个姑娘,可那姑娘的父母嫌小五没有房子就是不同意,老霍正愁得没办法。

陈良石让文省三和村支书帮忙暗地里串通一下,结果两家一拍即成,写了买卖文书,点清了房款。

等到霍家来清点房产时,宋二喜才知道自己惦念多年的房子被别人买去了,想上前阻拦,可一看霍家那气势汹汹的五兄弟,自己先泄了气,哑巴吃黄连,有苦难言。

卖掉了东街的房子,陈良石添了一百八十元钱,买下了南街的一处院落。

这是一个鲁西北典型的四合院。角门开在院子东南角，北面是五间砖坯房，呈二郎担山的布局，中间三间是正房，东西各一间，东面的一间是伙屋，西面的一间是仓房。院子里还有两间东屋，放着农具，中间有一盘石磨。还有三间西屋，可以住人，也可盛些杂物。院子西南角有个猪圈，猪圈后面是鸡窝。院子中间，有一棵一抱粗的老榆树，树上搭着两个喜鹊巢。南墙边，还有一棵歪脖子枣树，树身在院里，树冠大部分伸到了院外。

入住之前，陈良石请来工匠，把整个院子修缮一遍。青砖缝全部用雪白的灰浆勾饰了，土坯外墙罩了一层细泥，房顶上了一遍大泥，屋内重新用白石灰膏泥了一遍，所有的门窗都刷了一遍桐油，里里外外焕然一新。正房冲门的北墙上贴了一张很大的毛主席像，像上的毛主席用慈爱的眼神看着屋里屋外。

陈良石搬进来，粮所的人都嚷着要来给他"温锅儿"。这天，天上飘下蒙蒙细雨，他请大家到家里来玩。

大家也不白来，凑钱买了四个大件、四个盘子，还买了四个碗，盘子和碗底个个印着大红的"福"字。

冯兰英围着院子看了一遍，脸上露出羡慕的神情，心里滑过一丝嫉妒。她听到了上房里陈良石响亮的笑声，努力驱赶走一些不应有的念头，调整了情绪，来到伙屋。见伙屋里收拾得很干净，案板上放着琳琅的盘盏，不禁对尹巧凤夸赞道："这么多菜都是你自己弄的呀，刀口也不错，真能干！"

尹巧凤脸红了，一时竟不知道怎么谦虚才好，想了想才说："论做饭炒菜，姐姐才是行家，我比您差得远呢！"

冯兰英帮着尹巧凤炒菜，每炒出一盘，满囤就麻利地端到正房里去。

菜炒完了，还要炖鸡，尹巧凤在灶膛里填根木头，然后坐下来跟冯兰英说话。

尹巧凤亲热地问:"兰英姐,姐夫他在家里勤快不?"

冯兰英强颜欢笑地说:"勤快? 他是光勤不快,做事笨手笨脚的,指使他做还不如自己去做省心!"

"那你可要受累了。"尹巧凤真诚地说。

"受点累也没啥。 好在这个人不坏,只是性子慢,三脚踹不出个屁来。"冯兰英有意把话说得轻松些,脸上挤出一丝知足的笑意。

她不想说出丈夫过日子的无能,他是陈良石给介绍的,一旦说出来,就有了埋怨的意思,陈良石知道了,会放心不下的。

尹巧凤看着她很知足的样子,如释重负。

过后,陈良石又宴请了南街的支部书记和村长,把尹巧凤和满囤的户口迁入了南街村,之后尹巧凤就在南街村从事劳动,分口粮了。

尹巧凤买了一头猪崽和二十多只鸡苗,院子里传出猪哼鸡鸣声,这些声音与她纺车嗡嗡吱吱的声音相互衔接,相互重合,此起彼伏,安乐和谐的气氛弥漫到四合院的每一个角落。

陈良石沉浸在这古老悠远而又新鲜活泼的乐曲里,身心格外舒展。

满囤也很勤快,放了学就去割猪草,把小猪喂得一见到他就撒着欢地叫。

陈良石见了,高兴地说:"好儿子,喂肥了,过年杀了给你炖肉吃!"

好事一桩接着一桩。 这年11月,全国粮食先进工作者代表会议在北京举行。 经过层层选拔,陈良石作为基层代表出席了会议,受到了中央领导的亲切接见,一时成为全县乃至全地区的佳话,身上多了一道光环。

他暗暗下定决心,要把自己的一切献给党和国家的粮食事业。 从此,他的工作热情更加高涨,觉得浑身有使不完的劲。

这年冬天，上级开始在粮食系统推行"四无粮仓"。"四无"即"无虫、无霉、无鼠雀、无事故"。为防老鼠，除了采用传统的捕鼠夹、捕鼠箱之外，还硬化了仓底，在仓门口设置了防鼠板。为了阻挡麻雀等鸟类飞到仓里吃粮食，在仓库的窗户上加装了防雀网。

这天，陈良石和杜志儒、刘年等人往仓库窗户上加装防雀网，仓内有两只麻雀没来得及逃走，被捉住了。陈良石想起满囤整天缠他捉两只鸟养，就把两只麻雀要了来，回去找些木条和竹片，做了一个鸟笼子，把麻雀养在里面。

满囤喜爱极了，放了学就拿小米和青菜喂它。然而，麻雀是不能用笼子养的，别说是小米青菜，就算山珍海味，它也不闻不吃，直到饿死为止。

没出三天，满囤就伤心地把麻雀的僵尸从笼子里拿出来，埋在了墙外的空地上。

可这件事，竟成了刘年状告陈良石的一条罪状。当然，这是后话。

刘年一直因自己没有娶到冯兰英对陈良石怀恨在心，但又对他无计可施，徒叹奈何。冯兰英结婚后，他见没有了指望，便跟胡同村的一个女人结了婚。

20

寒来暑往，转眼到了1958年。

春风最先从黄河河面上吹来。开河了，河水发出呜呜的涨水声，上游一块块冰凌汹涌而下，在河道里摩擦着，撞击着，倾轧着。突然有悬空的冰块融化坼裂，轰地一下坍塌下来，激起一排排泡沫和横飞的浊浪。

晴好的天气，突然传来轰隆隆的"雷声"，人们纳闷地望望天空，不知道声音从何而来。那是炮兵在黄河里炸冰呢。今年的凌汛格外严重，由于黄河在清阳县城南边绕了一个弯，加之有的河段很窄，上游漂下的浮冰卡在了一起，形成冰坝，阻挡了河水下泄，水位在迅速增高，随时威胁大堤的安全。于是，上级调来了大炮进行轰冰作业。

河道顺畅了，浮冰顺河而下，可经过这场"灾难"，河滩里的很多树木都变得伤痕累累。

春天毕竟是挡不住的。

不久，河边的柳树萌出了嫩黄的新绿。接着，大堤边开满了娇黄的迎春花，粉嘟嘟的杏花，还有地上星星点点的苦菜花。空气中老也散不去那股子捉摸不定的甜味，叫人喉头痒痒的，手脚痒痒的，忍不住要歌唱和拥抱这个世界上富有色彩的一切。

为了减轻劳动强度，提高劳动效率，县委决定开展一次"滚珠轴承化"群众运动，要求在两个月内实现全县滚珠轴承化，把秋冬生产需要的一切运转工具都安上滚珠轴承。粮食部门负责粮食调运，车辆较多，就自己成立了车辆轴承厂。

陈良石因为小麦估产过于保守，不敢"放卫星"，加上刘年几次找些鸡毛蒜皮的小事到县粮食局告状，县粮食局安排他到轴承厂进行"思想改造"。他虽然心里不服气，但在服从组织决定上从来不打折扣。

来之前，他问方局长："那粮所的工作谁来负责？"

方局长说："局里研究过了，先让刘年主持一段时间。"

陈良石吃惊地说："怎么是他？"

方局长反问："他怎么了？也是在解放战争中立过功的人嘛。"

陈良石担心地说："这个人会把粮所弄乱的，不如让文会计主持工作。"

方局长说："你先把你自己的问题处理好吧。"

陈良石郁闷地走出了方局长的办公室。

当天下午，县粮食局人事股鞠股长到粮所召集会议，公布了县粮食局的决定，任命刘年为副所长，主持粮所全面工作。

刘年高兴啊，走路时双腿就像安上了弹簧，得意之色从他的眼神、表情里显露无遗。就连咳嗽的声音，都比往日响了许多，甚至连吐出的痰也像出了膛的子弹一样有力。他的心里畅快极了，脸上抑制不住笑，见谁对谁笑，以至于对着杜志儒笑时，杜志儒丈二和尚摸不着头脑，连忙去擦自己的脸，还以为脸上抹了黑灰呢。

接下来很多天，粮所大门外的树林里，每天早上都有一个人对着那些大树说话。他一手掐腰，一手拿个小本子，胳膊忽而扬起来，忽而垂下去。那是刘年在练习开会讲话呢。

文省三说："这人一串钱搭在门槛上——里外半吊子，没想到一跤跌进青云里，屎壳郎变知了——一步登天啦！"

杜志儒看不惯，鄙夷地说："腚沟里夹扫帚——胡扎煞呢！"

张信宽说得更难听："你看他胀饱的，跟饿狗见了热屎橛子一样！"

可不管别人怎么说，现在的刘年正处在胜利的狂喜之中，感觉到身体里注入了一股强劲的力量，心中萌发了一种难以克制的征服欲和报复欲……

21

让陈良石没有想到的是，轴承厂的厂长是临时抽调来的乔江龙。

乔江龙见陈良石一瘸一拐地推着自行车走来，心里一乐，但马上绷了脸，很远就朝他咋呼："这是哪里来的瘸子呀？我们这里不是福利工厂，不收残疾人！"

陈良石也不示弱，走过来，用手点着他的眼睛说："你这是长了两个肚脐眼啊？"

乔江龙眯着眼，装腔作势地仔细瞅瞅他："哟，这不是陈大所长吗？咋被发配到这里来了？"

陈良石歪头盯着他，说："哟，原来有眼珠，认出老子了？"

乔江龙虎着脸说："以后别在老子面前'老子老子'的，老子是本厂的厂长，你是来劳动改造的，只许老老实实，不许乱说乱动！"

陈良石笑骂一声："乔偏子，别装了，快给老子安排床铺铺床去，我累了。"说着，把自行车往乔江龙怀里一推。

乔江龙这才哈哈笑起来，接过自行车，推着向后面的一排房子走，说："床铺早为你准备好了，我们挨着门儿，方局长让我好好地监督你。"

陈良石横他一眼，说："我还想监督你哩，看你当厂长的有了好酒好菜敢吃独食！"

"哈哈！"乔江龙低声说，"我还真准备了瓶好酒呢，要不今天晚上就给你接接风？"

陈良石开心地说："这还差不多。"

第二天，陈良石被安排在钢珠车间。

由于是土法上马，钢珠的制作方法非常原始，就是用锤头砸。下面垫一个铁砧子，先把钢筋截成豆粒大小的圆柱体，再把它放在两个勺状的钢模具之间，然后用铁锤砸模具，砸几下还要转动一次，直到把那个小圆柱体挤压成表面光滑的圆球。

钢珠车间里有十二三个人，大都是从各粮所抽来的。没有锤子就用斧头，没有钳子就用火钳，原料不足，就发动粮食系统干部职工捐献，铁、铜、钢，软的硬的都行。

陈良石一条假腿蹲不下，乔江龙就让人找来一个半米多高的树墩子，把铁砧子放在上面，在一旁放个凳子，让他坐着砸。

干起活来，整个车间"叮叮当当"的钢铁撞击声震得耳朵铮铮作响。

第一天，大家劲头还足，可到了第二天，大家的肩膀和胳膊又酸又疼，锤子举得矮了，力道也轻了。

大家白天干活，晚上还要参加学习。学习的内容主要是《人民日报》《解放军报》和《红旗》杂志这"两报一刊"上的文章。大家围着一盏马灯，乔江龙亲自磕磕巴巴地读。通过学习，大家知道党中央开大会了，制定了总路线。

为了提高钢珠产量，乔江龙在成品仓库门口挂个竞赛牌，牌上分别画着火箭、火车和蜗牛，底下挂着写了各人名字的小红旗、小黄旗和小白旗。每天按交来钢珠的多少挂旗，前三名挂红旗，挂在火箭下面；后三名挂白旗，挂在蜗牛下面；其余的挂黄旗，挂在火车下面。

这一招调动了大家的积极性，谁都不愿插白旗当蜗牛。

陈良石是个不甘落后的人，虽身有残疾，但臂力好，每天交的钢珠数都名列前茅，每次都插红旗。

乔江龙赞赏地说："行啊，伙计！红旗都超过我了。"

陈良石笑笑，自豪地说："咱啥时候落后过？"

天热了，蚊子开始肆虐。每天晚上，大家都在门旁边挂一根像大辫子一样的艾蒿绳，点着了用来驱赶蚊虫，整个院子里弥漫着一股苦涩的干草味儿。人们抽烟时，用艾蒿点着就行，倒省了火柴。

这天下午，张信宽赶了大车来换轴承，尹巧凤跟车来看陈良石。

张信宽把大车停在院子里，尹巧凤下了车，手里提着个花包袱，来到一个树荫处朝四下看。

乔江龙正好从车间里出来，一眼看见了她，马上走过来打招呼："弟妹来了？咋，想老陈了？"

尹巧凤一看是乔江龙，一笑说："是啊，想他还不正常啊？老陈在哪儿呢？"

乔江龙回头冲车间里喊："陈粮食儿，弟妹来看你了！"

陈良石拄着拐杖一瘸一拐地从车间里走过来，身上的汗衫被汗水洇湿了一片，看看尹巧凤，问："你咋来了？"

尹巧凤提提手中的包袱说："给你送蚊帐来了，你看这里破屋荒草的，蚊子一定少不了。"

乔江龙羡慕地说："弟妹还真知道疼老陈呢！这轴承厂二十多号人，还没有一个娘们儿来送蚊帐。"

陈良石一笑，自得地说："呵呵，眼红了不是？啥是好老婆？时时处处想着你的才是好老婆！"说完，又招呼正在卸骡子的张信宽，"张叔，来屋里喝水呀。"

张信宽摆摆手，说："陈所长啊，我不渴，你们去吧，我在这里看着安轴承。"

陈良石知道他的脾气，他爱这大车就像爱自己的胳膊腿似的，就由他去。

来到宿舍，尹巧凤打开包袱，摊开蚊帐，中间还有东西包在一块笼布里。解开了，是十来个大蒸包，散发出浓浓的韭菜的香味，另外还有二十来个鸡蛋。她把蒸包递给乔江龙一个，说："中午才蒸的，还热乎呢。"

"菜包子，还真馋这口了！"乔江龙接过来就咬了一大口，接着转身退出门去，走到屋门口还不忘开句玩笑，"两口子要亲热可别忘把门关上，别让人看到了，惹得那帮如狼似虎的老爷们儿裤裆里冒火！"

陈良石回敬道："谁像你那样没出息！"

乔江龙走后，尹巧凤关切地问陈良石："这里的活儿累不累？"

陈良石说："不累，就是每天抡几下锤子，砸几个钢珠。再说乔傻子在这儿，有他照应着，你尽管放心，过不了几天我就会回去的。"

尹巧凤放下了心里的负担，把陈良石的床铺整理清扫一番，拿出蚊帐要帮他支上。陈良石却制止了："不用支，家里只有这一顶蚊帐，拿来了你支啥？ 我在这里好对付，晚上点根艾草绳熏熏就行了。"

尹巧凤不依，说："今年家里蚊子少，不用支蚊帐，再说我这皮肉蚊子不咬哩。"

陈良石想了想，说："厂里有纪律规定，不能支蚊帐。"

尹巧凤半信半疑："还有这规定？"

陈良石点点头，说："就是，这规定是不合理，可咱是党员，既然有规定咱就要带头执行不是？"

尹巧凤只好把蚊帐收起来，重新包在包袱里。

陈良石又问满囤和家里的事，尹巧凤说："满囤对上学上心着呢，老师都夸他脑子好使，在家里也勤快，放了学就去给猪挖野菜。那头猪长得也快，有百十斤了。 鸡下蛋也勤，一天能拾六七个呢，除了给满囤换本子笔，打油买盐也够了。"说到这里，像想起了什么，指指那些鸡蛋说，"这上面画着记号的是咸鸡蛋，没画记号的是淡鸡蛋，这些淡鸡蛋要尽快吃了，不然能放坏了。"

"好。"陈良石心头一热。 有人疼的感觉真好！

他们又说了一会儿话，大车的轴承装好了，张信宽套上了骡子，把骡子拴在一棵树上，走过来喊尹巧凤。 陈良石把他喊进屋，给他沏了一杯茶，让他歇歇再走。

一边喝茶，陈良石一边向他问起粮所的情况。

一提粮所的事，张信宽便气不打一处来，愤然地说："快让姓刘的搅乱套了！ 三根屎棍顶个脑袋——一副臭架子！ 觉得自己都成天爷爷了，连走路都像螃蟹一样横里霸三的，动不动就训人，有时还张口骂人！"

陈良石气愤地说："我猜他就会干成这个样子。"

"周永禄也学坏了，做了他的'狗头军师'，整天商量着如何整人！"

"刘年怎么用他?"

"周永禄这小子脑子里有转轴哩,见人说人话,见鬼说鬼话,会巴结呢!"张信宽喝口水,又说,"实际是刘年在利用他。刘年前段上夜校不正经学,认不了几个字,文件读不了,不会写也不会算,文会计又不愿伺候他,所以就用了周永禄。这两个人小肚鸡肠呢,总怀疑别人背后议论他们,开会规定不让大家聚在一起,一起喝壶闲酒也不行。大家都盼你快点回去,换了那个孬种!"

"刘年就是个标准的小人!"陈良石气呼呼地说。稍后又嘱咐张信宽,"回去跟大家说,不管姓刘的咋样,工作上的事可不能耽误。"

"好。"张信宽点点头。

陈良石在轴承厂干了三个多月。后来,由于没有了轴碗,厂子就解散了,大部分人又被安排去炼钢铁,而乔江龙被安排到太平店公社粮所任所长,陈良石则官复原职,回闻韶公社粮所任所长。

22

陈良石回到闻韶公社粮所,让他意外的是,冯兰英不在粮所工作了,被刘年"推荐"到东街的"人民大食堂"当炊事员去了。

闻韶人民公社推行"组织军事化、行动战斗化、生活集体化",在东、西、南、北四街各设一个"人民大食堂",各街群众分别集中到各街食堂吃饭。

一听说冯兰英去了大食堂,陈良石立马意识到这是刘年在报复她,气便不打一处来。

陈良石去找刘年,见他正在办公室,就厉声质问道:"你咋把冯兰英撵走了?"

刘年用高傲的腔调说:"没有啊,这是正常工作安排啊,咋说撵走了? 我还推荐她做了食堂的小组长呢。"

"公社食堂那么多人吃饭，她受得了那累？还推荐她做食堂的小组长，你这是害她呢！"陈良石越说越气愤，声声越拔越高。

刘年不甘示弱："受累？别人受得了，她咋就受不了？谁让她有这方面的特长呢？现在人人都在做贡献，她就不应该？"

陈良石脖子上的青筋跳了几下，勃然大怒，说："你就像站在墙头上的公鸡，天天唱高调！你这是公报私仇，打击报复人！"

刘年的脸涨得通红，阴阳怪气地说："她有啥好报复的？是你心疼了吧？我早知道你们的关系，要心疼你可以把她调回来呀，只怕你办不到！"说完，梗梗脖子头也不回地走出办公室，把陈良石一个人晾在那儿。

以前真低估这家伙了！没想到他主持粮所工作几个月，说话的气场大了，也顺畅了，甚至会挑理、敢挑理了。"小人！"陈良石身子哆嗦着，咬着牙愤愤地骂了一声。还是火气难消，又对着他的背影，用沉雷般的声音骂道："乌龟王八蛋，真他妈小人！"

陈良石要去看看冯兰英。

"人民大食堂"设在闻韶公社东街的一个院落里，原来是一处富农的宅子，院子很宽阔。院门上挂一块横匾，上面写着"人民大食堂"五个大字。院子里，有临时搭建的七八个简易敞篷，敞篷下摆着桌子和板凳。陈良石穿过狭窄的走道，到西屋伙房里找冯兰英。伙房里蒸气迷蒙，一个中年汉子正手持一把作为饭铲使用的、明光锃亮的大铁锨，在一个直径足有两米的铁锅里搅动着稀粥。

冯兰英在一个案板前切白菜，听见有人叫她，回过身来一看，是陈良石，急忙放下手里的活，把手在围裙上擦一擦，走过来，欢欣地问："兄弟回来了？"

陈良石点点头，说："我又回粮所上班了。"说完，仔细看看冯兰英，她头戴卫生帽，胳膊上套着白色套袖，腰里缠一个蓝色围裙，显然是怀孕了，一个大肚子向前凸着，身子像一个反着的弓，脸明显地瘦了。

陈良石心里滑过一阵苦涩，就像自己没有保护好她一样，说："兰英姐，你瘦了。"

冯兰英看出了陈良石的担心，故作轻松地、俏皮地说："是吗？好草好料地养着，可就是不长膘。"说完，努力地一笑。

陈良石摇摇头，爱怜地看着她，问："在这里干活累吗？"问完这句话，又觉得问得多余，然后恨恨地说，"让你到这里来，一准是刘年这小子使的坏！"

冯兰英见他着急的样子，用释怀的语气说："其实，来这里做饭也不能全怪那姓刘的，是我自己要求的。"

陈良石吃惊地问："你傻呀，咋要求到这里来？"

冯兰英平静地说："我以为你不回来了呢。在姓刘的手下受那窝囊气，还不如出来干点清心活儿，虽然累点儿，但心里痛快。"

陈良石脸色阴沉，说："那姓刘的一定别扭你了。"

为宽他的心，冯兰英说："别提这些了，都过去了。"

陈良石想了想，说："我去公社里找找田书记，再把你调回去。"

冯兰英摇摇头，说："谢谢兄弟的好意，只要那姓刘的还在粮所，我就不回去，不想再看到他！"

陈良石理解冯兰英的感受，就说："行，过天我去找找方局长，看能不能把这个祸害调走，到时候再把你调回去。"接着又嘱咐说，"在这里干活可要悠着点，毕竟怀着孩子。"

冯兰英点点头，眼里不由得腾起一团泪雾。

过了几天，陈良石到县粮食局找到方局长，要求调走刘年。方局长却说："老陈啊，我们要有五湖四海的胸怀嘛！看人要多看别人的长处，不能只看人家的短处，不能动不动就调人。班子有不同意见是正常的，有这么一个人在，会让你对工作想得更周密一些。你不在粮所这段时间，刘年同志主持粮所工作总体上干得还是不错的，没有啥大闪失，要是把他调走了，他会不服气的。"

方局长没有采纳调走刘年的建议，这让陈良石心里有些沮丧。他仔细一想，觉得方局长说的也有一定道理，自己作为所长，凡事要体现出高觉悟、高姿态才是。回到粮所，就没有再和刘年计较，凡事都忍让着。

冯兰英到大食堂后，刘年让他的一个表叔来粮所做饭。他的表叔有一个好名字，叫温二保，与"温而饱"同音，可他的生活既不温，也不饱，个子矮矮的，五十多了还光棍一根。他原来并不会做饭，来到粮所后现学现做，做的馒头不是不熟，就是不醒不发，硬得像石头，做菜单调不说，还经常忘了放油搁盐。杜志儒为他编了一首打油诗："温二保，个不高，他把食堂搞个糟，早晨辣椒熬茄子，晚上茄子熬辣椒，就是中午搞得好，辣椒茄子一起熬！"

大家都开始怀念冯兰英在粮所做饭的日子，同样的食材，却能做出多种花样，多种味道。

清晨，太阳露头了，黑暗全线溃退。陈良石起了床，洗把脸，向粮所走去。

他一边走，一边四下观瞧，阳光明丽地照着，没有一丝风，树梢儿一动不动。他下意识里觉得天地之间似乎缺少了些什么。少了什么呢？仔细一咂摸，原来是炊烟，家家户户的炊烟。炊烟是乡村的呼吸，是生生不息的希望。没有了那一缕缕的炊烟，村庄就像丢失了魂魄，缺少了底蕴，缺少了韵致，缺少了活力，缺少了味道，缺少了希望。

其实，也有几股浓烟从闻韶台边的几根高耸的烟囱中冒出来，黑黑的烟柱赌气似的铆足了劲，直直地刺向天空，把高耸的闻韶台笼裹其中。那是公社在闻韶台前广场上竖起的简易炼钢炉冒出的黑烟。

由于公社从农业抽走了大量劳动力、农具和牲畜去支援工业，加上正当秋收季节，公社又发动群众去深翻土地，已成熟的粮食丢在地里没人收，棉花没人摘。到了收购秋粮的时候，收购进度非常缓慢。

陈良石便和文省三一起骑自行车到各村搞调研。

他们首先来到郭家村。多年来，这个村一直是缴公粮的先进村，总是第一个完成交粮任务。他们去找村支书，村支书领着三十多个男劳力到县上修公路去了。又去找大队长，大队长正在村北的炼钢炉前领大家炼钢铁。找到他时，他的脸和手都被熏得乌黑，蓬乱的头发里，全是土灰和煤屑。他领他俩到一个临时工棚里坐下，谈论起今年秋天的粮食生产情况。

大队长摊摊手说："本来是秋收秋种的大忙季节，上边却让各村派男劳力搞大炼钢铁，还抽调了牲口和车辆去修公路，眼看着庄稼熟了没人收，棉花开得白花花的没人摘，看着让人心疼啊！"

陈良石说："不行就组织妇女们去收啊。"

大队长无奈地摇摇头，说："年轻的女劳力都在深翻土地呢。收秋的就剩下些老弱病残，连学校的娃娃们我们都组织起来去掰棒子、摘棉花了，可他们小，一天干不了多少活。庄稼收不回来，拿啥给你们交公粮？"

陈良石理解地点点头。

两人离开了郭家村，又去王家洼。沿途看到路边的水沟里倒了很多棉花。陈良石停下来，抓起一把，心疼地说："这好端端的棉花咋倒进沟里呢？"

他俩来到一块豆子地里，一看豆荚都炸开了，豆粒崩到地上，有的已经发了芽，有的已经霉坏了，忍不住惋惜地叹口气。

陈良石抬眼看见不远处有几个人正在地瓜地里干活，便支好自行车，向他们走去，要问个究竟。

他俩走近一看，没想到的是这几个人在犁地瓜。往年，都是用镢一墩墩地刨，有时为了追一个跑根，要费很大劲，刨得很深、很远，而现在是用犁铧耕，犁铧把土翻过来，在表面能看到的地瓜就拾出来，埋在土里的就不管了。

陈良石黑着脸说："棉花吊了孝，豆子放了炮，地瓜埋了地，没见过这样种庄稼的。"

文省三也叹口气，说："离饿肚子的日子不远喽！"

他们疲惫地回到粮所，刚进大门，就见刘年站在伙房前的大槐树下指指点点，树上，周永禄正拿一把锤子和一个铁錾子砸着什么。他们急忙赶过去，一看，原来周永禄正在砸撬拴大铁铃的铁链子。

陈良石呵斥道："住手！你在干啥？"

周永禄停下来，说："刘所长让我把这铁铃弄下来拿去炼钢。"

文省三不相信自己的耳朵，问刘年："啥？拿去炼钢？这可是文物啊！"

刘年不以为然地说："啥文物，不就是个生锈的铁铃嘛，公社田书记说了，凡是没用的铁物，都要拿去炼铁，打个镢头还能刨地呢。"

陈良石本来心里不痛快，一听，火气腾地上来了，说："谁让你们弄的？请示我了吗？老子当一天所长，粮所的事就由老子说了算！周永禄，给我下来！"

刘年输不起这口气，很威风地把手一挥，毫不示弱地叫板："周永禄，给我砸！"

周永禄本来就是个"墙头草两边倒"，这下为难了，砸也不是，不砸也不是，举着锤子愣在那儿。

文省三一看，连忙打圆盘，说："大家冷静一下，依我看，这事等统一了意见再弄也不迟，别为这点小事伤了和气。"

刘年一听，知道他向着陈良石，一想，要这样僵下去，事情肯定弄不成，自己更丢面子，于是说："要是耽误了大炼钢铁，田书记追究下来，你们可要吃不了兜着走！"说完，头也不回地走了。

陈良石望着他气急败坏的背影，提高了嗓门儿说："兜着就兜着，有啥了不起？以为老子是吓大的呀！"

事后，文省三对陈良石说，刘年主持粮所工作几个月，跟公社田书记打得火热，建议他去跟田书记讲讲清楚，以免刘年在田书记跟前胡挑唆，引起田书记的误会。

陈良石却梗着脖子说："他一个人拜把子——不知道自己是老几了！爱咋说咋说。田书记总不至于跟他一样的水平吧。我有错吗？"

文省三叹口气，说："你啥都好，就是爱上犟。这人啊，不能太上犟，牙齿硬吧，早晚让软舌头给拨拉掉了。"

23

秋风紧了，树叶黄了；秋风又紧了一层，树叶就落光了。接着，秋天摆摆尾巴游走了。越来越强劲的西北风，呜呜地叫着，在闻韶镇上空发起威来。

这天上午，天上飘下了小雪。细雪乱飞，把冬日的村庄弄得缭乱而又惆怅。

陈良石正在办公室看文件，田书记突然风风火火地闯了进来。陈良石以为田书记是为了大铁铃的事找上门来，脑子开始高速运转，搜索着多日来想到的说服田书记的理由。可田书记却不是为这事而来，是来借粮食的。田书记火烧火燎地说："陈所长，公社大食堂的粮食马上就要吃光了，我想从粮所借些粮食。"

陈良石一听，马上意识到前些天的担心应验了。

粮食生产环节的巨大浪费，"人民大食堂"无计划的吃喝，给农业生产和农民生活带来了严重困难。

陈良石却爱莫能助，为难地说："粮所的粮食都是国家的，没有上级指示，谁也不敢动啊。"

田书记一屁股坐在椅子上,着急地说:"你想想办法嘛,总不能让社员饿着肚子大炼钢铁吧?"

陈良石想了想,说:"我给县粮食局打个借销报告吧,看能不能批。要是不批,我也没有办法。"

田书记催促说:"行,快写,写完了你亲自跑一趟,跟方局长多说好话,务必把这件事情办成!"说完,急呼呼地走了。

陈良石去找文省三,让他起草了借粮报告。

由于下雪,路上又湿又滑,自行车没法骑,陈良石让张信宽套了毛驴车,冒雪赶往县城。

可是,全县类似的情况太多了,县粮食局已经收到了各公社一摞借销粮食的报告。由于粮食库存有限,同时考虑到来日方长,经慎重研究,只批复给闻韶公社粮所借销粮指标三千斤。

三千斤粮食也就够一千多人两天的口粮,全公社那么多大食堂,一个个都像嗷嗷待哺的婴儿,这点粮食还不够打牙祭呢!没有办法,田书记只好让食堂省着吃。除了艰苦险重工作岗位上的人还能吃到干粮之外,其他人只能稀粥果腹,而且这粥也越来越稀,最后都能当镜子照人了。

这一年的春节,家家都过得很恓惶。过年的炮仗声稀稀拉拉,人们连年后的走亲访友,都懒得走动了。

二月二,龙抬头的日子。一声婴儿的啼哭像一粒石子投入了死气沉沉的湖面,泛起朵朵涟漪。冯兰英在荣军医院产下了一个男婴。男婴的嗓门异常响亮,哭个不停。

孩子的啼哭并没有阻止冯兰英心底里抑制不住的喜悦。自己从小没有扯筋连骨的亲人,这下有了,有了从自己身上掉下的肉!

她那温情脉脉、泪水模糊的眼睛一直离不开儿子那稚嫩的小脸儿。真好看啊!大大的眼睛,双眼皮,小嘴巴,高鼻梁,白皮肤,长大了一定非常帅气。就连孩子的哭声也是那么动听,那么有节奏,赛过世界上最美妙的音乐!

她轻轻亲吻着孩子的额头,幸福的暖流涌遍了全身。哦,宝贝!你是我生命的延续!你是我生命的希望!她竟然感动得流下泪来。

杨中吉当然也很高兴,可他当甩手掌柜当惯了,家务活儿啥都不会,饭不会做,褯子不会洗,更不会伺候月子,张皇失措地挓挲着双手不知道做什么。

冯兰英并不怨天尤人,生下孩子的第二天就下床干活了。

给孩子取个啥名字呢?冯兰英让杨中吉起了几个,都不满意。她记起了二月二的歌谣"二月二,龙抬头,大仓满,小仓流……",她说:"就叫满仓吧,杨满仓。"

"满仓?这名字好!儿子长大一定吃穿不愁!"杨中吉称心地说。

"那当然!"她兴奋地在儿子的小脸上亲一口,亲切地叫着,"满仓,杨满仓!"

唯一令她不开心的是自己没有奶水,小满仓饿得直哭。她打听到医院附近村里有一位妇女,女儿快两岁了还在吃奶,就去跟那女人商量,能不能由自己负责给她的女儿买馒头吃,让她省下奶水来喂小满仓。那位妇女也是善良之人,痛快地同意了。这样一来,杨中吉凭粮食定量到粮所买来粮食后,近一半给了那位代哺儿子的人家。

虽然数着米粒下锅,但米瓮子很快见底了。好在陈良石和尹巧凤听说了,给她带来了三十个鸡蛋和五斤挂面,勉强糊弄着出了月子。

"人民大食堂"关闭了,各家各户又开始买来铁锅自己生火做饭。冯兰英没有了工作,衣食无着,开始到处找吃的。这时候,人们忽然想起了去年秋天犁在地里的地瓜,纷纷扛起镢头、三齿去淘那些"潜伏者"。冯兰英也扛着镢头，提着筐子加入到这一行列。

再后来，大家又开始刨草根，摘树叶，剥树皮，但仍填不饱肚子。

为了孩子，冯兰英拿出压箱子底的衣服暗地里跟人换些粮食。可就那么点东西，不长时间就箱底朝天了。

饥饿的滋味就似胃里有一把尖刀在滚绞。实在坚持不住了，她就去喝几碗凉水填满肚子，来冲淡那消石化铁的胃液。偏偏胃疼的老毛病又犯了。

杨中吉想了想，说："要不，你去找找良石吧，他在粮所里，守着粮食，兴许有办法。"

她犹豫片刻，摇摇头说："现在粮食形势这么紧张，别去让他作难了。"

这一段时间，粮食部门的形势确实非常紧张，库存严重短缺。县粮食局每天都要统计库存数量，没有上级指示，谁都无权动用一斤粮食。

外地有的粮所发生了盗窃甚至抢粮的事件。为了确保粮食安全，上级为各粮所配备了枪支，如有人胆敢来粮所偷窃或抢劫，可以开枪，以确保国家粮食不受损失。

破船偏遇顶头风，越咸老天爷越给盐吃。

春天本是生长的季节，人们眼巴巴地盼着春天快快到来。然而，春天来了，整个大地却被干旱无情地笼罩着。雨水无雨，清明无雨，谷雨还是无雨。地里趟一遭，腾起的是一股股土烟。

一个个节气本来是老天爷安排好的时序格子啊，一个个格子里，储满了春夏秋冬和风霜雨雪，秩序井然，可今年怎么就乱套了呢？

日子一天天不急不缓地走着，一天接一天、一月连一月，都是炸红的天气。太阳圆滚滚的，力道十足。田间地头，刚刚破土而生的嫩芽枯死了，枝头树梢，刚刚冒出的嫩叶和没来得及绽开的花朵，过早地凋零了，真可谓旱魃出世，赤地千里。

　　人们早起，推开屋门的第一件事，便是披衣站在天井里仰起脸看天，看天上有没有云彩，仿佛云彩就是生长在天空的庄稼，就是自家灶膛里冒出的炊烟，就是温热可口的大饼馒头，盼望它越稠密越好，越浓厚越好。可天空让他们失望了，连一缕云丝也没有，翠蓝如洗。他们或颓废地蹲到地上发愁，或一跺脚骂一句："该死的老天爷！"每当春节，家家户户都要在天井里摆上供品，立上写着"天地三界十方万灵神位"的牌位供奉老天爷，可这场旷日持久的大旱，让老百姓拜了几千年的老天爷失信于民，甚至挨骂了。

　　农谚说，大旱不过五月十三。五月十三，淋破瓷罐。

　　有些心怀侥幸的生产队长让社员把有限的种子播进干土里，盼着五月十三一场透地雨，谷苗就会长出来，早一天让社员结束这夺命的饥馑。然而，五月十三过了，老天还是硬着脾气滴雨不下。扒开楼沟儿，捡起种子在手心捻搓一下，全成了酥酥的灰色粉末儿。有的社员就埋怨生产队长："瞎了种子了，熬碗粥喝也许能救活几个人的性命！"

　　很多村夏季庄稼颗粒无收，粮所征购更无粮源。针对这种情况，国家不得不收紧粮食供应的口子，下调了非农业人口供应定量，每天只有四两，主要品种是玉米面或地瓜面。即使这么低的定量，上级还要求大家八个月的定量匀成九个月吃，折合起来，每天只有三两半，而农业人口只能自找门路。

　　又一个多月过去了，老天还是滴雨未下。

　　旱透了，街道上起了蹚土。苟活的瘦狗整晌地卧在屋檐下、树荫里吐舌头。鸡开始一把一把地脱毛，露着个裸脖子和红屁股，丑极了。河底裂起了大小不一的泥板，四角翘着，像苫盖了一层瓦片。

村庄里的炊烟越来越少，越来越细，缥缈淡弱，以至被风轻轻一吹，便消散得无影无踪。就连母亲呼儿唤女回家吃饭的声音，也显得那么苍凉喑哑，那么有气无力。

直到临近大暑，老天才下了一场透地雨。豆大的雨点落下来，人们没有去屋檐下躲雨，反而跑到天井里、大街上、场院里，仰着脸，伸出舌头去迎接那雨点，还有的敲打起簸箕、水桶，叫着跳着。老太太们跪在地上向老天爷祈祷："雨下得再大点吧！"

饱饮水分之后的土地吐出一股鲜灵灵的腥气，这味道透着浓浓的生命气息。

雨刚停，人们便倾巢出动赶紧播种。可是，有些村连种子都吃光了，他们只好到粮所来找陈良石求援。陈良石个人说了不算，要向县粮食局打报告。连打几次报告，县粮食局只批了很少的指标。指标批回来，大家见了陈良石就跟见了救命菩萨一般，恭恭敬敬，说话嘴上像抹了蜜糖。

人们对陈良石的巴结讨好，刺激着刘年的神经，他咬着牙说："要是他不回来，这为人的好差事本该是我刘年的呀！"

在这粮食比金子还贵重的年月，几乎所有底层人家，都希望能与粮食部门的人攀上关系，即使八竿子搭不上，能说上几句话也是一种荣耀。即使从不麻烦对方，也是一种慰藉，足以增加几许生活的稳定感。刘年深深地体会到，当一个粮所所长是多么的荣光！

自从陈良石官复原职，刘年在粮所成了聋子的耳朵——摆设，人们见到他不再恭维，这让他的心就好比铁匠炉里的一块烧得红红的铁块一下刺进凉水里，只冒了一阵轻烟，便成了生硬的灰褐色。为此，他曾去找过方局长，方局长说："陈良石是荣军功臣呢，还是全国粮食系统先进工作者，又没犯啥大错，不回粮所，让组织上往哪里安放？再说，给你安排个副所长就不错了，你要知足，在所里一定要搞好团结，要跟主要领导配合好。"

刘年灰头土脸地回来了，但从方局长的话里得到了启示：陈良石没犯大错不好安排干别的，那么，反过来，如果能证明他犯了大错呢？会不会就……从那以后，他就经常请周永禄喝酒，周永禄准备了一个小本子，随时带在身上，刘年发现陈良石做了啥出格的事，说了啥出格的话，都让他一一记下来。

24

粮所的粮食几乎全卖光了，陈良石一方面向县粮食局紧急求助，一方面组织人员到外地调粮。他跟外出调粮的人交代，能调到粮食就调粮食，调不到粮食糠皮也行，只要能入口充饥的，能调什么调什么。

郑天道老家的来信上说收成还不错，陈良石就派文省三和郑天道去趟安徽，看能不能调些高粱或糠皮回来。

临走，他还交代给他俩一个任务，就是跟当地粮食局联系一下，看能不能把郑天道调回原籍工作，并亲自去县粮食局写了一封商调函让他们带上。

25

一天下午，陈良石接到县粮食局的通知，说明天省城桑南铁路转运站将到一批糖渣，让他组织车辆去拉，回来供应给群众。这可是个好消息！他立即去找张信宽，嘱咐把骡子喂饱，把大车准备好，又到街上雇了三辆大车，准备明天去"抢"糖渣。

他咬咬牙安排伙房里擀了单饼，做了菜汤，让张信宽、刘年、杜志儒、周永禄等几个人吃得饱饱的，早点睡觉，明天一早启程。

晨曦还没拉开帷幕，天空中闪烁着寥落的晨星，四野灰蒙蒙的一片。陈良石带着车队上路了。张信宽赶车走在最前头，车杆上挑一盏马灯，骡子的脖铃，敲击着黎明前的黑暗。

从闻韶镇到桑南铁路转运站有八十多里路，紧赶慢赶，到达时已近10点。他们来到一看，只见通往货台的路上已停满了大小车辆。

陈良石下了车，挂了拐杖，背上步枪，在前面开路，说话时有意高声大嗓的，装出一副张牙舞爪、天不怕地不怕的痞子样。还别说，一些胆小的真被他唬住了，让出了一条路，他便指挥着大车一点一点往前挪。最后实在挪不动了，就停下来，离站台大概还有半里多地。

不一会儿，一列火车冒着黑烟"哐当哐当"驶进了站台。列车还没停稳，很多人就拥过去，铁路工作人员急忙上前，骂骂咧咧地驱赶着："离远点，离远点！"

车厢门打开，糖渣一下子淌到货台上，陈良石他们迅速跑过去装起包来。所谓糖渣，是北方某糖厂用甜菜榨糖后剩下的废渣。他们先装进麻袋，封了口，再扛到大车上去。

陈良石的腿脚不便，就负责在车上码高。

开始，大家还干得挺带劲，但由于大车离货台太远，装了两辆车后，大家的动作开始慢了下来。陈良石鼓动他们："大家麻利点，剩下不多了！"

这时，陈良石也已汗流浃背。由于站得太久，用力过大，他的假肢卡进皮肉里，钻心地疼。他强忍着，又高声催促几遍，见大家还是慢腾腾的，索性不催了。他从大车上下来，说："我来扛！"

他走到货台，让人帮着把麻包发到肩上，一手扶住，另一只手挂着拐杖，一脚深一脚浅地艰难地行走。大家劝他不要这般拼命，可他说："既然来了，不能空着车回去！"听了他的话，大家心里一震，几个人不由得加快了装车的速度。

一火车糖渣很快被"抢"没了，陈良石一看还有一车没装，一问，下一列火车到傍晚才能来，杜志儒对他说："咱就装这些吧，如果再等下一列车，回到家就要半夜了。"

陈良石说："要等，来一趟不容易，不能空着车回去！"

血色的太阳沉沉地落到了西边的树杈上，即将结束一天的行程。陈良石他们终于把四辆大车全装满了，办完了有关手续，踏上了回程。

颠簸中的大车，就像一个晃动的摇篮，牲口脖子下铃儿的叮当声，就像催眠曲，大家躺在松软的麻包上，很快就发出了鼾声。然而，陈良石却睡不着，他的腿钻心地疼。卷起裤腿，只见大腿与假肢的结合部已是血肉模糊。

没过几天，文省三和郑天道从安徽调来的米糠也到库了。这些糖渣和米糠救了不少人的命。

郑天道还带回一个好消息，老家的县粮食局同意接收他，他可以调回老家了。

这天晚上，郑天道带了一坛子从老家带回的米酒和几把旱烟叶来到陈良石家辞别。陈良石让尹巧凤炒了一盘扁豆，两个人对饮起来。

郑天道站起来，端起酒杯给陈良石敬酒，说："陈所长，真的谢谢你，多亏了你我才调回了老家。"

陈良石让他坐下，说："客气啥？从内心里也舍不得你走，可你离家太远了。这下好了，和弟妹再也不用过牛郎织女的日子了。"

"是啊。"郑天道笑笑说。

又说了很多离别的话，郑天道要告辞了，陈良石问尹巧凤织的土布还有没有。尹巧凤说有，就打开箱子，拿出一叠花格布，撕下两丈，送给郑天道。郑天道推辞不收，陈良石亲自递给他，说："你一定收着，我们同事一场，算我的一点心意。"

郑天道把土布拿在手里，满眼噙泪。

26

  由于庄稼播种晚，收获也就晚，往年白露时节庄稼都该上场了，可现在地里的庄稼还青枝绿叶的。

  饥饿的人们对庄稼收割望眼欲穿。

  天空开始流淌着浅浅的灰色，之后，这灰色一点一点加深，一层一层加厚，气势越来越大，越来越嚣张，不久，惨白色的闪电像只受了重伤在垂死挣扎的大鸟，颤抖了几下翅膀，大雨便从天而降。雨点落在地上，砸得地面"噗噗"作响，落进池塘里，池塘就像开了锅的粥糊糊儿。

  随后，更多的雨就像久候的运动员终于听到了发令枪响，纷纷向大地急速地冲过来。瓦檐上、树叶上悬着密密的白白的"哗哗哗"的水帘，整个世界都是天河倒泻，一连七八天下个不停。先是镇西的那条官道成了深深的沟渠，接着各家院子里也积水了。房屋漏雨了，滴滴答答，人们把盆子、碗、壶等瓶瓶罐罐都摆出来接水，炕上、桌子上、地上摆的到处都是，家家户户找不出一块儿干松的土来。积水中开始有青蛙游来，"呱呱，呱呱"叫得让人心烦。

  雨点落在水面上，激起一个个核桃大小的水泡，开始浮动着，随后"噗"的一声就碎裂了。人们对收获的希望也像这些水泡，"噗噗"地破灭了。

  一位百岁老人悲愤地说："还从没见过这个季节下这么大的雨哩！"

  又过了三四天，雨才停下来。一些人家的土坯房子开始坍塌，地里的庄稼，除高粱还露出个穗头，玉米、谷子、地瓜等低矮的作物全都浸泡在水下了，到处散发出一种无法形容的腐烂气息。

  有些生产队长来粮所借油桶。他们让社员把檩条和门板捆在两个油桶上，扎成简易船筏，上面捆上笆箩，用竹竿撑着去地里割高粱穗子，捞玉米榾子。那些高粱和玉米虽然还没完全成熟，但煮熟了还可以充饥。

水里不知在什么地方游来那么多蚂蟥。蚂蟥两头都长有吸盘，叮人时，施放出一种麻醉液，等头钻进皮肉里开始吸血了，才会被人发现。对于钻进皮肤的蚂蟥不能强拉硬拽，不然蚂蟥的吸盘会越吸越紧，拉断了也拉不出来，反而会感染伤口。这个时候，人们便会脱下鞋子，用鞋底子去抽打蚂蟥，这样，蚂蟥就会自动缩身，把头从肉里退出来。

一时间，村子里时不时传来孩子们惊惶的叫喊声和鞋底子抽打蚂蟥的声音。

不久，陈良石家也揭不开锅了，喝粥成了家常便饭。

尹巧凤隔几天才蒸一次干粮，主要让陈良石吃，自己和满囤以喝粥为主，尤其是晚上，是绝对不能吃干粮的。即便是粥也不是随意喝，只是一人一碗。

尹巧凤嘱咐满囤晚饭后不能出去玩，因为稀粥这种食物，最好是趁着刚吃罢的那种短暂的饱胀感尽快睡觉，不然到外面跑上一阵子，一两次酣畅淋漓的小便之后，这顿"饭"的全部意义就会迅速地消失。

满囤有时报怨吃不饱，尹巧凤就告诉他："即便是这粥，也是你爹挣来的，没有这粥，我们娘俩也许都要饿死。不能跟爹争食，要让他先吃饱，他吃饱了才能再去挣。"满囤强忍着，每次喝完粥都要把碗扣在脸上，用舌头把那层薄薄的糊舔干净。

陈良石看了，非常心疼，就拿干粮让他吃。每当这时，尹巧凤总是拦着，对满囤说："吃饱了，一边去吧。"满囤就依依不舍地走开了。

陈良石皱皱眉，不满地对尹巧凤说："大人不吃也要让给孩子，他正是长身体的时候，这会影响长个子呢。"

尹巧凤不为所动："这年月，饿不死就算烧高香了，还贪恋长得高？"

虽然自己也吃不饱，但陈良石每隔一段时间，还是要去看看冯兰英，从自己定量里提点粮票顺便带给她。

然而，好景不长，陈良石的所长职务被粮食局给撤了。

陈良石被撤，主要是因为刘年的一封信——一封直接写给县委书记的信。这封由刘年点题、周永禄起草的信中，罗列了陈良石的几大罪状：第一是破坏"除四害"运动，逮了麻雀不弄死，反而为儿子做鸟笼子养着，浪费粮食；第二是道德败坏，利用职权乱搞男女关系，玩弄女性，跟原来粮所炊事员冯兰英长期不清不白；第三是破坏"大炼钢铁运动"，阻止把粮所的废旧铁器拿去炼钢……

县粮食局经过调查，认为刘年反映的问题虽有些夸大其词，却也沾点边儿，于是给他一个警告处分，暂停了陈良石的所长职务，让他到局里参加学习班，同时任命刘年为闻韶公社粮所所长。

陈良石很泄气，他后悔小看这个"二杆子"了。

刘年上任所长的第一件事，就是让周永禄把大槐树上的大铁铃解下来，砸碎了。他觉得这个铁铃上镌刻着自己的耻辱。当时，大炼钢铁的小高炉都已推倒，已无法拿去炼钢，周永禄就拿那些碎片到公社采购站上卖了，买了盒香烟。

27

陈良石在学习班一学就是三个多月，不许请假，不许旷课，不许外出，跟关禁闭差不多。

说是学习班，其实不光学习，白天还要到县面粉厂参加劳动，装卸原粮或搬面袋子。

眼看就能"毕业"了，不想，尹巧凤的一通闹骂，让他"留级"

了，过年也不能回家。

那是腊月二十八，尹巧凤正在摘一些干萝卜缨子，准备泡一泡蒸菜团子。这时，文省三来了。

尹巧凤要去倒水，文省三连忙摆手："不用不用，粮所里还有事。"说着从衣兜里掏出一卷钱，递给尹巧凤，"刚才陈所长来电话，让我把这个月的工资领出来送过来，让你买些年货。"

尹巧凤吃了一惊，担心地问："老陈快过年了还不让回来？他到底犯了啥错？"

文省三气呼呼地说："还不是刘年这个小人，捕风捉影告恶状，才……"见尹巧凤瞪着大眼看他，连忙停住，想了想又说，"也不是大事，办完学习班就回来了。马上过年了，年货买全了吗？"

"文大哥，老陈真没大事？"尹巧凤仍不放心。

"真没大事，你放心吧。"文省三宽慰她说。

文省三走后，尹巧凤坐在炕沿上，越想越气，肚脐眼开始发热，胸腔一起一伏。凭这感觉，她知道自己想骂人了。可想起陈良石不许她骂人的警告，就用牙齿咬住嘴唇，努力克制着。可过了一会儿，她忽然感到憋得要死，大口喘着气，脸红得像鸡冠子，咬着牙骂道："臭鲶鱼，你这个混蛋！你让俺过不好年，俺也让你过不安稳！"接着，抬腿怒气冲冲地向粮所走去。

来到粮所，尹巧凤见刘年正在大门口指挥大家打扫卫生，上前开口便骂："你这臭鲶鱼！你说说，你为啥编瞎话陷害俺家老陈，让他到现在不能回家？"

刘年开始并不清楚她在骂谁，但见大家都在看他，仔细一咂摸，只有自己的名字里带个"年"字，明白她骂"臭鲶鱼"就是骂自己了，瞬间火了，上前大声说："尹巧凤，你吃了不干净的东西了？要过年了来这里骂人！"

尹巧凤一手掐腰，一手指着他，越加提高了嗓门儿："你才吃屎了呢！你这没脸没皮的缺德小人，俺家老陈哪件事做得不对，你这样害他！"

刘年被骂得头上冒汗，忍无可忍，撸了撸袖子迎上去就要动手。文省三、杜志儒和张信宽等人见了，急忙上前把他拦住。

文省三劝道："刘所长，这可使不得，好男不跟女斗，再说打狗还要看主人，陈所长可是荣军，她可是荣军家属。"

刘年歪着脖子吼道："荣军家属就可以随便骂人？老子也是革命干部哩！"

"你这样的二杆子也配叫革命干部？"尹巧凤摆出一副不避斧钺的模样，大声说，"你们把他放开，这臭鲶鱼敢动我一手指头，我就敢跟他拼命！"

刘年一看这气势，有些认怂，装腔作势地挣了几下，挣不脱，就回头说："去，把这泼妇给我拖走！"

周永禄本想上前，但看看大家都站在那儿不动，怕尹巧凤挠他，也站在那里没有动。这时，大街上围过来很多人，也没有劝架的，只是看热闹。

最后还是文省三出面劝说道："弟妹，别骂了，快回家吧。"

尹巧凤骂了一顿，气有些消了，就指着刘年说："臭鲶鱼，你等着，要是明天俺家老陈还不回来，我跟你没完！"接着转身回家去了。

刘年挨了骂，心里那个恨啊，一夜没有睡好。他越想越窝囊，粮所一二十号人，关键时候竟没有一个人为自己出头！

他一大早骑自行车去了县粮食局。一来怕尹巧凤再来闹骂，他要躲一下，二来要到方局长面前告陈良石一状。见到方局长，他添油加醋地叙说了尹巧凤大闹粮所的经过："陈良石不思悔改，指使老婆到粮所撒泼骂人，还说粮食局长办事不公，要是不把陈良石放回去，她就来粮食局骂，骂你个狗血淋头！"

方局长一听,顿时火了,一拍桌子,说:"她敢! 还反了她!"说完,让人叫来副局长马宗芳,说,"你去学习班找陈良石谈谈,他老婆再这样闹,就加重处分他!"

陈良石根本不知道尹巧凤闹骂粮所的事,经马宗芳一说,急忙打电话给文省三,让他转告尹巧凤,千万别闹了,再闹不但于事无补,还会适得其反。

尹巧凤怕给陈良石再添麻烦,才忍住了,放过了刘年,没有再到粮所去闹。

不过,她这一闹还是对陈良石产生了影响,学习班结束后,粮食局考虑到他和刘年水火不容,没让他再回闻韶公社粮所,而让他到徒骇河水利工程上去了。

去年,由于排泄不畅,涝灾让农业生产遭受了巨大损失,县政府痛定思痛,决定开春后举全县之力进行水利建设,疏浚徒骇河。

清阳县有两条大河穿境而过,一条是黄河,一条是徒骇河。 黄河是一条地上"悬河",排涝用不上,县境内排洪主要依靠徒骇河。

为徒骇河疏浚清淤,全县调动了十万男劳力,进行"大会战"。陈良石被安排在治河指挥部,在后勤部一处伙房当司务长,负责民工的吃饭问题。

兵马未动,粮草先行。 县政府从外地调来了粮食,以保障民工伙食。

农村有四大累活:挖河、修堤、拔麦子、脱坯。 这挖河排在第一号,可大家都争着去干。 为什么? 因为修河能填饱肚子。

陈良石对伙房的管理非常严格,不许任何人多吃多占。 自己也严格执行定量标准,从不多拿伙房一块干粮。

治河的主要任务是挖河底,用小推车把河底的淤土运到河岸上去。 指挥部先派人分好区段,挖完后丈量长、宽、高,计算出土方数,再按土方数分配干粮。 民工们三个人一伙,一人负责推车,两人负责拉钩。推车的人一定要精干，有臂力，会平衡。一推车泥土足有四五百斤重，还要顺着预先铺设的木头道板走，那道板三十来厘米宽，稍微一偏，车轮就会滑下去，陷进土里，甚至折断车把，扭坏车盘，严重了还会出现伤人事故。所谓"拉钩"，就是用钢筋弯成一个铁钩子，拴上绳子，挂在推车的前面，上坡时，拉钩的就像纤夫一样，脚掌紧扣地面，身体前倾，腰板弯成一张弓，肩上的绳子深深地陷进皮肉里。

为了能多分得一些干粮，很多人选择加班。夜幕降临，河道里几十几百几千只马灯依次亮起，就似天上的繁星。

即使这么繁重的体力劳动，也有不少人分了面卷子舍不得吃，而是吃从家里带来的饼子和窝头，以便省下来送回家里给老人和孩子吃。

陈良石打了饭回自己的窝棚去吃，每顿饭都省出一个或者一块卷子，放在一个筐子里风干着，隔几天回一次家，带给尹巧凤和满囤，或者骑了自行车去送给冯兰英。

冯兰英生病了，而且病得越来越厉害，已经不能下床了。

让陈良石无限痛苦的是他爱莫能助。

这天上午，陈良石在伙房称面粉，一名炊事员从外面进来，说下雪了。陈良石往窗外一看，天上果然飘起雪花来，他心头猛地一震。令他惊奇的不是下雪，而是下雪的方式。它太突然了，没有丝毫的征兆，在阳光中突然间就降临了，雪花经太阳一照，放射出虹霓般的、像童话里那样光怪陆离的色彩。

这是一场春雪，按理说是一场好雪，对春播保墒非常有利。但不知为什么，陈良石却非常烦闷，飞舞的雪花像是一些被撕碎的思绪，让他的心里纷纷扬扬，非常杂乱。他预感到要发生些什么。

他的预感果真应验了。

下午，他正在窝棚里合计账目，指挥部大喇叭突然喊他接电话，他走过去,在电话里一听,是杨中吉,说冯兰英死了。

陈良石身子仿佛被狠狠地撞了一下,一哆嗦,顿觉天地失色,心一下被勒得紧紧的,喉咙里堵块烧红的煤球,半天发不出声来。

杨中吉在电话里恳求说:"兄弟,你过来看看吧,我……我不知道该咋办啊!"

"兰英姐!"陈良石终于从干哑的嗓子里挤出一声,像带血的锯齿,"姐啊——"

陈良石急急地出了门,脚下一滑,摔倒在地上。他费力地爬起来,找到指挥部领导请了假,骑上自行车就回家了。

他要叫上尹巧凤一块去。

尹巧凤一听说冯兰英死了,顿时泪水涟涟。刚要出门,忽然想到了什么,回到屋里,打开箱子,扯了几丈白土布。扯布的时候,看到了冯兰英送给她的那身红底色长裙,想了想,把它跟白布一起包进包袱里。

雪花还飘着,刚落在路面就融化了,道路变得泥泞不堪。陈良石没骑多远,轮胎上便沾满泥巴,塞住车轮,他只好停下来,从路边的树上折根木棍把泥巴剔刮掉。就这样走走停停,一直走了两个多小时,才赶到荣军医院。

杨中吉的宿舍前站了不少人,远远看到陈良石和尹巧凤,不禁大声地说:"来了,来了!"

陈良石和尹巧凤来到屋里,见杨中吉木木地站在一旁,眼睛红红的,怀里抱着还不会走路的小满仓。小满仓不知愁苦地揪着他的耳朵,趴上去要咬他的耳垂。杨中吉哽咽着说:"她胃不好,一直没当回事。等发现的时候已经……"

两人来到床前,揭开旧床单,看看冯兰英的脸。冯兰英的脸枯萎姜黄,瘦得皮包骨头,根本看不出表情是痛苦还是安详。她的嘴大张着,尹巧凤上前推推她的下巴,想为她合上嘴,却没有成功。

杨中吉怀里的小满仓一下看到了母亲，哇的一声哭起来，含混不清地叫着"娘"，张着两只胳膊要往床上扑。他不懂得娘已经死了，已经撇下他赴了黄泉！

孩子撕心裂肺的哭声，如同锥子，扎在人们的心上。

尹巧凤问杨中吉有没有准备寿衣，杨中吉摇摇头说："兰英死前有嘱咐，死了不要买寿衣，要是有那钱还不如给小满仓买件新衣服。"说着，他打开一个柳条包箱子，说，"她把那些像样的衣服都拿去换粮食吃了，略微好些的，也裁掉给孩子做了衣裳，你看，这些衣裳，够孩子穿到四五岁。"

箱子里整整齐齐地码着一摞小孩衣服，长的短的，单的棉的。可怜天下父母心！大家一看，无不为之震撼，泪水盈满眼眶。

尹巧凤摸摸暖瓶里有热水，就把男人们赶出屋去，她跟几个女人要为冯兰英擦洗身子，换寿衣。她兑好温水仔细为冯兰英擦洗身子，像是对待自己的亲姐妹，一点都不马虎。

冯兰英骨瘦如柴，筋骨一根根清晰可辨，一对乳房变成了松松垮垮的一层皮，像两个倒空了米的布袋子。大家都扯住袖口揩眼泪，凄然低下头，不忍心看她悲惨的样子。

擦洗完，尹巧凤挑了两件好一些的内衣为冯兰英穿上。虽说是好一点的，也是补丁摞补丁。最后，尹巧凤拿出那身红底长裙，给她套在身上，一边穿，嘴里一边叨念着："姐，现在这样的年月，无法给你置办新的了，这原来就是你的东西，你把它带走吧！"

等尹巧凤她们为冯兰英穿好了寿衣，卖棺材的正好把棺材送来了。这是一具柳木棺材，木板薄薄的。

天就要黑了，雪也停了，残云古棉陈絮似的飘着。大家七手八脚地把冯兰英放进棺材里，就在钉棺盖的时候，杨中吉挤压在喉咙深处的巨大悲哀突然爆发，哭声"啊"的一声喷出来，悲怆而尖涩，单调而平直，直戳人的心窝子："兰英，兰英啊……"

陈良石也涕泗横流。他哭了一会儿，率先清醒过来，把杨中吉拉到一边，让人把棺盖钉上。

死亡未能阻止喘息的黎明。第二天一早，天空放晴了，田野间升起薄薄的雾霭。地上的雪已经融化了，只剩背阴处还残留一些，显得格外白，像是对过去的一种强调，冰冷、锐利而又刺眼。

冯兰英被埋在水沟旁的一块荒地里，坟头旁边有一棵高大的歪脖子树。阳光照过来，大树在培起的新坟上铺上一层简约的树影，像是直接插在坟上似的。

陈良石吹起铜号为他的兰英姐送行。他运足气力，鼓起腮帮，猛烈地吹奏着。铜号在阳光下闪闪发光。铜号把手上的红缨，像火苗一样在寒风中飘扬。铜号韵律单调，发出临死老牛吼叫似的声音，被血泪沽湿了，给空气增添了一种悲怆和无奈。

谁也不知道他在吹一支什么曲子，呜哇喂哇，听起来实在与这绚丽的阳光不搭调，却能听出他的心像被人撕走了一块。

送丧的人都回去了，唯独他还坐在沟崖边，痴痴地对着面前新隆起的土包，呜呜呀呀地吹着铜号。

铜号闪耀着金灿灿的光，他不知道是天上的大太阳照的，还是泪水晃花了他的双眼。

不知过了多久，他停下来，缓缓地站起，走到坟头，用手挖了一个深深的坑，把铜号——自己的护身符埋了进去。

尹巧凤站在远处，定定地望着他，任寒风吹散了头发。她不想过去阻止一个男人把自己最心爱的东西送给他最心爱的女人，不想过去打搅一个男人和深爱过的女人那隔世的对话。

陈良石的脸是悲哀的，叹息声是悲哀的，就连寒风呛出的嗝儿，也充满了悲哀的气味。渐渐地，他的脸色由阴转为多云，继而由多云转为晴天，觑着的细眼竟露出了些许的喜色。因为他的眼前恍恍惚惚地飘来了一张脸。这张脸总也看不真切，就像浸在河水中的月亮，飘来荡去，又像拂过原野的一片云翳，似有若无。但这张脸是一张俊俏的脸，是一张无瑕的脸。忽然，这张脸又变成了一个花瓷碗，变成了一块花围裙，变成了西天边熊熊燃烧的霞彩，变成了满天闪闪烁烁的星斗，变成了开满了花的梨树，洁白如玉，风儿一吹，花枝摇曳，花蕊轻颤，无边无际的花瓣飞旋着，飞旋着，一个幻影乘着飞旋的花瓣飘然而去……

28

时节已过了清明，天气暖和起来。阳光宛若五彩丝线，给大地编织着艳丽的春装。

尹巧凤坐在门里，晒着太阳，整理一些碎布条，准备打袼褙。

福星嫂子来借顶针。

"用顶针做啥活儿？"尹巧凤问。

"前两天我把棉袄拆了，洗了洗，想抓紧再做起来。"

"嗬，你真够勤快的，这么早就做？"

"说不定哪天没了，好做送老的衣裳。"

尹巧凤看一眼福星嫂子，说："好好的，咋说这些不吉利的话？"

"这黄泉路上无老少哩，兰英妹子那么年轻，不是说没就没了？"福星嫂子不知咋想到了冯兰英。

听她一说，尹巧凤的心陡然一紧，鼻子一阵酸涩，掐指一算，兰英姐死了快两个月了。

"还能光灾年歉收的？盼着这样的光景快点过去吧。"尹巧凤长叹一口气，从针线簸箩里找出顶针给了福星嫂子，福星嫂子并不急着走，而是站在门口跟尹巧凤东一句西一句地说话。

院子里走进一个人来，问："弟妹在家吗？"

尹巧凤站起来，到门口一看，真是巧了，刚提过冯兰英，立时就见杨中吉抱着小满仓站在院子里。

杨中吉头发乱糟糟的，一定是很久没有梳理过了，脸也像多日没洗，一道黑一道白，胡碴儿像秋野的蒿草一样杂乱，身上的衣服脏得都放光了。因为睡眠不足，那抑郁无神的眼睛周围，出现了一圈暗青印子。

尹巧凤连忙把他迎进屋里，把小满仓接过来。小满仓突然间"哇"的一声哭了，紧攥着小拳头，急命似的。尹巧凤晃动着哄他，仔细瞧了瞧，孩子明显瘦了，一张小脸干干巴巴，下巴下、脖子里长满了湿疹。

"孩子饿了吧？"福星嫂子走过来，很有经验地拿手指头往小满仓的嘴上一放，小满仓立时停止了哭泣，用力吮吸着。

"一定是饿了。"尹巧凤急忙来到里屋，拿来一块陈良石带回家的干巴巴的面卷子，放在嘴里嚼着，等嚼细嚼黏了，吐在食指上，抿进小满仓的嘴里。看着小满仓贪婪的吃相，她忍不住泪光泫然。

杨中吉看着她一口一口喂小满仓，费力地张了几次嘴，才把话说出来："弟妹，这次我来，有事求你们。"

尹巧凤回头看着他，问："啥事？你只管说。"

杨中吉痛苦地说："我想把满仓送给你们。"

尹巧凤吃惊问："啥？要把孩子送给俺？"

杨中吉点点头，乞哀告怜地说："我一个男人实在养不了孩子啊，让他跟了你们吧，不然他会死的！"

尹巧凤想了想，说："这样的大事我可做不了主，要老陈拿主意才行。"

"也是。那我到河上找他去。"杨中吉皱了眉头，无奈而坚定地说。

自冯兰英死后，陈良石情绪一直非常低落，总觉得冯兰英的死与自己有关。他常想，假如自己接受了冯兰英的爱，娶了她，她可能就不会死；假如不是自己把他介绍给杨中吉这个无能的男人，她可能就不会死；假如自己不去学习班，刘年不会乘机把她排挤出粮所，她可能就不会死……然而，人生没有假如！

"你就是害死救命恩人的罪魁祸首！"陈良石常这样狠狠地骂自己。每当这时，总感到一种沉重的、苦涩的东西从胸口里直往上翻腾，弄得喉咙口咕噜咕噜作响。

陈良石分管的这个伙房，有三百多人吃饭。这一天，他为民工发放饭票时，由于神志恍惚，竟多发出去了，想追回，多领饭票的人却不承认，他不得不用自己的饭票补上。他开始刻意忘掉冯兰英，一次也不去想她，每当想她的念头一冒头，就赶紧做点什么或强迫自己想些别的，以分散注意力。可是，关于冯兰英的记忆，就如同一滴藏在水底的油，不知啥时候就漂浮上来，在水面氤氲、扩散，呈现出奇异的色彩。他更左右不了梦，在梦中，冯兰英时常出现在眼前。

陈良石在伙房里帮炊事员揉面，突然外面有人招呼他，搓搓手出来一看，是杨中吉。他纳闷地问："你咋来了？"

杨中吉一脸愁苦，说："我有事跟你商量。"

陈良石领他到临时办公室。杨中吉把要将小满仓送给他的事说了。

陈良石吃惊地问："啥？要把小满仓送给俺？"

杨中吉突然一下跪在地上，乞求说："兰英临死前，嘱咐我一定要把孩子养大，可我没有办法呀！你好人做到底，就给孩子一条活路吧！要是你们不要，就只能送给别人家，我实在养不活他啊！"

男人膝下有黄金呢！一个七尺高的汉子屈尊地跪在面前，还能说什么呢？陈良石急忙把他扶起来："好，我答应你，先替你养着，你想啥时候领回去就啥时候领回去。"

"谢谢！"杨中吉激动地说，"你跟巧凤都是好人，孩子跟了你们是他的福分，让他姓陈吧，长大了我也不会领回去，让他为你们养老送终。"说完，抹一把泪，转过身头也不回地走了。

这样，陈良石又捡了一个儿子，取名叫陈满仓。

本来计划三个月完成的徒骇河疏浚治理工程，不到两个半月就完成了。调动大家积极性的是"多劳多得"，饭票吃不完的，可以兑换成粮食带回家。有的民工领了粮食，意犹未尽，说："再干两个月多好。"

因为要处理善后工作，陈良石比别人晚解散半个月，等他回县粮食局报到时，麦子就要上场了。

马上就要夏粮收购，局里业务股的工作非常繁忙，局里就把陈良石留在了业务股。

刘年自从当上了所长，比以前更加神气，中山装穿得板板正正，头发梳得光滑顺溜，还买了皮鞋，每天都擦得锃亮。连走路的姿势都变了，头抬得高高的，腰挺得直直的，步子迈得大大的，一副志得意满的神采。尤其引人注目的是他手腕上多了一块手表，银光闪闪，他平时有意把袖子挽得老高，生怕别人看不到似的。

大家看不惯他这种做派，对他安排的工作也不尽心竭力。这年的夏粮收购工作落在了后面，拖了全县的后腿，受到了方局长的大会批评。

刘年想不通，粮所还是这些职工，自己说话咋就没有陈良石好使呢？分析来分析去，最后认定是自己的威没有树起来，大家不是从心里害怕自己。那咋办呢？想来想去，想起了前几年陈良石的办法，让周永禄组织大家学习。他一直认为，以前陈良石组织大家学习就是用一种文明的办法整人。不过，这段时间他倒学得很用心，自从在粮所主持工作，他深深体会到没有文化的难处了。

每天早晨天刚亮，刘年就到伙房前的大槐树下，用一根铁耙齿敲一块吊在树上的铁磅盖子，催促大家起来学习。铁铃没了，实在不方便，他让人在老槐树上挂上一块废旧磅盖子。他规定早上不来学习就不准吃饭，晚饭后也要学，学不到十点不许散。

学习的内容主要是"两报一刊"。刘年识字不多，经常把"俄罗斯"念成"我罗斯"，把"兔"念成"兔"，满口错字，读得结结巴巴，但每天都要亲自领读。

这天早上，他又站在大槐树下领着学报纸，报纸上有一句话是"要走社会主义的正路，大胆抵制一切歪风邪气"，但他把"邪"读成了"牙"。

文省三讥笑地问："刘所长，啥叫歪风'牙'气呀？"

刘年一下子被问住了，脸色涨成高粱红，又不想认错，想了想，说："连这都不知道？歪风'牙'气就是一颗牙掉了，一说话就歪着向一边漏气，这就叫歪风'牙'气。"

没等刘年解释完，人群中就爆发出了一阵笑声。

"哈——哈——哈——哈……"

"笑死人啦！"

刘年看着大家弯腰捧腹的样子，知道自己说错了，脸色变成了猪肝紫，恼羞成怒地把报纸卷成个筒，点着大家说："你们笑啥！嘴角都咧到耳朵根子上去了！严肃点！"

大家的脸马上严肃起来，笑容仿佛被一阵风刮跑了。

刘年接着开始借题发挥："我看咱粮所内就有一股歪风'牙'气，不尊重领导，工作不积极，干活消极台工。"他又把"怠工"说成了"台工"。

这下大家实在憋不了，一个个像打摆子，笑得身子直哆嗦。

"哈——哈——哈——哈……"

"哎哟，肚皮破——破啦……"

不知是谁呛着了，吭吭地咳了好半天。

从这以后，大家就在背地里喊他"牙气台工"。

刘年组织大家学习，本来目的是整治整治大家，让大家都服他，没想到适得其反，自己的一些言论竟成了笑柄，在粮食系统广泛传播开来，这让他非常沮丧。

文省三笑笑，说："一脸驴子毛，却想混着吃马料，能行？"

29

一场饥馑终于过去了。

不少人发现，扎根在湾涯边的一棵老树，本以为彻底死了，却又奇迹般地抽出新枝来，长出的新叶像一只只小手，招呼着希望。

岁月又恢复了春种秋收的正常秩序。

1960年8月10日，中共中央发出的《关于全党动手，大办农业，大办粮食的指示》中强调：农业是国民经济的基础，粮食是基础的基础，加强农业战线是全党的长期的首要任务。各行各业都必须把支援农业放在头等重要的地位，绝不能做任何妨害农业生产和粮食生产的事情。

政府对老百姓在房前屋后和林间荒地里自种些粮食蔬菜默认了，不再取缔。每一寸土地开始尽情地释放出旺盛的繁衍力。

日和夜交替着飞过，时光一个月一个月地流逝，转眼到了1960年年底。陈良石到东北去调拨玉米，离家快两个月了，这天傍晚回到清阳，推了自行车要回闻韶镇。

他从人事股门前走过，人事股鞠股长把他叫住了，对他说："老陈，你有好事了。"

他以为鞠股长要骗他请客，不以为然地说："这两年，我不倒霉就烧高香了，还有好事？"

鞠股长认真地说："真是好事，你的处分要解除了。"

他惊喜地问："真的？"

鞠股长一本正经地说:"我能拿这种事开玩笑?"

他喜出望外,兴奋得手发抖,开心地大笑起来,爽朗地说:"我说嘛,老子那鸡毛蒜皮的小事,被上纲上线后就比天大了,感谢组织,终于还了我清白!"

鞠股长做个手势示意他小点声,说:"以后你要注意小节呢。"说着拿出几页材料和一张表格,又拿过一支钢笔递给他,说,"你先在这里签个名,等报到县委组织部,组织部批了,你的处分才算正式解除。"

"好!"他接过钢笔,龙飞凤舞地签了字,兴奋地说,"老子又能抬起头了!"继而问鞠股长,"那我能回闻韶粮所了吗?"

鞠股长摇摇头:"这恐怕办不到,刘年在那里干着呢,你去了咋安排?"

他咬牙切齿地说:"老子去了就让他滚!"

鞠股长说:"局党委研究过了,现在各粮所职位都没有空缺,让你干业务股的副股长,级别恢复你的正股级。"

陈良石想了想,说:"也行,我服从组织安排。只是离家有些远,家里娘们儿孩子照顾不上。以后要是有机会,我还想回闻韶粮所去。"

鞠股长说:"那以后再说吧。"

解除了一道绳索,陈良石非常振奋。回家的路程,他骑得飞快。回到家,拍响了门板。来开门的是满囤,他惊喜地叫声"爹",上前接过自行车,对着屋里喊一声:"娘,俺爹回来了!"

尹巧凤正在炕上搂着满仓睡觉,她迅速爬起身来,理一理蓬乱的头发,来到门口,欢喜地说:"回来了?"

"回来了。"陈良石来到屋里,把带回的松子、榛子、饼干摆在桌子上,让尹巧凤和满囤吃,然后拿个小货郎鼓,端了泡子灯,要去逗逗小满仓,一看满仓睡着了,把货郎鼓放在他的枕头边,把灯移近了，仔细端详着。

满仓正睡得香甜，歙动的鼻翼逸出均匀的气息，嘴角的笑涡还未平静，依然把天真的笑意溢散开来。

陈良石回头说："满仓胖了。"

尹巧凤来到他旁边，一起看着孩子，说："是啊，身上的肉可结实呢！"

陈良石笑笑说："多亏你这当娘的照顾得好，真要跟着杨中吉，兴许真活不成。"

尹巧凤说："老杨前几天让人捎来两袋奶粉，这年月，也不知他从哪里淘换来的。"

"他来看过孩子？"陈良石问。

尹巧凤摇摇头："没有。"

陈良石沉思说："这个人不是坏人，就是有些迂腐。"

"就是。"尹巧凤也有同感。

1961年的春节到了。

虽然手头很紧，陈良石还是买了鞭炮。他要把所有的秽气驱走，过上顺心如意的好日子。

正月初四，县粮食局集中各粮所所长和县局副股级以上人员，学习中国共产党八届九中全会精神。会议提出了"调整、巩固、充实、提高"的要求。

会后，陈良石的工作岗位发生了变化，出任新成立的"整顿粮食办公室"主任。

整顿粮食办公室是根据1960年9月17日中共中央发出的《关于整顿城市粮食销量和降低城市口粮标准的指示》成立的，主要有三项工作任务，一是重新核定非农业人口定量供应标准，每人每月平均降低2斤，二是动员城镇非农业人口重回农村，减少国家粮食供应数量，三是查人口，查工种，查定量，加强户口管理，消减不必要的补助粮，弥补虚报冒领、浪费粮食的漏洞。

刘年向县粮食局上报的退职返乡人员是张信宽和杜志儒。几年过去了，他仍对张信宽不允许他坐车的事记恨在心。多年来，他一直对杜志儒说话处事偏向陈良石而耿耿于怀。

张信宽和杜志儒还蒙在鼓里，多亏让陈良石给挡下了。

"整顿粮食办公室"正好负责此事，刘年硬着头皮去了陈良石的办公室，把材料丢到他面前。

陈良石用眼睛的余光瞥他一眼，没说话，拿过材料翻了翻，胸腔里立时腾起一股无名火，质问道："动员回农村的政策你不清楚？不是原则上按工作时间长短确定吗？为啥是他俩，他俩可是老职工，咋没有前两年才到粮所工作的炊事员和刚招的那个看门的临时工？"

心思一下子被人看穿了，刘年的脸腾地红了，但仍强词夺理说："闻韶粮所是特殊情况，我们是按工作表现好坏确定的。"

陈良石一听，眉毛直往上挑，厉声说："啥特殊情况？粮所里谁不知道，杜志儒以前年年当先进，再说张信宽，对工作的认真态度你能找出第二个？把他们下放回家对他俩是不公平的！"

没想到，刘年瞪着大眼又顶一句："那是据你了解，现在我是所长，可据我了解，他俩就是落后分子！"

陈良石被他的叫嚣彻底激怒了，满腔鄙视的怒火，烧得他满脸通红，一拍桌子大声呵斥："你心里有几个窟窿眼儿，别人看不出来？你这是假公济私，报复同志！"

刘年也不示弱，脸涨得像涂上了油彩，说："你是以权谋私，包庇坏人！"

他们一递一句地吵嚷起来，隔壁办公室的人赶来劝架，大家连说带拉，把刘年拉出了办公室。

刘年自知理亏，不再纠缠，推上自行车气呼呼地走了。

没有不透风的墙，没几天，这件事就传到了杜志儒和张信宽的耳朵眼里，两个人一起去找刘年。当时正是吃饭的时候，当着大家的面，杜志儒厉声质问他，为啥要下放自己。

刘年有话摆不到桌面上，就含糊不清地说："为啥，你们自己不清楚？"

杜志儒怒气冲冲地耸了耸肩膀，瞪着眼说："不清楚哩！"

张信宽愤愤地说："清楚还来问你？"火药味很浓烈。

刘年无法解释，就生生地说："不清楚自己想想！"说着，饭也没打，转身走了。

杜志儒和张信宽要再去跟他理论，文省三怕三个人打起来，把他俩拦下了，说："有陈良石在粮食局把关，你们不会有事的。"

麦子黄了，一块块麦田就像一块块金黄的烙饼，蒸腾着一种让人口角流涎的味道。也许是否极泰来，今年的小麦长势很好，这可是在饥饿困苦中挣扎了三年的人们翘首以盼的场景啊！

粮所入库的准备工作已经做好，大家聚集在办公室，等着开会，开完会就可以回家割麦子了。

等了很久，刘年才端个茶杯拿个本子走进来。好在这天的会并不长，他安排好了值班人员，讲了几点注意事项就散会了。他家的地在黄河滩边的沙土地里，小麦通常比别处早熟两天，老婆捎信来让他快点回家割麦子。

天就要黑了，不知为啥，大家并不急着回家，都站在大门口天南海北地扯闲篇。

刘年推了自行车往外走，自行车后座上奉着一捆捆麦子用的草绳，前面横梁上挂一个黄搭包，包里塞满了酒、酱油、醋等生活用品。刚走到门口，文省三突然从后面喊他，说统计报表上需要签字，县粮食局等着要。

刘年把自行车支在大门口，到文省三办公室去签字，回来后，推了自行车要走，这时，杜志儒上前说："刘所长，你等等，他们说你把我的象棋带走了，是真的吗？"说着就去翻他的自行车褡包。

刘年吹胡子瞪眼地说："我又不会下象棋，要你那破玩意儿干啥？"

"那让我看看。"杜志儒把褡包里的东西一样一样掏出来，拿起一瓶子醋，拧开盖放在鼻子上闻了闻，说，"刘所长，你买花生油了吗？咋往家拿花生油？"

刘年说："瞎扯，这是醋，哪是花生油？"

杜志儒又拧开一瓶酱油，闻闻，然后把两个瓶子递给大家："大家都闻闻，这是不是花生油？"接着回过头来说，"刘所长，你不会往家偷油吧？"

"你，血口喷人！"刘年一听火了，脸涨成了猩红色，脖子上和鬓角的筋突突地跳着。

"血口喷人？人赃俱在，你咋解释？"杜志儒不紧不慢地说。

"这……这咋回事？"刘年百口难辩，急得一句话说不出来。

这时，文省三走过来，问："咋了？都站在这里干啥？"

大家七嘴八舌地说："刘所长往家偷油呢！"

文省三拿过瓶子看看闻闻，回头看着一脸尴尬的刘年，心里一喜，但他绷住脸色对大家说："这是刘所长的一时之错，人非圣贤，孰能无过？这件事情到这里就打住了，家丑不可外扬，谁也不要往外传，尤其不要让县粮食局知道。"说完摆摆手，又说，"大家都散了吧，该值班的值班，该回家的回家。"

开始，刘年对文省三的解围还挺感激，但仔细一咂摸，不由得恨得牙痒：他这几句话是把自己偷油的事坐实了啊，还提醒大家别忘了去县粮食局告状！明为扑火，实是扇风！可是，面对眼下的情景他只能是哑巴挨打——有苦难言。

刘年回家没过两天，由人事股鞠股长带领的县粮食局调查组就到粮所了。刘年被叫了回来，接受调查。对偷油的事，他自然不承认，说是有人陷害他，给他栽赃。鞠股长问陷害他的人是谁，刘年觉得大家都像，又不敢肯定。可大伙众口一词，证实从他的褡包里翻出了花生油。

粮食局的处分决定很快就下来了，刘年被行政记过，职务级别由正所长降为副所长，但夏粮收购在即，仍然让他主持粮所工作。

刘年一肚子怨气，不过，盛气凌人的气焰收敛了些，待人说话和气了些。但大家都知道，江山易改本性难移，他这不过是蛰伏罢了。有人偶然见过他随身带的小本本，还在增添着大家的一条条"罪状"，等一有机会，他还会出洞咬人。

麦收过后，征购就要开始。在全县粮食征购大会上，方局长带领大家首先学习了中共中央关于《农村人民公社工作条例（修正草案）》，条例共十章六十条，因此简称《农业六十条》，决定在全国实行以生产队为基本核算单位的公社新体制。这是农村分配体制由大到小的务实性退缩，在一定程度上克服了人民公社体制内生产队之间和社员之间的平均主义，是党在"大跃进"之后农村工作理念的质变与飞跃。

为了促进粮食生产的恢复和发展，提高农民交售余粮的积极性，这一年，国家大幅度提高了粮食统购价格，实行了加价奖励，还按交售粮食数量奖售工业品：每交售1500斤粮食，配售棉布15尺，纸烟3条，胶鞋1双。这样一来，农民交粮的积极性提高了，各粮所的粮食收购任务完成得都比较好。

就在刘年慢慢恢复元气、焕发斗志的时候，突然发生的一件事让他彻底栽了。

为扶持饮食行业发展，各粮所都有一定数量的行业用粮平价指标，一般供应给供销社饭店或糕点厂。供销社饭店去批粮食，刘年经常用各种借口对其进行刁难，为了搞好关系，饭店经理就时不时宴请他。

饭店的厨师有一项拿手绝活，烙得一手好锅饼，那锅饼干硬酥脆，筋道利口，面味醇香，名扬四方。

刘年最喜欢吃这口了，每次来，饭店经理必定为他准备这大锅饼，不但让他自己吃，走时还让他捎一个，回家给老婆孩子吃。

这天中午，饭店经理又宴请他，让他喝得有点多，走时把一个大锅饼放进他的提包里，挂在自行车车把上。

刘年骑了自行车刚出饭店门，旁边突然窜出一条狗，为了躲狗，他一下摔在地上，提包里的锅饼蹦了出来，顺着斜坡往下滚。他一看，急忙爬起来去追。

这时，很多人正在大街两边的树荫下乘凉，有人看到了，咋呼起来："快看啊，刘所长在大街上滚锅饼玩儿呢！"

人们都站起来，像看西洋景一样看着眼前这一幕。

刘年狼狈地在后面追出老远，才捡回了锅饼。然而，他在大街上滚锅饼玩儿的坏影响却追不回来了。好事不出门，坏事传千里。没过几天，县粮食局就撤销了他的副所长职务，把他调到县面粉厂车间当装卸工去了。

陈良石为了照顾家庭，向组织要求回任闻韶公社粮所所长，局党委研究后同意了。

傍晚，炊烟袅袅升起的时候，陈良石带着行李回到了闻韶镇。他望了望日落的地方，那晦暗的瓦青色已经消散，留下的是几道红色的晚霞。

中　部

人间烟火

1

陈满囤上班第一天就让会计黄雪贞的笑扰乱了心思。

这天，满囤到太平店公社粮所报到，在所长办公室，看到了正在给乔江龙汇报工作的黄雪贞。她个子高高的，瘦瘦的，红润的瓜子脸，挺挺的鼻峰，圆圆的大眼，额前打着长长的刘海，脑后坠一条粗黑的辫子。而让满囤记忆深刻的，不是她的身材和面庞，而是她对自己的那一抹笑：粉腮全力以赴地向上提着嘴角，双唇矜持地抿着，眼睛眯成一泓弯弯的月牙泉。因为笑，腮上的两个酒窝变得更深了。

满囤回复一笑，但有点迟钝，刚龇出牙，黄雪贞已转身出门了。他把笑讪讪地收进脸皮里，心里滑过一丝遗憾。

没等仔细回味，陪他来报到的父亲陈良石一把把他拉到乔江龙面前，说："老乔，满囤今后就交给你了，你可要像对儿子一样对待他！他要是有啥差错，尽管替老子管教！"

乔江龙爽快地说："咱俩谁跟谁？你的儿还不是我的儿？还用说！"说着，毫不见外地用沉甸甸的大手在满囤肩上拍了拍，"在老子手下好好干，保你以后有个好前程！"

满囤有些腼腆，但从父亲和乔江龙一口一个"老子"的对话中，听出了他们的关系非同一般，于是不住地点头。

"哈哈，这我就放心了！"陈良石满意地说。

这是1962年初夏。"调整、巩固、充实、提高"方针实行一年多以来，取得显著成效，国民经济已明显好转。国家恢复了各种国营专业公司，增加了国营商业网点，还允许组织计划外生产，扩大货源，在对生活必需品实行凭票供应外，还对糖果、糕点等实行高价供应，经济越来越活了。

满囤本来在清阳二中上高一，粮食部门在职工子弟中招收临时工，机会难得，便中途退学参加了工作，被分到了太平店公社粮所。

陈满囤18岁了，瘦高的个儿，肩膀很宽，头发又黑又密，像黑骏马的鬃毛。四方团脸，五官棱角分明，焕发着雄性的青春光彩和特有的勃勃英姿。

太平店是清阳县的一个大镇，紧靠徒骇河。据传，1300多年前的一天，一队人马由泰山脚下逶迤北进，前面骑兵开道，后面武士相随，数不清的旌旗伞杖簇拥着一辆马车，马车上架着金黄色的篷帷，帷沿边缀着五彩的流苏。天色将暮，晚霞灿烂，马车停在徒骇河边，从车上下来一位衣容华贵、端庄漂亮的公主。她顾盼四野，只见徒骇河水静静流淌，两岸莺歌燕舞，林茂粮丰，一派安乐祥和，遂命人马在附近村庄安营扎寨，与民同乐。此人便是大唐的太平公主。后来人们为纪念这件事，将太平公主下榻的村子改名为太平店，后历经发展，成了一方重镇。

然而，粮所并不在公社驻地，而是在镇西三里远的徒骇河岸边。前面一条大路直通镇上，后面有门通向河道。这里以前是部队的一个粮草库，部队撤走以后，改建成了粮所。

满囤被乔江龙安排在收发室任收发员。粮所里有五种岗位，号称"五大员"：会计员、统计员、营业员、防化员、收发员。顾名思义，收发员就是负责收发粮食的。

包括满囤，粮所里共有四名收发员，负责人是王海林。他四十来岁的年纪，个儿不高，人长得像个精细的女人，皮肤白皙，眉清目秀。

王海林做事有条不紊，干净利索。尤其是他有一手绝活，发粮食不管用大簸箕还是小簸箕，哗哗倒进口袋中，过磅，保证一分不短，一两不多，人送外号"簸箕准"。另两个收发员一个叫吕福清，四十岁左右，高个儿，精瘦，黄脸，一副病态；一个叫赵春喜，三十来岁，矮个儿，微胖，红脸，透着一种粗枝大叶的健壮。

开始，满囤觉得收发工作技术含量不高，只要识字认磅就行，自己一个高中生，是高射炮打蚊子——大材小用。可实际一操作就不行了，发粮食时不是多了就是少了，往外挖，往里添，没个准谱。

王海林跟他说："别着急，熟能生巧，人的眼就是一把尺子，这簸箕的纹理就是刻度，时间长了，手上就有数了。"

熟能生巧，这句话不错，可其中的巧并不会因为熟而自动生出来，要在熟中悟，在熟中把握。吕福清和赵春喜，从事粮食收发工作都七八年了，直到现在还是没个准，应付一个客户要频繁地添秤减秤。乔江龙常批评他们，他俩当面诚恳点头，背后却说："那么快干啥？又不是干完了这笔业务就发个漂亮女人！"

乔江龙常教育满囤，不要学吕福清和赵春喜，要向王海林学习，精益求精。艺不压身，说不定啥时候一项技艺就会成为一级台阶，一块敲门砖，让你登上更高的平台，敲开更宽的大门。

满囤不相信收发粮食这样的技艺还能成为敲门砖和台阶，对今后的前途会有啥帮助，但他知道乔江龙这是为他好。冲着他跟父亲的关系，没有理由对自己不好，他的话没有理由不听。这样，满囤的心就沉了下来，虚心向王海林学习，细心观察他工作时的每一个细节，很快就掌握了一些要领。

近段时间，粮所的工作有些忙。在三年困难时期，全国大办粮食，造成经济作物的种植面积大大减少。六十年代初，棉花和油料减产严重，其中油料甚至比1957年减产一半以上。而这些经济作物是轻工业原料的主要来源，也是稳定市场、回笼货币的主要商品，还是国家出口货物、换取外汇的主要物资。在当时粮食供应十分紧张，全国实行"低标准、瓜菜代"的情况下，人们出于对饥饿的恐惧，都愿意种粮食，而不愿意种这些不能填饱肚皮的东西。只有奖励一定数量的粮食，安排好口粮，才能使农民乐于抽出一部分好地、肥料和劳动力来种植经济作物。为此，国家就出台了收购重要经济作物实行粮食奖励的政策。如，每向国家交售1担棉花，奖售35斤粮食；每交售1担花生仁，奖售20斤粮食等。这些措施的施行，促进了农副产品生产的全面发展，也给粮食部门带来了很大的工作量。满囤每天都要跟大家一起忙到很晚，晚饭后还要及时加总上报。

为便于群众买卖粮食，收发室就设在离大门最近的一排。而会计室属于"闲人免进"的账务重地，设在后面一排。黄雪贞是淑女型的，平时很少串岗，整天宅在屋里摆弄那些账本子，连吃饭也不在伙房里跟大家一块吃，而是打了饭端回宿舍。

满囤和她见面的机会不是很多，偶尔碰面，黄雪贞还是朝他矜持地笑一下。那笑容虽然幅度有限，甚至有些浅，可总是让他心口无端地一烫，脸上发烧，想看又不敢看，想说话又不敢说，心里很是忐忑。

喔，咋会这样呢？

王海林跟满囤二人很对撇子，王海林从不拿啥架子，满囤喊他"叔"喊得也很亲热，关系处得像亲叔侄。

满囤没有自行车，一是钱不够，二是光有钱还不行，还要有自行车票才能买到。当时，谁家要能弄张自行车票，就会像小道消息一样在邻居间迅速传播，谁家新买了一辆新自行车更属于"爆炸性新闻",其震撼力比婚丧嫁娶还大。 刚上班时,陈良石让他把家里的自行车骑来,但他知道父亲腿脚不好,离了这自行车,远处去不了,更没法去清阳城里开会,就忍住了诱惑,没有骑。 后来,一家人开始攒钱,可等钱攒得差不多了,正赶上国家实行自行车提价政策,工业出厂价不变,高价利润集中体现在商业部门,由商业部门集中上缴国库。 每辆自行车从160多元,一下提到近700元,一时又买不起了。

王海林有辆自行车,青岛"国防"牌,虽然旧一些,但被保养得锃明瓦亮。 没事的时候,他就推出来擦拭,这仿佛成了他的一种乐趣。 他对自行车非常爱惜,很少外借,但满囤是例外,回家或去太平店街里,只要说一声就可骑走。

为了锻炼满囤,王海林把合计购销单证和编制五日报、旬报和月报的活儿交给他去做,还教他记保管账。 满囤干完了,王海林仔细核对一遍,每次都对他的业务能力非常满意。

每过五日,会计、营业、保管三方要进行对账,以保证"账账相符,账实相符"。 以前,代表保管方参加对账的是王海林,渐渐地,王海林就让满囤去,这样,无形中为他创造了与黄雪贞见面的机会。

每次对账都是在黄雪贞的宿舍兼办公室。 她屋里的墙上挂着一排铁夹子,铁夹子上夹着一张张报表和文件,身后的橱子里放着一摞摞账本,桌子上放一块玻璃板,玻璃板下压着一些表格。 女孩子都是爱整洁的,被子和衣服叠放得特别整齐,整个屋子里充溢着一种女孩子特有的味道,甜甜的,香香的,让满囤心旌飘摇。

雪贞性格有些内敛,说话轻声细语。 但她喜欢笑,不是忘乎所以的大笑,而是笑不露齿,矜持地抿嘴微笑。 腼腆是女儿家的天性,可那不过是一张皮儿,瓢子里掩藏着更敏感、更娇嫩的东西,反倒更引得男人爱怜。

然而,满囤对内心的这种感受不敢有丝毫表露。 他有自知之明,自己是个临时工,而黄雪贞是正式工不说,更是全县唯一的女会计。

　　让他无比羡慕的还有，黄雪贞有一辆上海凤凰牌的新自行车。也许是受地域因素影响，清阳这地儿，人们拥有的大都是青岛"国防"牌载重型自行车，V形翘把，弹簧鞍座，大而方的后座架，载重力强，采用后轮倒轮闸，用脚向后轻倒脚踏板即可刹车。这种结实坚固的自行车同轻便的凤凰、永久牌自行车相比，给人一种粗老笨壮的感觉，因此年轻人对轻便自行车更青睐，感觉更时尚，骑起来更风光。他常想，自己什么时候才能拥有这么一辆"坐骑"呢？

　　满囤在同黄雪贞的相处和大家的闲谈中，对她的身世有了大致的了解。

　　黄雪贞的老家在本县的惠风公社，上几辈人都是穷苦的农民，且是单传，家传土房三间，地无一垄，一贫如洗。到了祖父这一辈，开始人丁兴旺，生下三个儿子一个女儿，父亲排行老三，这样生活更困难了，全家人经常衣不蔽体，食不果腹。没有办法，春冬两闲时，祖父就背井离乡，用一辆木推车，推一家人四处逃荒。

　　这一年元宵节，他们逃荒来到了河北省吴桥县。吴桥县是全国著名的武术杂技之乡，正逢庙会，到处是玩杂耍的，人来来往往，熙熙攘攘，热闹非凡。他们一家人来到一个高台下，只见观众摩肩接踵，翘头观看。台上正进行马叉表演。马叉是长柄兵器的一种，矛头两旁又歧出两刃，形似镗。只见表演者伴随着锣鼓的节奏，一根马叉时而在胳膊、后背、脖颈等处来回旋转，时而被抛向天空，上下翻飞，马叉上的铁环"哗铃铃"作响，虎虎生威，引得台下的观众连声叫好，拍红了巴掌。

　　可这位表演者中午喝了酒，舞着舞着，竟然脱了手，马叉叉头朝下向台下飞落过来，眼看就会伤到观众。说时迟，那时快，就在千钧一发之际，祖父一跃而起，在空中用胳膊一荡马叉杆，使叉头改变了方向，接着双手用力一推，马叉稳稳地向台上飞去。台上惊魂未定的表演者反应还算快，本能地顺势接住了马叉。观众都以为刚才这一幕是表演者故意抖惊险，露本领，立时爆发出雷鸣般的掌声和叫好声。

不多时，杂技团的掌柜和那个表演者就找来了，把他们一家请到一处宅院，对祖父的临危救险千恩万谢，并拿出不少钱作为酬谢。厚道的祖父坚辞不授，说："见义勇为是老辈子传下来的规矩，我在老家也玩过马叉，会三招两式的，刚才只是临时救场罢了。"掌柜的又问有啥需要帮助的，祖父看了看小三，想了想说："如果行的话，让小三在你这里学点手艺，混碗饭吃吧，如果不行，也不强求。"

掌柜的满口答应。

这样，黄雪贞的父亲就在杂技团里留下来学艺。开始主要练基本功，如腰功、腿功、顶功和跟头功等，后来跑龙套，长大成人后又学习表演顶缸。

顶缸表演所用的缸或坛子，轻则5斤，重则15斤，要用手抛起来，用头或背接住，对缸的平衡度以及转动的速度要求极高，掌握不好不是摔碎了缸便是身体受伤。在经过无数次失败和头皮因练习而长期皲裂的煎熬后，他终于把顶缸练成了绝技。

二十二岁那年，他在老家成了家，几年下来生下了两女一男。黄雪贞是老大，她还有一个弟弟和一个妹妹。

父亲善于琢磨精进，在顶缸基础上，不断进行动作创新，加入了转环圈等高难度技艺。只见他头部顶着缸，在手脚上套几个红红绿绿的环圈，再运用头部和肢体力量转动缸与环圈，使节目更加惊险，更具艺术观赏性。

新中国成立后，父亲所在的杂技团被收编到了县杂技团，他成了县杂技团的台柱子，多次进京或到省城表演。

1959年经济困难时期，杂技团人员的粮食定量也被削减，开始吃不饱，营养跟不上。在一次表演中，父亲体力不足，腿脚稍慢，抛起的缸沿砸在了颈部，造成颈椎骨折，瘫痪在地。虽经抢救，没致全身瘫痪，但右半边身子经常发麻，腿脚不稳，再也不能上台表演了，于是申请了病退，让女儿雪贞接了班。由于雪贞接班时已近成年，从小又没练过功，无法从事杂技表演，父亲就托关系把她安排在了县百货公司。

黄雪贞在吴桥举目无亲，很是孤独，水土也不服，经常患病，老想离职回家。父亲想，能混个国家饭碗实属不易，不想就这么轻易放弃了，于是又开始托关系把她往清阳老家调动。然而，吴桥县属于河北，清阳县属于山东，跨省调动困难很大。好在父亲有一股不达目的不罢休的韧劲，他先去找自己的表兄，让表兄又去找内兄，由内兄去找战友，最后终于搭上了县委的唐副书记。唐副书记答应帮忙，可他有个儿子因为患有羊角风，连谈几个对象都没有成功，于是婉转地提出了一个条件，黄雪贞调回来后要做儿子的媳妇。黄雪贞一家权衡再三，最后同意了。她很顺利地调回了清阳，被安排在了太平店粮所，经过简单培训，接任了令人羡慕的会计工作。

得知黄雪贞是县委唐副书记的准儿媳后，满囤知趣地把心里的那点爱的火芽浇灭了。可是，不知为什么，在去跟黄雪贞对账前，他总要认真地洗一遍脸，精心地整理一下衣服，把头发梳得顺顺的，一丝不乱。

满囤虚心跟王海林学业务，在王海林的精心指导下，"簸箕准"的技艺学得八九不离十了。

1963年，刚出正月，安德地区粮食局组织系统业务大比武，正巧，多届的冠军王海林做了阑尾切除手术，住院治疗，乔江龙就推荐满囤代为参加。

满囤初出茅庐，比赛中有些紧张，操作略有误差，但在所有选手当中，成绩仍然是最好的，得了全地区第一名。

带队的马宗芳副局长一向难得一笑，这次脸上却笑开了花，当着全县参赛队员的面，拍着他的肩膀夸赞说："小伙子，好样的！"

这次比赛回来没过多久，县粮食局抽调满囤参加了营业员培训班。培训班刚结束，太平店粮所的营业员就调到别的粮所去了，由他接替了营业员的工作。

营业员和收发员在粮所都是一般职工，但营业员专业性更强一些，要求文化素质更高一些。更重要的是营业员是脑力劳动者，每天可以穿得干干净净，体体面面，而收发员是体力劳动者，经常一身面，一身土。同时，营业员还有点小权力，批粮食时可以适当调换一下粮食品种，或借销一点下个月的定量，兑换粮票时，可以决定给你全国通用粮票还是地方粮票。因此，营业员在粮所也是一个令人羡慕的岗位，由收发员改任营业员就跟升迁了一样。

陈满囤上班不久就干上了令人羡慕的工作，心里阳光灿烂，走起路来连蹦加跳，整天曲不离口，一会儿是"花篮的花儿香，听我来唱一唱……"，一会儿是"洪湖水呀，浪呀嘛浪打浪……"，接下来是"社会主义好，社会主义好，社会主义国家人民地位高……"。

天气晴好的时候，满囤喜欢站在大门口看山。

粮所大门前是一马平川的庄稼地，可以毫无遮挡地看到几十里地以外山峰的影子——那是泰山余脉蜿蜒的曲线。

那些缥缈的山影，引他把目光放得很远很远。

2

营业员要每天到银行提款缴款，与会计共管一个银行账户，要经常跟会计对账。这样一来，满囤跟黄雪贞接触的机会更多了，心里的拘束感也渐渐地消除了。

满囤常常对她的自行车显露出喜爱之情，转转铃铛，捏捏车把。黄雪贞看到了，就说："有事骑去就行。"

开始，满囤不好意思，黄雪贞说过几次，满囤就不客气了，经常借她的自行车外出。

满囤写得一手好字，阿拉伯数字写得也漂亮，月底结账的时候，雪贞做好了记账凭证，就让他帮着记账，誊写会计报表。

上级对粮食收购、销售指标把控非常严格，非月底最后一天不能结账，而下月二日上午必须到县粮食局报账，以便及时汇总上报。这样，结账、做账只有一天多的时间，每到月底月初，会计都要黑白加班。

满囤从心里乐意陪雪贞加班。

雪贞常常在他杯子里投一块冰糖。

一个人的活儿两个人干，本应该事半功倍，但实际上效率并没有提高多少，因为满囤除了抄写之外，不会处理其他业务，加上两个人时不时停下来说话，效率不高也在情理之中了。

满囤像特工一样，旁敲侧击地询问过雪贞对象的情况，知道了她对跟唐副书记的儿子处对象并不满意，因为唐副书记的儿子常犯羊角风。

他装作第一次听说，一脸惊异地说："呀，你对象得了羊角风？那病可真吓人啊！没去医院看看？"

雪贞叹口气说："还能不看？到处看了，却看不好。"

满囤用同情的口吻说："你可要想好了，这可是一辈子的大事，听说这种病会传给孩子的。"

"是吗？"雪贞担心地问，见满囤重重地点头，她长长叹一口气，眼睛怔怔地看着前面，不说话了。

他满意她的这种表情变化，嘴角滑过一丝不易觉察的窃喜。

良久，他问她："那张草表做完了吗？我给抄抄。"

雪贞回过神来，开始翻着账本往报表上填数字。填完了，"噼里啪啦"打算盘合计一番，把报表递给他说："抄吧。"

他在空白报表下填上复写纸，开始抄表，不经意中，一抬头，发现雪贞正定定地看着自己。他从没见过这么羞涩、这么含蓄、这么热烈的眼神,里面似乎有一团熊熊燃烧的火焰。他的脸色立时被点燃了,红红的,用舌头舔着嘴唇,似乎想说什么,可又拿不定主意。脑子一开小差,手下的数字就抄错了行,于是把复写纸抽出来,把废表团成一团扔在地上,重新抄写。

黄雪贞提醒说:"你注意点,一种报表县局一年就发一本,浪费多了就不够用了。"

他连忙说:"好。"

抄完了报表,交给黄雪贞。黄雪贞开始核对表与表之间的衔接关系。满囤指着玻璃板下面压的一张照片问:"这是谁呀?"

黄雪贞把眼从报表后露出来,看了看说:"没看出?我小时候。"

满囤用有些夸张的语气赞叹说:"你小时候真漂亮呀!"

"现在不漂亮?"黄雪贞用习惯的动作理理头发,微微仰起头,斜着眼睛朝他看着,等待着回答。

满囤一怔,脸红了,马上说:"现在更漂亮,女大十八变,越变越好看嘛。"

黄雪贞标志性地翘翘嘴角,矜持地一笑,说:"你这人,还真有意思!"

满囤回到宿舍,躺在床上辗转反侧,怎么也睡不着,眼前老是闪现出雪贞的笑,那是纯真的笑,像含苞的花儿,如带露的草儿。耳边老是响起雪贞的声音:"你这人,还真有意思!"那声音似悦耳的琴弦,似百灵的吟唱。

这"真有意思"是啥意思啊?一种说不清道不明的渴望爬上他的心头。

他睡的是一张旧床,一翻身就"吱吱咯咯"地响,同一宿舍的统计员许三增被吵醒了,说:"陈满囤,你腚里长蛆了?翻来覆去的。"

"噢，对不起，"他连忙道歉说，"喝了杯茶，睡不着了。"

因为撒了谎，脸都红了，幸而黑暗中许三增没有看出来。

他闭上眼睛，眼睛里有许多闪光的东西在飞舞，在不停地变幻、组合。

太阳被雾水泡了一夜，清晨起来湿漉漉的，似乎能拧出水来。寥寥炊烟升起来，与晨雾混合，缭绕在村庄的上空。

满囤出了粮所沿徒骇河岸边小路向西走。西面有一片柳树林，潮湿的光线下，一条条柳枝披头散发地垂下来，在风中摇摆。枝条上冒出嫩黄的新芽，像调皮的小猴子嬉戏着春晖。

他牵起一根枝条，放在眼前仔细端详着，突发奇想地琢磨，这芽苞的萌发，是出于根的鼓动，还是春风的召唤呢？

胡思乱想间，突然听到树林里有歌声传来，声音甜美，仔细一听，是歌曲《社员都是向阳花》。

公社是棵常青藤，
社员都是藤上的瓜。
瓜儿连着藤，
藤儿牵着瓜，
藤儿越肥瓜儿越甜，
藤儿越壮瓜儿越大。

公社的青藤连万家，
齐心合力种庄稼。
手勤庄稼好，
心齐力量大，
集体经济大发展，

社员心里乐开花……

他循声走过去,一看是黄雪贞,便说:"一大早咋这么高兴?"

银铃般的声音戛然而止。雪贞回过头,欣喜地叫道:"陈满囤,这么早啊?"

"莫道君行早,更有早行人。你不是更早吗?"满囤俏皮地说。

"不知为啥,天还不亮就睡不着了。"

满囤本来想说"我一夜没睡着",一张口改成了"我也是"。为了掩饰内心的激动与不安,他岔个话题,说:"你的嗓子真好,唱得真好听!"

雪贞羞得脸有些红,把一条粗辫子扯到胸前来,捉弄着辫梢,掩饰着局促的表情,说:"瞎唱呗,你唱得才好听呢。你也唱首歌听听。"

满囤开始不好意思唱,经她再三要求,才张口唱了一曲《我们走在大路上》:

我们走在大路上,
意气风发斗志昂扬,
毛主席领导革命队伍,
披荆斩棘奔向前方。
向前进！向前进！
革命气势不可阻挡,
向前进！向前进！
朝着胜利的方向……

他一开口,头顶上一群叽叽喳喳的麻雀飞远了。这是一首刚刚传唱开的新歌,满囤开始唱得有些紧,但慢慢地就放松了,声音圆润并带着胸腔共鸣，有一种金属般的质感。

他唱完了，雪贞拍着手说："唱得太好了，你不该来粮所上班，应该去文工团唱歌，那样你一定会成为一个歌唱家！"

他听到这样的赞美，心里溢满了甜蜜，害羞地看她一眼，说："当歌唱家可不敢想，没那命呢。"

雪贞点点头，感慨地说："我们这些草民百姓总是心比天高，命比纸薄。"

满囤敏感地觉察到自己的话让她的情绪低落下来，于是说："咱的命也不薄，比起周围的人好多了，在粮所工作至少饿不着肚子，有多少人连饭都吃不饱呢。"

"是呢！"雪贞的脸上又浮现出笑意。过了一会儿，她说："走，咱们一起走走吧。"说话间，往树林深处走去，满囤急忙跟上。

他们沿着林间小路漫步。柳树枝条上沾满了露水，湿湿的，不时碰到雪贞的头，她就用手搁开。满囤看到了，上前一步，伸手替她搁开柳枝，却一下子碰到了她的头发，慌乱地收回手，不想柳条一下荡扫过来，打在雪贞的脸上。满囤为自己的笨拙红了脸。

满囤忽然拘束起来，跟一个女孩子在野外溜达，感觉气氛有点太过温馨。不过，这种温馨是任何一个青年男子都渴望的。他诚惶诚恐，想说点什么，却一时找不到合适的切入点，走了一段路，才没话找话地问："我抄的表没错吧？"话一出口，又马上后悔了，感觉这样的场合问这样的问题显然不合时宜。

雪贞一笑说："我复核过了，有一处小错，改过来了。"

满囤急忙自我批评道："是吗？我常有马马虎虎的毛病。"

雪贞跟着说："谁都有这毛病，我有时比你还马虎。"

满囤绞尽脑汁寻找话题："你参加工作几年了？"

"三年多了。"

"一直在这太平店粮所？"

"不是，我原来在河北吴桥百货公司工作，前年调回来的。"

"嚇，跨省调动呢，一定不容易吧？"

"说容易也容易……不过是一场交易。"雪贞垂下眼，叹口气，怨恨地说。

"一场交易？什么交易？"满囤瞪着好奇的眼睛问。

雪贞摇头不语，眯起眼睛，望着天上的一片灰色的云彩。

他们继续默默地往前走。突然，雪贞指着前方说："快看，那是棵杏树吧，已经开花了。"

满囤顺着她手指的方向一看，不远处的沟涯上果真有一棵杏树。刚刚绽出的杏花，白非真白，红不若红，在春光里含露团香。

他们加快步伐向这棵春天的消息树走去。走着走着，前面有一条沟。沟不是很宽，也没有水，满囤敏捷地一下就跳过去了。雪贞没有跳，而是小心地下到沟底，立在那儿，向他伸出了一只手，让他拉她。满囤看着她的手，白白净净，十指尖尖，三个骨结格外分明，顿时有点儿慌乱，心里咚咚直跳，脸一下涨成萝卜红。雪贞抿嘴笑了，手却固执地伸着，非让他拉不行。

满囤只好伸出颤抖的手，把她拉上来。这是他第一次拉一个姑娘的手，感觉就像过电一般，每一根神经都乱突突，浑身的血瞬间燃烧起来，脑子一片空白，呆呆地站在那儿。

雪贞被他的窘态逗笑了，燕声细语地说："你呀，还是个大孩子。"

他们围着杏树赏花。暗红色的枝条上，花儿有的含苞待放，也有的等不及，全部绽开了，粉色和浅红已经褪去，皓若冬雪。

雪贞牵过一枝粉嘟嘟的杏花，放在自己光洁细腻同样粉团团的脸边，问满囤："漂亮吗？"

"这杏花真漂亮啊！"满囤感慨地说。

"我漂亮吗？"雪贞又问。

满囤对自己的不解风情脸红了，马上说："漂亮，你比花还漂亮！"

雪贞绽唇一笑，模样更妩媚了。等他脸上的发烧退去，她说："走，我们回去吧。"

两个人开始往回走。可快到粮所时，满囤又犹豫了，要跟她一块儿回去吗？别人看见了会怎么想？他的脚步越来越迟疑，渐渐地被雪贞落下一段距离。

雪贞回头看他一眼，似乎明白他的心思，加快步子往前走，而满囤则转到前大门回了粮所。

接下来的日子里，满囤再看雪贞时，眼神里便有了一簇小火苗，摇摇曳曳的。但自己的临时工身份让他很自卑，很敏感。因此，跟她说话还是非常谨慎，小心翼翼地，藏头缩尾地。

为了增加跟黄雪贞的共同话题，满囤常常绞尽脑汁。一天，他看到她的床头放着一本小说《金光大道》，本想借来看一看，想了想还是没借，而是去县城新华书店买了一本，晚上坐在灯下突击阅读。那天下午，又去跟黄雪贞对账，对完账，想借机讨论一下那本小说，可黄雪贞说她对看书没多少兴趣，只看了个开头，就把书还给人家了。

这让满囤十分失望。

雪贞不爱看书，却爱看戏、看电影。这天下午，快下班的时候，她来到营业室，对满囤说："陈满囤，今天晚上四宁镇上放电影，我们一起去看吧。"

"看电影？"满囤眼前一亮，流露着慌乱和期待的神情，"啥电影？"

"《冰山上的来客》，听人说可好看啦！"

"好，我去。"满囤欣喜地答应着，接着开始收拾桌子上的东西，把现金、粮票和单证放进保险柜里，要去借王海林的自行车。

没想到，王海林骑车回家了。

正想再找别人借，雪贞推了自行车走过来，说："我们骑一辆就行，你带我。"

满囤心里一颤，接过了自行车。

从太平店粮所到四宁镇有十五六里地，他们上路了。两人合骑一辆自行车，开始两个年轻人都有些不自然，雪贞坐在后座上尽量与满囤保持距离，可满囤仍然觉得她的身子活像一个烧得正旺的火炉子，烤得自己从心里往外发热。

傍晚的阳光依然明媚灿烂。阳光透过两旁葱郁的树叶，把影子夸张地画在路面上。满囤和雪贞穿行在这自然装饰的斑点图案里，轻盈得就像草原上的小马。

放电影的地方在四宁公社门前的广场上。两人来到放电影的地方一看，已是人头攒动，人们早已把最有利的位置占了，他们只好在后面选择一个地方，支下自行车，等着电影放映。

电影开始放映了。

这是一部"反特片"，故事情节跌宕起伏，扣人心弦。说的是1951年夏天，新疆萨里尔山口的牧民纳乌茹孜，从外地娶回一位冒名古兰丹姆的新娘子，新来的边防战士阿米尔以为新娘子是自己失散多年的恋人。一系列故事围绕真假古兰丹姆展开……最终，我边防战士在杨排长的指挥下，将敌特分子一网打尽。

电影刚开始放映的时候，前面的人坐着，后面的人站着，秩序还好，可看着看着，前面有些人站了起来，挡住了后面人的视线，后面的人不得不站在凳子上。这样，满囤和雪贞就看不到了，雪贞非常着急。满囤想了想，让她站在自行车后座上看。雪贞怕摔下来，用一只手扶着他的头顶，他也怕她摔下来，站在一旁扶着她的腿。

天热了，雪贞只穿一条单裤，修长的腿绷得紧紧的，扶上去温盈盏的。满囤心里突然蹦出几只小兔子，横冲直撞。他的手颤抖了，手心出汗了。

第一盘胶片放完了，要等县城的传片。由于片源紧张，同一晚上要在多地传片放映，县城的电影院放完第一盘胶片，马上用摩托车传到第二站，第二站放完了，马上传到下一站。这样一来，一部电影放下来总要断断续续的。

等片的空儿，雪贞抓了满囤的手从自行车后座上跳下来，伸展一下僵直的腰身，说："这电影真好看！"

满囤随声附和说："是啊，真有意思。"

在观众眼巴巴的盼望中，第二片又开始了，满囤又让雪贞扶着自己的肩膀站上了自行车后座，他仍在下面扶着她，保护着她。

第二片放完了，等一阵子，又放第三片。第三片放完了，等一阵子，又放第四片。

当银幕上出现"完"字的时候，人群像爆炸一样，"轰"地向四下散去。有人走路撞在了满囤和雪贞的自行车上，雪贞正弯着腰想下来，身子一晃，一下倒过来。情急中，满囤上前一下把她抱住了，雪贞软软的胸脯一下撞在了他的脸上，他的鼻孔里立时涌进了一股从未闻到过的体香。

太突然了，没有任何准备，没有任何铺垫，只是一刹那，满囤像触电一样，整个身体酥酥麻麻，眼前突然升起了耀眼的礼花，绚烂无比。

他浑身燥热，心似乎已经跳弹到喉咙口了，紧张得腿肚子发抖，浑身痉挛。

他小心地把雪贞放在地上，但马上后悔了，后悔得直想抽自己耳光。那种美妙的感觉太短暂了，像夏天的一阵骤雨，地皮还没湿透，就停了。为什么不多抱一会儿呢？时间永远停留在那一刻该多好！他在心里狠狠地骂自己："蠢猪！"

两人骑了自行车回太平店粮所。路上没有行人，四野静寂，新月像一只小船，飘游在明净的空中，星星眨着亮晶晶的小眼睛，好奇地张望着地面。

满囤还像踏在软绵绵的云间，做梦一样，沉浸在刚才那开天辟地、稍纵即逝的一抱中。

雪贞打破了沉寂，问满囤："你说电影中的真古兰丹姆漂亮，还是假古兰丹姆漂亮？"

满囤根本没看几眼电影，当时的心思更不在电影上，信口说："当然是真古兰丹姆漂亮。"

雪贞却摇摇头，说："我看还是假古兰丹姆漂亮。"

"一个女特务还漂亮？"

"不漂亮也许还当不了女特务呢。"

"那你说得对。"

满囤虽然没有看到电影，心里却比看了电影还兴奋。尤其雪贞胸前的气味和触感像嗞嗞冒烟的烙铁，在他的心里印下了甜蜜、不可磨灭的记号。

又是一个兴奋的夜晚，一个不眠的夜晚，笑在肚子里乱蹿，天快亮时，睡意才像厚厚的幕布蒙上他的眼睛。

3

为了更多地掌握粮源，稳定市场粮价，1963年6月，国务院决定把计划内和计划外经营的粮油，包括原来供销社经营的议价粮油，统一归口由粮食部门安排和经营。这样一来，粮所的工作量增加了，由原来的季节性购销，改为全年不间断购销，既要搞统购统销，又要搞议购议销。一种粮食因为收购方式和销售对象不同，采取多种购销价格，复杂而烦琐。

陈满囤负责收付款，整天忙得不可开交。但他的心里很畅快，步子迈得非常轻松。他把跟黄雪贞对账的频率改为一天一次，每天晚上两人都以对账为名在一块儿待一段时间。

他们相互之间的称呼也改了，黄雪贞不再叫他"陈满囤"，而是简洁地叫他"满囤"，而且在"囤"字后还加了儿化音，"满囤儿"，既轻巧又亲切。满囤也不再喊她"黄会计"了，而是叫她"雪贞"。满囤许久忘不了第一次叫出"雪贞"两个字时的感觉，"雪——贞"，像两颗珍贵的宝石一样，在舌尖上滚来滚去好长时间才吐出口的，一出口实在是紧张、甜蜜而又惬意。

他开始有事无事地往她屋里跑，有时屁股粘在椅子上半天拔不起来。

这让所长乔江龙看出了苗头。这还了得！他把满囤叫到办公室，劈头盖脸一顿训斥："你的脑袋让门缝夹了？咋会有这么不切实际的非分之想？这黄雪贞可是个特殊人物，是县委唐副书记没过门的儿媳妇呢！县粮食局的局长们多次关照，要特别保护，重点培养，你小子可别癞蛤蟆蹦上千斤秤，不知道自己几斤几两！要不然，戳了火蝎子腚，有你知道疼的时候！"

"我……我跟黄会计啥都没有嘛，你别信别人乱嚼舌头。"满囤缩了缩脑袋，看着乔江龙怒气冲冲的样子，从心里感到畏惧，慌忙理了理身上的衬衣，嘴软地否认自己跟黄雪贞有啥特殊关系。

乔江龙的气渐渐消了，心平气和地对他说："我跟你爹是老伙计，你要是在我眼皮底下走了歪道，你爹能饶了我？还是那句话，只要听我的话，好好干，保证你有个好前程！"

满囤装出傻笑，点点头，心情更加复杂。

接下来的日子，他情绪变坏，尽量掩饰着，没被别人看出来。

可他再不敢跟雪贞来往了。他在权衡爱情和前程哪头轻哪头重。作为一个风华正茂的年轻人，自然希望得到爱情，可他又反问自己，没有前途会有爱情吗？如果自己被开除回家当农民，黄雪贞会给自己爱情吗？ 真是一道难题啊！ 在没有答案之前，他开始躲着黄雪贞，早晨傍晚不再到粮所西面的树林里散步了，怕在那里跟她不期而遇，连对账也是能拖则拖，不能拖就叫上王海林一块儿去，一块儿回。

这个夏天收得很陡峭，下了一夜雨，第二天便尽显萧索之意。

秋天庄稼熟了，粮所的干部职工开始轮流放假三天，帮助家里收拾自留地里的庄稼。

按照规定，营业员休假要由会计替班。 下午，满囤去给黄雪贞送钥匙，黄雪贞正在宿舍打一件毛衣。 她把一根毛线轻轻绕在右手微微翘起的小拇指上，左右手各拿一根毛衣针，一会儿向上挑一针，一会儿向下挑一针。 毛衣针在手指间舞动着，如同游龙戏水一般。她刚洗过头，头发还没干透，用一个粉红色手绢系在身后，发香好像来自原野上萌动的春草，让满囤陶醉。

满囤咽了一口唾沫，用舌头舔舔嘴唇，把钥匙放在桌子上，对她说："这是营业室的钥匙，购销单子都在抽屉里放着呢。"说完，转身要走。

雪贞叫住他："满囤，我哪里得罪你了？"

满囤回过头，红着脸，连忙说："哪里的事，你咋得罪我？"

雪贞噘嘴说："那你这阵子咋净躲着我？"

满囤的脸更红了，嘴上却不承认："没有啊，我躲你干啥？"

雪贞盯他一眼："真没有？"

"真没有。"满囤努力克制住自己，神态恢复了正常。

雪贞脸上露出标志性的笑，从抽屉里拿出一个红苹果，递给他，说："给你留好几天了。"

这可是个新鲜物。 满囤接过苹果，看了又看，没舍得吃，把它装进裤兜里。

雪贞又笑了，接着说："你骑我的自行车回家吧，你早一天回来，国庆期间，县电影院放电影《花为媒》，我们一起去看吧！"

　　满囤一听"媒"这个字，心里一颤，本要点头，又想起乔江龙的训斥，就犹豫了，模棱两可地说："我到家看忙不忙吧，俺爹腿脚不好，只有俺娘一个人干活，还要带着俺弟弟满仓。"说着，看一眼雪贞，试探地说，"你对象不是在县城吗？让他陪你去多好？"

　　雪贞一听，迅疾地把笑收进了皮肤里，面露愠色，没好气地说："别提那'羊角风'！"说着，委屈像水一样一点一点漫上来，在眼眶里打转。

　　满囤一看，搜肠刮肚也没找到句劝慰的话，就赶紧说："行，我尽量争取早点回来，陪你去看电影。"

　　满囤回到家时，天已擦黑了。袅袅炊烟在闻韶镇的房顶上缭绕盘旋，空气中满是最平常的人间气息，朴素、温暖而芳香。

　　满仓正在大门口玩，远远地见满囤回来，迎上去亲切地叫了声"哥哥"。满囤高兴地答应着，从裤兜里摸出那个红苹果，赏给了他。

　　满囤进了院子，喊了声"娘！"。

　　尹巧凤在伙屋里答应着。她正在烟雾缭绕中往锅帮上贴饼子。她从盆里抄一块玉米面团，用两手压一压，做成一个像牛舌头一样的长条，"哧啦"一声贴在烧热的锅帮上。贴饼子要一气贴完，不然会生熟不匀。她一边贴着饼子，一边大声地说："满囤回来了？北屋的暖瓶里有热水，先喝点水歇歇，一会儿饭就好。"

　　满囤支下自行车，来到伙屋要帮母亲烧火。尹巧凤急忙说："你不会烧火，烧不好饼子就煳了，歇着去吧，这里烟熏火燎的，我自己就行。"说着，麻利地把饼子贴完，又把预先弄好的一碗咸酱子放在锅里蒸上，盖好锅盖，拉起风箱烧起火来。

　　满囤来到院子里，看到满仓正在转自行车。满仓使尽全力拧自行车的脚踏板，让自行车的后轮"呜呜"地转动。满囤提醒他："小心你的手，千万别往车轮里伸，不然辐条会把你的手打烂！"

就在这时，陈良石回来了，一进门就说："儿子回来了？"

满囤上前叫了声"爹"。

"谁的自行车？"陈良石问。

"粮所同事的。"

"人家不骑？"

"她正好在粮所值班。"

"听说自行车要降价了，我跟供销社主任打了招呼，等降下价来咱也买一辆。"

"嗯。"满囤跟着陈良石来到北屋，扶他坐下，把拐杖竖在一边，自己坐在炕沿上。

陈良石问了一些太平店粮所的事，最后说："老乔对你还好吧？"

满囤连声说："好，好！"

陈良石哈哈地笑了，说："料他也不敢别扭咱！你跟着他干绝对是好事，好好干，干出个样来，争取早点转正。"

"嗯。"满囤点点头。

尹巧凤停了大灶的火，又支起小锅炒菜，炒了一盘萝卜、一盘鸡蛋。菜炒好了，大锅里的饼子也熟了，她麻利地把饭菜端到正房的八仙桌上。

一家四口各就各位，陈良石坐在上座，尹巧凤坐在下座，满囤坐在陈良石旁边，小满仓坐在尹巧凤旁边，一家人有说有笑，其乐融融。

陈良石从身后的橱子里拿出一瓶酒，让满囤起盖满到酒盅里，爷俩开始浅斟慢饮起来。

一家人说着话，东扯西扯就扯到了满囤找对象上。尹巧凤对他说："隔壁你福星大娘想给你介绍个对象呢，说是她娘家侄女，姑娘长得俊，手也巧，锅前灶后的活儿都拾得起放得下，她爹在公社联中当老师，家里条件还不错，明天让福星大娘领你跟那姑娘见一面吧。"

满囤一听，连忙摆手，说："不见，不见，我年龄还小，想先工作两年再说。"

尹巧凤瞪他一眼："还不大？你看你那些同岁的发小，哪个还没结婚？"说着，用求助的眼光看看陈良石，想让他帮着劝劝儿子。

陈良石看到了，却没有帮她说话，"嗵"的一声喝了一杯酒，吃口菜，然后说："这事不急，你就那么盼着抱孙子？"

尹巧凤听了这句话，埋怨地看他一眼，不再说话了。

陈良石对儿子的婚事有自己的考虑，想等等看他有没有转正的机会。由临时工转为正式工，在当时是一件很难的事。每增加一个非农业人口，国家一年得安排500斤粮食，才能保证其口粮和各项副食用粮的需要。为了有效控制市镇粮食销量，国家对农业人口转为非农业户口控制得相当严格，每年转正指标非常少。越是难办到的越是珍贵，转了正就如同转了命运。

他对儿子说："你现在还是个'泥饭碗'，要争取弄个'铁饭碗'。有了'铁饭碗'，找对象才可能找个'铁饭碗'，不然只能找个端'泥饭碗'的，甚至是没有饭碗的。"这种说法可能有点势利，但也是人之常情，谁不愿自己的孩子有个好前程？

满囤理解父亲的想法，嘴张了几张，想说"雪贞这个'铁饭碗'就看上了自己这个'泥饭碗'"，但心里没底，就没说出口来。

第二天早晨，雄鸡的啼叫声相互呼应着，陈满囤早早地起床了，拿了镰，推了车子到自留地里去收玉米。他穿了一件衬衣，干得很起劲，先把玉米棰子掰下来，再用镰刀把玉米棵割倒。不一会儿，汗漉漉的头发便耷拉到前额上。后来干脆把衬衣脱了，只穿一件背心，裸露着健壮的胳膊。

"当心着凉!"尹巧凤担心地说。

"不要紧。"满囤回应道。他已拿定主意,早点干完活,挤出时间跟雪贞一起去县城看电影。

他割完了玉米,运回家,又开始用镢头挝玉米茬子,手上磨起了水泡,也不休息。

陈良石欣喜地对尹巧凤说:"乔江龙这小子还真行,把满囤教育得变勤快了。"

尹巧凤心疼地看着儿子说:"是啊。"

他们不知道满囤内心的动力在哪里。

用两天的时间,满囤就把自留地收拾妥,只剩下犁地耩麦子了。农谚有"白露早、寒露迟,秋分麦子正宜时"的说法,现在节气刚过白露,犁地播种还早。本来他可以在家休息一天,第四天早上早走,耽误不了上班就行,但第三天下午就赶回了太平店粮所。

秋收时期,粮所的业务并不忙。黄雪贞正坐在营业室里织毛衣,抬眼看见满囤进了大门,急忙走到门口,喜出望外地招呼道:"满囤!"

等满囤走过来,她拿过正在锁袖口的米黄色毛衣,放在他身上比了比,说:"我给你织了件毛衣,好看吗?"

满囤欣喜地说:"给我织的?"不知为什么又画蛇添足地带出一句,"我原以为你给你对象织的呢。"

"别提他!"雪贞的脸一下阴沉下来,用恼怒的语气说。

满囤一看,马上笑笑说:"这毛衣颜色真好看,我喜欢。雪贞,你真好!"

雪贞白皙的脸一下羞红了,继而"多云转晴",说:"试试,合适不?"

满囤急忙脱了外衣,要穿上试试,可一看自己的内衣因为干活弄得脏乎乎的,就说:"等等,我去换件衣服再试吧。"说完,连忙要回宿舍去换衣服。刚出门,又返回来,把包着几个嫩玉米的布包递给雪贞,说:"给,中午俺娘刚煮的,还热乎着呢。"

雪贞接过来,揭开布包一闻,高兴地说:"好香!"

满囤回到宿舍,闩了门,从头到脚擦洗一遍,换好干净衣服,重新来到营业室。这时,雪贞正好把毛衣袖口锁完了,抽下毛衣针,用牙咬住毛线把多余的用力扯断,把毛衣递给他。

满囤穿在身上,不大不小,不肥不瘦,正可身。他既兴奋又忐忑,两只手一时不知往哪里放。

太阳还老高的,两个人就按捺不住上路了。

满囤骑得飞快,从太平店到县城三十来里路,没用一个小时就到了。他们在一处饭店简单地吃过晚饭,就来到县电影院。

满囤抢着买了票,来到放映厅。

放映厅的窗户上遮着厚厚的黑布,一盏昏黄的白炽灯发着虚弱的光线,整个屋子黑乎乎的。过道里,孩子们挥舞着木枪、木剑、木刀,相互追打着。

由于来得较晚,他们座号的位置并不理想,在靠后几排的一个边角上。不过这正好符合他们的心思,在这里不容易被熟人看见,也不易被人打扰。

满囤殷勤地掏出一张旧报纸擦着座椅,然后让雪贞坐下,又擦了擦自己的座位。刚要坐下,看到前面的两个人正在嗑瓜子,环视四周,见出口处有一个卖瓜子的,就走过去,买回一包葵花籽。

满囤刚坐下,放映厅的那盏灯就灭了,电影开始放映。他把瓜子托在手里,让雪贞吃,雪贞捏了几粒。让过几次,雪贞就开始自动拿了。两个人的手碰在一起,满囤试探性地抓住她的手指,她并没有要抽回的意思。他胆子大了,把她的整个手握在手里,瞥她一眼,只见她两眼盯着银幕,笑着,脸红红的。

雪贞两眼盯着银幕,电影声音虽然传进耳朵里,却一点儿也记不到心上。她又害羞又高兴,脸上火辣辣的,嘴唇都烧干了,呼吸又快又短促。

满囤索性把瓜子放在腿上,两只手抓住了她的手。这只手修长,温暖,光滑,柔若无骨。他掐掐她的拇指肚,捏捏她的小指头,揉搓把玩。他用指尖挠挠她的手心,痒得她反手捉住了他的手,两个人的手指交织在一起。你用一下力,我用一下力。手心里都出汗了,水水的,滑滑的。两只纠缠的手休息了一会儿,又翻上来,彼此抚弄摩挲了很长时间。两个人的心快要从嘴里跳出来了……

一颗一颗的星星,就像新碾出的小米,撒满天鹅绒一般的天空,闪闪发光。回粮所的路上,雪贞坐在自行车后座上,就离得满囤近了,遇到颠簸处,还搂了他的腰。

雪贞问满囤:"今天的电影你看明白了吗?"

满囤的心思根本没在电影上,可电影《花为媒》是根据蒲松龄的《聊斋志异》里的小说改编的,以前他读过这个小说,故事的大概内容还记得,就说:"看明白了。"

雪贞说:"我没看出啥意思呢,你给我讲讲吧。"

满囤想了想,根据对小说情节的记忆和对今晚电影若有似无的印象,拼凑着讲了电影的剧情。王俊卿跟表姐李月娥情投意合,却因为李月娥的父亲拒婚而没办法在一起。同时,媒人阮妈忙着给王俊卿说亲,对象是张家的女儿——才貌双全的张五可。王俊卿因为有心上人,拒绝去相亲。王俊卿的母亲跟媒婆设计,让俊卿的表兄贾俊英代替他相亲。结果,阴差阳错,闹出很多误会。但最后真相大白,两对恋人也各遂心愿,有情人终成眷属。

雪贞听了,由衷地说:"没想到你看得还挺认真。"

满囤实话实说:"我以前看过这篇小说呢。"接着又跟了一句,"幸福生活有时要靠自己努力抗争才会得到。"

他的后一句显然意有所指。

"哦。"雪贞似有所悟，半晌才说，"以后再有好看的电影，咱们再一块儿来看吧！"

满囤把脑袋轻轻一抖，把一绺滑到额头上的头发轻轻地甩上去，连忙说："好的，好的。"

4

然而，这是陈满囤最后一次陪黄雪贞去看电影。

陈满囤几次要向黄雪贞表白心迹，捅透那层窗户纸。可上次乔江龙的训诫始终响在耳边，让他患得患失，顾虑重重。黄雪贞跟唐副书记的儿子就差领结婚证过门了，要是这个时候散了，唐副书记可是大脸面的人，能善罢甘休？自己这"泥饭碗"也许"咔叽"一声就摔了。即便自己在所不惜，可黄雪贞能承受住那压力吗？为了爱情能舍得抛弃一切吗？自己一个"泥饭碗"硬要去配一个"铁饭碗"，这爱情是不是太奢侈了？他心里没底，于是决定"加热"一段时间再说。不然，馍馍没蒸熟就揭锅盖，跑了气，就蒸成死疙瘩了。

没过多久，安德地区粮食局组织营业员骨干培训班，时间三个月，清阳县选三人参加，满囤名列其中。

满囤出发的头一天晚上，本想跟黄雪贞约会，但乔江龙组织黄雪贞、许三增和王海林一起开会，研究秋粮收购的事。满囤站在远处盯着所长办公室，盼着他们早点散会。一直到了十点半，会才散了。刚要到雪贞的宿舍里去，却见乔江龙一直抽着烟在院子里转悠，一个红点来回游走，他害怕乔江龙看见，不敢前去。

天气转凉了，还有嗖嗖的小风。满囤觉得身上直起鸡皮疙瘩，心却像热锅上的蚂蚁，时而望望雪贞屋里的灯光，时而看看不停晃动的那个红点，在心里骂乔江龙："你是属磨道驴的呀，还不去睡觉，瞎转悠啥！"

　　风从西边吹来一片黑黑的云，夜色越来越浓。看到雪贞屋里的灯光灭了，他的心一下子沉到了井底。懊丧地回到宿舍，一声叹息，他把身子重重地拍在床上，想睡一会儿，但思潮就像秋风扫落叶，把睡意吹散了。

　　清晨，等淡紫色的晨曦刚刚透进窗来，满囤就起床了。他要去跟黄雪贞告别，说几句悄悄话，可走到院子里，见乔江龙正在她宿舍前面的晒场上打拳。他踌躇片刻，还是决定去见她一面，硬着头皮从乔江龙面前走过，打声招呼："乔叔起这么早？"

　　"噢，睡不着呢，就起来了。"乔江龙收住拳脚说，接着又问，"你这是——找黄会计？她还没起来呢。"

　　话音未落，黄雪贞一下把门打开了，站在门口说："满囤，有事？"

　　满囤红着脸，信口编个理由说："哦，前天到银行提款，支票写错了，作废的支票存根忘交给你了，给你送过来，不然账对不起来。"一边大声说，一边往黄雪贞宿舍走。

　　乔江龙皱皱眉，将眼睛眯成一条缝，用锐利的目光上上下下打量着他，问："满囤，早上七点的车吧？一天就这一趟过路车，别耽误了，一会儿我正好去公社办事，顺路去送你。"

　　本来想让雪贞去送自己的，没想到乔江龙横插一杠子，满囤心里一万个不情愿，但又无理由拒绝，只好无奈地说："好吧。"他来到雪贞门口，小声地说一句，"我会给你写信的。"

　　雪贞点点头，故意提高嗓门儿说："满囤，有空你到安德的书店里转转，看有没有《粮食商业会计》这本书，要是有，给我捎一本，给钱。"说着，把一卷钱塞到满囤的手中，对他挤挤眼。

　　满囤接过钱，就像天又亮了一层。他来到背人处，展开钱一看，竟是二十元，这可是她差不多一个月的工资啊！再说买一本书也就几角钱，他受宠若惊，久久不能平静。

　　一到安德粮食干校，满囤就琢磨着给黄雪贞写封情书，可是写了三天都没写完。因为白天要上课，晚上，清阳同去的另两人扯上他到城里逛个新鲜，晚上回来就要按点熄灯了。加上六个人住一间宿舍，分上下床睡觉，出出进进的，根本没法静下来写信。另外，还有一个重要原因，就是他不知道情书怎么写。他把这封信看得很重，想写得情意绵绵，富有文采，把自己内心最精彩的一面展现给心上人，因此苦思冥想了好几天，才打好了腹稿。

　　这天下午上珠算课，满囤推说自己胃疼，请假回到宿舍，铺开稿纸，开始写信。由于腹稿准备充分，情书写得很顺利。他在情书里写道：

雪贞：

　　你好！一来到安德就想给你写信，以诉衷肠。山和山永远聚不到一起，云和水却常不期而遇，这就是天定的缘分吧。我们本来素不相识，可冥冥之中同来到一个粮所，到粮所报到那天，你那一抹笑就征服了我，从那一刻起，我的心就被你牵着走了。尤其几次一起看电影，如一片田野打开了四季的画面，我的命运因为你的出现而锦绣无边了！我太喜欢你了，从你那一抹迷人的笑喜欢上了你，从你苗条的身材喜欢上了你，从你甜美的说话声喜欢上了你，从你好闻的头发喜欢上了你，从你文静的性格喜欢上了你，从你的走路、从你的转身、从你的坐姿……喜欢上了你，总之，你的一切都让我喜欢！

　　……

　　满囤在信中还介绍了在干校的学习和生活情况。情书写完了，他默读一遍，心里竟一阵激动，闪过一阵恍惚，不相信这信出自自己之手，他竟有点佩服自己了，自己的肚子里咋会有这么多好词语？

在写信封的时候，在寄信人地址栏，他没有写安德粮食培训干校，而是随便写了一个地址，把回信地址写在信瓤里。信封上，他有意将字体写得很斜，像被一阵风刮歪了。他不想让粮所的人认出他的字体，尤其是乔江龙。

满囤封住信口的刹那，脸上挂着笑容，往邮局去的路上，惬意地吹起了口哨。他的嘴非常灵巧，两片嘴唇忽而噘起，忽而回收，唇间便流淌出百灵鸟般的婉转啼鸣，悦耳动听。

从把信投进了邮筒那一刻起，他就盼着雪贞的回信，猜想着她会在回信里说些什么。

三天过去了，没有回信。七天过去了，没有回信。十天过去了，还没有回信。他沉不住气了，心想，雪贞病了？信没有送到？被"羊角风"看到了？被乔江龙截留了？还是发生了什么事情？

他写了第二封信。望眼欲穿地盼了十天，还是没有回信。

他开始像热锅上的蚂蚁，坐立不安，又写了第三封信。

一来二去的，一个半月过去了，还是没有收到雪贞的回信。

对回信的盼望，对她的思念，就像一把把锥子，不断地扎在满囤灵魂里那块柔软的地方，持续地带给他折磨和疼。他简直要疯了，星期六上午刚下课，便找到班主任老师请假，说天冷了，晚上冻得睡不着觉，要回家拿被子和衣服。班主任准了假，他没顾上吃中午饭，就急匆匆赶往公共汽车站。他买了车票，看离开车时间还早，就跑到不远处的一个百货商店，挑挑选选，为雪贞买了一条红色的羊毛长围巾，围巾外面罩了一件奶白色的纱巾。他还买了一块上海生产的檀香皂，举起来闻闻，异香扑鼻。他把檀香皂包在围巾里，一块儿装进提包里。

满囤从太平店下了车，顺着徒骇河堤急急忙忙往粮所赶。

已近傍晚，初冬的黄昏降临，有斑块的夕阳悬挂在西天边，像一个要烂掉的果子。

满囤走得出汗了，解开外衣的扣子，露出了雪贞为他织的毛衣。他大步流星地来到太平店粮所，一进门就见王海林正在擦拭他的自行车，用布蘸了机油把轮圈和辐条擦得锃亮。乔江龙和一个不认识的男人站在旁边，一起闲聊着什么。

乔江龙一眼看见了他，意外地问："满囤，你咋回来了？"

满囤无奈地走过来，撒谎说："今天星期六，干校放假了。天冷了，我回来拿两件衣裳。"

"哦，"乔江龙又关心地问，"培训班学习紧张吗？"

满囤点点头，说："很紧张呢，作业多，还三天两头测试。"

不认识的那个男人说话了："年轻人多学点东西没亏吃。"

满囤看看他，只见他五十多岁的样子，个头不高，瘦瘦巴巴的身架，花白头发，脸上条条皱纹好像一波三折的往事。他疑惑地问："您是？"

乔江龙急忙介绍说："这是咱粮所新调来的温会计，温兴民。"接着又向温兴民介绍满囤，"他就是陈满囤。"

满囤听了，不由得心里一惊，迫不及待地问："那黄会计呢？"

乔江龙笑笑说："黄会计调到直属库去了。她马上要结婚了，人家公公是县委副书记，能让儿子儿媳分居两地？"

满囤听着，心脏骤然一收，脸色凝固了，脑子里一时像填进了烂棉絮，乱糟糟地丧失了思考能力。乔江龙、王海林和温兴民又说了些什么，可说话声虽然进了耳朵，却进不了他的脑子了。

满囤连腿都迈不开了，不知道自己是怎么回到宿舍的。

怎么会这样呢？他紧皱眉头，两道眉拧成了个"八"字，好像小孩要哭的样子。然而，他的眼睛里并没有泪，怔怔的，呆呆的，只是失神。

伙房里开饭的钟声响了。王海林拿饭碗从满囤宿舍门口经过，晃晃饭碗,说:"走,吃饭去吧。"

满囤连忙说:"您先去吧,我不饿。"接着忍不住问,"王叔,黄会计咋就调走了呢?"

王海林看着他,说:"人家后台硬,还不是想调哪调哪?"

"可是……"满囤还想问些啥,但没有问出口。

王海林看他吞吞吐吐的样子,又一眼看见他床上放着的红色羊毛围巾,心里明白了几分,随口说了一句:"要闷得慌,到城里问问她本人去。"

满囤赶紧掩饰,说:"我只是随便问问。"

王海林一笑,说:"是啊。这样的女人是抹在鼻子尖上的香油,闻着香,却舔不着呢。"说完,又意味深长地看了他一眼。

王海林的话提醒了满囤。是啊,为何不亲自去县城找雪贞问问?他拿定主意,叫住正往伙房走的王海林,说:"王叔,我想回家一趟,骑骑你的自行车,好吗?"

王海林回过头说:"行啊,在宿舍呢,你自己去推吧。"

满囤推了自行车,把围巾带上,就要出门。

刚走到门口,又见到了乔江龙。乔江龙问:"满囤,吃饭了,干啥去?"

满囤收住脚,信口说:"我想回趟家,一个月才放一次假,要回家看看俺爹俺娘。"

"好,真有孝心。"乔江龙称赞道,接着又嘱咐说,"天就要黑了,黑灯瞎火的,路上可要小心。"

"哦。"满囤应着,出了大门,飞也似地向县城骑去。

寒风沙哑低沉地呼啸着,像个野性的孩子,搬动着天上的乌云,要把惨白的月亮遮住。

一个小时后,他来到了直属库,向门卫打听黄雪贞的住处。门卫说,她刚调来,不知道她的住处,只知道她回家准备结婚去了,昨天走的，大家都随了份子钱，过几天要喝喜酒。

满囤急得头上出了汗，又调转自行车，想去黄雪贞离县城60多里的老家找她，又被一股顶头的寒风吹醒了。半夜三更的能去敲人家的门？再说，人家给你承诺过什么吗？你厚着脸皮给人家写信求爱，人家片言不复，是不是剃头挑子一头热？再真诚的爱情，那也得以起码的物质基础作为保障才行啊，自己哪里值得人家舍弃优越的生活嫁给个前途未卜的临时工？他前思后想，打消了去找黄雪贞的念头。想回闻韶镇，又怕耽误了明天早上去安德的公共汽车，就去找在直属库上班的一位同学，在他家借宿一晚。

一夜，他的眼皮始终没有合上。

结满窗花的窗户上刚刚出现麻麻的亮点儿，同学的老父亲起床出去遛弯儿，虽然轻手轻脚，仍在寂静的早晨显得很响。满囤也想起床，一看旁边还在打鼾的同学，怕搅醒他，就木然地躺着，等待天亮。屋里的光线一寸寸增长，他胸口的压力一层层加重，快要喘不过气来了，轻轻地坐了起来，蹑手蹑脚地下了床。看到同学睡得还香，从提包里把那条红羊毛围巾掏出来，把那块檀香皂包好，放在桌子上，又掏出笔来在一张纸上写下一行字："我走了，请将这条围巾转交黄雪贞，这是我送她的结婚礼物。"

满囤推了自行车，悄悄地出了同学家的门，来到大街上。霜花挂在房檐、树木上，白乎乎的。清冽的寒气让他周身发僵，他伸展一下腿脚，跨上自行车向太平店粮所骑去。

骑到粮所，把自行车还给了王海林，也没吃早饭，步行去了太平店车站。

说是车站，其实是在公路边一根水泥杆顶着一块牌子，牌子上写着"太平店车站"五个大字。可能是时间太早，车站空无一人。他孤独地站在寒风里等着。长这么大，第一次有了克制不住地想抽烟的欲望，看看路边不远处正好有一个代销店，他走过去买了一包烟和一盒火柴，回来倚了车站牌子的水泥杆，一支接一支地抽起来，喷出的烟气像罩子一样，把他罩在里边。

公共汽车开来了，他上车买了票，找个空位坐下。

汽车在坑坑洼洼的旧公路上行驶，满囤把目光投向车窗外。坡里的庄稼全收了，地净场光，萧瑟的田野空旷静穆。他的心里也像这田野一样空空荡荡的。恋爱还没真正开始就结束了，好像水底的那个月亮，没被捞起，反而被打破了。

又一个星期天，他正在宿舍洗衣服，有同学手里举着一封信招呼他："陈满囤，你的信！"

他从地上一跃而起，像一条鱼蹦上岸，带起的风问候了一大片晾晒的衣裳，让它们在晒条上摇曳了好一会儿。他接过信，一看信封上是黄雪贞秀丽的字体，心里一阵激动，盼着事情能出现转机。

送信的同学看着他的脸色，问："是情书吗？这么厚。"

他不置可否地应道："哦。"说完匆匆走回宿舍，走到门口，才回头向送信的同学道声"谢谢"。

他匆忙打开信封，见里面还有一个信封，抽出来一看，心一下子凉了。原来，是黄雪贞把自己寄给她的情书退了回来。再看信封里，空空如也。

为啥这么吝啬，连一个字都不回？给我个理由不成啊？哪怕对分手作一番辩解也成啊！他愤怒地把指头插进头发里，揪住一把，死劲地扯，把头发一绺绺扯下来。

正在伤心处，门外突然有人喊："陈满囤，走啊，参观苏禄王墓去！"

满囤听见了，慌忙说："我头疼，不去了，你们去吧。"

他目光呆滞地在宿舍里坐了很久，快中午了还没吃早饭，奇怪的是他没有一点饥饿感。外出的同学陆续回来吃午饭了，他把信收起来，往身上加件衣服，向城东的马甲河走去。

来到河边，他在一个没人的地方哭了一场。嗖嗖的寒风把挂在脸上的泪水吹得冰凉冰凉。他把信掏出来，撕碎了，随风扔掉。碎纸像白蝴蝶一样随风飞扬，落在缓缓流淌的河水中。

他告诉自己，初恋已成往昔的幻梦，就像一本单薄的诗集，只能放在自己记忆的书架上了。

满囤曾在一本书上读到过，无论人生中遇到多大的艰难，如果不能化解它，最简单的处理办法就是将它撇在一边，不去想它，甚至忘掉它。这也是治疗"失恋症"的最好的方法。他把全部精力放在学习上，要用学习把自己的时间和脑子全部填满，不让雪贞有机会挤进来，但是枉然。不定啥时候，她的脸就毫无预警地浮现出来，总在一个金黄色的场景里，一棵杏树开花了，含露团香，她站在缀满粉红色花瓣的枝条间。

他开始试着恨雪贞，骗子，欺骗男人感情的骗子！你有啥了不起？不就是个正式工吗？不就是干会计吗？不就是有一个有权有势的公爹吗？我一定谈个更好的让你看看！你嫁个羊角风一辈子会幸福吗？转来转去的，到后来竟落脚在对雪贞的担心上，不仅没有对她产生厌恶，反而多了一层挂念。这让他很生自己的气。

5

三个月的培训学习结束后，陈满囤回到了太平店粮所继续从事营业员的工作。

1964年春节来临，粮所开始"春节供应"。近年来，为了解决"大跃进"期间由于粮食高估产、高征购造成的购后又返销的问题，国家对粮食制定了"少购少销"的方针，改变了对同一个生产队"又购又销"的现象，同时开放农村集市贸易。这样一来，到粮所来买粮食的比往年少了很多，再没有出现排长队的情况。

会计温兴民的办公室就是原来黄雪贞住的那间，墙上还是挂着文件和表格，满囤来对账，见物思人，失恋的痛苦就会浮上心头。

他因此变得情绪消沉，整天无精打采。

然而，生活是丰富多彩的，说不定啥时候就会冒出个彩色的泡泡，让人忍俊不禁。

这天下午，一位中年妇女急急火火地来粮所买粮食，说"等米下锅"，递上钱和粮票。满囤认得她，是西街的宝银嫂子。他拿过钱和粮票一看，说："宝银嫂子，这哪是粮票呀，分明是烟卷盒上的封签嘛，这能买粮食？"说着给退了出来，风一刮落到了地上。

宝银嫂子宝贝似的捡起来，辩解说："咋不是，这是你们粮所的孙统计员给我的呀，还有错？"

满囤拿过一盒烟，指着烟盒上的封口纸签，说："你看看，你那粮票不就是这个嘛，不是真粮票。"

宝银嫂子拿过来比比看看，然后骂道："让这个狗日的老孙糊弄了，他欺负俺不认字，白白睡了俺两黑夜！"

几个正在排队买粮食的人听了，开始不知何意，仔细一咂摸，立时爆出响亮的笑声，像谁在人群里丢了个炮仗。

宝银嫂子明白自己说漏了嘴，脸羞得通红，慌忙转身走了。

还有一件事，让满囤高兴了好一阵子——他买新自行车了。

腊月二十六这天，他正在营业室打算盘合计单证，乔江龙走进来说："满囤，看这是啥？"

"啥？"满囤回过头一看，惊喜地喊起来，"哇，自行车票！给我的？"

"是啊。给！"

满囤接过来一看，兴奋地说："还是凤凰牌的呢！"

乔江龙稍带得意地说："我早在供销社刘主任那里排号了，让他在降价后的第一批就给弄一辆。马上就要过年了，大家都想买辆新车子走亲访友，指标紧着呢，不过，这小子办事还算守信用！不贵，跟前几年一个价钱，一百六。"

满囤没有想到乔江龙对自己这么关心，感激地说："谢谢乔叔！"

乔江龙豪爽地说："说谢就远了，谁让我跟你爸是老战友呢！我说过了，跟着我干没亏吃。你骑我的自行车回家一趟，看能凑足买车钱不，不够你再跟我说。"

"好嘞！"

满囤当天晚上就回到家，把乔江龙给自己自行车票的事说了，陈良石很高兴，说："没想到老乔赶到我前头了，我也跟这边供销社的主任打招呼了，可一直没到货。"

买辆新自行车要一百六十元，这可是一个很大的数字，家里一时凑不齐，陈良石去粮所跟大伙借了一些，才凑够了。

第二天满囤就把崭新的自行车买了回来，大家都围过来看。乌黑锃亮的车架，银亮的车把和轮圈，红色的尾灯，都让人生出几分羡慕和嫉妒。

终于有自己的自行车了，满囤非常满意，一有空就出去骑一圈显摆显摆。

自行车跟黄雪贞的一模一样，这让他经常想起黄雪贞。他有时突发奇想，如果跟雪贞骑着同样的车子在宽宽的马路上并驾齐驱该多好，就像鸳鸯配，比翼双飞，一定非常惬意。

因为值班，满囤大年三十才回到闻韶镇家中。

这一年，国民经济渐渐复苏，市场物资供应有所缓和，凭票、证、券供应的商品范围越来越小，高价卷烟敞开供应了，农民还可拿地瓜干到县酒厂换酒。最让人想不到的是，食品站的猪肉可以不限量购买了，有票的买平价的，没有票的买高价的，想买多少供应多少。当然前提是你必须有钱。

老百姓过年的烟火气重新变浓了，辞旧迎新的炮仗声又稠密起来。

可满囤这个年过得并不爽快。因为母亲总唠叨给他找对象，甚至托付亲戚邻居领来几个姑娘让他相看。他还没有完全从失恋的阴影里走出来，相看后总觉得没有黄雪贞漂亮，三言两语就把人家打发走了，气得尹巧凤说："你倒是要找什么样的呀！想打一辈子光棍？"

尹巧凤让陈良石劝劝他，可陈良石说："孩子大了，婚姻大事让他自己做主吧。"其实，他心里还是那个主意，等满囤转了正再说。

受不了尹巧凤的嘟念，休假的天数还没到，满囤就回粮所了。

元宵节之前，粮所的业务很清闲，除结伴到附近村里的熟人家喝酒外，没事大家就聚在一起拉呱。那时，人们获取信息的渠道少之又少，尤其在偏僻的农村，即使是城里人杜撰的笑话或随意造的谣，都会信以为真。春节过后，正是走亲访友、信息集中传播的时候，其间，大家都会听到各种各样的故事，常常你讲一段，我讲一段，都觉得新鲜有趣。

这天王海林拉了一个呱，让人笑得肚子疼。

这是年前发生的事。刚吃过早饭，有财叔的门前便聚起了一群人，一个个穿着肥厚的黑色棉裤棉袄，双手抄进袖子里，不停地在原地跺着脚。有财叔家的大门紧临大街，朝阳背风，是春冬两闲时人们聚会的好地方。生产队里没活儿了，在家里也无事可干，人们每天就像按时上班似的来到这里，一边晒太阳，一边拉呱。天南海北，古往今来，或听来的，或杜撰的，天马行空，你拉一段，我拉一段，很是热闹。

一伙人中，有财叔是个中心人物，他以前当过教师，一肚子的珍闻逸事。每天只要他在场，都是第一个拉，这是惯例，也是规矩。

这天却出现了例外。还没等有财叔开口，海子叔一步从人群里跨出来："我给大家拉一个，前两天，东乡里发生这么一档子事儿，真是笑死人……"

大家都拿狐疑的眼神看着海子叔，谁都没有想到他敢挑战有财叔的"首席发言权"。

二牛发现了新大陆："海子叔，早晨吃肉了吧？看你嘴上油麻麻的！"

"啊……现在吃肉还不容易？"海子叔不置可否，但话里的意思再明白不过了。

"啧啧。"众人把目光盯在了海子叔油麻麻的嘴唇上。

半月前，海子叔的儿子——明子，托门子去了镇上食品站当屠宰工。虽然是临时工，但权力不小，卖肉时，想给你肥的就给你肥的，想给你瘦的就给你瘦的。庄户人家，平时吃不起肉，但逢年过节，娶亲生子总要买一些。当时人们都愿要肥肉，肥肉可以炼大油，油渣可以炖菜，一搭两用。

有人说："过年买肉可要走你家明子的后门了。海子叔，明子回来你可要嘱咐他，到时候可别一家人不认一家人，光给割些瘦的。"

"要买肉只管找他，他还能不认乡亲？"海子叔说得很自豪，很慷慨。

大家都围着海子叔说话，海子叔俨然成了今天的中心。有财叔心里很不是滋味，暗骂一句："狗肚子里盛不下二两油！"嘴上却笑哈哈地问："明子的媳妇有着落了吧？"

一句话扎到了海子叔的要害。儿媳妇三年前病死了，四处托人说媒，可人家都嫌他家穷，还拖个孩子，说了几个都没成。正是为了让儿子好找媳妇，他才厚着老脸一次次去求一个三杆子搭不着的远亲，为儿子找了个食品站杀猪卖肉的差事。

海子叔的脸阴下来，本想说儿子的事还要麻烦大家帮帮忙、操操心,但他听出了有财叔的弦外之音,说出的话就走了板:"谢谢有财哥还挂念着你侄子的事。眼下说媒的不少,冯家他二姑、高庄他三姨,还有孙庙他表大爷……这小子,刚到食品站工作几天,眼皮子就高了,还挑!"说到最后,语调里带出半是气愤半是得意的口气。

"啧啧,谁要跟了你家明子那可真享福了,还不整天煮肉吃啊?"又有人看了看海子叔油麻麻的嘴唇,扯袄袖子揩揩嘴角说。

海子叔正要接着上面的呱往下拉,这时,他的小孙子慌慌张张地跑了来,手里抓块地瓜面黑窝头,一边跑,一边喊:"爷爷,不好了,不好了,你用来擦嘴的那块肉皮让猫叼走了!"

"啊?"海子叔听了,连脖子都涨成了猪肝色,汗下来了,整个脸都像他的嘴唇一样,油汪汪的。

"哈!用肉皮擦嘴,亏你想得出!"有财叔率先喷出一声响亮的笑,把大伙的笑引爆了,大家一个个弯下腰,拿手直揉肠子。

听了王海林讲的这个故事,大家也一个个笑弯了腰。

满囤笑过之后,又一阵心酸,他想,老百姓什么时候能天天吃肉呢?

过了元宵节,工作回归正常,大家打开仓门,查仓验粮,收粮卖粮。

这天,满囤正在合计"5日结报单",电话铃突然响了,他拿起话筒一听,是陈良石打来的,要他下班后回家一趟。

满囤问:"有事?"

陈良石说:"你娘让你回来吃饺子。"

满囤不愿回家,害怕母亲又逼他去相对象,于是说:"粮所里忙着呐,我走不开呀。"

陈良石加重语气说:"黑天回来,明天早上早走,耽误不了你工作。今天早晚回来啊,我有要紧事跟你商量。"说完不容分说地挂了电话。

满囤皱皱眉头，放下电话，自言自语地说："还不是找对象那事？真烦人！"

他猜对了，父亲让他回来，还真是为了找对象的事。以前，他可以敷衍了事，可这次他不得不认真对待了，因为这次给他介绍的对象是乔江龙的二女儿乔秀月，而介绍人是县粮食局马宗芳副局长！

今天上午，县粮食局召开所长会，传达中共中央的文件精神。会议要求在合理分配、节约粮食的基础上，逐步增加国家的粮食库存和集体、个人的粮食储备，逐步做到国有余粮、队有余粮、户有余粮。

会后，马宗芳留下了陈良石，把他叫到办公室，说："陈所长，坐。"

"哦。"陈良石坐下来，看一眼马宗芳，见她脸上一改平时秋风扫落叶般的寒凉，浮着一团和气。他不知道她要跟自己谈什么，掏出一根烟递给她。

马宗芳点着烟，说："你儿子满囤干得不错呀。"

陈良石听了，有点受宠若惊，马上恭维地说："都是组织上培养得好。"

马宗芳眯着眼说："这样的青年局里要重点培养，回去嘱咐他好好干，以后有了转正指标，局里会优先考虑。"

陈良石欣喜地说："还请马局长多多关照！"

马宗芳点点头，吐出一口烟，像忽然想起什么似的，问："满囤找对象了吗？"

"没有呢。"陈良石说，接着跟上一句，"您要有觉得合适的，也给操操心。"

这本是一句客套话，不想马宗芳却认真地说："不瞒你说，还真有个合适的媒。"

陈良石兴奋地问:"哪里的姑娘? 干啥的?"

马宗芳看他一眼,说:"不是别人,正是乔江龙所长的二闺女秀月。这姑娘可是个好姑娘,不但勤快,手还巧,在李集镇上开了个裁缝铺,全镇的人都夸她活儿做得好。"

陈良石一听乐了:"啥? 老乔的二闺女? 一定是老乔看上俺儿了,托你提媒的吧。"

马宗芳马上声明说:"人家乔所长咋会'倒提媒'? 是我觉得你们两家合适才牵个线。我还没给乔所长提呢,你这头定住了我再去那头说。"

马宗芳的匆忙表白,有些"此地无银三百两"的味道。陈良石心里笑笑,马上表态说:"只要两个孩子愿意,我没意见。"

"那你回去跟你儿子商量商量,尽快给我一个答复。"马宗芳说。

"好! 谢谢马局长!"陈良石站起来,两腿一并,给马宗芳来了一个久违的敬礼。

回家的路上,陈良石还在琢磨,虽然老乔的女儿不是"铁饭碗",但有一门手艺也不错,不管啥年代人们都要穿衣,要穿衣就离不开裁缝,以后的日子不会难过。况且儿子满囤也还没端上"铁饭碗"呢,儿子要端上"铁饭碗"还需要老乔的帮助。自己跟老乔是要好的战友,以后结成亲家,关系就更铁了。

回到家,陈良石跟尹巧凤一说,尹巧凤也非常高兴,就让他去打电话,要儿子快点回来商量商量。

满囤回到家,已是掌灯时分。满仓一看他回来了,马上跑过去"哥哥、哥哥"叫着。满囤抱住他的腰,抡了一个圈,然后把他放下,从兜里抓出一把花糖,放几块在他的小手里,剩余的装进他的衣兜里。

尹巧凤看见了,嗔怪说:"还让他吃糖,牙都被虫子蛀了。"

"不,我要吃!"满仓说着,捂着衣兜跑到院子里去了。

陈良石呵呵一笑，说："这小子！"

陈良石让尹巧凤去炒菜，然后拿出一瓶酒跟满囤说："我们爷俩喝两盅。"

"哎！"满囤接过酒瓶，倒进酒壶里，把壶坐在一个用铁丝拧成的烤酒筛子上温酒。

不一会儿，炒菜端上来了，陈良石一边喝酒，一边说起了马宗芳提媒的事。

满囤一下怔住了，觉得事情不可思议。不知为什么，他敏感的心里马上闪过一个念头，黄雪贞的调走会不会与乔所长有关？

陈良石问他啥态度，他不知咋回答。他从没去过乔江龙家，只知道他有三个闺女，老大出嫁了，老二、老三在街上开了一家裁缝铺，一个也没见过，于是红着脸说："一面都没见呢，咋说行不行？"

"就是呀，"尹巧凤端着水饺进来了，对陈良石说，"这回你咋这么急了？"

"不是我急，是人家马局长在等回信呢！"陈良石想了想，对满囤说，"这样，明天你从李集转过去，先去看看。要是看中了，打电话跟我说，我好回复马局长。"

满囤点点头，夹了个饺子放进嘴里。

第二天，满囤起了个早，骑上自行车绕道李集镇回粮所。这个道绕得可不近，闻韶镇在清阳县的东北部，李集镇在西南部，相距六十多里，而太平店镇在西北部，相距李集镇三十多里，三地形成一个大三角。

这天正好是李集镇大集，街道两边摆满了摊位。卖菜的，卖肉的，卖布的，卖鞋帽的，卖吃食的，都摆好了商品，等人前来购买。

满囤推了自行车随着人群往前走，好在时间还早，又是刚过了年，赶集的人不多。来到十字街口一看，东北角果然有一家裁缝铺。裁缝铺的布摊子摆到街上来了，两个姑娘站在摊后招揽生意。

梳短辫子的一口一个"姐"叫梳长辫子的。他想,这个"长辫子"一定是乔秀月了。

他仔细打量长辫子姑娘,只见她鹅蛋形的脸庞洁白润泽,像一块细腻的玉石,眼窝略深了些,里面镶嵌两只漆黑的大眼睛,挺直的鼻子下面,是淡红色的菱角一般的嘴唇,脖子细长,胸部丰满,身上的红衣青裤更是得体,把苗条的体态显露无遗。

满囤痴痴地看着,这时短辫子姑娘对他喊:"这位大哥,你是想扯布,还是想做衣服?"

满囤一怔,马上问:"做条裤子一天能做好吗?"

长辫子姑娘正给一位顾客介绍布料,回头说:"一天可不行,起码两天。"

满囤本来就没打算做衣服,经长辫子姑娘这么一说,正好借坡下驴,说:"还等着穿呢,我再到别处看看吧。"说完,推起自行车随着人流一步三回首地走了。

满囤回到太平店粮所时已近上午十点,有四五个来批粮食的人正等在营业室门外。乔江龙站在大门口,焦急地等着他,见他来了,脸色由阴转晴,说:"回来了?"

满囤一见到乔江龙,心里非常紧张,两手同时按了车闸,自行车骤然停住,惯性让他差点儿摔倒。

他的脸立时变成了猪肝色,尴尬地刚站稳,乔江龙走过来接过他的自行车,说:"你快去开单子,几个人在这里等一个多小时了。"

他不好意思地低下头,掏出钥匙开了门,坐下来开始开单子。

批粮食要先在买粮人的购粮证上登记售出,再填写销货收款联单,最后收款,满囤麻利地办完,把几个客户打发走了。抬头一看,见乔江龙正站在一旁看着自己,便拘束地站了起来,不知道说啥好。

乔江龙问:"你爹你娘都好吧?"

满囤马上把目光转到窗外,说:"好,都好。"

乔江龙意味深长地看看他,说:"那你忙吧。"说完转身走了。

满囤重新坐下来,心里毛糙糙的,整个人像悬在半空,怎么也落不到地上。 又来一个买粮食的,他错把五元的钱当作五角的找给了人家,要不是那人厚道把钱退回来,就要自己赔上了。

傍晚,他一个人呆呆地坐在徒骇河边,西面树林的上方,是渐渐沉落的绚红的夕阳。 一只喜鹊乘着风势,歪斜着身子,忽闪着亮闪闪的翅膀,在他眼前迅速飞过。 他又想起了自己的初恋——雪贞,陷入了一种难以说清的思绪。 往日已不可追,只有低头认命了,他决定应下这门亲事。

也许有人觉得,仅凭看了女方一眼,就决定自己的终身大事太过草率,其实,在那个时代,父母之命、媒妁之言虽然不再是金科玉律,但在乡村仍是男女缔结婚姻的主要方式。 大部分人还是"先结婚,后恋爱"。 乡村结亲的程序很复杂,经过媒人两头提媒,男孩和女孩要依次完成"小见面"、"大见面"、"换号"、送"联媒帖"、"上头"等程序。 看似复杂,可结婚前男孩和女孩接触的机会并不多,平时也不来往,彼此的想念只能埋在心里,等结了婚再相互了解,相互磨合。

满囤给陈良石打了个电话,告诉他自己的想法。

陈良石在电话里兴奋地说:"好嘞,我这就告诉马局长!"

没过几天,马宗芳就把陈良石叫了去,说去过乔江龙家了,他和孩子都没有意见,同意订婚。

陈良石感奋地说:"马局长办事真利索,让我咋感谢您好呢!"

马宗芳笑笑说:"客气啥? 他们都是革命接班人,咱不关心谁关心? 不过,现在和以前不同了,孩子的事不能包办,孩子没意见吧?"

陈良石眉开眼笑地说:"咱又不是老封建疙瘩,这道理当然懂。

你放心，我儿子不傻，已经去李集相过了。"

"这小子还挺有心计，"马宗芳一副吃惊的样子，盯着陈良石再问一遍，"你儿子真没意见？"

"没有。"陈良石摇摇头。

马宗芳沉下心来，想进一步把事情砸结实，就说："都知道你跟老乔是要好的战友，既然两家都同意了，以后可别反悔，让我这介绍人脸上无光。"

"哪能呢？"陈良石不假思索地说。

"那就好。"马宗芳又说，"你们两家都是革命家庭，要响应国家号召喜事新办。大家工作都很忙，不能像农村人订婚那样，要经过那么多环节，一切从简。依我看，咱'小见面''大见面''换号'和订婚一齐办了吧。"

陈良石听了更是高兴，说："那老乔能愿意？俺是男方无所谓，越简单越好，只是别让老乔埋怨俺缺少礼数。"

马宗芳笑笑说："你还不了解他？他不是那种不通理的人，要是真有啥别的想法，我来做工作。"说着，掐着手指算了算，说，"我看这事宜早不宜迟，今天是正月二十六，二月二那天，让满囤到老乔家去一趟，就算定亲了，你看行吗？"

陈良石想了想，说："行，就这么定了。我这就回去准备彩礼。"

马宗芳一本正经地说："送彩礼的事是你们自愿的，我可不提倡。"

陈良石笑笑说："好，我知道。"

傍晚，陈良石又打来电话要满囤回家。

满囤知道一定是与乔秀月的事有些眉目了，心里陡然生起一种期待。他把单证放回保险柜，推出自行车就要回家，走到门口才想起了请假，又返回来，心情忐忑地去找乔江龙。可到乔江龙办公室一看，铁将军把门，就去找会计温兴民，温兴民说乔所长回家了。

满囤跟温兴民说了声便出了门，一个念头突然兴起，他要去李集镇再看一眼乔秀月——这个即将跟他生活一辈子的女人。

有一股饱满的情绪支撑着，他的车子骑得飞快，耳边只有呼呼的风声，屁股都离开了车座。

满囤赶到李集镇十字街口时，天还是黑了，裁缝铺已经关门，可里面亮着灯光，贴着窗纸的窗户上只能看到一个女人的头影，听到"哒哒哒"踩缝纫机的声响。他真想上前透过门缝看上一眼，但怕万一碰上乔江龙，显得轻浮，不知礼数。怕啥来啥，正在犹豫之际，大门口果然闪出乔江龙的身影，他一阵紧张，心头如撞鹿，急忙拉低了帽檐，骗上自行车飞也似的跑了。

因为绕道李集镇转了个大圈，满囤回到家的时候，已是晚上九点，弟弟满仓已经睡了，陈良石和尹巧凤还坐在灯下焦急地等他。尹巧凤见儿子回来了，马上起身去锅里给他端饭。

满囤一边吃饭，一边听陈良石跟他说二月二的订婚仪式如何安排，如何准备。陈良石考虑得非常细致，满囤从心里升起一股对养父的感激之情，频频颔首。

陈良石给满囤安排的事情并不多，让他到县城扯几身衣料，买几床床单、被面，其余的东西由自己在家里准备。

半夜了，满囤还是睡不着，想着秀月漂亮的脸庞，嘴里反复嘟念着"乔秀月"三个字。这三个字真是美妙！

满囤回到粮所的时候，乔江龙已经回来了。

看到他，满囤就像耗子见了猫，心跳加速，两只手不知道往哪里放，连走路都顺拐了。

乔江龙却一如平常，为大家安排一天的工作，从容淡定得很。

过了两天，满囤要到县城去买东西，硬着头皮去跟乔江龙请假，还没说请假干啥，乔江龙就说："行啊，你把营业室的钥匙交给温会计，让他替你两天吧。"

"哦。"他转身要走，又被乔江龙叫住了。

乔江龙让他坐下，沉思一会儿，一脸严肃地问："满囤啊，你见过我们家秀月？"

满囤一阵慌乱，点点头，又摇摇头说："见过……啊，没见过。"

乔江龙眯着锐利的眼，问："你真不嫌她？"

满囤听了，有些摸不着头脑，说："不嫌。"

乔江龙见他脸上呈现着完全值得信赖的郑重，如释重负，长出一口气，高兴地说："好，这可是你说的。以后你可要好好对待她，我不会亏待你们！"

6

二月二这天，多重喜事催着，天刚蒙蒙亮，陈良石和尹巧凤就起床了。他们从灶膛里扒出一簸箕灰，在院子里画出两个大圆圈，并分别在圈边画上几道格子，然后把一把麦子和一把豆子分别放在圆圈的中央，用一片瓦盖住，这样，两个带梯子的"囤"就做好了。这是当地二月二祈求风调雨顺、五谷丰登的一种习俗。

今天还是满仓的生日呢！打完了粮囤，尹巧凤就去给他擀长生面。孩子的生日，母亲的难日，在擀面的时候，尹巧凤自然而然地想起了冯兰英，心里一阵难过。

陈良石在屋里认真地检查着满囤去订婚要带的东西。

按照当地风俗，见面、订婚、换号要去女方家，但男方须带足烟酒糖茶和鸡鸭鱼肉，只需女方动动刀、动动锅就行。

布料包在一个红花包袱里，有灯芯绒、春风呢、蓝卡其、月白府绸，还有一块石榴红的大方巾。花花绿绿的被面也包在里面，满满的，快包不下了。

吃过早饭，陈良石让杜志儒和满囤把要带的东西摞到两辆自行车上。他本想让文省三陪儿子去，不想文省三家里有要紧事，脱不开身，就改让杜志儒去了。

杜志儒和满囤来到乔江龙家时，马宗芳正好赶到，乔江龙和几个陪客一起把他们接进堂屋，让大家坐下喝茶。

不一会儿，酒菜端了上来，开席了。

酒席是丰盛的，并没用满囤带来的菜肴，而是自己准备的。可以看出乔家对这门亲事满怀了盛情。乔江龙请的陪客也都是有头有脸的人，且阵容强大。除马副局长外，有公社的副书记、文教助理和李集粮所所长，还有村里的大队支书，都是些能喝会说的人。

这样的事，满囤是第一次经历，加上有这些重量级的人物陪着，心里忐忑不安。大家的目光和话语，都如一根根绳子，把他束缚得紧紧的。他不说话，大家劝他喝酒，他只是腼腆地端端酒杯，没碰到嘴唇就放下了，很少搛菜，红着脸，低着头。

一群妇女围在门口看新女婿，指指点点地评价着，都说："秀月找了个好女婿呢！"

满囤羞臊地把头低得更厉害了，拿眼的余光扫一下人群，里面竟有那天他看到的那个长辫子和短辫子！

长辫子对短辫子说："原来是他！前几天他到咱布摊上来过，说要做裤子。"

满囤脸一下子红了，心里不由得嘀咕：这秀月咋这么大脸儿呀？竟跟大家一起来看女婿！

酒过三巡，一位中年妇女走进来，把满囤领到了南屋里，也就是乔家的沿街裁缝铺。满囤知道最让人心跳的时刻来到了，这一"相"看就要决定自己的另一半，甚至自己的终生！

进屋观瞧，屋子中间有一块裁衣用的大案板，南面窗户底下有一台缝纫机，东面挨墙有一排衣架，上面挂着一些已经做好的衣服和未做好的半成品。案板的一头，放着两个盘子，里面盛着花糖和瓜子。中年妇女让他坐下，然后对站在门口的长辫子姑娘说："秀菊，快去叫你姐姐来。"

满囤心里一惊："咦，她不是乔秀月啊？"

"哎！"秀菊脆生生地应着，转过身走了。

不一会儿，秀菊推进一个围着头巾的姑娘来，嘻嘻哈哈地说："姐，快看，姐夫多排场！"说着，从盘子里抓了把糖，调皮地说，"吃你们的喜糖啦！"说完，扭身跑了出去。

满囤一下明白了，眼前这个才是乔秀月。

中年妇女把秀月领到满囤面前，开玩笑地说："你们拉拉吧，可要注意，别拉断了弦啊。"说完转身走了，走到门口又回身把门掩上。

满囤盯着秀月看，只见她个子高挑，身材匀称，虽然穿着棉袄，但外面套了一件碎花高领的褂子，因此并不显得臃肿，只是她围了一块黄色的围巾，只露出半个脸，头上垂下一绺长长的刘海儿，把左眼遮住了，使她看上去像一个独眼女人。

满囤认真地瞅着她，她把头别向一边，说："坐吧。"

两人分别坐在案板的两边，沉默着，屋里的空气仿佛凝固了一般。不知过了多久，满囤才鼓起勇气打破了沉静："你的脸是……"

秀月低着头，痛苦地小声说："小时候烧的。"说完，想了想，索性把围巾扯了下来，抬起头。

满囤一看，马上惊呆了，只见她的左脸上有一道暗红色的疤斑，从眼角处一直延伸到脖子里，左眼也有些歪斜。

秀月一岁时，乔江龙喝醉了酒，在炕上吸烟，睡着了，不小心把被子燃着，等他从女儿那撕心裂肺的哭声中惊醒，女儿粉嫩的小脸已被烧伤。虽然去了省城的大医院，用了各种专治烧烫伤的偏方，还是破了相。

小的时候，秀月对相貌俊丑懵懂无知，跟其他孩子一样生活无忧，但到了十来岁，懂事了，加上一群男孩子的奚落，开始意识到自己的丑，只上到小学二年级就辍学了。

她怕见人，平时很少出门，负责在家里照看妹妹。没事的时候，就在家用针线缝沙包玩，后来学着纳鞋底、鞋垫，十四五岁就能帮助母亲做鞋缝衣了。她心灵手巧，有谁穿了好看的鞋，就让母亲到人家家里替鞋样，自己来做；看谁穿的衣服样式好看，就拿自己的衣服做实验，缝了拆，拆了缝。乔江龙见她对裁缝如此感兴趣，就把镇上最有名的裁缝"张一剪"请到家里来，做她的师傅，教她裁剪衣服。那时，缝纫机刚时兴，是紧俏货，乔江龙托上海的一位老首长买回一台蝴蝶牌缝纫机，供女儿使用。

后来，妹妹秀菊初中毕业后，不愿到地里干活，乔江龙就把家里的三间南屋开了后门，改建成了面街的商铺，让姐妹俩开起了裁缝铺。

秀月不想抛头露面，让秀菊在外面招揽顾客并负责测量尺寸，自己在店里负责剪裁、缝制。

裁缝裁缝，裁在先，讲究量算精确，谋划摆布，落剪无悔。秀月对此悟性颇高，又深得师傅"张一剪"的真传，很快就成了剪裁的行家里手。她在案板上平铺一块布，一手拿尺子，一手拿粉饼，根据妹妹为顾客量的尺寸，画出几个关键点，然后操起剪刀，刃口对准布料，"咔嚓咔嚓"，像舞蹈一般，哪儿走直线，哪儿换狐步，三下五除二，很快就能裁好一件衣服。裁好了衣料，便坐在缝纫机前面，松下落牙，压好针脚，用手一带上轮，继而脚踩踏板，一上一下，缝纫机就飞转起来。她双手轻轻扯住面料，面料听话地向前走，缝出的针脚细密均匀，不跳不拱，平平展展。缝完后，提起炭火熨斗，沿衣缝推压一遍，一件挺而有型的衣服就做成了。

妹妹秀菊长得漂亮，再穿上姐姐为她缝制的新颖可体的衣裳，举手投足间都是青春的流泻，俨然一个漂亮的服装模特儿。前年夏天，有一个举止轻浮的小伙子，趁秀菊给他量胸围时，偷偷摸了一把她高耸的乳房，羞得秀菊哭了半天，从此就不再为男人量尺寸了。秀月不想抛头露面到前台去，就想，能否不量尺寸，仅披布于身，一番打量，就可挥剪而就？接下来的日子，她开始练自己的眼力，站在屋里，透过窗户向外观瞧，根据不同顾客的肩宽、袖长、三围、身高，进行分析、总结，渐渐练就了一手"隔窗裁衣"的绝活儿，打眼一看便可知道所需的裁剪数据。缝制完成，保证合身可体。

有熟人问："俗话说，量体裁衣，你不用尺子咋就能做出合身的衣服?"

秀月说："眼就是尺子呀，年轻人，头高气扬，胸挺得直，需前长后短；中年人，世态看透，气质平和，前后就要一样；上了年纪的，背都有点驼，需要前短后长；胖的人腰自然要放宽，瘦的人腰自然要收窄，下力干活的人衣服就要短一点，显得利索，干部和教师则要肥长一些，显得稳重。"

因为姐妹二人手艺好，又勤快能干，乔江龙一家的日子过得很富裕，房子都是砖柱子噶啦木的，在一排排泥墙草顶的房子中间很是显眼。

为了不让别人看到自己烧伤的脸，秀月不管春夏秋冬，都围一块方头巾。乔江龙看了，恨不得从自己脸上割块肉补给女儿。多少年来，他一直对女儿心怀愧疚，发誓要给她找个好丈夫，让她有个好依靠。满囤到粮所上班后，乔江龙一眼相中了他，小伙子长得精干，脑子也好使。还有一点，他是个临时工，临时工找对象的要求自然比正式工低一些。更重要的是，他是个可造之才，要是真成了自己的女婿，无论是转正和提干，他都能提供帮助。女婿有了前途，女儿就有了依靠。有了这份心思，乔江龙便有意栽培他，在工作上对他要求很严格，推荐他去参加各种业务比赛和培训，以提高他的业务能力和在粮食系统的知名度。当看到他和黄雪贞要搅在一起时，顿时一惊，感觉自己种的果子要让别人摘走了，于是借他到安德学习之际，让马宗芳把黄雪贞调走了。

乔江龙知道，自己与陈良石同是荣军，同是所长，可谓门当户对，可两个年轻人却不般配。他想，女儿貌丑，必须找一个挺托的介绍人才行，要保证一炮打响。他前思后想，又去找了马宗芳。马宗芳在局里分管政工人事，掌握着粮食系统人员调出调进、提拔重用和转正调资的大权，陈良石是所长，受马宗芳的直接领导，满囤刚刚参加工作，还没有转正，以后的前途也要依靠她，让她去提媒定会一锤定音。

马宗芳一听，胸有成竹，满碟子满碗地把事应了下来。她给乔江龙出主意，事情要快刀斩乱麻，快点订婚，只要订了婚，她就好给陈良石和陈满囤施加影响了。

乔江龙说什么也没想到事情进展得这么顺利。那天，慎重起见，他亲口问满囤，嫌不嫌秀月，满囤竟回答不嫌，他哪里知道满囤误把三女儿秀菊当成二女儿秀月了啊！

满囤看着乔秀月丑陋的面目，就像一下踩进了一个黑咕隆咚的枯井里。这样的女人绝对上不得台面，带不出去的！

沉默良久，秀月突然开口了："你嫌俺……吗？"见满囤愣着，不点头也不摇头，她鼓足勇气继续说，"俺知道俺配不上你……可俺能干，家里的活儿都会干……俺会做衣裳，开个裁缝铺能养活一家人……你要娶了俺，俺会依着你，伺候你，啥事都听你的……"

秀月把话说得断断续续，一字一句的背后，仿佛有什么力量推着才勉强说出来。

哪个女子不怀春？她从心里渴望获得幸福啊！她太想抓住眼前这个小伙子了。

满囤低下头，把一脸愁苦埋进两个手掌里。他的脑子混沌不堪，无法回答她这发自内心的请求。

秀月用乞求的眼光看着他，见他一直不抬头，心里又黑暗又凄凉。渐渐地，脸上就暗了气色，长长地叹息一声，拿过围巾围住脸，郁郁地走出门去。

秀月刚出门，妹妹秀菊上前调皮地问："姐，你跟姐夫说了些啥？"

秀月不说话，阴着脸往西屋走。乔江龙一家人都坐在那里等着见面的结果。

乔江龙上前问："秀月，咋样？"见她摇摇头，心里就有点慌，又问，"他变卦了，不愿意？"

她又摇摇头。

母亲着急地一跺脚，说："你倒是说呀，他到底愿意不愿意？"

她还是不说话，眼泪落下来，水龙头失灵一样。

乔江龙皱起眉，脑门子上横起了一道山脉，凝神沉思良久，把马宗芳从酒席上叫出来，跟她耳语了一阵。

马宗芳一脸严肃的表情说："我去跟他谈谈。"

马宗芳走进南屋，见满囤还在那里低头坐着，上前问："满囤，谈得咋样？"

满囤一下站起来，两眼看着自己的脚尖，摇了摇头。他心里说："还用问吗？不般配呗！"

马宗芳揣知其意，拿眼盯着他，脸上挤出一丝笑容，用一副语重心长的腔调说："满囤啊，你刚刚干上粮所的临时工，以后的路还很长，染上小资产阶级思想可要不得，找对象不能只看脸蛋漂亮不漂亮，关键要看她有没有劳动人民的本色。三国时期的诸葛亮不是娶了丑婆娘黄月英才成就了一番事业？秀月虽然长相暗点，可出身好，脾气好，人又勤快，床前灶后的活儿地地道道，缝纫技术更是没得说，这李集镇哪个不晓？这样的女人娶到家里才实惠，才让人放心。"

"可……"满囤想说"找媳妇不是找长工、找保姆呀",但没等他张口,马宗芳又接着说:"年轻人,好好想想,不行回家跟你爹再好好合计合计。"

马宗芳说话很艺术,不说秀月长得丑,而是说"长得暗了点",不说商量商量,而是说"合计合计"。她说话的语调不高,甚至可以说是轻描淡写,但你结合她的身份和脸上的表情,就会感觉她的话气壮如牛,霸实得很。

满囤果真被她的话给镇住了,含含糊糊地"嗯"了两声,一声不响地坐了老半天。

被人重新叫回酒席上,满囤没有一点欢喜的表情,大家都以为他还在害羞,纷纷说笑话逗他,还给他敬酒。他双手捧杯,一干而尽,始终一言不发,拘谨地应付着对方的客气。

满囤如坐针毡,想早点离开,尽快摆脱这令人尴尬的环境。然而,陪他一起来的杜志儒却喝多了,越喝多越不说散,一直喝到下午3点多,才在马宗芳的建议下终了席。

回家的路上,被寒风一灌,杜志儒和满囤都"哇哇"地吐了,把自行车骑得像耍龙。

回到闻韶镇,陈良石和尹巧凤正在家等他们。他们一进门,陈良石就关切地问:"咋样,一切顺利吧?"

杜志儒醉咧咧地说:"好着呢,酒好,菜好,饭也好!家里房子院子、屋里摆设也都好,满囤找个这样的人家真是有福!"

满囤皱皱眉,说:"杜大爷他喝醉了。"

陈良石本来准备了酒菜,等杜志儒回来后再答谢一番,看杜志儒已喝得神志不清,又看看儿子灰头土脸的,知道事情可能不顺利,就说:"老杜,你今天喝得有点高,晚上就不留你了,过天再谢你。"说完让满囤把他送回了粮所。

满囤回来,脸色煞白,一屁股坐在炕沿上不说话。

陈良石一看,问:"咋了,老乔家怠慢你了?"

"没。"满囤很烦恼地叹了口气说。

"那咋跟霜打了似的,不高兴?"陈良石提提嗓门儿问。

"是没相中那姑娘?"尹巧凤上前问。

满囤点点头,小声地说:"太丑了。"

"丑? 你不是去李集镇看过了吗?"陈良石不解地问。

满囤苦笑一下:"看错人了。"

尹巧凤生气地说:"你傻啊,又不是个小孩子,咋会看错人?"

陈良石也有些急,大声说:"你没相中人家马上回来呀,咋还在人家家里吃饭喝酒?"

满囤就把上午如何相亲,马宗芳如何跟自己谈话等经过叙述一遍。 陈良石听了,愤愤地说:"娘的,让乔㑊子和那姓马的给忽悠了!"

尹巧凤问陈良石:"你跟老乔那么铁,他家的情况就一点不了解?"话语里带着几分埋怨。

陈良石横她一眼,说:"我平时只跟乔㑊子打交道,这小子从来没有说起过他家里的事。 李集镇离咱这里六七十里地,我也从来没去过他家呀,哪知道他闺女长啥样子?"说着,一屁股坐在椅子上。

他开始后悔在儿子的终身大事上,自己做得有些鲁莽了。

尹巧凤着急地问:"这可咋办?"

陈良石耷拉着头,半天没说话。 等他抬起头来,脸色又冷峻又难看,对满囤说:"当时你就该说不同意。 事已到此,咱要再说不同意,就是悔婚,咱就理亏了。"

陈良石本想让满囤自己拿主意,但仔细一咂摸马宗芳话里的味道,又改变了主意。 他清楚,马宗芳不是盏省油的灯,儿子以后的前程还要依靠她,不给足她面子,她随便找个茬子就能给他砸了眼前的饭碗子。

尹巧凤说:"那咱带去的彩礼要不回来了?"

陈良石瞪她一眼,说:"娘们儿见识! 钱和东西没了可以再挣,工作没了可是一辈子的大事。 你知道乔江龙跟马宗芳啥关系? 人家是表兄妹,要是得罪了马宗芳,别说转正,就是这份临时工也别想干了!"

这可是个重大的抉择! 粮食部门的临时工意味着能吃饱,正式工意味着能吃好。 农民的孩子一生下来注定是农民,多少聪明能干的农村青年最大的理想,就是改变自己的农民身份,成为吃"商品粮"的非农业户口,但又有几个能改变呢? 现在满囤的脚已经踏在了"农转非"的路上,况且还是人人羡慕的粮食部门,难道要功败垂成?

这时,满仓领着邻居家两个小孩从门外跑进来,缠着满囤要糖吃。

满囤不耐烦地说:"吃啥糖? 一边玩去!"说着扒拉一下满仓,满仓差点跌倒。

"冲弟弟出啥气!"尹巧凤埋怨说。 说完,领过三个孩子,从桌子抽屉里,拿出三块糖,每人分了一块,说:"去院子里玩吧。"

陈良石把如果不答应这门亲事的后果详细分析给满囤听。

满囤闷头不语,陷入了摸不着深浅的沉思。 他心里正在算一笔账:用娶一个丑老婆来保住眼前的饭碗子是否划算。

可这笔账越算越没有头绪,越算越糊涂了。

这天,县粮食局召开所长会。 会前,陈良石见到乔江龙,气不打一处来,把他扯到一边,没好气地问:"老乔,你咋能坑俺家满囤?"

乔江龙一听,瞪圆了眼:"你说什么呢?"

陈良石心里的话说不出口,吭吭哧哧地说:"你咋把……"

乔江龙知道他想说什么了，脸一红，说："我那是看得起他呢！我把他当儿子一样待，咋会坑他？这事你们看着办！"说完气呼呼地走进了会议室。

陈良石被堵得哑口无言，愣在那里，脸色煞白，很久才缓过劲儿来。

从这以后，两个人的心里都像揣了石头，有了一道拆解不开的隔阂，不再像以前那样亲热了。

马宗芳几次跟陈良石商量陈满囤和乔秀月结婚的事，都被陈良石以各种原因拖延着，每次都说："如今这新社会，当父母的做不了孩子的主啊，先别急，等等再说吧，我再给他做做工作。"

陈良石不想去强迫儿子，另外，他还有一个幻想，就是以拖待变，看乔江龙那边能不能先提出散伙来。

然而，想要的结果没有等到，却等来了坏消息。粮食系统的转正指标公布了，每个粮所一个人，跟陈满囤一起去安德学习的两个人都入选了，唯独没有陈满囤。陈满囤每年都是先进工作者，几次业务比赛都名列前茅，即使转一个也是不二人选啊，可咋没有他呢？

陈良石觉得不公平，就去县粮食局找马宗芳。马宗芳把圆圆的馒头脸拉成一条黑面饼子，没有过多解释，只是说："指标有限，等等再说吧。"并把"等等再说"四个字说得很重。

陈良石被软钉子顶了回来。

回到家，他又招回满囤，开始算那本难以算清的账。

他闷头想了好一阵子，劝满囤说："刀子没有两面光，甘蔗没有两头甜。依我看，要是不跟乔秀月结婚，你转正的事也许会永远等下去，甚至连现在这临时工也不一定干长远。"

尹巧凤过穷日子过怕了，听了陈良石的分析，心里有些急，跟着开导儿子，说："自古就是好汉子无好妻，丑八怪婆花枝，月下老偏要这般配合。媳妇再俊能填饱肚子？好看的脸蛋过几年就黄了，性情好才靠得住。这世上的事，啥最大？就是这张嘴，就是这个肚子。千里当官，都为吃穿，这吃总是摆在最前头。你没听人说吗？当今最吃香的是啥，一粮所二饭店三供销四村干，你在粮所找个投向不容易，不能就这么轻易丢了。"

陈良石沉吟着说："有些时候人得学会吃小亏，吃不得小亏，就可能吃大亏。识时务者为俊杰啊！"

经父母这么一劝，满囤心中的天平开始倾斜了。他不想"吃大亏"。他想有一个好前程。刚刚过去的困难时期仍然历历在目，他至今还保留着吃饭狼吞虎咽的习惯，见了好吃的就眼睛发亮，胃肠对食物有一种应急性的饥饿反应。谁能保证今后不再发生饥荒？饥饿就像一条潜伏在暗处的毒蛇，说不定啥时候就钻出来，咬人一口。吃饱肚子是世界上最直接、最坚硬、最有说服性的力量。

饥饿让人刻骨铭心，贫寒使人丧失尊严。

民以食为天，悠悠万事，饭碗的事最大。

他前思后想，最终勉强同意了这门亲事。

7

结婚的日子定在了农历八月二十四。

乔江龙一家忙碌起来，开始为秀月置办嫁妆。

嫁妆是新娘的脸面，是新娘的脊梁。有些人家，为了给女儿撑门面，母亲更是口挪肚攒，从出嫁前几年就开始攒嫁妆。街坊邻居和亲戚好友都瞧着呢，谁家的姑娘嫁妆有多少根腿啦，陪送了几铺几盖啦，带了几个包袱啦……如果陪嫁得好，会成为人们很长时间的谈资，而陪嫁少的女孩子往往在婆家不敢硬气，说话都嘴短。

乔江龙找来了当地最有名的木匠为女儿做嫁妆。桌子椅子，橱子柜子，被搁子，梳妆台，只要木匠会做的都做了。做完后，又买来栗子红大漆漆一遍，一件件都光亮照人。

当时，人们结婚刚刚兴起一个新名词，叫"三转一响"，又称"四大件"，指的是手表、自行车、缝纫机和收音机。因为缝纫机、自行车和手表都是会转的，收音机是会响的，故称"三转一响"。"三转一响"一时成了好日子的象征，成了大部分女性择偶的重要向往之一。不过，这"三转一响"通常都是女方婚前向男方索要，而乔江龙却要反过来陪送。

这"三转一响"都是稀有商品，要凭票购买。乔江龙去县供销社找亲戚帮着买了一辆永久牌自行车和一台红灯牌收音机，写信给上海的老首长，托他帮着买回了一部蝴蝶牌缝纫机和一块上海牌手表。

秀月的姐姐秀花也来了，看到妹妹的陪嫁远远超过自己，心里有点犯酸，有点嫉妒，但想想妹妹这些年来受的苦，受的委屈，又想想爹娘的良苦用心，心中的疙瘩就解开了，跑前跑后地张罗着。

藏不下的喜色堆满了秀月的眉眼。憧憬着婚后的日子，每天晚上都睡不踏实，而白天精力依然非常旺盛。

秀菊看着姐姐欢悦的样子，用小拇指在脸上画着羞她："你看你高兴的那个样儿，我劝你收着点，太满了就漾出来了！"

秀月满脸羞涩，追打着妹妹，说："别说我，看你结婚时会啥样儿！"

是啊，作为女人，嫁人是一次闪亮的重生，谁不期待？谁不振奋？

秀月母亲请来很多人帮着做被子，一伙在炕上做，一伙铺领席在地上做。做被子的棉絮都是白花花的新棉花，被面被里用料既有自己织的老粗布，也有凭布票从供销社扯的洋布，还有托人从苏杭捎回来的丝绸被面。

秀月的嫁衣大部分是自己缝的，她还为陈满囤做了两身。

她在自己店里和陈家作为彩礼送来的布料中，选了最好的要为满囤做衣服，但在下剪时却犹豫了，忽然变得不自信。她怕把上衣的前襟剪长了，人显得太老气，不精神；又怕剪短了，人显得不稳重，太轻浮；怕把裤子剪肥了，穿在身上围围囊囊的，不利落；又怕剪瘦了，穿起来捆捆绑绑的，不舒服。她左画画，右量量，总是拿不定主意。要是满囤在身边就好了，可以量体裁衣，精确下剪。她突然想，为他量胸围时，自己会就势抱他一下吗？会的。他会抱自己吗？也一定会的。他会亲自己吗？会的。自己会让他亲吗？不会，还是等到入洞房那天好，不能表现得太轻贱……可自己早晚是他的人，只要他乐意……

她感到脸上发烧，拿过镜子照照，吓了一跳，脸红得像高粱穗子，连耳朵根儿都红了。她对自己说："不许这样，这样不好，让人家笑话！"她自我惩罚似的在自己的脸上打了一下。

前思后想，她还是落剪了。说不定满囤哪天就会来，来了好让他试试，不行还可以修一修，要不就没有时间了。

她落剪犹豫，缝得也不快，她像是在有意拉长做衣服的过程，每一针都斟酌再三，每一线都一丝不苟。以往做活儿，这工夫十件、二十件也做完了。

衣服终于缝完了，她把线头仔仔细细地剪掉，用熨斗认认真真地熨平，再把扣子牢牢靠靠地订好。她把上衣贴在自己的胸口上，将两根袖子夹在腋下，把双臂抱在胸前，微眯着眼睛，感觉自己被男人抱住了，紧紧的。

从衣服做好的那天起，她心里便火烧火燎的，盼着满囤快点来。她要亲眼看着让他试试。这可是第一次给自己的男人做衣裳！

这天，秀月的母亲走亲戚去了，家里只剩下秀月和秀菊忙着店里的活儿。快晌午的时候，窗前的秀菊突然惊喜地喊道："姐，快看，姐夫来了！"

秀月心里一颤，但没有抬头。她正在缝纫机前缝一条裤子。调皮的妹妹无数次演过这种恶作剧了，每次都是空欢喜一场。

"这回是真的,你看!"秀菊过来拉姐姐一把。秀月抬头一看,眼睛瞬间亮了。

上午,乔江龙拿着粮本找陈满囤批了一袋面粉,说:"我要到公社开会去,你把面送李集去吧,家里没吃的了。"说完抬腿走了,根本不给他拒绝的机会。

自从做了乔江龙的准女婿,满囤一直怕跟他见面,甚至不知道该如何称呼他了,再叫叔觉得不妥,叫爹早了些,叫所长更不是那回事,于是尽量躲着他。

满囤用自行车带了面去李集镇,一路上他骑得很慢,心里非常忐忑,既有对这桩婚姻的不情愿,又有对未来生活的无限向往。天空湛蓝,太阳向四野投送着明媚的光辉。从东南方吹来的微风,没有把他额头上的汗吹干,反而又送来几分闷热。

来到乔家大门口,他正踌躇着,眼尖的秀菊突然从裁缝铺里跑出来,眨巴着活泼的眼睛,热情地招呼他:"姐夫来了,请进,请进!"

秀月忙乱地走出来,惊喜而又羞怯地说:"你来了?"

"咱……让我送面来了。"满囤把一个"爹"字糊弄过去,红着脸说。

满囤进了门,把自行车支在院子里。秀月帮着把面粉提到屋里去,又倒了水让满囤洗手,然后拿块毛巾站在他身后,等着洗完后递给他。

满囤洗完手刚转过身,秀菊推起他的自行车,回头说:"姐夫,借你的自行车用一下,我到宋庄去一趟,找翠珍有点事,不在家跟你俩胡搀和了。"

翠珍就是满囤见过的那个短辫子姑娘,是乔秀月的表妹。

满囤急呼呼地说:"粮所里还有事,我要马上回去呢!"

秀菊顽皮地笑笑,说:"大老远地来了,怎么也要吃了午饭再走。让姐给你做饭,我去去就回来。"说完,把自行车推出门去,骑上就走了。

满囤无奈地摇摇头，叹口气说："这丫头，古灵精怪的。"

秀月春风满面，欣喜地看着满囤，走过来说："坐吧。"

满囤局促地坐下来，看到八仙桌后的阁机板上，有一本小书《山东民兵》，就拿过来看。秀月倒了一杯水，放在他面前，也坐下来。她想跟他说会儿话，但看见他埋头看书，话到嘴边就没有说出来。

秀月快步走到自己的闺房，打开箱子，把包在一个包袱里的两身衣服拿过来，递给满囤，说："我给你缝了两身衣裳，你试试吧，看合身不。"

满囤接过来，看了看，把它放在一旁的柜子上，说："谢谢你还为我做衣裳。你的手艺好，不用试。"

秀月不甘心，坚持说："你试试嘛。"

满囤说："肯定合身，不用试。"

秀月心里滑过一丝失望。坐了一会儿，她看看天，近晌午了，就站起来问他："该做饭了，你想吃啥？"

他头也没抬，说："随便，做啥吃啥吧。"

秀月想了想，说："不知道你今天来，包饺子来不及了，给你擀面条吃吧。"说完，转身向伙屋走去。

满囤抬眼望着她的背影，高高的个儿，苗条的身材，可体的衣服，两根长长的大辫子，辫梢上系着红头绳，盘着蝴蝶结，走起来不停摆动，让人不禁想到蝶恋花的春景。他感叹一声："要是她的脸没有烧伤该多好啊！"

秀月来到伙屋，和面、擀面。手中的擀面轴飞快地滚动，麻利地辗转腾挪，擀轧揉压并用，面团在她的手下向外伸展，一会儿一张大如锅盖的薄饼就擀好了。再反复折叠成条状，一刀一刀切成细细的长条。

添水，点火，下锅，秀月的活道干净利落。

灶膛投下了一片红光，欢欢喜喜，哆哆嗦嗦。

秀月心中的欢畅掩盖不住，独自咯咯地笑起来，笑声就像锅里煮着的面条，一串一串冒着热气，滚烫滚烫的。

面条做好了，秀月端一大碗来放在满囤面前。

满囤一看，面条切得又细又长，里面夹杂着花生米大小的肉丁，上面飘着翠绿色的葱花，一定是淋了香油，香喷喷地勾人食欲。

秀月又端来一小盘苤蓝疙瘩碎丁咸菜，把一双筷子递给满囤，说："吃吧，也不知合不合你的口味。"

满囤接过筷子，看着碗里正冒着热气的面条，肚子里小声地咕噜咕噜地响着，说："你呢？秀菊呢？"

秀月说："我的在伙屋呢，秀菊去姥姥家找翠珍疯去了，肯定吃了饭才能回来。"

"哦，"满囤说，"那你在这里一块吃吧。"

"嗳！"秀月欢喜地应着，去伙屋端来一小碗面条，汤汤水水的。

满囤一看，说："你咋这么少？来，我挑给你一些。"说着从碗里挑了一绺面条，要夹给她。

秀月一看，急忙把碗口捂住，说："我早晨吃得晚，不饿，这些就足够了。你快吃吧。"

天已晌午，满囤真饿了，用筷子挑起面条就想吃，不想一挑挑出一个荷包蛋。再挑，还有一个。又挑，又是一个。他一共挑出五个。

那年月，鸡蛋也是很稀缺的东西。虽然家家都养几只鸡，但由于没有粮食喂，只是靠鸡自己捡食草籽和小虫子，所以产蛋很少。很多人家还要靠它卖了钱来打油买盐，这不老不小，不病不疼，一次吃下这么多鸡蛋，未免太奢侈了，太任性了。

满囤看看秀月，只见她正像一匹温驯的小母马，安静温存地看着自己，心里不由生出一阵感动，暖烘烘的，模模糊糊有了一种幸福的感觉。

这顿饭满囤吃得很慢，面条仿佛是一根一根数着吃，对付荷包蛋更是细嚼慢咽。他的脑子里在仔细梳理着这面、这蛋、这女人跟自己今后漫长日子的关系，以至于秀菊回来时还没吃完。

秀菊看着他碗里的荷包蛋，虚张声势地说："好啊姐姐，你瞅着家里没人，偷偷给姐夫做荷包蛋，看娘回家来我告诉她不！"

满囤知道她这是在开玩笑，但脸还是红了，两颊火辣辣的。

秀月嗔怪地看妹妹一眼，问："你吃饭了吗？要没吃，我也去给你做荷包蛋。"

秀菊笑笑，说："俺吃过了，姥姥给俺烙的葱油饼呢。"

满囤匆匆地吃完了碗里的面条和鸡蛋，把碗一推，站起来说："我该走了。"

秀菊挡住他，说："再坐一会儿嘛。"

满囤说："不坐了，粮所里还有人等着批粮食呢。"说完，绕过秀菊，来到院子里，推了自行车，转身要走。

秀月急忙从屋里拿了衣服跑过来，说："把衣服拿上，如果不合适再送回来修修。"

"嗯。"满囤接过包袱，挂在车把上，转身走了。

秀月用眨也不眨的眼睛目送他很久，直到他一拐弯不见了，还没把目光收回来。"只有十天啦！"她在心里算了算，喃喃地说。已经来到门口的新生活使她感到恐慌，又神秘得令她着急。

秀菊看着姐姐痴痴的样子，噘着嘴说："唉，都怪我回来早了。"

8

直到洞房花烛的时候，陈满囤看着坐在新床边的乔秀月，才意识到这笔账算错了，算颠倒了。

白天婚礼上，乔秀月头上始终盖一顶红盖头。在闻韶镇这一带，没有新娘盖红盖头的习俗。有个词叫"欲盖弥彰"，她这一盖，反而更引起了人们的好奇心，满囤的几位初中同学，一哄而上把她的盖头揭了下来，她下意识地用双手捂住脸，但真相还是暴露在了大庭广众面前。

一位同学在背后惋惜地说："满囤这么耍光的小伙子，咋找了个这么丑的媳妇？"

一位同学笑笑说："就是，真是背后看想犯罪，侧面看想撤退，正面看想自卫。"

另一位也用嘲笑的口吻说："正和了一副对联，'看后面急煞千军万马，回过头吓跑百万雄师'。"

大家都笑了。一位同学又说："女人是啥？那是男人的名分，是男人的脸呀，也不知满囤讨个这样的老婆图个啥。"

同学们这些刻薄的议论，都被满囤的大耳轮逮住了，他的头就像挨了一记闷棍。醒怔过来，心问口，口问心，讨个这样的老婆图个啥？就为了保住眼前的"泥饭碗"，进而争取个"铁饭碗"？

宴席刚刚开始，满囤就盼着快点结束，客人们快点走。客人们却不管这些，大吃二喝，有的碰杯对饮，有的自斟自饮，闹闹哄哄，像赶集一样。

乔江龙喝醉了，把满囤喊到跟前，当着众人的面，大声地说："满囤，好好待俺闺女，今后你会有好日子过的！"

"哦。"满囤附和着点头，他的内心却被深深的懊悔占据着。

可后悔已经晚了，婚礼已经结束，宣告木已成舟的爆竹炸成的残屑已随风飘散，前来贺喜的人们都酒足饭饱地走了，连洞房都闹过了，只剩下床上的事了。

新房设在西屋里，屋子被尹巧凤拾掇得干干净净。秀月静静地坐在床沿上，羞涩地勾了头。

被结婚仪式折腾得够呛的满囤，在尹巧凤的催促下进了洞房。

屋内，一切都是新的，桌子椅子，被子褥子，墙上的贴画，窗上的剪纸，就连满屋子的空气都是新的。新房，新人，新的生活，新的开始。可不知怎么，在他的心中，却有一种曲终人散的莫名的空虚。

他怀着冷冷的、无限懊恼的心情，一屁股坐在椅子上，霜着脸，不说一句话。

竖在烛台里的一根红蜡烛燃到最后，蜡油一下子淌开来，蜡芯躺下被蜡油浇灭了。另一支蜡烛，火焰也即将燃尽。烛光一摇一晃的，把满囤和秀月的影子像皮影戏一样映在墙上，变幻不定。

秀月站起来，铺好了被子，看看满囤，羞怯而又兴奋地说："该睡觉了吧？明天还要回门儿去。"说完，爬上床，把外衣脱了，等把身子滑进被筒里，连内衣也脱下来。

满囤翻翻眼皮，用冷淡的目光瞥了一眼，在鼻腔里"哦"了一声，仍坐在那里不动。

白天闹洞房的孩子把窗户上糊的粉红色窗纸戳了若干个洞洞，几缕清风从洞洞里挤进来，桌上那只火力不足的蜡烛扑闪几下灭了。满囤摸黑捱到床沿边，又坐了好一阵子，才磨磨蹭蹭地脱衣服。他只脱了外衣，穿着内衣牵起被子的另一头，钻了进去。伸腿的时候，他尽量躲避着，还是碰到了秀月的身体。秀月颤了一下，肌肤像火热的炭，他马上躲开了。

满囤把两只手叉起来，枕在脑后。他的脑子像攀满墙壁的爬山虎，复杂交错。他屏住呼吸，费了很大的劲，才使思绪条理起来。他透过窗户上的窟窿洞看着外面的天。半块月亮在搓棉扯絮般的云片中时隐时现。他听着秀月的呼吸声，真正意识到要同身边这个丑女人过一辈子了。

一辈子啊！他把肠子都悔青了。

他扪心自问："婚姻是终身大事啊，咋就这么轻易地办完了？父亲陈良石见多识广，母亲尹巧凤聪明智慧，咋也帮着自己把这笔账算颠倒了呢？"

"睡着了吗？"许久，秀月用脚轻轻地蹬蹬满囤，柔情地问。声音有些沙哑，从中透着焦灼和渴望。

她非常感激身边这个男人。在父母的操持下，她相过多个男人，也可以说被多个男人相过，这些男人中，有几个自己中意的，但他们都拒绝了丑陋的自己。没想到眼前这个男人——这个眉清目秀的男人会同意接纳她，娶她，让她体体面面地出嫁了，迈出了人生最为关键的一步。她坚信以后自己也将迎来体体面面的生活，最后有一个幸福的归宿。她暗下决心要好好伺候这个男人，死心塌地地跟这个男人过日子，过一辈子。

秀月又鼓足勇气轻轻地蹬了满囤一下，满囤把身子一缩，翻了个身，把一个后背留给她，继而打起了呼噜，佯装睡着了。

"睡着了？"秀月又问。

满囤用鼾声回答了她。这是最笨拙、最无奈的抗拒。

秀月没有再叫他。几天前，娘家二黑嫂子为她传授过洞房经验，说床上的事女人万万不能太主动，尤其是第一次。要是太主动了，男人就会把你看低了，认为你贱，一辈子都抬不起头。二黑嫂子还说，男人都是属狗的，光让他闻到味，别让他吃到肉，他才会一直向你撒娇，摇尾巴，舔你。即使让他吃，也绝对不可喂得太饱。平时，二黑哥被二黑嫂子训得像个儿子，百事百应，诺声连连，秀月自然对二黑嫂子的话深信不疑，纵然心里猫抓似的一阵阵发痒，却没有采取后续行动。

两个人就像两个弯曲的铁勺子，背对着背，身子都绷得紧紧的，一动不动，生怕碰到对方。仿佛一碰，对方就会爆炸。

秀月侧身向墙，泪水顺着眼角滑落下来，在等待黎明的过程中，变成干枯的泪痕。

天刚蒙蒙亮，满囤就起床了，抄起扫帚扫院子。

陈良石惺忪着眼开开门，探出头来一看，笑笑说："刚娶媳妇就学勤快了，这么早起来扫院子。"

满囤没说话，龇龇牙，一脸掩饰的苦笑。

其实，陈良石和尹巧凤自从昨天见到秀月，纵然已有心理准备，但还是有些替儿子败兴，秀月确实显得丑了些，配不上儿子。可媳妇娶进门，就是一家人，只能迁就着过日子了。

婚后第二天，是新女婿陪新媳妇回娘家的日子，在当地叫作"回门儿"。

回到娘家，二黑嫂子看着秀月红红的眼，开玩笑地说："咋？跟妹夫折腾了一宿？把眼都熬红啦！"

秀月一听，眼泪马上顺着脸颊滑落下来。虽然羞于启齿，但在二黑嫂子的旁敲侧击和刨根问底下，还是吞吞吐吐地把一夜的委屈说了。

二黑嫂子一听，喷出笑来，笑毕，又说："我还以为妹夫那么大身胚子，让妹妹受了天大的委屈，没想到……这有啥，你就是买群小鸡小鸭吧，开始不认食儿，一旦认上食儿就没个饱了，晚上你适当主动点，就是喂群小狗小猫，开始你也得唤唤不是？"

晚上的时候，勇气战胜了羞怯，秀月果真主动了。她见满囤还是睡在另一头，就把自己的枕头也放过去，吹熄了灯，一下滑进他的被窝，投进他的怀里。如一只依人的鸟儿，她要在那里筑巢育雏。她抓住满囤的手，掐掐他的拇指肚，把他的小指头放在嘴里吮吸着，并用指尖挠挠他的手心。满囤痒得想把手抽回，但被她抓得牢牢的，手指交织在一起，抽不动。

渐渐地，满囤感觉到她手心里出汗了，水水的，滑滑的，这让他一下想起了在县电影院里看电影，跟雪贞两手纠缠的情景来。乔秀月的手跟雪贞一样，修长，温暖，光滑，柔若无骨。这让他产生了幻觉，以为这只手就是黄雪贞的，立时激动起来，使劲攥着，开始用心地抚弄摩挲。

秀月喜出望外，抓过他的手按在自己柔软的胸前，她开始用舌头舔他的脸，舔他的嘴唇，咬他的鼻子，咬他的耳朵。满囤被激活了，兴奋了。他正年轻，血气方刚。他一下抱住她，开始了第一堂新婚必修课。

终于，羞答答的苞儿终于绽放——不——是怒放，变成了怒放的花。她感到周围的世界由此变得更灿烂、浓烈、芬芳，闪烁着逼人的生机。纵然屋里一片漆黑。

秀月像失去了筋骨，枕着同样像失去了筋骨的丈夫的胳膊躺着，一动不动，静静地回味。自己不再是属于自己的秀月，而是成了身边这个男人的秀月了。她的眼睛里汪出了泪水，满满地在眼眶的边缘打转。她强忍着不让这包裹着无限幸福的泪珠溢出来。溢出来，就决堤了，就破碎了。

公鸡发出东方破晓的提醒，白天一较劲就把黑夜撂倒了，这时太阳就露了头。

满囤睁开眼，想打个舒身，但感觉有东西把胳膊压住了。他撩开被子，歪头一看，一眼看到了秀月结满疤痕的半个脸，又想起婚礼上几个同学的议论，脑袋嗡嗡作响。他想把胳膊抽出来，但秀月还在紧紧地搂着他。

其实，秀月早就醒了，她不想因为起床而搅醒身边的男人，仍旧静静地躺着，回味着昨晚那蚀骨的激情与温存。

满囤又抽了抽胳膊，秀月把头抬起来让他把胳膊抽出来，但她柔软的手臂还搭在他坚实的胸膛上。她轻声地问："醒了？"接着搂了他的脖子，把灼热的身子贴在他的身上，娇声地说，"俺还想……"

"天亮了。"满囤知道秀月的暗示，非但一点兴趣都没有，甚至对夜里的行为感到几分懊悔。他看看窗外，一下坐了起来。

秀月也赶紧起床，把被子叠好了，看到崭新的褥单上开出了鲜艳的红花，脸上立时羞得一阵发烧，麻利地把褥单扯下来，放在箱子里，又拿出一床新的铺上，然后洗过脸和手，去伙屋里帮着尹巧凤做饭。

"你起这么早干什么？你们年轻人觉多，再去睡一会儿吧。"婆婆尹巧凤在伙屋里不停地忙这忙那，疼爱地说，"再去睡会儿吧，我一个人就行。"

秀月见插不上手，就又回到了西屋里，坐在床沿上，带着善良、贤惠和坚定的神情，看着勾头想心事的丈夫笑。

满囤的婚假本来还有两天，但他执意要回粮所去。留不下，秀月把几身换洗衣服给他包好，站在大门口恋恋地看着他的身影由大变小，渐渐消失在路的尽头。

9

金风送爽，天空湛蓝湛蓝的，又洁净，又高傲。田野披上了金色的衣衫，玉米、谷子、高粱、大豆在阳光下闪耀着成熟的光泽。

丰收的季节就要来临，满囤的喜事也是一件接着一件。他转正了，由"泥饭碗"变成了"铁饭碗"，锦上添花的是，粮所会计温兴民退休了，他由营业员转任了会计。

有人羡慕地说："看人家陈满囤，要风得风，要雨得雨，运道多顺！"

让满囤没想到的是，秋粮收购前，又发生了一件让他高兴的事——乔江龙调到三仙寨粮所任所长去了，一位姓牛的所长调来接替了他。满囤就像头顶上掀掉了一块大石头，终于有了出头之日，再不用缩手缩脚，连大气也不敢喘了。

人生多么美好啊！他开始变得话多起来，笑声像被风吹散的蒲公英，飘得到处都是。

唯一让他感到不如意的就是妻子乔秀月了，带不上台面啊！老婆嘛，应该是一种精神慰藉，要看了舒心，要让你觉得为她做牛做马而无怨无悔。要是老婆长得漂漂亮亮的多好啊，郎才女貌，他会带她到粮所来，会带她去看电影，会带她去赶集上店，可是现在他啥都不能做。

天下人谁没有爱美之心？追求美是人类的本能之一。

秋粮征购马上要开始了，县粮食局像往年一样，集中下属单位会计举办两天的短训班，学习收购政策、结算方式和手续传递制度。在去短训班上课的路上，满囤见到了黄雪贞。

黄雪贞长长的辫子剪掉了，代之以短发，衣服也穿得很素雅，标准的少妇打扮。再看她的脸，比以前更白了，但似乎瘦了一圈，眉眼间的神情也有些倦怠。

满囤犹豫片刻，上前问："黄会计，最近好吧？"他本想叫一声"雪贞"，觉得太那个了，就叫她"黄会计"。

黄雪贞停下来，看他一眼，说："好，很好啊。"她说话的语气很重，像跟谁赌气似的。

满囤听出了话中的酸气，却不明白个中缘由，就附和着说："好就好。"

黄雪贞像想起了什么，说："谢谢你送我的羊毛围巾啊。"

满囤脸一下红了，连忙说："说啥呀？你还给我打过毛衣、给过我钱呢！"

黄雪贞听了，双颊一热，眼里汪出了泪水。她强忍着，幽幽地叹了一声，把舌尖上的话收了回去。过了一会儿才说："听说你也结婚了，咋没通知我去喝喜酒？"

满囤掩饰地说："挺匆忙的，办得也简单，没有通知多少人。"

"哦。"黄雪贞瞥他一眼，粘在舌头尖上的话终于吐了出来，"娶的是乔所长的闺女？很漂亮吧？"

满囤心里像针扎了一下，嘴里"嘶"口凉气，语不达意地说："这……当然，可是……"

这时，有几个会计走过来，他们急忙走进了教室。

参加本次短训班的有二十多个单位的会计，两人一张桌子，黄雪贞就坐在满囤的前面。

看着黄雪贞的后背，满囤心里总有一个解不开的疙瘩，就是她到底为啥跟自己分手，为啥退信时一个字也没写。为了解开这个疙瘩，他写了一张纸条，偷偷地塞给她。

晚上，吃过晚饭，大家约满囤去看电影，满囤以要去亲戚家串门为由婉拒了。他早早地来到了黄河大堤上的青年园林。

黄河在流经清阳县城的时候，由东向北转了一道弯，就像一条有力的胳膊把县城紧紧地搂在怀里。河道贴在对岸行走，坝内就形成了大片的滩涂。团县委号召团员青年义务植树，建成了一片园林，还在河堤上竖了一块石碑，上面刻着"青年园林"四个大字。满囤就站在石碑旁等着黄雪贞。

他不知道她会不会来，但从心里渴望她能来。

月亮在薄云中升起来了，大且黄，还有点红，像哭肿了的眼泡。

一等不来，二等不来。

不远处，一对恋人并肩走在林间小路上，嘟嘟哝哝地说着什么。满囤羡慕地看着他们，同时意识到了自己的孤单，开始变得心烦意乱。他从衣兜里摸出一支烟，点上，狠狠地吸着。

"满囤。"就在他低头点第二支的时候，传来了黄雪贞的声音。他急忙迎上去，欣喜地说："你来了？"

"来了。"

"我还以为你不来了呢。"

"家里都是些甩手掌柜，我是刷完锅碗才来的。"

经她这么一说，满囤心里的烦躁一下就消散了。

他们顺着林间小路往前走，开始谁都不说话。黄雪贞的裙子沙沙作响，像小雨点落在沙滩上，又像风掀起满地的树叶。

到河边了，河水哗哗地响着，月亮掉进水里，被浪花打碎了。很远很远隐隐传来一两声野雁沙哑的呼唤，近处河边芦苇丛里的野鸭子嘎嘎地叫上几声，算是回应。他们在一棵大柳树下站住了，满囤开了口："去年冬天我在安德学习时，回粮所找你，你调直属库了，又到直属库找你，说你回家结婚了，我们处得好好的，你咋说变脸就变脸了？"他虽然尽量把话说得平和些，但听起来还是带了十足的埋怨。

"我还想问你呢！"黄雪贞瞪他一眼，说，"还不是你先攀了乔所长这个高枝，让粮食局马局长压俺，说俺要再跟你相处，就是第三者插足，是道德问题，要把咱两个一块开除了……"

满囤一惊，说："这事俺咋不知道？俺是在你结婚后才跟乔秀月见面的呀，马局长咋会那样？"

黄雪贞心里也一阵惊诧，继而详细叙述了事情的经过。

去年，收到满囤的信后，黄雪贞非常高兴，正要回信，马宗芳副局长把她招到了局里，开门见山地说："听说你跟陈满囤搞恋爱，你可知道他正跟乔所长的姑娘谈着呢，你这是第三者插足，是道德问题呢！你不知道自己的身份吗？你是咋从外地调回来的？县委唐书记把你安在粮食部门，是让我们好好看护你，好好培养你，你要有个三差两错，我们咋跟唐书记交待？还有那个陈满囤，一个小小的临时工，不知天高地厚，也敢在你跟小唐中间插一腿，也是道德问题！我大会小会上讲过多少次了，我们粮食队伍可容不得这样的人！"

黄雪贞听了马副局长的话，心里有些害怕，又有些不甘，小声地说："那……那唐……是羊角风呢！"

"羊角风怕啥？不就是一种病嘛，是病就能治。再说，你换位思考一下，人家的爸爸是县委副书记呢，全县有几个这样的家庭？

要是人家一切都好，能轮到……你要珍惜这样的机会，快点结婚才是，过了这个村就没这个店了。"马宗芳铁青着脸说。

黄雪贞一连想了多天，脑子里仍然一团乱麻。满囤第二封信又收到了，她不知道如何回复是好，想回信斥责他脚踏两只船，但又一想，自己又何尝不是？

黄雪贞的父母来到粮所，逼着她马上去领证结婚。

黄雪贞不同意，据理力争。

父亲说："咱家上数几辈子都是仁义人，一口唾沫一个钉，应了人家的事就要照办，可不能过河拆桥，忘恩负义，让人戳脊梁骨！再说，你放着县委副书记的儿子不嫁，去找一个临时工，简直是猪脑子！"

母亲又哭又闹，本来就体弱多病，一生气竟然晕厥了，送到公社医院经过抢救才又活过来。

黄雪贞真担心母亲有个三长两短，就违心地同意跟那羊角风去领了证。没过几天她就被调到了直属库，并很快确定了结婚的日子。

"满囤，对不起！人挣不过命啊！"黄雪贞用真诚的目光看着他，以充满歉意的口吻请求他的原谅，又说，"其实也是为你好，要是我们继续坚持，也许现在都被开除了。"

听着黄雪贞的讲述，满囤心里一阵哆嗦，连气都透不过来了。他鼻子一酸，落下泪来。不成功的恋爱才是真恋爱，而成功的恋爱多半是交易啊！他感叹道。过了一会儿，他安慰黄雪贞，说："其实你嫁个这样的人家也不错，公公有权有势的，家庭条件好，多少人都羡慕你呢。"

黄雪贞横他一眼，说话的样子像是啐出什么东西："一个人在皇宫里哭，一个人在草屋里笑，你说哪个幸福？"说完，两眼一闭，泣不成声。

他们述说着，叹息着，悲伤着，渐渐走到了树林的深处。满囤上前一步，伸开双臂爱怜地把她抱住了。雪贞眼里闪着泪光，紧紧地贴在他的身上。他们默默地拥抱在一起，对婚姻的不如意让这对曾经的恋人惺惺相惜，暂时的温存像一剂膏药，敷在各自的伤口上，凉凉的，痒痒的，竟是说不出的适意。

满囤低下头，轻轻地吻了雪贞的额头一下。

雪贞仰起脸，把薄薄的嘴唇迎了上去。

满囤先是温柔地吻她，最后嘴巴变得蛮横起来，他的嘴唇带着炙热的火焰，触及到哪儿，哪儿就燃烧起来。

雪贞觉得自己像一叶小舟漂浮在水上，又像一只飞鸟平滑在晴空中。她双臂箍着他的脖子，像一口袋粮食一样往下坠。

满囤在这一瞬间准确无误地解开了那个哑语式的暗示，一只手在摸索着解她衣服上的扣子，他的手开始触及到了她那温热的乳房。他的腿开始打颤，慢慢地把她放倒在草地上。

当满囤跪在地上要去撩她裙子的时候，雪贞突然醒悟地坐起来，抓住了他的手，说："不，不能！"

"咋了？"满囤停住了。

"满囤，咱不能……"雪贞坐起来，系着扣子。

满囤心里很沮丧，但不想强迫自己所爱的人，抓住雪贞的手，把她拉了起来。

两个人都低头站着，许久，满囤才说："雪贞，要不……要不咱都离婚吧，我们重新开始……"

黄雪贞眼睛一亮："离婚？重新开始？"然而她眼睛里的光瞬间熄灭了，摇摇头，"俺娘拉扯俺不容易，俺还想让她多活几年。再说，为了给俺安排和调动工作，俺爹操了多少心，费了多大劲，这工作俺不能说丢就丢了，不然会把他气死的。"

即使是真爱，也并不像人们想象得那么坚韧，恰恰相反，往往是非常脆弱的，一击而碎。

满囤理解地点点头。美好的东西就在眼前，活灵活现，却注定不属于自己，让人懊恼不堪。他感叹道："我们的命运都不在自己的手里，而是在别人的掌握之中，我们是为别人而活着啊！"

河道起风了。风在很高的空中打着唿哨。

黄雪贞幽幽地说："我们回去吧。"

满囤讷讷地应道："哦。"

陈满囤知道了事情真相，心中禁不住对乔江龙产生了深深的怨愤。虽然他知道自己由收发员转任出纳员，再由出纳员转任会计，尤其由临时工转为正式工，这一步步都没离开乔江龙相助。

真相也让满囤对自己的婚姻更加不满意。他原以为，这种感觉会随着时间的推移而逐渐被稀释淡化，会变得熟视无睹，可不知为什么，随着日子一天天抻长，这感觉却像一根钢针越擦越亮，越尖锐，越钻心，越觉得是一种……耻辱。确实，是一种耻辱。

可向谁去诉说呢？他只有将耻辱和窝囊吞咽下去，闷在心里。

每次回家，他都像一棵霜打的草，郁郁寡欢，对秀月不冷不热，肌肤相亲也是秀月主动进攻，他被动防守。有时候，秀月想同他说些知心话，见他脸上像罩块铁皮，冷冰冰的，话到舌尖又咽了回去。话咽回肚子里，眼泪被拱了出来，把眼窝打湿了。

秀月知道满囤之所以对自己冷淡，是因为自己长得丑。可她对满囤能娶自己心存感激，甚至有些诚惶诚恐。能嫁给这样的男人不容易，能嫁到这么户人家不容易，她告诫自己要珍惜。虽然心里委屈，脸上却不表现出来，烧火做饭，刷锅洗碗，从不让婆婆插手。就连很多在娘家从没干过的活儿，比如出粪、运粪、推庄稼、翻地，她都抢着干。

盛饭的时候，第一碗总是先端给公公，第二碗端给婆婆，吃饭过程中，眼睛总是盯着公婆的碗，见碗里空了，马上把碗端起来去盛饭。跟公婆说话，从来都是面带微笑，柔声细语，恭恭敬敬。

这天傍晚，乔秀月正在做饭，尹巧凤喂完了鸡，凭经验感觉饭快熟了，就到大街上喊满仓回家吃饭。刚出门口，看见牢靠嫂子端了一盆刚洗好的衣服从湾边走过来，就说："洗了这么一大盆衣裳啊，天冷了，水扎手了吧？"

"可不，水结冰一指多厚了，扎凉扎凉的。你吃过晚饭了？"牢靠嫂子说。

"还没，满囤媳妇在家做着呢，我出来喊满仓，这孩子光知道玩儿，每顿饭都要人来叫。"

两人正说话，福星嫂子端个簸箕从西面走过来，鼻子尖上粘着棒子面儿粉。她到饲养棚的碾上轧玉米糁糁刚回来。尹巧凤老远看见了，就打招呼："去推碾了呀？"

福星嫂子走过来，说："是啊，等着下锅煮黏粥呢！总不能煮棒粒子吃啊。"

尹巧凤拿过福星嫂子肩上搭着的一块手巾，替她把鼻尖上的面粉擦掉，说："你一个人推的？福星兄弟呢？"

福星嫂子说："他推了玉米到黄河南的山里换地瓜干去了，三两天才能回来呢，这石碾太沉了，轧这点糁糁使得我腿肚子都抽筋了，谁像你，自从儿媳妇进了门，你可享福了！"

"是哩，"尹巧凤用心满意足的语气说，"满囤这媳妇什么活儿都抢着干，不但勤快还知道疼人。"

牢靠嫂子有些眼气地说："你的命咋这么好呢？你看你都胖了。"

"是啊，有些衣裳穿着都紧了。"尹巧凤扯了扯身上的衣裳说，"看这，是满囤媳妇刚给做的。她做衣服的手艺好着呢，你们要有活儿，可拿过来让她给做做。"

福星嫂子用羡慕的眼神看看她，说："你这是哪辈子修来的福呢？"

尹巧凤舒心地笑笑，说："不是我有福气，是满囤找了个贤惠的好媳妇呢！"

"这不也是你全家的福气？"福星嫂子说。接着又问："满囤媳妇怀孕了吧？"

尹巧凤脸上的笑立时像被一阵风刮走了，摇摇头，说："还没呢，"但马上跟了一句，"该快了吧。"

牢靠嫂子说："要是再给你生个大胖孙子，那就圆满了。"

她们正说着话，满仓跑到尹巧凤身边，喊道："娘，我饿了。"

尹巧凤连忙说："你嫂子早把饭做好了，就等你吃饭呢！"说完，跟福星嫂子、牢靠嫂子道声别，领着满仓回家了。

满仓回到家，秀月早把一个煮熟的鸡蛋剥了皮，晾在盘子里了。满仓过来就想摸，还是被秀月逼着去洗了手。

秀月非常疼爱小满仓，有了好吃的零食全留给他。满仓爱看小人儿书，秀月就经常领他到镇上的书店去买，买回后跟他一起看。满仓对她也贴乎，整天"嫂子、嫂子"地围着她转。

一天午饭后，秀月在伙屋里刷碗，尹巧凤走过来问："满囤有半月没回来了吧？"

秀月马上说："十八天了。"

尹巧凤从秀月急切而确切的回答中听出了渴望。她骂了一句儿子："这个熊孩子，一点不顾家！"骂完了走出去，见陈良石正要去上班，就招呼说，"给满囤挂个电话，问他还要这个家不？"

"哦。"陈良石明白尹巧凤的意思，点点头走了。

每次满囤回家来，乔秀月就变得亢奋、激动、忐忑，而且小心翼翼，生怕惹得他不开心，哪怕咽下再多的委屈，绝对不说半个"不"

字。她开始学得脸皮很厚,每晚都钻进满囤的怀抱,缠绵中,即使他心不在焉,勉强应付,也总是呈现出很满足的样子,甚至装成一只发情的春猫,抛出嗲嗲的娇声,全力配合,倾情奉迎。

然而,她的一腔柔情像满天的月光,铺满了床铺,铺满了院子,明明朗朗的,却总是映不亮丈夫的心。她有些绝望了。

寂寥的时候,秀月就坐在窗前纳鞋底。她纳的鞋底针脚细密,行距匀称,麻线勒进去很深,街坊大娘、嫂子们都夸她手巧。

尽管不停的劳作挤占了她所有的时间,还是填不满她心中那无言的空荡。每天夜里,她忧愁难支,因为受到不应有的冷落,觉得无限委屈,十分伤心。

"满囤,俺要怎样去做才能把你的心捂热,你才会喜欢俺?"她喃喃呓语,不知不觉间把丈夫的枕头紧紧地搂在怀里。

人想人,想死人!

空荡的日子显得格外长,格外难熬。

这天,尹巧凤对陈良石说:"这两天秀月的眼总是红红的,肯定夜里又哭了。问她,她什么也不说,是怕让咱们操心呢。"

"还不是因为满囤这个臭小子不回家?"陈良石说,接着感叹道,"秀月真是个懂事的好孩子。"想了想又说,"这样吧,让她到满囤粮所里去住吧,两个人在一起,时间长了也许就好了。"

尹巧凤点点头,说:"我也这么想。等有了孩子就把他们拴住了。"

第二天吃早饭的时候,尹巧凤对秀月说:"冬天地里没活儿了,你去粮所住一段时间吧。"

"我……"秀月犹豫了一下。

"去吧,去吧。"陈良石跟着说。

"哎!"秀月快活地应道。她本有顾虑,知道自己丑,去了怕给满囤丢脸，但又禁不住心里像猫抓似的痒。

她简单地收拾一下换洗的衣服，推出自行车就要走。刚来到院子里，满仓看到了，也要跟着去。尹巧凤上前抱起满仓，说："不能去，嫂子去干啥呀你要跟着？跟脚狗似的。"

"我去，我去，我要跟嫂子去！"满仓不依，哭着喊着非要去。

秀月怜爱地说："娘，要不让他跟我去吧？"

尹巧凤坚决地说："不行，让他跟着做啥，碍手碍脚的！"说着抱着满仓到屋里哄他去了。

秀月明白婆婆的心意，心里很感激，推起自行车出了门。

乔秀月来到粮所，满囤一见，吃惊地问："你咋来了？"

秀月见他有一丝不满的神情在脸上掠过，小声嘟囔说："咱娘说，你最近很忙，让我来伺候你。"

满囤无话可说了，冷淡地说："好吧。"

满囤领她来到宿舍，然后提个暖瓶到茶炉房打开水。

秀月一看屋里有些乱，就开始动手拾掇起来。

她把一面镜子擦得锃亮，把满囤的一双皮鞋擦得比镜子还亮。

等把屋里的一切收拾妥帖，她坐在床上欣赏着自己的劳动成果。窗外的阳光强烈，明亮，耀眼，她拿一块粉色的花布遮了，屋子里顿时弥漫了一片温馨，洋溢着有了女人的舒适气氛。触景生情，她意识到屋里少了点什么。是什么呢，当然是孩子。她是多么渴望身边有一个鲜鲜活活的小生命啊！俗话说：女人不开怀，出门头难抬。她想要孩子，至少两个，一男一女，出门时儿子跟着妈，女儿跟着爹，一人抱一个，让别人羡慕地说："瞧人家这两口子，儿女双全，真有福！"

秀月想到这里，感到嘴唇发烫，贪馋的念头如同小虫儿咬着她的心。

粮所的人知道陈满囤的媳妇来了，都过来看。一看秀月丑陋的脸，暗地里替满囤惋惜。有人恍然大悟地说："怪不得以前乔所长从不让我们到他家里去呢，原来是家里藏个丑闺女。"

满囤非常自卑。为了减少大家的议论，他不让乔秀月出头露面，让她待在宿舍里。他跟别人在一起时，总是有说有笑，但一回到宿舍，那种精神头儿马上就不见了，脸上每一根线条都表现出呆滞和冷漠，好像结了一层硬壳子。

晚上，他经常在办公室组织人玩扑克、打百分、接竹竿、争上游。人手不够时，就下象棋、军棋。没人的时候，就一个人看报纸。仿佛那宿舍就是一块受难地，能晚回去就尽量晚回去。

独自一人的时候，乔秀月就感到有一股无名的静寂迎面扑来，死死地将自己裹住，不知不觉间，泪水爬得满脸都是。

她虽然表面上百依百顺，内心的强烈欲望却想"造反"，想跟满囤吵一架，释放一下自己的苦楚。但她忍住了。

都说勤能补拙，乔秀月坚信勤能补丑。她精心地伺候着满囤，看着他的脸色说话，笑脸紧贴他的冷屁股。她想用爱把他包起来，暖化他。

时间长了，粮所的人对乔秀月的看法改变了，开始夸她："人家满囤真找了个好媳妇，虽然丑点，可脾气好，通情理，知道疼男人，比咱那四六不通的娘们儿强多了。"

满囤听了，心里酸酸的，不明白人家是在夸他，还是在讥讽他，不知道是该高兴，还是该恼怒。

听了这样的话，秀月非常高兴，同时受到了鼓舞，接下来对满囤更加体贴了，不管多晚，她都要等着他回来，为他倒好洗脚水，用手试过水温，端到床前，摆好马扎，备好擦脚布和换洗的袜子。

人心都是肉长的。秀月的殷勤和体贴，常常让满囤感到非常内疚，觉得自己不该这样对待她。他再三劝自己，既然木已成舟，身边这个女人已成了自己的老婆，就要完完全全地接纳她，对她的缺点可以视而不见，可是，当他看到她那脸上的疤痕，就像有根刺深深地插在他的心中，自己认为可以摆脱的、可以忘却的东西，却牢牢地扎了根。

当然，虽然无法从内心真正接纳她，喜欢她，但就像种地要缴公粮，不管是自愿也好，被逼迫也好，夫妻之间床上的事他还能例行公事地完成，尽管每次都闭着眼把秀月想象成另一个女人。

10

有耕种，就会有收获。

乔秀月在粮所住了一冬，正当回到家里准备过年的时候，她突然病了，感到头晕乏力，食欲不振，一看到油腻的东西就恶心，呕吐不止。

尹巧凤看到秀月这样，心花怒放，因为她知道，秀月这不是病，而是怀孕了。她让陈良石给满囤打电话，让儿子买些山楂送回来。

秀月的妊娠反应非常强烈，别的女人怀孕偶尔遭到的罪她全受了：呕吐、便秘、心慌、牙龈出血、头疼、腰酸腿疼、腿抽筋……有时疼得厉害，整夜睡不着。但她强忍着，幸福的脸上从来没有流露出痛苦的表情，还像往常一样替婆婆忙家务。

尹巧凤是过来人，有时看出她是硬逞，就心疼地说："快去躺下歇着吧，也不知道爱惜自己，你怀着孩子呢！"

"没事的，我不累。"秀月要强地说。

不久，秀月原本明净的半个脸上，生了一层铁锈一样的妊娠斑，更丑了。这也没有挡住她发自内心的喜悦，整天额头亮闪闪的，脸红得火烤了一般，跟人说话满脸笑意，举手投足都洋溢着快乐。

肚子里的孩子每天都有变化，她的心里也无形间增添了一股底气，甚至有了气焰，有了建功立业后特有的放肆，就连胸前的乳房都挺得格外饱满，格外高傲。

她开始为孩子准备被褥，薄的厚的；准备衣服，单的棉的；准备鞋帽，小的大的。她还缝了一个小枕头，枕头里装上小米。她听婆婆说，小米性凉，这样孩子不会上火，小米又比荞麦皮坚硬，孩子枕着它，可使后脑变得平直，还可以挤压头部，使其天庭饱满。"天庭饱满四方平"是一种福相。

这天，婴儿突然在肚子里蹬了一下，秀月又惊又喜。她拿着满仓的小手，放在自己的肚子上，说："满仓，你摸摸，你侄子在嫂子肚子里练打拳呢！"

满仓把手抽回来，天真地说："嫂子，俺不要侄子，俺要个弟弟。"

秀月一听乐了，用双手慈爱地捧着他的小脸说："这可由不得你啊，你萝卜不大长在了坝（辈）儿上呢！"

当枣儿的脸上涂上那抹嫣红，秋天又到了。

尹巧凤站在一个高凳上，把枣从那棵歪脖子树上摘下来，然后挑些饱满周正、没有虫口的，在醇香的白酒里滚过，放进一个瓷坛里封好。待到春节时打开，就是风味独特的酒枣了。

雨水已经渐渐收住了脚步，天空一天比一天晴朗，田野上到处呈现出明媚的秋黄。豆子熟了，玉米熟了，地瓜也熟了。村庄再次忙碌起来了，开始秋收。生产队里的和自留地里的活儿都要干，人们起早贪黑，忙得脚不沾地。人们要在辛勤的劳动中，把一整个丰盈的秋天搬进家门，搬进囤里。

这段时间，陈满囤也很忙，每天都要下村搞粮食产、购、留调查。1965 年秋天，国家为了促进商品经济发展，鼓励农民多卖余粮、增加收入，决定实行粮食征购基数"一定三年"的办法，把生产队的粮食征购任务稳定下来，三年定一次，一次管三年。

这一天，满囤正在办公室合计"产购销"调查数据，忽然有人招呼他接电话。他跑过去一接，就听陈良石在电话里兴奋地说："满囤，快回来，秀月要生了！"

满囤心里一惊，不知为什么，对于即将出生的孩子，他说不上是喜是悲，只是觉得孩子来得有点早，就像打乒乓球，自己还没准备好，对方已经把球发过来了。

他收拾一下东西，跟牛所长请了假，骑上自行车回家了。

回到家的时候，孩子还没有生出来。尹巧凤跑前跑后，准备着小褥子、襁子等用品。

陈良石请来了公社医院产科的何大夫做接生婆。何大夫快五十了，长得慈眉善目，办起事来爽快利索，镇上的人都叫她"送子观音"。

西屋的门虚掩着，满囤推开一条缝往里一看，只见秀月咬了一个被子角一声不吭，额头上沁出了密密的汗珠。何大夫用一块毛巾为她擦擦汗，说："骨缝开了四指了，一会儿就要生了，别紧张，没事的。"

何大夫一回头，看见了门口的满囤，便说："现在老爷们儿帮不上忙，你到伙屋烧水去吧。"

秀月抬眼看看满囤，因疼痛而扭曲的脸上竟露出了一丝笑意。

满囤来到伙屋里，往锅里添了水，生了火，拉起风箱开始烧水。

西屋里传来一声声秀月刺耳的尖叫，就听何大夫对她说："秀月，咱们一块使劲儿，先深呼吸，来，一……二……使劲儿！一……二……使劲儿！"

随着秀月又一声尖叫，何大夫欣喜地说："好，好，生了，生了！一个千金！"接着，传来婴儿"哇哇"的啼哭声。

满囤呆呆地站在伙屋门口，不知道该做些什么。

这时，听何大夫在西屋里大声喊："提热水来！"

满囤急忙把热水舀进了一只水桶里，送到西屋。

秀月脸上没有一丝血色，头发被汗水濡湿，胡乱地贴在脸颊上。她尽力地想把自己的头抬起来，却没有多余的力气。过了一会儿，她开口说话了，声音十分微细："娘，把孩子抱过来，让我看看。"

婆婆尹巧凤把孩子抱过来，递到她的眼前，她从头到脚仔细看了一遍，然后松了一口气，说："好，好！"说完疲惫地合上了眼睛。

满囤俯下身，看看还在"哇哇"啼哭的婴儿。孩子身上瘦瘦的，大头，大骨节，扁平的鼻子，淡淡的眉毛，眼睛闭着，一身皱巴巴的红皮，就像小号的没牙的满脸皱纹的小老头。这样的面容和原先想象中的形象有云壤之别，让他倍感失望。

满囤从西屋里出来，陈良石急忙问："男孩女孩？"

满囤说："一个丫头。"

"哦。"陈良石的兴致一下跌落下来，显然他盼着生一个男孩。但他很快调整了情绪，说："丫头也挺好，快去粮所给你丈人打个电话，让他五天上来喝面汤！"

按当地风俗，女人生下孩子，丈夫要及时把消息通报给岳父家。请岳父岳母来喝喜酒，却不明说喝喜酒，而是说喝面汤。

满囤骑了自行车到闻韶粮所去给乔江龙挂了电话。

乔江龙接了电话，关切地问："大人孩子都好吧？"

"都好。"

"男孩女孩？"

"一个丫头。"

"丫头也好，大人孩子都安生就好！"

"俺爹说让你五天上来喝面汤。"

"好，好。"乔江龙高兴地应着。

没想到，第二天上午乔江龙一家就来"送米"了。

一家添了孩子，亲戚朋友街坊都要提些东西前来祝贺，称作"送米"。其实，送来的不光是米，还有鸡蛋、挂面、油条、红糖等能滋养产妇的食品。

秀菊把带来的东西从自行车上解下来。他们不但带来了小米，还携来一筐子鸡蛋，带来了二斤红糖和几床小被褥。

自从乔江龙用"计谋"逼满囤跟秀月定了亲，陈良石就对他心存芥蒂，但见他大老远地来了，也就不再计较，满脸笑容地迎接他，开玩笑地说："让你五日上来喝面汤，咋馋得今天就来了？"

乔江龙回怼说："我怕你们嫌俺闺女生了个丫头难为她呢。"

陈良石朗笑一声，说："咋会呢？来啥拉巴啥，我们可不是老封建疙瘩！"

他们一起到西屋看秀月和孩子，乔江龙老伴说："你瞧瞧，这眉眼跟秀月小时候一模一样！"

乔江龙兴奋地说："是哩，是哩！就像从她小时的模子里磕出来的。"

满囤站在一旁，一脸的不屑，心想：这么小，能看出啥来？再说，小时跟乔秀月一样，大了可千万别跟她一样啊！

大家正在议论着婴儿像秀月还是像满囤，乔江龙问："起名字了吗？"

尹巧凤说："还没呢，你给起一个吧。"

乔江龙想了想，说："我们今天来送米，我看就叫小米吧。"

乔江龙老伴马上说："放着花啊朵啊的不起，咋起个这样的粮食名？"

没等乔江龙进一步解释，陈良石就说："小米，陈小米，这个名字好！我们家有囤，也有仓，就缺米了，就叫小米吧。"

乔江龙老伴说："你们全家都掉粮食窝里了。"

大家都笑了。

为孩子起名的过程中，作为孩子父亲，满囤没插一句话，不支持，也不反对。孩子的到来并没有给他带来快乐，他脑子里反而出现了一种匪夷所思的想法：要是自己是个婴儿该多好啊，被别人这样抱着、宠着……那样，生命就可以从头开始，长大后绝不会讨一个丑女人做老婆。

满囤正在胡思乱想，女儿突然"哇哇"地哭起来，他一听，眉头聚成一个疙瘩。

秀菊说："孩子饿了吧？"

尹巧凤说："是啊，还没下奶呢。"

陈良石对乔江龙今天能来没有准备，就让满囤到十里地外的集上去买菜。尹巧凤让他一块儿买两个猪蹄子和一个猪拱嘴，要为秀月催奶。

满囤骑了自行车要出门，这时满仓回来了，听说哥哥要去赶集，就上前缠着也要去。没办法，满囤把他抱上了自行车。

尹巧凤开始擀面，把面条切成一指多宽的长条。长，象征着孩子长命百岁，宽，希望孩子宽厚忠诚。

满囤去得迅速，回得麻利，只用了一个来小时，就把菜买回来了。尹巧凤先把猪蹄子和猪拱嘴上没脱干净的毛收拾干净，放在一个小锅里煮上，然后开始择菜、切肉，准备午饭。

孩子的出生，让陈良石和乔江龙尽释前嫌，酒喝得很痛快，喝着喝着，说话声音越来越高，跟吵架似的。

尹巧凤把煮好的猪蹄汤盛在一个海碗里，让满囤给秀月送过去。

满囤尝了尝，又腥又腻，难以下咽，吐掉了，说："这汤咋这么难喝？"

尹巧凤说："这是偏方哩，催奶的猪蹄汤既不能放盐，也不能放佐料，要是放上盐和佐料就成了菜，不是药，就没有催奶的作用了。"

满囤把汤端给秀月。 秀月喝了一口，眉头皱成个川字。 她本来就不喜欢腥味，现在喝这不咸不淡的猪蹄汤，顿时一阵干哕，差点吐出来。 她不想喝了，把碗放在一边。

过了一会儿，怀里的孩子又"哇哇"地哭起来，秀月心疼地看着她，心一横，屏住呼吸，闭上眼睛，端起猪蹄汤"咕咚咕咚"喝起来，一气儿就把一碗汤喝光了。 碗刚离开嘴唇，又一阵干哕，她急忙把嘴捂住，强逼着把泛上来的汤汁重新咽回肚子里。 等她再抬起头来的时候，眼里噙满了泪花。 这种母性本能令满囤惊讶不已。

秀月的娘看见了，也心疼得抹眼泪。

乔江龙喝得高了，面条端上来没有吃，抬起屁股就要走人。 陈良石一家都劝他，让他醒醒酒再走，可喝酒的人普遍有个毛病，越喝多越要人前逞能。 乔江龙嘴里直说"我没醉"，推了自行车坚持要走。 大家留不住，只好由他，可老伴不敢再坐他的自行车，而是让秀菊载了她。

由于没有奶水，小米饿得直哭，陈满囤到供销社去买奶粉，却买不到，到县城百货公司去买，也没有买到。

秀月一顿饭喝一大碗猪蹄汤，到第三天，奶水终于下来了，但奶量很少，孩子还是饿得直哭。 秀月非常着急，让尹巧凤多往猪蹄汤里掺水，强忍着恶心喝下去。 继而，有效果了，两个乳房开始胀得难受，但是，不知为什么，出奶量还是不足。 每隔两三个小时，秀月就要给孩子喂一回奶，孩子吃不饱，几乎不睡觉，一直哭。

秀月看到孩子哭，心疼得直掉眼泪。

尹巧凤劝她，月子里千万不能哭，哭会落下眼病，可看到孩子哭得厉害，自己眼圈子也红了。

陈良石让满囤把何大夫接来，看看到底是咋回事。

何大夫为秀月检查一番，说："没啥大碍，一是乳腺管不通畅，二是奶头内陷。"她让别人都退下，只留下满囤，让他给秀月吸奶，并在吸奶时尽量把乳头拽出来。

满囤一听，脸腾地红了，不肯上前。

何大夫责怪说："有啥不好意思啊，她是你老婆，又不是外人，再说也是为了你的孩子。"一看满囤红着脸傻笑，也走出去，走到门口说，"这是最有效的办法了。"

满囤还站在那里不动。这时，孩子又"哇哇"地哭起来，扯心扯肺的。秀月坐在床沿上，托着两个奶子，对满囤说："满囤，你就算可怜可怜咱闺女吧！"

满囤只好走过去，弯下腰，张开嘴，衔住了秀月的乳头。

秀月感到乳房像针扎一样疼，同时又感到一种别样的情愫灌进了身体，在身体的每个角落循环，流淌，撞击。一股柔情涌来，一下抱住了满囤的头，把他的头紧贴在自己胸脯上。

秀月的乳腺管通了，乳汁源远流长，似取之不尽、用之不竭一样。孩子吃饱了，不再哭闹，一家人的生活终于安顿下来。

11

陈满囤回到粮所，同事听说他添了女儿，都前来祝贺，并为他带来数量不等的贺礼。为了答谢同事们，他到镇上买了酒肉和蔬菜，让伙房里帮着做一下，请大家一块喝喜酒。

酒席上，有人羡慕地说："你这几年，好事一件接着一件，祖坟上冒青烟了？"

满囤并不知道自家的祖坟在哪里，更没有烧过高香，于是说："我参加工作四五年了，也算个'老粮食'了，能混到这步也不容易。"

再后来，"老粮食"三个字成了挂在他嘴边的口头语，一说话就是"我老粮食怎么样，我老粮食怎么样……"时间长了，大家就送给他一个外号——老粮食。

这话传到陈良石的耳朵里，笑骂道："谁给起了个这样的熊外号？我是陈粮食，你是老粮食，听起来倒像高我一个辈份！"

陈良石给上海、省城的几个战友写信，发电报，让他们帮着买了奶粉和葡萄糖，为小米贴补生活。

眼瞧着，小米像吹气似的长起来。过百日的时候，增重了五六斤，身上的胎膜逐渐褪去，小脸变得明净了，皱纹也没有了，眼睛黑葡萄似的，又明又亮。

可不知为什么，孩子睡觉黑白颠倒了，白天呼呼大睡，晚上却来了精神，不是玩就是哭。

满囤每天下班后骑一个半小时自行车回家。为了哄孩子，他抱着孩子在屋里、院子里转圈，嘴里还要哼着摇篮曲，困得眼皮都睁不开，但不能停下来，一停下来，孩子便哭闹不止。有时候他想，难道她是我前世的仇家，今世来复仇吗？心中觉得异常悲苦，真想跟怀里的孩子一起哭。

当地有贴灵符止婴儿夜啼的做法。满囤开始不相信，后来实在没有办法了，只好有病乱投医，用红纸写了几张灵符，半夜里拎着糨糊桶偷偷出门，贴在外面的墙上、路口的树上。灵符上写着："天灵灵地灵灵，我家有个夜哭虫，过往君子念三遍，一觉睡到大天明。"

然而，这一招没有收到任何效果，孩子夜里还是不住声地哭，把满囤和秀月折腾得焦头烂额。

满囤瘦了，秀月看了心疼，就说："你不用每天晚上回来了，我一个人照顾孩子吧，你来回跑实在太辛苦了。"

"真是个业！不让人省心。"满囤阴着脸说，"我们两个都弄不好她，你一个人咋行？"

秀月说："没事，白天有咱娘帮着，晚上我自己来，何大夫说了，孩子哭也有好处，可以锻炼肺活量。"

满囤像得到了大赦一样，点点头。接下来不再每天回来，只是隔三差五才回来一趟。

满囤不怎么回家，照顾孩子的活儿全压在秀月一个人身上。她向街坊婶子、大娘请教纠正孩子睡觉黑白颠倒的方法，白天千方百计逗孩子玩，不让她睡觉，还给孩子唱小时候姥姥教她的歌谣：

打箩箩，请婆婆，
狗挑水，猫推磨，
鸭子拽悠拽悠拾柴火，
兔子在窝里蒸馍馍。

到了晚上，她会轻轻拍打着孩子，为她唱摇篮曲：

娃娃睡，盖花被。
娃娃醒，吃油饼。
娃娃不睡挨棒槌。

秀月记性好，小时候姥姥和母亲教的儿歌，至今都记得清清楚楚。

经过一段时间的调整，孩子睡觉黑白颠倒的问题终于纠正过来了，一觉到天亮，半夜给她喂奶都不醒。

眼看着孩子一天天长大，秀月心里比蜜还甜。随着育儿经验的不断积累，她对孩子的照料更加得心应手，给孩子喂奶时，盘坐在床上，把小米抱在右臂肘弯里，左手解开外衣的扣子，撩起内衣，露出白鸽子一样的乳房，尔后把身子往前倾，把乳头送到孩子小嘴边，等孩子衔住了，才把上身直起来。她的眼睛始终盯着孩子的脸，闲下来的一只手温柔地抚弄着孩子粉色的小手或者透明的耳垂。一个奶子吃完了，再换个方向，让孩子吃另一个。她的身上，孩子的身上，都笼罩着乳汁的芬芳，浓郁而绵长。

这下好了，她空落的心被孩子填满了，虽然辛苦，反而胖了一些，呈现出一种幸福和充满信心的新姿态。

她把全部的心思都用在照顾孩子上，甚至把满囤忽略了。

大地回春。徒骇河上的冰融化了，春水变得明亮起来。岸边的柳树和白杨树上绽出了新芽，水里的芦苇也冒出了青尖尖。一群一群的野鸭子追逐着在春风吹皱了的河面上找食吃，不时敞开嘹亮的嗓门儿嘎嘎地叫几声。

1966年3月里，太平店公社驻进了解放军。二十几个人，要在镇西建一个通信增音站，他们所需的粮食由太平店粮所负责供应。

军粮的供应质量当然要高，牛所长让陈满囤去找太平店西街的疤瘌头队长，让他派几个妇女来挑选整理小麦、玉米和豆子，簸干挑净后，拉到加工厂去加工，然后供应给解放军。

俗话说，三个女人一台戏。生活虽然清苦，可一帮女人凑在一起，整天打打闹闹，叽叽喳喳，说笑声时时爆满整个院子。

干活的妇女中有一个叫高爱玲的，最是爱说爱笑，人长得也最漂亮。无风自摆的杨柳身，白里透红的满月脸，盈盈汪汪的大眼睛，红红艳艳的薄嘴唇，走起路来，两条粗粗的黑辫子甩在身后，一荡一荡的，有一种拢不住的灵气。

这一天，满囤安排她们挑小麦。

高爱玲挑好一簸箕，对满囤说："老陈，来帮帮忙，挣着麻袋，我倒上。"

满囤走过去，一边挣开麻袋口，一边说："你喊我老陈，我有那么老吗？"

高爱玲一副一本正经的样子："您是少年英俊资格老，都'老粮食'了，我还不得尊称您老陈？"

一句话把他的外号带了出来，大家都大笑起来。

满囤的脸红了，回应道："你这小妮子，真是没大没小的。"

高爱玲撇撇嘴说："还小妮子呢，咱俩说不定谁大谁小哩。"

说话敞快的三成嫂子起哄说："你俩报报年龄，看看谁大谁小，认个干兄妹吧。"

高爱玲抢着说："你看老陈兄弟细皮嫩肉的，让瞎子摸摸也能分出大小来。"

高爱玲把他称作兄弟，方言里，兄弟只指弟弟，她先把大头占了。

满囤不屑地说："小小的年纪，说话也不怕咬了舌头。"

高爱玲瞥他一眼，说："我这舌头不怕咬，不信你咬咬试试。"说着伸出舌头朝着他逼过来。

满囤狼狈地躲闪着，在大家的起哄声中逃走了。

虽然有时很狼狈，但满囤从心里喜欢跟她们玩闹。尤其是每当高爱玲的两只黑眼睛直勾勾、火辣辣地盯着他的时候，他心里感到又新奇又愉快。

又一天下午，满囤安排她们挑黄豆。

刚开始干，大家都很卖力，不说不闹。高爱玲耐不住了，看一眼旁边正在解麻袋口的满囤，率先挑起了话头："这人啊，就好比这十个手指头，不一般齐呢，就是粮所里这些吃国家饭的，心眼有正的也有歪的，有甘愿吃亏的，也有一心想占便宜的。"

满囤忍不住就接了茬："高爱玲，你把话说清楚，我们粮所哪有心歪的？想占便宜的？"

"咋没有？你们粮所刚调走的那个孙统计员，用烟卷盒上的封签纸糊弄宝银嫂子，还不是歪心占便宜？"高爱玲说着，用胳膊拐一下正端着簸箕挑豆子的宝银嫂子，"嫂子，你说是不是？"

宝银嫂子长得很耐看，可性子蔫，胳膊腿儿动作都慢，听到别人叫，嘴上应了，身子还要反应一会儿才动。等到高爱玲再问她一次，一怔，才品出她在取笑自己，于是放下簸箕，抓起两把豆子朝高爱玲头上掷过去，接着又拿起一个小笤帚，追着她打，骂她是个狐狸精。

高爱玲围着满囤转，边笑边躲，宝银嫂子落下的笤帚疙瘩打在满囤身上。

满囤用手护住头，大声说：“别闹了，快干活吧，天黑挑不完这些豆子谁也别想走！"

大家停止了笑闹，继续干活了。

满囤是见证人，想起那件事心里还是笑个不停，但挨了宝银嫂子几笤帚疙瘩，还有点儿疼，觉得有些亏，就装出一副很纳闷的样子，问：“宝银嫂子，孙统计员是个老实人啊，咋会干出那样的事？"

宝银嫂子横了满囤一眼，红着脸说：“他老实个屁！"

大家又笑了。

笑毕，都不吱声了，只听到手在簸箕里拨豆子的声响。

没过多久，高爱玲又问："陈会计，那孙统计员调到哪里去了？"

满囤说："调酱油厂了。"

孙统计员被免去统计员职务并不是因为跟宝银嫂子的事，而是因为倒卖粮票。孙统计员在粮所分管粮票兑换业务时，趁机与自己的大舅哥合伙，用粮食兑换出几百斤粮票，拿到黑市上去卖，从中赚取差价。不想他大舅哥被市场管理部门抓到了，孙统计员被供了出来。他因监守自盗，执法犯法，被县粮食局行政警告，免去了统计员职务，调到酱油厂车间下苦力去了。

倦鸟驮着斜阳归巢去了，天色渐渐暗下来。

挑豆子的女人们要收工了，陈满囤去办公室给大家记工，让高爱玲留下，把下午闹玩时撒在地上的豆子捡起来。

满囤记完工回来准备锁仓门，见高爱玲还在磨磨蹭蹭地捡，就说："你知道熊瞎子它姥姥咋死的吗？"

高爱玲看他一眼，反问："你说咋死的？"

"笨死的嘛！你用笤帚扫扫不就行了吗，这样一粒粒地捡，啥时候才能捡完啊？"他说着，拿起笤帚，不一会儿就扫拢了，用铁簸箕装到麻袋里，对高爱玲说："你可以走了。"

"哦。"高爱玲往外走。

满囤看着她走路的姿势有些异常，像裆里夹了个馒头，一下子明白了：她偷粮食了。他大声喊："高爱玲，你回来！"

高爱玲身子一颤，若无其事地走过来，用开玩笑的口吻问："呀，老粮食，还有事？"

满囤厉声说："把豆子留下！"

高爱玲脸一下子红了，但马上嬉皮笑脸地说："哪里有豆子，谁拿豆子了？你别诬赖好人！"说着要走。

满囤自信没有判断错，一把抓住她的胳膊把她拉回来，把脸别向一旁，命令道："在裤子里，拿出来！"

高爱玲见瞒不过，索性把裤子脱下来，说："你看看，哪里有豆子？哪里有豆子？"

满囤转过脸来一看，顿时惊呆了，淡黄的光线中，一个曲线优美的酮体展现在他的面前。高爱玲把裤子褪到了脚踝上，解开上衣的扣子，两手扯着衣襟，露出洁白的胸脯和高耸的乳房。

如同掠过一道电光，让满囤惊恐万状，浑身战栗，他闭上眼，无力地摆摆手，说："快穿上，快走吧。"

这一切太不可思议了！直到粮所伙房敲响了开饭的钟声，他还呆呆地站在那儿，不知道是在云里还是在雾里。

第二天，高爱玲来得最早，背地里塞给满囤一个小布兜，还送给他一个调皮而撩人的微笑。满囤打开一看，是盐豆，还热乎乎的，一定是早晨才炒的。捡一粒丢进嘴里，嘎嘣一咬，香喷喷的。

从此，满囤常常神不守舍。他的眼睛盯着一棵树，那棵树摇摇曳曳变成了高爱玲苗条的腰身；抬头看着太阳，那太阳就模模糊糊变成了高爱玲的圆脸；即使看到一头牛或一头驴，那牛和驴的尾巴也晃晃荡荡变成了高爱玲的大辫子，一天见不到高爱玲，就跟丢了魂一样。

这批豆子挑选完以后，发生了超定额损耗。

对粮食损耗国家有着严格的定额标准，超过了必须说明原因，如属于人为因素，要追究责任。牛所长质问超耗原因，满囤没敢说出有人偷豆子的事，而说这批大豆入库时水分大、杂质多，由于是军供粮，挑选标准比以往高，水分下降杂质去除了，损耗自然多了些。牛所长没有深究，只是警告他以后注意。

再挑选小麦的时候，满囤加强了防范。他把高爱玲叫到一旁说："你们这帮妇女偷了粮食装在胸上，放在裆里，男人没法搜查，你每天帮忙搜一搜。"

高爱玲摇摇头，说："不行不行，街里街坊的我可做不出。"

满囤满脸堆笑，说："再短了粮食就要追究我的责任，你能看着我犯错误受处分？以后你要带头，不许再偷粮食了，要是缺吃的，从我的定量里匀你一些。"

高爱玲忽闪忽闪大眼，想了想，同意了。

满囤正要说句感谢的话，高爱玲突然一下扑过来，双臂箍着他的脖子。

他一辈子也不会忘记高爱玲的模样儿：微微仰着脸，下巴翘起，把浑圆白皙的脖子拉得更颀长。眼睛闭起，长长的两排睫毛弯弯地立在眼缝上，薄薄的鼻翼翕动着，柔柔地喷出令人心痒的气息……那撩人的样子让他情难自禁地低头吻了她的唇瓣。接着，四叶唇片在灼热中像麦芽糖一样炀化了，胶粘在一起。

夜深人静的时候，满囤躺在床上，满脑子都是高爱玲的那个吻，是那样的香，那样的甜！跟乔秀月亲吻过，跟黄雪贞也亲吻过，但怎么没有这样的滋味呢？

过了好几天，他的唇间还留着她的嘴唇的醉人气息。

有高爱玲帮着搜身监督，这次小麦挑选没有出现超耗。

高爱玲对满囤说："为了你，我把这帮婶子、大娘、嫂子、妹妹都得罪了。她们弄不到粮食，都怪我，我亏了，你要赔我。"

满囤笑嘻嘻地说："赔，我赔。"

满囤没有食言，月底从自己的粮食定量中提了十斤粮票给了高爱玲。

12

这天晚上，太平店镇上放电影，放的是《一江春水向东流》。

这部老片子在镇上被放过多遍了，故事情节人们耳熟能详，有些台词大家都记住了，能随着画面提前背出来。但是，人们业余生活特别枯燥，晚上除了拉呱没啥娱乐，即使拉呱也因为重复多遍而了无新意。来了放映队，大家自然不会轻易放过，早早地吃过晚饭，全家出动去看电影。

高爱玲没有去，她把陈满囤约到床上来了。

天开始热起来，高爱玲把窗棂上的窗纸撕掉了，一任春天花草那鲜灵灵的味道灌进屋里。一只猫在房顶上"啊呜啊呜"地叫春，一声一声，声声透着焦渴的欲望，叫得人心躁乱。屋里没有点灯，月光剥开了黑暗，清清地流泻进来，被窗棂切成一个个好看的方块，为高爱玲那月白的肉体纹上了一道道鳞片，高爱玲就像一条美人鱼。高爱玲两眼灼灼的，好像野狸猫一样，简直要把人灼伤。满囤豹子一样扑上去。那只猫叫一声，高爱玲也叫一声。那只猫叫两声，高爱玲就叫两声。那只猫叫三声，高爱玲也叫三声。那只猫哀哀地叫个不休，高爱玲也按捺不住，哀哀地叫唤起来，最后，就连身下的床也跟着"哎呀哎呀"地共鸣了。

这是情爱的声音，是召唤的声音。

满囤从来没有这么酣畅淋漓过，像从天而降的暴风骤雨，横扫人生，震撼人心，像飓风飞旋而过，把人的意志连根拔起，把心灵抛向不可测知的天空。

"不一样，不一样啊！"满囤躺在她身边凝然不动，听着潮涌到心间的血液退回到身体的各个部位去。

"啥不一样？"高爱玲捧着他的脸疑惑地问。

满囤脑子里，正在比较高爱玲与老婆乔秀月给自己的不同感受，听到高爱玲问他，先是一怔，继而撒谎说："你身上有一种不一样的味道呢！"

"是吗？好闻吗？"高爱玲燕语莺声地问。

"嗯，好闻！"满囤捉过高爱玲的手，放在嘴唇上吮吻着。

不知道什么花儿开了，浓郁的香气，夹杂着徒骇河水鲜灵灵的腥味儿，弥漫在屋子里。

满囤眯着眼，回味着刚才去过的那个世界，那个世界是那么热烈，那么美丽，那么美妙，那么不可思议！他默默地重复着一句话："差别咋这么大呢？"脑子里突然冒出一个念头，能跟高爱玲这样的女人过一辈子就好了，就是下地狱，我也愿意！

由于怕高爱玲的娘和两个弟弟发现，陈满囤不敢久恋，在电影结束前匆忙回到了粮所。

然而……快乐的另一面就是罪过。等陈满囤脑子清醒过来，马上感到了悔恨，甚至对自己的所作所为大为光火。你是有妇之夫啊，你是有女之父啊，咋能做出这样的浑蛋事！你怎么堕落到这么浑蛋的地步？你这样做对得起谁呢？他不由得一阵阵气恼。

一夜没有睡好，第二天起床的时候，脑袋昏昏沉沉，右眼皮一个劲地跳。早饭后，见到高爱玲来粮所时，他的脸一下子胀成猪肝色，继而转向别处，掩饰起不安。

高爱玲的脸也羞得通红，努力装出自然的微笑，两眼直直地看着他，几分欣赏，几分挑逗。

干活时，满囤一再警告自己不要去看高爱玲，可一股神秘的力量一直在用力地扭他的脖子。为了躲避她，他干脆走出仓库，待在自己的办公室，直到傍晚收工时，才去仓库里记工，不给高爱玲单独说话的机会。

一连几天，满囤都神不守舍。

这天收工时，高爱玲故意磨磨蹭蹭落在后头，冲正在锁门的满囤莞尔一笑，左眼色，右眼眯，两个眼睛色眯眯，低声地说："晚上你从俺家西园子的豁口子进去，敲三下西屋后窗户，我就给你开门。记住，三下。"

满囤像是没听见，转身大步走开了。

粮所吃晚饭比庄户人家早些，大家下班后就拿了饭碗去伙房吃饭。饭食也不复杂，馒头咸菜玉米粥。吃过晚饭，满囤要去散步，出了后大门，本打算到西面的树林边走一走，可一双脚却带着他沿徒骇河堤往东走去。当远远看见高爱玲的家时，突然有熟人打招呼，他才醒怔过来，急忙给脚下命令，说："今后绝不能再踏进那个院子半步！"

可脚的意志并不坚定，还是想带他去那个销魂的地方。马上就到高爱玲家西园子的豁口了，他不得不给脚下了死命令："不能去！"脚犹豫再三才停了下来。

他对脚的不由自主感到恐慌，于是转回头快速往粮所走。走到粮所，在宿舍坐了一会儿，还担心控制不住自己，索性推出自行车，向闻韶镇骑去。

他破例主动地钻进了秀月的被窝，这让秀月感到受宠若惊，兴奋不已。他想用一次"冲锋陷阵"来补偿自己对妻了的背叛，来稀释内心的愧疚。他用小臂和手紧紧箍抱住秀月的头，下身剧烈地撞击着她。可他灼热的双唇触碰到她脸和脖子那生硬的烧伤的疤瘤时，想到了高爱玲那柔软滑润的脖子，苦闷酸涩的水瞬间漫过来，把刚才的激情淹没了，绷紧的身体一下子就软了，无能为力了。

虽不尽兴，但秀月还是很满足的，不仅是生理上的，心理上也品尝到了心灵参与的美好感受。这还是第一次。

回到粮所，满囤在理智上努力排斥高爱玲，潜意识里却又想她，一天不见，甚至一时不见，心里便像丢掉了什么重要东西，让他焦躁不安。

他不得不承认：他完全被高爱玲给迷住了。

这天是挑选粮食的最后一天了，傍晚，满囤为大家发放工钱，喊到高爱玲的名字，高爱玲说："让别人先领吧，我最后领。"

三成嫂子正数着钱，抬眼看看她，说："你最后领，陈会计说不定会多给你点儿。"

宝银嫂子凑热闹说："说不定呢，人家细皮嫩肉的，水灵灵的，能跟咱这老模咔嚓眼的一样价钱？"

高爱玲一阵脸红，眼珠一转，对宝银嫂子说："宝银嫂子，这钱可要仔细看好了，可别让人再用烟卷盒纸糊弄了你。"

宝银嫂子一听，回过头来打她，但慢了半拍，高爱玲一闪，一下跑开了。

大家领了钱都走了，只剩下高爱玲。满囤最怕单独面对她，把钱匆忙递给她，马上站起来说："牛所长找我商量事呢。"接着锁了抽屉往外走。

"咋少了一元呀？"高爱玲高声说。

满囤信以为真，回过头说："不可能，我刚才数了两遍。"

高爱玲冲他涎皮涎脸地说:"逗你玩呢。"见他又转身要走,急忙说,"今天晚上我等你,在西屋后窗户敲三下,记住,三下。"

满囤本想坚定回绝,但一迟钝,嘴里说出的却是:"要是让你娘和你兄弟知道了咋办?"

高爱玲马上说:"没事,只要我去给你开门,就证明没事。"说完,喜鹊一般地飞走了。

一轮淡黄色的月亮在高高的天上飘游着,影子映在水中,就像边上长满芦苇的河面上盛开了睡莲花。青蛙在河边用各种花哨的腔调诵唱着初夏的乐章。芦苇丛中,有一只母野鸭子呱呱地叫了起来,接着,一只公鸭用沙哑的喉咙亲亲热热地回应着。

吃过晚饭,陈满囤独坐在徒骇河边,一种渴望的烈焰在炙烤着他,理性和冲动在脑子里激烈交战。

起风了,被风吹皱了的徒骇河,把密密层层的一道道波浪朝岸边推来,发出"哗哗"的响声。风越刮越大,一朵乌云追上了月亮,黑暗顿时涌了过来。他望着天空,眼前恍惚起来,开始置身于一个虚幻的世界里。随着"啊——啊——"的几声鸟叫,那虚幻的光影中,有无数的黑鸟飞来,在头顶欢快地鸣叫,翻飞盘旋,分辨不出是喜鹊还是乌鸦。这些鸟飞着飞着,开始首尾相接,逐渐形成了一座长桥。桥的一头就在他的脚下。一只硕大的头鸟,在他的面前呼唤着。他不由自主地站起来,上了桥,轻飘飘地向前奔跑,仿佛悬空着在飞,一直跑到桥的另一头,一看,正是高爱玲家的后院。

高爱玲单独住在西屋里,西屋和北屋之间有一过道,有一个小门通向院子外的一个小园子。园子里修了一个猪圈,并没有喂猪,猪圈的一个角上垒了半人多高的土墙,隔出一个厕所,空闲地上放些柴草。园子的墙失修多年,有一处已经坍塌,留下一个大豁口。

陈满囤云里梦里地站了一会儿,看到西屋的窗户亮着灯光,就想跨过那个院墙的豁口。他猛然怔醒，急忙给脚下命令："不能去，不能去，就是不能去……不要去吧。"声音渐次降低，最后一点力度也没有了，脚跟没听到似的继续往前迈。他感觉身不由己，继而说服自己："这是最后一次，就这一次，绝不会再有下一次！"他急匆匆地从豁口里跨进院子，来到西屋后窗前紧张地敲了三下……

不能拒绝的新感情占据了他的心，这让满囤很害怕，总觉得像是踏在即将融化的冰面上穿过徒骇河，战战兢兢。他几次三番发誓不去找高爱玲，但一想到那激越销魂的感受，意志便融化了，塌陷了，就像大烟鬼见到鸦片一样，完全不能自拔了。他通常趁天黑从豁口里进来，轻轻地敲三下西屋后窗，高爱玲就会把过道的小门开开，让他进来。

时间久了，过道的门在开关时常常发出"吱呀"之声，高爱玲就在门轴上涂些豆油，再开关时就鸦雀无声了。

世上没有不透风的墙。不久，流言蜚语就像风吹树叶一样，簌簌地在镇上传了开来："听说粮所的陈会计把高爱玲勾上了，常到她家过夜呢！"

"还不知谁勾的谁呢！"

"她娘也不管管？"

"她娘还管？她娘也是个'腰带松'，偷人养汉可是个行家，村干部、小队长谁没上过她的炕？"

"也是，这养汉还一辈一辈往下传呢！"

一堆堆难听的脏话像石头一样叽里咕噜地从背后向高爱玲母女飞来。

其实，对陈满囤的频频光顾，高爱玲的母亲早就发现了，但她睁一只眼闭一只眼。按理说，这有悖于作为一个母亲的良知和职责，但她并没有干涉。她真心希望女儿能攀上陈满囤这样的高枝，一来自己吃穿不愁，二来帮她把两个儿子也拉扯起来。丈夫死得早，一个人拉着一女二男实在太苦了。她不想错过任何一个机会。因而，对女儿的事充耳不闻，并嘱咐儿子高虎、高豹也不要管姐姐的事。

生活总由一种莫名的力量支配着。跟高爱玲好上后，满囤眼前的世界焕然一新，原先那灰布似的、毫无生气的、凝滞的日子又重新变得阳光明媚，灿烂辉煌，连树上麻雀那叽叽喳喳的叫声都跟唱歌似的好听。

他的嘴里又飘出了优美的音符——"花篮的花儿香，听我来唱一唱，唱呀一唱……"不是唱的，而是用口哨吹的。

这天下午，满囤正领大家筛选玉米，天快黑的时候，突然有人喊他接电话。他接过电话一听，是陈良石。陈良石在电话里告诉他，小米病了，发高烧，让他回家看看。他一下意识到自己已有二十多天没回家了。

满囤向牛所长请了假，骑上自行车回家。

回到家时，天已经黑下来，来到西屋炕前一看，小米躺在炕上迷迷糊糊地睡着了，灯光下，小脸儿红红的。秀月坐在炕沿上，正用一块湿毛巾擦拭孩子的手心脚心。

他摸摸孩子的额头，问："还烧吗？"

秀月说："好多了，下午抱她去公社医院看了，医生说是重感冒，给她灌了药，体温降下来了。"

他埋怨道："重感冒？咋弄的？"

秀月理亏似的说："谁知道咋弄的？昨天晚上还好好的，半夜里就开始发烧。"

他不快地说："连孩子都看不好，你干啥行啊？"

秀月听了他的话，心里委屈极了，本来想说："你半月二十天都不回来一趟，孩子一岁多了，你抱过她几回？管过她多少？"一想，自己做这些也是一个母亲的本分，就没有说出口。

满囤到北屋跟陈良石和尹巧凤说话去了，秀月独自守着小米。她摸摸小米的额头，额头上沁出一层细汗，心中的不安稍稍减轻了一些。她拿过一只鞋底子，一边纳，一边等着满囤。她攒了很多的话想跟丈夫说说，说说孩子的天真笑话，说说自己的酸甜苦辣，说说生活的鸡毛蒜皮。

可左等右等，满囤迟迟不到西屋里来。她想了想，拿着鞋底子去了北屋，谎称针折了，向婆婆要根针使。

陈良石正在跟满囤聊前段时间两次外出参观的事。前些天，陈良石参加了县里组织的观摩团，去禹城县参观了国家科委在那里建立的"井灌井排、旱涝碱综合治理实验区"。

满囤好奇地问："啥叫井灌井排？"

"这是科学呢！"陈良石用见多识广的语气说，"井排就是在盐碱地里打浅层机井，用水泵抽走附近的浅层咸水，使得地下潜水位下降；井灌就是打深水井，抽取深层的地下淡水用作灌溉，同时淋失地表的盐分，以达到治理土地盐渍化的目的。"

满囤没听懂，说："又排又灌的，这么麻烦啊！"

陈良石正色道："种庄稼哪能怕麻烦，只要能多打粮食，麻烦点怕啥？"接着，他又兴致勃勃地讲起了参观昌乐培育抗逆力强、适应旱薄盐碱地种植的小麦丰产品种——昌乐5号的事，最后说："两次参观，可算开了眼界，这种庄稼单靠一个勤快不行，还要重视科学。尤其是这种子，乍一看没啥区别，可一对比收成就差大了。"

秀月看看桌子上嘀嘀嗒嗒的座钟，又看看聊兴正浓的父子俩，无奈地摇摇头，又回到了西屋。

尹巧凤一下看懂了秀月的心思，见陈良石又要跟满囤聊粮食征购"一定三年"的事，就催促说："时候不早了，都快睡觉吧。"

满囤回到西屋里，看一眼还在纳鞋底的秀月，说："你咋还没睡？"

秀月抬头看他一眼，柔声地说："等你。"

满囤心里一颤，但很快平复下来，说："累了一天，快休息吧。"

秀月早把小米放在炕的最里面，两铺被窝并排着铺在外面。她用撒娇的口气说："满囤，俺还想要个孩子。"

满囤当然明白她的意思，冷冷地说："一个还养不好，要那么多孩子干啥？"说完和衣钻进被窝。

秀月本希望来一次像不久前那样的生理与心理的激烈撞击，不想热脸贴了个冷屁股，委屈一点一点漫上来，哽咽着，怨愤地说："陈满囤，你是娘从冰窟窿里捞来的吗？咋这么冷酷？"

满囤身子动了一下，仍旧没有吱声。

秀月用胳膊支住身子，把头伏在枕头上，嘤嘤地哭起来。

尽管她跟他过的日子苦累不堪，但她还是怀着爱中有痛、爱中有恨的心情爱着身边这个男人。

这个男人已在她心上生了根，长成了树。

13

日子就像上了釉，在乔秀月给孩子喂奶的时候，在给孩子洗尿布的时候，在哼着童谣哄孩子入睡的时候，在夜不能寐想念丈夫的时候，一天天滑过去，没有留下半点声响。

人的心里才多大点地啊，这东西盛多了，盛那东西就少了。满囤的心被高爱玲霸占着，没有空间容得下妻子秀月了。他对她更加冷淡，就像对待一个远房表亲。

秀月心明眼亮，从丈夫的一举一动中，知道他后背上长茄子——有外心了，心里便像抹了黄连一样苦，像吃了苍蝇一样难受。她真想跟他大闹一场，争出个青红皂白。但她知道，一旦那张窗户纸捅破了，这个家也就彻底断箍散板了。她不想让他变成一只有着光鲜翅膀的凤蝶儿，在吸食了自己的花蜜后再飞去别的花下栖身，她要让他在自己露水未干的叶片上驻下触爪，产卵做茧，化蛹为蝶。

脸上多年挂着伤疤，这反而让秀月练就了一副坚不可摧的金钟罩。可当她想用时间和入微的体贴来挽回丈夫的心的时候，满囤先把那层窗户纸捅破了，提出了离婚。

秀月一听，"哇哇"地哭了，一边哭一边说："俺哪一点对不住你们老陈家，上孝公婆，下管孩子，哪怕自己汤汤水水的，也要他们吃干的稠的。你问问庄乡街坊，谁说过俺一句闲话，你扑拉着胸膛想一想，俺对你咋样？你的良心让狗吃了？呜呜——"

满囤扪心自问，却给不出能摆到桌面上的理由，只好阴沉地眨巴着眼睛，说："这不是良心不良心的事，我们之间没有爱情。"

"没有爱情你咋跟俺睡在一个床上？没有爱情哪来的孩子？"秀月质问道。

满囤无言以对，跺跺脚回粮所去了。

秀月抱着孩子回了娘家，哭着把情况一说，乔江龙立刻火冒三丈，推出自行车就去太平店找陈满囤。可陈满囤不在，他想了想，骗上自行车向闻韶镇骑来，要找陈良石说道说道。

陈良石正站在粮所办公室门口，跟大家一起议论涨工资的事。其实，这次涨的并不是工资，而是粮价补贴。为了刺激粮食产量的增长，国家强化了对粮食价格激励和对增产奖励的措施，国务院对稻谷、小麦、玉米、高粱、谷子、大豆等6种主要粮食，全国每百斤的平均统购价格提高了17.1%，统销价格提高了13.07%。为了保障职工生活安定，不因提高粮价影响生活开支，在提高粮食销价后对职工实行补贴，随工资发放。

经过自己计算，有人欢喜有人悻悻。家里人上班多的，总体上领到的补贴要比买粮差价多一点，自然很高兴；而家里人多上班少、未成年孩子多的，则勉强补足买粮差价，并无受益，因此感到扫兴。

正在议论着，文省三率先看见乔江龙骑自行车进了大门，急忙迎上前，接过他的自行车，问："乔所长，是哪股风把你吹来了？"

陈良石转头一看，见乔江龙脸色铁青，就知道一定是为了满囤离婚的事而来，也迎上来，说："老乔来了？"

乔江龙正一肚子火气，指着陈良石高声质问："陈瘸子，你咋教育的你那熊儿子？俺闺女哪里做得不对，要跟俺闺女离婚？"

大家听到乔江龙的咋呼，都凑过来要听个明白。

陈良石看看大家，连忙上前扯一把乔江龙，说："哪有这事？走，有事咱到家里说。"

乔江龙想了想，觉得事情也许还有转圜的余地，就说："家里说就家里说，你今天一定要说明白，不然我可不依你！"说完，推了自行车跟在陈良石身后走了。

来到家里，乔江龙一屁股坐在椅子上，脸色阴得像暴风雨来临之前的天空。

陈良石吩咐尹巧凤赶紧沏茶，找个话题说："刚才我们正在议论涨工资的事呢，这次你涨了多少？"其实，他知道两个人涨得一定一样多。

乔江龙显然没兴趣讨论这个话题，开门见山地说："别啰唆！满囤要跟秀月离婚，你们啥态度？"

陈良石听到他因恼怒而变得粗重的呼吸声，递给他一支烟，赔着笑脸说："老伙计，你先消消气，他想离婚就离婚？首先我和他娘这关就过不了！"

听陈良石这么一说，乔江龙压了压火气，喝一口茶，浇了浇要冒烟的嗓子。

尹巧凤也上前赔不是："俺们也是最近两天才知道他们要离婚的事……"

乔江龙恼怒地打断她的话头，呛白道："不是他们要离婚，是你儿子要离婚！"

尹巧凤脸上尴尬，接着说："是，是，原来只以为他们在治气，满囤不回来，时间一长我就让老陈给他打电话，把他叫回来。自打秀月过门以来，我们娘俩好着呢，从没红过脸，再说还有小米那么让人疼的孩子，我们咋会让他们离婚？"

拳头不打笑面。乔江龙一听陈良石和尹巧凤的语气那么软，气就没处撒了，用力咽口唾沫，说："你儿子不拿秀月当人看待，是不是要一直这样下去？你们告诉我！"

"我教育他，我教育他。"陈良石一连声地说，说完又把一支烟递给他，并划根火柴为他点上。

乔江龙狠狠地吸一口，"噗"地吐出一个烟团，霍地站起来，用强硬粗鲁的声调说："那好，你们好好劝劝陈满囤，若他再提离婚，有他的好看！"说完，头也不回地走了，把地踹得"噔噔"作响。

风在大道上打旋儿，扬起一股股尘土。

送走乔江龙，陈良石和尹巧凤回到屋里，都一声不吭，坐在椅子上生闷气。

半晌，尹巧凤才抬起一张愁苦的脸，说："你说这事咋办？"

陈良石抬抬眼皮，说："咋办？不能让他离！人家秀月从没做过对不起咱家的事，再说当初是满囤同意娶人家的呀！真要离婚，岂不成了陈世美？"

"唉——"尹巧凤叹口气，低下头。

沉默半晌，陈良石又说："满囤穷胀饱哩，粮食局的马宗芳局长可是老乔的表姐，还是他的媒人呢，要得罪了她还能有好果子吃？"

尹巧凤点点头，说："那你快把他叫回来，好好跟他说道说道。"

陈良石给满囤打电话，说尹巧凤心疼病犯了，让他马上回来看看。

满囤信以为真，下班后骑车回到闻韶镇。一进家门，见母亲正为满仓脱衣，来到炕前，问："娘，你的心疼病好些了吗？"

尹巧凤回过头，没好气地说："你一个劲地气我，能好？"

满囤委屈地小声说："我哪惹你生气了？"

尹巧凤愤愤地说："你不好好过日子，离啥婚？净出幺蛾子！"

满囤一下明白了叫回他的原因，说："娘，这是我个人的事，你们别管。"

陈良石忍不住了，把烟头往桌子腿上一拧，厉声斥责道："你个人的事？你丈人都找到家里来了，你知道粮所的人和街坊们咋说，都说你是忘恩负义的陈世美呢！让我和你娘这老脸往哪儿搁？"

满仓一下从被窝里站起来，指着哥哥说："你要跟嫂子离婚，你就是大坏蛋！"

满囤斜他一眼，说："小毛孩，懂个屁！"

"就你懂个屁？"陈良石怒目横眉，拍一下桌子严厉地说，"咱做事要有良心，人家秀月哪一点对不住你？孝敬老人，拉扯孩子，街坊们哪个说过不是？咱不能做对不起人家的事，何况人家还给你生了孩子！我看你这阵儿是昏头了，不想想你这一步一步是怎么走过来的，要不是你丈人帮着，会这么顺当？可不要自毁了前程！再说，你要是真离了婚，孩子咋办？谁为你养？你老大不小了，凡事都要动动脑子，想想清楚！"

陈满囤从来没有见过陈良石这么疾言厉色，立时低下了头，但心里并不服气。如果婚姻没有爱，每天委屈着，忍着，装着，苦着，啥时候能活回自己？这样活着还有啥劲儿！想到这里，不由得说了一句："我和乔秀月没有爱情啊！"

轮到尹巧凤说话了："这爱情能当饭吃，能当钱花？稀里糊涂地往前混吧，别瞎折腾了！"

满囤听了，觉得母亲的说法更不恰当，生命诚可贵，爱情价更高啊，怎么能说当饭吃、当钱花？他无奈地摇摇头，对陈良石和尹巧凤说："你们还有事吗？没事俺要回去了，俺还要加班写文章呢。"

说完，转身往外走。

"你给我站住！"

陈良石的高声大喝让他伫立在门口。

"明天去把秀月和孩子接回来，离婚的事以后不许再提！"

没想到，满囤猛然转过身来，冲他嚷起来："你不是俺亲爹，说话都是向着别人，从来不为俺着想！离不离婚是俺个人的事，你们谁也别管！"

"混账！"陈良石身子一哆嗦，心仿佛被一支箭射穿了，流出血来。他愤怒地举起了巴掌，然而举起的手僵在了半空中。

尹巧凤一听儿子说出了这样的话，大为震惊，指着满囤愤恨地骂道："你这私孩子！说的什么话！"

说出这样的话，并不是陈满囤的一时冲动。很长时间了，他一直对继父给自己的"牺牲幸福换饭碗"的误导心生不快，认为正是因为娶了个丑媳妇才损伤了自己的自尊心，破坏了自己的幸福感，否则自己或许不会这般煎熬。现在自己要爬出那个泥潭，继父却还在百般阻拦，围追堵截，不禁让他大为光火。

他冷冷地看了陈良石和尹巧凤一眼，一转身，出去了。

陈良石呆立在门前，心里委屈到了极点，眼里禁不住淌下泪来。

尹巧凤慌了，急忙走过来，扶他坐下，劝慰道："他爹，这孩子中邪了，你千万别生气，气出病来就麻烦大了。"

陈良石没说什么，喉咙里发出一声呻吟般的哽咽，双手往脸上一捂，无声地哭了。

满仓站在炕角，瞪着一双惊恐的眼睛，紧抿着嘴，一副想哭又不敢哭的样子。

尹巧凤把他叫过来，安排他睡下，然后坐在炕沿上抹眼泪。

一连等了几天，满囤也没有去接秀月和孩子。没有办法，陈良石借了邻居家的一辆毛驴车，让尹巧凤跟着到李集镇，好话说了一箩筐，才把秀月和小米接了回来。

14

一转眼，冬去春来，燕子飞走又飞回了。

燕子就好比一把天梭，一去一来，不经意间把彼此格格不入的冬季和春季缝得不露痕迹，把前后两年融合得浑然一体。燕语呢喃中，岁月的艰辛和起伏被轻轻抹平，然后花红柳绿的春天就扑面而来了。

秀月一眼就认出，今年来她屋里的还是去年那两只燕子。雄燕毛色有些灰，脖子底下是一片橘红；雌燕黢黑，脖子下的红，红得发紫。它们顶着枣花在窗棂间飞进飞出，衔来新泥修补着上年的窝。窝修好了，它们便在里面亲密嬉戏，繁殖新雏。

尹巧凤也认出是去年的那两只燕子，说："这燕子不光认家也认人，和人一样，不是一家人不进一家门。"

秀月听了婆婆的话，心里一动：是啊，不是一家人不进一家门，说得多好！

又到了种地瓜的季节。

秀月被生产队长安排在地瓜育秧炕干活。

闻韶镇处黄河北岸，古代是退海之地，土地里饱浸着盐分，春天盐碱泛上来，层层叠叠的"绒花"盛开，地里白茫茫的一片，仿佛下了一场雪。即使人们抱着"与天斗与地斗"的雄心壮志，年年与这片土地较量、折腾，但缴上了"爱国粮"、留足种子粮后，还是不富裕。人们为了果腹，开始种植地瓜。地瓜产量高，亩产鲜地瓜可达四五千斤。

种地瓜先要育秧。春天，土地刚刚苏醒，生产队就组织劳力建地瓜炕。他们择一向阳背风处，挖一条深沟，垒一个地下灶膛，用砖或土坯砌几条烟道，烟道上面盖上苇席或草苫，四周垒上四十多厘米高的围墙，这样地瓜炕就做好了。

地瓜炕就是一个温床。

选择一个阳光和煦的天气，秀月和几个有育苗经验的人把地瓜种竖排到温床上，像给孩子盖被子一样撒上一层细土，用喷水壶喷一遍水，再盖上几层草苫，然后开始生火，参照插在土里的温度计控制火炕的温度。

几天过后，一个紫色的叶芽拱出土面，带着羞怯和娇弱的姿容，探头探脑地四顾着周围的环境，呼吸着新鲜的空气。随着它的一声召唤，一层嫩芽争先恐后地钻出土面，挨挨挤挤的，青翠欲滴。

尹巧凤每天随社员们一同下地干活，起早贪黑到大田里挑地瓜沟，等地瓜炕上的秧子出圃了，便开始栽种。

女人们把秧子栽进土里，男人们便去沟里或井里打水，挑回来，一舀一瓢地浇。肩膀压红了，压肿了，汗水也淌下来，好在他们已经习惯了这种劳作，这份辛苦。

庄稼是他们的命，劳动是他们的儿子。

一日，秀月在育秧炕上起"地瓜母子"。"地瓜母子"生过两茬瓜秧后，没有生长点了，不再发芽，就要把它起出来，弃之一边。看着丢弃在一旁的"地瓜母子"，秀月心里突然生出一番感慨：它们对待自己的孩子可真是全心全意啊！即使把自己掏空了，弄糠了，报废了，也心甘情愿。这是一种多么伟大的母爱啊！

丢弃的"地瓜母子"百无一用，而对水果奇缺的春季来说，却成了一些馋嘴孩子的爱物。傍晚，放学了，满仓和小伙伴们一起来育秧炕上，挑"地瓜母子"吃。

可能是吃得太多了，没到半夜，满仓的肚子里就开始翻江倒海，稀屎拉了一被窝。尹巧凤气急不过，在他屁股上打了两巴掌。

满仓咧咧嘴哭了。

陈良石一看，斥责尹巧凤："孩子都这样了，你还打他？"

"谁让他没出息，乱吃那些东西！"尹巧凤说完，下床去找来几块破布，帮他擦干净，再把几块垫到他身子底下。

天刚亮，尹巧凤就到大队卫生室给满仓拿药。可是，服药之后，满仓拉稀的次数并没有减少，稀便里还有了泡沫和脓块，几条裤子都拉遍了，洗过了一时难晒干，多亏秀月会缝纫，重新为他缝制了两条，给他倒换着穿。

满仓生病让秀月心里非常内疚，觉得是自己没有照看好他，因此对他的照顾格外上心，给他擀面棋，蒸鸡蛋，给他喂药，为他擦身体，洗衣服，忙得团团转。

可是，满仓的病情并未根本好转，还开始发高烧。陈良石一看，忙带他去了公社医院。通过验便，才知道他得的是细菌性痢疾，大队卫生室的赤脚医生给的药并不对路。医生马上给他挂了吊瓶，输上了青霉素。

用药后，满仓的病情好转了，可青霉素是紧俏药，近期病号又多，第二天药库就没药了。陈良石想起了杨中吉，急忙给他挂了电话，让他想法买两盒青霉素送过来。

天快晌午的时候，杨中吉火急火燎地赶来了，带来了两盒青霉素。杨中吉来到满仓的病床前，关切地问："好点了吗？"

满仓迷迷瞪瞪地睁开眼，看了看杨中吉，在嗓子眼儿里叫了一声"叔叔"。

"叔叔？"陈良石纠正说，"他是你爹，不是叔叔。"

杨中吉急忙摆摆手，不让陈良石说下去。

这时，尹巧凤携着一个竹筐子给满仓送饭来了。她从竹筐里端出一碟炒鸡蛋，一碗小米稀饭，还有一个馒头，摆在床头的一个小桌上，开始喂他。

陈良石和杨中吉到病房外抽烟。

陈良石对杨中吉说:"满仓是你的儿子,你该经常来看看他。"

杨中吉脸一下子红了,连忙说:"跟你说实话吧,我每年都要来几次,从远处看看他,见他好好的,就放心了。"说完向陈良石抱歉地笑笑。

陈良石瞪他一眼,又喜又恼地说:"你呀,真是个迂么蛋!咋不到家里去?"

杨中吉连忙解释说:"你别误会,我有我的想法。既然你们对满仓好,满仓也对你们亲,我就不想再去搅乱你们的生活,我是一个无能的人,不想让满仓知道有这么一个爹。"

陈良石翻眼看看他,许久又说:"满仓是你的孩子,想啥时候领回去我都没意见。"

杨中吉连忙摆摆手,说:"不,不,那不成了旱地里拾鱼?谁养儿谁得济,让他长大了为你们养老。"

"迂腐!"陈良石皱皱眉头,说:"你们这些知识分子,脑子就是复杂!"

15

1967年初夏,县粮食局方太广局长在"文化大革命"中被"打倒"了。"打倒"他的正是副局长马宗芳。

马宗芳把陈满囤调到了粮食局,任文字秘书。

满囤像一条鱼,重新游回了波涛汹涌的大海中,异常兴奋。他觉得,马宗芳就是"伯乐",而自己就是"千里马"。如果说,她为自己介绍了一个丑女人做妻子,是对自己的一种伤害,一种亏欠,那么,这次就是一种弥补,一种对政治前途的弥补。

人过留名,雁过留声。

机不可失,时不再来。

满囤像打了鸡血,整天忙得麻乱一团,可他不觉得累。

来到县城工作后，他眼界开阔了，每当在黄昏后看到一对对夫妻或情侣并肩散步的时候，心里就会生出一种羡慕，一种嫉妒，一种空虚。

他不再回家，不愿跟自己厌恶的女人同床共枕。

陈满囤所在股室叫秘书股，实际上就是综合办公室，上传下达、教育宣传、文字材料、维修建设、吃喝拉撒等等，什么都管。秘书股共五个人，除股长孙长岸，还有副股长李学文，秘书毕加强、张成元和陈满囤。孙股长年龄稍大，四十多岁了，其他四人都是三十以内的青年人。孙股长对手下四人恩威并施，把他们玩得滴溜溜转。有时加班，看到大家累了，就慰劳大家一顿。为了安抚因丈夫加班而牢骚满腹的妻子们，聚餐时，孙股长还不时特邀她们参加，说些诸如"贤内助""坚强后盾""幕后英雄"之类的奉承话，把她们捧得云山雾罩的，她们心里即使有牢骚，也说不出口了。

孙股长几次让满囤把妻子带过来聚一聚，大家认识一下，满囤都以各种理由拒绝了。

这天是星期天，为了准备星期一的一场批斗会，孙股长领着秘书股的几个人加班赶材料。晚上慰劳大家，把他们的妻子都请来了，唯一缺席的又是满囤的妻子乔秀月。

吃饭时，秘书毕加强像算命先生相面一样，看着叽叽喳喳说话的四个女人，笑嘻嘻地说："我给咱股里的男人媳妇总结了'五最'。"

毕秘书很有才分，好说好笑，风趣幽默。大家听他这么一说，知道他又要编排人了，都支起耳朵细听其详。

毕加强看看孙股长的媳妇，说："嫂子，你们几个当中，你最狠了。"

孙股长媳妇脸色一下子板住了，说："啥？为啥说我最狠？"

孙股长也质问他："谁不夸你嫂子温柔贤惠脾气好，你咋说她最狠？"

毕加强敛色屏气，神秘地说："嫂子是县医院的外科大夫吧？你给病人做手术，手术刀刺喇喇割人皮肉，血乎淋啦的，你竟连眼都不眨不眨，你能说不狠？"

孙股长媳妇一听，脸色松弛下来，咯咯地笑了，说："你小子，给人做手术光眨眼不把好地方割了呀？"

毕加强又看看张成元的媳妇，说："你最大胆。"

没等媌妇说话，张成元就质问他："你弟妹晚上连黑道都不敢走，见根蚯蚓像见了长虫一样，吓得浑身哆嗦，咋还说她胆最大？"

毕加强嘴角上提，一笑，说："弟妹做啥的？理发的。别人胆大敢太岁头上动土，而她却敢在县长头上动刀！你说她胆子大不？"

张成元媳妇在理发店工作，干净利索，待人和气，技术又好，连县里的头头脑脑理发都要找她。她莞尔一笑，说："理发不在头上动刀在哪里动？在脚上动刀那是挖鸡眼呢！"

大家都笑起来。

毕加强说李学文的媳妇"最毒"。

李学文听了，摇摇头说："瞎扯，俺老婆惜老怜贫的，最善良了，你咋说她最毒？"

毕加强一眯眼，说："嫂子是干啥的？生资门市卖农药的，不毒能把虫子药死啊？"

李学文媳妇说："那是农药有毒，又不是俺有毒，你这是胡联系。"

毕加强笑笑，说："沾边就算。"

李学文看看毕加强的媳妇，反问："那你家弟妹呢？"

毕加强竖起大拇指，说："俺媳妇自然最漂亮。"

经他这么一说，毕加强媳妇的脸先红了，不好意思地说："瞎说啥呀？你看人家嫂子们都有工作，整年风刮不着，雨淋不着，白白胖胖的，哪像俺，整天在地里干活，晒得黑不溜秋的。"

毕加强兴奋地说："别看咱长得黑,可爱情放光辉!"

大家又因为毕加强的这句俏皮话笑起来。笑毕,张成元问："可你为啥说你媳妇最漂亮啊? 就因为长得黑?"

毕加强得意地说："俺媳妇叫啥? 田桂花。在家干啥? 种棉花。脸上的麻子叫啥? 叫天花。眼里那个白斑叫啥? 萝卜花。这花那花,还不属俺媳妇最漂亮?"

毕加强的媳妇在家务农,虽然晒得皮肤黑黑的,但长得不丑,像一朵黑牡丹,脸上的天花和眼里的萝卜花,都是毕加强信口胡编的。

孙股长媳妇指着毕加强说："你就胡说吧,看晚上弟妹还让你上床不?"

大家又笑作一团。

张成元看看满囤,问毕加强："那陈秘书的媳妇呢?"

毕加强说："陈秘书的媳妇最神秘。"

李学文抢着问："最神秘? 这咋讲?"

毕加强指着大家问："陈秘书的媳妇你们谁见过? 当特务还常来接头呢,你们谁见她来接过头? 不是最神秘是啥?"

大家听了,都点头称是。

李学文说："陈秘书,有空带你媳妇来展览展览嘛,看一眼还能把你媳妇拐跑了?"

满囤心里痛苦极了——丑媳妇拿不上台面啊! 只是讪讪地说:"下次吧,下次带她来。"

虽然这么应承着,满囤却从没打算把乔秀月带出来。他时常想起黄雪贞和高爱玲,要是他们其中有一个做自己的老婆就好了。现在,黄雪贞已经嫁人,没了指望,只能寄希望于高爱玲了。

陈满囤铁了心要跟乔秀月离婚,对陈良石和尹巧凤苦口婆心的规劝只当是耳旁风。他很少回家来,即使回家,也是跟乔秀月协商去离婚。

对于离婚，秀月当然不同意。她想，离婚对于孩子是最为糟糕的情况，而对孩子不利的选择必然是错误的。在痛苦中生活比在错误中生活要好，因为痛苦可以忍受，而错误是没法弥补的。

就这么干耗着过了两个月，天进入酷暑季节。

这天，满囤正在办公室写材料，忽然见有两个人走进来，抬眼一看，竟是高爱玲和她的母亲。他意外地说："你们咋来了？"

高爱玲母亲把高爱玲推到前边，指着她的肚子，劈头就说："都是你干的好事！马上纸里包不住火了，你说咋办？"

满囤马上站起来，示意她小点声，接着，对她俩说："这里不是说话的地方，跟我走。"说着，率先在前面领路。

满囤领她们刚出办公室门，正好碰见毕加强。毕加强瞪着一对小眼，盯着高爱玲，问满囤："陈秘书，这就是最神秘的弟妹吗？果然漂亮！"

满囤神色紧张地说："啊，不是，这是我表妹，来找我说点事儿。"

毕加强听了，有些失望，说："又不是啊。"

满囤领高爱玲和她母亲来到宿舍，把门一关，惊慌地说："姑奶奶，你们咋找到这里来了？"

高爱玲抚摸着自己的肚子，直视着他说："你这段时间咋不理俺了？跟俺作下这祸不管了？"

满囤看她一眼说："我这段时间太忙了。我一直跟乔秀月闹离婚，可她死活不同意啊！"

"她不同意就完了？玲玲咋办，就这样下去？"高爱玲母亲咄咄逼人地质问道。

满囤一时无语，想了很久，才结结巴巴地说："要不，咱……找个地方把……把胎打了……"他揉揉胸口，好像犯了心绞痛。

没等他说完，高爱玲就尖叫起来："什么什么，打掉？你上嘴唇和下嘴唇一碰，说得倒轻巧！你以前咋对俺说的，不是说要娶俺吗？事到如今是不是想耍赖？"

高爱玲母亲上前拉着高爱玲，说："走，找他领导去，要不行就上公安局，告他强奸妇女！"

"你们冷静点，咱们再想想办法……"满囤惊恐地拉住她们说。

高爱玲母亲转回身来，问："你说咋办？"

满囤想了想，说："没有别的办法，只有到法院起诉离婚了。"

高爱玲看看满囤苦楚的样子，有些心疼，就对母亲说："娘，要不咱就等等再说吧。"

高爱玲母亲对满囤说："你可要抓紧，玲玲肚子里的孩子可不等人，要是让俺丢人现眼，俺就死给你看！"

满囤站在门口目送高爱玲和她母亲消失在拐弯处，无助地望一眼天空。

16

陈满囤把一纸离婚诉状递交到了县法院。

一直等了一个多月，终于开庭了。

县法院在县城的东关，紧邻着黄河大堤。法庭设在两间平房里，玻璃被"造反派"砸烂了，风从外面穿堂而过。

法庭的设施很简陋，靠西墙有一个低矮的砖台子，上面放一张长条桌，西墙上贴着用红纸写的四个黑体大字——"执法如山"。也许贴上去的时间很长了，红纸已经泛白。大字上面，挂着一个国徽。台子的前面是一张小长条桌子，桌子上放一瓶墨水，瓶口斜插着一支蘸水笔。再往前是三排长条木凳，上面铺满了灰尘。

开庭时间定在上午九点。陈满囤和乔秀月先后来到法庭，相互瞄了一眼，谁也没跟谁打招呼。满囤坐在前排木凳的北头，秀月坐在后排木凳的南头，脸色都比三九天还要冷。

一名法官和一名书记员姗姗而来，分别坐在长桌和小桌的后面。法官五十来岁，个子不高，稍胖，有些谢顶，额头显得又高又宽，形成一个与眉下脸部面积几乎相等的大长脑门，两只小眼睛眯着，好像睁不开似的。他就是法院有名的何法官。何法官办案一向小心谨慎，说话做事慢条斯理，因此显得拖拖拉拉。每次庭审结束，通常说的一句话是："我们人民法院始终向广大人民群众敞开大门，回去好好想想，等想好了改天再来。"于是人送外号"改天来"。几任法院领导量才适用，安排他在民庭分管审理离婚案子，正是他的"改天来"，不知挽救了多少即将破裂的家庭。

何法官端个大号的白搪瓷缸子，不时送到嘴边"呼溜"喝一口。见书记员准备好了，才不慌不忙地招呼秀月："来，到前面来坐下，法律面前人人平等，不能有前有后。"

秀月心里非常紧张，急忙站起来，来到前面的木凳南头坐下。

何法官又"呼溜"喝了一口水，提起暖瓶把水续上，把缸子盖"啪"地盖上，威严地说："现在开庭！"接着指指满囤，"来吧，说说你们的情况。"

满囤有点结巴地开始了："尊敬的法官同志，我……我今天来是请求你判定我……跟我爱人离婚……我……"

"同志，先等等，"何法官打断他，"你现在还称她爱人？你爱过她吗？"

满囤有些慌神，一怔，想了想说："应该称她为妻子，我……我从来没有爱过她……"

"哦，"何法官冲他点点头，用同情的口吻问，"你们婚姻是父母包办的吧？"

满囤连忙点头："是，是。"

秀月一下站起来，着急地说："不是，结婚前我们相过亲，他亲自同意的，还亲自去送过彩礼！"

何法官摆摆手，示意秀月坐下："一个说完，一个再说。"接着又问满囤，"你们有孩子吗？"

满囤说："有，一个女儿。"

何法官又点点头，把头转向秀月，问："这个孩子是你从娘家带去的吗？"

秀月一听，脸一下红了，看一眼何法官，从心里开始恨他，还是法官呢，咋会问这样的话？但又不敢发作，只是小声地说："不是。"

何法官再点点头，问满囤："你是这个孩子的父亲不是？"见他点头，又问，"你刚才说从来没有爱过她，咋会有孩子呢？"

"这……"满囤半天说不出话来，良久才说，"有孩子不等于有爱情啊……反正我们之间没有爱情了。"

"哦，没有爱情了，"何法官说，"这很值得同情。可是，爱情不是维系婚姻的唯一条件啊。这爱情是一种感情，看不见，摸不着，在法庭上咋证明有还是没有？"

"这……"满囤舌头又打了结。

何法官把脸转向秀月，说："乔秀月，我再问你几个问题。你要慎重回答我。"

秀月抬起脸，点点头。

何法官问："你同意离婚吗？"

秀月坚定地说："不！"

何法官又问："还爱你的丈夫吗？"

秀月点点头："爱。"

何法官再问："你知道陈满囤要跟你离婚的真实原因吗？"

秀月想了想，小声地说："知道。"

何法官继续问："为啥？"

秀月把手从泪湿的脸上放下来，小声地说："嫌俺丑。还有就是……"接着用手帕捂住嘴，生怕自己哭出声来。

何法官看她一眼，又"呼溜"一声喝口水，问："还有啥？"

秀月低着头说："他……他外面有人了。"

何法官马上追问："你是说有第三者插足？"

还没等秀月回答，满囤霍地站起来，说："胡说，没有！"

秀月看他一眼，也站起来，愤愤地说："你以为我不知道？你做梦都在喊高爱玲的名字！"

何法官一听，马上追问满囤："你认识高爱玲吗？说实话。"

满囤脸色一红，耷拉下眼皮，小声地说："认识。"

何法官刨根问底："男的女的？哪里人？你们啥关系？"

"女的，太平店人。"满囤说完，马上意识到这样追下去一定对自己不利，于是说，"法官同志，我认识的人多着呢，这和今天的事情有关系吗？"

"谁说没关系？当然有。我得先调查清楚你离婚的真实原因，然后才能决定怎么处理你的离婚申请。"何法官不慌不忙地说。

满囤一听，汗珠子就从脸上滚下来了。

何法官看火候已到，就说："好吧。要是你真的没做亏心事，半夜也不用怕鬼叫门。你要坚持离婚，我们会去调查清楚的。我们法院始终向广大人民群众敞开大门，回去好好想想，等想好了改天再来。"

满囤一想，再坚持下去也没有多少意义了，只好讪讪地说："那好，我们再来。"说着，迷迷瞪瞪地站起来，向门口走去。

秀月也站起来向外走，走到门口，回头向何法官道了一声："谢谢。"

婚没离成，陈满囤的心情非常沮丧。然而，令他沮丧的事情还

309

在后头——他被重新调回了太平店粮所。

这事与乔江龙和高虎有关。

乔江龙几次去找马宗芳,说陈满囤道德败坏,要马宗芳开除他,给他点颜色看看。但一段时间以来,满囤成了马宗芳手下的得力干将,很多事情都由他帮着出谋划策、执行落地,马宗芳不想放走他。可乔江龙毕竟是她的表弟,且她又是满囤和秀月的媒人,如果他们真离了婚,自己脸上也不光彩,甚至可能成为政敌炮打自己的弹药。她几次找满囤谈,满囤口头上唯唯诺诺,但内心并不认同。

这天,县粮食局召开机关人员大会,要推选局革委会主任,县革委会也来人参加。为了这次推选,马宗芳准备了好长时间,除了封官许愿拉拢人心,还把几个"刺头"以调粮食为名安排去了外地。在她看来,全票当选已万无一失,可怎么也没想到,差错偏偏出在满囤身上。

开会之前,满囤正在办公室准备会议材料,不想高爱玲母亲和弟弟高虎来了。高爱玲母亲进门就质问满囤:"玲玲的事你打谱咋办?"

满囤推脱说:"法院不判我也没有办法啊。这段时间我太忙了,过两天再说好吗?"

高虎斜愣着眼说:"你忙?这粮食局离了你这'老粮食'就不行啊?我看你是想拖着吧?"说完,拉母亲一把,"走,不跟他说了,找他局长去。"

满囤急忙上前把他拉住,好言相劝,说:"你们别急,一会儿我要开个会,开完了我就跟你们回去商量。"

高虎大声地说:"开会?正好,咱到会上说说这事。"

满囤一下吓黄了脸,赶紧说:"这可使不得!你们放心,会后我跟你们回去,要杀要剐随便你们。"

高虎想了想,说:"行,你可别耍我,不然可真去告你!"

"好，好！"满囤无奈地应着，拿一摞材料到会议室去了。

开会的时候，满囤始终心不在焉。

会议进入到最核心时刻，马上要举手表决了。这时，满囤一眼瞥见高虎正趴在窗外往里瞧，心里顿时毛了，真担心他闯进来，大闹会场。

这时，会议主持人说："同意马宗芳同志任县粮食局革命委员会主任的请举手！"

大家齐刷刷举起手来，只有满囤眼看着窗外的高虎，忘记了举手。身边的孙长岸股长用胳膊肘拐了他两下，第一下他还没有反应，第二下才醒怔过来，急忙举起了手，然而，就在他举起手的同时，主持人正好说："反对马宗芳同志任县粮食局革命委员会主任的请举手！"就这样，陈满囤成了唯一一个反对者。

虽然会后陈满囤痛哭流涕地进行辩解、道歉，甚至下跪，但恶果已经造成，马宗芳怨气难消，真想开除他。可她又怕惹恼了他，把一些自己打击异己的见不得人的事说出来，就让人事股签发一纸调令，把他重新打发回了太平店粮所。为了拢住他，给他安排了一个副所长的职务。

满囤回到太平店粮所，从喧嚣的县城回到了静谧的一隅，向往中的繁华盛景灰飞烟灭，期待中的宏图大展戛然而止，令他十分失落。他追根刨底，统统把这些都归咎于乔秀月，归咎于她的丑，归咎于她不愿离婚，对她更多了一层恨意。

高爱玲的肚子越来越大，高爱玲母亲几次去逼满囤，并威胁去告他。满囤没有办法，破罐子破摔地说："我不怕，别来这一套！去告吧，把我告倒了，大家谁都没有好处！"

满囤这句话正好戳到高爱玲母亲的软肋。她放任女儿跟陈满囤保持关系，主要是想利用陈满囤弄些粮食吃，养活一家人，同时也希望女儿有个好的归宿。听了他硬邦邦的话，心里开始有些服软了，但嘴上还是强辩说:"都没好处? 我们一个穷老百姓,光脚的不怕穿鞋的!"眼珠一转又放低声音,用一种乞求的口吻说,"玲玲的肚子都这么大了,你总不能让一个没结婚的大闺女生孩子啊。"

虽然刚才的话说得气势很壮,但满囤从心里真害怕高爱玲母亲去告自己,那样不仅前途尽毁,甚至还可能坐牢,于是也降低了声调,说:"能有啥办法? 只能先打了胎,再从长计议。"

高爱玲母亲疑惑地说:"从长计议? 怎么计议?"

满囤斜她一眼说:"我尽快离婚,娶了爱玲行了吧?"

高爱玲母亲有些不放心:"你是一时推脱吧? 让我们咋信你?"

满囤不耐烦地说:"信不过拉倒!"但又怕把事情弄得不可收拾,就无奈地说,"我给你写个保证条。"

说着,满囤拿过一个笔记本,从上面撕下一张纸,写了一张保证条:"我保证尽快离婚,离婚后一定娶高爱玲为妻。 陈满囤。"

高爱玲母亲收了保证条,还站在那里不走。 满囤问:"还有事?"

高爱玲母亲伸出手:"钱呢? 去做手术不花钱? 养身子不花钱?"

满囤把身上的五十多元钱全给了她,高爱玲母亲嫌少,他答应明天借些钱再给她送过去。

第二天,满囤又借了一百元钱,让高爱玲去做人工流产。

高爱玲心里很怕,一万个不情愿,但没有别的办法,哭哭啼啼了几天,只好同意了。

由于是未婚先孕,高爱玲不敢到正规医院去,私下打听到黄河对岸有一个乡下野医生常做流产手术,就在母亲的陪伴下去了那里。

手术中,由于野医生操作不当,取出胎儿时,误伤了高爱玲的子宫,引发了大出血,要不是紧急送往县人民医院,她也许就性命不保了。

出院后，高爱玲怕人说三道四，没有直接回家，而是在一个亲戚家静养了一个多月。

差点出了大事，满囤非常后怕，再不敢跟高爱玲同枕共眠了。即便高爱玲拿话勾引他，他也百般推脱回避，生怕再生出事端来。

17

腊月二十一，陈良石正在营业室给大家安排春节粮食供应事宜。按照阳历，已进入1968年。根据上级规定，在供应第一个月的口粮前，要重新核定一次"定量供应人口"和"工种定量标准"，以防通过虚报人口冒领粮食，保证一人一份口粮，干什么劳动工种，吃什么定量标准。为了不耽误群众购粮，他安排文省三等几个能写会算的人参与复核工作，等核定完了，再供应粮食。

陈良石安排完了工作，刚出营业室门，就见杨中吉站在了门外。

他惊异地问："你怎么来了？"

杨中吉说："我们荣军医院撤了，我调回河北保定老家那边工作了，来跟你辞行。"

"啥？你调走了？"陈良石一脸惊诧。说着把他领到了自己的办公室。

陈良石为他沏了一杯茶，问了一些调动的情况，心中既有几分恋恋不舍，又为他归根老家而感到欣慰。

说了一会儿话，杨中吉从衣兜里掏出一叠钱，递给陈良石，眼里含着泪，说："这些年多亏你跟巧凤替我拉扯着满仓，这是我攒下的一点钱，不多，你收着，算我的一点心意。"

"你想把孩子接走？"陈良石一下推开他手里的钱，不舍地说，"那我要回家跟他娘商量商量。"

杨中吉连忙摆手，说："不是，你误会了，孩子是你们拉起来的，我咋能说接走就接走？"

陈良石真诚地说:"其实孩子跟谁都行,只要孩子高兴,少受委屈,怎么都行。"

杨中吉点点头,说:"孩子跟了你们,真是他的福分!"说着又把钱递到陈良石面前,"我这当爹的不合格,没有能力养活孩子,这点钱就算我尽点义务吧。"

"孩子我还养得起,你放心,不会让他受难为的。你刚调回去,还要安家,哪里不需要钱?你带回去安家吧。"陈良石说着又把钱挡了回去。

杨中吉还让,陈良石有点不耐烦地说,"让啥让?婆婆妈妈的,我说不要就不要。走,回家去,中午喝壶饯行酒!"

杨中吉只好把钱收起来,推起自行车跟陈良石走,可走到隅头上,他突然改变了主意,说:"不回家了,咱哥俩下饭店吧。"

陈良石回过头:"你不想见见满仓?"

杨中吉声音低沉地说:"刚才在学校见过了。"

陈良石问:"都跟孩子说了?"

杨中吉使劲一闭眼,生生把泪水逼了回去,说:"隔着墙看的,没说话呢。"

陈良石一听,大为光火:"哪有你这样当爹的,到什么时候了还不当面说说话?"

杨中吉摇摇头,说:"我不想打乱他的生活。以后就全托付给你,让你跟弟妹受累了。"

陈良石想了想,说:"好吧,依你,咱去下饭店。"

陈良石和杨中吉来到供销社饭店,点了两盘菜,要了一瓶白酒,然后坐下来,一边喝酒,一边说话。

杨中吉啜一口酒,感慨地说:"时间过得真快啊,我来清阳工作整整十五个年头了,从医专刚毕业,就被分到这里来了。"

陈良石点点头:"可不是,我从朝鲜回来养伤,那时你就在荣军医院了。"

杨中吉端起酒杯和陈良石碰了一下，说："这些年都多亏你帮忙，要不是……来，我敬你一杯！"说完一饮而尽。

陈良石也一仰脖把酒干了，说："你客气啥？老话说，在家靠父母，出门靠朋友，何况你还是我姐夫！"

一提"姐夫"二字，杨中吉的眼一下子又红了，泪水又汪出来，痛苦地说："昨天我给兰英上坟去了，我这一辈子最对不起的就是她，她嫁给我，竟让她……"

陈良石没料想惹起了杨中吉的伤心事，于是劝慰说："都是她福薄哩，不能怪你。"

杨中吉摇摇头，沉思良久，深情地说："我想好了，回去安顿好后，就回来把兰英的尸骨起回老家茔地里去，我死了就跟她合葬，有些事今生无法弥补，来生好好报答她吧。"说完竟"呜呜"地哭起来。

陈良石见杨中吉一哭，跟着自己的鼻子也一阵阵犯酸。他强忍着不让眼泪掉下来，斟满了酒，跟杨中吉碰一下，劝慰说："这人啊，不要光想着死了的，更要为活人活着。回去后要有合适的，再成个家吧，你一个人过日子，自己会把自己搭靠死。来，干一杯，祝你今后的生活顺顺当当的！"

杨中吉抹一把泪，端起杯来又一饮而尽。

杨中吉酒量不大，几杯酒下肚便脸红脖子粗，说话舌头根发直了。陈良石再倒酒，他用手捂住杯子，说："不能再喝了，晚上医院还要开送行会，明天一早县民政局雇了大车，要拉我们一起去县城汽车站，别喝多误了事。"

陈良石想了想，也不强求，喊来服务员点了烩锅饼。

18

1968年春节，满囤借故在粮所值班，没有回家过年。陈良石和尹巧凤觉得非常窝心，看秀月实在可怜，就赔着十分的小心对待她，尽量让她少干活，少受累。

秀月明白公婆的心意，该干啥干啥，还强作笑颜逗逗满仓和小米。

出了正月，秀月决定领着小米到太平店粮所里去住。她要去监督丈夫，感化丈夫，保卫自己的婚姻，保卫自己的巢穴。

秀月把自己和孩子的衣服、被褥装在两个木箱子和一个柳条包里，把剪衣服用的案板和缝纫机也带上，还带上了一竹筐锅碗瓢盆。她下定了决心，满囤不回头，她誓不回归。

陈良石让张信宽赶了毛驴车，亲自把秀月和小米送到太平店粮所。

"你咋来了？"对于秀月的到来，陈满囤非常意外。

"想来就来了。"秀月的语气里透着理所当然。

满囤一看还带来了这么多东西，连锅碗瓢盆都带来了，知道她这是要来粮所安家，心里自然一万个不愿意，但张信宽把车一停下，牛所长就招呼人帮着卸车了。满囤想阻止，看到陈良石的眼一直在瞪着他，不便发作，深深地叹息一声，接受了现实。

满囤就一间宿舍，秀月里里外外张罗着，重新布置房间，以求充分利用空间。她用一个档案橱将房屋隔成前后两间，前面做客厅，后面安床铺。

虽然空间狭仄，家具拥挤，却被秀月安排得井井有条。床安在东北角。满囤原来睡的是单人床，一家三口住不开了，牛所长让吕福清找来两块铺板，用砖头支起来，把床加宽。把木箱子放在床头，上面放上一盏台灯和一个简易书架。把另一个木箱子贴西墙安放，木箱子上面摞上柳条包，用来盛被子和衣服。前面半间，贴东墙放一个长条连椅，连椅前放一张小桌，兼作茶几和餐桌。贴西墙放着缝纫机和剪衣服用的架板。

做饭的炉子实在没处安了，就在房前窗下搭了一间临时小屋，作为厨房。

一切铺排好以后，天就晌午了。满囤从伙房里买了一份菜和两个馒头，端回宿舍里，放在小桌上，然后勾头坐在连椅上，板着脸一声不吭。

秀月正搂着小米喂奶，看一眼满囤，说："你先吃吧。"

满囤像没听见一样，低头不语。

小米吃饱了，睡着了，秀月把她放在床上，走过来看看满囤，说："你咋还不吃饭？"

满囤半晌才抬起头来，冷冷地问："马上开春了，地里那么多活儿，你来这里干啥？"

秀月知道他不愿自己来，斜他一眼，决然地说："眼看家都要没了，还惦记地里的活儿？告诉你陈满囤，你要再提离婚，我和孩子就死在你面前！"说着，走到床头前，打开了箱子，从里面提出一个瓶子，往桌子上一蹾说。

满囤一看，是一瓶敌敌畏，瓶子上的骷髅头标志分外刺眼。他心里一惊，但撇撇嘴说："吓唬谁呀？我陈满囤可是吃粮食长大的，不是被吓大的。"

"你别把嘴撇得跟鞋底子似的，不信你就走着瞧！现在嫌俺了，你当初干啥去了？你既然娶了俺，俺就生是你陈家的人，死是你陈家的鬼！"秀月把每一句话都说得理直气壮，掷地有声。

满囤第一次见秀月把话说得这么决绝，心中不禁暗暗叫苦。

秀月看满囤耷拉着头，知道自己这一招有了些效果，马上把敌敌畏收起来，放回箱子里锁好，走到脸盆前仔细洗了手，摸起馒头大口大口地吃起来。吃着吃着，不争气的眼泪却涌满了眼眶，她仰天摇头，任凭酸楚的汁液顺着鼻腔流回到口腔，和着饭菜一起咽回肚子里。

秀月和孩子在粮所里住下来，陈满囤一个人的口粮供三个人吃，自然不够，为了避免饿肚子，秀月看到徒骇河边有块废弃地，一点点整理出来，一半种上了瓜菜，一半种上了棉花。

地离河道不远，每天早上，秀月都担了水桶，把清澈的河水挑过来，"哗哗"地浇到菜地里。在她的精心栽培下，各种作物都在努力地生长。南瓜花开了，一朵一朵又大又黄。黄瓜花开了，花屁股后面跟着指头大小、浑身长刺的小黄瓜。芸豆白色的小花开谢后，结出一把把像镰刀一样的青豆。田埂上，芝麻开着白色或浅粉色的薄如蝉翼的花儿，一串一串向着顶上开去。在菜地的四周，种了一圈向日葵，金色的花盘，随太阳旋转，像是一遍一遍呼唤着未来的日子。

满囤对秀月冷若冰霜，不帮她干活，也不与她同床共枕，晚上自己睡在连椅上。秀月几次把他的被子抱到床上，他总是固执地再抱回来。

为了减少待在宿舍里的时间，满囤晚上又开始组织大家打扑克、下棋，有时也聚在一起喝酒。

这天下午，在查仓时，王海林和赵春喜逮到了两只野鸽子，用清水把它们溺死了，脱了毛，开了膛，剁成碎块，就炖上了。两只小鸽子分明不够六七个人吃的，就加上了半锅白萝卜。还不够，又从秀月种的黄瓜地里摘来十几只黄瓜，拌了半盆子黄瓜丝，牛所长提来两瓶酒，大家开始坐下来喝酒。

牛所长看看只顾闷头扒拉着挑肉吃的吕清福，说："小吕，往日三天两头往家跑，今天咋没回家，是不是看到有好吃的了？"

吕清福抬起头，把嘴里的一根小骨头吐出来，说："往天家里有事，今天正好没事儿。"

满囤撇撇嘴，笑笑说："往天家里啥事啊？还不是离了娘们儿睡不着觉？每天等你打扑克，你一出溜跑了。"

吕清福看他一眼，回怼说："三十如狼，四十如虎，时间长了谁能受得住？你站着说话不腰疼，敢情你老婆在所里住着呢，还有高爱玲为你解馋。"

满囤让人揭了短，脸红了，站起来想说什么，可什么也没说出来。

牛所长一看气氛不对，急忙岔开话头说："大家看到今天大街上贴的布告了吗，今天县里枪毙人啦！"

"枪毙人？"大家的注意力都拽到了牛所长的嘴边。

"枪毙的什么人？犯了啥罪？"有人迫不及待地想了解内情。

"说来事情很邪乎呢！"牛所长说着，把上午去县粮食局开会时听到的案情绘声绘色地讲了一遍。

说有一天，一个人到黄河边打鱼，发现了一具无头尸，就报了警，公安人员赶到的时候，四乡八邻的人都围在那里看。一个五十来岁的人看到那个捆尸体的东西有点眼熟，就回家叫来老婆、大儿子仔细辨认，确认是那人的小儿子，叫王来福。

据王来福的父母跟公安人员反映，儿子是去年的腊月二十九出走的，一直没有回家。那天他们记得很清楚，晚上，小儿媳孙长花跑到家里来大哭大闹，说："你们养的好儿子，嫌俺过节给你们买肉买鱼，说俺不会过日子，对俺又打又骂，手上胳膊上都打出血了，俺的脸也被打肿了。他打了俺，一抬腿就走了，临走撂下一句话，再也不回这个家了。"公公婆婆看儿媳妇一身的伤，又到小儿子家一看，屋里一地的馍馍、菜、包子，乱糟糟的，对小儿子也非常生气，恨恨地说："走吧，永远别回来！"半年多过去了，儿子音信全无，可没想到现在竟被人害死在黄河里。

县公安局成立了专案组,通过仔细走访,从一位村民口中得知,王来福的媳妇孙长花与村里一个叫吴鸿起的木匠多年来一直关系暧昧,于是把孙长花和吴鸿起抓了起来,分头审问。公安人员把他俩铐到室外的两棵树上,三天三夜,蚊虫叮咬,两个人硬是不承认。公安人员用了一计,诈孙长花说,吴鸿起已经招了,连你们杀人的锛和斧头都找到了,你还硬挺着有用吗?招了吧,自己坦白了还能从宽处理。其实,公安人员说找到了杀人凶器锛和斧头纯属分析猜测,没想到真对了,孙长花一下瘫到地上,一五一十地交代了杀人过程。

原来,孙长花与木匠吴鸿起勾搭成奸,两个人为了生活在一起,腊月二十九合伙把王来福灌醉了。两人本想立即杀死他,但怕家里人找他,为掩人耳目,商量着等过段时间再杀,就把他投入一个地瓜井里,上面盖上一个碾盘,平时只从碾盘那窟窿眼里往下扔点吃的,没想到这王来福竟在这地瓜井里活了将近半年。今年夏天,黄河发大水,孙长花和吴鸿起认为时机已到。一天晚上,他们把王来福从地瓜井里弄出来,用木匠干活用的斧头和锛把王来福的头砍了下来,然后两个人找来一领苇席,把王来福的尸体裹起来,把他的裤子撕开拧成绳子捆了,运到黄河边,捆上两块石头,丢入了滔滔河水中。可他们万万没想到,尸体被河水冲入了一个坝窝内,后来,河水下降,尸体露了出来。

牛所长最后说:"那姓吴的木匠今天被枪毙了,那个叫孙长花的正好怀孕了,躲过一死,判了个无期。"

大家听得胆战心惊,又感到新鲜,一个个大发感慨。

满囤愤愤地说:"太狠毒了,不行就离婚啊,咋能把人杀了?"

王海林拍案而起:"这样的狗男女,都该枪毙!"

赵春喜接着说:"听说枪毙人用的枪子儿还要个人拿钱呢,是真的吗?"

牛所长也不清楚,模棱两可地说:"还能便宜那罪犯?"

吕清福停止了咀嚼,用遗憾的口气说:"早了没听说,要知道今天枪毙人去看看啊,还从没见过那场面呢。"

满囤说:"那有啥好看的,怪吓人的。"

牛所长看他一眼,说:"看你那点胆儿啊。其实这人,命就跟这野鸽子一样……"说着,看了看吕清福面前的一堆骨头,拿起勺子在盆里搅了搅,说,"吕清福,你小子把鸽子肉全挑没了呀?"

吕清福装傻卖呆地笑笑,说:"两只小鸽子,本来就没啥肉。"

王海林说:"数这小子最馋,罚他喝酒,把他灌醉了!"

大家热热闹闹地喝起酒来。

乔秀月知道满囤心里想着高爱玲,为了占住他,他一下班,就把孩子抱给他,让他没时间到别处去。她的心里有一条底线,只要他别再提离婚,让孩子有个健全的家,什么苦、什么累、什么冤屈,她都可以吃,都可以忍受,甚至可以在眼里揉进沙子。

这样一来,满囤见高爱玲的机会就少了,更没有粮食送给她了。

高爱玲对满囤产生了怨恨,并迁怒于乔秀月,再来粮所干活时,越是当着乔秀月的面,越是浪言浪语地调戏陈满囤。

她想气走乔秀月。

秀月的火气一直攒在肚子里,有时盛不下,眼看就要爆炸了,强咽口唾沫把火气浇灭了。她不想让丈夫太难堪。

这天傍晚,秀月做好了饭,抱着小米去叫满囤吃饭。满囤正在给挑粮食的人记工,见高爱玲迎面走了过来,忙把脸转向一旁,装着没看见。高爱玲却不走了,反而退回去,对从后面走来的满囤说:"来,满囤,给你块糖吃。"说着,从口袋里把一块糖剥开,一半叼在嘴里,一半露在外面,上头扑脸地朝满囤拱过去。

满囤红着脸躲闪着,小声地说:"高爱玲,你别闹,别闹!"

秀月看了,像有一根尖尖的蜂刺不停地在戳她那流着脓水的疼处,实在忍不住了,大声骂道:"真不要脸!"

高爱玲正想找茬儿,回过身来,对骂道:"你才不要脸呢! 人家不要你了,你还赖着人家,硬往人家床上送,人家连理都不理!"

秀月腾地上了火,把小米往一边一放,挺着胸脯逼过来,一双眼睛火辣辣地盯着高爱玲,说出的话一句比一句厉害,一句比一句泼辣:"陈满囤是我的男人! 我的男人! 你休想把他偷走! 你这个偷人养汉的大破鞋! 浪货! 婊子!"接着朝着高爱玲脸上就是一巴掌。 高爱玲捂着脸一怔,马上扑上前扯住秀月的头发。 秀月一把薅住高爱玲的两条大辫子,两个人扭打在一起。

小米站在一边张着嘴大哭,秀月也顾不上了。 就是眼前这个女人,让自己流尽了眼泪,受尽了屈辱,夺走了自己的幸福! 她带着强烈的仇恨望着高爱玲,样子就像竖起羽毛的斗鸡,把多日的怨气汇集在双手上,一下把她抡倒在地上,转身骑上去,像发了疯一样,伸出十个手指往她脸上挠,过去所受的怨气,现在一股脑地发泄出来。

"来人啊!"高爱玲用双手捂着脸尖叫。

满囤第一次见女人打架,可比男人凶多了。 他站在一旁大声喊着:"别打了,别打了!"

越劝,秀月越来劲,看样子要把高爱玲撕碎。

满囤怕出大事,上前抓住秀月的两只胳膊把她拉到一边。

高爱玲趁机爬起来,抬脚就向秀月腹部踹去,秀月"哎哟"一声坐在地上。

王海林和赵春喜赶过来把高爱玲拉走了。

秀月坐在地上哭,边哭边骂陈满囤:"好你个没良心的! 帮着那浪货打老婆,呜呜——我不活了!"哭着,一下爬起来,风火火地来到宿舍里,从箱子里拿出敌敌畏,拧开盖就往嘴里灌。

牛所长冲过来,一把夺过药瓶子,叫上几个人,手忙脚乱地把她送到了公社医院。

经过灌水洗胃输液解毒,乔秀月得救了。

乔江龙听说女儿被逼得喝了药,骑上自行车飞也似的来到医院,见秀月鼻子上吸着氧气,手背上扎着吊针,昏昏欲睡地躺在病床上,心像被人揉搓了一样疼。他把陈满囤叫到外边,劈头就给了他一巴掌,愤愤地骂道:"妈那个巴子的!当了个副所长就不知道自己多高了?就不知道自己姓啥了?就不知道自己扒了几碗干饭了?要不是老子,你现在连个屁也不是!你小子翅膀硬了,就想过河拆桥、卸磨杀驴了!老子既然能让你走到现在,就能把你这个副所长给撸了!把饭碗子给砸了!"

满囤蹲在地上,捂着火辣辣疼的半个脸,不敢吱声,可心里不服气地说:"你不就是马局长的表弟嘛,还能黑瞎子打立正——一手遮天了?"

乔江龙给陈良石挂电话。电话一接通,乔江龙迎头就扔过来一阵砖头:"陈瘸子,你他妈咋教育的陈满囤啊,不但耍流氓,还把老婆逼得喝了药,要是秀月有个三长两短,我饶不了这个兔崽子!你陈瘸子管不了老子替你管!"

陈良石一听秀月喝药了,心里顿时一惊,连忙说:"老乔,别着急,我马上去看看。"

陈良石放下电话,骑上自行车回家叫上尹巧凤,两人急匆匆赶往太平店公社医院。

他们来到医院,一眼看到秀菊正抱着小米站在走廊里,小米正"哇哇"地哭,尹巧凤急忙走过去,接过小米哄着,却咋也哄不好。

来到病房,陈良石看看秀月,心疼地说:"傻孩子,咋做这样的傻事?"

尹巧凤也说:"放着小米,咋能寻短见?"

秀月睁睁眼，看看公婆，随即又闭上了，两行泪水顺着眼角往下淌。

尹巧凤掏出手帕帮她擦去泪水，然后坐在床前握着她的手，说："都为啥呀？"

秀月的眼泪流得更汹涌了，委屈地说："他和那烂女人合伙欺负俺。"

陈良石听了，怒火中烧，把满囤叫到走廊里，狠狠地骂道："你他妈怎么净瞎折腾，出大事了吧？"说完，伸出巴掌就朝他扇去。

满囤吃过乔江龙一巴掌，这次有了防备，一闪躲开了。陈良石更加气愤，抡起拐杖又要打，被一位医生从后面抱住了。

尹巧凤赶过来，嘴上说着："该打！"但又怕陈良石出手太重把儿子打伤了，上前劝道，"你先消消气。"

满囤不服气地说："是她跟高爱玲打架喝了药，与我啥关系？"

陈良石气咻咻地呛白道："要不是你跟别的女人胡勾搭，秀月会跟她打架？"

尹巧凤指着满囤斥责道："你个熊孩子就作吧，早晚让你吃不了兜着走！"说完见满囤低下头蹲在地上，双手抱着头，以为他后悔了，就缓和了一下口气，说，"好好伺候秀月，不然，你丈人可饶不了你！"

陈良石用拐杖"咚咚"地戳戳地，恨恨地说："你真他妈浑，早晚要吃大亏！"

陈良石和尹巧凤在医院里守着秀月，直到下午四点多，才留下些钱，带着小米回家了。

满囤到底害怕了。坐在秀月的病床边，开始担心这回把事弄大了，可能要吃大亏了。

秀月一连三天躺在病床上，不吃不喝，头发蓬乱得像一把荒草，脸上像蒙了一层灰尘，显得更加憔悴，更加可怜。可她的眼神里却透着父亲乔江龙一样的倔强的神情。她觉得自己没有错，跟高爱玲打架，就像老虎撒尿一样，不是为了撒尿，而是为了做记号，为了提醒对方，这是自己的一亩三分地。通过这件事，她的心里反而坚定了一个信念：只要自己活着，就不能顺了那个烂女人的心，让她把丈夫夺走！想起自己骑在高爱玲身上，狠狠地挠她的脸，不觉间微微上翘的嘴角已经在笑了。

满囤盯着一滴滴药液像眼泪一样注进秀月的血管里，一颗心也在苦水里痛苦地挣扎，想来想去，没有想起一点妻子对不起自己的地方，惭愧之意油然而生。

接下来，满囤对秀月的照顾就热心了一些，周到了一些。

又在医院住了几天，秀月出院了。

刚刚下过一场雨，徒骇河堤岸上一个个积水处映照出一片混浊的天空。

秀月种的棉花已经长得半人多高了，黑油油的，风儿一吹，露出叶子下的棉桃，就像县文庙檐角上挂着的铜铃。一对燕子"喳喳"地叫着，飞着捉虫子。

满囤站在徒骇河边，看着前方。他咀嚼着婚后生活的苦涩，沉浸在自己的世界里不能自拔。通过自己的经历，他深刻认识到：在婚姻这件事上，既不能勉强自己，也不能勉强他人，凡当初勉强，婚后生活必定不会幸福；从另一个角度讲，也会伤害到对方，是对对方的不负责任。

乔秀月喝药的事在太平店镇和全县粮食系统影响很大。人们议论纷纷，甚至有不少人来到粮所，要见一见逼得老婆喝药自杀的人是什么样子。这让满囤不胜其烦，更感到不胜耻辱和狼狈。他变得非常敏感，总怀疑别人在背后指他的脊梁骨，看他的热闹。逐渐地，他变得孤僻离群，不再敞开心扉与人交流，再没有人窥见他的内心。

这晚，满囤不再出门，而是待在家里看书，或者低头想心事，这让秀月看到了他回心转意的希望。她想以无穷尽的讨好、无止境的迁就来唤回丈夫的心。她对满囤更加体贴了，这让人怀疑她喝药烧坏了脑子。

晚上，满囤正坐在连椅上看书，秀月烧好了洗脚水，端到他面前，接着来扒他的鞋和袜子。

满囤吓了一跳。

秀月把他的脚按进水里，他挣扎一下，说："我自己洗。"

"不，以后我给你洗。"秀月说着，又把他的脚按回水里。

她有意将屋门敞着，好让从门前经过的人看到，想着这样做会使迷途的丈夫羞愧难当，回归"正道"。

水多少有点烫，像生出一条温软的舌头，轻柔地舔着满囤的脚心，让他有一种痒痒的感觉。他看着秀月，酝酿了许久，想说一句感激或道歉的话，但话在舌尖上轱辘来轱辘去，还是没有吐出来。

水渐渐凉了，秀月把他的两只脚从盆里捞出来，放在自己的腿上，拿过擦脚布，轻轻地擦干，又顺便为他剪剪趾甲。

恍惚间，满囤想，如果换成黄雪贞或高爱玲，会这样对待自己吗？他盯着秀月，她长长的头发被灯光敷上一层柔和的光膜。他突然意识到自己在占秀月的便宜——占着她的丑陋，占着她的善良，占着她对美好生活的向往。想到这里，心里渐渐生出一股悔恨之情，并迅速发酵，堵住了他的胸口。他深深地吸口气，想：要不，这辈子就这样吧！

接下来的日子，满囤对待秀月和气了许多，有时也主动刷刷锅，洗洗碗。

秀月想孩子了，让满囤把女儿小米接了回来。

这一天，秀月做了一件让人始料不及的事，她把头发剪短了，尤其把遮住半个脸的头发拢到了耳后，把自己的真实面目完全暴露在众人面前。

丑就丑吧！

秀月一时成了太平店镇的新闻人物。无论她走到哪里，人们都会把异样的目光投注在她脸上。每次遇到那种如针似刺的目光，她都表现出异乎寻常的淡定自若，甚至敢于跟对方对视。

她的心被长期压抑着，就像被活埋了一样，一旦上面的土石被掀开，便一扫之前的阴霾，变得无所畏惧。她要勇敢地面对现实，面对生活的挑战！

牛所长告诉西街的疤痢头队长，以后不要派高爱玲到粮所来干活儿了，不然，粮所再有活儿就找南街的人来干。

其实，经过一场打架，高爱玲没沾到光，反而见识了乔秀月那股不要命的狠劲，憷了，再也不敢到粮所来挑衅了。

秀月心中充满了胜利的滋味。她自轻自贱地对满囤说："满囤，我就是一贴狗皮膏药，贴到你的身上，揭也揭不下来了。"说完，自个儿笑了。

秀月有段时间没有这么笑了。这一笑，就把这么多日子的晦气和郁闷全笑没了。她的心啊，就像春天的太阳，亮堂起来，轻松起来，活泼泼地向外散着热能量。

19

秀月跟满囤商量，要开个裁缝铺。不用店面，到太平店集上去收面料，在家加工，下集到集上交货。靠满囤一个人的收入养活一家子，处处捉襟见肘，尤其随着孩子慢慢长大，花销也越来越多，她不想再吃闲饭了，要跟丈夫共同扛起这个家。

"那孩子咋办？"满囤问。

"你上班的时候我看着，下了班你看她。空儿大我就多收两件，空儿小就少收两件，反正这由咱自己说了算。"秀月早计划好了。

满囤想，这样也好。自打秀月和孩子来到粮所居住，日子越来越拮据，就连自己抽烟也降低了档次，原来抽每包一毛八的"灯塔"牌，现在只能抽每包一毛四的"大丰产"了。

秀月让满囤找人用木头做了一个四轮婴儿车，像个大篮子，中间装块横板，前后是小座位，孩子在里面既可站着，也可坐着，放下横板还可以躺着。同时做了一块大案板，找了一户当街人家，放在人家的大门下，每当集上便支起来，招徕生意。

太平店每逢农历二七大集，秀月推了小米去集上收活儿。

万事开头难。人们不知道秀月的技术如何，看她的面目又是如此丑陋，没有一个人把活儿交给她做。

秀月并没有泄气，她跟粮所的人说，谁想做衣裳，尽管拿布料来，免费给大家做。大家看到她给满囤做的衣服既合体，样式又新颖，都扯了面料让她做。秀月把衣服做好了，并没有马上交给他们，而是拿到集上当样品，赶集的人见她做的衣服板板正正，样式又好，收费也公道，渐渐就有人来找她做衣服了。

秀月原来就有"隔窗裁衣"的绝活，现在直接面对顾客，实测顾客的肩宽、袖长、三围、身高，裁剪更加精确，衣服缝制出来，更加合身可体。她做的衣服不但式样好，还会省布料，做同样的一套衣服，在她手上硬可省出一双鞋的鞋面。她还特别爱惜碎布角，连缀拼接，缝成小挎包、花手帕、围裙，或者枕套、椅垫等，做好了免费送给大家，顾客们非常喜欢。

没出一个月，她的生意便红火起来，每天都要加工到深夜。

做一件上衣加工费一元，一条裤子八毛，她每天能收入三四元钱，这比上班一个月才挣二十多元的满囤收入高多了。有了钱，一家人的生活明显改善了，孩子零食不断，就连满囤抽的烟也上档次了，由一毛四一包的"大丰产"，变为一毛九一包的"金菊"了。

人们都说："乔秀月真勤快，手又巧，能娶一个这样的媳妇，真是八辈子修来的福。"

人们的议论，无疑在给满囤再提离婚增加着道德负罪感。

岁月不停脚步地在艰难中行走。

树叶又肥了一层，树与树之间的距离变窄了，小蝉单细的叫声在浓绿中骤然响起。

傍晚，落日余光把天空绣成了锦缎，树木、麦田、小河、村舍，都浸泡在毛润润、湿漉漉的红晕里。麦子就要熟了，空气中有一股甜甜的麦香。

秀月正在做饭，满囤领着小米在徒骇河边玩。小米脱下鞋子，在河边潮湿的沙地上跑，两个白胖胖的小脚丫，在沙滩上印下一串串小巧的脚印。

满囤百无聊赖，从地上捡起一块土坷垃奋力地朝麦田里投去。抛物线刚一落地，一只好看的公野鸡突然被惊起来，拖着长长的五彩的尾巴，嘎嘎地叫着惊慌地向远处飞去。紧跟着，一只体态略小些的母野鸡也腾起翅膀嘎嘎地叫着，追随而去。他望着两只披着霞光飞远的野鸡，抱愧地想：不好意思，打搅你们了。

天光渐渐暗下来，满囤领孩子往回走。小米走累了，伸着小手让他抱，他一下把女儿抱起来。

正走着，听到后面有人喊他，他一个激灵，听出是高爱玲，脚下迟疑了一下，一时有些慌乱。回头一看，果真是她。

高爱玲清瘦了些，脸颊微微凹陷，仍留着长辫子，绕过肩搭在胸前。她手里拿把镰刀，肩上背了一捆草，走得很快，赶上来，大声问："聋了？傻呆呆地瞪着我干啥？没听到我跟你打招呼啊？"走上来又挖苦说，"咋这么长日子不见人影，在家坐月子了？"

"不是，不是……"满囤慌乱地笑笑，结结巴巴地没有说出句囫囵话。

"没良心的，你把俺给忘了。跟媳妇过得挺热乎吧？"高爱玲酸溜溜地问。

"马马虎虎……"满囤一边含含糊糊地支应着，一边躲避着她那直勾勾的、让人难以招架的眼神。

"你的保证书还算不算数？"高爱玲把肩上的草捆放在地上，委屈地问。

"当然……算数。可乔秀月那倔脾气，一提离婚她就喝药上吊，万一死了人，你我都脱不了干系。"满囤说。

"你怕她喝药上吊，就不怕我跳井跳河？"高爱玲眼眉一竖，不满地说，"我要跳井跳河一定把你写的保证书带上！"

近段时间，满囤成了惊弓之鸟，总担心出事情，于是赶紧说："别做糊涂事！你要沉住气，给我点时间啊。"

"反正没有你我也不能活！"高爱玲两手捂住脸，一跺脚，"我已经受够啦！"

"那你说怎么办？"满囤无奈地软声说。

"我不知道，你说怎么办我就怎么办。"高爱玲的泪水从手指缝里流出来。

躲在满囤身后的小米瞪着滚圆的、惶恐的眼睛，看着高爱玲，说："她哭了。"

满囤看看孩子，又看看高爱玲，心里乱得就像有什么东西在乱咬，想了想，对高爱玲说："明天我要替牛所长去县粮食局开两天会，你明天下午去城里吧，我给你买个新褂子，晚上请你看电影。"

高爱玲破涕为笑，说："你明天多捎点钱和粮票，也给俺娘买些东西，俺娘的脾气你又不是不知道。"

"好吧。"满囤嘴上应着，心里说，"你娘钻钱眼儿里去了。"

早晨，天刚蒙蒙亮，陈满囤骑上自行车去县粮食局替牛所长开会。 牛所长老伴患妇科病住院，他陪她做手术去了。

这次所长会的主要内容是安排今年的夏粮征购工作。 1969年，国家的粮食政策并无多大变化，继续执行"一定三年"的征购办法。

由于昨夜没睡好，会议开始不久，满囤就趴在桌子上打起了鼻鼾，周围的人都朝他看，主持会议的马宗芳局长也直皱眉头。 坐在后排的陈良石用拐杖戳戳他，他一下子醒了，看看大家都对着自己笑，脸一下子涨得通红，马上坐直了，摆出一副认真听讲的样子。

浑浑噩噩中，听了一上午的会，他什么也没装进耳朵里去。

下午的会上，由业务股宋股长讲解今年的粮食收购政策和具体操作程序。 宋股长讲话很黏糊，一个事要重复好几遍，生怕别人听不明白，一直讲到天色将晚才散了会。

大家肚子饿得咕咕响，散会后急匆匆到食宿站就餐。

满囤看看表，已快七点了，比跟高爱玲约定的五点已超过了两个小时。

他急急忙忙骑自行车来到百货大楼门口，看见高爱玲正像提着头的鸭子翘首张望，迎上去，不等她埋怨，就解释说："今天下午宋股长讲话真黏糊，刚刚散会，你等急了吧？"

高爱玲一脸气恼的神情，埋怨说："还以为你把我忘了呢！"

满囤抱愧地笑笑说："咋会呢？ 你可是我心上的人呢。"

听了这句抹了蜜的话，高爱玲的脸色开始由阴转晴，嗔怪道："你呀，就这张嘴好使。"

满囤龇龇牙，又问："你是咋来的？"

"上午正好生产队来城里买楼，就跟队里的毛驴车来了。"

"你上午就到了啊，一直在这里等着？"

"嗯。 人家连中午饭还没吃呢。"

"身上没带钱？"

"钱倒是带了一两块，可饭店里没有粮票不卖给饭。"

满囤一听，心疼地说："走，咱先吃饭去。"

满囤领高爱玲来到第一饭店。

因为是晚上，饭店里冷冷清清。两盏白炽灯本来就瓦数不高，加上落满了灰尘，显得异常昏暗。他俩在墙角的一张桌子旁坐下，才发现另一个墙角处，也坐着一个抱着孩子的妇女，正在喝一碗水。

满囤去买饭，柜台里面坐着一位女服务员，正在打毛衣，他走过去说："同志，买二十个肉包子。"

服务员头也不抬，说："晚上不卖包子。"

满囤问："那卖啥？"

服务员不情愿地站起来，掀开盖着棉被的簸箩，看了看说："只有几根馃子和两个烧饼了。"

满囤无奈地说："那就要这几根馃子和两个烧饼，再要两碗鸡蛋汤。"

服务员没说什么，冲着后厨喊："王师傅，做两碗鸡蛋汤！"

满囤付了钱和粮票，拿了馃子和烧饼，回到桌子旁，对高爱玲说："快吃吧，晚上没有肉包子。"

高爱玲实在饿了，一手拿个烧饼，一手拿根馃子，大口大口地吃起来。

不一会儿，服务员把两碗鸡蛋汤送过来。由于太热，满囤和高爱玲便吹着气，用小勺舀了慢慢喝。

这时，抱孩子的女人走过来，对高爱玲说："大妹子，帮帮忙，给抱一下孩子吧，我去解解手，快尿到裤里了。"说完，把孩子递给她，把一个小包袱放在一旁的桌子上，匆匆地去厕所了。

高爱玲低头看一眼，孩子大约一周岁的样子，睡着了。这一下触动了神经，她情不自禁地想起了自己打掉的孩子，泪水突然决堤而下，"扑扑扑"落在孩子脸上。

孩子一下子醒了，睁开眼，一撇嘴，"哇哇"地哭起来。高爱玲站起来，摇晃着哄孩子，可咋也哄不好。

又过了一会儿，满囤不耐烦地说："这人撒泡尿咋这么长时间，掉茅坑里了？"

八点了，女服务员走过来说："吃完了吗？要关门了。"

高爱玲问女服务员："同志，你们饭店的厕所在哪里？这孩子她妈咋去了这么长时间还不回来？"

女服务员看她一眼，说："我刚去过厕所，厕所里没有人啊。"说着，开始抹桌子，又说，"她不会回来了。"

"不回来了？那这孩子呢，她不要了？"高爱玲瞪着一双惊诧的眼睛问。

女服务员说："那女的在这里转悠好几天了，曾向人打听过有没有要孩子的，她想把孩子送出去。这回你们好了，捡个孩子，抱回去养着吧。"

高爱玲一听慌了，连忙把孩子放在桌子上，说："俺还没结婚呢，咋会养孩子？"说完，拿起一块没吃完的烧饼要走。

女服务员一把把她拉住，说："把孩子带走啊，放在这里算咋回事？"

满囤想了想，从兜里掏出所有的钱和粮票，放在女服务员面前，说："同志，你也知道这不是我们的孩子，这些钱和粮票你收下，帮着看两天孩子，说不定明天那女人就回来找孩子了。"

女服务员冷笑一声说："当我是三岁小孩？抱了孩子快走，我要关门了！"

没有办法，满囤和高爱玲只好抱着孩子、提了包袱出了饭店。

天黑下来。电影看不成了，两个人思考着怎么处理这个孩子。他们商量后，把孩子放在了一个路口，想让路过的人捡走。可高爱玲刚把孩子放在地上，躲到一棵大树后，孩子就哇哇地啼哭起来。

孩子的哭声引来了几个散步的人，一个女人抱起孩子，大声地喊:"谁的孩子? 这是谁的孩子?"

这时,一个中年人从树后把满囤和高爱玲揪了出来,愤愤地说:"是他俩丢的孩子,我早就注意他们了,鬼鬼祟祟的,还以为是小偷呢!"

满囤赶紧解释:"我们不是小偷,这孩子也不是我们的。"

中年人瞪着一对牛眼,大声地说:"我亲眼看见是这女的把孩子放在路中间的,还能有假?"

高爱玲紧跟着说:"真不是俺的孩子,俺还没结婚呢!"

有人轻蔑地说:"没结婚就不会生私生子啊?"

高爱玲一听急了,冲那人骂道:"你娘才生私生子!"

那人火了,一下冲到前面,点着高爱玲的鼻子说:"你骂谁? 你再说一遍!"

高爱玲害怕了,一下躲到满囤的背后。满囤心里也有些怕,强作镇定地说:"大哥,你消消气,听我说,这孩子真不是我们的,是这么回事……"

没等他解释明白,就有人说:"解释啥呀? 当初在床上恣的时候没想到今天的苦吧? 敢做不敢当,算啥爷们!"

"就是啊,孩子丢在这里还不让蚊子叮死啊,真作孽!"有女人说。

"胆敢遗弃革命后代,不行把他们送到公安局去!"有人上前说。

散步的人越聚越多,鸡一嘴鸭一嘴地声讨满囤和高爱玲。满囤一看形势不妙,更怕有熟人认出自己,赶紧抱起孩子,提了包袱,让高爱玲推了自行车,灰溜溜地逃走了。

走出不多远,满囤停下来,又想把孩子放在当街口,但看看到处有人走动,怕再引起刚才那一幕。犹豫之际,高爱玲忽然想起她的一个远房表哥想要个孩子,急忙说:"把孩子带回去送我表哥好了,他结婚四五年了还没孩子,前些日子还跟俺娘打听有没有想送孩子的呢。"

"那好。"满囤把孩子交给高爱玲抱着,把包袱挂在车把上,骑车载了高爱玲向太平店而去。

回到太平店,他们直接去了高爱玲表哥家。来到表哥家门口,高爱玲让满囤在外面等着,自己抱孩子进去。她一进院子,就听到有孩子在哭,进屋一看,表哥正抱着一个孩子在屋里转圈,表嫂端着一碗粥,手里拿个调羹勺,无限愁苦地站在一旁。

高爱玲说明了来意,把孩子抱给表哥表嫂看,并强调说:"是个小小子呢!"

表哥一听,立马摆手说:"不要了,这一个我们都养不了,整天不是哭就是闹,还常生病,这不,发烧刚好,又开始拉肚子,饭也喂不上,真让人头疼死了!"

像是要证明他所言不虚,表哥话音未落,怀里的孩子"哇"的一声哭起来,声音尖厉刺耳。高爱玲怀里的孩子被吵醒了,也"哇哇"地哭起来。两个孩子跟比赛似的,高一声低一声,此起彼伏。

表嫂无奈地说:"你再去找一家吧,我们实在养不了两个啊。"

高爱玲抱着孩子出来,满囤马上凑过来问:"咋,没送下?"

高爱玲遗憾地说:"他们要到孩子了。"

满囤搓着手说:"这可咋办呢?"

高爱玲更没有主意,没说话,只是下意识地抱了孩子往前走,满囤急忙推了自行车跟在后面。

还没想出安置孩子的办法,就到高爱玲的家门口了。

满囤提了包袱硬着头皮跟高爱玲进了家门,高爱玲母亲和两个弟弟都在。高爱玲母亲一看高爱玲抱着个孩子,连忙问:"这是谁的孩子?"

高爱玲哭丧着脸说:"路上捡的。"

高虎上前说:"捡的?捡这干啥?"

满囤连忙帮着高爱玲说话："总不能让孩子在路边饿死、让蚊子咬死啊。"

高爱玲母亲看他一眼，回呛说："你倒有菩萨心肠！你连自己的孩子都逼着玲玲打掉了，还有心捡个孩子养活？"说着从高爱玲怀里夺过孩子，一下塞到满囤怀里，"要养你抱回家养去！"

满囤无奈，一手抱了哇哇哭的孩子，一手推了自行车回到粮所。小米已经睡了，秀月还在脚蹬缝纫机缝制衣裳。

听见有人推门进来，秀月抬起头，看一眼满囤，问："你不是开两天会吗，咋今天就回来了？吃饭了吗？"又一看他怀里抱着孩子，连忙站起来，"这是谁家的孩子？"

满囤皱皱眉头说："今天晚上在饭店里吃饭，一个女人假装去解手，把孩子塞给我就没回来，没有办法，只好带回家来了。"他当然不能说出跟高爱玲在一起。

秀月狐疑地问："该不是那狐狸精生的吧？"

满囤一听急了，说："胡说！我们啥时候有过孩子？"

秀月看他一眼，说："不是就算了，你急啥？你把孩子抱回来咋办？"

满囤想了想，软下来，说："你先帮着养两天，看看丢孩子的人家会不会回去找，要是不找，就寻个人家送出去。"

这时，孩子"哇哇"地哭起来，秀月问："是饿了，还是拉了尿了？"说着上前接过孩子，解开一层薄毯子，里面有一张纸落到地上，满囤弯腰捡起来。

孩子拉了，也尿了，秀月用褯子给孩子擦，擦不净，说："你兑点温水给孩子洗洗屁股。"

满囤正在灯下看那纸片上的字，听秀月喊他，连忙拿来洗衣盆，倒了水，端过来为孩子洗屁股。

秀月怜悯地说："孩子这么大了，当娘的咋啥得扔！"

336

满囤指着信上的字说:"这信上说了,孩子的生日是1968年6月26日,还没出生,父亲在黄河里打鱼,不小心翻船淹死了。前不久,那女人又查出得了重病,带不了孩子,只好送人,想给孩子一条活路。"

"又一个苦命的孩子!"秀月叹息道。孩子又哭,她怕吵醒了小米,急忙撩起上衣,把乳头塞进孩子的嘴里。

乳头是孩子止哭的利器。秀月的乳房已经很松弛,乳汁也不再旺盛,可孩子还是一头扎进她的胸口,狠狠地、急切地、以命相搏地噙住那个乳头,贪婪地吮吸着,像只疯狂的小兽。

第二天,陈满囤继续到县粮食局开会,散会的时候,又去了第一饭店,找到服务员,问昨天晚上那个女人回来过没有。得到否定的答案后,就把自己的名字和粮所电话号码留给了她,要是那女人回来找孩子,请她马上打电话到太平店粮所。

等了几天,音信全无。

满囤又去黄河边的村庄打听打鱼翻船淹死人的事,想以此找到孩子的母亲,却没有打听到。想把孩子转送他人,一时又找不到合适的人家。想送公安局去,那孩子"哇哇"的哭声让人迈不开腿。

粮所开始了一年一度的收公粮,满囤起早贪黑,忙得脚不沾地,暂时把孩子的事放在了一边。

身边多了一个累赘,秀月要看管两个孩子,集上收的活就做不完了,她第一次没有按时交货,给人赔了若干道歉话。之后,她不再到集上收活了,可仍有很多人慕名找到粮所来。送上门来的买卖不好推辞,这下可苦了她,白天看孩子没有空,只好晚上做,有时甚至通宵不眠。

她越来越瘦了,乔江龙带着老伴来看她,心疼得掉下泪来。她用轻松的语气劝慰父母说:"没事的,等孩子长大一点就好了,瘦了更好，走路轻快。"

乔江龙看着女儿刻意调动和伪装的表情，摇摇头说："你真是个傻妮子啊！"

娘看着女儿说："月儿，你都有白头发了。"说完，心疼地抚摩一下她的头。

秀月拿过镜子一照，果真看到鬓角处隐约有几根白发，故作轻松地说："随你呢，小时候我刚记事时，就记得您有很多白头发。"

乔江龙说："瞎说，你娘现在也没有多少白头发。"

秀月一笑，调皮地说："那是俺娘返老还童了。"

20

粮所里收完了公粮，密闭了粮仓，已到一年之中最热的七月。这里那里，到处流淌着毒毒的火，知了在树上发出痛苦的呻吟，家狗蜷缩在屋檐下。晚上，屋顶被晒透了，蒸笼一般，仿佛要把人蒸成馒头。

每天，秀月都晒一大盆水，去徒骇河边采来一些神奇的花草放在盆里，先后把两个孩子放进去。孩子用这些花草泡过澡，身上不起疹子，不会鼓脓包，连蚊子也不来招惹他们。

虽然天气闷热，秀月仍要每天手摇蒲扇把俩孩子送入梦乡后，自己再干到深夜。

黄河边有一个村庄，一户人家连续生了五个闺女，没生下一个男孩，听说粮所里有人要送男孩子，夫妇俩来找陈满囤，要把孩子抱走。

孩子终于可以有个归宿了，满囤很高兴，领着两人到宿舍来看孩子。

秀月正在给孩子喂奶。孩子长大了很多，黑虎头似的脸，胖乎乎的，十分可爱。

那对夫妇放下手中的一篮子鸡蛋，上前看过孩子，问了一些孩子是否健康、平日有啥习惯等问题，非常满意，就从兜里掏出三十元钱放在桌子上，说："这三十元钱，算是补贴你们一点奶水钱，孩子我们领走了。"说着，就想上前抱孩子。

秀月看着孩子，鼻子一下子就酸了，这么好的孩子咋舍得送人呢？她抱着孩子转过身去，想了想，背对着来人说："这孩子我们自己养了，不送人。"

满囤一听，着急地说："人家大老远地来了，咋说不送了？"

"说不送就不送！"秀月很执拗地摇摇头说。说完，抱着孩子出门去了。

满囤无奈地摊摊手，把桌子上的钱还给男人，说："真不好意思，她跟孩子有感情了，乍一说，舍不得，过后我再劝劝她。"说着，把那篮子鸡蛋递给来的那个女人。

那男人想了想，把钱装进衣兜，从女人手里接过鸡蛋，转身放在桌子上，说："这鸡蛋就送给孩子吧，哪一天你媳妇想通了，就捎个信儿，我们再来抱。"

"好，一言为定。"满囤说。

晚上的时候，秀月跟满囤商量："咱把这孩子留下吧。"声音里带着几分乞求。

满囤这下作难了，沉思着把一支烟吸完才说："你要不怕累，愿意留下就留下吧。"

孩子留下来，取名叫陈金谷。

日子像一本书，一天一天翻过去。

金谷学会走路了，并开始牙牙学语。

经县粮食局批准，粮所新盖了五间宿舍，牛所长念陈满囤一家四口住在一间屋里实在太挤，就分了两间给他，还用余料为他盖了一间小伙房。 这下宽绰了，满囤又添置了一些家具和生活用品，更像一个家了。

秀月在窗台上放了两瓶花。 一瓶是白菜花，她把吃剩的白菜疙瘩养在一个罐头瓶子里，时间不久，白菜疙瘩就冒出了金黄色的花，在窗口的暖风中盈盈招手，煞是喜人。 还有一瓶是她随手从路边摘回来的野花，红的、黄的、粉的，别看是司空见惯的野花，却把屋子点亮了，让屋里弥漫着几分柔媚和鲜活，香腻腻的。

满囤在外屋安了一张床，结束了晚上一直睡连椅的日子。

夫妻之间的长期冷战，让乔秀月内心异常痛苦，也渐渐习以为常了。 她操劳着，忍耐着，把希望寄托在将来。 两个孩子像麻雀一样在她身边忽左忽右地蹦着，叫着，她感受到了生活的快乐。 她与孩子一起做游戏，摇晃着他们的小胳膊，教他们唱儿歌：

炸，炸，炸馃子，
腰里掖着皮锁锁，
待开不开，
黄花过来，
你敲梆子我敲鼓，
咱俩变个小老虎。

满囤还是甩手掌柜，每天早晨起得很早，可啥家务也不做，拿个马扎坐在门前听收音机。

每一年的上半年都比下半年过得慢，老感觉青黄不接的日子太长了。

谷雨节气到了。

老百姓常说："肥正月，瘦二月，半死不活三四月。"正月里吃年饭，宁穷一年不穷一日，二月里节省着吃，到三四月就吃不饱了，而此时，正是春耕大忙的季节，必须尽量保证劳动力的口粮，粮所便开始供应返销粮。上级规定，返销粮供应一般为30％的玉米和70％的地瓜干。

这天，高虎拿条口袋来批粮食，找到陈满囤，让他给多批些玉米，少批些地瓜干。

少量的品种调剂指标掌握在所长手里，所长不签字，谁也没有权力变动品种比例。陈满囤拿了购粮证去找牛所长。

牛所长对满囤和高爱玲明来暗往很反感，一看供应证上的姓名，就不批，说："这次县里分配的指标很紧，没有机动的啊。"

满囤明白牛所长脑子里的"因为所以"，就厚着脸皮说："我知道，你就多少照顾一点吧。"

"你现在是副所长，要珍惜自己的名誉，"牛所长想了想，说，"这样吧，五五吧，一半玉米，一半地瓜干。"说完，不容他再说啥，就在购粮证上签了字，又说，"以后她家的事你少管！"

"嗳。"满囤应着，从牛所长办公室退出来，把购粮证交给高虎，高虎一看购粮证，说："咋才50％，以前不都是倒三七吗？"

满囤解释说："这次国家指标紧，玉米、瓜干各半，已经不错了。"

高虎并不买账，大声嚷嚷道："你这副所长是干什么吃的？还要让我姐姐亲自来吗？你一个堂堂的副所长，连这么点事都办不了？"

真是人心不足蛇吞象！满囤心里有股火焰直往上升，本想说"不要拉倒"，又怕高虎胡搅蛮缠，指不定再说出什么不着调的话来，就从衣兜里掏出皮夹子，想拿几斤粮票给他。

不想，高虎上前一下把皮夹子抢了过去，转身就走。

满囤着急地说："还给我，里面有我的饭票呢！"

高虎打开皮夹子，把里面的粮票和钱留下，把皮夹子一下扔给了他。刚走出几步，又折回来说："俺姐姐可等你四五年了，你要把她甩了，这个可不答应！"说着挥了挥拳头。

"喊！"满囤轻蔑地看着他的背影，但又不得不承认这家伙长高了，长壮了，走路带着一种霸道的气势。

21

时光漫长而又飞逝如驹，转眼小米快 5 周岁了，小金谷也已 3 岁多。

小金谷爱静不爱动，很听话，小米反而像个小子，很顽皮。

秀月太爱这两个孩子了，两个孩子跟她也亲，整天钻在她的怀里，像小马驹、小猪崽一样亲昵地死缠乱拱，像小羊羔、小牛犊一样"妈妈，妈妈"地叫唤不停。

两个孩子都黏着她，虽然很累，而她极享受作为母亲被儿女黏的感觉。每当这时，她一切的不快、苦痛、劳累都会烟消云散，变得精神振奋、心花怒放。

闲下来的时候，她就教俩孩子画画，用裁衣的彩色粉饼在纸上画小房子、小狗、牛羊和散发着黄色光芒落到树梢上的圆太阳。有时，小米刚要画完，金谷就拿一块粉饼凑热闹地在上面胡乱涂鸦，使画面一塌糊涂，小米就要去打他，秀月便把金谷一下抱过来护着说："你当姐姐呢，要让着弟弟才行。"

这天晚上，秀月在洗脚盆里倒了水，将金谷抱在怀里，给他洗脚丫。金谷两只脚丫扑打着水花，溅得满地都是，还溅到了她的脸上、身上，她一点也不生气，还去挠他的脚底板。金谷就钻在她怀里咯咯地笑，脑袋在她胸前滚来滚去。

小米见了，也拿个马扎在洗脚盆前坐下来，脱去鞋袜，嬉皮笑脸地将脚伸向秀月："妈，你也给我洗。"

秀月在她的小腿上拧了一把，笑道："你是姐姐，自己洗。"

虽然嘴上这么说，为小金谷洗完擦干后，她还是又捉住了小米的小脚丫轻轻地搓洗起来。

满囤躺在床上看一张报纸，小米洗完了脚，爬上床，骑到他的肚子上，手里假装拿着皮鞭子，嘴里吆喝着："嘚儿，驾，驾！"

"吁——"满囤被蹾得受不了，放下手里的报纸，用手托着小米的腰，把她举起来。小米的脚丫在空中乱踢，笑成一团。

秀月正在给小金谷喂奶粉，看到这一幕，开心地笑起来。她想，如果家里每天都这么其乐融融的该多好啊！

闹够了，屋里安静下来。小米透过窗户，看着满天的星星，缠着秀月讲牛郎织女的故事。

听完故事，小米瞪着一双遐想的眼睛，问："妈妈，妞妞说她妈妈是仙女变的，她也是仙女变的，妈妈，你是仙女变的吗？"

秀月一下子愣住了，不知道怎么回答，只胡乱地应着："你说呢？"

"你说，你说，我要你自己说，"小米扳住秀月不放，"妈妈，你到底是不是仙女变的？"

秀月看了满囤一眼，见他正朝这边观看。

她不想让女儿失望，于是说："妞妞的妈妈是仙女变的，妈妈当然也是仙女变的啊。"说完又瞥了满囤一眼，见他一脸的不屑，于是说，"问问你爸爸是不是？"

小米又去缠满囤，从后面箍住他的脖子，问："爸爸，妈妈是仙女变的吗？"

满囤一时语塞，想了想才说："你妈妈当然是仙女变的……"他还想说，只是下凡时心太急了，着地时把脸磕扁了。不过，他看着女儿期待的眼神，把下半句话截留下来。

秀月知道满囤的话言不由衷，但还是挺高兴的，忍不住笑了。

"那我呢？"小米又问。

"你长得这么漂亮，当然更是仙女变的了。"满囤说。

"哇，我也是仙女变的！"小米欢欣地蹦着高。

小金谷也天真地学着姐姐的话说："我也是仙女变的！"

小米说："你是男的，还是仙女变的呀？"

满囤和秀月一听，全笑了。

片刻，满囤重新拿起报纸，却看不下去了。

"仙女变的！"他默默地一遍遍重复着这句话，心里一阵阵疼。乔秀月要真是仙女变的该多好啊！

如果日子顺着这样的渠平稳地流淌下去，陈满囤一家的命运也许会由此变得顺畅一些。 然而，人生之河说不定在什么时候就要冲出河渠，变成无数条支流。 人们很难预料生活顺着哪一条支流才能继续"循规蹈矩"。 如果掌握不好方向，一个浪头打来，河水就会冲垮堤坝，泛滥成灾。

这年秋天，陈满囤又被借调到县粮食局去了。 不再是去做秘书，而是去当演员，唱戏。 响应上级精神，县粮食局要搭建戏班子，排演革命样板戏——京剧《红灯记》，由陈满囤扮演男主角李玉和。

令满囤没想到的是，黄雪贞也被招进了宣传队，在《红灯记》里扮演李奶奶。

满囤开玩笑地说："你沾光了，成我妈了。"

黄雪贞一笑，用手往后理一理头发，得意地说："老喽——"

满囤仔细端详黄雪贞，她确实老了很多，皮肤开始泛黄，眼角增添了明显的鱼尾纹，一笑连鼻子上的皮肤都皱起涟漪。 头发里已夹杂了根根白丝。

满囤问："孩子多大了？ 谁帮你照看着？"

黄雪贞说："四周岁多了，上机关托儿所，俺婆婆负责接送。"

满囤羡慕地说："还是家里有撑腰的好，孩子都能上托儿所。"

黄雪贞一脸不屑，说："也就这点好处，不然我可没时间来学戏。"

"你男人身体还好吗？"满囤本想问的是"你男人羊角风的病怎么样了？常犯吗？"，怕刺激到黄雪贞，就换了种婉转的问法。

黄雪贞当然听出了他问话的含意，就说："还好，我父亲托一个朋友买来一种专治癫痫的藏药，吃了效果挺好，二三年没犯了。"

"这就好。"满囤发自真心地说。

黄雪贞又问满囤："你几个孩子了？"

满囤伸出两个手指头说："俩。"

黄雪贞眼眉一挑，冲他一笑，说："都俩了？"

满囤连忙说："前面闺女是亲生的，后一个儿子是抱养的。"

黄雪贞不解地问："既然自己能生，抱养人家孩子干啥？"

"这……"满囤不知道如何解释，一时张口结舌。

黄雪贞关心地问："都说你要跟乔所长的闺女离婚，现在咋样了？"

哪壶不开提哪壶。满囤尴尬地说："法院没判。"

黄雪贞同情地说："你跟乔所长那闺女能维持到今天真难为你了。还离吗？"

像伤口上撒了盐，满囤的心抽搐了一下，不知如何回答。

其实，黄雪贞并不是有心提他的伤心事，而是诚心实意地关心他。几年过去了，他们都各自成了家，有了不同的生活，但那段旧情非但没有被忘却，反而由爱情变成了友情，由激情转化为柔情，彼此间已没有了不解和埋怨，除去了私念，更清白、更纯真了。

幸亏这时老师集合大家说戏了，把满囤从痛苦和尴尬中解脱出来。

这帮人学戏，真难为了从剧团里请来的这位老师。演员们对京剧表演一点基础也没有，一切从零开始，不会念白，不识曲谱。老师只能靠口口相传，一个人一个人、一句一句地教。

　　这帮人中，数陈满囤和黄雪贞乐感灵敏，学得比较快。学得最慢的是女主角李铁梅的扮演者任思美，咿咿呀呀总唱不到调上，还经常忘词，急得老师背地里直骂娘。

　　满囤开始并不认识任思美，她是不久前才调到县粮食局的。他在粮食局时，她还没调来。任思美在局工会上班，据说跟县领导有什么关系。任思美一不会写，二不会算，只是人长得漂亮，喜欢跳跳唱唱。她的记忆力不好，唱歌忘词是经常的事，调到粮食局工作不久，就闹出了一个经典笑话。

　　那一天，粮食局召开机关人员大会。会前，马宗芳局长提议说："小任，领大家唱首革命歌曲吧，活跃活跃气氛。"

　　任思美站起来，走到前面，扬起手准备打节拍，开始为大家起头儿，可不知道是紧张还是因为什么，嘴里一个劲地叫起"爹"来："爹……爹……爹……"

　　大家都蒙了，这是什么歌呀？

　　等她好不容易把歌词"爹亲娘亲不如毛主席亲"唱出来，大家才知道她忘词了。这首歌的歌词是："天大地大不如党的恩情大，爹亲娘亲不如毛主席亲……"她直接唱到了歌曲的第二句上去了。

　　大家哄地大笑起来，有人说："她爹是谁呀，咋跑到这里认爹来了？"

　　这天傍晚，结束了排戏，黄雪贞和满囤一起整理道具物品，她问他："你看这任思美长得像谁？"

　　满囤说："没看出啊，像谁？"

　　黄雪贞说："你看她像不像太平店的高爱玲？"

　　不知道黄雪贞是真不知道他跟高爱玲的关系，还是装着不知道，满囤一听，心像被扎了一下。其实，他一见到任思美就看出她跟高爱玲长得有些像了，瘦高的个儿，满月脸，桃花眼，薄嘴唇。可两人衣着打扮差多了，一个是庄稼地里的村姑，一个像皇宫里的贵妃。他忽而又想，要是高爱玲穿上这样的衣服，捯饬成这样的发型会是啥样子呢？

黄雪贞见他木怔着不说话，又问："你说像不像？"

满囤说："不像，高爱玲黑不溜秋的，咋能跟人家任思美比？"

黄雪贞接着问："那你也感觉任思美漂亮了？"

满囤脱口说："人家本来就漂亮嘛。"

黄雪贞半是玩笑半是提醒地说："漂亮也不能多看，看到眼里就拔不出来了。这任思美可不是一般人物，你这情种，可不要乱来啊！"

"情种？乱来？"满囤自语着，脸红了，不好意思地说，"你说啥呀，咱能那么没脑子？"

"不是说你没脑子，而是怕你聪明反被聪明误！"黄雪贞说出了自己的担心，看着他，等待他的答复。

满囤理解她的良苦用心，深情地看了她一眼，信誓旦旦地说："不会的！"

吃过晚饭，满囤躺在宿舍的床上，想着黄雪贞说自己是"情种"的话，渐渐地，有一种难以抑制的情绪，像一股热流在每一根毛细血管里奔突，浑身痒酥酥的，抓挠不得。他闭着的眼前，闪过一幕幕以前从没遇到过的情景：跟高爱玲一起去看电影，高爱玲因为惊恐而钻进他的怀里；跟高爱玲一起走进县粮食局大门口，毕加强见了直夸他俩是"郎才女貌""天生的一对，地就的一双"；春天，跟高爱玲带着儿子一起在徒骇河堤上采摘鲜黄鲜黄的野花，儿子手持野花迎着阳光跑来，人们无不投来羡慕的目光，夸他们是幸福的一家子……

他一骨碌爬起来，推出自行车，向太平店高爱玲家飞驰而去。

天阴得很厚实，夜黑得也很厚实，周遭无处不是茫茫的黑暗。寒风打着呼哨，一束束针刺着夜的胸膛。

走熟悉的路线，翻熟悉的道豁口，敲熟悉的窗户，满囤轻捷似猫儿一样跳到了高爱玲的炕上。无需点灯，漆黑中两个人紧紧地抱在一起，开始了你进我退的攻防，直到两人都攀上销魂的巅峰。

火焰熄灭了，满囤浑身像散了架，疲惫地躺在床上，微微眯上眼睛。

高爱玲枕着他的胳膊嘤嘤地哭起来，温热的泪水淌到他的胳膊上。

满囤吃惊地问："咋了？"

高爱玲止住哭泣说："我们这么偷偷摸摸的，啥时候是个头啊？"

满囤一下扳过她的脸，爱怜地为她擦去眼泪，安慰说："总有一天我会娶了你。"接着又重复一遍，"我会娶你的！"

高爱玲破涕为笑，请求道："再抱抱我。"确乎是请求的口吻，没有一点撒娇的意味。

满囤使劲搂搂她。

她也紧紧抱住他："我就喜欢你，别人我谁也不嫁！"

22

出人意料，粮食局宣传队演出的京剧《红灯记》一炮打红，在全县机关文艺汇演中获得了第三名。尤其陈满囤，扮相挺拔英武，"唱、念、做、打"从容淡定，有模有样。特别是唱，一板一眼，字正腔圆，行云流水一般，韵味十足，每次演出都会获得潮涌般的掌声。

他很快成了全县街评巷议的名人。

这天，宣传队来太平店巡演，虽然天气很冷，乔秀月还是领着小米抱着金谷从头看到尾。听着观众对满囤的啧啧称赞，享受着熟人们对她的恭维，她既骄傲又兴奋，觉得脸上光彩无限。她把金谷举过头顶，亢奋地说："你爸爸真棒！"

同样感到兴奋的还有高爱玲，眼都亮了几分。

宣传队也到闻韶镇来演出了，人们听说主角是陈满囤，更加兴奋，奔走相告，孩子们早早地就去闻韶台边的广场占位置了。

这时的闻韶台已被夷为平地，连高高的土胎也被抬到一旁的碱湾里去了。没有了闻韶台，镇子一下子空了，仿佛缺少了支撑，天都矮了一截，风也没有了屏障，长驱直入似的从镇子上面吹过去，呜呜的，格外响，小兽叫似的。

闻韶台的原址，只留下半米多高的土台子。每当来了演戏的、放电影的，都安排在这里。

来到闻韶镇展演，满囤可谓衣锦还乡，精神头格外足，一招一式，一腔一调，很是卖力。

陈良石、尹巧凤和满仓也来了，被安排在前排的最佳观看位置，听着人们一阵阵的叫好声，他们的脸上也觉得很有光彩。

更让人想不到的是，转过年来，陈满囤竟被借调到县剧团去了，在剧团里还是做男一号，饰演李玉和。虽然是借调，但离开了粮食系统这个让他又爱又恨的地方，命运之神又一次在他的面前打开了一片广阔的世界。他志满意得，举手投足总提着一股子气，透着一种颇为自信的、可以超越一切、征服一切的力量。

春天又来了。

柳树枝头上的鸟似乎有种魔力，只是清脆地叫几声，就呼来了风，唤来了雨，连阳光都增添了热度。草叶悄悄在四野泛绿，一片片，沾着水露，摇摇晃晃，细听着春风的蛊惑，疯狂地生长。

陈满囤的心中也有念头被唤醒了，更确切地说，这种念头一直没有消失过。这个念头就是离婚。现在他走到哪里，都被众星捧月般地仰慕，风光无限，前程似锦，而有一个丑老婆成了他无法排解的痛。他又一次把离婚诉状递交到了县法院。

他再次起诉离婚，还有一个重要的原因——由于成了台柱子，县剧团已向粮食局发出了商调函，决定把他正式调过去。那样，工资就由县剧团发放，不再端粮食部门的饭碗。逃离了马宗芳的权力范围，乔江龙想施加影响也无能为力了。

人的欲望是个奇怪的东西，很多时候，自己渴望得到一些东西，得到后又会很快失去兴致；自己手里明明握着别人羡慕的东西，却总在羡慕别人手里的东西。在粮食部门工作，是多少人求之不得的职位啊，人们看到粮所的人，眼神里充满了羡慕，就像饥饿之人看见了白馍馍加肉汤。但这阵儿，满囤却像吃错了药一样，一心念想着逃离。

不少人说，陈满囤这是"水往高处流，人往低处走"，自己给自己找不自在。

陈满囤却不这样认为。他向往着幸福的远方。

很多人或许只有历尽世事，才会明白，自己眼前拥有的，才是真正应该珍惜的。因为远处的是风景，近处的才是人生。

"离，跟他离！"乔江龙的态度跟上次发生了一百八十度的大转变，看着女儿一天天消瘦，心里疼得流血。他无数次用拳头捶自己的脑袋，质问自己当初为什么要一心让女儿嫁给陈满囤！他痛苦地认为，女儿一步步走到现在，都是自己害了她。

然而，任其怎么劝，乔秀月却一口咬定坚决不离。

开庭了。主审法官仍是何法官。

何法官的头发又少了许多，显得额头更高更宽了。他仍旧抱一个大号的白搪瓷缸子，不时送到嘴边"吸溜"喝一口。见书记员准备好了，他习惯性地把缸子盖"啪"地盖在缸子上，看着满囤不慌不忙地说："你是原告，你先说。"

这次满囤显然准备充分，站起来语言流利地说："尊敬的何法官同志，我请求法庭允许我跟乔秀月离婚。我们的夫妻关系早已名存实亡。自从女儿出生后，就没有爱情了。恩格斯说过，没有爱情的婚姻是不道德的，所以我请法庭同意我……"

还没说完，何法官皱皱眉打断说："原告，这里是法庭，是讲法律的地方，我们不按道德判案。要是人人都讲道德，很多案子不会诉到法院来。好，你接着说，请多讲法律事实，少讲些道德问题。"

何法官说话慢言慢语，却像一块块石头砸在满囤心上。满囤的脸一下子红了，连忙说："是，是。我请法院同意我跟乔秀月离婚，没有了。"说完，坐回长凳上。

何法官端起缸子"吸溜"喝一口，说："你刚才说，自从你们的女儿出生后就没有爱情了，可起诉书上说的咋比上次多了个孩子？"

满囤连忙站起来说："不是，那不是我们的亲生儿子，是我们抱养的。"

何法官转脸问秀月："是吗？陈满囤已经跟你提出离婚，为啥还要抱养个孩子？"

秀月站起来说："不是我们抱养的，是他带回来的。"

"哦？"何法官的小眼一下瞪圆了，问满囤，"孩子是从哪里抱养的？不会是你跟……"

满囤一听急了，马上说："不是，不是，是我跟高爱玲……"

"生的？"何法官饶有兴趣地问。

满囤更急了，说："我们咋会生孩子？是……是……我们捡的。"

"哦——"何法官做出一副恍然大悟的样子，又说，"我说呢！刚才听你说的恩格斯的话，就知道你是个道德感很强的人，说没有爱情的婚姻是不道德的，没有婚姻就生孩子就更不道德吧？是不是？"

满囤听出了何法官话里有一股讽刺的味道，脸上发烧，但还是连连点头称是。

何法官说："你说你跟高爱玲共同捡了个孩子，那就再说说你跟高爱玲的关系吧。"

满囤一听，心里咯噔一声，仔细一怔，立时暗骂这何法官真是个老奸巨猾的东西，悄悄地把自己带进了地雷阵！于是字斟句酌地说："我们是一般朋友关系。"

何法官又点点头："哦，朋友关系——捡了一个孩子——带回家养着……"

满囤一听何法官的怀疑口气，急忙说："真是捡的，在第一饭店捡的，不信你可以到第一饭店调查呀。"

何法官说："对于怀疑的地方，法庭当然要调查。"

满囤问："这跟我们离婚有关系吗？"

何法官板起脸说："咋会没关系？弄不清孩子是谁的，咋判孩子归谁？要是糊里糊涂判了，我岂不成了糊涂法官？"

满囤不吱声了，勾着头坐在长凳上。

何法官转脸问秀月："你同意离婚吗？"

秀月平静地说："不同意。"

何法官问："既然原告说你们之间根本没有了爱情，为啥还不同意离婚？"

秀月想了想说："一家人可以没有爱情，可应该有亲情。两个孩子还小，要是我们离婚了，少爹没妈的孩子容易让人欺负，对孩子不好的事我不能做！"

"少爹没妈的孩子容易让人欺负"一句，勾起了满囤童年的记忆，让他的心猛然疼了一下。看秀月一眼，低下头，一言不发。

秀月转脸看着满囤，用乞求的口吻说："满囤，等两个孩子长大了我们再离婚好吗？"

何法官眼窝发潮，"吸溜"喝了一口水，提起暖瓶把水续上，平复一下情绪。他盯着满囤，见他长久不说话，眼珠一转，说："陈满囤，咱们谈谈心好吗？"

"谈心？"满囤疑惑地抬起头看着何法官。

何法官点点头，说："也算是法庭调解吧。"

满囤不知道他葫芦里卖的什么药，警惕地问："调解？咋调解？"

何法官换个话题，说："我看过你演的《红灯记》呢，你那'李玉和'演得真好！"

满囤、秀月和书记员看着何法官，眼神都弯曲成大大的问号：咋在法庭上拉起演戏来了？

满囤眉间的疙瘩一下子解开了，淡淡一笑。

何法官又问："你还演过啥角色？"

满囤心里开始变得骄傲，说："还有《沙家浜》中的郭建光，现在正在排演《智取威虎山》，我演杨子荣。"

何法官赞叹地说："哇！都是男主角啊！都是革命的英雄人物！"

"当然。"满囤面色放松了，微露喜色。

何法官用一副关爱的语气说："你真是赶上了好形势啊！人这一辈子，别说演这么多一号人物，演一个就应该知足！"

"是，是。"满囤有些神色飞扬了。

何法官看他一眼，又说："所以要加倍珍惜才是，可不能给英雄脸上抹黑呀，尤其在现在这种形势下，在英雄脸上抹黑可就是'反革命'，是要统统被打倒的！"

"是，是。"满囤频频点头。

何法官苦口婆心又带有几分警告地说："依我看，你现在离婚真不是时候，传出去人们会咋说？会说你喜新厌旧，会骂你是'陈世美'的！如果你跟高爱玲真有那种关系，是什么性质？是通奸！要是反映到领导那里，还能让你继续演英雄？只怕连演狗熊也没你的份了！你仔细掂量掂量哪头轻哪头重吧。"

何法官听来语重心长、发自肺腑的这几句话，真正灸到了满囤的痛处，让他额头上冒出了一层汗珠。他又开始患得患失了，长时间思考着，一时拿不定主意。

何法官见目的达到了，微微一笑，向满囤说了那句惯常的结束语："我们法院始终向广大人民群众敞开大门，你们回去好好想想，等想好了，改天再来。"

满囤像个提线木偶，木木怔怔地走出了法庭，经风一吹，头脑才清醒过来：审了半天，又落个"改天来"的结果！他想回去找何法官，可法庭的门已关闭，并落了一把锁。

他痛苦地感叹道："这世界咋好像在原地转圈啊？"

站在法院门口，他等秀月走到身边，哀求道："乔秀月，你放过我好吗？"

回答他的是秀月坚强的扬头，还有一声冷笑。

23

陈满囤对乔秀月更冷淡了，看她的时候都是用眼梢，一闪，像三九天的寒风似的。心里长期被怨愁怨恨涨满的人，就像被雨水淹没的田园，很难再吸收进新鲜的水分，再长出感恩的禾苗和花朵。

"你的心肠硬得像石头！"秀月对他说。

"你的心肠也不软！"满囤冷冷地回答说。

由于忙着到处演出，满囤回家的次数更少了。秀月一个人拉扯着小米和金谷，非常辛苦。陈良石和尹巧凤劝她回闻韶镇，好帮她照料孩子，可她不舍在太平店的缝纫生意，留恋那些老客户。乔江龙提议把小米或金谷领回家替她抚养，她也舍不得，一天不见孩子，就像丢了魂一样。

两次离婚法院虽然没判，可秀月心里清楚，婚姻的前景已经非常暗淡。她常常在孤独的夜里眨巴着干涩的眼睛，反复想着结婚以来绞得心痛的日子，也多次闪过离婚的念头，可当第二天的晨光一照进窗户，看着两个可爱的孩子，她的心又坚硬起来，好像穿上了盔甲，将所有的风侵雨蚀统统抵御住。

两个孩子成了她人生中唯一的，也是最后的阳光。

也许是上次喝农药对身体伤害太大了，也许是整日的劳累把她的健康掏空了，也许是长期的精神压抑让她的免疫力下降了，入秋的时候，乔秀月病了，脸色像秋天树上飘下的枯叶，非常憔悴。

她感到心口隐隐作痛，开始还不当回事儿，以为平时吃饭凉一口热一口，是胃出了毛病。可渐渐地，身体越来越消瘦，气力越来越虚弱，稍一用力就好像得了哮喘一样喘不过气来，还时常揪心扯肺地咳嗽，痰里带有血丝。

她担心起来，甚至流下了泪水。不是为了她自己，而是为了小米和金谷。不过她仍倔强地自己承受着，从没对别人说起过。

陈良石和尹巧凤来看她，见她如此消瘦，问她是不是病了，她强作笑颜说："没有啊，好好的。我每年苦夏，每到夏天饭量变小，就要瘦一些，没事的。"

然而，人毕竟不是铁打的，虽然硬撑着，但迅速消瘦的身体，走路或做活时的粗喘，说话时的底气不足，还有饭量的锐减，都暴露了她的健康正不可收拾地衰败。这天上午，秀月正在裁剪面料，突然一阵眩晕，一下跌坐到地上，额头在案板角上磕破了，鲜血顺着鬓发淌下来。

小米和金谷见了，吓得"哇哇"大哭。哭声把牛所长、王海林他们招来了，大家七手八脚地把秀月送到了公社医院。

牛所长给陈满囤挂电话，县剧团的人说他到外地演出去了，一时联系不上。牛所长又分别给陈良石和乔江龙挂了电话。

只过了一个多小时，陈良石和尹巧凤、乔江龙和老伴就先后赶到了，或站着，或坐着，围在秀月的病床前，眼盯着瓶子里的药液一滴一滴地注入她手背的血管里。

秀月躺在病床上，看着大家都一脸关切的样子，强打精神挤出一丝笑，宽慰说："没啥，昨天晚上睡得少，一时犯困，就跌倒了。"

大家看着她憔悴的面容，听着她有气无力的说话，无不流下心疼的泪水。

这时，有护士来通知家属到医生办公室去一趟。

陈良石和乔江龙跟护士进了医生办公室。乔江龙一进门就焦急地问："大夫，俺闺女得的啥病？"

医生指着一张夹在乳白色灯箱上的Ｘ光片说："是肺心病。"

陈良石关切地问："厉害吗？"

医生阴沉着脸说："看晚了，情况不太好，咱这公社医院条件有限，建议你们转到县医院去治疗吧。"

陈良石和乔江龙的脸一下子都黄了。

愣了许久，乔江龙指着陈良石的鼻子说："都是让你那倒霉儿子欺负的！"

陈良石理解他的心情，不想跟他争执，就说："不管怪谁，先给秀月看病要紧。"

陈良石让牛所长帮着借了一辆大车，把秀月转到了县人民医院。医院的大夫做了全面检查，判定她的病确实是肺心病，已到了晚期。

乔江龙听了，不相信地说："不可能！刚查出来咋就到了晚期？"

大夫说："她的病可能早有症状，一定是自己忍着不说。"

乔江龙痛苦地问："这种病能治好吗？"

大夫说："去根儿不可能，现在的治疗重点是减少病人的痛苦，尽量延长她的生命。这种病最怕心情不稳定，要尽量让病人安定下来才好。"

乔江龙和陈良石都点了点头。

这时的满囤，正在临县做交流演出。

陈良石打电话，跟他说了秀月的病情，让他回来照顾秀月。没想到他轻描淡写地说："我有演出任务，走不开呢。"

陈良石一听，气得眉毛直哆嗦，臭骂道："离了你地球就不转了？别忘了你是个有家的老爷们儿，有老婆孩子呢，马上给我滚回来！"说完愤怒地挂了电话。

一天过去了，两天过去了，还是不见满囤的影子。

乔江龙蔑视地看着陈良石，挖苦说："陈瘸子，这就是你教育的好儿子！"

"这浑小子！中邪了，拿钉子都揳不进去！"陈良石用拐杖把地戳得咚咚响。

"那你的本事呢？"乔江龙激将道。

陈良石的脸一下子涨成了猪肝色，张着口，无言以对。他想了想，把露着一条条青筋的手攥成拳头，摸过拐杖，夹在腋下，气呼呼地走出去。

陈良石坐公共汽车去了临县，东问西问找到了县人民剧场。

满囤正在后台准备演出。

陈良石走过去一眼便看见了他，但装作没看见，故意大声吆喝："请问陈先进同志在哪里？"

一个人上前说："我们这里没有叫陈先进的。"

陈良石更放大了嗓门儿："咋没有？陈满囤啊，他连家和老婆孩子都不要了，还不是先进？"

满囤闻声走过来，窘着脸说："你咋找到这里来了？"

陈良石撇撇嘴，讥讽地说："您现在是大人物，架子大了，爹不亲自来请，你能回去？"

演员们都围过来，听着陈良石讥讽的话，都笑了。

"您说啥呀？"满囤不耐烦地说，"我有演出，真走不开！"

"走不开？"陈良石瞪他一眼，眼珠一转说，"今天这场戏有瘸子的角色不？ 要不咱爷俩演一出《八仙过海》吧，我来演瘸子'铁拐李'。"说着走到一个桌子前，用手指头蘸了油彩就要往脸上抹。

满囤一跺脚，上前抓住他的手，说："爹，您这不是捣乱吗？"

"你要不回去，就别怪我捣乱！"陈良石逼视着他，问，"跟我回去不？"

满囤愣在那儿，不知道怎么回答。

这时，一个干部模样的人走过来，说："满囤，看来今天这场戏你演不了了，回去吧。"接着回头招呼站在窗前的一个人，"小万，赶紧上妆，这场的'李玉和'你来演。"

在一部戏中，为防不测，对于主要角色，剧组一般都配有AB角，A角有事就由B角顶上。 陈满囤的缺席，对演出不会造成太大的影响，他却备感压力，担心小万从此把自己顶掉。

满囤怨恼地看着陈良石，悲哀地叹一口气，转身卸妆去了。

陈良石从地上捡张废纸，擦掉了手上的油彩，鼻腔里喷出一股粗气，愤愤地说："哼！ 不信治不了你！"

满囤来到秀月病床前。

眼前的秀月就像换了一个人，脸色姜黄，眼里的神采消失了，像两个黑潭，盛着深不见底的哀伤。 她的嘴唇像死人一样，没有一丝血色。 满囤讷讷地说："咋病成了这样？"

秀月抬眼看看他说："我不会死。"

满囤的心像被石头砸了一下，说："你当然不会。"然后坐在病床边不说话了。

乔江龙看满囤一眼，气不打一处来，真想上前揍他一顿，但忍住了，扯扯他的衣服，把他叫到远离病房的地方，努力控制着老想打人的手，尽量用平和的口吻说："大夫说了，秀月病成这样，必须让她情绪安定。 以前的事我不跟你计较了，从现在起，你在医院要好好照顾她,让她尽快好起来。"

满囤说:"我只请了一天假,明天晚上还有演出呢。"

乔江龙一听火了,瞪着一对因为充血和含泪肿胀起来的眼睛,大声喝道:"啥,只请了一天假？你以为这是来看远房亲戚呢,看看就走？你们俩一天不离婚,她就是你老婆,你必须管！你走了试试,老子不把你废了不姓乔！"

陈良石也闻声赶过来,用拐杖指着他,说:"秀月不出院你回去试试！"

满囤一下蹲到地上,双手抱住了脑袋。

想了又想,满囤终究没有离开医院。他借医院的电话,跟剧团团长请假,剧团团长无奈同意了。

医生为秀月输液,还配制了中药药汤给她喝。端着中药汤,秀月一阵阵恶心,但还是捏着鼻子"咕咚咕咚"喝下去,她想让自己尽快好起来,去照顾小米和金谷。

经过半个月的治疗,秀月的病情有所好转,医生建议拿了药回家静养。

秀月要出院了,陈良石和乔江龙都要把她接回家照顾,可她坚持要回太平店粮所。这样一来,就把满囤给拴住了。

满囤本想在她出院后马上回县剧团演戏,当他的主角,并快点把自己调到县剧团,可没想到乔江龙先一步去找马宗芳,让粮食局退回了县剧团发出的商调函。

满囤又急又恨,却无可奈何,只好留下来,一边在粮所上班,一边伺候乔秀月。

一个美好的前程又因为乔秀月给断送了。他感觉到有一股无法控制的力量在操纵着所有的事情,只不过借用他的肉体来完成这一切。

他泄气了,也服气了,选择了投降。

日子像纠结在一起的线团，一天天过下去，他的痛苦无尽无休。他渴望充满乐趣、有光彩的生活，如今只剩下孤寂、苦闷和忧郁。他一天到晚恍恍惚惚，百无聊赖，实在苦闷得受不了，他就去找高爱玲，两人抱着哭一场。

秀月每天都要喝下一碗又一碗的苦药汤，身体却每况愈下，经常感到头痛、头胀，稍一下床活动，就像有绳子勒住喉咙，上气不接下气。

秀月不能干活，还要吃药，只靠陈满囤那每月三十多元钱的工资，日子捉襟见肘。

秀月在徒骇河边开垦的那块地也荒了，野草蓬蓬勃勃，要把她种的豆子排挤出局。

这天，蓝中带黄的天空像一个热得发烫的大罩子。满囤蹲在地头看地里的豆子，只见一株株旺盛的菟丝子正穷尽全身之力，扭成绳，编成网，把豆棵子紧紧勒住，伸出尖利的细牙扎进豆棵子的身体，让豆棵子生不如死。他突然想到了乔秀月，她不就是菟丝子吗？她要缠死我啊！

他愤然地站起来，伸手把缠在豆棵子身上的菟丝子狠狠扯掉，一边扯一边恨恨地喊道："菟丝子，冤家！菟丝子，冤家！"

他的手被勒出了血，然而，菟丝子到处都是，且有越扯越旺之势。他停住了，颓唐地坐在地上，眼睛里开始起雾，接着整个人就被无奈、委屈、愁苦的浓雾包裹了，覆盖了，扯也扯不开。

晚上，满囤走到秀月的床前，想看看她睡着了没有，秀月突然睁开眼，目光炯炯地注视着他。他被吓了一跳。

"我想喝点水。"秀月的声音像从很远很远的地方传来，有气无力。

"我端给你喝吧。"满囤推开她颤抖的向杯子伸来的手。她的手已明显萎缩，瘦得像鸡爪，都伸不直了。

秀月坐起来，喝了两口水，就跟出了多大力似的，气喘吁吁，等到定了喘，又说："明天去把孩子接过来吧，我想他们了。"

"哦。"满囤见她流下了眼泪，点点头。近段时间以来，她的眼泪格外多。

"满囤，答应我一件事好吗？"

"啥事？"

"我要是死了，你一定要好好照顾两个孩子。"

满囤心里一沉，说："你瞎想啥？我当然会照顾好他们。"

"我无所谓了，早一天死，就少受一天罪。"秀月用微弱的声音说，"只是放心不下小米和金谷。"

"别胡说八道了，快睡觉吧。"满囤说着，抽出一只手为她掖掖被子。

"你答应我，我求求你。"秀月抓住他的胳膊不放。她的手只剩一把骨头，却还有些力量。

"好吧，我答应你。"满囤点点头说，"别说话了，说多了对你的病没好处。"

秀月没有停下来，接着说："金谷虽不是咱亲生的，你也不能偏心。"

"放心，不会。"满囤把胳膊抽出来。

"哦，好。"秀月脸上细密的皱纹朝着鼻翼中心聚拢，深陷的眼睛露出满足的笑，然后安静地合上了眼皮。

第二天，满囤去闻韶镇把两个孩子接了回来。

秀月用爱恋的眼神看着他们，又哭又笑地跟他们亲热着。她让满囤拿出别人来看她时带来的点心和营养品给他们吃。

她心里感到很宽慰：孩子又长高了些。

中午，满囤为小米和金谷熬了玉米粥，蒸了玉米面窝头，切了咸菜，另为秀月下了一碗挂面，荷包了一个鸡蛋。葱花、香油的气味在屋里四溢。

秀月端着碗,看一眼小米和金谷,两个孩子都盯着碗里的挂面和鸡蛋。她把饭碗放到床头上,假装生气地对满囤说:"我的胃口本来不好,面条还煮得这么硬。另外,荷包蛋要放一点糖,这让我咋吃?"接着对小米说,"小米啊,端去你们两个吃了吧,让着弟弟点,不能打架。"

孩子就是孩子,听母亲这么一说,小米上前端了那碗面条,跟金谷到一边吃去了。

满囤看出了秀月的意思,叹口气说:"这又何苦呢?这样下去啥时候能好?"

秀月的眼眯成一条缝,缓缓地说:"吃了这碗挂面我的病就能好了?我的病我知道。"

满囤摇了摇头,无话可说,只有满腹的无奈。

天气很好,秋阳明媚地照着,气温和暖。

吃过饭,满囤搬出一把圈椅,让秀月出来晒太阳,扶她坐下后就上班去了。小米和金谷拿了锅铲在地上挖土,用一个酒盅扣了很多土馍馍。

秀月用赞赏的目光看着小米,越看越爱看。孩子不是一天长这么大的啊,这块一生下来软嫩嫩的肉疙瘩,转眼变成现在可爱的小姑娘啦!她欣喜地盯着女儿的脸,柔声细气地说:"你越来越像你爸爸了。"

"我像爸爸吗?"金谷听到妈妈说的话,瞪着一双天真的眼睛羡慕地问。

"像……你也像,更像。"秀月说着,脸上掠过一片忧伤,情不自禁地又说,"等你长大了,可别像你爸爸那样不正经……"

"爸爸不正经吗?妈妈,什么是不正经?"金谷好奇地问。

小米也看着她,等待听她的回答。

秀月马上意识到不该在孩子幼小的心灵上播种这些东西，接着转移话题说："小米，金谷，长大挣了钱给谁花呀？"

金谷眨眨亮晶晶的大眼睛，说："给妈妈花。我给你买糖葫芦，买点心。"

小米也争先恐后地说："我给妈妈买花裙子、雪花膏，还要给爸爸买大前门烟卷。"

秀月觉得喉咙里忽然涌上来一团热辣辣的东西，泪水喷涌而出，顷刻间模糊了眼睛。

金谷见她哭了，有点害怕，难道我说得不对？他用懵懂的眼神看着秀月。

秀月擦擦泪，笑了笑，说："你们都是妈妈的好孩子！"说着，眼泪又流了下来。

她把小米和金谷招过来，两只瘦骨嶙峋的长手，亲昵地抚摸着他们的头，低下头在他们的额头上分别亲了一下。小米和金谷翘起脚尖，在她的脸上亲一下。

两个孩子又去用酒盅扣土馍馍了，秀月深情地看着他们，喃喃地、无限伤感地说："妈妈可能等不到那一天了……"

24

一冬无雪，干燥异常的寒风日复一日地攫掠着大地的水分，把大地的皮肤割出一道道皴裂的伤痕。冬天变成了一个满脸皱纹的丑陋老太太，贫寒憔悴，瑟缩战栗着。

乔秀月的脾气在迅速变坏，整天烦躁不安，看啥都不顺眼。有时满囤把饭端到面前，她看都不看，一下给打翻在地上。她经常在别人毫无思想准备的时候突然大叫，让人皮生粟米。她不止一次地对满囤说："满囤，给我弄点毒药，让我死了算了！"她曾挣扎着打开床头那只木箱寻找那瓶敌敌畏，那瓶农药早被满囤扔掉了。

乔江龙看到女儿这个样子，心像在热锅上煎熬一般。他坐车去了省城，托一个战友到省立医院找了一位看肺心病的名医，买回几瓶药片。秀月吃了药片，效果并不明显，反而又多了呕吐和抽搐的毛病。

牛所长不让满囤上班了，让他专心伺候秀月。

满囤虽然加心用意，仍满足不了秀月的反复无常，加上亲戚朋友知道秀月病得厉害，纷纷前来探望，迎来送往，一个月下来，他辛苦不堪，焦头烂额，人瘦了一圈。

然而，又一件挠心事让他简直要崩溃了。

这天上午，满囤去镇上买酱油和盐，刚出供销社门口，被高虎、高豹截住了。

高虎说："我姐要找你呢，跟我们走一趟吧。"

满囤问："啥事？"

"去了你就知道了。"高豹不由分说，推起他的自行车就走。

满囤只好跟着他们一块走。来到高爱玲家，刚站到屋里，高爱玲母亲就拉着高爱玲从里屋里走出来，皮笑肉不笑地说："恭喜陈大所长，玲玲又怀上你的孩子了。"

"又有了？"满囤感到自己站在一根压缩的弹簧上，稍一松神就会被弹射到天空。

高爱玲脸如红布，点点头。

高豹守在门口，大声指责满囤："都是你干的好事！"

高虎晃晃脑袋，指点着满囤说："今天就把事情摆平了，不然这可不是吃素的！"说完竟从腰间拔出一柄寒光闪闪的刀子。

满囤头皮一炸，吓得脸都黄了。

高爱玲冲高虎和高豹吼一嗓子："滚，姐姐的事你们少管！"

高虎翻翻眼，和高豹晃着膀子走了。

高爱玲母亲说："你说咋办吧？"

满囤一下坐在身边的一个马扎上不吱声了。

"喂，咋了，入佛门啦，变泥胎啦，你咋不说话？吃呆药了，做哑巴了？"高爱玲母亲的话像刀子，扎进满囤的骨肉。

高爱玲心生怜悯，回头对盛气凌人的母亲说："我们的事你也别管！"

高爱玲母亲一听火了，说："啥？不要我管？你翅膀硬了？你们做出这么丢人的事，还让我在世上活不？还让你两个兄弟找媳妇不？"她越说嗓门儿越高，喷出的唾沫星子在阳光下纷纷扬扬。

高爱玲坐在炕沿上，把头别向一旁，不说话了。

沉默许久，满囤抬起头，声若蚊蝇地说："不行再去打了吧？"

"打了？"高爱玲母亲又急了，"你说得轻巧！女人打胎和生孩子一样，是从死里走一遭，能说打就打？玲玲上次打胎就是从鬼门关上拉回来的，还能再打？"

高爱玲转过脸来，坚定地说："这次说啥也不打了，再打俺这辈子就不能生孩子了。"

"这事可咋办？"满囤摊摊手说。

"总不能让一个没结婚的大闺女生孩子啊！"高爱玲母亲大声地说。

"不能打胎，又不能生下来，这……这……"满囤急得抓耳挠腮。

满囤还没说完，高虎和高豹又撞进门来，高虎上前一步，一把抓住他的衣领，用力揪着，把刀子在他眼前晃了晃，凶巴巴恶狠狠地说："知道尿床别睡觉啊。不管想啥法，反正你要让俺姐姐名正言顺地把孩子生下来！你敢亏待她，看它答应不答应！"

满囤被高虎、高豹吓得不敢出声了，脸煞白煞白的，一阵苦笑，咋办都不会名正言顺了啊！他在心里感叹：奶奶的，真是应了那句老话，要想一天不省心，请客；要想一年不省心，盖房；要想一辈子不省心，找相好的！

好汉不吃眼前亏，满囤想了想，说："你们冷静点，咱们再想……"

"想，想，你要想到八十岁吗？"高爱玲站起来，双手捂着耳朵，冲出门口。

满囤要尾随而去，被高虎一把扯回来，一个趔趄，摔倒在地上，刚要站起来，高豹上来朝他脸上就是一拳，他没有准备，又重重地摔在地上。

满囤愤怒地拧了拧眉毛，指着高豹说："你咋打人？"

"你不让俺姐好，你也别想好！"高豹说着，又朝满囤挥起了拳头。 高虎也上前朝满囤拳打脚踢。

听到打闹声，高爱玲返了回来，把两个弟弟的拳头从满囤的鼻子尖上拉开，斥责道："不是跟你们说了嘛，我的事你们别管！"

"这小子欺负你呢！"高虎朝姐姐吼道。

"说不让你管你就别管！"高爱玲声嘶力竭地喊着。

高虎翻翻眼不解地看姐姐一眼，想走，转身又点着满囤的鼻子说："限你半月内摆平这件事，不然别怪我们不客气！"

满囤浑身疼痛，尤其是左眼，火辣辣地胀痛，还直往外流泪，只好一只手捂着眼，一只手扶着把，骑着自行车回粮所。 他的心中翻腾着一股说不出的恼恨，也因为挨了打有几分难为情。 路上，为了躲闪一架牛车，慌张着骑到了沟里，把额头磕破了。

满囤索性坐在地上不再起来，顺手扯一根干枯的草茎，放在嘴里机械地嚼着，野蒿浓烈的苦涩味让他的舌尖又辣又麻。

秀月的病越来越重，已完全不能自理。 脸色青中透黄，高耸的两颊和嘴唇上刻着痛苦和难看的皱纹。 胳膊和双腿都弯曲着，不能伸也不能蹬，她已拿不起任何东西。 她无数次地乞求："陈满囤，你把农药弄到哪里去了？给我拿回来，我不想受这份罪了！"

满囤头痛不已。看着病入膏肓的秀月，心里非常矛盾，既希望她能好起来，又希望她快点死，让自己解脱出来，也给高爱玲倒位子。

乔江龙不想让女儿这么年轻就死，又写信给上海的战友，托他到大医院买回几瓶药片，还在本地到处淘换民间秘方。不知是吃了上海寄回的药还是民间秘方起了作用，秀月的病情竟有了起色，肚子胀痛和排尿不畅的问题缓解了，饭量开始增大，哮喘也有所好转，只是精神越来越不正常，时而哭，时而笑，时而温顺，时而暴躁，脾气坏起来时经常破口大骂："陈满囤，你这私孩子，把农药弄到哪里去了？老娘浑身都疼，你让我死了吧！"

满囤有时被她骂得满肚子火气，又无处发泄，就在暗地里咒她快点死。

乔江龙在女儿的说话和骂声中，听出有一种活力在恢复，喜形于色，每天都来看一次。他多么希望女儿能好起来！

在痛苦的煎熬中，又一个春节过去了。乔秀月迈过了三十周岁的坎儿。虽又添了嗜睡的症状，但从饮食和精神来看，暂时没有性命之忧。

这显然不是高爱玲一家所希望的，随着高爱玲的肚子越来越大，高虎和高豹的威逼也越来越频繁，力度越来越大，甚至把刀子抵在陈满囤的脖子上了。

刚出正月，县粮食局安排乔江龙到吉林省去调玉米。

清阳县本来是粮食产区，自身可以做到产销平衡，但国家为了城市供应，把大部分小麦都调到了省城等大城市，这样一来，本县的存粮就不够销了，为了弥补库存不足，上级安排从吉林省调入玉米，缓解购销矛盾。

临行前，乔江龙来看秀月，看到女儿病情大致稳定，还勉强地冲他笑了，如铅的心里裂开了一道缝隙，透进了些许光亮。他再三嘱咐陈满囤，要好好伺候秀月。

可让乔江龙没想到的是，这竟是他跟女儿见的最后一面！等他从吉林回来，女儿已被埋葬在沙窝村陈家的墓地了。

25

秀月的死既在大家的意料之中，又让了解她病情的人感觉到多少有点突然。

如果没有回天之术，秀月的死是不可避免的，就像被霜打过的熟果子，随时都会掉落。不过大家没有想到这么快，粮所的几个人头天还听到她骂人的声音很有力道，可第二天一大早，陈满囤就招呼大家来帮忙，说秀月死了。

半掩的窗帘遮住了射入屋里的光线，秀月躺在床上，满囤早把寿衣给她穿好，在她的脸上盖了一块黄色的手帕。

满囤向大家陈述道："下半夜4点来钟，乔秀月突然'嗷'的一声把我惊醒了，我急忙过去看她，见她浑身抽搐，牙咬得咯咯作响，长时间不回气，脸都青紫了。我又掐又晃，又拍又打，结果她还是一口气没喘上来，腿一蹬，头一歪就咽气了。"说完竟蹲到地上"呜呜"地哭起来。

大家纷纷上前劝他："起来吧，人死不能复活，你要节哀自重，还有两个孩子需要你照顾呢。"

"就是，乔秀月病这么长时间了，你也尽心了，她再活着也是受罪，这是到天上享福去了。"也有的说。

牛所长脸色凝重，说："别哭了，快给你爹打个电话，跟他商量一下，这丧事咋办吧。"

满囤在电话里给陈良石报了秀月的死讯。

虽然早有心理准备，但陈良石还是悲痛地流下泪来。

"告诉你丈人家了吗?"陈良石问。

"没有呢。"

"哦,"陈良石想了想说,"那我打电话告诉他吧,你雇辆车把秀月直接拉到陈沙窝去吧,她死得这么年轻,顶多二日丧,时间挺紧的。"

跟满囤通完电话,陈良石马上给三仙寨粮所挂电话,可三仙寨粮所的人说,乔所长去东北调粮食去了。他又给李集粮所挂电话,请他们去给乔江龙家送个信,让他们家的人直接到陈沙窝来。打完电话,又骑车去陈沙窝村跟二叔陈洪章商量出丧的事。

就在陈洪章张罗着扎灵棚的时候,秀月的尸体用一辆大车运到了。

下午三点多,秀月的母亲和姐姐秀花、妹妹秀菊都来了,趴在秀月的遗体上哭得死去活来,经尹巧凤再三劝慰,才止住号啕。

第二天中午,出丧了。陪灵的队伍很单薄,只有五六个人。小金谷还不满5周岁,穿了一身又肥又大的孝袍,手里提着贴了白条的哭丧棒,走在队伍的最前面。由于少不更事,时常忘记了哭,还朝四下好奇地观望,要不是两个年龄较大的人扯着他,他还不知道要跑到哪里去看热闹呢。小米已经7岁,显然懂事了,跟在棺材后头,哭得涕泪横飞、泣不成声。

这些,都戳痛了前来围观的人们的怜悯之心,很多心肠软的女人禁不住落下泪来。人们都担心这两个没了娘的孩子今后的日子将怎样度过。

秀月下葬了,黄河堤旁的荒地上又隆起了一个新土丘。

泥土的腥味笼罩四周,久久不曾散去。

自从秀月的尸体运回陈沙窝村,满囤就支持不住了,一头栽在二爷爷家西屋的炕上,直直地挺着,脸色蜡黄,两眼直直的,白痴似的盯着房檩,不吃也不喝,一动也不动。

二奶奶怕他憋坏了，就说："哭吧，哭个痛快，你会好受些。"

听二奶奶这么一说，满囤果然哇的一声大哭起来。

二奶奶见了，也抹起眼泪来。

办完丧事，陈满囤长出一口气，身体像被抽掉了筋骨，彻底垮了。他一连在炕上躺了好几天，上眼皮像是灌了铅，但合上又睡不熟，迷迷糊糊地做着同一个梦：自己坐在一个马扎上看一张报纸，一个女人端来一盆水，捉了他的脚往盆里放，盆里的水略有些热，女人的手轻轻搓洗着他的脚背、脚心，让他感到非常舒服。他移开报纸想对女人说句感谢的话，却看到眼前的女人没有脸！每到这时，他就会被吓醒，出一身虚汗，连声默念："乔秀月，你放过我吧！"

几天后，七拐八拐的，陈良石终于找到了乔江龙去吉林调拨粮食的单位，给乔江龙挂通了电话。

听说心爱的女儿死了，乔江龙立马在电话里哭起来。

第三天傍晚，乔江龙便心急火燎地赶了回来，没顾上回家，直接来到闻韶镇陈良石家，劈头问陈满囤："秀月是咋死的？"

满囤一看他怒目圆睁，额角上青筋随着呼呼的粗气一鼓一胀，不禁心里有些发怵，低了头，嗫嚅地说了秀月的死亡经过。

乔江龙盯着他问："你按时给她吃药了吗？我走前看她的病情一天比一天好转，咋突然就不行了呢？"

满囤说："都是按您说的量给她吃的，一次一片，一天三次，偏方草药也是按您教的办法熬的。"

乔江龙不相信地说："这就怪了，秀月早不死，晚不死，咋就赶在我不在家时死了呢？"

陈良石听着，不乐意了，霍地站起来大声对他说："老乔，你这样说就不厚道了，难道满囤会把秀月害死？"

乔江龙瞪着一双牛眼，说："也说不定呢！"

满囤一听，脸一下黄了，声嘶力竭地喊道："你血口喷人！"

陈良石也一脸严肃地说："老乔，没有证据可不能随便冤枉人！"

乔江龙咬咬牙，用手点着满囤的鼻子说："我要是发现了蛛丝马迹，别怪我不客气！"说完气呼呼地转身就走。

陈良石提起拐杖在后面追，边追边喊："乔倔子，你是炮兵啊，放了炮就走？回来，吃了饭再走！"

乔江龙头也没回，骑上自行车走了。

陈良石回头问满囤："满囤，秀月的死你没做啥吧？"

满囤梗梗脖子说："你也怀疑我？"说完，赌气似的转身出门去了。

回到粮所，满囤不敢在那两间宿舍里住了，牛所长让人腾出一间器材仓库，让他搬进去住。满囤把秀月盖过的被子、穿过的衣服和生活用品，能卖的卖，能送的送，卖不了送不走的，就点把火烧了，或扒个坑埋了，就连秀月生前最珍爱的缝纫机，也半送半卖地处理给了粮所的一名同事。

人死后，每隔七天都要祭奠一次，俗称"做七"，要一直做到七七，叫"满七"或"圆七"。刚过"三七"，高虎就来粮所找到满囤，说姐姐让他过去商量事。

满囤来到高爱玲家里，自然是商量结婚的事。他想等秀月过了"百日"再说，可高爱玲摸着自己的肚子说："过百日还要两个多月呢，怕等不及，到那时肚子大得像扣个盆，丢死人了！"

高爱玲母亲说："早结晚结还不一样？"

高爱玲母亲提出，自己就这么一个闺女，出嫁的事要办得风风光光的，不能暗不声响地嫁了人。满囤拿不定主意，说要跟家里商量商量。

他回家一说，陈良石马上表示反对："不妥，不妥，秀月刚死这么几天，咋就急着结婚？这不是往老乔的伤口上撒盐吗？还要大操大办，家里没钱，一家人的吃饭花销都难保证，哪有钱大操大办？"

尹巧凤也说："再等些日子，到秋后再结吧，现在青黄不接的，家家都困难，到哪里去借钱？"

满囤无奈，只好把高爱玲怀孕的事说了。陈良石听了，讥讽地说："陈满囤，你可真行啊！"

最后，陈良石一锤定音，婚可以早点结，但不能大操大办。

满囤把回家商量的意见告诉了高爱玲家，高爱玲母亲和两个弟弟都不同意，高爱玲却支持，说只要能尽快嫁过去，大办小办都行。高爱玲母亲想了想，怕夜长梦多，同意了快办小办的意见。

满囤要了高爱玲的生辰八字，让母亲尹巧凤去找闻韶镇西街的算命瞎子，看了过门的黄道吉日，日子定在农历五月初六。

满囤掰着手指一算，这一天不正好是芒种吗？那时人们都忙着虎口夺粮割麦子，谁有空来参加自己的婚礼？陈良石却说："这日子看得好，到时来人越少越好。"

结婚日子定下来，陈良石买了点心、麦乳精、罐头等一大兜食品，用自行车带着小米去了乔江龙的家。

丧女之痛让乔江龙老了很多，原来刚毅的脸上多了一道道深深的皱纹，也多了一层冷漠。

乔江龙老伴把小米抱在怀里，想到了死去的女儿，"呜呜"地哭起来。乔江龙也把脸埋在双手手掌里，鼻子抽吸着，任老泪横流。

陈良石看了，不由得鼻腔酸惨，眼窝红了。

乔江龙痛苦地说："你说秀月这是啥命？小时候失火烧了脸，留下残疾——大了找对象又找了你那倒霉儿子，无疼无爱的——最后又得了这种病，才三十岁就……唉！"说着，一闭眼，眼泪又从眼角流下来。

陈良石抹抹眼泪，劝道："秀月走了，你心疼，我也心疼，尤其是两个孩子都这么小。不过，日子还要继续过，咱都想开些，拉扯两个孩子过好以后的日子吧。"

乔江龙哭过一阵，停了下来，收拾了眼泪，继续跟陈良石说话。陈良石尽量避开有关秀月的话题，同他谈些老战友的事，谈些粮所里工作上的事。可他今天来有两个目的，一个是来看望乔江龙老两口，再就是想把满囤再婚的日子告诉他们，看他们有什么看法。如何把第二个意思说出口呢？正好这时，乔江龙的老伴领着小米进了屋，小米的手里拿着几块花糖，举一块放在乔江龙嘴边："姥爷吃糖，可甜了！"又举着一块放在陈良石嘴边，说，"爷爷，你也吃一块。"

小米乖巧的举动让两个男人的眼泪又汪出来，陈良石和乔江龙都说："乖孩子，你吃吧。"

小米到院子里玩去了，陈良石想了想，说："秀月一走，可苦了两个孩子。老乔，跟你商量个事，这段时间有不少人上门给满囤提媒，满囤想续个弦，照顾孩子，你看行吗？"他尽量把话说得轻描淡写，同时拿眼看着乔江龙。

乔江龙一听，不耐烦地说："他愿找就找，不找就拉倒，跟我商量个屌！"

陈良石没想到乔江龙表态这么痛快，心中的石头落了地。他又说："找人看过日子了，只有五月初六是黄道日，想那天娶过门儿，行吗？"

乔江龙想都没想，挥挥手说："愿哪天娶哪天娶，以后陈满囤的事与我们家没有半毛钱的关系！"

陈良石本想说："咋能没关系？媳妇再娶进门，就是你的替头闺女啊。"但想了想，不想节外生枝，就给自己的嘴上贴了封条。

26

谁也没有料到,陈满囤会把续妻的喜事放在芒种这个手忙脚乱的节骨眼上。

闻韶镇离太平店有几十里路,人们对他跟高爱玲的"不正当"的关系并不了解。一些没有讨到老婆的光棍汉,抑或他们的父母,十分羡慕,见他死了老婆才这么短时间就又重新讨到了老婆,嫉妒地说:"这小子真沾了后爹的光了,要不然,家里那么穷,加上他娘那名声,定然是个打光棍的命!要不是在粮所工作,带着个累赘闺女,哪个女人会再找他?"

然而,大多数的人家还是为陈家的喜事感到高兴,这缘于陈良石平时厚道的为人和尹巧凤改弦易辙后的惜老怜贫。

可人们都在抢收麦子,哪有时间来参加婚礼?人们匆匆来到陈家,丢下一份礼金就走了,很多人甚至没来,只是托人捎来一份贺礼。

天气很热,满囤的婚事却显得很冷清。高爱玲家的人来得也少,整个婚宴只开了三桌,厨师厨艺也不高明,菜做得色香味都乏善可陈。

这正是陈良石想要的效果。

让陈良石没想到的是,前些日子说"以后与陈满囤没有半毛钱关系"的乔江龙带着老伴来了,说要看看"替头闺女"长个啥样。

乔江龙两口子的出现,让满囤心里颇烦,却又只能尽量掩饰,装出高兴的样子,殷勤伺候,一口一个爹,叫得比秀月活着时还要亲。这天中午,平时贪酒的乔江龙推说自己牙疼,任陈良石和陪客再三劝让,破例没有喝多,吃过喜宴很清醒地走了。临走,他没头没脑地对满囤说:"你的好日子就要来了!"

满囤想了很长时间,也没想明白乔江龙说这句话是出于真心祝福还是另有他意。

不过，他婚后确实过上了蜜一样的好日子。

高爱玲对他体贴入微，就连他第二天要穿的衣服，头天晚上一准整整齐齐叠放在床头，皮鞋摆在床前，擦得又黑又亮。

新婚的幸福让一度憔悴的他又显得容光焕发，看上去年轻了很多。尤其在精神上，他就像一只鸟，终于冲出笼子，与自己心爱的伴侣比翼双飞啦！

晚上，小两口躺在床上，有说不完的话。他时时按捺不住心中的喜悦，把脸贴在高爱玲的肚皮上叫："儿子哎，快点出来吧，爸等不及啦！"

自从过了门，高爱玲跟一家人的关系处得还不错。她知道自己婚姻来得不容易，格外珍惜，做家务也很努力，腆着个大肚子，洗衣服、做饭、扫院子，什么都抢着干。虽然没有乔秀月勤快手巧，可她人乖嘴甜，让人挑不上毛病。

让她稍感不如意的是总也摆不平小米和金谷两个孩子，尤其是小米，用糖果诱惑过，用玩具哄骗过，但始终没有从她的嘴里钓出一个"妈"字来。心想，难道她在记恨那年自己跟乔秀月打架的事吗？那时她那么小，记事了吗？

她把不如意说给满囤听，满囤开导她："别急，我看这丫头的性格随她娘，挺犟呢。慢慢感化，时间长了就好了。"

缘此，满囤三天两头买些好吃、好玩的带回来，让她"收买"小米和金谷。他想把这个家努力维护好，舒舒心心地过好以后的日子。

马上就要收公粮了，满囤回粮所上班，不管忙到多晚，下了班总要骑自行车赶回家，早上天不亮就往回返。

有时回来得晚了，高爱玲已经睡下，他就伫立在床前俯视着她，端详她的睡姿。当她熟睡时，饱满而白皙的脸上就会泛出微微的颊红，就像熟透了的弹指可破的蜜桃子。长长的睫毛，光洁如玉的鼻子，戏中女般鲜红的嘴唇，让他百看不厌，这是一种以前未曾有过的享受。

前妻乔秀月的脸可是不敢看啊！

要不是高爱玲大着肚子不方便，他早带她去县城买衣服、看电影了，再到县粮食局转一圈，让毕加强和李学文他们看看自己的媳妇漂亮不。

唯一让他不开心的是，无脸女人为自己洗脚的画面，还时常出现在他的梦中。这天午休，他竟梦到无脸女人的两只温柔的手变成了一道道绳索，把他的双脚紧紧地捆绑在一起，让他寸步难移。他一觉醒来，惊恐万分。沉思片刻，骑上自行车到镇上买了纸和香，回到陈沙窝村，跪在秀月的坟前，一边焚香烧纸，一边反复叨念："乔秀月，请放过我吧！下辈子我做牛做马报答你！"

从此，他落下一个毛病，一看到洗脚就心有余悸。高爱玲大着肚子，洗脚不方便，让他帮着洗，他坚拒不从，即便把她惹恼了，几天不搭理他。

这年国庆节前，高爱玲生下了一个女婴，取名叫陈红豆。

女儿的出生，冲刷尽了满囤心头的阴霾。

在红豆出生的第十二天，满囤在家里举办喜宴，又赶上秋收、秋耕、秋种的"三秋"大忙季节，人们都抢收抢种，前来贺喜的亲戚朋友也不多。

本来没给乔江龙通知，可他不知怎么听说了，又赶来了。

生孩子的喜宴要比结婚的席面薄得多，进行得也快，加上大家家里都忙，才一个多小时，宴席就散了。前来帮忙的街坊收拾了杯盘和桌椅板凳，简单地吃了饭也走了，只剩下北屋里的主席还没撤。

老伴来催过几次，乔江龙就是不散，还训斥她："上一边凉快去！这喝酒是男人的事，女人插啥言！"

老伴不吱声了，尴尬地站着。尹巧凤过来把她叫到另一屋里去说话。

满囤把客人们都送走了，见乔江龙还没有散伙的意思，就站在门口不耐烦地朝屋里看。乔江龙看见他，把他叫过来，一字一句地问："陈满囤，我问你一件事，你要如实地回答我，秀月是不是你害死的？"

满囤的脸刷地黄了，着急地说："你说啥呀？我咋会害死她？"

乔江龙两只牛眼牢牢地盯着他，说："再给你最后一次机会，你说了实话，看在孩子的分上，我可以饶了你。要是你还嘴硬，我就对你不客气！"

满囤急赤白脸地说："你喝多了，我没有害死秀月！"

"真没有？"

"真没有！"

陪乔江龙喝酒的陈良石一听这个话题，满脑袋的酒意马上吓没了，急忙打圆场说："老乔，说你酒量不行还真不行，才喝多点酒啊就说酒话？这人命关天的事可不能随便猜疑，更不能栽赃。"

"猜疑？栽赃？"乔江龙一下站起来，"啪"地一拍桌子说，"陈良石，你可不要护犊子！你别忘了老子在侦察连当过连长呢，他那点弯弯肠子能瞒得过我！"

这句话让满囤就像烫着了一般，一下跳了起来，梗梗脖子说："你有啥证据？"

乔江龙一听更火了，暴跳如雷地说："跟我要证据？这'三快'就是证据，秀月死得快，你婚结得快，孩子生得快，这就是证据！"

满囤听了，蹦到喉咙的心多少往下落了落，撇撇嘴说："这算啥证据？"

乔江龙点着满囤的鼻尖，手指打着哆嗦，咬着牙说："好啊，你小子，不见棺材不落泪！"

听到乔江龙的高声嚷嚷，乔江龙老伴和尹巧凤急忙跑过来。乔江龙老伴上前问："咋了？咋吵起来了？"

乔江龙也不解释，扯着老伴的手就走："走，走，走！"来到院子里推起自行车就走。

陈良石拄着拐杖撵出来，高声喊："老乔，你回来！"

乔江龙头也不回，骑上自行车带着老伴走了。

陈良石看着乔江龙远去的背影，愤愤地说："这老倔子，哪里是来喝喜酒？分明是特务来打探情况嘛！"接着回头看看站在一旁的满囤，严肃地问，"满囤，你说实话，秀月是不是你害死的？"

满囤摇摇头。

"真不是？"陈良石又问一遍。

满囤一脸冤枉，说："她都病成那样了，还用我害她？"

陈良石想想也是，于是说："这我就放心了，咱不做亏心事，不怕鬼叫门，由他折腾去吧！"

一片乌云遮住了太阳，天一下子暗下来。陈良石没想到，灾难已经等候在家门口了。

翌日中午，满囤亲自下厨为高爱玲炖了一锅鲫鱼汤，盛了一碗，正想端给高爱玲，一辆警用摩三突然停在了家门口，从摩三上下来两名公安人员，来到院子里，问："你是陈满囤吗？"

陈满囤一看，脸瞬间黄了，强作镇静地问："我是，你们有事儿？"

一个高个子公安人员说："乔江龙控告你害死了他的女儿乔秀月。走，跟我们走一趟，把情况说清楚。"

满囤的腿一下子软了，身子摇晃了下，手里的鲫鱼汤碗掉在地上啪的一声摔碎了。他努力站稳了，替自己辩解道："乔秀月是病死的，我没杀人！"

矮胖的公安人员说："你别紧张，我们不会放过一个坏人，也不会冤枉一个好人。只要你把情况说清楚就没事了。"

这时，陈良石从屋里走出来，问："咋回事？"

高个子公安人员说："有人控告他故意杀人，我们让他到县公安局去说清楚。"

陈良石连忙走上前，说："公安同志，一定是乔江龙误会了，我们是亲家，出了点小矛盾，有事我们自己处理好吗？"

矮胖的公安人员摆摆手，说："那不行。你也是老同志了，国家法律你不懂？这种事能自己处理？"

"这……"陈良石觉得一股挡也挡不住的寒气吹进胸膛，像一道铁箍一样把心脏箍得紧紧的，透不过气来。他愣在那儿，眼睁睁看着两个公安人员给满囤戴上手铐，带走了。

警笛声犹在耳畔回响，院子里就响起了尹巧凤和高爱玲一声接一声的哭嚎。

陈良石缓口气，像热锅上的蚂蚁，坐立不安。

这时，满仓走过来，惶恐地问："爹，哥哥咋了？"

小米跟着跑过来，疑惑地问："爷爷，爸爸干啥了，为什么给他戴手铐？"

小金谷也围过来，好奇地问："爷爷，刚才来的那两个人是坏人吗？为啥要把爸爸带走？你快去救救他啊！"

孩子们的话像一根根针扎在陈良石的心上，但他无法回答，想了想，没顾上吃饭，骑自行车去了县公安局。

来到公安局，他找了几个熟人打听，可几个熟人都说不知道这个案子，于是只好坐在一个树荫下的石凳上，等着高个子或矮胖的公安人员。

他摸出旱烟荷包开始卷烟抽，紧锁着眉头，划根火柴点着，狠狠地吸上一口，缓慢地吐着烟雾。只吸了一口，便忘了吸，再吸时，烟已经熄了，又划根火柴点着，再狠狠地吸一口。就这样熄了又燃，燃了又熄，以沉默无奈的动作驱赶着内心的焦虑。

等了许久，也没见到高个子或矮胖公安人员的影子。他肠子一阵响，胃也热辣辣的，一天没吃饭了。看看天就要黑了，只好心情灰败地回家。刚出了县城，一转念，拐弯向李集镇骑去。

暮霭沉沉的田野边，黑夜已经携带着寒气降临，把黄昏挤走了。路上的行人不多，陈良石孤独地骑行着，心情越来越焦灼。来到乔江龙家，只见大门紧闭，从门缝往里瞧，见北屋里亮着灯，便拍响了门板。

来开门的正是乔江龙，他在院子里问："谁？"

陈良石应答道："我！"

乔江龙又问："你是谁？"

陈良石提高了嗓门儿："连我都听不出来了？陈良石！"

乔江龙犹豫了一会儿，才抽开门闩管儿，开了一条门缝，说："你走吧，求我也没有用！"

陈良石本来就憋着一肚子火，听乔江龙来了这么一句，一下被点燃了，大声嚷道："乔倔子，你真没有点人情味儿！老子一天没吃没喝了，来到你门上讨碗水喝，咋还赶我走？把亲家关系放在一边，我们还是老伙计吧？再说，你咋知道我是来求你这王八盖子挖盐吃？"

面对陈良石这阵激烈的炮火，乔江龙没有准备，一时无言答对。这时，老伴来了，一见是陈良石，就说："是陈大哥啊，快到屋里坐吧。"

乔江龙想了想，把门开开，警告说："别提你那倒霉儿子的事，你要提，马上走人！"

陈良石斜他一眼，压了压火气，说话开始软下来："咱们犯不着吵，我不是来跟你吵嘴的，亲家。咱们坐下来好好谈谈。"

"咱们没什么好谈的！"乔江龙倔强得脖子铁硬，不肯服软。

"当然有的谈。"陈良石说着，进到院子里，把自行车往墙上一靠，摘下拐杖，走到北屋里，在上首椅子上坐下。

乔江龙跟着进了屋，坐在下首椅子上，冷着脸，不说话。

乔江龙老伴看了看两个人，尴尬地站了一会儿，上前说："陈大哥还没吃饭吧？我给你做饭去。"

两个人都僵持着不说话，屋里的空气黏稠起来，需要额外地调息才能吸入鼻孔，进入胸腔。

陈良石看到桌子上的木盒里有烟丝，毫不见外、一声不响地卷起烟来。他把一片纸卷成喇叭状，从木盒里捏一撮烟丝，卷成一根烟卷，划根火柴点着了，深深地吸一口，吐出来。沉默许久，脸色缓和下来，没话找话地说："今年的天气比去年冷得早呢。"其实他早忘记了去年是什么时候开始冷的了。他怕直接切入正题一下子谈崩了，就用这句话做引子。

听了这淡而无味的话，乔江龙只抬眼瞟他一下，沉着铁黑的脸没有吱声。

陈良石尴尬地摸摸下巴，等了等，又问："今天没去上班？"

乔江龙没抬头："唔。"

陈良石又问："秋粮收购啥时候开始？"

乔江龙知道他是没话搭拉话，翻翻眼皮说："再过几天。"

陈良石试探地说："今天我也没去上班，到县公安局盯了一下午。"

乔江龙听了，眼一下子瞪起来，没说话。

陈良石煞有介事地说："我打听过了，公安局的人说，你那是瞎怀疑，没有证据证明秀月是让满囤害死的，明天就要把满囤放了。"

乔江龙霍地站起来，问："真的？"

陈良石一耸鼻子，一抬眉毛，说："骗你干啥？你本来就没有证据嘛。"

乔江龙一瞪眼说："没证据？我出发去吉林调粮食之前，天天去看秀月，她吃了我从上海买来的药，情况已经好转了，咋我出发那么几天，秀月就死了呢？这里面一定有鬼！"

陈良石想打探一下他手里有没有实质性的证据，跟着说："你只是怀疑啊！证据呢？"

乔江龙摇摇头："不只是怀疑，是推理。我想好了，实在不行我就申请开棺验尸！"

陈良石一听，后背上立时起了一层鸡皮疙瘩。倒不是因为怕见死人，在战场上见得多了，甚至敢枕着尸体睡觉，让他害怕的是，看乔江龙这态度，要真是满囤犯糊涂害了秀月，小命就难保了。

他强作镇定地又卷了一根烟，叼在嘴上，划火柴时手直抖，点了几次才点着。他深深地吸一口，费力地吐出来，定了定神，又说："你为啥要把满囤往死里整？"

乔江龙恼恨地说："冤有头，债有主！"

陈良石看他一眼，遇到了他眼里发出的冷光，不禁打了个寒噤，问："你不怕冤枉了他？"

乔江龙想了想说："要是冤枉了他，以后我倒行孝，供着他！"话语里毫无通融的余地。

陈良石如同被迎头闷了一棍，嘴里只剩下吸烟的声音。沉思良久，从荷包里掏出一盒烟，表现出十分殷勤的样子，抽出一支递给乔江龙，又说："万一……你考虑过小米和金谷以后咋过吗？"

乔江龙把陈良石递过来的烟挡开，坚决地说："孩子我来养，说啥也要把秀月的死弄个明明白白！"

陈良石听了，彻底蒙了。他知道乔江龙控告满囤是经过深思熟虑的了。乔江龙是个倔子，主张定下来天打雷劈也没用。这让他非常无奈。他想了想，用乞求的口吻说："老乔，要是满囤真有对不起秀月的地方，还望你看在两个孩子的份上，放他一马，求你了！"说完，竟费劲地站起来，低声下气地给乔江龙鞠了一个躬。

乔江龙把手一挥："你少来这一套！我已经给过他机会了，可他死不承认，我就是要让他知道斧头是铁的！"说着，直面陈良石，"做事要摸着自己的良心，秀月可是我的亲闺女！如果换成你，你会饶过害死你闺女的凶手？"他由于愤怒失去了理智，冲口又说，"不跟你说了，反正你也没有亲生儿女，这种滋味你是体会不到的！"

陈良石听了，仿佛被一个什么尖利的东西，猛一下刺穿了心窝，他强忍着站直了，逼视乔江龙一眼，回头一瘸一拐地往外走。他的步子又乱又重，摇摇晃晃，好像肩上扛着他扛不动的东西。

刚走到院子里，乔江龙老伴端了饭从伙屋里走出来，对他说："陈大哥，饭做好了，吃了再走啊！"

陈良石没搭话，推起自行车歪歪斜斜地走了。

天黑似墨。

陈良石心重如铅。

当他身心俱疲地回到家时，已经快夜里十一点了。家门虚掩着，他用自行车前轮顶开，见北屋和西屋还都亮着灯。

尹巧凤听到门响，立马从北屋里走出来，急声问："咋这么晚才回来？"

陈良石有气无力地说："我从清阳又去了趟李集。"

高爱玲从西屋里走出来，接过陈良石手里的自行车，迫切地问一句："爹，见到满囤了吗？他没事吧？"

陈良石没说话，径直走进屋里，精疲力竭地坐在椅子上。他脸上的表情特别不好，尹巧凤和高爱玲都直直地看着他，却不敢再问。

桌子上摆着残羹剩饭,早已没有了热气。

"还没吃晚上饭吧?"尹巧凤沉默许久,才想起来问一句。

陈良石摇摇头。

"那我去重新热热吧。"高爱玲急忙端起一碗饭和两个馒头要到伙屋去热。

陈良石摆摆手说:"别热了。"接着严肃地问她,"你说实话,是不是你跟满囤合伙把秀月害死的?"

高爱玲身子一哆嗦,急忙申明说:"没有的事!我只是让满囤快点跟她离婚,绝没有要他害死她!"

尹巧凤拿通红的眼瞪着她,叱责道:"要不是你逼他离婚,不会出这样的事!"

高爱玲低下头不敢说话,继而用手捂着嘴嘤嘤地哭起来。

陈良石心烦地说:"别哭了,去睡觉吧!"

高爱玲哭着走了,陈良石也没吃饭,就上床躺下了。

尹巧凤吹熄了灯,屋里瞬间漆黑一片,伸手不见五指。她也上床躺下,听着陈良石粗重的喘气声,知道他睡不着,忍不住小声地问:"没找见熟人?"

"都说不了解案情哩。其实人家知道也不一定说。"

"满囤挺聪明的,会干那样的傻事吗?"

"世界上若干傻事都是聪明人干的呢!"

"你去李集找老乔,他怎么说?"

陈良石长长地叹口气说:"看来乔倔子真犯狠了,不弄个水落石出不会罢休的。"

"满囤有什么把柄被他抓到了吗?要真是……你可要想法救救儿子啊!"

"当然。不过……"陈良石本打算把最坏的结果分析给她听,但又怕吓着她,转而宽慰她说,"也许是乔倔子瞎猜疑呢,查查没有事，满囤就放回来了。"

"那样最好。"尹巧凤用祈望的语气说。

27

树木染上了浓浓的秋色，野草被晨霜打枯了，大地渐渐凉下来。

开棺验尸的这天，正好是个星期天，人们里三层外三层地把乔秀月的坟围住了，孩子们都不上学，像一个个人楔子，插在大人的腿间来看热闹。大家沸沸扬扬地议论着。

"这开棺验尸，只是从《杨三姐告状》的评书中听说过，这次要开眼了！"

"这陈满囤就是《红灯记》里演李玉和的人，演英雄演得那么好，咋会害人？"

"识人识面不识心，谁把'坏人'两个字贴在脑门上？"

"那他为啥把老婆给杀了？"

"听说是情杀，他老丈人盯着他不放呢！"

"还不一定，不然为啥还要开棺验尸？"

"如果真是他杀了人，要挨枪子儿的。"

"那是肯定的！"

其实，这开棺验尸并不是乔江龙要求的，而是公安局的人在太平店粮所搜查时，从墙角挖出了一个盛磷化铝的铁盒子。

四辆警用摩三和一辆警车从远处驶来，停在离坟不远的地方。十几个挎枪的公安人员迅速围成一个大圈，两个公安人员把陈满囤从警车上押下来，站在圈内。

满囤明显地瘦了，剃了个光头，胡子几天没刮了，脸煞白煞白的，一双眼睛陷在深深的眉弓里。

人们都快认不出他了，这就是不久前在戏台上威风凛凛的"李玉和"吗？

公安人员围着坟头设置了警戒线，把人们赶到警戒线以外，组成一个花花绿绿的半圆形，然后开始挥动铁锹掘坟。坟头很快就被铲平了，棺盖渐渐露出来。清理完棺材四周，公安人员用锤子和撬杠把棺材上的铁把锔子起下来，棺盖眼看就要打开。

突然，满囤一下跪在地上，声嘶力竭地喊道："秀月，对不起，是我害了你！"

据陈满囤交代，乔秀月是吃了磷化铝中毒而死的。

春节过后，随着高爱玲的肚子越来越大，高虎、高豹对陈满囤逼得越来越紧，就差动手了。本来满囤看到秀月奄奄一息，死期不远了，没想到她吃了乔江龙从上海买回的药，病情竟有些好转，眼睛里闪现出一缕生命回归的活光，骂人的气力更足了。

这天下午，秀月又开始骂满囤："陈满囤，我恨你！把俺的农药藏起来，我×你祖宗，快把俺的敌敌畏还给俺！"

满囤哀求说："你别骂人好不好？"

秀月越加大声地骂道："去××的！病没长在你身上，你不知道多难受！"

满囤一屁股坐在椅子上，用双手捂住耳朵。

秀月继续骂道："陈满囤，你良心让狗吃了！俺伺候你这么多年容易吗？给你生孩子，给你养孩子，你却这样对待俺，跟俺离婚，让俺生不得好生，死不能好死，在这里活受罪！陈满囤，你欺负俺，早晚要遭报应的！"

他的头就要炸了，没有料到她的心底里埋藏了这么深切的怨恨。他慢慢站起来，转身向门口走去。

出了粮所大门，他沿着徒骇河岸低着头漫无目的地游走，不知不觉来到西面的树林。

天空灰蒙蒙的，肆虐的寒风顺着冰封的河道吹来，抽着光秃秃的树梢,发出"嗖嗖"的尖叫声。他一屁股坐在一个沟坡上,开始一根接一根地抽烟。眼前这树,这沟,不远处的小桥,让他想起了黄雪贞。如果自己当年豁出去,不贪恋这"铁饭碗",现在会是什么样的光景呢?即便当个普通的农民,会饿死吗?说不定会你恩我爱地守着几个孩子舒舒服服过日子呢!

"我活该,真活该!我图了啥!"想到这里,满囤的肠子一阵阵痉挛。他怒火中烧,心里充满了对自己的厌恶和怜悯。

他又抽出一支烟叼在嘴上,摸出火柴,可由于风大,连划了好几根都没点着。他索性不抽了,把整支烟吞进嘴里使劲嚼起来,一股浓烈的苦辣充满了他的口腔。

他愤懑地自语道:"你有你的委屈,可俺的苦谁又能理解呢?"

黑暗沉沉、无限凄凉的暮色越来越重,越来越浓。他起身往回走。路上一个人都没有,寒风扫着脸和耳朵,仿佛是用粗砂纸用力摩擦着,但他麻木了,没有半点感觉。

他低着头踽踽而行,竟然走过了粮所后门都没有觉察,等到有人跟他打招呼,已到供销社饭店门口了。

他突然想喝酒,于是走进了饭店。饭店里灯光昏暗,冷冷清清,他在柜台前点了一盘花生米,买了一瓶酒,自饮独斟。

不知不觉间,多半瓶白酒下了肚,他喝醉了,一会儿哭,一会儿笑,最后竟端着酒杯朝天一拜,背诵起曹操的《短歌行》来:"对酒当歌,人生几何!譬如朝露,去日苦多。慨当以慷,忧思难忘。何以解忧?唯有杜康……"

饭店的人看他喝醉了,过来劝他快走,说要下班关门了。

他迷迷瞪瞪地出了饭店,摇摇晃晃地往粮所走。冷风灌进喉咙里,使他打了一个响嗝,就像一声蛤蟆叫。接着,肚子里一阵翻江倒海,哇的一声吐了出来。他靠在一棵树上休息了一会儿,才又挣扎着站起来继续往前走。

等他跌跌撞撞回到粮所的时候，大门已经关了。拍了两下，看大门的孙大爷披着棉袄出来给他开门，见他喝多了，扶着他把他送到宿舍。

他刚回到宿舍，秀月又骂开了："陈满囤，×你八辈子祖宗！你这狼心狗肺的玩意儿！又去找那个狐狸精去了，你不管老娘了啊！"

孙大爷听了，摇摇头走了，边走边嘟念："唉，摊上这样的病老婆，也真够人受的！"

秀月骂够了，又用乞求的语气说："满囤，你是大善人，求求你了，给俺点药喝，让俺死了吧！"

满囤的脑袋就要裂开了，从桌子底下摸出一个铁盒子往床头上一蹾，赌气地说："你这样的早就该死！这是毒药，愿吃吃吧！"说完，把门一甩，出了宿舍。

满囤刚出门，又一阵干哕，急忙扶着墙，蹲在地上吐起来。吃下的食物都吐没了，只剩酸苦的黄水。不知过了多久，他觉得好受了些，忽然想起秀月晚上还没吃饭，强撑着站起来，到厨房给她下挂面。

满囤到了厨房，往锅里添了一舀子水，刚要添柴点火，一阵困意袭来，趴在风箱上睡着了。被冻醒时，他想了又想，也没想起自己怎么会睡在厨房里。

他拉灭了厨房的灯，回宿舍睡觉，可进门一看，顿时傻了，秀月扭曲地躺在地面上。他上前去抱她，她的身体僵直冰凉。他明白，她已经踏上清净乐土了。再看一眼床头上放着的铁盒子，盖子已经打开。他马上清醒了，汗接着就下来了。她真吃了？那可是剧毒磷化铝片！她的手和脚平时一点不能动弹啊，咋就把这磷化铝盒子打开了？他抓过她的手一看，手指尖血肉模糊。她想死的念头咋这么强烈！

磷化铝是一种剧毒药物，上次熏蒸粮仓，剩下两片，他拿回宿舍

388

是想药厨房老鼠的，咋就……

他把秀月放在床上，要出去喊人，走到门口犹豫起来，他一下想起了以前牛所长讲过的姓孙的女人跟姓吴的木匠合伙杀死丈夫，一个判无期、一个判死刑的事来，一下蒙了，自己这也算杀人吗？杀人要偿命的！激烈的混战在他脑子里进行了很久，等到硝烟消散，才转回身来，先把磷化铝盒子埋了，然后手忙脚乱地为秀月套上了早已准备好的寿衣……

审问他的公安人员拿来那个盛磷化铝的盒子，让他指认。他看了看，说是。公安人员又让他徒手把盒子打开，他费了很大的劲也没有打开。公安人员用质疑的口吻问："你一个身强力壮的男人都打不开，她一个病入膏肓、手无缚鸡之力的女人怎么能打得开？"

"这……"满囤浑身是嘴也说不清，只能反复强调说，"确实是她自己打开的呀！"

陈满囤被正式逮捕了。

无边无际的悲伤像滔天的巨浪淹没了陈良石一家，尹巧凤整天趴在床上悲痛欲绝。高爱玲更是哭得眼睛像两只烂桃子。陈良石看上去一下子老了很多，背微微地有些驼了，浑浊的泪整天汪在眼窝里，把两个眼珠泡得通红。

尹巧凤不再给高爱玲好脸子，并以一种强烈的敌意对待她，认为正是她跟儿子的勾勾搭搭害了儿子。

小米也骂她："是你害了俺爸爸，破鞋！"

高爱玲受不了，带着小红豆回了娘家。

28

春天没有一下子就站稳脚跟。这一年的倒春寒冷得厉害，北风拉出尖厉的啸音，衣服裹得再严，也让人从心里感到寒冷。

吃过早饭，陈良石组织全体职工围坐在收发室烤油的火炉旁开会，学习国务院关于粮食问题的指示，传达省委、地委和县委关于深入落实指示的文件精神。

文件传达完，文省三开始解读文件精神，接着又拉故事、举例子。

虽然文省三拉得非常热闹，可陈良石坐在门口，眼望着昏黄的天空，一句也没有听到耳朵里去。一段时间以来，他常常心不在焉，甚至神志恍惚，连吃饭都不知道饥饱。

就在这时，一辆三轮摩托驶进了粮所。

摩托车停在门口，下来两个法警，把一张纸递给陈良石，他一看，身子一哆嗦。通知上说，今天上午在县城召开宣判大会，会后会对陈满囤执行枪决，让家里人前去收尸。

虽然早有心理准备，陈良石的脸还是一下子黄了，感觉脚下坚硬的大地在不停地摇动，脑子一阵眩晕，身子跟着晃起来，眼前一阵发黑，差点儿要倒下。

文省三和杜志儒及时跨过去，一左一右将他架住了，扶他坐到椅子上，问："陈所长，是满囤他……"

陈良石一言不发，把通知递给文省三，然后双手用力按住前额，仿佛担心脑袋要爆炸似的，嘴一撇，牛叫一样哭出声来。

杜志儒劝道："陈所长，别伤心了，是满囤他福薄命浅，自作孽，怪不得你。"

文省三想了想说："别哭了，想开些，合计一下咋办吧。"

陈良石止住哭声，对文省三和张信宽说："你们到村里给我雇辆毛驴车，铺些干草，跟我去城里吧。"

张信宽说："雇车做啥，用咱粮所的大车不行吗？"

陈良石摇摇头，愤然地说："不行，公家的车他不配！"接着想了想，对杜志儒说，"你找两个人去黄河滩里找块荒地，掘个坑，回来把他埋了吧。"

陈良石到宿舍里，推出自行车，转身要回家。他要告诉尹巧凤一声，做好准备。

回到家，尹巧凤见他脸色铁青，眼睛红红的，像是刚哭过，焦急地问："咋了？哪儿不舒服？"

陈良石摇摇头，悲痛地说："你听了可不能着急，满囤他……他……今天要……"

"枪毙？"一股闪电突然击中尹巧凤，从头顶瞬间贯穿到脚底，顿觉头重脚轻，眼前一阵发黑。她意识到自己要昏倒，双手便向炕沿扶去，却没有扶到炕沿，身子一软，跌坐在地上。

尹巧凤清醒时，发现自己躺在炕上，身上盖着被子，陈良石、文省三、张信宽和几个邻居站在跟前，焦急地看着她。

她的嘴一撇，哇的一声大哭起来。

陈良石见她哭了，反倒放了心。他早跟她分析过儿子杀人的后果，她的情绪还算克制，不一会儿就由号啕转为啜泣。

陈良石跟她商量："让人去把高爱玲叫回来吧，他们毕竟是夫妻。"

尹巧凤从心里不情愿，又一时没主意，只好点点头。

陈良石把去叫回高爱玲的事交付给德福，回头对文省三和张信宽说："我们走吧。"

公判大会在县第一中学操场上进行。

说是操场，其实就是一片土场子，用砖立着围成一圈跑道，中间几根独木杆上各支一个篮球板。操场的东面有一个一米多高的砖台子，台子左前角竖着一根电线杆，顶上挂着两个大喇叭。县上好多大会都在这里开。

操场上早早地就聚成了人山人海。平时，人们没有多少娱乐活动,见不到多少新鲜事,而公审宣判大会竟成了满足好奇心的一件盛事。 人们像赶来看一场难得的热闹大戏似的,聚集到操场上来。

天有些阴,空中积着厚厚的乌云。 寒风呼呼地吹着,操场高台两边的红旗猎猎作响。

高台的四周插着木桩,木桩上拉着染红的绳子作警戒线,旁边停着摩托、吉普等警车,一队战士荷枪实弹,站在一旁,严阵以待。 公安干警腰挂短枪,手拿警棍在维持秩序。 孩子们早早地爬上了附近的树木,就连墙头上也骑满了看热闹的人。

陈良石和文省三、张信宽来到时,大会已经开始了。 陈良石特意戴了一顶帽子,把帽檐拉得很低。 他本想直接去刑场等候,但打听不到今天在哪个刑场行刑。 每当有人被执行死刑,都要预设二至三个刑场,如果警车拉犯人到一号刑场,见人很多,就会马上转第二刑场,如果第二刑场人还很多,就转第三刑场。 之所以这样,一是怕看热闹的人太多,不好维持秩序,二是怕罪犯的家人一时冲动,发生意外。

宣判大会开始了,公安局长威严地下令:"把罪犯带上来!"

今天有两人要被宣判,除了陈满囤之外,还有一个姓王的杀人犯,老婆与她的妹夫有染,他一气之下把老婆和她妹夫一家六口全杀了,案件曾轰动一时。

两名罪犯被押上来,五花大绑,脚腕上系着绊腿绳。 死刑犯在监狱的时候通常戴脚镣,行刑前要把脚镣除掉,换上绊腿绳。 绊腿绳很短,罪犯想逃跑也迈不开腿。 另外,绊腿绳还有一个作用,就是把两个裤腿扎住,要是罪犯吓得拉了尿了,可以防止屎尿顺着裤腿淌得到处都是。

主持宣判的是安德地区中级人民法院的院长,他不愧是宣读判决书的老手,声音抑扬顿挫,铿锵有力,尤其最后一句读得格外响亮:"押赴刑场,执行枪决!"高音喇叭瓮声瓮气的,回响了很长时间。

接着，有人在陈满囤和另一个王姓杀人犯的背后插上一个亡命牌。陈满囤背后的亡命牌上写着"杀人犯陈满囤执行枪决"，姓名处，用红笔打了一个大大的叉号，触目惊心。

公安干警骑着摩托车，鸣着警笛，在前面开道，公安局长戴着墨镜，坐在一辆偏三摩托里，亲自压阵。他一手抓住前面的扶手，一手按在腰间的枪柄上，显得非常威严。后面是一辆吉普车，上面坐着中队、县法院的领导。再后面是两辆解放牌卡车，前面一辆押着王姓杀人犯，后面一辆押着陈满囤。中队战士全副武装，还在车顶上架起了机枪。

满囤面无血色，光光的脑袋泛着暗青色，身子往下坠着，要不是两个武警提着，早瘫下去了。

人群中，有看热闹的高喊："陈满囤，挺直了！你可是'男一号'！"

满囤也许听到了，抬了抬头，身子果真挺了挺，尽管没一会儿又塌下去了。

一条短巷的墙角处，闪出一双泪眼。黄雪贞站在墙根处，直直地盯着满囤，心里说不出是一种什么滋味，只觉得心被挖走了一块。在满囤被捕后，她曾向当县委副书记的公公求情，让他跟法院打个招呼，别判满囤死刑，但从判决结果来看，显然没有起到任何作用，抑或起到了反作用。这让她更加痛苦，内疚和悔恨像两把尖刀，轮番刺向肋下。

陈良石坐在驴车上，远远地跟在游街队伍的后面，面对这样的局面，脑子里一片空白。

游街的队伍绕县城转了一圈，然后出了城，朝城西一片树林里开过去，并开始加速，步行的人们跟不上了，只有骑自行车的一伙人追赶着车队。车队来到城西树林，远远地就见那里已是万头攒动，黑压压的像一堆浅沟里乱窜的蝌蚪。车队没有停，转而向南，又转而向东，向黄河大堤驶去。

　　沿着黄河大堤又行驶了二三里，来到二号刑场，公安干警用摩托和警车挡住大堤的两端，中队战士立即打开车厢门，很利索地把陈满囤和王姓杀人犯提下车，连架带托地带到大堤下面的树林边，让他们跪成一排。按照分工，分别由一名战士在一旁扶住罪犯的肩膀，另一名战士从罪犯的背后举着枪，对准罪犯的后脑勺，距离一尺多远。

　　这时，黄河滩的树林里突然飘过来一片黑云，等近了才发现，竟是成千上万只乌鸦在飞。它们在天空盘旋，黑色的翅膀遮蔽了日光，像一块下压的黑幕，使本来就阴得黑魆魆的天色更加黑暗。乌鸦们"嘎嘎嘎"地叫着，颇有节奏，仿佛是在齐声唱歌。人们一直对乌鸦抱有成见，把他们看作不祥之鸟，一下子见这么多乌鸦飞来，一个个惊恐万状，不由得尖叫起来。

　　持枪的战士却有着很强的定力，不看罪犯，更不看满天的乌鸦，而是侧脸看着中队队长。中队队长右手里拿一面小红旗，左手拿一个哨子放在嘴上，见大家准备停当，马上吹响了哨子，"嘟——嘟！"哨声开始拉着长音，结束时突然收住，同时手里的小旗用力一挥，持枪战士同时扣动了扳机。陈满囤和王姓杀人犯身体向前一拱，一头攮在地上。接着，战士们迅速收起枪来，飞快地跑向仍未熄火的卡车，卡车一鸣笛，"呜呜"地开走了。

　　乌鸦被震耳的枪声惊吓住了，歌唱声戛然而止，开始像一阵风一样向黄河对岸飞去。刹那间，天空又恢复了光明，甚至比原先还要亮。

　　就这么简单，从车在黄河大堤上停住，到中队战士们跳上车开走，"哗哗哗"，像潮水一般，前后不过三五分钟，就把陈满囤和王姓杀人犯送到了另一个世界。

　　中队人员撤走，一名法医验尸官上前查验一番，随后，分管司法的人员上前把尸体上的绳子解开，连同亡命牌子一起放在尸体上，进行拍照。

等到陈良石赶到的时候，看热闹的人里三层外三层围着尸体，还在不时议论他们被枪毙的原因。

陈良石和文省三、张信宽挤进去，陈良石一看满囤的尸体扭曲地躺在地上，忍不住大泪纷飞，叫一声"儿啊——"然后哇的一声哭了，接着想扑过去，一下被张信宽抱住了。

陈良石站不住，张信宽就让他坐在草地上。文省三拿过一个布袋把满囤的头套住，用一根细绳在脖子处系住，跟张信宽一起把满囤的尸体抬到车上，盖上一张草帘子。张信宽又返回堤下，把陈良石背了上来，坐在车辕上。

开始往回走。陈良石脸色如霜打了一般，两眼通红，两行清泪流下来。

文省三与张信宽欲劝无言，只是跟在驴车一旁噗噗地走着。

风越刮越大，天越阴越厚，随时都可能下起雪来。张信宽用鞭杆在毛驴屁股上敲一下，喊一声："嘚！"

等他们回到闻韶镇时，已经是下午两点多钟了。按照计划，他们并没有回家，而是直接来到黄河滩里。

河滩一处荒草地上，站了十几个人，他们已把土坑掘好了，土坑旁放了一具棺材。

车还没停稳，尹巧凤和高爱玲就想扑上来，被几个人拉到一边。

"儿啊！"

"天啊！"

两个人的哭声把周围的空气抽拽得麻秫起来。哭了好一阵子，在人们的劝说下，二人才渐渐停止了号啕。

陈良石眼睛一闭，说："入殓吧。"

人们走过来，抬起满囤的尸体就要往棺材里放。

"等等！"高爱玲叫道，然后说，"给他换身干净衣服吧，他板正惯了，总不能这样龌龌龊龊地让他走！"说着，打开一个花包袱，拿

395

出了几件衣服——那是他们结婚时满囤穿过的衣服和一双她亲手做的布鞋。

高爱玲把满囤脑袋上的布袋解下来一看，他的脑袋成了一个红葫芦，两只眼睛瞪得很大，面目狰狞，她的腿一软，眼前一黑，一下跌坐在地上。

尹巧凤挣脱了人们的拉扯，上前一看，也一下挺了过去。人们把她抬到一边，又喊又掐，好一会儿她才苏醒过来。

陈良石痛苦地咧咧嘴角，让人从不远的河边提来一桶水，紧咬着嘴唇为儿子擦脸，擦身体。文省三和张信宽也过来帮他，为满囤换好了衣裳。

几个胆小的人看到这一幕，闻到这血腥味，恶心得吐起来。

在尹巧凤和高爱玲一声接一声撕心裂肺的哭嚎中，大家七手八脚地把陈满囤放进棺材，抬进土坑，埋了，在荒地上堆起一个不大的坟头。

一个人的历史就这样终结了，残酷而又匆忙。

天上飘下雪花来，街坊邻居们都扛起工具回家了。

寒风中，尹巧凤坐在那儿，僵挺挺的，脸朝着坟头一动不动。她的一双眼睛空茫失神，泪水一条条流淌下来。她没有去揩拭，任其一串串滑落。

高爱玲跪在地上，喉腔里还在响着深沉而空洞的呜咽，两个肩膀隔不了多久便猛烈地抽搐一下。

雪花飘得越来越密。

陈良石抹一把泪水，走过去，把尹巧凤扶起来，又转身对高爱玲说："好了，回去吧，红豆还在家里呢。"话里带着威严，带着怨恨，也带着怜悯。

高爱玲泪眼婆婆，回头看看风雪中的公婆，抽搭着，擤擤鼻涕，试着挺直两条发软的腿，费力地站起来，艰难地挪动着双脚，默默地跟在后面。

29

  青草会掩埋坟墓,时间会掩埋痛苦。陈满囤的死在人们嘴里嚼了好一阵,随着时光的稀释,越说越寡淡,渐渐只剩下几缕叹息。

  然而,很长一段时间,陈良石在人们面前都抬不起头来。街头上,人民法院张贴的关于枪毙陈满囤的布告,虽经雨淋风撕,已渐渐灰黄残破,但那鲜红的横叉仍让他触目惊心。走在路上,跟他打招呼的少了,很多人见到他,或很远就躲开,或低头装着没看见。人们经过他家门前时,仿佛他家门里有冷冷的杀气喷射出来,让人心里发毛,宁愿绕远路躲着走。尤其是孩子,原来成群成帮地来找满仓、小米和金谷玩,现在来得很少了,家里的气氛一下子变得生冷起来。

  自己家里竟然出了个杀人犯,作为一个老革命、一名老党员、一个"老粮食人",给党、给粮食部门脸上抹了黑,丢人啊!

  他也常劝自己,人生是一方田地,种啥得啥,因果循环,谁也逃不离。一切都是满囤自作孽,自己应该问心无愧;他也常想,自己是一个上过战场、看淡生死的人,可以带领一家人很快走出悲伤;他原以为,太阳东出西落,节气寒来暑往,生活还会照旧,自己是个男子汉,不会再流泪。其实,不是这样的,全然不是!

  他经常坐在椅子上,一根根地抽烟,让孤独的烟雾把自己埋藏起来。这辈子没有抽过这么辛酸的烟。他的心里总有一个声音不停地问:怎么会这样?怎么会这样?

  他暗自检讨自己在满囤的成长中扮演了什么角色,对他的死起到了什么作用。他想不明白,自己在满囤身上种的都是爱啊,是想让他有饭吃,有衣穿,有好日子过,有个好前程啊,怎么到头来收获的却是这样的结果?

  他经常在漫长的黑夜里,苦泪横流。

面对生活，他经常感到自己是那样的无助，走得是那样地艰难。

尹巧凤不知多少次跑到胡同口，手搭凉棚张望，多么盼望儿子还能骑了自行车回来！肿胀失神的眼睛不管淌过多少泪水，都冲不掉思念儿子的痛苦！她的眼睛患了角膜炎，一遇到着急上火的事儿就会复发，视力大不如从前。

她认定了儿子的死，根子在高爱玲，于是经常用怨怒狠辣的目光瞪她，经常用愤恨的口气指桑骂槐："该死的害人精！"

高爱玲何尝不痛苦万分！她一边整理着丈夫的遗物，一边哭。她拿起一件丈夫的衬衣，贴在脸上，衣缝里透出的熟悉的汗味让她窒息，眼泪禁不住一串串淌下来，浸湿了衬衣。

夜深人静的时候，她把女儿红豆紧紧地抱在怀里，哆嗦着咬得出血的嘴唇说："孩子，以后再也见不到你爹啦！是我害了他呀！"

傍晚，满仓领着小米和金谷出去玩了，尹巧凤正在做饭。

天阴得很厚，房顶上冒出的炊烟又浓又黑。

陈良石下班回到家，坐在椅子上点了一根烟，对着较着劲上升的炊烟，想些不愿想却总也挥之不去的心事。他想，这人活着真是一件既简单又复杂的事情。说简单，不外乎白天吃晚上睡，说复杂，就是人有了吃和睡后，总要派生出来一些想法和精神，而这些想法和精神，归根到底又多是为了吃和睡。

他再一次思考起那个没有答案的问题：人为什么要吃饭呢？人要是不吃饭还能活着，这世界该是什么样子呢？

突然，他意识到嘴里多了一个坚硬的东西，吐到手心里，一看，竟是一颗暗黄色的牙齿。他用舌尖沿牙床巡逻一遍，果真发现左腮处有一颗牙齿脱岗了。他捏着牙齿转动，看看它的每一个侧面，心里惊异地问："咋掉牙了呢？自己老了吗？"

他把牙齿放回左手手心里，右手食指和拇指组成一个有力的弓，

"一二三,发射!"接着,食指用力一弹,把子弹发射出去。

牙齿飞向门外一只还在觅食的母鸡。母鸡见有子弹袭来,扑棱着翅膀逃走了。

炊烟里有了玉米饼子的香味。

陈良石嗅嗅鼻子,目不转睛地盯着屋顶上的炊烟。那炊烟被偶尔吹来的一阵轻风纠缠,三缠两绕,竟绕成了一个大大的草体的"食"字。他豁然一惊,顿有所悟:一个"食"字竟然有这么大的法力!它操纵着一切,改变着一切,重新涂抹和塑造着一切!正是一个"食"字,让尹巧凤嫁给了残废的自己,满囤由此成了自己的儿子;又是一个"食"字,让满囤中途退学,到粮所参加了工作;还是一个"食"字,让满囤为了争取有个"铁饭碗",违心地娶了丑陋的乔秀月;更是一个"食"字,让高爱玲一家死缠满囤,逼满囤犯下了杀人的罪行……

他盯着那个"食"字一动不动。

突然,又一阵风吹过,炊烟拧了几个圈,"食"字竟又幻化成了一个"命"字。他又是一惊,如梦方醒:对呀,民以食为天,而天能左右人的命啊!

望着炊烟由一个"食"字演化出一个"命"字,陈良石心中的苦涩被冲淡了些。

他还要往下想,大街上传来母亲呼儿唤女回家吃饭的喊叫声。他站起来,来到大门口,朝着不远处正在玩"拾子儿"的三个孩子喊:"满仓,领着小米和金谷回家吃饭啦!"

30

死是伤感的,带着寒意的,可是冬去春来、寒暖交替又是不可抗拒的。春夏秋冬跟换班似的,一个拎着一个来,一个推着一个往,没谁能挡得住。

生活就是不断地选择，不断地接受，不断地改变。

这年冬天，高爱玲带着红豆改嫁了，嫁给了太平店镇的一个三十多岁的光棍汉。

从此，陈良石就像一匹负轭老马，拉着一家五口艰难前行。令他欣慰的是，否极泰来，从此一家人的日子平平安安，顺顺当当，再没发生节外生枝的事情。其实事情就是这样，很多时候坏到了底反而好办，之后每一天都是朝上走的。

满仓上初中了，开始在学习上显露出聪颖和专注，成绩在班里名列前茅，成了陈良石的一份骄傲。陈良石把他得的奖状贴了半面墙。他长高了，并且显现出迅猛的成长势头，浓眉压目，模样越来越显出酷似杨中吉的雏形。

小米上小学了，虽然贪玩，但每天都能按时背着书包去学校。别人的议论和歧视并没有改变她的外向性格，骨子里有几分当年尹巧凤天不怕地不怕的影子，谁也不敢欺负她。

金谷还小，整天围着奶奶的屁股转，尹巧凤走到哪里，他就跟到哪里。这天，生产队里分了些萝卜，金谷争着提篮子，尹巧凤怕他累着，不让他提，他硬从她手里把篮子夺过来说："我是男子汉，力气大着呢。"他两只手提着篮子，挺着小肚子，蹒跚着走得飞快。隔壁的二娘看见了，夸了他两句，他走得更快了。

哦，对了，乔江龙想把小米接过去抚养，被陈良石拒绝了。陈良石始终对他耿耿于怀，认定是满囤让小米和金谷没了娘，而乔江龙让他俩没了爹。从此，一对老战友之间有了一道不可逾越的、无形的墙，两亲家井水不犯河水，即使两个人碰个对面，也互不理睬。

花开了，又谢了。燕子来了，又走了。年复一年，日子就在欢欣和惆怅中循环。

1976年10月，十年"文化大革命"结束了。人们都眼巴巴地热切盼望一种新的思想、新的体制、新的动力来打破旧的藩篱，走出缺衣少食的困境。

面对"拨乱反正"的重大历史任务，一位伟人给出了一句话：一切向前看。

陈良石说，这句话真好，人活着就要向前看。

闻韶粮所里，文省三、杜志儒、张信宽等人相继退休了，都回到乡村老家养老去了，粮所里又增添了五六个新人。

陈良石本来有机会得到提拔，离开闻韶粮所到县城工作，但为了抚养三个孩子，他把一个个机会都放弃了。

他只有一个愿望，就是把三个孩子好好抚养长大。

他觉得，对于抚养孩子，所有的苦都不是真苦，因为这些苦中孕育着希望……

下 部
粮安天下

1

1983年夏天的雨水很丰沛，陈小米的青春像饱吸了水分的花骨朵儿，"扑哧"一声就绽开了。

巴掌大的干巴小脸，褪去了稚气苍白的绒毛，开始向明净舒展，向丰盈舒展，向鲜花盛开的季节舒展，原先挨挨挤挤的五官迅速疏散占位，恰到好处地排列在花盘一样的脸面上：眼窝深深的，眼珠黑得发亮，鼻梁纤巧挺直，两片薄唇不染自红，微微张开时，露出一排细碎的白齿，像一颗颗光洁的玉瓷。最突出的是她的眉毛，平直而修长，只是在眉梢处轻轻弯下来，使她的神情很容易在冷傲和妩媚之间迅速变幻。

她的身材也没得说，让人一打眼就难以忘记。腰部细细的一掐，前胸鼓得挺挺，屁股翘得高高，两条细长的秀腿，把她衬托得亭亭玉立。她常在镜子里打量自己，甚至在水塘边走过时，也忍不住对水中自己苗条的身影投以满意的微笑。

俗话说，好葱生得好白子，俊俏爹娘生得俊孩子。父亲陈满囤生前英俊潇洒，母亲乔秀月如果不是烧伤，也是一个俊俏的女人，这样的两个人生出的孩子，如果不漂亮就不合乎情理了。

同时，她还继承了父亲能唱会演的基因，嗓音特好，如翠鸟弹水，似黄莺吟鸣。她最喜欢唱的一首歌是《在希望的田野上》。

我们的家乡，
在希望的田野上，
炊烟在新建的住房上飘荡，
小河在美丽的村庄旁流淌。
一片冬麦，那个一片高粱，
十里哟荷塘，十里果香……

然而，但凡漂亮的姑娘都有一个特点——自我感觉良好，喜好孤芳自赏，而内心又有一种天然的自我保护意识，最怕受到轻视，受到侵犯，受到伤害，也缘此变得敏感多疑，时常自艾自怜，连嫉妒心都常生出来。

敏感多疑是产生烦恼的温床。

接下来的两件事，让小米本来轻松的心情彻底终结了。

第一件事是接班。

母死父亡后，在爷爷和奶奶的精心呵护下，小米的成长还算快乐。跟绝大多数孩子一样，她从上小学到读初二，都是在"读书无用论"的教育下度过的，一会儿学"白卷英雄"张铁生，一会儿学"反潮流小将"黄帅，批判"师道尊严"，学习负担很轻，毫无压力，只顾疯玩。等到1977年高考制度恢复后，才开始对学业重视起来。初中毕业当年，没有考上高中，复读一年后才考上。她性格好强，学习也算努力，只是成绩像爷爷的腿，语文、历史、地理特别地长，数学、物理和化学方面严重残疾，特别地短。高考的时候，成绩离录取分数线差了二十几分。看到不少同学兴高采烈地举着录取通知书从眼前走过，她感到了失落，整天心情郁闷，好像丢了什么重要东西，连饭都吃得少了。

自1978年党的十一届三中全会召开以来，改革开放的春风吹遍大江南北，让人豁然开朗，看到了一种新的希望，激活了人们对改变命运的向往。特别是年轻人，他们最迫切的愿望就是走出农村，摆脱祖祖辈辈土里刨食、面朝黄土背朝天的苦焦人生，到外面更大的世界去，过上另外一种生活。在当时仍实行"户口决定身份、身份决定命运"的现实下，能否接上班"农转非"，会让一个人的命运走向完全不同的世界。

尹巧凤见孙女这个样子，非常心疼，再三劝慰也无济于事，愁得吃不下饭。

她明显地老了，五十多岁的人，头发白得像秋后的芦花。

陈良石看她们盯着饭碗一动不动，着急地说："你们俩这是咋了，要捆起脖儿来省粮食啊？天掉下来有地接着，考不上大学就是世界末日了？考不上的人多了，不行就接我的班啊，还能饿死？"

其实，小米早有接爷爷班的心思，这段时间茶不思饭不想夜不寐，既有愧对含辛茹苦抚养自己的爷爷奶奶的心思，也有让爷爷尽快退休好让自己接班的暗示。听爷爷这么一说，就像见到阳光一样，她脸上的霜立时就化了。

当时流传着这样两句话，一句是，"学好数理化，走遍天下都不怕"。可小米恰恰数理化不好。另一句是，"学好数理化，不如有个好爸爸"。可惜爸爸早死了，两样一样也不占。

不过，幸好她还有一个好爷爷。

陈良石向县粮食局递交了退休申请书，让小米接替自己上班。

本来，陈良石是打算让儿子满仓接班的，可满仓在恢复高考的第二年，也就是1978年，考上了南京粮食经济学院，去年本科毕业后分配到了省粮食局，成了国家干部。这样，这个宝贵的名额就留了下来，正好可以为小米解决上班问题。

一段时间后，一些人的退休申请批下来了，开始办理接班手续，陈良石的申请却无回音。他深感不妙，觉得这事有可能卡在方局长那儿，这天一大早便硬着头皮去找他。

天翻地覆慨而慷。历史总是拧着麻花往前走。四年前，方局长的"反动军阀"案被平反了，官复原职，重新回任县粮食局局长，而马宗芳局长由于在"文革"中拉帮结派、造反夺权、组织武斗、诬陷迫害干部，被县委撤职清除了。

陈良石来到县粮食局，见到方局长，马上掏出香烟递上一支，赔上笑脸说："方局长，您大人不计小人过，宰相肚里能撑船，看在我陈瘸子的面子上就高抬贵手吧。"

方局长丈二和尚摸不着头脑，疑惑地看着他，问："老陈，昨天晚上受凉了？发烧了？一大早就来说胡话！"

陈良石划根火柴给方局长点上烟，又说："都是我儿子满囤的错，前几年他不该整您的黑材料，贴您的大字报，其实……那都是马宗芳指使的，也是当时大形势……"

方局长霍地站起来，脸上长长的伤疤因为激动变成了红色，他把刚点着的烟往烟灰缸里一按，问："你想为你儿子翻案？"

陈良石一怔，马上说："哪儿呀，满囤他有罪，可俺孙女小米没犯啥错，她接班的事咋还没批？"

方局长一听，表情渐渐松弛下来，脸上黑红的伤疤好像也褪了些颜色，坐下问："你绕这么大圈子，原来是为你孙女接班的事？"

陈良石连忙点点头。

"还真是受连累了啊。"方局长重新点上烟，吸一口，示意他坐下，说，"老陈啊，你别以为我在报复陈满囤，咱都是'老革命'，连这点觉悟还没有？一码归一码。说句实话吧，为了你孙女接班这事，我去找过县里了，可人家说陈满囤是被政府正法的杀人犯，你孙女的政审材料过不了关啊！"

陈良石急忙说："可这事咋办呢？这个接班名额还能浪费了？"

方局长摇摇头，露出一副爱莫能助的神情。

看着方局长的表情，陈良石从心里往外凉，叹口气，垂头丧气地往外走，身子晃得更厉害了。

老荣军的背影，引起了方局长的敬意和怜悯。方局长略一思索，喊回了已走到门口的陈良石，说："我看让你孙女接班难了，人家已集体研究过，不是一个人能改得了的。你不是还有一个孙子吗？报上他再试试吧。"

陈良石为难地说："我已经答应了小米啊，要是换成金谷，她……"

方局长见过很多的家庭为了接班而争得鸡飞狗跳，很理解他此时的心情，但也别无他法，就说："你回去想想吧。这接班政策可能是最后一年，过了这个村就没这个店了。"

陈良石点点头，接着疑惑地问："孙女不行，孙子就能行？"

方局长显然对他的家庭情况了如指掌，说："你这孙子是抱养的吧？"见他点头，又说，"填表别填他父亲的名字了，就当是你直接收养的，这样政审或许能过关。"

方局长说这番话的时候有点犹豫，知道不该出这样的点子，但看到陈良石身为荣军，多少年来为粮食工作兢兢业业，现在遇到了难处，忍不住说了。

陈良石抓住方局长的手，使劲地握了握，千恩万谢地出了办公室，急急慌慌地骑上自行车回家。

可快到家的时候，他犯愁了，咋跟尹巧凤和小米说呢？尹巧凤会不会有想法？毕竟一个是她亲孙女，一个是抱养的孙子。都说一视同仁，可说起来容易做起来难啊！

他更担心的是，小米会不会闹？这是关系一个人一辈子的大事啊！接了班就意味着有了"铁饭碗"，而接不上班就只能"汗滴禾下土"了。

他放慢了骑行的速度，直到进了家门，仍没想出个两全其美的办法来，回到屋里只好跟尹巧凤和小米实话实说了。

果不出所料，不等他解释原因，小米就跳起来说："重男轻女！我早就知道你想让金谷接班！"

陈良石听了，一阵心疼，想了想，压制着心中的火气，说："小米啊，这么多年来爷爷对你咋样？你这样说，伤爷爷的心啊！你跟金谷手心手背都是肉，咬咬哪个不疼？"

小米毕竟是自己的亲孙女，尹巧凤一时也难以接受，说好的事怎么说变就变了？忍不住问："说好的让小米接班，咋换成了金谷？"

陈良石本不想说出真实原因，事到如今只好郁闷地说："为啥？都怪满囤，杀……小米的政审通不过啊！"

尹巧凤一听不说话了。

小米却不相信："那金谷咋行？"

陈良石犹豫片刻，无奈地解释说："金谷不是抱养的吗？"

小米反问道："抱养的他不也叫爹？你，你一定是重男轻女！"说完，跑出屋去，把门甩得哐当作响。

她跑到西屋里，趴在被垛上呜呜地哭起来。对接爷爷的班，她早就充满了向往，自从叔叔陈满仓考上大学后，便觉得按年龄往下排，接班非她莫属了。如果不是有这个想法，学习可能还会更加刻苦一些，正是接班的后路让她产生了懈怠情绪，终致高考名落孙山。自从爷爷说出让她接班以来，她每天都憧憬着上班的日子，甚至连第一天上班梳个什么样的发型、穿哪件衣服都计划好了。本来手拿把攥、板上钉钉的事，竟一下子黄了，如三九天一盆凉水泼到身上，把她浇了个透心凉！

让小米伤心的第二件事，是她完美的容颜毁了。

其实，这第二件事是第一件事的后果和延伸。

小米把自己关在屋里，任谁叫也不开门。不知是哭完没有洗脸就入睡，还是伤心击溃了身体的抵抗力，在血脉里种下了有毒的种子，等奶奶用足以触动心扉的哭喊把门叫开时，她的脸上已冒出了难以计数的小痘痘。

尹巧凤吃惊地指着小米的脸："小米，你的脸……"

她懒洋洋地拿过镜子一照，同样吃了一惊，这还是自己的脸吗？她恨恨地把镜子摔在地上，哇的一声哭了。

这些突然生出的小痘痘就像一颗颗地雷，把小米一张原本光滑俏丽的脸给炸坏了，也把她的心情炸了个乌七八糟。

2

秋意悄无声息地溜来，踮着脚尖掠过树顶，染红几片叶子。秋阳也许嫌它有些吝啬和偏心，便把大把大把的金光从天空中洒下来，让闻韶粮所院子里的一排排仓房、宽阔的大门、高高的院墙以及院墙之外的遥远景象，统统有了金子的颜色。

陈良石披着金光，拄了拐杖，一步高一步低地围着粮所转悠，这儿瞧瞧，那儿看看。不知是第几圈了，就像一位即将背井离乡的老人，出走前围着积毕生精力建造的老宅观瞧。

呈现在陈良石眼前的，不是老屋旧房，而是刚刚建起的一排排红砖红瓦的仓库和办公室。两年前，为了保护魏宅那片老建筑，县里决定把粮所搬出来，在闻韶镇南街划出一块地皮，新建了这个粮所。

其实，魏宅也不再适合做粮所了，有限的房子已满足不了粮食收购量的快速增长。

随着农村家庭联产承包责任制的推行，"大包干"革了"大呼隆"和"平均主义"的命，种田人终于可以在自己承包的土地上，自由自在地春种秋收了。谁都没有想到，正是这么一个好政策，让中国大地上再也没有发生过因粮食奇缺而造成的饥饿！

粮食收成直接关系到自家锅里粥饭的稀稠和肚子的饥饱，广大农村出现了"上至七十三，下至手上拽，一家三代人，都在忙生产"的热闹局面。那是一幅怎样的场景啊！过去的人们就像一笼鸭子，被关得久了，急得嘎嘎叫，包产到户就像打开了鸭笼，鸭子来到池塘里，展翅拍水，扎猛子，翻跟头，追逐嬉戏，真欢实啊！

粮食丰收，家家户户的粮囤满了，就连坛坛罐罐也敞开大肚子装满了粮食，种田人终于结束了吃不饱肚子的历史，连地沟里也开始漂油珠子了。粮食生产的迅速发展，使粮食形势发生了重大变化：商品粮大量增加，国家粮食征购数量也随之增加了。在此期间，为了让农民得以休养生息，国家还加大了粮食进口。这样，闻韶粮所的库容就不足了，又没有地方扩建，不得不搬了出来。

一年前，粮所从魏宅搬出来的时候，陈良石也像现在一样，围着魏宅，里里外外转了一圈又一圈。他在那个院子里工作、生活了近三十年，自己一生的大部分年华都磨成粉末抛洒在那里了，那里面浸透着痛苦和欢愉，掺和着伤心和得意。而现在，又要告别这个新粮所，心里更别有一番感触。这个新粮所是他亲自主持修建的，从设计到施工，耗费了他多少心血！

更重要的是，船到码头车到站了，新所长明天就要到位，他要退休了。退休，意味着挥别工作岗位，让他感到深深的留恋和失落，好像有人从他身上割去了一点什么。

低头走着，他看到仓库边的砖缝里散落了几粒玉米，就费力地蹲下来，一粒一粒地抠出来，扔到一个露天粮堆上。

惜粮如金已成了他多少年来养成的习惯。

"陈所长！"这时，有人在不远处喊他。回头一看，是王会计，他的身边还站着几个职工。

"你们有事？"陈良石走过来问。

"你说退就退了？我们都舍不得你走呢，想今天晚上请你喝场送行酒。"王会计上前说。

陈良石连忙说："不用不用。我平时脾气不好，有时对你们说话重一些，你们不怪我就知足了，要请也是我请大家。"

王会计说："那哪成？我们几个商量好了，今儿个就请你，为你送行，你就别客气了，酒菜我们都准备好了。"

这样的盛情还能说什么呢？陈良石只好说："那好吧，这次你们破费，下次我再请你们。"

说完，跟大伙一块去了王会计的宿舍。

大家坐下来，开始给陈良石敬酒。送行的场合，免不了回忆过去。一个人，一件事，就好比一张张纸片，慢慢地拼凑起来，便将过去的岁月拼成了一张全景图。面对这张全景图，大家开心一番，感慨一番，叹息一番。

陈良石心里有事，没有放开喝，只是被动地接受大家敬酒，只喝了一个多小时，他就提议结束了。

这些日子，他心里总有个解不开的疙瘩，就是如何说服小米。小米认准了他重男轻女，整天愤愤不平地跟他怄气，也认准了是金谷占了本属于她的接班指标，整天给弟弟甩脸子。她大门不出，二门不迈，除了吃饭睡觉，一有空就坐在新买的镜子前挤脸上的痘痘。

以前，人们都说，别看陈良石脾气又直又硬，却是"抹黄油"的好手，把一个关系复杂的五口之家润滑得和和顺顺，料理得和和睦睦。每当这时，陈良石总是笑笑说："这有啥？只要你把心放正了，一碗水端平了，不是向一个误一个，就不会有大问题。"他多年来也是这么做的，对儿子满仓和孙女小米、孙子金谷都是贴心贴肺地爱，从不厚此薄彼，努力掌握着一种平衡。可现在这种平衡被打破了，如果不想法给小米找补回来，自己今后的日子不会安生。

还有，乔江龙今天上午的话，更像一根刺深深扎在他的心上。

陈金谷接班的事终于获批了，粮食局把他分配到了城关公社粮所。上午，陈良石带他到县粮食局领取派遣证，兴冲冲地刚出县粮食局大门，突然听到背后有人喊："陈瘸子，你站住！"

陈良石回头一看，是乔江龙。自从儿子满囤被枪毙之后，两个人就像马车轧出的两道直辙，没有任何交集，偶然碰面，完全无视对方，从不打招呼。孙女小米因为政审不过关而不能接班，更让陈良石对他当年告发儿子生发怨恨。

乔江龙明显地老了，前额上的头发掉光了，后脑上稀疏的头发已经花白，原来挺直如椽的腰杆有些锅了，厚实的脊背向后凸起来。他大步走过来，脸色铁青，大声指责道："陈瘸子，没想到你这么重男轻女！为啥不让小米接班？"

陈良石本不想理他，一听这话，气便不打一处来，刚想回怼他，一看金谷站在身边，一下忍住了。他对金谷说："你到百货大楼前等我吧，一会儿我去给你买个新褂子，后天去上班，要穿得板板正正的。"

金谷推着自行车走远了，陈良石回过头来，用咄咄逼人的眼光看着乔江龙，愤愤地说："乔倔子，你咋呼个啥？啊！"

乔江龙并不示弱，大声嚷道："我问你，为啥让你孙子接班不让小米接班？"

陈良石轻蔑地看他一眼，说："你嚷什么？这是我们家的事，我愿让谁接谁接，你管得着吗？"

"这事当然与我有关系……"

"用不着你管的事，你少管，懂吗？嗯，少管闲事！"没等他说完，陈良石又厉声厉色地重复一遍。

乔江龙急了，提高声调说："我管不着？小米可是我的亲外孙女！"

陈良石冷笑一声，说："这阵儿知道小米是你亲外孙女了？当年你告发她爹，可想过她是你亲外孙女？"话里充满了讥讽的味道，声调也变得更重了。

乔江龙黑了脸，额头和两边鬓角的筋都鼓了起来，怒不可遏地说："陈瘸子，亏你还是个党员干部，还有没有一丁点儿的原则性？你那倒霉儿子害死俺闺女咋说？"

陈良石无话说了，把头别向一旁。

乔江龙以为他示弱了，更加气盛："你为啥不让小米接班？今天不说清楚，我跟你没完！"

陈良石慢慢地转过身来，鼻孔里喷出一股粗气，粗鲁地回敬道："二姑娘搓麻线——你还越上劲了！实话告诉你吧，小米接不上班，纯粹怨你个老倔子！"

乔江龙反问道："瞎扯！这里面有我啥事？"

陈良石怒目切齿地说："小米为啥不能接班？都是你惹的！因为她有个杀人犯的爹，政审通不过呀！"

乔江龙一下子蒙了，连说："咋会这样？咋会这样？不行，我这就去找方局长，一人做事一人当，还能像过去那样株连九族？他要不解决，我就去找县委、地委、省委！"说着转身要走。

陈良石上前一步，一把把他拽回来，说："你省省心吧，你还嫌害得我们家不够啊，想再把金谷的事搅黄了？"

乔江龙怔住了，站在那里像根石柱子，挪不动步，说不上话来。

陈良石看看他，长长地出了一口气，走出几步，又回过头对他说："你要还有那份心，想办法给小米找份工作吧。"

乔江龙听了，默默地点点头。

陈良石回到家时，见尹巧凤正在灯下飞针走线做鞋子，问："咋还不睡？"

"还有几针，做完了就睡。"

"不是给金谷买皮鞋了吗，还做这么多鞋干啥？现在不时兴这样的鞋了，做了年轻人也不一定穿。"

这两年，人们生活习惯的改变总让人感觉赶不上趟儿。比如吃的面粉，不再只是标准粉，还有了特一粉、特二粉；比如家养的笨鸡不行了，养鸡场养的肉食鸡成了抢手货，都说肉嫩、好炖、省火；还有鸡蛋，个大白皮的"二八八"洋鸡蛋，价格要比笨鸡蛋每斤贵出好几毛；在穿衣上，人们不再穿老土布，而穿又亮又挺的化纤料子，年轻人中开始流行喇叭裤，裤脚又阔又长，像扫地的笤帚，一走路能带起团团土烟；鞋子开始时兴"三接头"皮鞋，尖尖的头，像小船一样。

尹巧凤上完最后几针，把多余的线剪下来，拿过另一只放在一起比一比，说："还是自己做的鞋养脚，那塑料底子鞋有啥好的，穿一天脚臭得熏死人。"说完，把鞋放在一个竹簸箩里。

陈良石问她："小米今天咋样？"

尹巧凤立时一脸愁苦，叹口气说："还那样。整天不出门，吃了饭就对着镜子挤脸上的粉刺疙瘩。这妮子钻到牛角尖里去了，真让人愁死了，不会郁闷出什么病来吧？唉——"

这阵子，尹巧凤常常下意识地叹气。陈良石心里明白，她这是在心疼孙女。你疼我就不疼？可又有什么办法呢？他朝尹巧凤抱怨道："都是你平时惯出来的毛病，以前什么事都依着她！"

尹巧凤不服气地说："怪我？你不也一样，她要星星你给过月亮？"

就在这时，金谷推门进来了，说："爷爷，让姐姐到城关粮所上班吧，我还小，不急。"

他懂事了，知道爷爷奶奶为什么犯愁，姐姐为什么郁闷，尤其是今天上午听到乔江龙对爷爷的指责，心里就像偷了别人的东西一样，感到恐慌。

陈良石听了，心里一热，突然间发现孙子长大了。再仔细看看他，嘴的周围有了浅黑的茸毛，喉结也显现了。他宽慰地说："孩子，这接班的事可不是说换就能换的，这是组织上研究批准的，咱自己说了不算。你不要想那么多，上班后好好干，别给爷爷丢脸就行了。"

"嗯。"金谷看看爷爷慈爱的表情，点点头。

望着金谷的背影，陈良石由衷地说："这小子，长大了。"

尹巧凤觉得鼻子一酸，泪水汪满了眼眶，也说："是啊，长大了。"

3

陈金谷上班第一天就让吴所长给起了个外号，叫新粮食。

陈良石为金谷买了一辆"飞鸽"牌新自行车，陪着他一起去城关粮所报到。

城关粮所在县城的繁华路段，门前一条柏油马路刚刚重铺过，笔直而平坦。县城的商业门店大多集中在这附近，车来人往，很是热闹。

所长办公室里，所长吴占勤正跟几个人商量事，看陈良石来了，急忙站起来迎接。

陈良石掏出香烟每人递上一支，然后指指身后的金谷，说："这是我孙子金谷，请大家以后多关照。"

金谷怯生生地站在爷爷身后，消瘦的身坯子上罩一身藏青色的国防服，虽然很板正，但有点肥大，款式也有些古板。这身衣服是爷爷参谋着买的，陈良石的观念很传统，讲究"老要张狂少要板"。金谷有些拘谨，低着头，透着一股青涩的稚气。

"好！孩子交给我们你只管放心。"吴所长高大魁梧，短发，络腮胡子，笑眯眯地吸了口烟，看看金谷，说："以后要好好干哩，你爷爷陈粮食可是全国先进，想当年在北京见过很多国家领导人呢！

你爸……你这新粮食可要干出个样子来!"

吴所长本还想要说"你爸爸是老粮食",但立马意识到不妥,就一个大喘气省略了。

"哎。"金谷一听吴所长把爷爷的外号叫出来了,红着脸看看爷爷,见爷爷乐呵呵地笑着,于是点头应着。

吴所长对一旁的一个人说:"付志国,交给你了,让小陈去你们收发组吧。"

付志国面色赤红,五短身材,肚子尤其大,像身前扣了口小铁锅。他爽快地说:"好!"接着把手伸过来,握着金谷的手,"欢迎新粮食到我们收发组!"

付志国的手劲很大,把金谷的手握得生疼。

付志国领金谷来到收发室,让大家先停下手中的活儿,围过来,他指着金谷介绍说:"这是新来的陈金谷,以后就在咱组工作了。"

大家都说欢迎。

付志国指着一位五十多岁的人,说:"宋连元,让小陈跟你一起发面吧。"

宋连元中等个,脸色青白,由于头发稀疏且理得很短,脑袋更像一颗悬着的鸭蛋。他龇龇牙说:"付组长,你可真照顾我,给我派的不是女的就是小的。"

他的话刚说完,一旁一个女的不乐意了,呛白说:"女的咋了,啥活儿没干?"

金谷侧脸看看她,十八九的年纪,又高又胖,穿着自己织的杏黄色的毛线衣,胸部鼓鼓胀胀地挺起来,臀部也鼓得满满的,很是丰腴。再看脸,长得不漂亮也不难看,脸盘又圆又大,明眸皓齿,两个腮上各有一个酒窝,不用刻意笑,脸上就挂出葵花向阳般的模样。

这时,一个半躺在麻包上拿着剪子剪指甲的男人说:"哎,常青娥,你啥活儿没干过?我说一件事你就没干过,生孩子你就没干过。"

常青娥脸一下红了，摸起一个笤帚上前就打，那男人一下跳起来，躲在一垛面粉后面，常青娥追不上他，一下把笤帚扔了过去，打在他的后背上。她骂道："方建，你个二流子，狗嘴里吐不出象牙来！"

付志国看了一会儿热闹，笑笑说："别闹了，别闹了。"接着又把常青娥和方建介绍给金谷。

金谷拿眼看方建。他长得又高又瘦，还有些佝偻，留着长长的头发，两撇小胡子像两只长尾巴的灰色小鸟，说话时，嘴唇一动就跟要飞走似的。他穿着紧绷屁股但裤脚可以扫街的喇叭裤，站在那里也没个正形，脚筛糠似的抖着，肩膀一耸一耸地做着怪样子，连眼睛里放出的光都带着一股子流气。

金谷在农村长大，没见过大世面，从心里惧怕这样流里流气的城里人，只瞄了两眼，急忙把目光从他身上挪开了。

付志国对大家说："小陈是刚刚参加工作的'新粮食'，分到咱组里来了，以后大家要多帮助他。"

"新粮食？我说老远就闻着有股青草芽子味儿呢！"方建指指金谷嘴上发黑的茸毛，不屑地说，"你妈胎毛未褪干净呢，能干啥？"

不知从何时起，"二流子"们说话时常夹杂"你妈"二字，这成了通用的口头禅，就像"二流子"的一个标志，说话不带这两个字就不是标准的"二流子"。

金谷的脸一下子红了，觉得很伤自尊，看他一眼，不服气地说："我干啥都行！"

屋里的人都笑了，笑得金谷有些不自在。

青娥指着方建，给金谷帮腔说："就是，谁都比你这二流子强。"

"你少说一句会憋死啊！"方建说，但没有生气，只是斜了她一眼，皱皱鼻子。

从这天起，金谷"新粮食"这个外号渐渐被叫起来了。

陈金谷跟宋连元、常青娥负责发面。

收发组虽然分为发油的、发面的两伙儿，其实只是大致分工，有了较重的活还要一块儿干，如整理面垛，去仓库里滚油桶，扫面袋，一个人弄不了，就合伙去干。

宋连元年龄大了，抱着收发账本子，很少动手。方建三天打鱼两天晒网，也干不了多少活，主要工作都落在青娥和金谷身上。

青娥非常勤快，从不拈轻怕重。她还有一样好，就是爱笑，不管对谁都是笑脸相迎，笑脸相送，似乎从没有发愁的时候，动不动就咯咯咯笑得前仰后合。她的笑还很有特点，嘴巴张得老大，差不多把后牙和嗓子眼都端出来亮给大家。

金谷初来乍到，觉得这种人挺好，比宋连元这种整天哭丧着脸的人好，更比看不起乡下人的二流子方建好。

好像一只雏鸟，羽翼未丰就冲进风雨里去了，金谷常因自己年龄小被人看不起而感到羞耻，但内心对这种新生活又感到很振奋。爷爷曾三番五次教育过他，上班工作要勤快，要少说多做，不能偷懒，要给大家留下一个好印象。他牢记着爷爷的嘱咐，不论脏活累活都抢着干，对领导和群众皆笑脸相迎，很快得到了大家的认可，更得到了青娥的喜欢。

平时，收发室的工作是全所最忙的。随着农村粮食丰收和国家粮食政策的调整，粮所开始"平价、议价兼营"，并开展了"粗细粮兑换""原粮成品粮兑换"等多种便民业务；对于细粮也由原来只供应"标准粉"，改为供应不同等级的"特制粉"，业务更零碎了，进出量更大了。

这天傍晚，快下班了，宋连元开始合计一天发出粮油的数量，金谷跟青娥一起整理面袋。卖面粉时，如果是零售，面袋里面总要粘一层面粉，为了防止损耗，每天都要把这层面扫下来。虽然穿了工作服，戴了工作帽，但飞扬的面粉还是落满脸，眉毛都白了，金谷和青娥就像两个白眉道士。

正干着，门口突然传来一阵好听的歌声，他们往门口一看，只见方建提着一个银光闪闪的铁盒子走进来。那歌声就是从铁盒子里发出来的。常青娥带着毫不掩饰的好奇心看着那个铁盒子，问："方建，你这是又捣鼓的啥玩意儿？"

方建把铁盒子在她眼前一晃，显摆地说："咋样，没见过吧？这叫录音机，日本索尼的！"

青娥把笤帚扔在一边，凑过去看个新鲜。

金谷虽也觉得好奇，但从心里不喜欢方建，一直对他敬而远之。他提着一根面袋，站在那里，等着青娥。

青娥问："这是什么歌，谁唱的，这么好听？"

方建得意地朝青娥一扬眉毛："没听过吧？这是邓丽君的《甜蜜蜜》。"说着跟着录音机唱了起来：

甜蜜蜜，
你笑得甜蜜蜜，
好像花儿开在春风里，
开在春风里。
在哪里，
在哪里见过你，
你的笑容这样熟悉，
我一时想不起。
啊！在梦里。
梦里梦里见过你，
甜蜜笑得多甜蜜，

是你——是你——

梦见的就是你……

方建四调不分，五音不全，嗓子不会拐弯，唱得要多难听有多难听。

青娥捂住耳朵说："别唱了，还不如猫叫呢！"

方建停下来，不服气地说："你听过这么好听的猫叫？"

青娥第一次见到录音机，很是新鲜，但看到方建那副瞧不起人的嘴脸，就用不屑的口吻说："显摆啥，不就是个大收音机吗？"

"收音机？识不识货呀，这是录音机，还能录音呢。"方建说着，啪的一声按下一个按键，歌声停了，又按下一个按键说，"来，说句话，我给你录下来。"

"说啥？"青娥一时不知道说什么好。

方建想了想，一脸坏笑地说："你就说'我是个大美人！脸像方建的屁股一样大。'"

青娥一听，一手掐住他的脖颈，一巴掌打在他的后背上，一边打，一边骂："方建，你这个二流子！"

方建举手告饶说："别打了，你听听录音效果咋样。"说着，他按下一个按键，停止录音，按后退键倒了一下磁带，又按前进键，录音机里立时传出刚才他们打闹的声音："说啥……你就说我是个大美人！脸像方建的屁股一样大……啪……方建，你这个二流子……别打了，你听听录音效果咋样……"

青娥新奇地说："呀，真能录上呀？"

金谷在心里说："真神奇！"

"那当然！怎么，开眼界了吧？"方建一脸得意，但突然叫起来，"哎呀！"

"咋了，让人踩尾巴了？"青娥不解地问。

"毁了，把人家的原声磁带给磁了！"方建跺跺脚说。

青娥见他着急的样子，连忙说："还显摆不？我可一下没动，坏了可怨不得我。"说完，走回来，对金谷说，"来，咱们快扫。"

方建沮丧地匆匆走了，青娥看着他的背影，笑着说："臭显摆！"

金谷问："这方建说来就来，说走就走，付组长咋不管他？"

"你不知道？他是粮食局方局长的儿子，谁敢管？"青娥说。

"哦。"金谷点点头，接着又问，"你咋不怕他？"

青娥把一条扫好的面袋放在一边，说："我们是初中同学呢。你也不用怕他，别看他打扮得那个流球样，嘴又碎，其实人也算仗义，就是工作整天吊儿郎当的。"

金谷想了想，歪着头说："那天，爷爷领我到粮食局开派遣证，我见过方局长，看样子方局长年龄跟我爷爷差不多，方建咋这么小？"

"方局长是二婚，方建他妈比他爸爸小十多岁呢。"青娥把面袋子扫完，摞成一叠，说。

金谷还想问些什么，这时，付志国走了过来，看看他弄得满脸是面，拍拍他的肩头说："小伙子，这段时间干得不错啊，挺勤快的。好好干，以后有脱产学习的名额我推荐你。"

金谷脸红了，但非常高兴，连忙说："谢谢付组长！"

他在心里对自己说，你要更吃苦，更加努力呢！

4

陈金谷领了第一个月工资——二十四块钱。

他捏着两张十元的和四张一元的纸币，看了又看，心里非常激动。这可是靠自己的劳动挣的第一笔钱啊！

他回家交给爷爷，陈良石说："这是你第一次领工资，很有意义，你自己花吧。"

他想，能领到这份工资，首先要感谢爷爷奶奶含辛茹苦把自己养大，爷爷又忍痛割爱提前退休，让自己有了这份人人羡慕的工作；第二要感谢姐姐，本来接班的名额应该属于姐姐，自己占用了这个机会，心中总有一种鸠占鹊巢的亏欠，现在领了工资，应该向姐姐表达一点心意。拿定主意，他到县百货大楼，为爷爷买了一瓶好酒，为奶奶买了二斤点心，为姐姐买了一条红色围巾。

当他把酒和点心放在爷爷奶奶面前的时候，陈良石和尹巧凤高兴得合不拢嘴。可当他把围巾送到姐姐手上的时候，小米一下把围巾扔在地上，说了句："谁稀罕！"说完甩门而去。

金谷像当头挨了一棒子，立在那里不知怎么是好。

尹巧凤看不下去了，上前把围巾拾起来，掸掸上面的土，对着小米的背影斥责道："死妮子！好心当成驴肝肺，有你这样当姐姐的吗？不要拉倒，我要，奶奶从年轻就盼着有条这样的围巾呢！"

金谷委屈得落下泪来。

陈良石走过来，安慰说："都上班了还跟孩子似的哭鼻子，有道是，男儿有泪不轻弹，受这点委屈怕啥？再说姐姐也不是外人，这段时间她心情不好，你要多体谅她。"

"哎。"金谷理解地点点头。

自从金谷上了班，小米仿佛变成了一个哑剧演员，整天一声不吭。刚才她扔围巾的一幕，陈良石看在眼里，"不稀罕！"是这些天来他听到她说的第一句话。他心中蓄积已久的火气眼看要点燃了，真想上前呵斥一番，但忍住了，强迫自己平静下来。他掏出烟荷包，卷了一根烟棒，用力地抽着，在浓浓的烟雾中，暗暗打定主意，豁上这张老脸不要，也要找朋友托关系为小米找份工作，以解开她的心结。

这件事刚要着手，突然被另一件事冲淡了——儿子满仓来电话说，国庆节放假要带着女朋友回家来看看，商量结婚的事。

这个消息显然是唐突的，但令人鼓舞。满仓找对象的事从来没有跟家里透露过，上次回来，陈良石和尹巧凤还跟他念叨找对象的事，不想突然间就要把对象领回家了。满仓还在电话里简单地介绍了对象的情况，说她叫朱白丹，青岛人，在省粮食局机关幼儿园当会计，父亲是省粮食局的一位科长，母亲是省城百货大楼的售货员。

陈良石兴奋地把电话内容说给尹巧凤听，她的脸笑成了一朵花，连连说："俺就知道满仓能找个好媳妇！"

陈良石笑得眼睛成了一条缝，说："这小子真出息了，还找了个城里姑娘！"

尹巧凤想了想，问："这城里姑娘也兴来家里相宅子？"

陈良石撇撇嘴说："什么相宅子呀？人家要嫁到这个家里来，总要来看看嘛。老婆子，这两天咱啥也别干了，打扫卫生，把家里弄得干干净净的，别让人嫌咱邋遢。"

"哎！"尹巧凤应着，立马开始干起来。

尹巧凤本是个勤快之人，平时就把家里收拾得利利落落，这次更是精益求精，床上铺的盖的，屋里摆的用的，该洗的洗，该擦的擦。房前屋后，猪圈鸡窝，连茅房的地面都用砖重新铺了一遍，只差把墙皮刮下来重泥了。

陈良石和尹巧凤不知道小米吃了什么药，一下子变勤快了，原来阴云密布的脸上也偶然裂开条缝，洒下一缕阳光。原来，前不久她给叔叔打了电话，让他给自己从省城找份工作，满仓答应了，说一定尽力帮她找。现在叔叔要回来，说不定会带来好消息呢！

像孩子们盼望过年，在期待和诚惶诚恐中，国庆节到了。

天刚麻麻亮，陈良石就被门前大树上喜鹊们的大呼小叫给吵醒了。一家人都早早地起床了，把院子内外重又打扫一遍，然后简单地吃过早饭，换上了才置办的新衣服，坐在屋里等着。

尹巧凤打开箱子，抱出一匹自己织的白布，撕下两块，缝了两个布口袋，端出昨天晚上剥的新花生米，挑拣着那些颗粒饱满的装进一个口袋里。接着，又端出一簸箩大枣，专挑个大肉厚的，用湿布擦一遍，装在另一个口袋里。这"沙里金"花生米和圆铃大枣都是清阳有名的特产，是要给未见过面的亲家捎去的礼物。

一直等到十点半，站在门口眺望多时的金谷欢喜地喊起来："来了，叔叔回来了！"

陈良石、尹巧凤和小米急忙到门口迎接。

陈满仓和朱白丹各提着一网兜礼品走过来，脸上洋溢着幸福的笑。满仓上前叫声"爹"，喊声"娘"，然后把朱白丹介绍给他们："这是小朱，朱白丹。"

"叔，姨！"朱白丹羞涩地叫道。她生得很娇小，穿着紫色连衣裙，外罩一件米黄色的风衣，一双银色的高跟鞋，使她的脚踝和小腿变得轮廓更加优美。一张俊美的小脸，淡淡的柳眉分明仔细地修饰过，长长的睫毛忽闪忽闪的，像两把小刷子，亮亮的眼睛灵动有神。她的身上还有一股甜丝丝的香水味，非常好闻。

"哎！"尹巧凤欢快地答应着，上前拉住她的手说，"姑娘，来，快家里坐。"

来到屋里，满仓和朱白丹把带回的礼物一一分给大家。

他们给陈良石带来的是一套博山茶壶。一壶四碗，釉色洁白，晶莹剔透，茶壶上画着牡丹，壶提如木根，壶口似花骨朵，壶体像一朵完全绽放的牡丹，红瓣黄蕊，栩栩如生。每只茶碗上都画一只欲飞的彩蝶，恋着茶壶上的牡丹。

陈良石爱不释手，连说："好东西，好东西！"

给尹巧凤带来的是一件开身的毛坎肩，米黄色。朱白丹帮她穿上，系好纽扣，非常可体。尹巧凤挓挲着胳膊，说："花钱买这干啥，我又不是没穿的？"嘴上这么说，眼神却亮亮的，让人看出了她的喜爱。

朱白丹又拿出一件连衣裙，在小米的身上比量着，连衣裙以嫩绿色为主，上面均匀地点缀着许多白点，蓝色的蕾丝花边，腰间两根淡蓝色的腰带，打着一个漂亮的蝴蝶结，简洁而又大方。小米很是喜欢，恨不得马上穿上试试，连声说："谢谢花妈！"

这里晚一辈的管没过门或刚过门的新媳妇叫"花妈"。

金谷对叔叔带给自己的礼物更是高兴得不行，是一块电子表，这可是个新鲜物！不用上弦，数字直观，还有年月日和星期几，是年轻人梦寐以求的东西。

分别得到了礼物，一家人欢天喜地。尹巧凤解开了毛坎肩的扣子，想脱下来去伙屋炖鸡。可想了想，没有脱，重新把扣子系好，到邻居家借盘子碗和葱姜蒜去了。

其实，自家的盘子碗也用不完，葱姜蒜她早就准备好了，她不过想把新媳妇上门的事告知大家罢了。儿子带回来一个天仙般的媳妇，她心里的喜气实在盛不下，就差到大街上喊两声了。

"看新媳妇喽，看新媳妇喽！"尹巧凤拿着几个盘子和两棵葱刚回家，几个孩子就涌进了院子，后面还跟着两个妇女。

一个妇女还没走到门口，就畅快地说："哟，我说一大早你家门前树上就有喜鹊叽叽喳喳叫个不停呢，原来是今天来新媳妇了！"

另一个妇女说："快来看看满仓的媳妇长得俊不！"

"他茅根嫂子和田瓜嫂子快进屋，快进屋！"尹巧凤急忙上前热情地把她们迎进屋里。

满仓抓一把糖，先分给孩子们，再分给茅根嫂子和田瓜嫂子。

"呀，还是奶糖呢！"茅根嫂子把糖剥了，放在嘴里，然后走到朱白丹面前，紧盯着她的脸，说，"呀，这新媳妇真漂亮，跟画上画的一样！"

一个七八岁的小男孩仰着脸，稚声嫩气地说："比画上还好看呢！"

大家都笑了。朱白丹不由得羞红了脸。

田瓜嫂子的糖没舍得吃，放在手心里攥着，俏皮地说："你们大城市里的女人都是吃白馍馍醮雪花膏长大的吧，要不，咋又白又嫩的？"

大家又笑了。朱白丹羞得把脸背过去。

小米笑逐颜开，说："田瓜嫂子真会说笑话！你见谁家吃馍馍醮雪花膏？"

田瓜嫂子自我解嘲地说："咱一个乡瓜子，没见过的多了，听说那城里还有两层的汽车呢。"说着，转过脸来问满仓，"是不？"

满仓笑笑说："是，那叫双层公交车。"

茅根嫂子对小米说："小米，让叔叔带你去城里吧，用不了几个月，你也会变得细皮嫩肉的。"

此话正中小米的心事，她用期待的眼神看一眼陈满仓，刚要说些什么，桌子上的北极星座钟突然响起了打点声。

茅根嫂子看看钟表，说："哟，十一点了，你们该做饭了，我们走了。"说完，领着孩子们呼呼啦啦地走了。

送走她们，尹巧凤急忙把坎肩脱下来，放在炕头上，去伙屋做饭。金谷跟去给奶奶烧火，陈满仓也想去，被尹巧凤拦住了，说："用不着你，跟你爹说说话吧。"

朱白丹提议让小米去试连衣裙，两个人一起去了西屋小米的闺房。

朱白丹帮小米换上连衣裙，退一步欣赏着，连声说："漂亮，漂亮！"

穿了连衣裙的陈小米确实漂亮，就像一根春柳条儿，又柔软又苗条。她扬了扬两道弯弯的眉毛，笑了。

朱白丹仔细看一眼她的脸，告诫说："你这脸上的痘痘千万不能挤，挤了会留下疤痕，像麻子一样。"说着，从提包里拿出一瓶化妆品,"你擦擦这油试试,我也长痘痘,抹抹挺管事的,留给你吧。"

小米拿在手里,甜甜地说:"谢谢花妈!"

北屋里只剩下了陈良石和满仓。 陈良石啜口茶问:"跟小朱认识多长时间了?"

"一年多,从分到省粮食局就认识了。"

"你小子保密保得挺好啊,咋早没听你说?"

"一直没定下来,她家里刚刚同意。"

"她家原来不同意? 嫌咱是农村的土包子?"

"开始她妈是有点这样的想法,不过现在同意了,经常叫我到家里吃饭呢。"

"就是啊,我儿子多优秀,看不上我儿子那是有眼不识金镶玉!"陈良石骄傲地说。

尹巧凤正好进屋来拿香油瓶,听到了陈良石的话,撇嘴说:"庄稼看着人家的好,儿子看着自家的好,你看小朱这姑娘孬吗?"

陈良石认真地争辩道:"我儿子就是优秀嘛,前几年全县考上大学的有几个? 毕业后能分到省里大机关的有几个?"

尹巧凤笑笑说:"行行行,你说你儿子优秀就优秀,不优秀能讨个这么漂亮的城里姑娘?"

陈良石摸摸刮得很光滑的下巴,也笑了,说:"满仓有福气来!也证明当初高考时选择粮食学院是对的。"

1978年陈满仓参加高考时,陈良石出于对粮食部门的深厚感情,坚持让他报考南京粮食经济学院,一下考中了。

现在,他虽然退休了,但对国家的农业形势尤其是粮食形势仍然非常关心。 他向满仓问起今年秋粮收购的一些政策,通过满仓的介绍,他知道了国家为减轻农民负担,又要保证国家必不可少的粮食需要,对粮食征购、销售、调拨实行了"一定三年"的"包干"管理办法。

陈良石思考着，点点头，说："这几年中央的农业政策对头呢，对农民来说，政策好不好，要看地里打不打粮食，打多少粮食。我在粮食部门摸爬滚打了三十多年，觉得在粮食问题上务必要处理好四方面的关系。"

"哪四方面的关系？"满仓用好奇的眼神看着陈良石。

陈良石掰着手指说："一是国家跟农民的关系，二是国家跟消费者的关系，三是国家跟经营者的关系，四是国家跟地方、地方跟地方的关系。"

听到这里，满仓不禁对父亲肃然起敬，没想到一个退休的基层粮食干部的认识竟这样深透，这样有高度，于是说："爹，您可以去大学当教授了！"

陈良石笑了，洪亮的笑声在屋里回荡："当教授可不敢，不过我退休后没事的时候老爱瞎琢磨关于粮食的事儿。"

满仓高兴地说："这些认识都是些宝贵的财富，省粮食局定期出一本叫《粮食研究》的刊物，你把这些写出来，我给你推荐上去发表吧。"

陈良石连忙摆摆手："写文章？就我这点'文化水'可办不了。"

满仓鼓动说："没事，只要你把对粮食政策的认识写出来就行，至于文字方面我帮着弄，也算咱爷俩的研究成果。"

陈良石分明受到了鼓励，说："好，那我试试。"

两人正谈得欢快，金谷把炒菜端上来了。三人把八仙桌抬到屋子中央，四周摆好椅子凳子。陈良石从阁几橱里拿出一瓶酒和两瓶橘子汁，放在桌子上。

菜上齐了，金谷到西屋喊来朱白丹和小米，一家人围坐在一块儿吃饭。

朱白丹和满仓在一条板凳上坐着，她面对未来的公婆并不感到拘谨，几次为陈良石和尹巧凤夹菜、敬酒，开通又大方，让老两口乐不可支。

满仓看朱白丹一眼，转脸说："爹，娘，我跟丹丹想在阳历年结婚，你们看行吗？"

没等陈良石表态，尹巧凤就抢着说："行，行，我早就盼着你们早点结婚！"

陈良石喝一杯酒，说："男大当婚，女大当嫁，当爹当娘的哪有不盼孩子结婚成家的？小朱，你爸妈啥意见？"

朱白丹笑笑说："俺爸俺妈说新年新婚，挺好的，连嫁妆都开始准备了。"

陈良石听了，称心地说："好，好，看来你爸妈都是非常开通的人，回去跟他们说一声，过些时候我去拜访他们，跟你爸好好聊聊！"

朱白丹脆生生地答应着："好，叔，俺爸也说让您和姨一块儿到城里玩两天呢，他要领你们逛逛大明湖和趵突泉，爬爬千佛山。"

陈良石一口说不出话好来。

满仓看看朱白丹说："别管爹娘叫叔和姨了，我到你们家都改口叫爸妈了，你也该改口了。"

"嗯。"朱白丹红着脸点点头。

吃过中午饭，金谷就回单位上班了。之前，按照国家规定，非农业人口每人每月供应半斤食用油，前不久，上级下了文件，从今年起，每年国庆节和春节，定量之外每人增供一斤食用油。人们喜出望外，国庆期间打油的很多，金谷的工作比以前更忙了。

收拾了剩菜剩饭，朱白丹要帮着洗碗刷盘子，尹巧凤急忙挡住她："我来，我来。"接着招呼儿子，"满仓，快领丹丹到街上逛逛吧。"她想让更多的人知道儿子找了个好媳妇。

"我也去！"小米跟着说。她想找机会问问托叔叔在省城找工作的事怎么样了。

天空很蓝很蓝，蓝得似乎动一指头就会破碎一般。

秋阳灿烂，有点热，朱白丹索性把风衣脱下来，陈满仓很殷勤地接过去，提着领子顺了顺，搭在自己的一条胳膊上挂着，用另一只手去牵住朱白丹的手。

叔叔的这个举动让小米心旌摇曳，甚至有些嫉妒。自己身边什么时候能有这么个体贴的男人呢？怀着这样的心思，她的目光一下子落在朱白丹那银光闪闪的高跟鞋上，又下意识地看一下自己的鞋。这是奶奶为自己做的布鞋，在上面绣了几朵花，越看越土。她想，如果自己穿上花妈这样的高跟鞋会是什么样子呢？可……可即使有了也不能整天穿着下地呀，除非自己有份好的工作……就这么顺藤摸瓜地想着，又对自己没有接上爷爷的班而愤懑不已。

朱白丹对这个古朴的镇子很感兴趣，尤其喜欢听满仓讲述小时候在这儿那儿的一些故事。

不知不觉间，三人来到了闻韶台遗址处，见一伙人正在丈量着什么。他们刚走近，一个拿本子记录的年轻人抬头看到了他们，惊喜地说："这不是陈满仓嘛，什么时候回来的？"

满仓一看，是高中同学刘华，急忙上前握住他的手，兴奋地说："我今天上午回来的，没想到在这里见到你。你们这是量啥？"

刘华说："我毕业后分到县史志办公室工作了，有几个县人大代表和政协委员给县里写了份重修闻韶台的提案，我们来实地测量一下。"

满仓听了，欢喜地说："能重修最好了，这闻韶台可是我们县最具代表性的古代建筑。"

"不光在我们县，这闻韶台在全省、全市都非常有名呢！"刘华说着，看了一眼朱白丹，问，"这是新嫂子吧？"

满仓点点头，介绍说："这是我对象朱白丹。"又指指她身旁的小米,"这是我侄女陈小米。"

刘华的眼睛没离开朱白丹,夸赞说:"新嫂子可真漂亮,气质真好!"

他的这句话让小米有点吃醋,难道我不漂亮吗? 同时,他的话也点醒了她——嫂子不但长得漂亮,关键是有气质,一种城里人特有的气质。 自己什么时候会有这种气质呢?

辞别刘华,他们不知不觉来到了公社医院门口。 触景生情,满仓不禁想起了那年因吃地瓜母子中毒住院的情形来,自然想到了辛苦照料自己的嫂子乔秀月。 时光过得真快啊,哥哥嫂子死了十多年了,留在他心中的是哥嫂当年对自己的照顾和体贴,是一串串温暖的回忆。

想到哥嫂,他自然而然地想到了侄女,不由得看一眼小米。 侄女长大了,成漂亮的大姑娘了。 侄女托自己在省城找工作的事还没有眉目。 其实,之前父亲陈良石也打过电话,可省城的待业青年都愁着找不到工作,农村去的就更难找了。 他刚参加工作不久,在省城认识的人不多,一直没有找到,为此心里有一些愧疚。 他回过头对小米说:"小米,你工作的事,目前还没找到合适的,我会尽力帮你找的。"

小米听了,心里非常失望,但面对叔叔的一脸真诚,又不能埋怨,只好说:"谢谢叔叔,让您费心了。"

他们走走看看,一直玩到太阳落到树梢,才回到家里。 这时,尹巧凤已把韭菜馅水饺包好了。

吃过晚饭,说了一会儿话,朱白丹说累了,要早点休息。 尹巧凤说:"你跟小米一个床上睡吧,被子给你铺好了,全是新的。"

那个时候,人们在男女关系上还是比较保守的,尤其在农村,把未婚同居视作一件很不光彩的事情。 一对恋人的初夜要保留在举行婚礼的那天晚上,即使领了结婚证也不可以同居。

朱白丹跟小米一起走了，陈良石和满仓边喝茶边说话，尹巧凤坐在床沿上纳鞋底。

由于中午喝得有点高，陈良石酒意还没全解掉。他用严肃的口气对满仓说："你是咱老陈家最有出息的人，以后要好好干，为这个家争光，小米和金谷也要靠你照应，你一定要把这副担子担起来。"

"哦。"满仓郑重其事地点点头。

接着，他们的话题自然又落到满仓婚事的准备上。陈良石问："在城里，一般要给女方多少彩礼？"

"没打听过，不知道呢。"

"咋不打听一下？咱好有个准备，借也有个数啊。"

"岳父说了，一分钱彩礼也不要。"

"你能白捡个这么俊的媳妇？"尹巧凤插嘴说。

满仓笑笑，调皮地说："他也白捡个这么好的女婿呢！"笑毕，又说，"岳父也是荣军呢，不过是国民党的荣军，在省城战役中被打折了胳膊，后来投诚加入了解放军，在部队后勤部门负责向前线供应粮草，新中国成立后被分到了省粮食局。他就丹丹这么一个闺女，上了年纪还要靠我给他养老呢。"

陈良石快活地说："你丈人还干过国民党啊？说不定是被我们部队打败的呢！我们两家结亲也算'国共合作'啦，哈哈！"说完，脸色突然严肃起来，"他家什么成分？会不会影响你进步？"

满仓摇摇头，说："没事的，他还有好几个解放军发的军功章呢。丹丹能进机关幼儿园，组织上早替咱政审过了。"

陈良石一听，越加高兴，端起茶杯啜一口，沉默了一会儿，突然说："满仓，你知道你亲爹亲娘是谁吗？"

满仓没想到父亲会问这样的问题，一下子愣在那儿。

尹巧凤抬起眼看着他们爷俩。

满仓迟疑一下，说："爹，你就是俺的亲爹，"指指尹巧凤，"这就是俺亲娘啊。"

其实，满仓早知道自己不是陈良石和尹巧凤的亲儿子，但他不想戳破这层窗户纸，怕伤了二老的心。

陈良石闭上眼，摇摇头，一副往事不堪回首的样子，郑重地说："不，我们不是你的亲爹亲娘，你亲爹叫杨中吉，你亲娘叫冯兰英。"

接着，陈良石详细介绍了冯兰英跟杨中吉当年的情况，从冯兰英被冯三收养一直讲到她的尸骨被杨中吉起回河北。一段段历史，一个个事件，直讲得满仓泪水滂沱。

一旁的尹巧凤也嘘唏不止，眼泪扑簌簌地落下来。

沉默许久，陈良石又说："结婚前你到河北去一趟，叫你爹来参加婚礼，也去给你娘上上坟，她在九泉之下也盼着这一天呢！"

满仓擦擦泪水，点点头，而后又摇摇头说："去给俺娘上坟是应该的，但不能让那姓杨的来参加婚礼！"

尹巧凤不解地问："为啥？那可是你亲爹！"

满仓痛苦地说："我没有这样的亲爹！我那么小他就狠心地把我送出来，从来不来看我，不管我，有这样的亲爹吗？"

陈良石瞪瞪眼，摆摆手说："不能这样说你爹！虎毒不食子，天下哪有不疼儿子的爹？你爹不来看你为了啥？是怕你娘嫁到地主家的这段历史影响了你的前程！没调回河北的时候，他差不多每个月都来看你一趟，怕打扰你，只能从远处看看。那年你中毒住院，不是他大老远的给你送来青霉素？调回河北后，他每年都寄钱来，供你上学，这还不够吗？"

满仓听了，讶然地问："这些您咋不早告诉我？"

陈良石叹口气，心平气和地说："我跟你爹有同样的顾虑，怕你娘的经历影响了你的前程啊。不过，这两年好了，不再什么事都看家庭成分和社会关系了，该是你认祖归宗的时候了。"

满仓泪眼婆娑地说："爹，娘，你们虽然没有生我，但养育之恩永生难忘，二老放心，我一定会好好报答你们的。"

陈良石一听，哈哈地笑了："好儿子，我和你娘好好活着，就等着你来报答！"

第二天，吃过了早饭，满仓跟朱白丹要回省城了，尹巧凤让他们带上了一袋大枣、一袋花生米和一包袱新棉絮。

"小米，跟我们到省城去玩几天吧。"朱白丹说。昨天晚上，两个人睡在一张床上，叽叽喳喳说了半宿的话，拉得非常投机，也许还没拉够，就提议让小米一块儿去省城。

小米本来也舍不得朱白丹走，一听，喜出望外地说："好啊，我去，我去！"说完，回头看着爷爷奶奶。

尹巧凤怕她去了添麻烦，就说："地里的庄稼还没收完，让她在家帮我收完了秋再去吧。"

"我现在就要去！"小米噘着嘴任性地说。

"你越来越不听话了，不能去。"尹巧凤板起脸。

"去吧，去散散心也好。"陈良石说。

"还说我一直宠着她，看你！"尹巧凤瞪陈良石一眼。

满仓也为小米求情："娘，就让小米去吧。"

尹巧凤只好说："你们上班都有事，让她待两天就快点儿回来。"

"行。"小米蹦跳着跟满仓和朱白丹去了省城。

5

秋分到了，地里的玉米、大豆已被收干净，人们顾不得劳累，不歇气地耕地、施肥、种麦子。他们把土地伺候得柔软、平整，放眼望去，一道道犁铧走过的轨迹，像极了产后女人肚皮上的妊娠纹。

尹巧凤和小米是农业户口，分到了"责任田"。由于地比较少，没有置办犁、耙、耧等耕作工具，也没有喂牲口，就请邻居德福帮着耕、牢靠帮着种。

去年秋天，德福卖了棉花，买了一台拖拉机，地里有活的时候，就耕地、拉庄稼，没活的时候，就跟儿子一起去窑场拉砖，日子过得红红火火，率先成了"万元户"，在全公社召开的表彰大会上戴过大红花。今年春天，上级推行"农村基层班子年轻化"的政策，大刀阔斧地调整农村党支部和村委会领导班子，德福被选为了村委会主任。他曾感慨地说："我是个从小围着牛尾巴转悠的普通农民，做梦也没想到自家能买上拖拉机，还能当上村委会主任！"

他儿子的媳妇是尹巧凤帮着介绍的，所以陈良石家的地里有什么活，德福和儿子都主动来帮忙。

尹巧凤正在地的另一头整理畦坝子，陈良石站在地头，看着德福开了拖拉机在地里"突突突"地行走，肥沃的泥土翻卷着，新鲜的湿土气息从犁铧底下泛漫潮溢起来，滋润着他的胸膛。

德福耕了几遭，在地头停下来要为拖拉机加柴油，陈良石为他递上一根烟，他接过去夹在耳朵上，朝四下看看，感慨地说："这地还是原来的地，人还是原来的人，怎么土地承包以后，活干得快了，地整得平了，粮食打得多了，就连人的精神头都不一样了？"

陈良石点点头，掩饰不住内心的欢畅和振奋，朗笑着说："这土地承包责任制真正把大家的生产积极性调动起来了，不愧是第二次土地革命啊！"

牢靠正站在耙上抿地，来到地头喝住牛，停下来说："是啊，这大包干真是个好东西，它分配简单，上缴国家的，留下集体的，剩下全是自己的。俗话说，一个和尚挑水吃，两个和尚抬水吃，三个和尚没水吃。前几年，任队长喊破嗓子，可很多人出工不出力，现在不行了，你干多干少、干好干坏，地里的庄稼立马就显出来了。"

听说陈良石家今天耕地，牢靠牵来了他家的两头牛，拉了抿耙和耧，要帮着耙平、播种。牢靠家的两头牛一头黄，一头黑，都非常健壮，眼睛像铜铃一样大，弯弯的角青里透亮，肩峰很高，特别是那一身黄毛和一身黑毛，像绸子一样光亮。

"对头呢，你要糊弄这地一时，地就糊弄你一季。人糊弄地，地就糊弄你的肚子、糊弄你的日子哩，自己的事谁不好好干？你看，现在家家种地跟绣花似的，多精细！"德福说。

"拾掇地呢？"他们正说着话，有人走过来跟他们打招呼。陈良石转头一看，是原南街大队的治安主任范春才。他肩上扛了一张锨，手里拿了一把镰刀，身上穿着补丁褂子补丁裤，脏得放着明光，头发像用乱草搭成的鸟窝，胡子也几天没刮了，一副贫困潦倒的样子。

"是范主任啊，到地里去？麦子耩上了吗？"陈良石问。其实，今春村班子调整，他没有被选上，陈良石喊他"范主任"只是称呼习惯了，没有改过来。

"耩上？棒子秸还没收拾完呢！"范春才挥了挥手里的镰刀说，说完了，并不急着走，而是站下来，把锨拄在地上，要一起说话。

陈良石掏出一支烟递给他："来，抽一支。"

"不抽了，刚丢了呢。"范春才嘴上推辞着，但还是接了过去，点着了，抽一口，指了指满坡都在忙忙碌碌抢收抢种的人，若有所思地说，"陈所长，你是国家干部，你说现在这分田单干的路子对不对？这不是一夜回到解放前了嘛！各忙各的，没有一点集体观念，你看这路，以前多么宽，现在被侵占得像羊肠小道了！都什么觉悟嘛！这也叫社会主义？"说着，他两道眉拧成一个疙瘩，越说越气，声音越来越高。

大家顺他指的方向一看，确实如此。分田到户后，人们对地更加珍惜了，把田间的道路蚕食得很窄，又有很多人家把庄稼秸秆临时堆到路边，致使道路弯弯曲曲，一点儿也不好走。

"大家都把地当宝贝啦。"陈良石说。他知道范春才气的并不是路变窄了，而是对分田到户的政策想不开，有意见。原来光站在地头指指点点就行了，现在却要亲自下地干活，要受累流汗，当然心存怨气。随着改革开放像强劲的春风荡涤中国大地，一些禁锢生产力发展的旧体制、旧政策、旧框框已经打破，但仍有许多人头脑中的旧思想、旧观念，还需要一些时间才能冲洗干净呢！

陈良石又说："老主任还真有'政治头脑'。要我说啊，不管这主义那主义，让咱老百姓吃饱穿暖就是好主义！手中有粮，心中不慌，粮食打得多了，老百姓这日子就过得滋润些。"他的话很严肃，满是胡茬的脸却是笑着的。

"你这不是只管低头拉车，不管抬头看路吗？"范春才没想到陈良石作为老党员竟说出这样没有政治觉悟的话，脸上掠过一丝惊讶。

没等陈良石开口，牢靠就抬杠说："有时候拉车，还真不能抬头，比如拉车上坡，只有弓着身，低头看着自己的脚尖，才能使上劲儿，要是抬着头四处胡乱看，肯定拉不上去。"

陈良石用赏识的眼光看牢靠一眼，笑着说："有道理呢，要不怎么说叫埋头苦干？"

范春才觉得自己的意见受到了轻视，争辩说："这苦干也要知道为什么干、为谁干嘛！"

牢靠一听笑了："为谁干？为自己的嘴干嘛，为自己的肚子干嘛，你忘了以前饿肚子的滋味了？"

德福也说："谁家多收了粮食，谁家锅里的饭就会稠一些，灶王爷腊月二十三上天言好事，也会少撒谎。"

陈良石听德福竟联想到了灶王爷，哈哈地笑起来，笑毕，正色道："这多收粮食既是为了个人，也是为了国家嘛，你种地交公粮不是为国家做贡献？"

范春才见大家没一个顺他的意思说话的，一下把烟头扔在地上，用脚拧一下，扛起锨就走。刚走几步，又回过头来对德福说："德福，给陈所长耕完了，去给我家耕耕吧？"

德福说："还有几家打过招呼了，怕一时半会儿排不上号呢。"

"这么忙？莫不是你当了大主任就看不起我这当叔的了？"

"可不是！"德福从旁边提过一桶柴油，低着头往油箱里加注着，不好意思地说，"春才叔，您去年耕地的钱还没给呢，我的功夫可以赔上，但这油钱你总要给一点吧。"

范春才一听，脸上一阵尴尬，支支吾吾地说："哦，你看我过得这日子……好……今年耕了一块给吧。"说完，见风头不顺，讪皮讪脸地转身走了。

陈良石看着他的背影，怜悯地说："他这两年的日子越过越差了，也够可怜的。"

德福鄙弃地说："他可怜？这人前些年当官当懒了，玩嘴皮子行，说起种地来头头是道，可要真干，一件也干不好。一家人也全对套了，一个个都好吃懒做，这样，日子能好得了？"说完，开起拖拉机，"突突突"地耕地去了。

"这人就这脾气，听了不信，看了不服。现今世道变了，前两年还吆五喝六的，威风着呢，现在是落时凤凰不如鸡了。"牢靠说完，也开始耙地。两头牛使足了劲拉着耙，把套绳拉得跟弦一样直。牢靠站在耙上，左手牵两根掌握牛行走方向的缰绳，右手拿一杆长鞭子，"大、大——喔、喔——"地喊着，身子一晃一晃的，仿佛是指挥千军万马的将军。

陈良石看着他那逍遥的样子，心里生出几分羡慕，涌出一种试一试的冲动，但拖着一条假腿，知道自己干不了，只好拿了一张锹整理着地头的水沟。

正干着，忽然听到远处有人喊他："老陈，老陈！"循声望去，见一个人推了自行车向这边走来。

等那人渐渐走近，陈良石才看清是乔江龙，非常吃惊，他咋突然来了？

陈良石本不愿理他，但想到他大老远地跑来，也许有重要事，于是用讥讽的语气搭腔说："哟，乔大所长咋来了？"

乔江龙也不生气，把自行车支下，说："好事，小米呢？她可以到民天楼饭店去上班了！"

陈良石一听，欣喜地说："真的？"

乔江龙一蹙眉，说："我大老远地来跟你撒谎？方局长同意了。"

"接你的班？方局长同意？"陈良石一脸疑惑。

"不是接班，方局长说可以先干着，看政策以后能不能松一点，有机会再转正。"乔江龙说。

"原来是干临时工。"陈良石多少有点失望。

乔江龙一听急了："能干临时工也不容易哩，别不知足了！为这，我找了方局长不下二十趟。"

外孙女的这份工作，与其说是乔江龙向方局长求来的，不如说是缠来的。他厚着脸皮，一次次去缠方局长，在办公室，在家里，在上下班的路上，不管方局长忙闲，他总是满脸堆笑，求方局长给陈小米安排工作。方局长被缠得实在没法了，念他是老革命，又是老所长，就开口让陈小米到民天楼饭店去上班。

乔江龙之所以这么卖力，主要是心疼外孙女，想通过这事缓和一下跟小米的关系。十年来，小米从来没有去过姥姥家，没有叫过他一声"姥爷"。他对状告陈满囤从没感到过后悔，杀人偿命天公地道，但这件事导致了小米接班没成，让他寝食难安。正好，上级要求粮食部门搞"一业为主，多种经营"，粮食局在城关粮所对面修建了一幢三层楼房开饭店，取名"民天楼饭店"。饭店的干部职工都是从粮食系统各单位抽调来的正式工，陈小米能去干临时工是个特例。

"你总算为孩子做了一件好事。"陈良石由衷地说。

没想到这句话把乔江龙惹急了，他像被打了一棒似的，跳起来高声吼道："陈瘸子，你说话要凭良心，我以前咋没对孩子做好事？ 都是你挑唆孩子，让孩子恨我们的！"

陈良石心中的火气一下燃起来，提高嗓门儿吼道："不刮春风，哪来的秋雨？ 不是你乔倔子做了亏心事，孩子咋不认你，不理你？"

"我没做亏心事！"乔江龙一听这话也冒火了，怨怼说。

尹巧凤、德福和牢靠听到吵嚷声，从远处跑过来。 尹巧凤赶过来，一看是乔江龙，心里也存怨恨，上前说："你来做啥？"

乔江龙一看尹巧凤也对自己黑着脸，愤懑地说："来做啥？ 来磕头求你们呢！ 你们是大爷哩！ 好了，县粮食局让三天内报到，你们看着办吧，愿让她去就去，不去拉倒！ 反正老子尽力了。"说完，转身推起自行车就走。

陈良石突然觉得刚才的话有些过火，于是用缓和的语气吆呼他："乔倔子，回来，吃了饭再走！"

乔江龙只当没听见，骗上自行车，猛蹬几下，顺着弯弯曲曲的小路走了。 陈良石对着他的背影，有些愧疚地摇摇头。

上班后的陈小米，脸上的怨气一扫而光。

由于情绪变好，加上整天抹朱白丹送她的化妆品，脸上的痘痘终于败下阵来，一天比一天少，颜色一天比一天浅，只是前段时间挤出的那些疤痕，需要很长的时间来"收拾残局"。

小米长得漂亮，也有文化，饭店经理安排她站前台营业，负责卖包子和馃子。

粮食局掌握着行业粮油供应指标，近水楼台先得月，民天楼饭店用的是平价面和油，成本要比其他饭店低很多，卖同样价钱的包子个大肉多，油条炸得透，因此生意特别兴隆。

前些天，小米跟着陈满仓和朱白丹去省城，朱白丹领她到服装市场买了几身衣服，虽然价格不贵，但款式却很新潮，尤其在一个开放程度不高的县城，更是标新立异。她身材好，本身就是衣服架子，又好打扮，吸引了周围异性那烟熏火燎的目光，很多年轻人都以买馃子、包子为由，来一睹芳容。时间不长，背地里大家为她起了个外号，叫"一枝花"。

民天楼就在城关粮所的对过，小米经常到粮所去。她去粮所不是去找弟弟金谷，她对弟弟顶替自己接班还耿耿于怀。她是拿了粮票、油票去批面、批油。

虽然姐姐对自己不热情，但姐姐每次来，金谷都要帮她打油、装面。

这天上午，小米跟饭店五十多岁的老吴拉了一辆地排车来批油、批面，开好了单子，交给宋连元。通常，来买粮食的都是自己装车，宋连元就从面垛上点出袋数，让他们自己装。小米把一个围裙系在腰里去搬面袋子，金谷上前拦住了，说："姐姐，我来帮你。"

"我搬得动。"小米嘴上虽这么说，可知道自己搬得很吃力，就没有拒绝，每人抓一个面袋子角，往车上抬。

这时，门口"突突突"传来摩托声，还伴有录音机的歌声。金谷抬头一看，一个人骑了一辆"轻骑"黑老虎摩托车，载了方建从远处飞驰而来。方建手里提着录音机，录音机里放着邓丽君的《路边的野花不要采》。

到了收发室门口，摩托车猛然刹住，轮胎摩擦地皮发出"吱"的一声尖叫。当时，县城里很少见到骑摩托车的，前些日子，方建不知从哪里弄来一辆，经常跟一帮"二流子"骑着在大街上乱窜，借机显摆。

方建下了摩托车，一眼看见小米，上前说："哟，这不是'一枝花'吗？咋能干这活儿，别闪了你的腰，黷了你的新衣服，来，来，来，一边站着吧，我来帮你装。"说着一把抓过她手中的面袋，要帮着装车，还看了一眼正在整理空面袋的常青娥说，"喂，你还

‘学雷锋标兵’呢，咋不帮着人家装车呀？"

常青娥撇嘴一笑，说："哟，太阳从西边出来了！头一回见你有这么高的觉悟。"

回来再抬时，金谷不愿跟方建一块儿抬，就自己搬了一袋子。方建也搬起一袋子，觉得有些沉，就对青娥说："来搭把手。"见她还是不动，说，"快帮着装啊，要不年底再评'学雷锋标兵'，我不投你票了！"

青娥摆摆手，说："随便。其实，我这也是学雷锋啊，把这献殷勤的机会让给你，你应该感谢我才对啊。"

"不帮拉倒！"方建斜她一眼，对刚才那个骑摩托的人喊，"程刚，来帮忙把面装上！"

"哎！"程刚把摩托车支在一边，进了收发室帮着装面粉。

小米手足无措地站在一边看着，心里不是感激，而是紧张和恐惧，她对这种"二流子"打扮的人，内心充满了敌意。

方建和程刚把面和油装完了，累得气喘吁吁，靠在门框上休息。

小米跟老吴拉了车要走，不想方建上前扯住她的衣裳，说："我们帮你装了车，你咋连声谢谢都不说？"

小米拧了拧眉，胆怯地看看他，小声地说："谢谢。"

程刚不满意地说："你妈高声点，方哥没听见！"说着也扯一下她的衣裳。

小米的脸一下子红了，又说了一声"谢谢"，但程刚仍扯住她的衣服不放。

金谷看见这一幕，急了，转身拿过一个磅砣，紧紧地握在手里，冲上前对程刚喝道："放开！放开！"

程刚不知道怎么冒出个管闲事的，放开了小米，转身对着金谷，往上一撩长长的头发，鄙视地说："哪来的毛孩子，敢管大爷的闲事？"

"她是我姐！"金谷看看他说。

"你姐有啥？方哥就是看上你姐了，想跟你姐恋爱呢，你少管闲事！"程刚说着朝金谷胸前推了一把。

金谷仿佛受了天大的侮辱，后退一步，继而冲上前，手里握着磅砣的拳头直奔程刚面部，程刚躲闪不及，打到鼻子上，顿时流出血来。

程刚抹一把，看到手上都是血，急了，冲上来要打金谷。

这时，青娥一下挡在金谷的面前，像母鸡护雏一样把他护在身后，对程刚说："小刚子，干啥呀，欺负小孩啊？"

程刚瞪着眼说："你妈没看见啊？是这小崽子打了我！"

"你不惹人家姐姐，人家会惹你？"青娥斥责道，又教训说，"你小子以后跟我说话别你妈你妈的，小心我抽你的嘴！"她想把战火引到自己身上。

程刚先泄了气，转眼看一眼方建，见他竟没事儿一样，拿块抹布擦着摩托，于是自找台阶说："常青娥，我们还是老同学呢，你胳膊肘子往外扭……好吧，好男不跟女斗！"说着指指金谷，狠狠地说，"你妈等着，老子早晚跟你算账！"说着，走到方建跟前，两个人骑上摩托，"突突突"地开走了。

惊魂未定的陈小米走过来，感激地对弟弟说："金谷，这次多亏了你。"

金谷也是刚从恐惧中走出来，勉强笑笑，指指青娥说："多亏了青娥姐呢。"

小米转脸对青娥说："谢谢青娥姐！"

青娥英武豪爽地笑了，说："没啥，对这种人，你就不能怕，大不了一命抵一命。"

听了青娥的话，金谷的胸中也生出一些底气，对小米说："就是，姐姐以后见了这些二流子别怕，有我呢！"

听了他的话，小米大为动情，说："嗯，好弟弟！"

事后，金谷很奇怪自己那天为什么那么勇敢。他从小就是个老实孩子，从不跟人打架。虽然嘴上跟姐姐逞强，心里却非常害怕，担心程刚来报复自己，于是，他把一根粮食扦样器放在伸手可及的地方。

这根扦样器，五十厘米来长，前头尖尖的，中间有个凹槽，插进麻袋里，一空，粮食就从凹槽里淌出来。如果用它去捅人，无疑是一把利剑。

金谷在提心吊胆中，过了一天又一天，可一直没见程刚再来，跟方建一起骑摩托兜风的换成了另外一个"二流子"。方建还是整天吊儿郎当，说不定什么时候来一趟，见到他，很少犯话。

渐渐地，陈金谷的戒备心就解除了。

通过这件事，陈小米对弟弟的态度发生了变化，见到他有了笑脸，回家时，也常约弟弟一起回。

金谷收发粮食的当空儿，经常向公路对面的民天楼饭店看，看看有没有姐姐出进的身影。结果很少看到，却经常看到方建和程刚出入饭店。他想，这两个人去饭店干什么呢？会不会跟姐姐有关？会不会像程刚说的那样逼着姐姐恋爱？

近段时间以来，金谷的脸上长起了粉刺，这些红疙瘩像泡涨的种子埋在肥沃的地里，随时会炸出芽来。同时，还有一种意识常让他脸红，每当读到或想到"恋爱"二字，身体里便有一种欲望不可抑制地生长。他暗暗吃惊，常常心神不宁，想，这就是书上说的青春期吗？

以后的日子，金谷变得敏感了，开始处处留心有关男女的言谈，包括宋连元等结过婚的男人们粗俗的戏谑和粗鲁的玩笑。之前，他对姑娘们并无太多感觉，现在似乎发现了她们的可爱，开始关注她们的身段、眉眼和声音。

他开始注重自己的衣着，关心自己的发型，在乎脸上的粉刺疙瘩。

有好多回，他对着镜子，仔细梳理着头发，梳成一个三七分的偏分头，一会儿左三七，一会儿右三七，最后还是觉得左三七好，就固定下来，分界线清晰整齐，整个头顶呈优雅的弧形，像初升的半块黑色的月亮。

6

日子过得真快，转眼间，陈满仓的婚期来临了。

陈良石非常心盛，早早请了村里的"大柜"，计划好了婚宴的各项事宜，并让满仓去河北保定请来杨中吉出席婚礼。

陈良石为儿子办的喜宴很排场。他从不做抠搜猥琐的事，结婚日子一定下来，就托人去城里饭店请了两个有名气、有经验的厨师，列出食材采购清单。结婚的前两天，邀请的厨师就来了，厨师在院子里搭起临时锅台，杀了自家的一只羊，十来只鸡，又让人按采购清单从集上买回半扇猪肉、十多条鱼和几筐青菜，从邻居中找几个手脚麻利的人当帮手，负责烧火、顺菜，先把肉鱼等食材加工成半成品。

担心客人多，屋里盛不下，有一部分桌子椅子摆放在院子里。陈良石从粮所里借来篷布，把整个天井都罩了起来。由于电力不足，时常停电，他未雨绸缪，拿了喜烟喜酒去拜访变电所所长，让他尽量不要停电，还不放心，让人把粮所的汽油发电机也借来了，以防不备。

杨中吉想帮着忙些什么，可什么也插不上手，只好按照陈良石的安排坐在一旁喝茶，笑嘻嘻地看着别人忙活。

陈良石前思后想，给乔江龙发出了邀请，可乔江龙让人捎来50元喜仪，人却没来。

方局长一脸春风地来了。满仓在省局工作，岳父又是省局的科长，业务上说不定什么时候用到他们，便想借贺喜之际来跟他们加深感情，扯扯关系。

陈良石满面红光、喜气洋洋地迎接客人，安排方局长、杨中吉和几位战友陪亲家。一桌人都是当兵出身，满仓的岳父又是性情中人，性格豪爽，跟大家说起话来非常投机，喝酒的气氛也非常热烈。

厨师做了两半截酒席。闻韶镇一带，人们素有热情待客的传统，如遇男娶女嫁或老人做寿等隆重节事，如果条件允许，一般要摆两半截子酒席。"两半截酒席"，顾名思义，就是把一场宴席分两段进行，实际上是一次吃两桌酒席。

等糖醋黄河大鲤鱼端上了桌，陈良石来敬酒了，说些"天冷酒薄菜不好"的客套话，每人面前敬三碟子酒。最后，他又斟满三碟子，一碟递给亲家，一碟递给杨中吉："来，我们亲家仨，为了咱们的孩子们干一杯，愿他们一生幸福，白头到老！"不知为什么，说完这句话，眼泪突然盈满了眼眶。他觉得这样的场合不该让大家看到自己流泪，因此有些慌乱，皱了皱眉头，张大嘴，把酒喝个底朝天。

杨中吉也把酒一饮而尽，再看他的眼睛，也因为高兴和激动涌出了泪花。

自早上朱白丹一娶进家门，小米就始终不离她的左右，陪着她。

金谷更是欢喜，跑前跑后，忙得不亦乐乎。

酒足饭饱，客人们陆续走了。收拾完残局，陈良石像卸下了一副沉重的担子，很放松地坐在那把老圈椅里，冲着每一个人微笑，很疲惫，又很深情。

冬天到了，粮所的工作相对轻松了一些。天寒地冻，害虫都冻死了，没有冻死的也昏眠起来，粮食保管的任务就轻了。实行土地包产到户以后，农村人口的粮食自足有余，国家不再向农村返销粮食，粮所只负责供应城镇人口和行业用粮，销售任务也轻了，没事的时候，大家便集中到收发室的大煤炉子旁拉呱。

陈金谷与众不同，一有空闲时间就坐在窗户下面看书看报。粮所里订了《大众日报》和《山东青年》，但这些报刊从所长到组长，从组长到职工，到了他这里，不是成了半截，就是污迹斑斑，还经常有人拿去揩屁股或包油条，满足不了金谷如饥似渴的读书欲望。他听说常青娥的弟弟在县图书馆工作，就托他办了一个借书证，经常到图书馆借书看。

冬天的头场雪下来了。稀稀疏疏，舞蝶般从好远的天空飘来，轻缓逍遥，盈盈伏落大地并渐渐消融。

金谷正坐在火炉旁看书，这时，方建突然闯进来，披了一身雪花，叫一声"小陈"。

金谷一愣，心里咯噔一声，急忙站起来，想摸那根探粮器。他一直防备着方建和程刚。

方建没有注意他的表情，手里拿着两张电影票在他眼前晃了晃，说："今天晚上电影院演《少林寺》，武打片，可好看了，去不去？"

金谷听了，喜出望外。县电影院上映《少林寺》已经两天了，轰动全县，场场爆满，凡看过的人无不叫好，一时成为社会舆论的热点话题。但是票非常难买，他几次去排队都没买到，现在有票送上门来，能不动心？他刚要伸手去接，但马上缩了回来，警惕地问："你咋想起给我送电影票了？"

方建一怔，皱皱眉，眼珠一转说："噢，买重了，送给你，叫上你姐姐去看吧。"

金谷信以为真，急忙要掏钱给他。

方建连忙摆摆手，说："块儿八毛的钱算个啥？不要了，只是你要跟你姐姐一块儿去。晚上七点开演，可别耽误了。"说完，把电影票放在桌子上，转身就走，走到门口又回身嘱咐一声，"一定要跟你姐姐一起去啊。"

刚到下班时间，金谷就迫不及待地关了收发室的门，去民天楼找姐姐。

小米正在柜台前结账，他走过来，把电影票递到她面前，像小孩一样，掩饰不住内心的兴奋，说："姐姐，我们一起去看电影吧，《少林寺》，可好看了！"

小米抬头一看，欢喜地说："好啊。这票好难买吧？"

"嗯。"他本想把方建送票的事告诉她，但又一想，之前方建和程刚欺负过她，如果说是方建送的，她一定不高兴，话到嘴边又咽了回去。

姐弟俩草草地吃过晚饭，去了电影院。雪已经停了，云彩缝里挂着一弯黄黄的新月，大地还没有吸尽的雪水在路灯下闪闪发光。

他们按票上的座号找到自己座位的时候，见方建早已坐在邻座，不由得吃了一惊。

小米惊诧地问："你咋在这里？"

方建笑嘻嘻地站起来，掏出一块手绢殷勤地为她擦擦椅子，调皮地说："又不是你的包场，只要买票就能来嘛。"

小米看一眼金谷："买票咋跟他买在一块儿？"

直觉告诉陈金谷，方建心里有个阴谋，自己被他利用了，脸颊一阵火辣辣的热，但又不便说破，就随口说："真巧了。"

方建也涎着脸说："巧，真巧！"

"哼！"小米不相信地斜他一眼，拉过金谷，让他跟方建挨着，自己坐在金谷的另一边。

方建把一包葵花籽隔着金谷递过来，说："给。"

小米装聋作哑，眼睛盯着空白的幕布，没有接。

不一会儿，头顶上的灯熄了，四下一片漆黑，电影随即开演。观众马上被精彩的武打场面吸引了，不时发出一阵阵叫好声。

方建的心思却不在看电影上，而是隔着金谷直勾勾地看着陈小米。

"少林，少林……"伴随着片尾曲的响起，观众恋恋不舍地散场了，小米和金谷随着人流往外走。刚走出大门，小米觉得有人扯了一下她的胳膊，回头一看，是方建，一挣，不耐烦地说："你干啥？"

金谷急忙回过头来，看发生了什么。

方建龇龇牙说："饿了吧？我们一块儿去吃点东西吧。"

小米没好气地说："不饿，要去你自己去！你别老缠着我好不好？"接着转身对金谷说，"金谷，我们走！"

方建目送着姐弟俩走了，惋惜地站在那儿，并没有去追，而是点了一根烟，眯缝着眼，跷颤着一条腿抽着。他在等一个人，他们约好电影散场后在门口见面。

他四下看看，一会儿，一个人从一旁的阴影里走过来。谁？程刚。

方建把烟蒂吐在地上，骄傲地一扬大拇指说："看见了吧？我把陈小米约出来了，你小子可要说话算数，不许再打她的主意了。"

原来，方建和程刚都看上了陈小米，都想得到这"一枝花"，可花只有一朵，两个人为此闹翻了，打了赌，看谁能把她约出来看场电影，或者吃顿饭，谁就赢了，另一个人自动退出，不再追她。方建自己去约陈小米，小米说什么也不来，他只好买了三张连号的票，两张送给陈金谷，让他把姐姐约了来。

不想，程刚却不认输，说："拉倒吧，我早看到了，你跟陈小米中间还夹着陈金谷呢，人家姐俩一起来的，又一起走的，与你啥关系？"

方建急赤白脸地说："就是我把她约出来的嘛，你他妈别胡啰啰，你再去找她，老子对你不客气！"

程刚并不示弱，上前一步说："不客气？要有种，咱现在就找个地方练练！"

方建一挥拳头，说："走，练练就练练，老子还怕你？"

说着，两个人气昂昂地向一片树林子边走去。

第二天上班时，方建来了，只见他眼上戴了一副墨镜，右嘴角旁贴了一块白纱布。

青娥调侃地说："哟，咋把口罩戴到腮帮子上去了？"

方建摆摆手，说："去去去，一边去！"

青娥并不罢休，趁他不注意，上前一下把他的墨镜摘下来，看一眼，笑着对大家说："快来看啊，方建变成大熊猫了！"

方建急了，上前把墨镜夺过来，说："你看你，胖得跟头猪似的，你才是大熊猫！"

青娥却不急，继续挤对他："怎么刚看了《少林寺》就跟人练武去了，让人揍成这样？"

方建脸红了，争辩道："《少林寺》中，那觉远武艺再高不也被王仁则打几拳踢几脚？老子把程刚那小子打得牙都掉了。"

这时，宋连元走过来，插嘴说："程刚？你们不是铁哥们儿吗，咋打起来了？"

方建愤愤地说："这小子不讲信用，我们打赌，只要我把陈小米约去看电影，陈小米就归我，没想到这小子最后竟耍赖！"

直到现在，金谷终于明白方建送自己电影票的真实目的了，一种被人当枪使的感觉让他心里觉得窝囊，恨不得上前揍方建一顿。

青娥对方建说："就你这熊样，配人家陈小米？癞蛤蟆想吃天鹅肉！"

方建撇撇嘴说："我这熊样咋了？你看上我我还不啰啰你呢。"

青娥笑笑说："你给我提鞋我都嫌你的手指头粗。"

"喊！走着瞧！"方建知道嘴皮子说不过她，且战且退，把手一扬打个响指，转身走了。

449

金谷看到他直接到路南的民天楼饭店去了，心想，一定又去缠姐姐了，于是摸了探粮器，想跟过去。青娥一下拉住他，说："这可使不得！"

有人来买面了，金谷接过单子给人称面，眼却盯着路对面的民天楼，再回过头来看磅秤，那细密的刻度让他恍惚，磅秤上的面不是少了就是多了，老也添不准，幸亏青娥过来帮忙，才给人把面称好。

以往闲下来的时候，金谷都在看书，这几天来拿起书本却看不下去，他眼睛一直盯着民天楼，耳朵直直地竖着，准备一旦听到姐姐的吵闹声，就冲过去。

可一连几天，并没有发生他担心的事情。

这天中午，大家都下班了，金谷刚要关门去伙房吃饭，见陈小米从路对面走过来，急忙迎上去问："姐姐，有事？"

小米两条眉拧在一起，说："方建这小子太烦人了，他跟程刚打赌，竟把我当赌注！这样，你去找程刚，就说我同意晚上陪他去看电影，让他送电影票来。"

"你要跟程刚去看电影？那个人流里流气的，再说，我们打过架呢，我不去。"

"没事的，你只要说我同意跟他一起去看电影，他不会动你一手指头。"

"电影不是看过了吗，跟那个二流子去看啥？"

"他们不是打了一架了吗？让他们再打一架！"小米诡秘地笑笑说。

金谷一下明白了。对，让这两个"二流子"再打一架，解解恨。

吃过午饭，金谷在百货大楼文具柜台找到了程刚，只见他的脸上也黑了一块，嘴上真缺了一颗门牙，在心里幸灾乐祸地笑了。

金谷向程刚说明了来意，忽然多出一个主意，让程刚多买一张票，自己也要去，去保护姐姐。程刚听了，喜出望外，连忙答应着："没问题，我哥们儿就在那里放电影，没票我们也能进去。"

整个下午，金谷都想象着方建跟程刚干架的场面，想象着方建的拳头打在程刚脸上、程刚的脚踢在方建屁股上是一种什么滋味。想到这些，他便处在亢奋之中，盼着太阳快快落下去。

快下班的时候，来买粮油的少了，他开始整理单据，收拾器具。这时，青娥从外面走进来，对他说："金谷，晚上我们一起去看电影吧。"说着，向他扬了扬手里的两张票。

金谷抬起头，惋惜地说："哎呀，不巧，程刚约我和姐姐一起去看电影，都说好了。"

青娥一听，脸色一下子冷下来，说："你姐姐咋脚踏两只船啊！"

"两只船……"金谷一怔，明白了青娥的意思，连忙为姐姐辩护说，"不是，我姐姐是想……"

"你不去拉倒！"青娥说完，失望地转身走了。

"青娥姐，这次真不巧，下次我请你看电影！"金谷看着青娥的背影，感到辜负了她的好意，连忙说。

匆匆吃过晚饭，金谷去民天楼姐姐的宿舍。

进屋一看，程刚已经到了，坐在一个方凳上看着陈小米。

小米正在梳头搽粉抹口红，她对以前挤痘痘留下的残迹非常愤恨，粉子抹了一遍又一遍，要把它彻底盖死。

"小米，你快点啊，马上就要开演了！"程刚站起来催促说。

"急啥？你怕耽误了自己去！"小米用居高临下的口气说。

程刚无奈地摸摸头，不说话了。

等陈小米梳妆打扮完，三个人骑自行车来到电影院的时候，电影已经开演了，放映厅里一片黑暗。他们的座位是15排1、3、5号，这是看电影最理想的座号了。他们摸黑找到15排，又让已坐好的观众站起来，三个人挤过去，惹得大家怨声连连。

像上次看电影一样，小米让金谷坐在中间。很快，他们便又一次被紧张的剧情和精彩的武打吸引了，全神贯注地盯着荧幕，不时跟其他观众一起惊叫喊好。程刚已看过好几遍了，并不兴奋，只是侧头看着小米。

电影散场了，他们三个人往外走，程刚上赶一步，想抓陈小米的手，被她一下打开了。金谷看到了这一细节，急忙穿插在他俩中间。

出了电影院门，来到自行车旁，金谷四处张望，希望看到方建的影子。没有找到，却见青娥朝这边走来，走到程刚面前说："程刚，我没骑自行车来，你带我回家吧。"

"不行，不行，我还有事呢！"程刚拒绝说。

"啥事？你把我送回家再去办你的事，反正也不远。"青娥毫不客气地抓住了程刚自行车的后椅架。程刚无法推辞，就说："好吧。"接着回头对小米说，"你回吧，改天再请你看电影。"

金谷骑着自行车跟小米一块儿往回走，没有看到程刚和方建干架，心里生出几分遗憾。

7

第二天上班，陈金谷心里一直嘀咕，不知程刚和方建昨天晚上干过架没有，于是盼着方建来上班，看他有没有挂新彩，可方建一直没有露面。中途，他以出去买东西为名，去百货大楼找程刚，程刚也没上班。

回来后，金谷装作无意地问："方建今天咋没来上班？"

付志国说："这小子向来三天打鱼两天晒网，不知道到哪里流窜去了呢！"

宋连元也说："说不准到哪里勾引小妮儿去了。"

青娥走过来说："什么呀，昨天晚上又打架了，住院呢！"

"打架？为啥？跟谁？厉害吗？"金谷一连串地问。

"跟程刚，"青娥转眼看着金谷问，"装傻吧？你不知道？"

金谷有些心虚地说："我咋知道？"

青娥说："还不是为了你姐姐争风吃醋？"

金谷的脸一下子红了，极力想辩解这事与自己和姐姐无关，就说："昨天晚上看完电影，程刚不是送你回家了吗？咋跟方建去打架了？"

青娥白他一眼说："他送我到家就回去了，谁知道他又去打架了？我又没拴住他的腿！"

付志国又问："方建伤得厉害不？"

青娥说："听说是肋骨骨裂，医生说要躺半月。"

宋连元说："躺半月？看来这小子又能逃避春节供应了。"

吃过晚饭，金谷去找姐姐，想去问问她知道不知道方建和程刚打架的事，可小米不在，饭店的人说她找同学玩去了。

金谷回到宿舍，躺在床上看小说。今天上午，青娥为他带来了一本《小说选刊》，上面有梁晓生的短篇小说《这是一片神奇的土地》和史铁生的短篇小说《我的遥远的清平湾》。中午他没吃饭，一口气把前一篇看完了，后一篇刚开了个头。他接着往下看，立即被小说中描写的那一道道的黄土高坡，那一群群慢慢行进的牛群，那一孔孔窑洞中住着的婆姨娃娃，深深地吸引了。他从小没出过远门，更没去过陕北，却觉得书里的陕北是那么亲近，甚至嗅到了那里的黄土味儿。他为主人公破老汉的命运感到可惜，甚至跟破老汉一样纳闷：为什么北京人不爱吃白肉呢？他完全沉浸在小说中了。

此时，陈小米正在方建的病房里。她听同事说了方建跟程刚打架双双住院后，后悔了。先是怕两个人以后报复自己，后来又觉得故意让两个喜欢自己的人"决斗"，造成两败俱伤，做得太过分了。

于是，傍晚一下班，她便买了四个水果罐头，分装在两个网兜里，先去看了程刚，后去看了方建。

对于方建和程刚，她下意识里似乎更在意方建一点儿，因为程刚比方建健壮得多，方建明知打不过他，会吃亏，还毅然前去"决斗"，一定是更在乎自己，想到这一层，她的心里竟对方建产生了一丝感激。

小米走进方建病房的时候，方建正呻吟着让父母为他翻身："轻一点啊，疼死了！"

方局长恨铁不成钢地斥责道："疼？ 活该！ 谁让你整天不务正业、打架胡作！"

方局长的爱人袒护说："孩子都这个样了，你就少说两句吧！"

小米看到方局长在，一阵胆怯，正想退出去，被方建看到了。他停止呻吟，欣喜地叫道："小米，快来！"

小米只好转回身，来到病床前，把手里的水果罐头放在桌子上，问："还疼吗？"

方建忍着疼痛，调皮地笑笑说："你来了就不疼了。"

小米顿时面如红布，急忙低下了头。

方局长看着她，问："你是？"

方建替她回答："她叫陈小米，在民天楼上班。"

方局长恍然地说："你是陈良石的孙女、乔江龙的外孙女？"

"嗯。"小米两手搅着衣角，拘束地点点头。

方局长用审视的目光看看她，须臾说："好，谢谢你来看方建，他过几天就好了，你回去吧。"

"不要走，再坐一会儿嘛！"方建连忙说。

"姑娘，没事就再坐会儿吧。"方建妈跟着说。

方局长一脸铁青，不容置疑地下了逐客令："你走吧，明天还要上班。"

"哦，我弟弟晚上找我有事，我回去了。"小米信口编个理由，转身走出了病房，心里有一种说不出的滋味。这是她第一次面对局长这一级的官，不知道是不是这一级的官都这么严肃和不近人情。她抑郁地走着，只听方建又开始"哎哟哎哟"地叫唤起来。

方局长刚才的不近人情是有原因的。一听说她是陈小米，心里便一咯噔，第一个闯进他脑海的是杀人犯陈满囤，又听儿子的话中对她充满了暧昧，立即警惕起来，心想：如果儿子真相中了她咋办？我一个老革命干部难道要跟一个被正法的杀人犯做亲家？并且"文革"期间他还整过自己！那可万万不行！必须把这种苗头掐死在萌芽状态。于是他不顾陈小米的感受，严肃地下了逐客令。

春节来临，家家备粮过年，粮所收发室前排起了长队。

下午，陈金谷正发面粉，突然听营业室前一位妇女大声喊起来："我的粮本呢？我的粮本呢？谁看到我的粮本了？"

金谷走过来，见她四十来岁的样子，急得脸上都出汗了，于是帮她问："有拾到粮本的吗？"

周围几个人都摇摇头。金谷回头对那女人说："你再仔细找找，是不是装在别处了。"

"没有啊，我记得装在这个口袋里了。"她把衣服上的所有口袋都掏出来，又把手里的面袋抖擞一遍，没有粮本。

有人说："这下啰唆了，没有粮本咋打油、批面？"

那女人一听，哇的一声哭了，一边哭一边说："批不了粮食，一家人咋过年呀！上面还有平时结余的一百多斤指标呢！"

付志国听到哭声走过来，问明缘由，说："赶紧去找所长挂失吧，别让人拿你的粮本把粮食批走了。"

那女人一听，这才止住了哭声，问了所长的办公室在哪里，急匆匆地找吴所长挂失去了。

那女人的粮本第二天便找到了，准确地说是被开票的营业员陶芬扣下了。让人想不到的是，拿粮本来冒领粮食的竟是某局的甄副局长。

营业员陶芬看看粮本上的名字，又看看甄副局长，问他："这粮本是你家的吗？"

甄副局长一怔，说："是……不是，是我的一个亲戚的。"

陶芬又看他一眼，朝门外喊："张三春，张三春！"

排队的人也跟着咋呼"张三春"。

昨天丢粮本的妇女挤进来，只见她左眼角处黑了一块。昨天丢了粮本，晚上被丈夫打骂一顿，一夜没睡，今天一大早就来粮所等着，生怕有人把她家的粮食批走了。

陶芬指着甄副局长问："你跟这甄局长是亲戚吗？"

那妇女看甄副局长一眼，说："俺不认识他啊。"

甄副局长的脸腾地红了，急忙拉下帽檐遮住了脸。

陶芬把粮本递给那位妇女，愤愤不平地对甄副局长说："你还是个大局长呢，咋冒领人家的粮食？"

"我……"甄副局长头更低了，恨不得找个地缝钻进去，想走，批粮食的钱还在陶芬手上，舍不得不要了，尴尬地站在那里，接受着众人目光的"射击"。

那妇女一下明白了，拿过失而复得的粮本，冲甄副局长吼道："人家小学生还知道拾金不昧，你这人咋拿着批俺的粮食？"

"你冒领人家的粮食，还让人过年不？"一位老大爷帮腔说。

"亏你还是个国家干部呢！"一个妇女鄙夷地说。

大家好像开批斗会一样，你一句我一句，直把甄副局长说得头上冒汗。他开始向外挤，可大家有意围紧了，不让他出去。

这时，吴所长走进了营业室，高声喊："排队，排队！"一眼看见甄副局长，急忙打招呼，"甄局长来批粮食啊？"

甄副局长涨红着脸，支支吾吾地说："哦……我……今天早晨，我的一个亲戚给我一个粮本，说节余的粮食吃不了，让我来批一些，没想到，粮本竟是拾的别人的，我回去找他去！"

甄副局长终于编出了一个理由遮羞，但大家一听都知道是假的。

"你的亲戚是谁？叫他来！"丢粮本的妇女余怒未消，上前说。

吴所长急忙上来打圆场："好了，好了，甄局长是堂堂国家干部，会冒领你这点粮食？你以后要当心点，别再把粮本弄丢了。好了，大家排好队，买了粮食快回家准备过年吧。"

吴所长说着，从陶芬手里拿过甄副局长的钱，递给他，呵呵笑着说："以后有啥困难来找我。"话音里透着一种优越感。

"哦。"甄副局长哪里还有心思咂摸吴所长的口气，接过钱来，转身灰溜溜地走了。

亲眼看到了这件事，金谷想，那女人竟为了一个粮本哭得天昏地暗，而一个堂堂的大局长竟来冒领别人的一点粮食，当众受辱，可见这粮本对一个家庭多么重要啊！他也从中体会到了作为一名粮食部门的职工有多牛，同时对自己顶替姐姐接了爷爷的班更增加了一份亏欠。他暗自嘱咐自己，如果以后谁要再欺负姐姐，他一定为姐姐两肋插刀。

春节过后的正月，是粮食系统比较清闲的日子。过了正月十五，安德地区粮食局要举办"青工培训班"，根据粮所的推荐，陈金谷去安德粮校参加培训，时间两个月。

金谷来到安德，吃住统一安排在粮校。课程分两部分，一是补习文化课程，二是学习粮食业务知识。

为他们补习文化课的语文老师是从安德师专聘请的，叫幺若一，四十来岁，高高的个子，胖胖的，四方脸，讲课表情丰富，口若悬河，引人入胜。幺老师不但课讲得好，还爱好文学，说起古今中外的大作家、大诗人，如数家珍，谈起名家作品，侃侃而谈，头头是道。他不但在报纸刊物上发表过不少文学作品，还兼任文学期刊《苗圃》的编辑，身上更多了一道光环。能把自己的名字变成铅字的人，通常被认为是很了不起的，何况他还是个造就"文学青年"的编辑！

在当时，"文学青年"是一个光荣而又时髦的称呼。随着改革开放的不断深入，人们对文化的需求越来越焦渴，各种文学期刊像雨后春笋般涌现出来，虽然良莠不齐，但都不愁销路。成千上万的人做起了作家梦，梦想靠一支笔、几本稿纸改变现实，改变命运，乃至名扬天下。就连报纸刊物上的征婚启事，其自身条件介绍中，也必有"爱好文学"一词，仿佛不做文学青年，不爱好文学，就是时代落伍者，就不配找到对象。很多人走路时腋下常夹一本小说或诗集，或是手里拿一本《人民文学》《收获》之类的文学刊物，昂昂然招摇过市。与友相聚，言必谈文学，成为一种时尚。

金谷本来就爱好看书，上学时对写作文也很感兴趣，现在看到幺老师高踞讲台，顾盼自雄，俨然王者，很是仰慕。幺老师慷慨激昂地说："鲁迅先生指出，文艺是国民精神所发的火光，同时也是引导国民精神的前途的灯火。文学是人类不可缺少的精神食粮，爱上文学吧，它浸染在你我的生命里，没有人不需要它！只要肯下功夫，你们这些姑娘或小伙子，弄不好就是未来的丁玲或巴金，谁敢小觑！"

幺老师的这席话，让人热血沸腾，金谷发誓今后要做一名文学青年，写小说，写诗歌，为繁荣祖国的文学事业不懈奋斗，增砖添瓦。

金谷迷上了看小说，有空时就到书店买书或到学校图书馆借书，每天写日记，写读书笔记。

在为期两个月的"青工培训班"上，金谷埋头读了多部长篇小说，记了几本子读书笔记，偶尔也照猫画虎地写"作品"，经常废寝忘食。

培训班结业后，陈金谷回到清阳，一看粮所大门上的牌子换成了新的。原来，根据中央要求，1984年4月全县的人民公社都改成了乡镇，城关公社粮食管理所相应改成了清阳镇粮食管理所。

他提了一只安德扒鸡去看姐姐。

陈小米正坐在梳妆台前化妆，先画弯弯的眉，再勾波浪样的唇。画得得意了，对着镜子左看右看，歪歪头眨眨眼，朝镜子中的自己丢一个媚眼。

金谷见到姐姐，吃了一惊，两个月没见，差点认不出来了。姐姐变得时髦了，穿起了喇叭裤，高跟鞋，白衬衫掖在裤子里，原来的大辫子变成了披肩的大波浪，脸上油光光的，很远就能闻到一股喷香的化妆品味，嘴唇也抹得通红，像盛开的喇叭花。他惊奇地问："姐，你咋打扮成这样？"

小米回过头，抖一抖蓬松的头发，神气活现地问："咋样？好看吗？"

金谷看看姐姐，姐姐确实更妩媚更漂亮了，但他对这种时髦的打扮一时看不惯，没有发表自己的意见，而是说："爷爷和奶奶看到会愿意吗？"

没有从弟弟的口中赢得赞美的话，小米有点扫兴，把手里的镜子往桌子上一丢，撇嘴说："他们都是老封建！"接着又说，"前两天爷爷病了，你抽空回家看看吧。"

金谷担心地问："什么病？厉害不？"

"他借牢靠爷爷家的牛车往地里拉粪，被牛抵了一下，没啥大事。"

"那咱俩一块儿回家看看吧。"

小米为难地摇摇头："奶奶不许我……我一会儿还有事呢，你自己回去吧，如果爷爷奶奶问起我的头发剪了没有，你就说我剔成和尚头了。"

金谷听了，不知何故，想问个究竟，刚欲张口，小米说："天不早了，你快走吧。"

金谷回到粮所，骑上自行车，飞也似的向闻韶镇骑去。

回到家时，天刚擦黑，奶奶正在往一个暖水袋里灌水，要给爷爷做热敷。金谷走到床边，急切地问："爷爷，你好点了吗？"

陈良石躺在床上，看看他，宽慰地说："没啥，好多了。"

金谷心疼地说："你的腿不好，咋能赶车送粪？"

尹巧凤把暖水袋放在陈良石的肋部，埋怨说："谁说不是？我说等你回来再运，可他偏逞能！"

陈良石笑笑，说："被牛抵了一下，有啥？你们真是大惊小怪。"

尹巧凤白他一眼："你以为自己还是小伙子啊？"

金谷跟着说："以后家里有啥重活给我留着。"又说，"要不，这地咱不种了，咱家除了奶奶都有工资，不种地日子也不难过。"

陈良石摇摇头："退休后没了事，靠这点地打发日子呢，不种了还行？"

"那您可要当心，千万别累着。"金谷说。他知道爷爷并不老，提前退休完全是为了让自己接班，爷爷又是个闲不住的人，要用干活来赶走寂寞。

吃晚饭的时候，尹巧凤问金谷："你姐姐把那绵羊头剪了吗？还穿那扫大街的裤？"

金谷听奶奶把姐姐那大波浪发型称作"绵羊头"，忍不住笑了，他当然不能像姐姐说的那样说剔成了和尚头，而是替姐姐辩解说："奶奶，这种发型正时兴呢，在城里这种打扮的姑娘很多呢！"

陈良石一瞪眼，说："很多也不行，人家兴咱家不兴，这不是正

460

经女孩子的打扮嘛，要这样还找个婆家不？"说着看看他，警告说，"你可别学那些下三烂、二流子，留长发，不男不女的。"

金谷点点头说："爷爷，你放心，我不会的。"

陈良石和尹巧凤强烈反对小米时髦打扮是有原因的。前几天，有好心人要给小米介绍个对象，男的在部队里当兵，刚提了干，父母都在供销社工作，陈良石和尹巧凤觉得"很理想"。前几天，那男的回家探亲，暗地里去民天楼看了小米一眼，一看她的打扮，回家就让介绍人把这事辞了。陈良石想，孙女长得很漂亮啊，咋只看了一眼就不同意了？于是刨根追底问究竟为了什么。介绍人不得不说，看小米那打扮，人家怕以后伺候不了呢。打扮？啥打扮？陈良石借粮所的电话打给小米，让她回家一趟。小米回到家，老两口一看，眼都直了。

尹巧凤问她："小米，咋几天不见弄成这个样子了？看这头发，跟绵羊尾巴似的，咋见人？"

小米双手把蓬松的头发往上一托，让它慢慢地落到脑后，富有弹性地颤儿颤，得意地说："这多漂亮啊，不好看吗？"

陈良石本来对那桩亲事抱有很大希望，没成想因为对方的嫌弃而告吹，他觉得脸上很没面子，看到她臭美的样子，一股子气冲上来，气愤地说："这样的头哪里好看？跟抱窝的鸡似的，回去给我剪掉！还有你这裤子，扫街好手，回去铰了，以后再不许这个打扮！"

"两个老封建！"小米丢下五个字一赌气转身走了。

"回来！"尹巧凤追到大门口，气愤地在后面喊，"死妮子，不剪了你那绵羊头就别回来！"

小米走了以后，果真不再回来，直到陈良石被牛抵伤了，尹巧凤打电话给她，才回来一趟。回到家刚站住脚，一看她还是那样的打扮，陈良石气得红了脸，摆摆手说："你走吧，看到你这个样子我眼珠子就涨得疼。"

小米只好幽幽地走了。回到县城，仍不思悔改，因为她并不认为自己做错了什么。

尹巧凤问金谷："你看到姐姐在城里处对象了吗？"

金谷说："没有啊。我出去学习两个月了，反正我去学习之前没发现。"

"噢。她咋变成这样了呢？"尹巧凤摇摇头。

陈良石对金谷说："一个女孩子坏了名声可是大事。你以后看着姐姐点，别让她跟那些不三不四的人在一块儿，你要劝不住，回来告诉我。"

"嗯。"金谷点点头。

8

金谷开始盯着姐姐。

他发现姐姐学会拿眼梢看人了，眉轻轻一挑，拿眼梢轻轻一扫，爱看不看的，爱理不理的，一副高高在上的样子。

他发现姐姐不再站前台当营业员了。因为方建时不时叫上她就走，来了顾客常常无人接待，饭店经理就把她调到了白案组，负责蒸包子、炸油条。

他还发现姐姐跟方建正打得火热，方建的录音机直接送给了姐姐，姐姐还经常坐着方建的摩托车到处兜风。

这天下午，青娥指着大街上一辆飞驰的摩托车说："金谷，快看，你姐！"

金谷朝外望去，只见姐姐坐在方建的摩托车上，带了棕色的蛤蟆镜，风把她的头发和围巾都吹了起来，她紧紧地趴在方建的后背上，搂着他的腰。

青娥对金谷说："方建要当你姐夫了。"

金谷的脸一下子红了。

金谷决定去劝劝姐姐。方建不是个正经人，不要整天跟他搅在一起。他知道，姐姐是个我行我素的人，自己的话她未免能听进去，但心里记着爷爷奶奶的话，还是决定去试一试。

晚饭后，金谷来到姐姐的宿舍，桌子上的录音机正在播放邓丽君的《何日君再来》。姐姐正在洗衣服，脖子伸得很长，小肚子顶着搓衣板，胳膊一下一下地搓动，头上的大波浪有节奏地颤动。她一边洗衣服，一边随着录音机唱歌。

金谷心里一动：姐姐这"奇装异服"不比土里土气的衣服更好看吗？年轻人是最爱美的时候，难道要等到人老珠黄了才去打扮自己？这样一想，他有些理解姐姐了。

他叫声"姐姐"，走进屋里。小米停止唱歌，让弟弟坐。金谷把录音机的音量调得小了一些，看到录音机旁有两副蛤蟆镜，就说："姐，你咋这么多眼镜？"

小米抬起头说："都是方建送的，你要喜欢就拿一副吧。"

"谢谢姐姐！"金谷拿起一副眼镜把玩着，想了想，费力地说，"姐姐，你……你别跟方建……在一起了。"

小米看他一眼，问："为啥？"

金谷沉思片刻，说："方建他配不上你，你多漂亮啊，看他那个熊样，三根青筋挑着个脑袋，跟条刀鱼似的。"生活已教他学会了像成年人一样绕圈子说话的方式。

小米听出了弟弟对自己的奉承，笑了，说："你真是人小鬼大。是爷爷奶奶让你来劝我的吧？"

金谷的脸一下子红了，马上说："不是，不是，我真觉得你跟方建不合适，你那么漂亮，他那么丑，再说……"说到这里一个停顿。

"再说什么？"

"我说了你可别生气，他整天不务正业，是个二流子！"金谷说。

小米听了，不但没生气，反而笑了，说："我的事你别管。"

金谷无话可说了，看看姐姐，许久才又说："姐，你别再惹爷爷奶奶生气了，他们也是为咱好。"

"嗯。"小米听了，沉思着点点头。

不知是自己的规劝起了作用，还是什么原因，金谷发现姐姐与方建的关系冷了下来。

方建的录音机让姐姐退回去了，方建经常提到收发室来，播放伤感的《美酒加咖啡》，有时也喝得醉醺醺地随着录音机不着调地唱：

美酒加咖啡，
我只要喝一杯，
想起了过去，
又喝了第二杯。
明知道爱情像流水，
管他去爱谁，
我要美酒加咖啡，
一杯再一杯……

方建唱得越伤感，金谷越是从心里偷着乐。

虽然还经常看到方建的摩托车停放在民天楼门口，但很长时间没有看到方建带着姐姐在大街上兜风了。

方建和陈小米的恋情确实发生了故障。自从小米来民天楼上班，方建可以说是一见钟情，千方百计讨好她，甚至跟"情敌"程刚撕破脸皮大打出手。小米开始对方建不冷不热，后来让她动心的是，方建提了一个很诱人的条件，说如果她同意跟他处对象，就让父亲把她转成非农业户口，安排成正式工。现在是个临时工，局里说辞可就辞了。她权衡一番，就同意了，心想，先转了正再说，这可是后半辈子的大事。近朱者赤，近墨者黑，她开始追求时髦，在方建的怂恿下，烫了发，穿喇叭裤和高跟鞋，跟着方建到处招摇。她的漂亮成了方建四处炫耀的资本。

然而，方建的承诺迟迟无法兑现。方局长怎么会为她转正呢？几个月过去了，小米问过多次，方建每次都支支吾吾，让她觉得方建在骗自己，火热的关系迅速冷却下来，若即若离。

方建却像一块糖，把她给黏上了。为了讨好她，方建竟放低身段去和金谷套近乎，对他有了笑脸，时常买包瓜子或抓把花生扔在他面前，有时还拍拍摩托车说："来，我带你去兜一圈。"

这些"糖衣炮弹"显然没有改变金谷内心里对他的看法，但两个人的关系不再冷若冰霜。

这天下午，方建跟一个朋友骑了摩托车来到收发室，手里拿着两张票，对金谷说："今天晚上电影院放新片《相思女子客店》，可好看了，叫上你姐一块去看吧。"

金谷知道他这是故技重演，自己约不出姐姐，让他去约。他哪里肯去？就说："我有事呢，你自己去叫吧。"

"哟，架子还不小，这是方哥看得起你，别不识抬举！"方建那个朋友逼上前说。

金谷一看那架势，后退两步，一下摸起竖在旁边的探粮器，大声地说："就是不去，你能把我咋样？"

方建一看，怕出事，连忙摆摆手说："不去算了，走！"说着拉着朋友转身就走。

方建的朋友一边往外走，一边对方建说："建哥，这陈小米不就是个包包子、炸油条的吗，父亲还是个杀人犯，有啥好的，对你还拈酸拿醋？这三条腿的蛤蟆不好找，县城的俊妞还不有的是！"

方建用摩托车钥匙敲了他的头，瞪着他，狠狠地说："你妈合上你的臭嘴，以后别再说陈小米的坏话！不然，老子收拾你！"

一看方建凶神恶煞的样子，那朋友连忙点头道："是，是！"

金风拉开了秋的序幕。到了傍晚的时候，阳光依旧毛茸茸的。金谷坐在窗前看《当代》。这时，青娥从外面走进来，手里举着一封邮件，对他说："金谷，你的邮件，像本书。"

金谷接过一看，心一下子提到了嗓子眼儿，他用颤抖的双手打开那个大信封，抽出一本书来，封面上有两个大字《苗圃》。他急忙翻到目录，从前往后找，终于在诗歌栏目找到了自己的名字，又翻到印有自己诗歌的那页，仔细看了一番，激动地说："我的诗歌发表了！"

"是吗?"青娥欢喜地凑过来，金谷指着自己的名字给她看。她看到了，在他肩上拍了一巴掌，说，"金谷，你行啊，都成大作家了！"

金谷发表的这首诗歌叫《月亮下》，是他最近创作的作品。自从有志做一个"文学青年"，他创作的散文、诗歌有一厚本了，给各杂志社投稿，稿子一寄出去，就盼星星盼月亮般地盼回音，但除了几张退稿信之外，全部泥牛入海。这是他发表的第一篇作品，是他寄给幺老师、经幺老师修改后发表的。对一个业余写作者来说，第一次发表作品不啻女人第一次生了孩子那样激动和高兴。

青娥也为他高兴，夺过刊物，清清嗓子，读道：

明月如镜，亮光光。
稻子熟了，黄又香。
白天收割拉回家，
挑灯夜战来打场。
哥妹边干边说笑，
机器轰鸣欢声唱。
趁着香香不注意，

贵贵偷闲一口亲在香香额头上。

香香双颊飞红霞，

照着贵贵背上就是一巴掌，

"没正经，傻样——"

然后嗔怒不说话，

贵贵心里着了慌，

赔着笑脸作检讨，

香香却始终不露笑模样。

贵贵见状哀求道：

"香香，香香别这样，

保证以后改邪归正派，

你要星星

哥哥上天摘星星，

你要月亮

哥哥上天摘月亮！"

香香一听忍不住，

"扑哧"一笑开了腔：

"给你个棒槌当针使，

画个烧饼当干粮，

香香我不要星星不要月，

只要你再亲亲我的腮帮帮！"

青娥读完，自己脸先红了，对金谷说："陈金谷，别看你年龄不大，没想到竟有这样的花花肠子，能写出这样的诗！"

金谷面如红布，无言以对，嘿嘿地笑了。

青娥把书还给金谷，眼睛里放射着火热的光芒，提议说："为你庆贺庆贺吧。咱先去饭店吃饭，吃了饭再去看电影吧。"

金谷想马上回去读读这本《苗圃》，于是说："晚上我还要写一篇小说呢，灵感没了就写不出来了，改天吧。"

"好吧。"青娥扫兴地耷拉下脸，抑郁地走了。她心里纳闷：这样一个不谙风情的人咋会写出那样的诗呢？

青娥暗恋陈金谷已有些日子了，她喜欢他为人实在，待人真诚，工作肯干，不耍奸，不磨滑，更喜欢他勤奋好学，有才分，是个文学青年。

几乎在金谷的名字变成铅字的同时，陈良石的名字也变成了铅字，他的文章《论国营粮食商业的主渠道作用》发表在了省粮食局的内刊《粮食研究》上。近几年来，粮食连年丰收，1978年全国粮食总产6095亿斤，到1982年，第一次突破7000亿斤大关，达到7069亿斤。1983年粮食总产7746亿斤，提前两年超额完成了第六个"五年计划"中7200亿斤的目标。全国人口平均粮食产量也有很大增长。从1954年到1978年的25年间，由于人口增长较快，粮食生产发展缓慢，粮食产量平均每年每人只增加1斤，而从1979年以后，平均每年每人增加25斤多。随着粮食生产的提速，粮食的商品率大幅度提高，农民的家底厚实了，迫切要求多卖粮食，但粮所受库容限制，出现了"储粮难"，进而引发了农民"卖粮难"。1983年1月，中共中央在《当前农村经济政策的若干问题》的通知中，对农副产品购销政策作了调整，规定对完成"统派购"任务后的农村余粮，除国营粮食商业企业积极开展议购议销、参与市场调节外，允许多渠道经营，并要求粮食部门发挥主渠道作用。陈良石的这篇文章就是论述基层粮食商业如何贯彻这一国家政策的。文章有数据、有分析、有对策，说理充分，逻辑性强，当然文字经过了儿子满仓的修改润色。

爷孙俩的文章同时发表，在全县粮食系统一时传为佳话。

文章的发表让陈良石倍受鼓舞，为了及时了解国家形势，他让金谷买回一台泰山牌黑白电视机，每天晚上7点，准时看《新闻联播》。

9

1984年国庆节到了。

这年的国庆节非同寻常,因为是中华人民共和国成立35周年,北京天安门广场要举行盛大阅兵式,这次阅兵距上次已有25年,是中国在改革开放的背景下第一次公开展示自己的武装力量。

陈良石是军人出身,对阅兵式有着特殊的感情,充满了期待。他吃过早饭,把电视机挪到了屋门口,屏幕对着院子。

院子的墙上,挂着一串串金黄色的玉米,为这个四合院平添了无限喜气,呈现出一派自给自足和富裕康乐的景象。

陈良石把家里所有能坐的东西都摆在电视机前。当时村里有电视机的家庭很少,他料到会有很多街坊邻居前来观看。

果不其然,不多时,街坊们纷纷聚来,围着电视等待国庆盛典开始。

10时整,庆祝大会在雄壮的国歌声和28响礼炮声中拉开大幕,邓小平乘坐红旗牌黑色敞篷阅兵车,在一列列整齐威武的受阅部队前驶过,然后回到天安门城楼,发表了国庆讲话。接着,受阅部队的46个方队(地面方队42个,空中梯队4个)依次经过天安门,接受党和人民的检阅。地面,金戈铁马奔驰;空中,战鹰展翅翱翔。

陈良石看着,不禁热泪盈眶,从内心对祖国的强大感到骄傲和自豪。

国庆群众游行开始,让人激动的是,游行方阵除仪仗队外,竟把农民方阵摆在最前头。这可是新中国成立后的第一次!农民代表在欢快激昂的《在希望的田野上》的旋律伴奏下一路走来,每个人脸上都洋溢着丰收富足的喜悦。游行队伍中,共有107部彩车,其中5辆走在农业方阵之首的拖拉机花车最令人瞩目,组成了"联产承包好"

五个大字。

这个画面一出现，院子里立即一阵轰动。陈良石一下站起来，激动地喊了声："联产承包好！"

大家群情激奋，异口同声："联产承包好！"

接下来大家开始议论，一个说："昨天夜里我还想，这大包干会不会有今年没明年？这下好了，联产承包上国庆大典了，不用担心政策再变了！"

一个说："只要这政策不变，我们就不会过挨饿的日子！"

另一个说："是哩，有了这颗定心丸，咱可以在责任田里做长远打算了，明天我就去买化肥。"

实行"大包干"以来，人们的生活得到了空前改善，但心里一直不踏实，就怕这好政策不长久，很多人种麦不敢施足肥，怕来年政策变了收不回肥料钱。

陈良石兴奋地说："这下大家的心可以定了，国家一心一意搞建设，把劲头用在提高人民群众生活水平上来，咱们的国家一定会越来越强大，老百姓的日子也会越来越好！"

"对！"大家纷纷表示赞同。在他们欢悦的眼神里，清清楚楚地显露出了未来的自在生活。

国庆盛典直播结束了，人们纷纷离去。陈良石仍久久地沉浸在兴奋之中，中午让尹巧凤炒了两个菜，自斟自饮起来。

正喝到酣畅处，金谷和小米回来了。

金谷一进门就宣告了一个好消息："爷爷，奶奶，俺叔叔来电话了，俺花妈生了！"

"生了？姑娘小子？"尹巧凤急切地问。

"俺叔说是个小子。"小米说。

"哈哈，这好事咋都扎窝了啊！"陈良石乐得合不上嘴了，良久，对尹巧凤说，"再加两个菜，我们庆祝庆祝！"

小米马上说："不要炒了，我跟金谷买了些现成的呢。"说着，从一个提包里拿出一只烧鸡、一块猪肝和一块酱牛肉。

尹巧凤拿到伙屋里切了，重新端上来。

陈良石对金谷说："来，倒酒，陪爷爷喝两盅！"

尹巧凤说："看你欢喜的，别喝醉了啊。"

陈良石说："今儿个高兴，醉了也要喝！"

过了几天，一家四口乘公共汽车去省城看孩子。

满仓住得很紧张，只有一间宿舍，不到二十个平方，里面是床和衣柜，外面是沙发和茶几，贴墙还放个碗橱，只留下一个窄窄的过道。一下来了这么多人，盛不下，大家只好轮流到床前看孩子。

孩子宽宽的脸盘，粉红的肤色，胖嘟嘟的十分可爱，大家都夸孩子长得真好。

陈良石问满仓："给河北你爹打过电话了吗？"

"打过了。"

"他一定很高兴吧？"

"当然高兴。他说最近就过来看看呢。"

陈良石想起了冯兰英，对满仓说："你娘在天之灵知道添了孙子，心里也会乐开了花。"

陈良石的一句话，把屋里的空气凝固了。还是朱白丹打破了沉寂："满仓，爹和娘来了，你打电话告诉爸爸妈妈，让他们来见见面，家里盛不开，中午到街上的饭店去吃吧。"

"好。"满仓应着，到外面给岳父打电话去了。

满仓的岳父岳母来了，亲家见面自是一番热情的寒暄。中午，他们来到街上的一个小饭店，点了几个菜，喝起酒来。

席间，满仓岳父提起了陈良石发表的文章，称赞说："没想到亲家哥还真有两下子，你那文章既有理论性，又有实践性，大家都夸好呢，我脸上都感到荣光！"

陈良石谦虚地摆摆手，说："没啥，只是我个人的几点感受，文字是满仓帮着改的呢。"

其实，谁都看得出，他心里不但自得，简直无比快活。

他们又一起讨论国家粮食形势和粮食政策。陈良石兴奋地说："这几年，粮食的生产形势真好，以前盼着能吃饱肚子就算烧高香了，没想到竟出现了老百姓'卖粮难'！"

满仓岳父接着说："这包田到户可真是个好办法！今后老百姓的饮食习惯要从'吃得饱'向'吃得好'转变了。今年国家又减了统购粮食的品种和范围，人们种地越来越自由了。"

两个人一边喝酒，一边交流着，由于话题投机，直说得眉飞色舞。

吃过饭，满仓岳父觉得还没聊够，就劝亲家住下来。陈良石也觉得意犹未尽，但考虑如果都住下来，吃和住都是问题，就推辞了。当年，没有哪一户普通人家请多人住旅社、下馆子，否则就等于明天的日子不过了。他让小米留下来伺候月子，自己则谢绝了亲家的再三挽留，跟尹巧凤、金谷一起坐车回了家。

小米非常喜欢孩子，没事的时候，就趴在床头，用手摸摸他的小鼻子和小脸蛋，亲切地叫着"弟弟"。她对朱白丹也很亲热，跑前跑后，给她端水端饭，帮着给孩子换洗尿布。朱白丹半是认真半是玩笑地说："小米，留下来帮我带孩子吧，等孩子上了托儿所，让你叔在这给你安排个工作，再在城里找个对象，你就是城里人了。"

满仓也说："行啊，小米这么漂亮，肯定能找个好对象。"

听了这话，小米有些心动，嘴上不好意思地说："叔叔真会笑话俺。"

晚上，小米躺在用折叠沙发临时搭起的床上，回味着白天叔叔和婶婶的话，久久不能入睡。以前，叔叔给她找过工作，但他没职没权的，找的活不是脏就是累，没有合适的。现在叔叔已被提拔为副科长，一二年后也许还会升更大的官，给自己找个好工作应该不再困难，只要有了正式工作，凭着自己的模样，找个满意的对象也应该是顺理成章的事。可是方建呢？

人心都是肉长的，小米的心再硬，也被方建焐热了。她凭直觉知道自己早晚会嫁给他。

嫂子朱白丹出了月子，小米回到清阳，马上去粮所找方建。方建不在，见弟弟金谷正坐在桌子前埋头看小说，就问："方建呢？"

金谷抬起头，一看是姐姐，站起来说："姐姐回来了？方建不在呢，两天没见人影了。"

"到哪里去了？"

"不知道呢，"金谷说着问一旁的常青娥，"青娥姐，你知道方建去哪儿了吗？"

"谁知道这'无赖混'到哪里去了？"常青娥说。说完，马上意识到当着小米的面不该叫方建"无赖混"，连忙又说："兴许家里有事呢。"

"他家里能有啥事？"小米嘟囔着，回头对金谷说，"他要回来，就跟他说我找他。"

金谷连忙说："好。"

可是，一连等了七八天，方建一直没有露面，可把小米急坏了，叔叔和婶婶还在等着答复呢，要是自己不去看孩子，好找保姆。

就在她要失去耐心决定去省城的这天晚上，方建回来了，手里还提着一个帆布包，风尘仆仆的样子。

她没好气地责怪道："你到哪里流窜去了？找你找不到！"

方建嬉皮笑脸地说："我跟刘兆锋去广州了。"

"去广州？去那里干啥？"

"专门去给你买东西。"

"给我买东西？"

方建打开帆布包，拿出一件衣服，递到她面前，说："试试，好看不？"

小米抖开一看，是一件红色薄呢系腰中大衣，顿时眼睛一亮。她立即穿上身，非常合体，身材显得更纤长、更靓丽，尤其红色的立领裹着脖子，对称地竖在下巴下，像两只巴掌托着，格外地媚气。

她拿过镜子一照，脸上阴云顿消，开心地说："你眼光还不错呢！"

方建一脸骄傲的神气，说："那当然！"

她由衷地说："谢谢你！"

方建歪着脖子，用调戏的口吻说："谢？咋谢？"

她明白方建话里的意思，脸一下烧红了，垂眉不语。

方建上前一个拥抱，把她搂在怀里，开始接吻，嘴巴嘬得吱吱响。

方建把小米抱起来，放在床上，两个人像鳗鱼一样紧紧地绞在一起。当方建试着去解小米腰带的时候，小米一下抓住了他的手，连说："不，不！"

方建此时身体里的欲火都要自燃了，哪里还听她的，把手抽出来，一下跨到她身上，强行去解她的腰带。

小米用尽全力，一下把他掀开了，迅速从床头上拿过一把剪刀对准自己的喉咙，大声说："你再这样我就死！"

方建一下子软下来，坐在床边，失望地说："陈小米，弄点新鲜的好不好，又整这事！"

小米见他痛苦的样子，心里也有些不忍，但她无法放弃自己的底线，那就是转正之前不能失身。这是她唯一的撒手锏了，丢了这个撒手锏，一旦恋爱发生变故，自己会输得精光。她敏感而有心计，想把转正这件事落实了再说。她想了想，看一眼垂头丧气的方建，把剪刀放在一边，过去搂着他的肩，说："方建，再过些日子好吗？等你爸爸给我转了正，你想咋样就咋样。"

方建无精打采地瞪她一眼，说："就这交易？"

小米的心猛地一收，说："别说这么难听。转正是你爸爸职权范围内的事，只要愿意办，肯定办得了，他不办，就证明你们家不能接纳我。为了咱俩的事，我跟爷爷奶奶都弄僵了，到头来鸡飞蛋打，我哭都抹不着泪呢！"

方建无可奈何地点点头。为了她转正的事，他硬着头皮跟父亲提过多次，方局长一次也没给好脸色。没办法，他只好曲线救国，让母亲去做父亲的工作。开始，方建妈也反对他跟陈小米谈恋爱，始终不能忘记陈满囤"文革"时整过方局长，害得一家人回到农村老家种地，让自己受了很多累，吃了很多苦。方建威胁说："你们要不愿意，我就出家当和尚，让你们断子绝孙！"女人到底心软，方建妈被他缠得没法，先是在方局长枕头边吹风，后来干脆连刮风带下雨，但仍没有撼动方局长心中那堵墙。

方建突然站起来，兴奋地提议说："小米，我们一起到广东去贩东西吧，这次我出去，到了广州，还去过香港的'中英街'，可真是大开眼界，那里到处是内地去采购的人，东西便宜得很，带回来准能赚大钱！"

小米诧异地说："去当小商贩啊？"

方建不假思索地说："现在改革开放了，以发展经济为中心，大家一窝蜂地开始赚钱，管他大商贩小商贩，能赚钱就行。再说那样我们就能整天在一起了。"

"我知道你的心思，"小米说，"你是国家正式职工呢，多少人争都争不到，自己却要去当小商贩！再说，干买卖要有本钱啊，这本钱哪里来？"

方建不以为然，想想说："只要你愿意，钱找我妈要。"

小米有些心动，但拿不定主意，未置可否。

想来想去，小米把去省城给叔叔看孩子的念头打消了。她给叔叔打电话，谎称年底有个转正指标，自己不想放弃这次机会。陈满仓信以为真，很高兴，勉励她好好干。

方建回家跟母亲要本钱，一向对儿子有求必应的方建妈，这次立场坚定地跟方局长站在了一起，不允许他去搞"投机倒把"。

他不死心，又找朋友去借，可他的朋友都是些吃了今天不管明日的主儿，没有一个攒钱过日子的。

他对着小米遗憾地感慨道："巧妇难为无米之炊呀！"

没有办法，一起去广州的打算告吹了。

10

日子一天天不同，然而昼明夜黑，又十分相似，四平八稳地重复运行，让人打不起精神来。冷不丁地发生了一件事，让人好一激灵。

事情发生在1985年3月底。

一般人不知道，除了日历年度，各地还有不同的粮食年度。北方的粮食年度为每年的4月1日到次年的3月31日。粮食价格调整，也多在每年的4月1日进行。

随着粮食生产成本的提高，市场粮价每年都在上涨，而国家对非农业人口的粮食供应牌价一直不动，造成粮食购销价格倒挂越来越厉害。有消息说，国家为了减少沉重的补贴负担，将于4月1日起大幅度提高城镇居民粮食供应价格。

涨价的消息像是一阵风，传递着恐慌，所有非农业户口家庭都想在三月底之前把粮本上的指标买出来。

这天是3月31日，最后一天了，前来买粮的人更多了，从营业室门口排起了长队,开了票,再到收发室排队提粮。

虽已至春天,但倒春寒还常回来打游击。一团团破絮般的灰云在天地间滚动,一副要下雨的样子,空气湿冷。人们操着手,腋下夹着面袋子,着急地等待着。为了防止有人加塞,付志国让金谷负责维持秩序。

金谷认真负责,买粮的队伍井然有序。

突然,队伍骚动起来,原来外面下雨了,大家都往收发室里挤。有一个人趁机挤到前头,金谷扯他一把说:"别加塞儿,到后面排队去。"

那人瘦高的个子也许是排队排得不耐烦了,粗鲁地甩开他的手,瞪他一眼说:"谁加塞了?本来就轮到我了。"

金谷提了提嗓门儿说:"你这人不讲道理,我刚看你从后面插过来的,还不承认!"

没想到那人一把薅住金谷的衣领子,拳头在他眼前挥一挥,骂道:"就你他妈多管闲事!"

金谷正是血气方刚的年纪,加上是在自己的一亩三分地,也一下扯住他的衣领子,两个人三推两搡就动起手来。金谷毕竟年龄小,力气不足,被那人撂倒在地上。

"住手!"正在发面粉的常青娥一看,高喊一声,从柜台后面挤过来,一下搂住那人的腰,"嘿"地一挺腰身,竟把那人拦腰抱了起来,又"嘿"地一用力,像扔面袋一样,把他摔了出去。那人一下趴在地上,"哎哟哎哟"直叫。

付志国等粮所的人纷纷围过来,那人一看这架势,好汉不吃眼前亏,连滚带爬地跑了,却不想把粮本丢在地上。大家要去追,闻讯而来的吴所长把大家叫住了:"别追了,有这粮本就跑不了他。"接着对付志国说,"快领金谷去县医院,看看伤得重不重,不行就住两天。"

金谷不想去医院，觉得自己只是挨了两拳，嘴角破了，并没大事，就说："我没事，不用去医院。"

吴所长却不以为然，说："不去咋行？到医院浑身都检查检查，敢到粮所里来要横撒野，能便宜了那小子？"

付志国领金谷去了县医院，找外科主任看了看，开了一摞各种检查检验的单子，又要为他办住院手续。

金谷连忙说："别住院了，咱所里正忙，我还是回去发粮食吧。"

付志国摇摇头说："听吴所长的话，你还是在这里待着歇两天吧，不把那小子治服了，吴所长是不会散伙的。"

金谷在医院里住下来。第二天，到粮所批粮食的人很少了，付志国又派常青娥来陪他，给他打支应。

陈小米听说弟弟住院了，下了班也来医院照顾他。

金谷本无大碍，每天只是输一瓶液，吃两粒三七跌打丸，无事可干，就让姐姐去他的宿舍拿来几本小说和文学刊物看。

青娥给他买来黄桃和橘子罐头，打开了，用勺子挖了喂他。金谷不好意思，脸涨得通红，连忙说："我自己来。"

青娥也不让他自己到食堂买饭，而是买回来让他在病房里吃。除了上厕所，金谷走到哪里她就跟到哪里。

金谷心里感激，由衷地说："青娥姐，谢谢你！"

青娥心里很热，嘴上却说："谢我干啥？我是单位派来的，这是工作呢。"

这天，小米趁青娥出去买东西的空儿，笑着对金谷说："兄弟，我看这常青娥对你有意思。"

"有意思？"这句话把金谷吓了一跳。姐姐怎么会把自己跟常青娥联系在一起？他的脸立时红了，辩白说："咋会呢？我们只是在一个组，再说，她比我还大三岁呢。"

小米说："女大三，抱金砖。我看出来了，常青娥喜欢你，你倒是主动点儿呀！"

金谷不好意思地说："姐，你可别乱点鸳鸯谱。"

小米抿嘴一笑说："别装相了，如果觉得行，我回家给爷爷奶奶说，让他们找人去提媒。"

金谷马上说："姐，你千万可别胡来。"

正说着，青娥回来了，一同来的还有方建，他们急忙为这个话题合上闸门。青娥把一个保温筒放在桌子上，保温筒上下两层，上层盛着炒鸡蛋，下层是小米稀饭。

方建进门就问："陈金谷，好点了吗？"

金谷说："好多了。"

方建又说："你小子小病大养哩，挨了两拳头就住起院来了，你不在，可把我忙坏了，发面粉使得我的胳膊都直了。"

青娥把饭盒摆到病床边的小桌上，撇撇嘴说："喊，我们平时替你干得多了，关键时候也该紧紧你那身懒骨头了。"

"你才是懒骨头！"方建说着，像想起了什么，又说，"青娥，你到粮所来上班真瞎了块材料，如果去当摔跤运动员，准能拿全国冠军。那天你摔那小子的动作太漂亮了！"说着，两只小眼珠一转，坏笑着说，"常青娥，你这么威武，哪个男人敢娶你呀！"说着上前拍拍她的屁股。

方建拍完，知道青娥肯定有反击，连忙向一边躲，但还是被青娥捉住了，一根胳膊被扭到了背后。

"还胡说不？"青娥审问她的"俘虏"。

方建虚张声势地求饶："哎哟哟，疼死了，以后不敢了，不敢了！"

青娥还没闹够，问："服不服？"

方建连忙说："你太女中豪杰了，服了服了，彻底服了！"

青娥揶揄地说："叫姐姐。"

方建只好叫道:"姐姐,好姐姐!"

大家都笑起来。青娥松开手,方建甩甩胳膊,说:"你还真拧啊,一点都不温柔。"转而对陈小米说,"小米,走吧,我送你回去。"

他来医院的真正目的并不是看金谷,而是来找小米。

小米跟着方建出了病房。

金谷开始吃饭,炒鸡蛋又嫩又香。他看一眼青娥,她正坐在床边满脸春色地看着他,心里一颤,脸先红了。他真有点喜欢青娥,喜欢她男子汉般的豪爽和义气,喜欢她的阳光和热情,只是从没想过跟她恋爱这一层。

他的心里曾经装过一个女孩。那是高一的同学,高高的个儿,瘦瘦的,整天羞羞答答的样子,文文静静。女孩的家离学校有十多里地,每逢周五都骑一辆自行车回家。金谷家离学校只有三四里,通常步行。有一次放学,女孩从后面赶上来,下了自行车,说:"我带你一段路吧。"金谷不好意思地摆摆手说:"不用,不用。"女孩坚持说:"来吧,反正顺路。"金谷看她很热情的样子,就上了她的自行车。他近距离地闻到了她的发香和体香,心里就升腾起一种奇妙的情愫,觉得就像有一棵芽苗在生长。从那天起,他开始暗恋这个姑娘,捕捉她的一举一动,多次在星期五放学回家的路上等她,盼再让她捎一回,可不是等不到,就是她的车座上已有了别人。不久后,女孩跟妈妈一起随军去了一个南方的城市,他的单相思才断了线。可在他的潜意识里,如果找对象,总希望找一个像她那样苗条漂亮、寡言沉静的姑娘。

今天经姐姐一点开,金谷心里开始活动了,自己跟青娥合适吗?她是不是胖了点? 如果她再瘦一点,再漂亮一点就好了。他又想,今年自己才十八岁,离法定结婚年龄还要四年,如果现在就开始恋爱,难道要跑好几年的"恋爱马拉松"?

他突然想起了母亲乔秀月生前的一句话："等你长大了，可别像你爸爸那样不正经……"那时他还小，多少年过去了，很多事都忘记了，甚至连父亲和母亲的样子都已模糊不清，可不知为什么，母亲的这句话却深深地刻在脑子里。他问自己："这么小的年龄就谈恋爱属于不正经吗？"

再说，青娥对谁都非常热情，她是不是真有这层意思呢？一直以来，他总把她当作一个大姐姐，如果贸然向人家求爱，被打了脸，面子往哪里搁？以后怎么在一起工作？

第二天，刚吃过早饭，付志国领着跟金谷打架的那个人来了，那人提着两网兜营养品，后面还跟着两个公安人员。

打架的那人把营养品放在桌子上，向金谷深鞠一躬，红着脸说："对不起，那天我不该加塞，更不该跟你打架，我错了，对不起，请你原谅。"说完又看了青娥一眼，见她正用得意的目光看着他，脸更红了，尴尬地站在那里。

金谷看看他的脸上，也有几道抓痕，心想，这一定是那天打架时自己的手笔，从心里原谅了他，说："没事了。"

打架的人跟公安人员走了，付志国去找大夫，为金谷办了出院手续。

办完出院手续，青娥竟有些恋恋不舍，说："这么快就出院了？"

付志国笑笑说："你当这是疗养院？吴所长让你们回去干活呢。"

金谷心里一乐：这住院出院本来要听大夫的，可到自己这儿却由吴所长说了算。

金谷出院没过几天，陈良石和尹巧凤一起坐公共汽车来了。不过他们并不知道金谷住院的事，而是来找小米的。又有人给小米提亲，男方是个中专生，从农业学校毕业后，分配在镇上当农业技术员，陈良石和尹巧凤都见过，高高的个子，面目清秀，非常精干，跟孙女可谓一个葫芦锯俩瓢——天生一对。他们怕从电话里说不明白，万一被小米一口拒绝了，覆水难收，于是亲自前来跟她说。

金谷到车站接了他们，一起去找姐姐。

没想到尹巧凤一提这事，小米马上摇头说："不行，不行！"

"啥不行？别高不成低不就的，人家是中专生呢。"陈良石说。

尹巧凤又说："我打听过了，人家虽是农村的，可家里日子过得挺好呢。"

小米怕爷爷奶奶继续说下去，眼睛一转说："俺的事你们就不要操心了，俺自己谈了。"

陈良石急忙问："自己谈了？哪里的？干什么工作？"

小米想了想，说："粮所的，跟金谷在一块儿工作。"

见姐姐把事挑明了，金谷马上插话补充："他爸爸就是粮食局的方局长。"

"方局长的儿子？咱能攀上这高枝？"陈良石惊异地问。

"方建上赶着追俺姐呢，俺姐这脸一下霜，他就冻得发抖。是吧，姐？"金谷俏皮地说。

"去你的！"小米嗔怪地翻他一眼。

陈良石和尹巧凤看着姐弟俩斗嘴，高兴地笑了。

陈良石突然意识到一个问题，疑惑地问："方局长的儿子多大了？"

金谷抢着说："比俺姐姐大两岁。"

尹巧凤说："年龄倒是合适。"

陈良石笑着说："这下方局长矮一辈了，要喊我大爷呢！"

小米害羞地说："我们刚谈，成不成还不一定呢。"

吃过中午饭，陈良石和尹巧凤要坐车回闻韶镇，金谷把他们送到车站，买了票，扶上车坐好。这时，就见方建骑了摩托车也来送人，便指着他说："那就是方建。"

只见方建跨在摩托车上，长长的卷发，眼戴墨色蛤蟆镜，喇叭裤腿足有一尺多宽。他向已上车的客人打个响指，猛地一加油门，摩托车"呜"地怪叫一声，窜了出去。

陈良石和尹巧凤异口同声地叫起来："是个二流子啊！"

车上的旅客看到了，也鄙夷地说："二流子！"

"你姐咋看上他？"陈良石要下车，去跟小米说，找这样的"二流子"做对象绝对不行！最后还是被金谷劝住了。

金谷后悔自己多话，指认了方建，怕爷爷着急，急忙说："八字还没一撇呢，我回去告诉她，爷爷奶奶不同意，姐姐就不会跟他谈了。"

汽车马上就要开了，金谷急忙下车，陈良石拉开车窗对他喊："一定要告诉你姐，我和你奶奶不同意！"

11

1985年夏粮收购开始了。

本年1月1日，中共中央、国务院为促进农业产业结构调整，进一步活跃农村经济，发出了《关于进一步活跃农村经济的十项政策》，明确取消粮食统购，改为合同定购，定购以外的粮食，允许自由上市交易。从此，为时32年的粮食统购历史即告结束。

城关粮所的仓库都收满了，开始在晒场上打露天垛。先在晒场上铺一层石头，盖一层苇席，上面再铺一层麻袋片，四周用灌满粮食的麻袋摞起来当墙，围成一个方框，然后把散装粮食倒在里面，收满了顶上盖上篷布。

夏粮收购，全所动员，人人参加，三个人一台磅，几台磅同时收购。陈金谷和方建、常青娥一组，方建负责验质量，常青娥负责过磅，金谷负责算账写单子。

火辣辣的太阳烘烤着大地，前来交公粮的粮农们满脸大汗，手里拿着草帽，一边扇着风，一边埋怨道："妈的，这鬼天气！"

其实他们不光埋怨天气，也埋怨收粮食的这些人。如果验质员说一句："水分高，不行！"他们便要拉回去重新晒，明天还要来交。还有领着孩子来的，孩子被晒得蔫儿吧唧的，眼巴巴地等着父母交上了公粮后给自己买根冰棍吃。

这是验质员最神气的时候。方建手里拿一根探粮器，像一把刺刀，狠劲地朝粮食袋子扎去，像八路军刺杀日本鬼子。把探粮器抽出来，把中间凹槽里带出的麦粒倒在手心里，拣几颗，很熟练地丢进张开的大嘴里，"咯嘣"一咬，凭经验来判断水分高低。

每当这时，交公粮的人都会用期待的眼神，目不转睛地盯着他的嘴，看着他一翘一翘像要飞走的黑蛾子一样的小胡子。只要他说声"行，过秤吧"，交粮人便会如释重负，如果他说"不行，太潮"，交粮人便会堆上笑容，恳求说："在家晒好几天了，干着呢，不行您再给验一遍吧。"这时的方建会把眼一瞪，不耐烦地说："说不行就不行，啰唆啥？这是爱国粮，这么大垛粮食如果因为你这点粮食全烂了，谁能负起这个责？快弄回去，后面还有那么多人排号呢！"

通常，交粮人为了讨好方建，把小麦袋子码到磅上后，顾不得擦汗，先要给方建递根烟。方建嘴上说"不抽，不抽"，还是顺手接着，放在磅秤上的账本边。每天他都能收到一大把各种品牌的烟卷。

通过十来天没黑没白的工作，收购工作进入扫尾阶段，来交粮食的群众越来越少了。

这天下午，没有人来，方建就躲在露天垛的阴影里凉快。青娥胖，更怕热，也走到阴影处，一边拿手巾擦着汗，一边摘下头上戴的凉帽当扇子扇。

青娥看看方建说："方建，你这头发几天没洗了，快成柴火垛了，天这么热，剃个光头多好，又凉快，洗头还方便。"

方建摸摸乱糟糟的头发说："那我不成了和尚？"接着眨眨小眼又说，"那我就是唐僧，再找上一只猴子和一位卷帘大将就好了。"

青娥不解地问："啥好的？"

方建诡秘地一笑，说："加上你，取经的队伍就算凑齐了！"

"取经？"青娥还没理解何意，就问。

正在磅秤前看书的金谷笑了，说："青娥姐，他在笑话你胖，说你是猪八戒哩。"

"你再胡呲，看我不撕烂你的嘴！"青娥顿悟，上前要去挠方建。方建一个激灵站起来，围着垛边躲闪着。

青娥指着方建说："你这熊玩意儿！谁像你呀，整天白糟蹋粮食，脸上都没有四两肉！"

金谷看着他们笑，瞬间，笑容在脸上凝固住，大喊一声："快闪开！"

青娥和方建不知何事，还站在那里不动。

金谷像一只下山的猛虎，迅猛地扑过去。青娥还没有反应过来是怎么一回事，就被推了出去，趔趄几步，向前一趴，又把方建推出几米远，同时听到一声重物倒塌的轰鸣。青娥回头一看，如遭电击，露天垛坍塌了，金谷被埋在了下面，只露着上半身。

"金谷！"青娥惊叫一声，急忙跑过去，双手用力扒拉着压在金谷身上的麻包，但一个人弄不动，于是歇斯底里地喊："方建，快来啊！"

方建还在惊吓中发怔，听到青娥喊他，才打个激灵跑过来，跟青娥一起掀麻包，但麻包一层层被压实了，二人怎么也掀不动。青娥大声喊："快来人啊！快来人啊！"

不一会儿，吴所长和粮所的人闻讯赶来，七手八脚地把压在金谷腿上的麻包移开，把他抬出来，放在一个地排车上，火速送到县医院。

青娥跟了去，身上的衣服被汗水湿透了，额角上披下来几缕汗湿的头发，听到金谷"哎哟哎哟"地呻吟，心里禁不住生出一长串尖利的锐痛，脸都黄了。

好在经过各项检查，金谷并无生命危险，只是左腿小腿骨折，右腿肌肉挤伤。办完住院手续，医生为金谷正了骨，用石膏把左腿固定住，让他躺在床上打点滴。

吴所长去找了院长和外科主任，请他们尽力治疗，用最好的药。院长点头说："那肯定，不过这是硬伤，只能慢慢愈合，没有什么特效药。"

吴所长安排宋连元和常青娥留下来照顾金谷，其他人回去继续收粮食。

陈小米也赶了过来，看看金谷，心疼地埋怨道："你咋不长点眼色，跑得快点？"

青娥连忙上前说："不怪他，他是为了救我和方建才受伤的。"

小米看一眼青娥，对弟弟又气又笑地说："这些日子你跟这医院有缘了，两次来住院了。"

吴所长去粮食局找方局长汇报事故情况，提出借用粮食局的吉普车，去把陈良石和尹巧凤接来。

一个多小时后，陈良石和尹巧凤就来到了医院，见到金谷自然十分心疼。金谷怕爷爷奶奶担心，就忍痛装出一副不疼的样子，说："爷爷，奶奶，我没事。"

陈良石摸摸他的头说："懂事的孩子，没事就好。"说完，到医生办公室了解金谷伤情，当听医生说年轻人骨头长得快，通常不会留下后遗症后，心里才稍微宽松了一些。

天黑的时候了，陈良石让小米带奶奶去宿舍住一宿，让宋连元、青娥等回家去，自己留下来伺候金谷。青娥说什么也不肯离去，就留下来为他们去买晚饭。

吃过晚饭，方局长两口子来了，手里提着两兜营养品，到病床前看过金谷，回头对陈良石说："老陈，金谷能不顾危险，舍己救人，都是你教育得好啊！"

陈良石客气地说："没啥，没啥。"

方局长问他退休后在家里干些啥，身体状况咋样，话音里透着关怀和热情。

方建妈拉着青娥的手说："小常，我听小建说了，真要谢谢你，要不是你把小建推开，他也被压到里面了。"

青娥连忙说："都多亏金谷，不然我们都会压到里面。"

方局长把手一挥说："像这样舍己救人的好人好事，一定要好好宣传宣传，明天我让毕秘书写篇稿子，让广播电台给播播。"

第二天上午，秘书毕加强来了，还叫来了县广播电台的记者，一块儿对金谷进行采访。当天晚上，一篇题为《舍己救人，青春无悔》的新闻就播出了。

过了几天，粮食局下发文件，在全系统对陈金谷进行通报表扬。

经过半个月的治疗，金谷右腿的肌肉挤伤基本痊愈，左腿的骨折也没有了炎症，就出了院，回到闻韶镇家里静养。

伤筋动骨一百天。金谷在家养了三个多月，回到粮所上班的时候，已是秋天了。上班没几天，意外地收到了两项荣誉：被团县委授予"新长征突击手"荣誉称号，被县总工会授予"见义勇为好职工"荣誉称号。

青娥工作更勤快了，什么事都抢着干，以便让金谷少干点。

这天，收发室里只剩下青娥和金谷，青娥问金谷："金谷，那天你救了我，后怕不？"

金谷点点头，说："现在想起来还真有点害怕。县医院的大夫说，亏得是砸折了腿，要是砸折了腰可能就站不起来了。"

"就是。"青娥心里一阵感激，真诚地说，"那我就伺候你一辈子！"她的眼里透出异常殷切的光芒。

如果是对女性敏感的人，一定会听出"伺候你一辈子"的含意，偏偏金谷不解风情，说："可不敢，那不耽误了你的青春年华？"

其实，并不是金谷没有听出来，何况姐姐已点明了，何况还有她的眼神在那儿摆着呢。 只是他还没做出决定跟青娥好。

"那……就算了吧。"青娥没有得到想要的回答，一转身，自顾自走出门去。 她知道金谷是个聪明人，一定懂得自己的意思，他一直装糊涂，一定是没看上自己。

这让她非常痛苦。

由于双方家长的极力反对，陈小米和方建的关系也一直不温不火。 手牵过，嘴亲过，再深入的行为小米死活不干，方建为此急得像望着水中月亮的猴子，一筹莫展。

一个哥们儿说："平时见你牛哄哄的，到了真事上怂包一个！ 你想法办了她呀，把她的肚子弄大了，你爸你妈，她爷她奶保准都催着你们结婚。"

这个主意虽馊，却也算个主意。 方建几次想霸王硬上弓，但每次小米都拿剪刀不是对着他的胸口，就是对着自己的脖子，以命相搏，没让他得逞。

小米决绝地说："你答应的事办不成，那事你别想！"

方建无奈地说："俺爸那个老……老倔子。"他想骂"老家伙"，没骂出来，又说，"老说没有转正指标，不办啊。 为这，俺妈不知跟他吵过多少次了，他就是不应。 只要咱俩生米做成熟饭，他不转也得转！"

小米用异常坚定的语气说："算了吧，卸磨杀驴的事多了，我是不见兔子不撒鹰！"

方建没有办法，只能靠献殷勤感化她，请她下饭店，给她买衣服。这些花销单靠自己那点工资是远远不够的，就去跟母亲要，还不够，开始跟同学刘兆锋一起倒卖"棉奖粮"。

粮食连年丰收，老百姓不愁吃了，政府开始引导农业种植结构调整，号召农民少种些小麦玉米，多种些棉花。为了打消农民没粮吃的顾虑，国家规定对种棉花的，按照向国家的售棉数量，给予一定的现粮补助，叫作"棉奖粮"。刘兆锋在县棉厂收棉花，收购期间，两个人一合计，开始倒卖"棉奖粮"。刘兆锋负责提供收棉单据，方建负责到粮所批出粮食，换成粮票，再用粮票买出平价粮，高价倒卖。

方建还常常拿着粮票到市场上换鸡蛋，一兜一兜地给小米提来，炒煎煮腌，吃都吃不完。

转眼到了年底，单位要全面总结一年的工作，评选先进工作者。县粮食局分配城关粮所两个出席全县表彰会的指标，吴所长分给劳动强度最大的收发组一个。

付志国做事还算民主，召开了一次收发组的小型会议，先是对整个收发组的工作成绩进行了总结，并对每个人逐一表扬一番，然后让大家结合平时的表现推荐一名先进工作者。

宋连元年龄最大，率先发言："刚才付组长总结了我们组的工作，大家一年来干得都不错，之所以取得这么大的成绩，全靠付组长的正确领导，我推荐付组长当先进。"

人人心里有一杆秤，平时，付志国动嘴多，动手少，大家觉得他当先进有点牵强，因此都没有积极表态附和。

付志国有点尴尬，马上用自谦的口气说："工作是大家伙干的，文件上说了，评选先进要向基层一线倾斜，选我不合适，还是选别人吧。"

他的话听起来是谦虚和礼让，但自然把自己抬高了一个档次，像自己不是基层一线人员似的。

青娥说："我推荐金谷。他不但平时工作积极，还救过人，负过工伤，他的事迹广播电台都播报过了。"

陈金谷马上站起来说："不，这一年我病休三个多月没上班呢，论工作贡献大还是青娥姐，我推荐她！"

方建也推荐了常青娥。

最后付志国一锤定音："我也推荐常青娥，她虽然是个女同志，但一直任劳任怨，服务热情，很受群众的好评。金谷干得也不错，可获得的荣誉已经很多了，这次咱把机会给青娥吧，也是少数服从多数。"说着，转脸对青娥说，"希望青娥同志戒骄戒躁，再接再厉，在新的一年里争取更大成绩。"

青娥站起来还是力荐金谷，付志国摆摆手说："你别谦虚了，就这样定了。"

青娥只好说："那谢谢大家！谢谢组长！"

方建起哄说："你光嘴上说谢谢不行，你要请客！"

青娥不假思索地说："请客还不容易？星期六晚上行吗？"

"好！请客不到恼死主人，我们可要都去！"方建带着鼓掌。

"好！"大家齐声说好，跟着鼓起掌来。

没想到，星期六正好是腊八日。

天上飘起了小雪。因为没有风，气温不是太低，雪花盈盈的，落得很从容。

宋连元由于在会上没有推荐常青娥，虽然受到了她的热情相邀，还是借口有要紧事，声明不去了。

组长付志国本来答应去的，可下午方局长陪同县里有关部门的领导来粮所检查冬季防火和安全生产，晚上留下吃饭，吴所长通知他作陪，他也去不了了。

这样倒暗合了一伙年轻人的心意。青娥觉得人少不热闹，让金谷把姐姐小米叫上。

方建自然非常高兴，破例很勤快地干起活来，一边干一边对青娥说：“这里的事你别管了，快回家准备准备吧。”

青娥先一步走了。

由于阴天，天黑得有些早。刚到下班时间，方建和金谷便关了门，到民天楼叫上陈小米，一起向青娥家走去。

青娥的家在县药材公司，住大通院。她的父亲在淄博的一家陶瓷厂工作，几个月才回家一次。母亲原是县药材公司的药师，兢兢业业工作几十年，单位分她两间宿舍，原本是两个单间，后来打通了，隔成了四个半间。东面冲门的半间稍大一些，做了客厅，后面的小半间由弟弟住，西面朝阳的半间是父亲母亲的寝室，后面的半间是青娥的闺房。房前还自搭了一间厨房。母亲前年退休了，赋闲在家。

青娥在公司大门口把三人迎到家里。进了家门，又把母亲、弟弟德诚和弟弟的女朋友香梅逐一作介绍。

金谷仔细瞅着青娥的母亲，她身材高大，微胖，模样跟青娥很像，脸盘又大又圆，腮上有两个酒窝，不用刻意笑，脸上就浮现出和蔼可亲的表情。

他再瞅瞅德诚，个子足有一米八几，壮硕的身材，理着寸头，眉毛很浓，宽额，阔嘴，方下巴，腮上也有两个酒窝。他的女朋友香梅却非常娇小，瓜子脸，眼睛又大又亮，站在他身边，仿佛可以随时让他装进口袋里带走似的。

青娥又把小米和金谷介绍一遍。

母亲拉着小米的手，赞叹地说：“这姑娘长得真俊啊！”一句话把小米的脸说红了。

接着，又拉着金谷说：“你就是金谷啊？青娥常说起你，夏天收公粮时，多亏你推开她，不然她也被压到麻包下面了。孩子，现在你的腿咋样了，阴天下雨天还疼不？"

金谷踮踮腿，笑笑说："早没事了。"

母亲欣慰地点点头："没事就好，多亏了年轻啊！"

家里来了这么多年轻人，有了很长时间没有过的热闹，母亲高兴得眉开眼笑。她抓起桌子上盘子里的瓜子、花生和糖，放在大家的手里，一个劲地催着大家快吃。然后系上围裙，戴上套袖，去厨房炸丸子和藕盒去了。

几个年轻人嗑着瓜子，吃着花生，含着糖，喝着德诚沏的茉莉花茶，东一句西一句地聊开了。

德诚在县图书馆工作，平时爱看书看报，还是个体育迷，对体育新闻了如指掌。他侃侃而谈，说起了不久前中国女排以3：0战胜了东道主日本队，从而以七战七胜的战绩蝉联世界杯冠军的新闻，兴奋之情溢于言表，伸出大拇指，情绪激昂地说："女排姑娘真了不起！尤其'铁榔头'郎平，那真叫一锤定音啊！"

坐在他旁边的香梅也激动地说："女排的比赛太振奋人心了，真是长了中国人的志气！"

香梅是个小学教师，跟德诚有着共同的爱好，爱看书看报，也喜欢体育新闻。她跟德诚就是在一场团县委组织的学习女排精神座谈会上认识的。

自从1981年中国女排为中国夺得首个团体项目的世界冠军，她们便成为一个时代的偶像。随着女排随后又夺得一个个冠军，其所代表的拼搏精神，远远超出了体育比赛自身的精神力量，成为一个时代的精神图腾。

常青娥剥一粒花生放进嘴里，嚼着说："听说她们训练可苦呢，叫魔鬼训练！每个人身上都青一块紫一块，浑身是伤。"

金谷感慨地说："不吃苦中苦，难知甜上甜，世界上什么人、什么事，都不会随随便便取得成功，场上场下都要拼，要不怎么叫拼搏精神！"

"说得好！"德诚夸赞一句，接着又津津乐道地讲起了中国"棋圣"聂卫平以胜一又四分之三子战胜日本称雄世界的腾泽秀行，成为中日擂台赛擂主的新闻。

当时，"聂卫平"和"围棋"都是"热词"，人们把聂卫平奉为"抗日英雄"。其实，很多人对围棋并不了解，更不懂游戏规则，主要的是出于深埋在心底的一种民族感情，才格外关注。

方建平时很少看报，看电视也只看武打片，对体育不感兴趣，他不屑地说："这有啥？马走日，象走田，小卒过河不回还。这棋是中国人发明的，外国人肯定下不过中国人。"

金谷撇撇嘴说："整天不看书不看报，知识浅薄了不是？你说的那是中国象棋，聂卫平是下围棋的！"

方建不服地说："围棋？跟象棋不一样？"

香梅看他一眼，解释说："当然不一样，这本身就是两种棋，一种是用车马炮，一种是用黑白子。两种棋都起源于中国，围棋在中国古时候称'弈'，我们常说'琴棋书画'，其中的'棋'指的就是围棋。围棋在隋唐时经朝鲜传入日本，后来流传到世界各国。现在属日本、韩国和中国水平为最高。"

香梅这番对围棋知识的普及，让在座的都对这位娇小的女孩刮目相看。

"你懂得可真多！"一直没怎么说话的小米赞叹道。

方建当着这么多人的面，对自己的不学无术感到脸红。

金谷看德诚和香梅一眼，很羡慕他俩"夫唱妇随"，心想，自己要能找个兴趣相投的文学青年做对象多好。

方建知道自己是个体育盲，再拉下去也许还会出丑，于是换了一个话题，说："前两天我看了一本杂志，杂志上说在土耳其南部，有一个小镇子，叫……叫什么来着……纳克，对叫纳克，整个城内没有一个成年男子，一切工作人员都是女的，你们猜为啥？"还没等别人回答，自己就公布了答案，"原来那里有一个从早先传下来的风俗，男人一到成年就要到外地谋生，只有每年七月一日到七月十五'男子探亲节'才能回来，过完了节必须马上离开，再到外地挣钱。你说在那里做个男人多么可怜？"

"你就喜欢看这样的娱乐新闻！"青娥说，接着为女人鸣不平，"那做女人容易？没有了男人，剩下的体力活儿谁干？还不是落在女人身上？"

金谷也说："该不是你自己瞎编的吧，能有这种不近情理的风俗？"

方建反驳说："世界之大，无奇不有，你才见过多大的天？"

金谷又要张口，小米连忙佐证说："这是真的，这本杂志还在我那儿呢，不信你拿去看看。"

金谷看姐姐一眼，心想，她在护着方建呢！他还想说"杂志上印的也不一定都是真的"，这时，有人推门进来了，大家把目光聚到门口，见来的是程刚。

他身上落满了雪花，手里提着一个纸盒子，进门冲大家问候道："大家都早来了？"

方建一看，吃惊地问："我们单位同事聚会呢，你小子咋来了？"

金谷心里也一咯噔：他是来搅局的吗？

程刚走进来，对方建说："我们都是同学，只许你来庆贺青娥的生日，就不许我来？"

"青娥，今天是你的生日？"方建侧脸冲青娥问。

"亏你还是同学加同事，连青娥的生日都记不住，我在小学时就知道她的生日是腊八日。"程刚带几分得意地说。

"青娥姐，你咋不早说，我们也没给你准备生日礼物。"小米不好意思地说。

青娥并不在意:"不老不小的过什么生日? 今天只是赶巧了。"

程刚的到来,也出乎青娥的意外。 来的都是客,她赶紧拿过一个凳子让他坐下。

程刚把手里的纸盒子放在桌子上。

"这是啥?"青娥好奇地问。

大家都围过来看。

程刚把拴在纸盒上的细绳解开了,里面还有一个纸盒,再解开,竟是一个两层的奶油蛋糕,上面写着"生日快乐"四个字。

在当时,县城里还没有卖这种蛋糕的,大家很少看到。

"嗬,还弄了个洋玩意儿!"方建半是欣赏半是嫉妒地说。

程刚得意地说:"这是我今天跟百货公司拉货的汽车去省城买回来的呢!"

"一天都在下雪呢,大老远的去买这干啥?"青娥看程刚一眼,心里一阵感动。

听了青娥有些嗔怪味道的话,金谷的脑子里不知为什么突然冒出两句古诗:"一骑红尘妃子笑,无人知是荔枝来。"继而想,程刚为什么要讨好她呢? 仅仅是出于同学之情吗?

自从跟自己打过架,后来又死乞白赖地缠姐姐,金谷一直对他的看法不好,他刚进门时,自己竟不由自主地握紧了拳头。

程刚对金谷却无敌意,在他身边坐下来,用恭维的口气说:"金谷,你小子行啊,快成大作家了。 听说你最近又发表了一首诗,背诵一遍给大家听听!"

金谷更没想到他会恭维自己,脸先红了,谦虚地说:"一首短诗而已。"

当姐姐的小米也感到骄傲,催促说:"金谷,快背给大家听听!"

金谷不好再推辞,就站起来背诵道:

牛说

不要用鞭子打我

也不要弹琴为我唱赞歌

我深知自己的使命

只需要一把草和一架犁铧

便会为天下粮仓廪实

竭尽全力耕耘

金谷背完了,大家为他鼓起掌来。

青娥意犹未尽地说:"咋这么短? 写得长一点多好。"

弟弟德诚说:"文字在精不在多,尤其是诗歌。"

金谷遇到了知音般,说:"是呢,文字多了就没有韵味了。"

程刚问一句:"挣了多少稿费?"

金谷很自豪地说:"6元。"

不想,方建却一脸不屑,说:"我看你整天又读又写的,还整天跑邮局,多么辛苦,才挣这点? 也就一只烧鸡钱,够你平时的邮费吗?"

香梅听后,说了一句让金谷很受用的话:"这文学创作的价值不能用金钱来衡量,一个精神产品创造者,也许不会比物质产品创造者更富有,但生活一定比其更充实。"

方建一时无言以对,败下阵来说:"我说不过你们,你们爱好文艺的人都跟不食人间烟火似的。"

年轻人好争论,常德诚还想说话,但听母亲厨房里喊"来端菜了",他急忙起身到厨房去,香梅跟去了。

青娥也去,程刚也跟了过去。 金谷走到门口,一看小小的厨房里挤满了人,泛不开了,就回到桌前,把桌子上的瓜子、花生、糖等整理到一边，腾出放菜盘的地方。

菜一会儿端上来了，四盘炸货，分别是炸藕盒、炸扁豆、炸干鱼、炸河虾；四盘炒菜，分别是青蒜炒鸡蛋、芫荽炒肉丝，大冬天的，居然蒜薹和青椒也买到了，分别炒了鸡蛋和肉丝，让整个屋子飘满了蒜薹和青椒的鲜香味；还有一大件猪肉丸子。这在当时已算很丰盛了。

青娥的父亲不愧是淄博陶瓷厂的技师，家里盛菜的盘子每一件都质地精良，通体洁白细腻，盘沿上打一圈金边，盘内绘三尾釉里红鳜鱼，鱼儿憨态可掬，形态各异，非常漂亮。青花瓷酒壶酒杯也相当精致，杯体晶莹剔透，古典纹饰，构图丰满，清秀素雅。

菜摆满了折叠圆桌，大家让青娥母亲坐上座，可她推说隔壁邻居家有事找她，嘱咐大家吃好喝好，就串门去了。

青娥是今天的"寿星"，大家把她推到上座上。她的左边依次是方建、小米和金谷，右边是程刚、德诚和香梅。

喝酒之前，程刚在蛋糕上呈"心"字形插了21根蜡烛，点燃了，让青娥许下心愿。在大家《生日快乐》的祝福歌声中，青娥吹熄了蜡烛，然后开始分蛋糕。

大家都是第一次吃这样的蛋糕，感觉又香又甜。

德诚给大家倒满酒，是52度闻韶特酿，一打开瓶就满屋飘香。

方建却喜欢喝啤酒，看一边准备了一捆，就抄起一瓶，用牙启下瓶盖，倒在喝茶用的杯子里。

程刚说："给我一瓶，我陪你喝啤酒。"

"好！"方建递他一瓶。

程刚没有用牙开瓶子盖，而是在椅子沿上磕下来，往杯子里倒。倒得有点急，泡沫溢出杯子，他急忙趴下喝一口。

金谷在一旁，看见了程刚嘴里露出的银色的假牙，由此想起了他为了追姐姐跟方建大打出手的事，又看看方建，心里纳闷，这两个曾经的"情敌",是什么时候化干戈为玉帛的? 他又看姐姐一眼,姐姐的表情也很自然,像以前大家都没发生过不愉快一样。

小米和香梅倒上了橘子汁。

青娥本也要倒橘子汁,方建说:"你今天请客,是主角,又过生日,要喝酒才行。"

"好,我喝白酒!"青娥豪爽地说,让弟弟为自己倒了一杯。

她站起来,高举酒杯,朗声地说:"谢谢大家光临,来,干!"

"干,干!"大家都站起来叫齐了号,一碰杯,然后喝起来。

大家一起碰杯的举动,让方建想起了在广州吃的大排档。他放下酒杯,夹筷子酒肴,嚼着,含混地问:"你们听说过广州的大排档吗?"

"啥叫大排档?"青娥问。

"大排档就是广州人吃宵夜的地方。"方建说。

"啥是宵夜?"香梅问。

"孤陋寡闻了吧?"方建等到了报复她刚才教训自己不懂象棋和围棋的机会,看她一眼,得意地说,"宵夜就是吃夜饭,广州人一般在九点后至凌晨四点前到那里喝酒吃饭,那大排档就像流水席,在大街上能排出几里地长呢,那才叫热闹!"

大家只是从新闻里知道广州是中国改革开放的前沿,是年轻人的"梦幻天堂",但谁也没有去过广州,都想听方建讲讲新鲜,于是放下酒杯洗耳恭听。

方建一下来了劲头,兴奋地说:"人家广州那才叫开放,才真叫灯红酒绿! 到处是歌舞厅,歌舞厅里四处唰唰地喷激光,一屋子男的女的搂在一起跳舞。"

金谷好奇地问:"一屋子人搂在一起,能搂得过来?"

方建笑了,像在嘲笑他的少见多怪,说:"不是一屋子人搂在一起,是一个男的和一个女的搂在一起。 有的歌舞厅还表演课体舞呢！"

"课体舞？啥是课体舞？"香梅看着他问。

方建脸先红了，遮遮掩掩地说："就是不穿衣服，光着……"

德诚率先明白了，说："那叫裸体舞吧？"

大家一听都笑了。

金谷讽刺说："上学时你的语文是体育老师教的吧？"

方建对金谷的嘲笑并不在意，正想接着往下讲，小米却揪着他的耳朵问："你去跳过裸体舞？"

方建马上求饶地说："没有，没有，我只是听别人说。"

大家被他们的暧昧举动惹笑了。

只有程刚没有笑，甚至呈现出一脸愠怒。不过他很快调整了情绪，问青娥："家里有冰糖吗？"

青娥说："没有，有白砂糖。你要糖干啥？"

程刚得意地说："我要露一手，给大家做一道菜。"

小米意外地说："你还会做菜？"

方建说："他父亲原来可是第一饭店的大厨师！"

青娥恍然大悟，急忙从橱子里拿出一个盛白糖的罐头瓶递给他。

程刚早看好了厨房里放着几块地瓜。他在水龙头上洗干净，削了皮，切成滚刀块，过了油，放在一边备用，然后开始熬糖，等糖汁的气泡由大变小，他把过油的地瓜放进去，快速地翻炒两下，待到地瓜均匀地挂上糖浆之后，趁热出锅装盘，一道色泽红亮、外脆里软的拔丝地瓜就做成了。

他的动作干净麻利，站在一旁打下手的德诚惊异地说："没想到你还会做这道菜！"

"这没啥难的，只要熬糖的火候掌握好了就行。"程刚谦虚地说。

他让德诚快点端过去，自己则接了一碗凉水跟过来说："大家快点吃，凉了就拔不出丝，成琉琉的了。"

方建说:"你做菜还真有两下子!"

"这小意思,我还会做很多菜呢!"程刚的口气很大。

拔丝地瓜刚上桌特别烫,大家夹了,过一下凉水,小心地吃起来。

甜甜的口感,配合地瓜的软糯,实在好吃。

青娥夸赞道:"真好吃! 程刚,你的技术快赶上专业厨师啦!"

程刚看她一眼,暧昧地说:"感觉好吃以后经常给你做。"

青娥听出了话中有一丝别样的味道,接着站起来提议说:"以后我们轮流过生日吧,谁的生日那天谁请客,一起聚一聚。 聚会时,就让程刚做这道拔丝地瓜。"

大家都说好。

一盘拔丝地瓜很快被消灭干净,方建往嘴里灌了一杯啤酒,又开始拉他的广州见闻,大家伙的耳朵又被他拽到了嘴边:"广州还有个灯光夜市,到了晚上灯火辉煌,马路两边一家挨一家都是卖衣服的,他们把一根根竹竿伸到马路中间,上面挂满了从香港贩运过来的流行服装,样式都非常时髦,来买衣服的人那才叫川流不息! 操着各地口音,讨价还价,我再去时给大家每人捎一件回来。"

大家都兴奋地说:"好!"

看着大家饶有兴趣地听方建侃侃而谈,程刚心里漫起一阵醋意,几次插话企图将大家的话题吸引到自己身上来,却没有成功。 见他夸下了海口,以为他在吹牛,就特意较真说:"你说话可要算数!"

"当然!"方建信誓旦旦。

金谷忽然想起了在报纸上看到的一句话,端起酒杯说:"广州的今天,就是我们的明天。 来,为我们的明天干杯!"

大家一扬脖都干了。

接下来开始猜拳行令,推杯换盏。 金谷酒量小,没喝几杯脸就红了,头有些发晕,谁让也不喝了。

最后程刚和方建较上了劲，你一杯我一杯，很快都要醉了。

青娥母亲从邻居家串门回来，一看大家都喝得不少，就到厨房下水饺。

吃过水饺，大家散去。

天上还飘着雪花，地上的积雪没过了脚踝。

程刚喝多了酒，走路歪歪斜斜的，加之路滑，走出不多远就摔倒了。

方建指着他嘲笑："你小子酒量不行吧，还敢跟我拼！"说完，脚下一滑，也一屁股蹲到地上。

小米生气地说："你们喝那么多，比赛谁傻冒得厉害呢！"又对金谷说，"你扶程刚回家吧，我把方建送回去。"

金谷有些不情愿去送程刚，费了很大力才把他拉起来，挎了他的胳膊扶他向前走。

走出没多远，程刚一哈腰，"哗"的一声吐了出来，秽物溅到了金谷的裤脚和棉鞋上。

金谷一阵恶心，想扔下他一走了之，可又一想，天这么冷，冻伤甚至冻死了可不是小事，于是忍着厌恶为他捶背。

程刚吐完了，头脑还算清醒，回头对金谷说："谢谢你！"

金谷没说啥，扶着他继续往前走。来到一盏路灯下，程刚又停下来，扶了电线杆，看着金谷，直着舌头说："金谷，还记得前年你我打架吗？"

金谷一听，心里一惊，难道他想报仇？下意识后退一步，握紧了拳头。

"那次我竟让你小子给揍了，真他妈丢人！"

"谁让你欺负我姐？"

"要不是常青娥护着你，为你说情，我早找几个哥们把你揍扁了！"

501

"青娥姐为我说情？"金谷惊诧地问，见程刚不再解释，就逞强地说，"没有青娥姐我也不怕你！"

"别他妈蹬鼻子上脸！"程刚瞪他一眼，继续说，"其实……我更在乎你姐姐。"

"喊，不要脸！"金谷一耸鼻子，把脸别到一边。

"我是真喜欢你姐姐，心想，真要找人揍了你，我追你姐更没戏了。可……可到最后却让方建这小子赢了！你知道我为什么输了吗？"

"为什么？"

"不是我他妈输了，是俺爹输啦！"

金谷丈二和尚摸不着头脑："你爹咋输了？"

"你姐一心想要的是啥？正式工！方建他爸是局长呢，能为你姐转正，可俺爹是个破退休厨师，打死他也办不到！"

"别胡说八道啦！难道我姐跟谁好只是为了一个正式工？"金谷厉声斥责道。

"难道不是吗？……谁不想成为一个正式工？"程刚突然来了这么一句，仿佛是在为姐姐的行为辩护了，接着说，"识时务者为俊杰，我认了，以后决不再去骚扰你姐姐了。"他的声音越来越平缓，说完后长出了一口气。

听到这里，金谷的紧缩的心一下子松下来，紧攥的拳头也松开了。

一阵寒风吹来，把冰冷的雪花卷进了金谷的脖子。他把围巾拉紧一些，架着程刚的胳膊，说："快走，要冻死了！"

腊月二十，全县粮食系统表彰大会举行。会前，县粮食局党组审核各单位报上来的先进工作者，见没有陈金谷的名字，经研究追加了一个先进名额，把他补了上去。

12

一只小蚂蚁钻出地面，东瞧瞧，西看看，东抓抓，西挠挠，三下两下，竟把一个春天挠醒了。又一个新的四季轮回开始了。

这天，春光明媚，阳光普照。方建折一根笤帚苗，坐在收发室门口，饶有兴趣地跟一只蚂蚁逗趣，蚂蚁爬远了，就用笤帚苗扫回来，蚂蚁再爬，再把它扫回来。

今天来买粮食的很少，青娥就坐在柜台后面，双手齐飞织一件毛衣。

陈金谷则坐在窗边看书。不久前，他的一篇散文又在《大众报》上发表了，题目是《黄河滩里的杂树林》，虽然很短，是个小"豆腐块"，他还是非常高兴，把样报收藏起来，读书写作的劲头更足了。

他迷恋于文学，以至于对青娥施放出的爱视而不见。

青娥有些不甘心，决定再试探一下。

这天下午，两个人在整理面袋，青娥对金谷说："明天我请假了。"

金谷问："家里有事？"

"唔，"青娥很不顺畅地说，"我……我要……去订婚了。"

"订婚？和谁？"金谷心里一颤，用备感意外的眼神看着她。

"程刚。"青娥也瞪着一双大眼直盯着他。

"咋会是他？"金谷惊诧地说。

"他咋了？你又看不上俺……"青娥嘟着嘴说。她多么希望他劝阻她，不让她去，那样她会毫不犹豫地拒绝程刚，会给他一个大大的拥抱，一个热切的亲吻，亮明自己的态度。

可一阵沉默以后，她听到金谷说的却是："祝你们幸福！"

"你——"青娥一下把笤帚扔在地上，踢一脚，踢空了，又踢一脚，踢得远远的，接着转身，哒哒哒踩着高跟鞋旋风一样地走了。

金谷看着她走远，站在原地愣了好一会儿，有点儿自责，却又不想委屈了自己的内心。

隔一天的早上，收发室刚打开门，还没有顾客，大家便聚在一起听付志国安排一天的工作。

这时，青娥走进门来，一身红衣服显得很喜庆。她把一包糖扔在桌子上说："请大家吃喜糖，我订婚了。"

"真订婚了？"金谷情不自禁地问。

青娥看看他说："这还有假的？男大当婚，女大当嫁，再不订婚，等谁？"说着，从纸包里拿出几块糖，隔着柜台扔给他，"来，尝尝，看甜不？"

"祝贺你！"金谷内心立时泛起一股醋意，表面上装出一副分享她幸福的样子，却感觉有一股炽热的火焰烧着他的脸，热辣辣的。

方建挑了一颗咖啡糖放在嘴里，感觉格外爽甜。他对常青娥订婚非常开心，这说明在对陈小米的"争夺"中，自己取得了完全胜利，程刚彻底死心了。他凑到青娥的耳边说："你这席梦思床终于有人订购了。"

青娥一听，马上扬起巴掌要打他，方建一猫腰躲了过去，马上跑开了。

青娥嘟着嘴骂："方建你个熊孩子，将来生个儿子没屁眼儿！"

大家都笑起来。笑毕，各自拿了糖，剥了纸，放在嘴里，都说真甜。

金谷拿着一块糖，心里有一种说不出的失落，就像有一件东西被自己弄丢了，等弄丢了才知道非常可惜。

收发室的墙上挂了一面镜子，金谷无意间瞥了一眼，看到了自己的脸，注意到了自己鼻子下面有些发青的唇髭。不知为什么，他脑子里突然生出一个念头——剃掉这些在荷尔蒙涌动下萌生出来的青苗,且这念头越来越强烈,以至于让他坐立不安。他向付志国请了假,骑自行车来到理发店。理发师傅提醒他,剃掉以后长出来会更黑更硬,真要刮去? 他毅然地点点头,像是接受了某种告别天真的仪式。

接下来的日子,金谷的心情非常郁闷,但他努力掩饰着,不让别人看出来。直到他听了爷爷的一句话,心情才逐渐好起来。

这天他轮休,看了一会儿小说,由于心不在焉,看不到脑子里去,就去街上散散心。

当他来到县农业银行营业大厅前时,见那里围了很多人,像在争抢着什么。他好奇地走过去一看,原来是银行在搞有奖储蓄活动。

改革开放几年来,人们的生活虽然有了很大改善,但收入普遍不高,大部分人没有储蓄概念,习惯于将结余现金保存在家里,以备不时之需。国家为了调动大家储蓄的积极性,就让银行开办起"有奖储蓄存款"活动。存款不但可以获得利息还可以参与抽奖,"有奖又有息"的诱惑让银行的有奖储蓄风靡一时。

这日,农业银行开办的是"定期定额有奖有息储蓄",存单面额为20元,存期一年,以5000户为一个开奖组,当众开奖,现场领奖。

各种奖品摆满了大厅内外,有自行车、铝锅、铁勺、塑料盆等日常生活用品,也有毛毯、毛巾被、毛巾、手套等纺织物品,头等奖奖品是18英寸日立牌彩色电视机,摆在门口最显眼处。

那时,家里有彩色电视机的凤毛麟角,一是买不起,二是物资紧俏,有钱也买不到。

炙手可热的"奢侈"奖品点燃了人们的储蓄热情,大家拥挤着争相购买定额有奖储蓄存单,凭单领取抽奖券,然后进行抽奖,开奖场面,不亚于现在的明星演唱会。

年轻人喜欢热闹，金谷摸摸口袋，里面正好有刚发的40多元工资，本来是要回家交给爷爷奶奶的，可忍不住手痒，抽出20元排队买了一张。

开奖了，竟中了二等奖，奖品是一床毛巾被。

当时一床毛巾被十五六元，连利息差不多快顶上本钱了，这让金谷非常高兴。

银行的人都说他手气好，劝他再买一张。

金谷经不住怂恿，又掏出20元买了一张。

他今天的手气太好了，这次竟是头等奖彩色电视机！

开奖现场瞬间沸腾了。

为了扩大宣传效果，银行工作人员开了车，一路敲锣打鼓把彩电送到了城关粮所。

粮所职工们停下手里的活儿，都过来为金谷祝贺，隔道民天楼的人也赶过来看热闹。大家的脸上都带着羡慕的神情。

"明天我们也存钱去，说不定也能抓个大奖。"有人说。

"就你那臭手？用香油泡上三天，也不一定有那运气。"另一人用嗤之以鼻的口气开玩笑。

"臭手摸好牌呢。要不你借我20块钱试试，抓了大奖我们平分。"那人并不生气，笑着说。

"我要有钱早去了，还轮到你？"

大家都笑了。

这时，姐姐小米来了，上前高兴地摸着电视机，直说："弟弟，你的运气真好！"

大家散去了，金谷对小米说："姐，咱把这电视机送家去吧，也让爷爷奶奶高兴高兴！"

"好！"

姐弟俩把电视机装进包装箱，小心地抬到金谷的自行车后架上，捆好了，然后一起回到了闻韶镇。

陈良石和尹巧凤一看，自然乐得合不拢嘴。

金谷把黑白电视机挪到一旁，把彩电放在那儿，接上电源和天线，对着说明书一番调试，屏幕上出影了，演的是当时非常轰动的电视连续剧《西游记》之《三打白骨精》。

电视画面色彩丰富，层次清晰，收看效果比黑白电视机好多了。

《西游记》播出刚结束，陈良石便让金谷把彩电收起来，换上那台黑白的。

金谷不解地问："你嫌费电？其实也多用不了多少电。"

陈良石摇摇头说："这点电费咱家还付得起。我知道这东西不好买哩，有钱也买不到，等你结婚时用吧，看得时间长了，爆上一层灰，到时就不新了。"

金谷不以为然地说："我还没找对象呢，还能光放着？"

"先放着。"爷爷说。

金谷只好把彩电收起来，重新放回包装箱。他忽然看了看姐姐，真诚地说："姐姐，你结婚肯定比我早，这电视就给你当嫁妆吧。"

小米一听，心里一阵感动，对金谷说："我哪能夺你所爱？我看那常青娥对你就有意思，你要脸皮薄，我去找她说说。"

金谷脸红了，马上说："哪有啊，你不知道她跟程刚订婚了？"

"她跟程刚订婚了？"小米诧异地问。

"方建没有告诉你？"

"方建也不知又到哪里流窜了，好几天没见他的影了。"

金谷回忆一下，就把常青娥前几天订婚的日子说了。

"怪不得头年腊八日那天，程刚从省城给她买回一个奶油蛋糕，原来这小子别有所图啊！"小米似有所悟，又对金谷说，"都怪你不主动，让他抢了先。"

金谷说：“我还小呢，不急。”

尹巧凤在一旁听了，说：“还不急？ 有了合适的就抓紧定下来。”

陈良石说：“这都是我们做老人的心事啊！”接着脸色严肃地问小米，"你还跟那二……方建谈着？"

小米一看爷爷的脸，不想惹爷爷生气，就撒谎说："早不谈了。"

陈良石连说："这就好，这就好。 找对象可是人生大事，不能迁就，不能剜到篮子里都是菜。"

正是爷爷的这句话，让金谷对错过了常青娥有了几分释然。

不过，丢了一件珍贵东西的失落感还是伴随他好长时间。

这天上午，"突突突"，忽然有摩托声由远而近，大家抬起头一看，是刘兆锋。 刘兆锋朝方建招招手，方建走过去，两人交谈了一番，同乘一辆摩托车，"突突突"地走了。

方建这一走，一连十来天音信全无，这可急坏了他母亲。 方建妈听常青娥说是坐刘兆锋的摩托车走的，就去棉厂打听，棉厂领导说，刘兆锋是个"混混子"，不务正业，这段时间不知道干啥去了。这更加深了方建妈的担忧。

方建妈开始埋怨方局长："你整天就知道工作，孩子的事一点儿都不管！"

方局长也是满肚子火气，说："赖我？ 还不是你从小惯得他，让他学成这个样子！"

方建妈委屈地说："怨我？ 要不是我拉巴，他能成这么大个人？"

方局长气得脸上的伤疤变紫了，厉声说："不管他，让他去作吧，早晚有他的好看！"

方建妈斜他一眼："他不好看你还能好看了？ 这能给你的老脸搽

上粉？"

方局长恨铁不成钢地骂道："这个熊孩子！"

两个人不再说话。沉默半晌，方局长说："你去问过陈小米了吗？她兴许知道。"

方建妈茅塞顿开的样子，急忙骑上自行车去找陈小米，但陈小米的回答让她失望了："不知道。"

其实，对于方建的行踪，小米是知道的。方建每天都给她打一次电话。现在方建和刘兆锋正在从广州到河北的火车上，他们贩了香烟、打火机、袜子、服装等物品，要到石家庄去卖。小米没有如实告诉方建妈，是因为方建几次嘱咐她不要告诉任何人，包括他的父母。

方建妈对儿子担心死了。

方建回来的时候，麦子已经黄梢了。本来就像条刀鱼的他更黑更瘦了，头发更长了，衣服又脏又破，胳膊还伤了，用绷带吊着，俨然一个逃难的难民。当他提着一个破帆布包站在家门口时，方建妈快认不出他来了。

"小祖宗，你可回来了！"方建妈上前拉着儿子看，眼泪忍不住落了下来。

方局长原本打算儿子回来后扇他几巴掌，踹他几脚，但一看到儿子的狼狈相，又心疼又愤恨，问："你的胳膊咋了？"

方建的嘴唇叫风吹得有些干裂，张起来很困难，含混不清地说："没啥，跌了一跤。"

"跌了一跤？"方局长不相信地说，"又打架了吧？活该！"

方建妈看他一眼，说："你不是胃口不好吗？快出去溜达溜达吧。"

方局长摇摇头，叹口气，出了门。

方建妈连忙倒水让儿子洗脸，为他找来干净衣裳换上，又马上去给他做饭。

不一会儿，方建妈端来了面条荷包蛋。

方建真饿了，埋头贪婪地吃着。

方建妈爱怜地看着儿子，见碗里的快吃完了，索性把锅端了来，给他添上。

方建吃饱后，从帆布包里拿了一包东西就要出门。

正在收拾碗筷的方建妈连忙问："小建，你不在家休息，干啥去？"

方建回头说："我去去就回来。"

方建出了门，去找陈小米。小米一看又黑又瘦还吊着胳膊的方建，一下子惊呆了，问："你这是咋了？"

方建勉强地笑笑说："没啥。"说完用一条胳膊一下搂住小米，想亲吻她。小米把他推开了，问："昨天不是还说挺好的吗，今天咋就这样了？"

方建坐下来，向小米诉说了事情的经过。

方建和刘兆锋去了广州，采购了香烟、打火机、袜子、服装等物品，坐火车运到石家庄，在一个露天市场上卖，开始还算顺利，三天时间就把刘兆锋出的本钱和费用挣出来了，两个人商量着再赚了钱就平分。可到了第四天，一群地痞市霸突然来到他们面前，要他们交三个月的管理费360元，刘兆锋争辩说："我们才来三天，总的还没卖360元钱的货呢，为啥要交三个月的管理费？"一个地痞头头说："啰啰啥？就这价！"刘兆锋迟疑着不交，那些人二话不说，就把他们的摊子给捅了。方建上前去抢东西，被人用棍子打伤了胳膊，二人见势不妙，转身撒丫子就跑，鞋都跑掉了。一直跑到一片树林里，见没有人追来，才停下来。一直等到天黑定了，二人回到临时租住的地方，一大早就收拾了东西，坐公共汽车回来了。

听了方建的述说，小米既后怕又心疼，劝道："外面这么乱，以后可别再出去乱闯了!"

方建却说:"没啥。高手出世还不受点挫折?"

"高手出世?"小米一怔,板不住脸,揶揄地笑了。

方建从裤兜里掏出一包东西递给小米:"好东西都让人抢走了,只带回了几双尼龙丝袜,你穿着一定合适。"

小米接过一看,是几双肉白色丝袜,东西虽不贵重,但让她心里一阵感动。她摸摸方建受伤的胳膊,柔声地问:"还疼吗?"

方建调皮地说:"见到你就不疼了。"说完又把小米搂进怀里亲吻。

这次的亲吻,小米非常投入,双臂紧紧缠着方建的脖子,炽热的唇紧紧贴着方建的唇,温润的舌头辗转厮磨寻找出口。两个人的舌尖你来我往间谁都不相让,不妥协,直到方建"哎呀"一声,叫声"疼!",小米才意识到弄疼了他受伤的胳膊,兰息微喘地停下来。

麦子熟了,粮所和民天楼都放假了,金谷和姐姐约好,吃过中午饭一起回家割麦子。

吃饭后,金谷去找姐姐,姐姐却不在,等了好一会儿,也不见回来。姐姐去哪里了?又去找方建了?

小米确实是去了方建家。是方建妈让方建把她叫去的。

她第一次来方家,一进家门就感到有一种气势在压迫着,是什么呢?她说不出。三间正房并不高大,一个小院也不奇特,甚至连屋里的家具都非常普通简朴,屋内院里,除了格外整洁外,与其他家庭并无太大差别。那压力来自人吗?方局长不在家,方建妈很热情,又是倒水又是递水果,说话也和气,至于方建更不会让她拘谨。再说,她本来是个性格外向的姑娘,可不知为什么,她还是莫名地紧张,低着头坐在沙发上,跟受审的一样。

方建妈让方建去市场买些鱼和肉。

方建心里明白，母亲今天把小米叫到家里来，说明父母接受小米了，这让他非常高兴，乐颠乐颠地出门去了。

小米站起来也要跟着去，方建妈把她拦下来，笑笑说："小米，你坐下，咱们说说话。"

小米只好重新坐下来，带着担心和等待的神情咬着嘴唇。

方建妈看看她，开门见山，直奔主题："跟小建做朋友，你爷爷和姥爷知道吗？"

小米涨红了脸，小声地说："爷爷知道，姥爷不知道。"其实，她并不知道姥爷是否知道，也不清楚自己现在的工作是姥爷给求来的。

"哦。 那你爷爷是什么态度？"

小米不知怎么回答，难道实话实说，说爷爷嫌方建是个"二流子"不同意？ 那样岂不坏了自己的大事？ 于是囫囵吞枣地说："没意见。"

方建妈盯着她，许久才又说："跟你说实话吧，对于你跟小建谈朋友，我跟他爸都不同意，你知道你爸爸……"

听到这里，小米脑袋訇然作响，心里愤愤地说："不同意叫我来干什么？ 耍人吗？"刚要站起来发作，又听方建妈叹口气，接着说："真是冤家路窄！ 那一张就揭过去了，谁让小建看上你了呢？"

听到这句话，小米的心稍微往下落了落，重新坐稳了，继续听方建妈说话。

方建妈眼睛直盯着小米，说："小米啊，我们答应你们恋爱，但有一件事你必须做到……"

"什么事？"小米一个激灵，抬起头，警惕地问。

"你必须把小建拴住，别让他到处乱窜。 能做到吗？"方建妈说。

"拴住他？ 他一个大活人，我咋拴住他？"小米不解地问。

"你会有办法的。"方建妈把一个苹果递给她，又说，"我天天在催小建爸爸，让他抓紧把转正的事给你办了，不过你要保证对小建好。"

小米心领神会地点点头。

"今天的事先不要跟外人讲，过天要找个媒人去跟你爷爷奶奶说，听说你爷爷是个挺讲礼数的人，别把事弄砸了。"方建妈又说。

这时，方建回来了，买来了鱼、肉和一些蔬菜，还有两包瓜子。

小米起身要走，方建妈留她吃饭，方建也不让她走，她只好留下来。

吃饭的时候，方局长没有回来，这让小米少了一份紧张，但她的心仍像断了锚绳的小船，四周不靠的，手脚拘束得没处搁。方建妈炒的菜，炖的鱼，色香味俱全，但她的味蕾仿佛关闭了，没有吃出任何滋味，胃口也小，吃得很少。

吃完了饭，方建送小米回民天楼。路上，方建问小米，自己出去买菜时母亲都跟她谈了些什么，小米莞尔一笑说："能说什么呀？说……说的是咋蒸好包子。"

"说些这个啊？"方建难掩失望的神情，但不相信地说，"不可能，一定说咱俩的事了。"

"咱俩的事，咱俩啥事？"小米歪着头问。

"当然是结婚的事了！"方建说。

"结婚？我们还没订婚呢，就结婚？"小米摇摇头，接着说，"阿姨让我拴住你。"

"拴住我，拿什么拴住我？"

"用绳子啊，还能用什么？"

"我又不是牲口，拴我做什么？"

"看你以后还到处乱跑不。以后你要是听我的话，不到处乱跑，就不用绳子拴你，你要到处乱跑，就给你拴条缰绳，牵着走。"小米调皮地说完，自己先笑了。

方建也笑了，说："我以后听你的就是了，让我上东绝不上西，让我打狗绝不撵鸡！"

小米听了，把方建的胳膊挎得更紧了。

他们来到民天楼，金谷正焦急地等在楼外，自行车把上挂了一个书包，里面装了几本书，后椅架上捆着一桶花生油和一捆子啤酒。

陈小米急忙从宿舍推出自行车，要跟金谷一起走，方建说："我一块去帮你家割麦子吧？"

"你？你瘦得跟嘎鱼似的，能干啥？"金谷看他一眼，说。

"还说我瘦，你能胖到哪里去？论力气也许你还不如我呢。"方建反唇相讥。

"喊！论懒谁也不如你！"金谷用半轻蔑半是玩笑的语气说。

被人揭了短，方建脸红了，说："不服咱比试比试。"

小米见两人有较劲的意思，就对方建说："你算了吧，你要去了，还不被俺爷爷用拐杖量出来？"

"为啥？"

金谷说："就你这……打扮，俺爷爷也要把你撵出来。"他想说"二流子打扮"，但怕惹急了他，就没说出口。

13

麦子收割打压完，粮所开始准备夏粮收购了。

方局长坐了吉普车到各粮所检查入库准备。这天来到三仙寨粮所，看过工作情况，把乔江龙叫到一边，说有事要跟他商量。乔江龙把他领到自己的宿舍，沏了茶，问："啥事？"

方局长坐下来，从兜里掏出一包烟，抽出一只递给乔江龙，说："是你外孙女小米的事。"

乔江龙接过烟，急切地问："小米她咋了？"

方局长笑笑说："没咋样，她……她跟我儿子谈恋爱了，想看看你啥态度。"

乔江龙听方局长这么一说，喜出望外，连忙划根火柴，帮方局长点上，说："小米能嫁到您当局长的家庭，那是她的福分！"

方局长摆摆手，说："局长家庭有啥了不起？主要是两个孩子有缘分。"说完，吸口烟，吐出来又说，"想麻烦你一件事。"

乔江龙不解地问："麻烦我？啥事？你尽管说。"

方局长说："我想请你作介绍人，去跟陈良石说说，总不能我亲自上门去说吧？"

乔江龙听了，犹豫地说："这……"

方局长一看乔江龙面露难色，就说："如果作难就算了，我再去找别人。我知道你跟老陈多年来不滑快，想利用这事让你们两家缓和缓和关系。"

方局长本来不同意这桩婚事，但儿子坚定地表示非小米不娶，为了拴住儿子，不再让他到处闯祸，无奈地接受了妻子的主意。他从儿子口中，得知了陈良石的反对态度，因此在选择介绍人上很费了一番心思。他选择乔江龙，真心想通过这件事修复一下陈乔两家的关系，毕竟以后都是知己亲戚。

乔江龙连忙说："不是，你知道陈瘸子那臭脾气，净认死理，有时油盐不进……行，我去找他，他要不同意我跟他没完！"

方局长连忙说："你去了态度软和一点，如果你们都上了倔，不但事办不成，这疙瘩就越系越紧了。"

乔江龙想了想说："你放心吧。"

第二天，乔江龙骑自行车去了闻韶镇。

炎阳当空，树荫的缝隙处，滤下一些幽静细密的光斑，懒懒地洒在地上。一声声单调的蝉鸣，飞出树荫，在燥热的空气中滑落。

麦子收完了，玉米也耩上了，地里已没有了要紧的活儿，加上天气炎热起来，没事可干，陈良石就在大门下摆一张小桌，桌上放着满仓为他带回的那把茶壶和四个茶碗，躺在一把藤椅上，手摇芭蕉扇，悠哉悠哉地喝茶、看书。前些日子，满仓为他带回了一本《粮食志》和几册《粮食研究》，他看上了瘾。这些书上对新中国成立以来粮食历史的梳理和总结，常令他感同身受，感慨万千，也开阔了他的视野。

陈良石躺在躺椅上，轻轻地摇着扇子，脑子里过滤着一些往事，突然听到一阵自行车"丁零零"的声音，立马坐起来，习惯性地说："来，喝壶茶再走，才续的新茶叶。"仔细一看，竟是乔江龙，惊异地说，"啊呀，咋是你？"

乔江龙把自行车一支，高门大嗓地说："喝壶茶就走？老子今天要喝酒哩！"

陈良石对上次慢待他还心存歉意，于是摆出一副不拘小节的、亲热的样子说道："哪阵风把你吹来了？"说完站起来指了指对面的椅子，请他坐下。

"什么风？喜风！"乔江龙说着，一屁股坐在椅子上。

陈良石急忙倒了碗茶，递给他。

乔江龙接过茶碗一看，一下把茶泼在地上，说："什么新茶叶啊，连点色都没有了。"

陈良石知道他在故意找碴儿，也瞪起眼来说："你喝茶还是喝色？墨汁子有色，你去喝呀！"不过，他还是把茶壶里的旧茶甩了，换了一壶新茶。

乔江龙喝口新沏的茶，闭上眼，摇头晃脑地品味一番，说："这茶还不错。"

陈良石见他这么端架子，一定是有重要事情，问："你刚才说喜风把你吹来的，要给金谷说媳妇？"说着拿过一把蒲扇递给他，"我还藏瓶好酒呢，中午咱俩喝两盅！"

乔江龙一听，却没好气地说："你就跟孙子近，小米不是你的孙女？"

"是，是。"陈良石连忙说，"那你要给小米说婆家？"

乔江龙一手摇着蒲扇，一手端起茶碗喝一口，说："小米是大闺女了，也该找婆家了。"

陈良石心里欢喜，连忙问："小伙子干什么的？家庭条件咋样？"

乔江龙以问题回答问题："我是她亲姥爷哩，能把她往火坑里推？"

陈良石着急地说："你别卖关子了，快说吧。"

乔江龙还是卖了一道关子："小伙子的爸爸你也认识，家庭条件比咱好得多。"

陈良石被吊得难受，更急了："你快说是谁呀！"

乔江龙见陈良石急了，才说："就是咱粮食局方局长，小伙子就是方局长的儿子。"

陈良石一听，顿时泄了气，果断地说："这媒不行！"

乔江龙瞪着眼说："为啥？方局长可是正派人，人家一个当局长的家庭，还配不上你这退休所长？"

陈良石急歪歪地说："不是，我不是说方局长不行，是他那儿子，你看他那打扮，一个标准的二流子！"

乔江龙讥讽地说："你还火眼金睛哩，看穿戴就能看出这人本质好坏？"

陈良石不耐烦地说："反正我看不惯！"

乔江龙叹口气说："咱都老了，很多事看不惯，可人家年轻人偏偏喜欢。我问你，如果小米真跟方局长的儿子好上了咋办？"

陈良石被激将火了，大声地说："要真那样我就没有这个孙女，她以后别叫我爷爷！"

乔江龙卡壳了，无话再说服陈良石，站起来，把手中的蒲扇往地上一扔，气愤地说："你这老顽固！牵着不走打倒退，不跟你说了！"说完抬腿就走。

刚走出大门，尹巧凤携个柴筐走过来，一看是乔江龙，于是说："乔大哥来了？晌午了，你要到哪里去？怎么也要吃了饭再走啊。"

乔江龙推了自行车，没好气地说："吃啥吃，气都气饱了！"说完，骑上自行车飞快地走了。

尹巧凤把柴筐放下，上前问陈良石："咋了，你们俩见一回吵一回，这次为了啥？"

陈良石也正喘着粗气，气呼呼地说："还不是为了小米的事，他当姥爷的竟来给方局长家当媒人。方局长那儿子你也见过，就那德性，蛤蟆腚上插鸡毛——肯定不是什么好鸟！配咱小米？"

尹巧凤明白了，说："你们都是为了小米好，人家大老远地来了，不能心平气和地说话？咋一见面就吵架？"

陈良石无言以对，低下了头。

尹巧凤坐下来，叹了一阵子气，劝陈良石说："我看就依着小米的心思吧。我想过了，人一辈子就是一个缘，一个命，让她自己去挣吧，咱为她操心也不一定好，比如满囤，如果不是咱劝他娶了秀月，也不至于……"说着，眼睛望着天空，鼻子一阵发酸。

陈良石一听，心里一惊，沉思许久，默默地点点头。

14

说来也怪，以前老有人问陈金谷找对象了没有，要给介绍一个。近段时间却没有一个人提起这事。金谷表面冷静，心里却有些发毛，男性的成熟像一个暗中控制人的幽灵，顽强地显现、呼喊、跳跃、抗议，尤其看到程刚来接常青娥，两人挎着胳膊并肩而行的时候，他的胸膛便受到压迫，气都喘不匀了。偏偏常青娥有时还朝他微笑，这让他感到有些可恨，立刻背过身去。

其实，他恨的不是青娥，是自己辜负了人家呀，咋会恨她呢？但他心里就是有恨，一股没有来由、没有去向的恨。

后来他才明白，是男人的嫉妒让自己克制不住内心的冲动。他太需要恋爱了。

以后的日子，金谷和青娥相处虽然在外人看来跟以前没有什么两样，但彼此之间没有了相吸的磁性，尤其只剩下他们二人时，都不说话，非常尴尬。

庆幸的是，不久，金谷和青娥之间的尴尬迎刃而解了——两人同时调离了城关粮所。陈金谷被调到直属库任团支部书记，青娥被调去了面粉厂作统计员。

直属库负责县直单位所有非农业户口的口粮供应，供应人口比城关粮所多得多，是一个更令人羡慕的单位。全单位有七十多号人，其中青年团员有二十多人。

陈良石对金谷的进步感到欣慰，明白这是组织上对孙子舍己救人行为的一种奖赏，同时也隐约感觉出有方局长栽培的用意。

不久，一件事让陈良石更高兴——粮食系统下了一批临时工转正指标，小米在列，办完有关手续后，她成了一名国家正式职工。这为他了却了一桩心事。

男大当婚，女大当嫁。按照当地人的习惯，不管女儿有没有婆家，都得提前买下几床好看的被子面褥子面，将来做嫁妆。

尹巧凤也开始有目的地为小米准备嫁妆，这不，她跟陈良石一起坐德福的拖拉机来县城赶物资交流大会了。

每年11月份，为了活跃农村市场，县里都要举办物资交流大会。这时，人们收了玉米，种完了小麦，卖掉了棉花，交完了提留，备下来年的生产资料，手里尚有一点钱，又是农闲时候，就从乡下拥到县城赶会，能买则买，不能买就逛逛热闹。

那时交通不便，有人骑自行车，有人赶牛车，有人步行，好不容易来一趟县城，总是要逛到天黑才回家。

整个县城就是一个繁荣的大集市，全县各个供销社都来会上扎棚摆摊，甚至邻市邻县的做生意的人也赶来摆摊卖货，几乎所有街道上都摆满了摊点。吃的、穿的、玩的、用的，应有尽有。还有各地的马戏团、歌舞团、地方剧团等各种文艺团体表演，有的在剧场里，有的是在空场里扎棚围起来卖票，还有的露天扎台子演出，人流摩肩接踵，叫卖声混成一片，热闹非凡。物资交流大会为人们准备了一场物质与文化生活的盛宴，而这场盛宴一摆就要十来天。

小米和金谷都请了假，陪爷爷奶奶去赶会。他们像各有分工似的，尹巧凤和小米负责选东西，陈良石负责付钱，金谷负责提东西。

他们来到卖布料和被面的摊子前，各种花色的布匹和花花绿绿的被面摆在那里，尹巧凤和小米摸了又摸，抻了又抻，比了又比，价钱砍了又砍，走了再回来，最后，印有鸳鸯戏水的绸子被面和百鸟朝凤的缎子被面各买了一床，还买了两床印花的床单和一对枕巾。

他们又去看衣服，尹巧凤为小米选了一身红罩衣，又买了围巾、袜子、发卡，还有毛线、彩线这类的东西，满满两大包，乐得卖家合不拢嘴。

陈良石为金谷看中了一件咖啡色呢子半大衣，为他买了下来。

天晌午了，他们也走累了，就来到盛园包子铺，吃了猪肉灌汤包。

下午，他们又一起去买了脸盆、镜子、茶壶、茶碗等物品。按照当地风俗，这些都是陪嫁必需品。

买完了东西，他们又去看了马戏团演出。

直到太阳要落了，才去了跟德福集合的地方。

1987年的春节，陈良石过得最舒心。他掰着手指头算着家里一年来的一件件喜事，去集上买了十几挂千头鞭，几十个"二起"，自己还写了一副春联贴在大门上：吉祥如意年年好，万事顺心步步高。横批是：喜气盈门。

　　儿子陈满仓带着妻儿回家过年来了，同时又带来一个好消息，他被提拔为华瑞粮库副主任了。

　　"今年真是吉利年，鸿运当头！"陈良石手端酒杯，用幸福的眼神看着一大家子，心里别提多舒畅了！

　　开心的时光总显短暂。正月初二，满仓一家回省城了，初六小米和金谷回清阳城里上班了。送走孩子们，热热闹闹的气氛一下子冷却下来。

　　尹巧凤告诉陈良石："小米怀孕了。"

　　像一块石头投进平静的水面，陈良石的心里顿时起伏不定，又生烦恼。

　　跟当地大多数人一样，陈良石在看待男女关系问题上，思想深处存在一种非常传统的观念，就是要尊崇"周公之礼"。

　　周公是西周初期杰出的政治家和军事家，辅佐周文王和周武王推翻了殷商，建立了周朝。周武王去世时，年幼的周成王尚在襁褓之中，周公代为处理政务，主持国家大权。西周初年，国人婚俗混乱，男女之间很是滥情，影响了国家安定，于是就规定，男女在成婚之前不得同房，还制定了婚礼规制，从男女说亲到嫁娶成婚，共分纳采、问名、纳吉、纳征、请期、亲迎、敦伦七个环节，每个环节都有具体细致的规定。因"男女之间只有成婚之后才能同房"是周公的规定，因此，人们就称之为"周公之礼"。

　　闻韶镇春秋战国时期属于齐国，自古礼仪甚荣，长期受"周公之礼"的教化，一辈接一辈的人都认为未婚同居、未婚先孕、未婚生孩子是女孩子不正经，没有家教，是一件很荒唐的丑事。甚至，如果女方主动找媒人去男方那儿"倒提媒",则说明自家家风不好,女孩找不到主儿了,也是一件很丢面子的事。

面子是啥？ 面子就是尊严。

怎么办呢？ 人这一辈子,怎么一个怎么办接着一个怎么办,无穷往复,真是操不完的心啊！

他跟尹巧凤想来想去,要把这件丑事遮盖住,两个办法,一个是把孩子偷偷打掉,一个是让小米尽快结婚。 二人合计来合计去,觉得还是第二个办法比较好。

陈良石顺理成章地想到了乔江龙,说："老乔这个老倔子,咋不再来提媒了？ 碰了一回钉子就退缩了？"

尹巧凤埋怨说："你上次把人家呲跑了,人家还来？"

陈良石想了想说："他不来,咱去找他！"

尹巧凤说："催着不走打倒退,这不是倒提媒？"

陈良石一瞪眼,提提嗓门儿说："还能咋办？ 为了孩子的事,我豁上这老脸了！"

初七,陈良石和尹巧凤来到李集乔江龙家。

乔江龙吃了一惊。 刚过春节,虽是走亲访友的日子,但两亲家这么早走动非常少见。 他立马猜到陈良石一定有要紧事,本想说几句风凉话报复一下,但怕他一上倔再扭头走了,就忍住了,堆上一脸笑,说："快屋里坐,快屋里坐！"

乔江龙老伴也从里屋走出来迎接尹巧凤。

多年没见面了,尹巧凤拉着乔江龙老伴的手,看着她。 她的背驼得很厉害,头发白了一多半,脸上布满蛛网一样的皱纹,眉毛稀疏,眼珠发黄。 她感慨地说："老了,老了。"

乔江龙老伴也看着她说："可不是,你也老相多了。"

乔江龙沏了茶,端给陈良石和尹巧凤。

陈良石啜口茶,问："初几上班？"

"你不知道？ 年前我也退了，不上班了。"

"到龄了？"

"可不是？ 这一退下来还真有点不适应，闲得心里发慌。"

"我刚退下来时也是这样，慢慢习惯就好了。"陈良石深有感触地说。

扯了一会儿闲篇，陈良石转向正题，问乔江龙："小米转正了，你可知道？"

"不知道啊，你们家的事我咋知道？"乔江龙故意说。

"我们家的事？ 她不是你外孙女？"

"她还是我外孙女吗？ 多少年没进过姥爷家的门了！"乔江龙一脸的伤感。

"以前的事就不提了，我想跟你商量商量小米的亲事。 方局长那里你还要跑一趟。"

"咋，你想通了？ 他儿子可是个二流子啊！"

陈良石松开脸上的皱纹，不好意思地笑笑说："俗话说，孩大不由爷。 我想开了，年轻人有年轻人的想法，咱提醒了，就算尽到责任了，听不听由她吧。 你再到方局长那里串通串通，让他们尽早结婚，尽早过门。"

"要去你自己去！"

"咱倒提媒就很没面子了，我要自己去这老脸往哪儿搁？"

"你的老脸没处搁，那我的老脸就有处搁？ 上次你死活不同意，人家方局长生气了，说这陈良石臭架子还不小，不同意拉倒，我当着局长还愁儿子讨不到媳妇？"

"方局长真是这样说的？"陈良石情绪低落地问。

"我骗你做啥？ 当时方局长气得直跺脚呢。"

"这可咋办呢？"

"都怪你犯倔，把一件好事办瞎了。"乔江龙看到陈良石着急的样子，心里笑出了声，但脸上却是一副十分惋惜的表情。

其实，上次乔江龙把陈良石的态度回复后，方局长并没有生气，而是和气地说："没关系，再等等吧，只要两个孩子愿意，老陈他早晚会想通的。"

陈良石沉思着把一支烟抽完，满脸堆笑说："为了小米，你再跑一趟，事成了我请你喝好酒。"

"这回你不再阻拦了？好，一言为定！"乔江龙说。他想，只要小米能嫁个好人家，我请你喝好酒也行。

方建和小米的婚期订在了"五一劳动节"。

方陈两家开始了紧张的婚前准备。

方局长家里把一间房隔出来做新房，整个院子里里外外重新粉刷一遍，门窗也重新漆过，原来的旧沙发，请人做了新布套套上，窗帘也换成了新的。

城关粮所还分给方建一间宿舍，也进行了修整，并在房前新盖了一间小伙房，置办了蜂窝煤炉和锅碗瓢盆。

陈良石一家开始忙着做嫁妆。当时刚刚流行组合橱，陈良石就请来技术最好的木匠，买来上好的材料，做了一组组合橱。尹巧凤招来邻居女人们，帮着做被褥，红的绿的，厚的薄的，摞起来足有一人高。

小米有妊娠反应了，头晕乏力，没有食欲，看到油腻的东西就恶心，呕吐不止。她没法炸油条、包包子了，请了假，回到闻韶镇家里。

尹巧凤忙里偷闲，试图训练她为婚后的日子做准备："小米啊，嫁到婆家要勤快，要抢着做饭，抢着洗衣裳，抢着扫地，还有，很多小事要忍着，不能动不动就使小性子。"

小米不以为然："我又不是去当老妈子，为什么要这样低三下四的？"

"跟公公婆婆一起过日子可不是你想象的那么简单……"陈良石在一旁抽着烟，还想嘱咐些什么，突然听到院子里有人喊："陈小米在家吗？"

小米和爷爷迎出来一看，是粮食局的司机小马。

小马着急地问小米："你知道方建到哪里去了吗？家里三天找不到他了，方局长都急坏了！"

"咋回事？"陈良石和尹巧凤异口同声地问。

小马就说起了方建出走的经过。

刘兆锋的女朋友脚踏两只船，同时跟另外一个男孩交往，这天晚上，刘兆锋叫上方建等六七个哥们儿，跟那男孩叫来的六七个哥们儿在黄河大堤上打起了群架，双方都有人受了伤。正打着，公安干警突然来了，多亏方建跑得快，没有被抓住，躲躲闪闪地跑了。社会上正在搞"严打"，一向稳重的方局长像热锅上的蚂蚁，再也沉不住气了，发动了亲戚朋友到处寻找方建，可一连几天没有一点消息。

婚期马上就要到了，新郎官没了，咋举行婚礼？

陈良石一下火了，骂道："我说这方建是个二流子吧？"

尹巧凤惊慌地问："他跑了，小米咋办？"

小米一听，急得眼都红了。

大家都没有主意，不再说话，闷头生气。这时小米突然说："我去找他！"说完推出自行车就要走。

陈良石着急地问："你到哪里去找他呀？"

小米没回头，骑上车子走了。

15

五月四日是青年节。

直属库团支部组织团员青年开了一次青年联欢会。县粮食局团委的书记、副书记，以及主任桑长孝为首的单位班子成员悉数参加。

作为团支部书记，陈金谷忙前忙后，脚不沾地。

单位三间会议室本来不大，前面又搭了简易舞台，三十多人参加，显得非常拥挤，然而这并不影响年轻人高涨的热情。

头一个节目是保管组的小邵独唱《冬天里的一把火》。这年中央电视台春节文艺晚会上，台湾歌手费翔凭借这首歌曲一夜爆红，成为"全民男神"，不知道迷倒多少男男女女。小邵高高的个子，穿了一件红西服，头发梳得高高的，尤其高亢的声音和夸张的动作，真有点费翔的范儿，惹得大家惊叫不止。

接下来是营业员小孙表演的快板书《喜看农村新变化》："夕阳下，慢溜达，心里高兴看庄稼，包产到户真是好，薄地产出金疙瘩……"他的唱词幽默风趣，赢得了一阵阵掌声。

再接下来，是金谷的诗朗诵《我是一架拓荒的犁铧》：

空旷的荒野上，
寒风在呼啸，乌云遮盖着太阳。
蛇蝎盘踞，吞蚀着生命；
杂草疯长，禁锢着希望。
我来啦！
我是一架拓荒的犁铧，
用信仰的利刃，斩断杂草的索链；
用无惧的锋芒，刺破蛇蝎的胸膛……

这首诗是金谷自己写的，虽然整篇诗中有不少口号似的套话，但在他声情并茂的演绎下，依然让人心潮澎湃，热血沸腾。

他的诗朗诵后，又有人演唱了《粉红色的回忆》《三百六十五里路》等流行歌曲，还有三对男女青年跳了激情四射的迪斯科舞。

联欢会在合唱《年轻的朋友来相会》的歌声中结束。大家都站起来，手打节拍，在金谷的指挥下，放声高歌："再过二十年，我们重相会，伟大的祖国，该有多么美！……啊，亲爱的朋友们，创造这奇迹要靠谁？要靠我，要靠你，要靠我们八十年代的新一辈！"歌曲欢快的节奏，优美的旋律，向年轻人描绘了祖国未来"天也新地也新，春光更明媚"的美好蓝图。

联欢会取得了圆满成功。

金谷连续几天都沉浸在成功的喜悦中。他满怀激情地想：二十年后会是一个什么样子呢？

陈金谷担任团支部书记并非专职，单位为搞多种经营，新上了一条面条生产流水线，桑主任让他兼任面条车间主任。面条销路很好，供不应求，可新上的面条生产线时常出故障，真把他忙坏了，整天一身面，两手油，忙得连看书的时间都没有了，更别说写作了。

金谷的办公室和会计室紧挨着，会计科科长正是黄雪贞。黄雪贞听说他是陈满囤的儿子，自然格外关心，家里做了好吃的，就叫他到家吃饭。金谷没事的时候，也常去她家串门，有了体力活，主动帮着干。

这天晚上，黄雪贞炖了鸡，让唐超叫他去吃饭。黄雪贞有两个儿子，大儿子唐毅在县政协参加工作了，小儿子唐超十五岁了，在县实验中学读初三，又高又瘦，像根打枣竿子。

金谷买了一网兜水果去了黄雪贞家，一进门看到有一位姑娘正跟黄雪贞一起包饺子。

那姑娘低着头，浓密如云的头发遮住了脸，见他进来，抬起头，把头发往脑后一撩，露出一张白皙的瓜子脸来。只见她长眉凤眼，鼻峰高耸，额前打着很长的刘海。他觉得这姑娘很面熟，仔细一想，认出她是县医院的外科护士林中霞。他住院时，林中霞虽然不是他的主管护士，换班时也为他打过针，换过吊瓶。

黄雪贞正拿擀面杖压剂子，抬头招呼金谷坐下，指着姑娘介绍说："这是外甥女中霞，姓林，在县医院外科当护士。"转而又对那姑娘说，"他叫陈金谷，是直属库的团支书兼车间主任。"

林中霞打断黄雪贞的话头说："姨，我们认识！"

黄雪贞疑惑地说："你们认识？"

金谷连忙说："我住院时，就住在外科，她给我打过针。"

"噢。"黄雪贞点点头。

林中霞欢跃地说："人家是舍己救人的英雄，我们医院团委开会，还号召向他学习呢！"

"是吗？"黄雪贞一脸笑容，"是该学习。"

金谷不知道怎么谦虚，连说："没啥，没啥。"说着看林中霞一眼，见林中霞正对直地看着他，急忙把目光转向别处，岔开话题问黄雪贞："姨，还有多少面，我也来包吧？"

林中霞好奇地说："你也会包饺子？"

金谷说："这有啥难的？在家帮奶奶包过。"

黄雪贞连忙说："不用了，马上就要包完了，你去帮小超看看作文吧，他作文总是写不好。"接着对林中霞说，"金谷肚子里墨水多，在报纸刊物上发表过不少文章呢。"

林中霞夸张地说："哇，还是个大作家！"

金谷脸红了，马上说："不敢当，不敢当，文学青年。"说完到另一房间给唐超辅导作文去了。

吃饭的时候，黄雪贞炒了几盘菜，切了一盘香肠。唐超打开一个折叠餐桌，摆了四把椅子，四个人分坐四边。

林中霞问黄雪贞："姨父呢？唐毅还不下班？"

"你姨父出发了，唐毅今天中午加班，不回来。"黄雪贞说着，拿出一瓶白酒递给金谷，说，"你自己倒一杯，喝点吧。"接着又拿出一瓶橘子汁，倒了三杯，分别端给林中霞和儿子一杯，"我们仨喝橘子汁。"

金谷不便推辞，就倒了小半杯。

大家一边喝，一边吃菜。

有个美女坐在旁边，金谷感到有些拘束，眼光不知道往哪里放。

黄雪贞问金谷："你姐姐回来了吗？"

"没有。"

"把你爷爷和奶奶都急坏了吧？"

"可不是？急得俺爷爷牙都疼了，俺奶奶也病了好几天。"金谷说，"好在俺姐姐头两天来信了，说她找到方建了，两个人在广州当'倒爷'呢。"

黄雪贞点点头："知道在哪里就好了。年轻啊，这山看着那山高，你姐刚转了正，跟方建都是正式工，安安稳稳结婚过日子多好！"

金谷点点头说："是哩。"

吃了一段时间，黄雪贞站起来说："中霞，你跟金谷多吃菜，我去下饺子。"说着到伙屋去了。

过了一会儿，黄雪贞在伙屋招呼："小超，把空碗拿来，准备盛饺子。"唐超应了一声，抱一摞空碗出去了。

屋里只剩下林中霞和金谷两个人，林中霞俨然成了主人，不时地给金谷夹菜。金谷红着脸，推让着说："不用，我自己来。"

林中霞看他一眼，问："你住院时，那个胖胖的女的是你对象？"

金谷脸更红了，连忙说："不是，不是，是城关粮所的同事，人家早订婚了。"

林中霞点点头，又说："看她对你那热情周到劲，还以为是你对象呢。"

金谷连忙说："青娥姐是个好人，对谁都热情，再说我是因为救她才受伤的。"

林中霞又关切地问："你的腿好利索了吗？"

金谷站起来，走两步，说："完全好了，你们医院外科主任的医道真好。"

这时，唐超端着水饺进了屋，金谷急忙收拾碗筷腾地方。

林中霞站起来去伙屋端水饺。

过了一会儿，黄雪贞和林中霞端着水饺进了客厅，林中霞再看金谷时，眼里多了一层水色，脸色也更艳了。

大家坐下来吃水饺，林中霞吃了很少，就说吃饱了，家里有要紧事，让金谷慢慢吃着，先走了。金谷起身要送，黄雪贞对他说："让她自己走吧，又不是外人。"

林中霞风姿绰约地向门口走去，似有看不见的光彩映射。

金谷目送着她，眼光迟迟收不回来。

黄雪贞笑笑，边吃边问他："金谷，找对象了吗？"

"没有呢。"

"该考虑了。"

"嗯。"

黄雪贞看看他，又说："你看中霞咋样？我给你们牵个线？"

金谷心尖儿一颤，一时无法回答，低下头，想了想才说："人家能愿意？"

黄雪贞一听这口气，就说："刚才我在伙屋里问过她了，她同意跟你谈。"

"是吗？"金谷心里咚咚直跳。

黄雪贞用长者的口吻说："你们谈谈看，合得来就继续谈，合不来就散。你是男的，开始要主动一点。"

"嗯，"金谷感激地说，"谢谢姨！"

回宿舍的路上，月色倾泻得满地斑驳，金谷的心也似波影颤晃，无法平静。

金谷和林中霞很快进入热恋之中。城里的街道上，经常见到他俩每人骑了一辆锃亮的自行车，比翼齐飞。黄河岸边的林间月下，经常见到他俩相依相偎的身影。电影院里，经常见到他俩一边嗑瓜子，一边看电影。有时林中霞值夜班或下夜班，金谷不管忙闲，必定半夜去送去接。

半夜接送，金谷倒不怵头，怵头的是陪林中霞去跳舞——跳迪斯科。金谷爱静不爱动，喜文不喜武，不愿到那种喧嚣的地方去，但没有办法，为了林中霞，不能不去，去了还要跟着跳。

林中霞是舞场上的高手，只要一进舞池，便像一只精灵，合着激烈狂乱的节拍，跳得奔放自如。起先，林中霞还教金谷些舞步，跳了一会儿，便忘形地独自舞动起来，飘曳着，飞旋着，甩动着，吸引着众多男性注视的目光。

金谷通常跳一会儿就坐在一边看着林中霞跳，当有男人上前跟她配舞，心里便灌满了醋意。而这种醋意，又通常会在两个人的亲吻中化作蜜汁。

甜蜜的日子不经熬，第二年的春天就到了。

春分过后，天上洒下一场雨，接着又刮了几天东南风，气候突然间变得暖和起来，充足的光照中，树叶的绿厚了一层，又厚了一层。

这天下午，陈金谷正和一位团干部站在高凳子上出黑板报，忽然听见有人喊他。回头一看，见一个女人站在不远处看着他。那人蓬松的头发，挡住了大半个脸，戴一副金边变色眼镜，脖子里飘着一条红色的纱巾，耳朵上挂着闪闪发光的钻石耳坠，米黄色的风衣裹着苗条的身体，下面露出一截牛仔喇叭裤，显得美丽又摩登。与其形象不太相衬的是，手里提着两个编织袋大包。

那人又喊一声："金谷！"

金谷仔细一看，惊喜地叫一声："姐姐！"接着从高凳子上跳下来，跑过去一看，果真是姐姐陈小米。

金谷替姐姐提了包，带她到宿舍，边走边说："姐姐，你咋才回来，可把爷爷奶奶想坏了！"

小米心被揪了一下，马上问："爷爷奶奶都好吗？"

"还好。"

"还在生我的气？"

"早不生气了，只是经常念叨你，盼你早点回来。"

小米眼一下子红了，连忙说："好，我先洗把脸，等会儿咱一块回家。"

来到宿舍，金谷兑了温水，让姐姐洗脸。

小米摘下眼镜，洗过了脸，对着镜子理理头发。

金谷站在旁边看着，姐姐看上去还是那么漂亮，但肤色变黑了，眼角竟出现了细密的鱼尾纹，眼神也少了一份清纯，多了一份世故。

小米从挎包里掏出化妆品往脸上搽一遍，接着用眉笔画眉，用水红色的唇膏涂唇。

金谷去桑主任办公室请了假，到面条车间安排一番，向同事借了一辆自行车，支在门外。

"姐姐，这两个包都带回去吗？"金谷问。

"带上左边那个。另一个是方建给他家的。"

"他咋没回来？"

"本来我们要一块回来的，都买好火车票了，又接到一笔生意，就没回来。"

"他还是那么吊儿郎当的？"

"在广州那地方，发财的机会很多，满地是钱，但你不拾不会到你的兜里去，吊儿郎当的懒汉是要饿死的。"

"时势造就人啊！"金谷感慨地说。

金谷把一个编织袋包摞到自行车上，跟姐姐一起回了闻韶镇。

尹巧凤一见到小米，就把她搂到怀里，眼里流下了泪水，不停地说："死妮子，你可回来了，想死奶奶啦！"

陈良石眼窝也潮湿了，连连说："回来就好，回来就好！"

小米动情地说："爷爷，奶奶，让你们操心了！"说着，眼泪扑搭扑搭地落下来。

尹巧凤突然想起了什么，推开小米问："孩子呢，咋没抱回来？"

小米痛苦地摇摇头，哽咽着说："打掉了，没生。"

"打掉了？你咋舍得？"尹巧凤的身子摇晃了一下。

"没有办法啊！"小米哇的一声哭起来。

在陈良石的劝慰下，小米停止了哭泣。她把带回的提包打开，把东西分给大家。她给爷爷带回的是铁观音茶叶和一台小型录音机及几盘戏曲磁带，给奶奶带回的是一盒精装糕点和一双软底皮鞋，给金谷带回的是一套咖啡色的西装和一条枣红色的领带。

小米让弟弟把西服穿上试试。一试，正合身。小米拿过领带，打个结，亲自给他戴到脖子上。

金谷立时精神焕发。

"真是风度翩翩！"小米替弟弟正正领带，退一步感叹说。

尹巧凤在一边看着，高兴地说："俗话说，人靠衣装佛靠金装，金谷穿上这身衣服还真像个新郎官！"

"是啊。"小米接着问，"金谷，有对象了吧？下次回来给你们带身情侣装来。"

金谷不好意思地说："黄姨刚给介绍一个。"

"在哪里上班？干什么的？"

"在县医院外科当护士，你见过，我住院时，她给我打过针，换过药。"

"给你打针换药的多了，我知道哪一个？"

"就是经常把辫子盘到头顶上的那个。"

小米想了想，脑子里有了印象，说："那姑娘长得很漂亮啊！"

金谷脸红了，笑着对姐姐说："再漂亮也没有姐姐漂亮。"

小米也笑了，说："好小子，学会恭维姐姐了。下次回来我去见见她。"

金谷说："这次见见就好啊。"

小米说："这次没有时间了，明天上午我要到方建家去，下午还要找方建的朋友办点事，后天一早我就回广州。"说着，把手腕上的一副玉镯子褪下来，递给金谷，"这次没给她买礼物，这交给她，算姐姐的一点心意。"

尹巧凤惊异地问："你在家里就住一晚？"

小米解释说："本来想回来多待几天，可广州那边的老板刚接了一单生意，交货时间很紧，厂子小，人手不多，我必须尽快赶回去。"

"咋这么急！"陈良石连忙掏出一百元钱，对金谷说，"金谷，隔头上才开了一家扒鸡店，你去买只扒鸡，看还有什么好吃的，多买些回来。"

"我装着钱呢。"金谷说着出门去了。

不一会儿，金谷买来了扒鸡、酱牛肉、炸鱼和炸虾，尹巧凤去伙屋炒了两个青菜，蒸了米饭，然后开始吃饭。

吃过饭，小米帮奶奶刷了锅洗了碗，然后一家四口坐下来，听小米讲述闯广东的经历。

去年夏天，方建帮刘兆锋打架侥幸逃脱后，当晚搭车去了省城，早晨坐火车去了广州。到了广州，由于身上没有钱，吃饭没有着落，只能靠在火车站打零工维持生活，饥一顿饱一顿的。他不敢直接给家里打电话，后来把电话打给了一个朋友，那朋友又转告给陈小米，让她多带些钱去广州。陈小米怕走漏了风声，公安局会把方建抓回来，秘密地把自己的全部积蓄提出来，辗转去了广州，找到了方建。

他们听人说卖衣服挺赚钱，租下一间小房子，倒卖服装，从火车站旁边的白马市场批了衣服，然后到马路边叫卖。由于没有经验，眼光保守，批进的衣服不但花色和样式不合销路，进价还比别人高出不少，只好赔本贱卖了。后来他们才明白，别人都是从附近一个服装市场进的仿冒货，可等他们明白过来时，本钱已经快赔光了，两个人的生活陷入了绝境。

陈小米的肚子越来越大，整天累得腰酸背痛。

贫贱夫妻百事哀，两个人开始吵架，相互指责对方无能。有一次因为吵架，两个人竟动了手，陈小米把方建推出门去，反锁了门。不料，方建不辞而别，就像石头沉进了大海，十多天都没有音信。

陈小米认为方建不管自己了，整天以泪洗面。为了吃饭，她到附近的厂子里找工作，但人家都嫌她是个孕妇，没有人收留她。怎么办呢？总不能等死啊，她狠了狠心，到一家诊所做了流产手术。手术后回到出租屋，要掏钥匙开门时，因为身体虚弱，一下跌倒在地上。多亏房东大婶看到了，把她扶到屋里，给她拿来营养品，伺候她。等她身体好转了，房东大婶让她到自己的刺绣厂上班。

又过了些日子，方建回来了，变得又黑又瘦，进了门，掏出一把票子，兴奋地说："我挣钱了！"

原来这近一个月的时间，他去了一个建筑工地，给人家卸水泥，累死累活地干了一个月，领到工钱后就跑了回来。

他看看小米的肚子，吃惊地问："孩子呢？我们的孩子呢？"

小米流着泪把打掉孩子的经过告诉了他。本来她预料方建会发火，埋怨自己，如果那样，就跟他彻底分手。可没想到，方建一下蹲到地上，两手使劲揪着自己的头发，愤恨地说："都是我无能啊，连老婆都养不起！"哭着，又拿拳头捶脑袋。

小米蹲下来一下子把他抱住了。

两个人重归于好。

后来，方建也到房东的厂子里做工，负责发货送货，两个人生活安顿下来。现在方建在厂里搞销售，按业绩拿提成，收入还挺高的。

"孩子，你可受苦了！"尹巧凤用手抹抹眼泪说。

"还是回来上班吧，挣钱不多，却牢稳，不会受那么多苦。"陈良石吸口烟，说。

小米摇摇头说："现在好了，有时一天的加班工资比这里一个月挣的都多，我们想趁着年轻在那里再干几年，多挣些钱，以后回来好好孝敬你们。"

尹巧凤心疼地说："在外面可别太辛苦了啊！"

金谷由衷地佩服姐姐的闯劲和韧劲，伸出大拇指说："姐姐，你真厉害！"

小米高兴地说："外面的世界可精彩呢！你去吗？我带你去。"

没等金谷回答，陈良石把抽在嘴上的烟拿开说："你们还能都走了？金谷不去。"接着问小米，"你和方建的婚礼什么时候办？"

小米说："我和方建商量好了，这次回去就成立自己的公司，自己干，正忙着呢，哪有空举行婚礼？现在挣钱要紧，不办了。"

尹巧凤诧异地说："哪有不办婚礼就成两口子的？嫁妆都给你准备好了，不然咋弄？"

小米不以为然地说："留给金谷娶媳妇用吧。"

金谷急忙说："哪能啊？那可是爷爷奶奶精心给你准备的！"

一家人有说不完的话，直到墙上的挂钟敲了凌晨三点的响铃，在陈良石的催促下，才分别睡下了。

当金谷把那副玉镯子戴到林中霞手腕上的时候，林中霞的脸笑成了花。

晚上，两人相约去工人文化宫跳迪斯科。一进门，林中霞松开金谷的胳膊，也没跟谁打招呼，像一颗子弹一样冲进舞池，跟着震耳欲聋的音乐跳起来。她穿着红色的低领衫，雪白的喇叭裤，头顶上扎成一束的长发甩前甩后，长臂和长腿大幅度地、让人眼花缭乱地伸展着，就像台风中摇摆的树枝，手腕上那两只玉镯子，在灯光下闪闪发光，整个舞场上发出一片欢呼。

也许是因为这副镯子，金谷破例没有对林中霞长舞不止而感到厌烦。

16

1988年4月，国家对粮食政策又进行了调整，除非农业人口定量供应外，其他粮油补贴全部取消，同时，要在国营城镇粮店推广承包经营责任制，自负盈亏。缘此精神，县粮食局决定，在直属库进行承包经营试点。

人们的思想都很保守，担心万一亏了，倾家荡产也赔不起，没人出头承包。这时候，方太广局长退休了，粮食局新来了一位年轻的周局长。新官上任三把火，在大会上明确宣布，原来的主任如果不承包，就地免职。桑长孝思前想后，把直属库承包下来。签订合同后，他又组织内部各班组进行分包。同样，大家也是怕赔了，都不应口。桑长孝运用各个击破的战术，先从最年轻的中层陈金谷下手，苦口婆心地做工作，并私下承诺包盈不包亏，如果赔了由单位承担。金谷犹豫再三，最后在方建和姐姐勇闯广州的行为中受到启发，下定决心，试一试，闯一闯。

自己拿定主意后，金谷把林中霞约出来，将自己的打算跟她说了。说完后，直盯着林中霞，心里盘算着如果她不同意怎样来说服她。不料想，林中霞竟说了一句让他很吃惊的话："你把整个直属库包下来算了！"

金谷以为林中霞在讽刺自己，但看到她认真的样子，知道是真心的，就笑笑说："我承包了，那桑经理干啥去？"

林中霞笑笑说："你放手试试吧，反正你除了那辆自行车也没啥可赔。"

金谷又回家征求爷爷的意见。陈良石琢磨一番，说："年轻人应该闯一闯，再说这国营企业怎么改也是粮食局的，粮食这么重要的部门，政府还能放手不管？包吧，我支持你！"

听了爷爷的话，金谷觉得有一股特别的劲头一下子涌了上来。

陈金谷第一个跟桑长孝签订了承包合同，承包了面条车间，开始了独自创业。

他重新制定和完善了岗位责任制度，按照产品质量和数量进行奖惩，并在各乡镇设立了面条兑换点，薄利多销，很快就打开了市场，职工工资跟着翻番，引起了全公司人的羡慕和嫉妒。

还有一件事也让人羡慕和嫉妒，金谷通过成人高考考上了郑州粮食学院企业管理专业函授班。

当时，社会上兴起了一股学历热，不管提拔还是转干，都是要看学历。本来，金谷有机会报考上海一所全日制大学的，但他顾虑刚刚创业起来的面条厂，就选择了郑州粮食学院函授班，想学习工作两不误。然而，人的精力是有限的，有得就有失，他把业余时间都用在了函授学习上，加上跟中霞的恋爱也要耗费心力和时间，这样一来，他明显地瘦了，以前的文学梦也只好暂时放下了。

又到了麦收季节。

随着农业机械化的普及，很多农户都买了拖拉机、收割机，收麦子变得轻省了。陈良石家地少，有德福和牢靠等街坊邻居帮忙，很快就收完了。

陈良石并没有闲下来，开始到地里拾麦子。

由于人们已经温饱无虞，加之小麦市场粮价低，人们对种出的粮食不再珍惜，地里路边丢得到处都是。陈良石看了，非常心疼，反复提醒别人，可大家都不当回事。于是决定自己去拾，由于腿脚不便，就让尹巧凤推了车子两人一起去。

傍晚，牢靠牵了牛到水塘边饮牛，看到陈良石老两口推了车子从坡里回来，不解地说："你们家都是吃国家饭的，儿子在粮库当大主任，还缺这点粮食？这么大热的天，万一中了暑值得吗？"

陈良石认真地说："粒粒皆辛苦呢，浪费了多可惜，要是放在那些年，会救活多少人！那年要是有这些麦子，你家翠花也不至于……"

话一出口，陈良石马上后悔了，后悔不该当着牢靠的面提这伤心事，于是立马转移话题说："我去西坡看过了，你家的豆子出苗不错！"

"哦。"牢靠应着，情绪低落地牵牛走了。

十几天的工夫，陈良石和尹巧凤拾了一大堆，打压后竟有300多斤。

后来，他经过反复琢磨，写了一篇《必须重视粮食产后处理，减少浪费损失》的文章，寄给了《粮食研究》编辑部，很快就发表了。

接下来，他研究粮食经济的劲头更足了，平时不是在家看书研究政策，就是外出搞调查。随着研究逐步深入，涉猎的范围渐渐扩大到农业领域，甚至整个国民经济领域，竟然成了远近闻名的"农业政策通"，很多人遇到政策困惑，都来请教他。

然而，不久，他的一篇文章却给当地政府惹来了麻烦。文章的题目是《应杜绝搭车收费，切实减轻农民负担》。

写这篇文章的起由是一起打人案件。大张村村民张二起因为

"公粮"交得晚了，被乡镇工作队打得住了院，觉得很冤，出院后来找陈良石咨询。张二起一直在镇上开门市卖服装，因为精力有限，家里的责任田就转让给邻居来种，每年每亩地收150斤小麦。可随着"公粮"数量的逐年增加，邻居觉得越来越不划算，就不种了，张二起想把地退回队里，队里不收，地就撂荒了。今年缴公粮，队里仍然为他分配了交售任务，张二起认为自己没种队里的地，就拖着不交，最后被清尾欠的工作队员打了。

陈良石听了，义愤填膺，马上表态要代为据理力争。

通过仔细调查，陈良石发现镇上所收的"公粮"，绝大部分是强行代扣代缴的"三提五统"。所谓"三提"，是指农户上交给村里的三种提留费用，包括公积金、公益金和行管费。"五统"是指农民上交给乡镇一级政府的五项统筹，包括教育费附加、计划生育费、民兵训练费、乡村道路建设费和优抚费。而这些收费并没有严格的标准，数量每年增加，有的折合粮食竟占到粮食收成的一半以上，农民负担沉重，叫苦不迭。

"公粮"款关系到乡镇的财政收入，由粮所直接结算给乡镇政府，因此乡镇政府对粮食催缴相当重视，每到夏粮入库时，便派出包括公安、工商、税务等执法部门的所有干部职工和村干部，分成若干小组，分片包村催缴。为充分调动工作组催缴的积极性，乡镇政府还制定了各种奖励政策，按完成数量和进度提成。有的工作组为了早完成任务，多得提成，不惜采用暴力手段进行威逼，被打的不止张二起一人。

弄清了事情原委，陈良石去找镇长为张二起讨公道，镇长客气地接待了他，但并不认错，说："您是老粮所所长了，种地就要缴公粮，是天公地道的事啊。不好意思揭您的老底儿，你当年不是为了征公粮，大义灭亲绑了您二叔？"

陈良石一听，脸红了，分辩道："这跟那不一样，我们那时征收的是公粮,现在你们这是顶着公粮的名搭车收费！老百姓都编出歌来了：提留提留,让人发愁,不是牵羊就是牵牛,还要打人和拘留。这是我们政府对老百姓该有的行为吗？"

镇长露出一副可怜的样子说："我们也知道农民不容易,也不想收这么多,可没有办法呀,这些粮款一部分要上交县里,剩余的应付镇政府的吃喝拉撒,镇政府有'七站八所',还有那么多公办、民办教师,这些人要不要发工资啊？如果都像张二起一样拒不缴粮,镇政府就要关门了。"

陈良石据理力争,说："方方面面都有难处,可不能全转嫁到农民身上啊。要这样,谁还来种地？"

镇长心想,你坐着不知道腰疼呢,于是反问："像我们这样的农业地区,一无企业,二无副业,不往农民头上加,往哪里加？"

陈良石难以回答这个问题,想了想说："你们这样搭车收费符合国家政策吗？"

镇长很机灵,不想让他抓住把柄,油滑地说："我们这不叫搭车收费,如果粮食款付给农户,镇上再派人去收上来,跟直接付给镇政府有啥区别？只是浪费人力物力嘛,执行上级政策也要跟地方具体实际相结合才是。"

陈良石见镇长油盐不进,气呼呼地说："中央的好经全让你们这些歪嘴和尚给念歪了！"接着问,"那张二起被打的事咋处理？"

镇长仍用平静的口吻说："工作队的人也是为了工作嘛,当然,打人是不对的,我一定好好批评他。"

没有为张二起争得任何说法,陈良石又气又急,回到家便奋笔疾书,给县委书记写了一封信,并根据调查资料写了那篇文章寄给了《粮食研究》。

不久,县委书记在信上作了批示,责令打张二起的人赔礼道歉,负担住院费,并补偿误工损失。张二起被打的事才有了一个处理结果。

让他没想到的是，文章《应杜绝搭车收费，切实减轻农民负担》发表后，竟引起了省市领导的关注，派出联合工作组到清阳县进行调查处理，最后给县政府通报批评，责令把加码多收的粮款退还给交粮的农民。

这下，乡镇财政状况紧张起来，干部职工的工资都发生了拖欠，很多人迁怒于陈良石，背后里骂他好出风头，吃了胡萝卜闲操心，饱汉子不知饿汉子饥。

陈良石听到了，大声地质问道："你们这些人可知道农民的饥？"

陈良石没想到，自己的一篇文章给农民朋友争取到了这么多利益，乡亲们见到他就跟见到亲人一样，这让他无比自豪。接下来的日子，他经常拿个小本本像神仙一样四处云游，到田间地头，到农户家里，到集贸市场，到各个粮所，到粮食加工厂，跟人们拉呱，为农户算账，听群众牢骚，记百姓所盼，当然也经常去找过去的一些同事、熟人喝壶酒，拉拉家长里短，自在逍遥。

经过几个月的实地调查，他掌握了大量第一手资料，然后蹲在家开始写文章，又写了半个多月，一篇文章成型了，题目是《对粮食主产村的产销调查及启示》。文章从几个村的人口及结构、耕地面积、粮食种植成本、家庭收入、销售渠道、农户存粮等多个方面，分析了国家实行合同定购政策以来，农民种粮成本提高、农户增收困难、民间粮食存量减少等问题，并提出了提高粮价、增加补贴、推进科技创新、强化科技支撑、完善储备体系、筑牢国家粮食安全"防火墙"等建议，几经修改，投给了《粮食研究》。

不几天，《粮食研究》编辑部打来电话，让他去一趟。他坐公共汽车去了，由满仓接站，很顺利地到了《粮食研究》编辑部。

编辑部黄主任亲自接见了他。黄主任五十多岁了，中等身材，胖胖的，短发稀白，操一口地道的胶东话。他自我介绍说，自己出生在胶东一个偏僻的乡村，是村里有史以来的第一个大学生，离家上学的那天早上，全村人都来为他送行，这一幕让他感动并刻骨铭心，从此，不管到哪里工作，都坚持不改乡音。

黄主任没有想到陈良石竟是一名荣军英雄和五十年代的粮食系统全国先进工作者，不禁对他肃然起敬。

两个人相见恨晚，很快就热烈地讨论起来，从粮食统购统销谈到合同定购，从中央政策谈到地方实际，从农业生产谈到老百姓生活，从国家储备谈到民间存粮，说不完的话题，两个人都异常兴奋。

谈到陈良石新写的文章，黄主任说文章写得好，接地气，观点新颖，建议可行，只是所选村子有点少，调查覆盖范围有点小，代表性不足，建议他再到滨州、聊城、济宁等地区去搞些调研，并为他提供了几个联系人。

从省城回来，陈良石稍做准备就去了滨州。在滨州走访了两个县，又去了济宁和聊城。有黄主任的联系和介绍，所到县市都给予了周到的接待，调研工作非常顺利。

回到家里，他对大量的调查资料进行了认真梳理，完善和丰富了文章的数据结论，再寄给《粮食研究》，很快就被刊用了，同时还被选入了供省政府领导参阅的信息资料汇编。

凭此，陈良石获得了《粮食研究》年度论文一等奖，同时被授予优秀通讯员称号。

17

转眼间，一年的日历翻完了，新的一年开始了。

根据年终决算和承包合同，陈金谷一人分得了一万八千多元，足足超过原来工资的十倍。钱领到手，他为林中霞买了一堆衣服，为方便联系业务，自己买了一辆雅玛哈摩托车。

不久，他又被县粮食局推荐为县劳动模范，周局长在年终总结大会上进行了重点表扬。

三喜临门，陈金谷和林中霞腊月初六结婚了。

当时没有商品房一说，都是单位分房子，住大杂院，一个水龙头好几家合用。金谷是中层干部，桑经理为他调换了一排宿舍的最西头一间，面积要比其他人大三四个平方。房子西面有一块空地，正好不远处有三间小仓库坍塌了，金谷找几个同学和朋友帮忙，拆来砖头和木料，往西接了一间，还盖了一间小厨房，磕了半截院墙，弄成了一个独立的小院。结婚之前，里里外外重新粉刷一遍，贴了窗花和对联，整个院子充满了喜庆气氛。

金谷的婚礼是在闻韶镇老家举行的，陈满仓和朱白丹带着孩子回来了，小米和方建也从广州回来了，一家人和和美美地聚在一起，迎客敬宾，好不欢乐。介绍人黄雪贞自然也来了，还喝了不少酒，双颊红红的，像两面桃花开。

方建这次回来，带回了一部像半头砖一样的"大哥大"。一有电话打进来，他总是满脸灿烂，声音高八度，霸气、滑气、酸气十足，总想让其他人听出点味道来，以显示其忙其威其交际层面之高之广。由于信号不好，每接一次电话，他都要来回走动，甚至要爬到邻居家的半截墙头上去。

方建送给金谷一个BP机，金谷挂在腰里，方建用大哥大试试，啾啾啾地叫，像腰间住着一窝快乐的小鸟。

金谷非常喜欢。

春节前，直属库又开始了第二轮承包。

金谷尝到了甜头，除了继续承包面条车间外，另包了一幢粮仓和两间门市。他借鉴外地经验，利用这幢仓库搞起了"粮食银行"。所谓粮食银行，就是代农储粮。农民家里的粮食吃不了，像存钱一样，将余粮存入"粮食银行"，粮权不变，什么时候用粮了，随时提取，还可按当时市场价格卖给"粮食银行"。"粮食银行"利用这些粮食库存进行购销周转，节省银行贷款利息。他利用那两间门市卖面条，也进行兑换，还卖食用油。

这天上午，陈金谷正在办公室通过电话跟别人谈生意，突然听到敲门声，抬头一看，是常青娥，急忙站起来，说："青娥姐来了，快坐！"

青娥明显地瘦了，脸上的皮肤松弛了，眼袋格外肿大，眼睑下似乎吊着两个装了半袋水的皮囊，一眨眼就颤个不停。

金谷看她一眼，开玩笑地说："咋，减肥了，变得苗条了。"

"是吗？"青娥扯扯自己的衣服说，"愁得呗。"

"你还有愁事？"金谷沏好一杯茶递给她，"发愁可不是你的性格。"

"你笑话我没心没肺吧，连饭都快吃不上了，还能不愁？"青娥苦笑着说。

"有啥困难跟我说，我来帮你。"金谷的话语里全是真诚。

"真有事求你呢。程刚的单位百货公司年前改制，他下岗了，去学了货车驾照，可自己买不起车，你能帮他找份活干吗？……我知道你们以前打过架，你别计较……"青娥说着，难为情地低下了头。

"那是哪辈子的事了，我早忘了。"没等青娥说完，金谷抢着说，"正好，我们新买了一辆北京130，正缺司机呢，明天让他来上班吧。"

"太好了。"青娥喜出望外，连声道谢。

增加了代农储粮业务，金谷更忙了，经常到外地出发，不但没时间陪林中霞去舞场跳舞，就连她上下夜班都无法接送了。

这时，林中霞怀孕了，工作一天，累得腰酸腿疼，无人伺候，常怨声连连。

还有一件事也令她不开心。随着市场经济体制改革不断深入，医疗行业出现了激烈竞争，县医院由于人员多，包袱重，效益持续下滑，医务人员工资开始发生拖欠，很多有门路的人开始调离了。

这天晚上，陈金谷披星戴月从外地联系业务回来，一进家门，见林中霞倚着被垛坐在床上，黄雪贞正坐在床边安慰她。

他急忙上前问："中霞，你咋了？病了吗？"

林中霞一看见他，立时珠泪涟涟，一撇嘴哭起来。

他关切地问："到底咋了？"

黄雪贞替她说："跌个跟头摔了一跤。"

原来，昨天夜里下班时，林中霞骑自行车回家，半路上窜出一条狗，吓她一跳，车把一扭，摔在地上。多亏一同下班的一个姐妹，把她送回家。早上，她觉得腰有些疼，让人把黄雪贞叫来，陪她去医院做了检查，好在没啥大事。黄雪贞怕她一个人孤独，就留下来陪她。

金谷悬着的心往下落了落，说："以后可要注意哩，怀着孩子呢。"

不想林中霞火了，她说："注意，咋注意，你整天只顾你那粮食和面条，根本不把我放在心上！"

金谷本想说："咱既然承包了，总不能撒手不管啊！"但话到嘴边又咽了回去，赔着笑说，"怨我，都怨我。"

黄雪贞想了想："金谷，粮食局周局长不是对你很好吗？你去找找他，把中霞调到咱直属库来吧，那样她就不用来回跑了。"

金谷看着她问："能行？"

黄雪贞说："你试试嘛。"

金谷实在担心妻子，于是买了烟酒，先去找桑经理，又去求周局长，然后去找劳动局，几经折腾，总算把林中霞调到了直属库。

桑经理把她安排在行政办公室，打扫卫生，发发报纸，工作很是轻松。

正月底的一天早上，林中霞在县医院顺利产下一个男孩，七斤三两。

当护士把母子平安的喜讯报给等在产房外的陈金谷的时候，金谷高兴极了，嘴一下子合不拢了，忍不住地笑，两眼光芒四射。

金谷让程刚开车把陈良石和尹巧凤接了来。看到胖乎乎的重孙，陈良石难掩兴奋心情，连说："好啊，我们家四世同堂啦！"

这是一个特殊的大家庭，更是一个特别的四世同堂。一家人大多数没有血缘关系，却能神奇地凑在一起，这就是命中注定的缘分吧！陈良石想。

为了伺候妻子和儿子，金谷把车间和仓库的经营交给了两个副手。为方便联系，他在家里安了一部程控电话，为两个副手配备了BP机。

这一天，阳光明媚，金谷把添儿子的喜宴安排在闻韶镇老家里。

亲朋好友陆续前来，金谷乐呵呵地在门口迎宾。

突然，一辆摩托"突突突"开过来，到了他面前一下停住了，从摩托车上下来两个人，等他们摘下了头盔，金谷才认出是姐姐小米和姐夫方建，这让他备感意外。孩子出生后，他给姐姐打过电话，报过喜讯，并未请她回来喝喜酒，毕竟那么远，回来一趟不但浪费时间还要花费不少的盘缠。

金谷兴奋地说："你们什么时候回来的？"

方建说："昨天晚上回来的，听说你今天请客，来喝杯喜酒。"

金谷笑容可掬地说："欢迎啊，快家里坐！"

小米问："中霞和孩子呢？"

金谷说："在咱奶奶屋里，你去看看吧。"

"好。"小米说着，快步走进家门。

不一会儿，乔江龙两口子也来了，金谷迎接着他们，高声朝院子里喊："爷爷，姥爷和姥娘来了！"

陈良石和尹巧凤出门来，把乔江龙夫妇接到家里。

过了一会儿，又来了两个让金谷备感意外的人——方局长和方建妈。金谷急忙迎上去，把他们接回家里。

中午十二点，客人来齐，一阵欢快的鞭炮声响过，喜宴正式开始。

席间，方局长羡慕地对陈良石说："你好哩，重孙都有了，我却连孙子都没有。"

由于喝了不少酒，陈良石脸膛紫红，方局长的这句话一下勾起了他的心病，不高兴地看他一眼，说："怪谁呢？还不怪你儿子？"

方局长本来是恭维的意思，没想到他来了这么一句，想回一句，但忍住说："是，是，是怪他。现在小建和小米都回来了，我们大家一起做做他们的工作，让他们早点结婚吧。"

"好，好！"乔江龙夫妇都点头称是。

客人们酒足饭饱，都散去了。邻居们帮着收拾了杯盘碗勺和桌椅板凳，拆了棚和临时灶台，也都走了，一家人回到屋里休息。

金谷问小米："姐，什么时候回广州？"

小米突然沉下了脸说："还不知道。"

林中霞疑惑地问："你们的公司谁帮你们照看呀？不耽误了赚钱？"

没想到这句话让小米眼窝一红，扑簌簌落下泪来。

大家不知就里，都把眼光投向了方建。

方建低下头，泄气地说："我们的公司垮了，广州回不去了。"

金谷不相信地说："上次你们回来时不是还很好吗，咋说垮就垮了？"

方建咬着牙说:"让人给骗了!"

其实,方建和陈小米并不是为喝喜酒回来的,而是回来躲债的。前不久,他们在经营上跌了个大跟头。成立公司后,他们开始经营服装,主要是牛仔服,经营虽然也出现过波折,总体上还算顺风顺水,效益可观。春节前,正当他们组织货源,准备利用春节大干一场之际,有人向他们推荐了一批牛仔服,说是高档进口产品,他们看过几件样品就同意进货,自己的资金不够,还向朋友借了一些。可等他们把衣服进到店里一看,竟是一箱箱洋垃圾,衣服又脏又破,有的甚至还带着血迹。有知情人告诉他们,这些服装有很多来自国外停尸房或废品站,有的是从尸体上扒下来的。听到这些,小米吓得毛骨悚然,不敢在店里住了。方建知道上了当,找那人退货,可连个人影都找不到了。没办法,他想赔钱转手,最大限度地减少损失,然而还没等找到下家,工商局的人就来了,以经营假冒伪劣商品为由,将货物全部没收进行了销毁,并对他们处以5万元罚款。这5万元可是个大数字,他们告借无门,只好悄悄收拾一下零星用品,趁着夜色,坐火车狼狈地逃回清阳。

陈良石听了,教训道:"做投机取巧的事早晚要吃亏!"

方建听了,在心里说了句:"老脑筋!"可胜者为王败者寇,现在被逼得回家躲债,连大哥大和BP机都不敢开,说什么都没有资本啊!

金谷关心地问:"那你们打算咋办?"

小米红着眼说:"还能咋办?等躲过这阵儿再说吧。"

金谷想了想说:"干等着也不是办法,要不你们到我的面条车间干吧。"

方建一翻眼说:"给你扛活?"把一个"你"字拖得很长。

金谷耳朵像被扎了一下,说:"什么扛活呀,我就这么一说,你们愿意就去,不愿意就当我没说。"

方建和小米都不吱声了。

方建到底没有去金谷那儿，而是重新回了城关粮所。他能回城关粮所，多亏前几年办理了停薪留职手续。本来小米也办理了停薪留职手续，无奈现在民天楼被人承包了，承包人还要裁减人员，更不会让小米回去上班了。

别无事干，小米去了金谷的公司，金谷安排她在仓库里负责管理代农储粮，收发粮食。

方建和小米蛰伏起来，变得很低调，这反倒让方局长老两口感到高兴，开始操心为他们补办婚礼。

这年国庆节，陈小米和方建举行了婚礼。

18

转眼到了1992年底。

12月1日，国家又出台了一项重大粮改举措，取消非农业人口定量供应，取消粮票。粮票，1953年登台，整整使用了四十年，其涉及面之广，影响之大，流通时间之长，为世界粮食史上空前绝后。现在这一给无数中国人留下深刻记忆的"天下第一票"，将永久性地进入收藏市场——这意味着长达四十年的粮食统购统销制度彻底结束，粮食市场全面放开。

这项政策的实施无疑是社会的一大进步。随着经济发展，大多数人的腰包开始像金鱼眼睛一样鼓起来，购买粮食的支出占家庭收入的比重越来越低，非农业人口虽然对失去这点福利感到惋惜，但已不影响他们的正常生活，反而今后想吃多少就吃多少、想咋吃就咋吃，一个月多花几元钱，无所谓了。

清阳县粮食局的门口，又加挂了一块木牌子，上面印着"清阳县粮油集团总公司"，美其名曰"一套人马，两块牌子"。各乡镇粮所也相应改制，变成了总公司的分公司。

然而，正是这次改革对基层粮食部门形成了致命一击。取消了统购统销等国家政策性业务，表明粮食部门在国民经济中的地位和作用越来越低，存在的价值越来越小，并且成了国家的一个累赘，国家开始给这个累赘动手术了。

根据粮改政策，粮食企业实行了主附营分开。凡不承揽粮食收购任务的乡镇粮所，一律划归为附营企业；承担粮食收购任务的粮所把非粮食收储的业务剥离出来，划归附营。附营业务实行自负盈亏，国家不再给予任何补贴，银行贷款也逐步收紧。直属库本来只管供应，不承担粮食收储任务，被列入了附营企业。

三月的一天，天空中悬浮着浓浓的狂风吹过之后的浮尘，太阳闷闷不乐地躲在一片乌沉沉的云彩后面，散发着没有力道的光线。

清阳县粮食局供应直属库要换新牌子了。

新牌子预先做好了，竖在会议室的主席台旁，上面还系了鲜红的绸子。

几年来，随着人员的快速涌入，职工已达一百七十多人，大家挤在会议室里，呜呜哑哑地说着话，逗着趣。

不一会儿，桑长孝陪着周局长等几位领导走了进来，分别在主席台上就座。

桑长孝按开麦克风，"呜呜"地吹几下，把大家的注意力吸引过来，等到像蜜蜂叫似的嘈杂声安静下来，才宣布会议开始，首先请周局长讲话。

周局长正襟危坐，把头发往上撩了撩，扶了扶鼻梁上的眼镜，一板一眼地说："这次粮食改革是按照建立社会主义市场经济体制的总目标实施的，在国家宏观调控下放开价格，放开经营，可以增强我们粮食企业的活力。企业和人一样，有了活力是不是就有劲了？变得年轻了？越有希望了？"说着，指了指旁边竖着的牌子说，"今天我们举行清阳县粮油供应公司揭牌仪式，企业不但要换牌子，更要换头脑，不能老躺在计划经济的床上睡大觉了！通过这次改革，我们的路子更宽了，天地更阔了，什么赚钱就可以经营什么，不必再局限于粮油，大家可以大刀阔斧地干一场了！"接着动员大家支持改革，自动分流，自谋职业，到市场经济的大风大浪中去闯出一片新天地。

有人听了，站起来问："到大风大浪中去，要是淹着了咋办？"

会场里"轰"地爆发出一阵笑声。

周局长没想到会有人提这样的问题，一时语塞。不过他板着脸，既不露一丝笑容，又不显得慌乱，努力给人一种严肃、坚定的印象，想了想接着说："邓小平他老人家不是有句名言吗？叫摸着石头过河，我们可以先在浅处练练嘛，等水性好了再到深处游嘛。"

大家又笑起来。

会后，桑长孝让陈金谷等几个人把大门口那块"清阳县粮食局供应直属库"的牌子摘了下来，周局长和桑长孝把新的"清阳县粮油供应公司"的牌子挂了上去。

新牌子白底黑字，很是醒目，却跟破旧的大门有些不协调，就像一个老态龙钟的老头戴了一顶婴儿帽子。

有位五十多岁的老职工，抱着换下来的旧牌子不肯放下。这里面凝结着他们多少汗水与荣光！他担心地说："这直属库牌子挂多少年了！这次换名堂了，也许国家真要给咱们断奶了。"

身旁一位年龄相仿的人说："咱可是硬打硬的老国营，国家能说不管就不管了？这奶能说断就断了？不能，肯定不能。"

有人插话说："连蹲监狱的人，国家还免费给些吃的呢，咱们为国家扛了这么多年的活，没有功劳也有苦劳，还能不施舍碗饭吃？"

又有人随声附和："就是，政府绝不会不管的，咱们想那么多没用，那是政府和单位领导该操心的事！"

他们在粮食部门待久了，从一参加工作接受的教育，就是"粮食是关系国计民生的战略物资""粮价是百价之基""粮食部门是粮食生产与消费的桥梁"等理念，他们想，既然是战略物资（战略啊！），国家怎么会放弃？ 既然是"百价之基"，怎么会丢掉这个杠杆和抓手？ 既然是"桥梁"，那拆了咋过河？

桑长孝听到了，摇摇头。 他想，这正是固执的粮食职工的悲哀之处啊！ 大家远没有看到生活真正狰狞的一面。

他真想把心里的担心说出来，点醒大家，又怕跟县粮食局的部署唱了反调，给自己下一步工作带来不必要的麻烦，于是附和着说："上边的文件每一次都说深化粮食改革，但改革并没有把我们单位改没了啊，不过是变变形式继续经营嘛。 从新中国成立以来，粮食部门对国家建设做出了多大贡献？ 现在粮食富余了，还能说甩就甩了？"

金谷一直在听大家议论，听了桑经理的话，心里的担心稍微减轻了些，但仍觉得事情不会这么简单，国家连执行了几十年的粮食定量供应都去掉了，还能再白养这么多人？

他回闻韶镇的时候，把顾虑跟爷爷说了，陈良石点点头。

其实，陈良石一直在密切关注着这次粮食改革。 他对这次粮食改革是早有预感的，只是没想到来得这么快。 以前多么重要、多么吃香的部门啊，国家一声令下，说改就改了。 经营粮食没有了平议价之分，意味着计划经济下的特权没有了，企业难以再通过粮油"议转平"或"平转议"赚取国家的差价补贴了。 取消了政策性业务，国家肯定不会再白养那么多职工，很多人下岗是必然的。 他目睹了供销、商业、物资系统的改革结果，企业都破产关门了，粮食部门不会独善其身。 只不过国家对粮食政策的调整是谨慎的，一点一点推进，一步一步深化。 而正是这渐近式的改革，犹如温水煮青蛙，让粮食职工逐渐丧失了思想的敏锐性和逃生的欲望。

看到这些，陈良石心里非常痛苦，自己为之奋斗了几十年的行业就要垮掉了，同时，自己一大家人都在粮食部门，一荣俱荣，一损俱损，生活将很快走下坡路。

他无奈地对金谷说："世上有太多的事并不在自己掌握之中，只能去适应，顺势而为吧。"

延续了几十年的国营粮食企业，一夜之间崩塌了，有敏感意识且有门路的人，看到粮食部门日薄西山，这块骨头上已没有多少肉可啃，开始调走了，像喜鹊一样跳到更高的树枝上去了。有些有商业头脑、有能力做生意的，开始尝试着去做买卖。

陈金谷也有调走的机会。这一年县里成立了一家报社，招聘编辑记者，他以前在报刊上发表过不少文章，如果报名会优先录用。但当时他承包的面条车间经营还不错，更重要的是他意识到自己领着二十来人混饭吃，如果自己走了，面条车间也许就垮了。

他选择了坚持。

套用俄罗斯一部电影的名字——《莫斯科不相信眼泪》，粮改也不相信眼泪。在粮食人的等待观望中，街店上开始涌现出众多的粮店、粮油经营部，一些百货门市也开始兼营粮油，他们经营灵活，待人热情，服务周到，一下把粮油供应公司的生意争没了。赚不到钱，职工的工资发不出，只好拖欠着，都三四个月了，有些挺不住的人只好另谋生路。

市场竞争激烈，金谷的面条开始出现了滞销，不得不减少产量。职工们上班时间少了，挣的工资自然也少了，一时人心惶惶。

城关粮食分公司虽属于政策性粮食收储企业，但日子也不好过，按照改革要求，将粮食部门政策性业务和商业性经营分开了，两条线运行，财务分开，核算分开，不允许二者混淆、互相挤占。为强化收购资金监管，国家专门成立了农业发展银行，实行"库贷挂钩"，收一斤粮给一斤粮的贷款，卖一斤粮要还一斤粮的贷款和利息。粮食款不能随便花了，工资开始发不出，分公司不得不搞减员增效。

方建是第一批下岗的，成了无业游民。

有道是无事生非，他开始找原来的一帮小兄弟打牌，抽烟，酗酒，看黄色录像，常常夜不归宿，陈小米的打闹和方局长的训斥都无济于事。

如果这样下去，方建将不可救药。

小米跟金谷提出让方建来面条厂上班。虽然已人浮于事，金谷还是同意了。

小米又进一步提出来，让金谷当面去请方建，因为他倒驴不倒架，不当面去请，他不会来。

为了姐姐，金谷又答应了。

这天晚上，金谷把方建约到一个饭店，点了菜和酒，边喝边聊。金谷说："姐夫，这段时间面条的销售不太好，你是走过南闯过北的人，头脑灵活，来帮我打打销路吧。"

金谷的恭维让方建很受用，他心里高兴，嘴上却说："你姐已在那里帮你了，怎么，让我们两口子都去帮你？"

金谷知道他死要面子，迎合着说："谁让咱是知己亲戚？一拃不如四指近，有了事不找你们找谁？"

方建往嘴里灌口酒，仿佛下了很大决心似的，答应说："好，我就帮帮你，不过时间不能太长，我还想去干大事情。"

金谷掩饰着内心的鄙视，笑笑说："好，你要找到事干了，随便你什么时候走。"

就这样，方建到了面条厂，金谷让他负责往各点上送面条，名义上叫他销售经理。

这天，面条流水线上出现了故障，金谷和方建去省城买零件，顺便去了华瑞粮库找叔叔陈满仓。满仓已于半年前升任粮库主任，金谷想去问问叔叔粮库的伙房里要不要面条。

满仓很想帮帮侄子，痛快地说："没问题，不但伙房里吃你的面条，再给每个职工每月发20斤福利。"接着，又给另外一个粮库的主任打电话，让他也帮着销些面条。

金谷大喜过望，不知说什么好。

中午，满仓让伙房的师傅做了几个菜，招待了金谷和方建，两个人吃饱喝足，乐颠颠地回来了。

面条有了销路，金谷让车间加大了产量。

方建负责跟程刚一起送面条，干得还算尽心。让方家人高兴的是，他不再跟社会上那些混子在一起胡作非为了。

方建的事摆平了，另一件事又浮上来，让方局长两口子很是焦心。小米自从几年前闯广州流掉了孩子，患上了习惯性流产，省城的大医院看过，专治不孕不育的专科也看过，可无济于事。

下岗职工开始上访。

以前，哪个单位眼看就要不行了，哪里有人下岗了，哪个单位的下岗职工上访了，这样的消息，对粮食部门的人来说，常是一种饭后的谈资。下岗如同家里遭窃、遭火灾一样，虽然有可能，但是件很遥远的事。有些其他单位下岗的人员还投门子钻窗户地往粮食部门调呢，咋能说完就完了？可是，真的没想到，过渡期三年一过，国家就彻底断奶了，下岗一下子就轮到了自己头上，像一排大浪打来，一下子就被淹没了。他们心里都窝着火，愤愤地骂道："老子辛辛苦苦为国家粮食打拼了这么多年，到头来却落了个'舅舅不疼，姥姥不爱'，太不公了！"

县委书记和封县长先后做出批示，责令县粮食局高度重视下岗人员问题，千方百计维护社会安定。

周局长马上召开了党委会，可商量来商量去，巧妇难为无米之炊，最后也没弄出个所以然。周局长最后决定召开各单位经理会议，把压力传导到各单位经理头上："哪个单位的职工哪个单位做工作，不管想什么办法，千万不能再让职工上访！"

会议结束，桑经理头都大了，上访人员属粮油供应公司最多。想来想去，只能变卖资产对付一阵子了。他召集公司班子成员开会，商量变卖哪些东西。

然而，杯水车薪，变卖资产的钱还不够补发职工两个月工资的。没过两个月，以粮油供应公司下岗人员为主的职工又开始上访了。而且，这一次还得到了较早改制的供销、商业、物资系统下岗职工的声援，他们都在瞅着粮食系统的上访，如果成功，他们也将组织职工开始上访。

封县长把周局长和桑经理叫了去，劈头盖脸一通好训，说他们工作没魄力，办法不多。周局长当场表态，回去后马上采取得力措施，平息职工上访。

挨了县长一顿训，周局长心里窝火，把桑经理叫到办公室，本想训斥一顿，可没等他开口，桑经理进门就说："周局长，我工作没做好，给您添麻烦了，我就这么大本事，年龄也大了，请局里研究一下换个人当经理吧。"

"怎么，你想临阵脱逃？你弄得这烂摊子，谁为你收拾？"周局长霍地站起来说。

桑经理看周局长急了，自己却不急，慢条斯理地说："周局长，你来粮食局这么长时间了，对我还不了解？我在这个单位工作近30年了，干主任和经理也有十多年，单位年年是先进啊，可不能说是个烂摊子。之所以成为现在这个样子，是形势所逼，大家原来都躺在财政补贴上吃惯了，现在突然给他们断了奶，他们能不急？"

周局长一听，更火了："桑长孝，你来给我摆功啊！以前的事我不管，现在你不能'关键时刻掉链子'，一定要给我摆平这事！"

桑经理不慌不忙地从兜里摸出两张纸递给周局长，一张是辞职报告，一张是医院的诊断证明。诊断证明上写着高血压、心脏病，还有糖尿病，建议休息。他可怜兮兮地说："我不至于为这事把命搭上吧？"

"你病得可真是时候！"周局长在心里说。他看桑经理一眼，换了一副软和的面孔说："桑经理，你是老干部了，这火上了房顶，你不能不救吧？"

"不是不救，是本人水平洼，实在无能为力啊。"桑经理摊摊手说。

"那你推荐个人，谁有这个能力？"周局长无奈地退一步说。

桑经理见目的就要达到了，笑笑说："这粮油供应公司可是个藏龙卧虎之地，能人有的是，我给你推荐一个人，准行。"

"谁？"

"陈金谷。这人懂经营，会管理，叔叔是华瑞粮库的主任，靠上那棵大树，这粮油供应公司兴许还有起死回生的那一天。"

桑经理走后，周局长马上打电话招来陈金谷，征求他的意见。

金谷思想上没有任何准备，摇头说："我可撑不起来，没那本事呢。"

周局长用赏识的口气说："咋不行？你把面条车间搞得很红火嘛，大家都看你行，都推荐你呢。"

金谷还是摇头："这么大摊子，现在又这么乱……"

周局长截住他的话，说："烈火炼真金，好钢要用在刀刃上，你是团支部书记，能看着公司这么乱下去？越是困难的时候，越是锻炼人的好时机，年轻人就要有股子闯劲儿，这个担子你要勇敢地挑起来才是，我相信你能把这个公司带好。"

金谷被周局长的话鼓动了心，但还是拿不定主意，就说要考虑考虑，明天一早答复。

直觉告诉金谷，这是一件好事。以前自己对公司前途有过设想，这次给了自己一个平台，正是实现自己想法的一次好机会。直觉又告诉他，这是一件难事，公司能变现的东西都处理了，只剩下地皮和房子，要平息职工上访，就要掏钱，给职工发生活费，一时到哪里弄钱去？

金谷回到家，跟林中霞商量。

林中霞更拿不定主意，于是给黄雪贞打了个电话。

黄雪贞虽然已经退休了，但对公司的家底了如指掌，她帮着分析了一阵，最后说："你们现在承包着面条车间，发不了大财，也没啥大风险，还是别蹚那浑水好。"

林中霞心里更矛盾了，既怕丈夫失去了这次机会，又怕得不偿失，想了想又说："要不，你问问爷爷和叔叔吧，看他们啥意见。"

金谷正有此意，推出摩托车向闻韶镇骑去。

到家的时候，爷爷奶奶正在吃午饭，陈良石一边吃一边看着中央台的《午间新闻》。

见金谷进门来，奶奶马上起身，拿来碗筷让他坐下来一块吃。

吃饭间，金谷把事情说了。陈良石思考良久，说："这是让你来当'救火队长'呢！以前国家缺粮食，粮食部门是调节分配的杠杆，现在粮食总量多了，靠市场调节就行，不再需要这根杠杆，大家再想恢复以前的红火局面是不可能了。你想接这个烂摊子，可要做好思想准备，背着沉重的历史包袱往前走，会越来越困难。改革总要有人承受'阵痛'，不过，这也是组织上对你的信任，毕竟涉及一百多名职工的吃饭问题，你可以试着顶一顶，能延续发展更好，不能发展就守守摊子，给大家另谋职业提供一个喘息的机会。也许能起死回生呢。"

金谷没想到爷爷对公司的前景看得这么透，然而又这么悲观！这"救火队长"要不要当？自己能挑起这副担子吗？难道要让企业消亡在自己这届"看守政府"手上？

他想到了放弃，又心有不甘，试一试、闯一闯的念头一直在头脑里撞击，回到清阳后又给叔叔陈满仓挂了电话。

他把情况详细介绍一番，没想到叔叔的意见非常鲜明："干，咋不干？这是天大的好事，是局里对你的信任，也是你干事创业的机会，机不可失，时不再来，你先想办法把职工上访的事应付了，以后的事我来帮你。"

听了叔叔这番话，金谷坚定了信心，拿起电话拨给周局长，说："我拿定主意了，服从组织决定。"

19

县粮食局派审计科人员对粮油供应公司进行了清产核资，办理了交接手续，陈金谷走马上任了。

他首先找来几个上访的骨干成员，跟他们交谈，了解他们的想法，在充分调查研究的基础上，确定了"盘活资产、优化组合、绩效挂钩、限期补助"的措施。他把公司的现有资产细分为十几组，定岗定编，选出了十几人当头儿，各自组合人员，在公司的统一领导下经营，个人待遇实行绩效挂钩，对没有组合上的人员，给予一定的生活补贴，期限两年，第二年减半，第三年自找出路。

这些措施报经县粮食局实施后，稳定了大多数职工的情绪，有几个再想上访的也煽动不起来了。

不过，改制的启动资金和给职工发生活费所用的钱，是陈金谷变卖了代农储粮筹集的，黄雪贞一再提醒他，一定要抓紧筹措资金还上，不然粮食价格一涨，会有很大风险。

"我知道了。"金谷点点头。

没过多久，叔叔陈满仓为金谷带来了好消息：省城搞"腾笼换鸟"，要把一些传统的、消耗大、效益低的产业从市区转移出来，再把"先进生产力"转移进去，实现经济转型、产业升级。巧婆婆方便面有限公司原来租赁下马的棉纺厂车间生产，这次棉纺厂车间在政府规划腾空之列，于是想找一个合作单位，把流水线搬出来。陈满仓跟巧婆婆方便面的总经理随风鑫是好朋友，他建议金谷利用粮油供应公司的闲置仓库，跟巧婆婆搞合作。

金谷听了，非常高兴，立即跟周局长进行了汇报。周局长如获至宝，连连说："大手笔，招商引资的大手笔！陈金谷，你行啊，我要报告县里好好地奖励你！"

周局长亲自出马，带了金谷去省城找陈满仓，再由陈满仓领着去见随风鑫，两下一拍即合。

通过协商，随风鑫以两条生产线和"巧婆婆"注册商标为投资，粮油供应公司以地皮和房屋为投资，组建巧婆婆面业股份有限公司。经过评估，随风鑫投资大，股份占百分之六十，粮油供应公司资产评估数额小，股份占百分之四十。按照惯例，由随风鑫任董事长兼总经理，陈金谷任董事兼副总经理。

说干就干，通过半年紧锣密鼓的施工，巧婆婆的两条方便面生产线全部搬了过来，并一次性试车成功。

开业这天，公司大门口竖起一个高大的气囊牌坊，牌坊旁摆满了花篮，地上彩旗招展，天上飘着五彩气球，气球上挂着一道道条幅，上面印着各种贺词。广场上一字摆开十几张桌子，崭新的酱紫桌布罩在上面，显得非常喜庆。

封县长来了，市经委、粮食局的领导来了，县工商、税务、财政等有关部门的领导都来了。

陈满仓也被邀请来参加仪式。

周局长满面春风，一板一眼地主持开业仪式。先是封县长发表热情洋溢的讲话，再是随风鑫作了情绪激昂的发言，接着是市经委、粮食局和有关单位的领导致了贺词。

陈金谷作为副总经理坐在主席台上，西装革履，头发梳得光光的，内心的喜悦全部显现在脸上。

陈金谷在公司任副总，主要负责原料采购供应。

在他的坚持下，原粮油供应公司的职工愿意回来上班的都回来了，大家无不夸赞他为职工办了一件大好事。

陈金谷觉得很有成就感，走起路来都透出一股神气。

只有一件事让他感到不太满意，公司的关键岗位上都是随总带来的人把持着，原粮油供应公司的人大多数被安排在了车间第一线。

只有林中霞得到了照顾，被安排在办公室。但此办公室非以前的办公室，不但人手少，而且杂七杂八的事特别多，整天忙得滴溜溜转，连回家给孩子喂奶的时间都没有，不得不把母亲接过来帮着带孩子。

对于人事安排的不满，陈金谷跟周局长汇报过，周局长态度很明确，人家是董事长兼总经理，是企业法定代表人，就要听从人家安排。并告诫陈金谷，引进这项目不容易，千万不要在这些事上闹不愉快，要先把这块蛋糕做大，等蛋糕做大了再说其他的事。

随着老百姓生活水平和购买力的提高，生活节奏的加快，方便面迅速从大中城市流向广大城乡和农村，越来越成为人们喜闻乐见的食品，市场需求量骤增。巧婆婆方便面投产后，产品主要销往东北几个省市，销路很好，每天来拉货的大车挤满了院子。

程刚开的北京130汽车太小了，拉得少，成本高，不适合运送方便面，公司就把车卖了，又从银行贷了款，买了一台斯太尔大挂车。常青娥也从半停产的面粉厂辞职，来到方便面厂上班，陪着程刚一起送货。

公司第一年的效益很好，只是开业前期费用开支太大，年底一算账，并没有多少结余，粮油供应公司没有得到分红，就连陈金谷的个人收入，也不如以前自己承包面条车间多。

林中霞埋怨道："咱这是图啥呀，工作累了，收入反而没有以前多了。"

金谷劝说道："单位的人都上班了，能挣钱养家糊口也不错，咱个人受点损失也没啥。明年公司挣得多了，肯定分红，你等着吧，明年年底准给你抱个金娃娃回来。"

第二年，公司的效益也不错，成了县里的利税大户，连封县长都经常来视察调研，成了方便面公司的常客。

这天，封县长又来了，看到院子里排满了等待装货的大卡车，非常兴奋。他对周局长和随风鑫说："太好了，没想到方便面这么受欢迎，我们县如果有几家这样的厂子就好了！你们要扩大生产规模呀，要做时代的弄潮儿嘛，要抓住这一有利时机，迅速膨胀发展，占领市场，一举建成方便面行业的航空母舰！"

接着，他又很煽情地套用拿破仑的名言对随风鑫说："不想当龙头老大的董事长就不是好企业家！"

随风鑫听了，情绪亢奋起来，连忙说："航空母舰——这个提法好！还是县长站得高，看得远！但凡企业家，谁不想当龙头老大？现在我们的产品供不应求，也想扩大生产规模，只是……"

封县长侧脸看看他："只是什么？"

随风鑫说："当前市场铺得太大了，流动资金不足，实在没有多余的资金搞扩大再生产，再说这里地面太小，没法扩建了。"

封县长略加思索，说："有困难，找政府，我们就是你们的服务生呀，我来帮你们。资金的事嘛，可帮你们去协调银行贷款，这场地嘛……"他朝厂西看了一眼，说，"这西面就是县油棉厂，几年前就停工了，一直闲置着，让他们割一块过来，可以先租后买，这也是物尽其用嘛。"

大家听了，都夸封县长的主意真好，既解决了问题，又盘活了闲置资产，实现了双赢。

送走封县长，董事会马上召开了会议，讨论封县长的建议。会上，大家群情振奋，无不对公司前景充满向往。董事会最后决定，今年公司也不再分红了，将全部资金投入扩大再生产，再上两条生产流水线，不足部分，让封县长帮助协调银行贷款解决。

封县长做事雷厉风行，没出半月，贷款和租地的事就办妥了。

经过三个月的施工，一幢钢结构大厂房就建成了，里面安装了两条新的生产线，同时配套了成品仓库、包装车间等设施，连公司大门都重新修过了，壮观气派。

人手不足，厂里一下新招了一百多名新职工，年底被县里表彰为促进就业先进单位。

就在方便面生产最红火的时候，方建和陈小米却辞职不干了。方建忍受不了在油炸车间机器人一般大负荷的工作节奏，而陈小米则是怀孕了。方建妈怕她累得再流了产，不让她去上班，专心在家养身子保胎。

让人高兴的是，这次胎真保住了，年底，陈小米生下了一个男孩，取名叫方远。

方陈两家的人无不欢欣鼓舞，喜笑颜开。

喝喜酒的时候，陈满仓也回来了。

席间，陈良石喝得有点高，开始教育方建，让他不要在家当啃老族，要出去找点事干，有了孩子，以后花销大着呢。

满仓知道方建一直是爸爸的一块心病，就说："我们单位正好缺一个常年搞维修的，方建去也许合适。"

其实，偌大一个粮库，咋找不出一个搞维修的？这不过是他想帮方建一把。帮方建就等于帮侄女小米，就等于为爸爸去除心病。

方建到华瑞粮库上班了，陈满仓把他安排在维修班。开始，他跟着别人干活，当别人知道了他跟陈满仓的关系后，他便慢慢地变成了无冕之王。

满仓拿长辈的身份教育他，做事要低调，要注意团结同事，还要注意学习，争取掌握一门专长。

工作中，方建结识了一位建筑工程监理员，既羡慕他的权威，更羡慕他的收入，因此，对建筑管理学产生了兴趣，在监理员的鼓动下，报考了山东建筑学院的函授班，专门学习工程预算和工程监理。

满仓知道后，非常高兴，说："好啊，生儿子了，知道肩膀上有责任了。"

第二年夏天，国家要求加快完善中央和地方两级粮食储备体系，为缓解收储矛盾，确保粮食安全，要在粮食主产区及主销区、交通枢纽建设一批规模较大的现代化储备库，分配给华瑞粮库两座仓库新建任务。

方建听说了，买了一堆儿童玩具，去了满仓家，说："叔叔，这两幢仓房我想承建。"

"你？"满仓备感意外，看看他，说，"不行不行，你小打小闹地搞搞维修还行，这么大的活你可干不了。"

"我能行，您就让我试试吧。"方建恳求说。

满仓严肃地说："这可不是咱家盖房子，要投标才行。"

"那我就投标。"

"投标？你有资质吗？"

方建分明早有准备，说："我没有，但富华建筑公司有啊，我跟富华的老总说好了，只要你批准我们投标就行。"

"投标报名是公开的，粮库欢迎竞争呢。不过，在这件事上，你可别指望我给你帮什么忙。"

"只要您同意就行，绝对不让叔叔作难！"

经过投标，富华建筑公司中了两座中的一座。

六个月施工期过去了，方建与富华建筑公司合作建设的仓库，一次性验收合格，而另一座则因为存在若干瑕疵，需要进一步整修。

方建挣到了第一桶金。

满仓在方建刚中标时，心里实在没底，整天提心吊胆，生怕他半途而废，或者出现这样那样的问题，没想到他还有这能耐，回家时便在陈良石面前赞不绝口。

陈良石听了，非常开心，但提醒说："他有这能耐也别让他在你那里干了，在别人看来这无私也有弊，可帮他在别处找些活干。"

满仓也有这样的担心，把方建叫来长谈了一次，表扬他一番，也告诫他戒骄戒躁，不能一瓶子不满，半瓶子逛荡。接着为他介绍了另外一家要盖仓房的粮库，让他去投标。

没想到，方建竟又中标了。工程竣工验收后，又赚了一大笔。

方局长两口子没想到儿子竟有这样的出息，抱着白白胖胖的孙子，都如钥匙挂在胸口上——开心极了。

20

2001年春节到了，陈良石回顾过去平安和顺的一年，甚感慰藉。他准备了很多的年货，计划全家人一起过个快乐团圆年。

可满仓和朱白丹带着孩子，只是大年初一回家，拜过年就要匆匆回去。陈良石问："啥事这么着急？"

满仓说："全国粮食清仓查库就要开始了，我们库正在搞自查，春节都没放假，我要回去盯着点，这次要求严着呢。"

从去年冬天开始，全国北方麦区遭受大旱，面临大面积减产，在这一形势下，弄清粮食库存是否充足对政府决策至关重要。1月份，国务院做出了重要决定，选派10万大军要从4月1日起用时3个月，对全国的粮食进行一次大盘点、大清查。

陈良石担心地问满仓："你们粮库没有亏库吧？"

满仓摇摇头说："您放心，违反政策的事我们库从来不干，我是怕测量计算的人马虎弄错了数据。"

陈良石了解儿子的谨慎性格，点点头，接着又说："是该彻底清查清查了，去年'两会'时，袁隆平先生就质疑粮库空库的问题，再看看安徽、黑龙江粮库发生的那些大案要案，弄虚作假都骗到国务院总理头上去了，这还了得！会直接影响到国家粮食安全的！"

满仓竖起大拇指，说："爸，您快魔怔了，什么事都能联系到国家粮食安全。"

陈良石一本正经地说："这真的关系到国家粮食安全！我国以占世界9%的耕地，6%的淡水资源，养育着世界近五分之一的人口，国家粮食安全一直都是'天字第一号'的大问题，仓廪实，天下安，手中有粮、心中不慌，什么时候都是真理。"

"您说得对。"满仓连忙点头称是。

这次粮食清仓查库，堪称新中国成立以来规模最大、历时最长、最认真彻底的大清查，有仓必到，有粮必查，查必彻底，包装粮要逐件过磅，散装粮要逐仓测量，根据容重计算数量。为了保证数据准确，连测量、检斤用的计量器具都提前经过质量技术监督部门的检定。

陈良石隔不了几天就给儿子打一次电话，总挂心华瑞粮库会不会出现问题，直到这项工作结束，得知没任何问题才放下心来。

然而，华瑞粮库没有问题，并不代表全国其他储粮单位没有问题。通过清查，挖出了不少的"硕鼠窝"，查实了很多储粮单位"靠粮吃粮"、以次充好、虚假轮换、骗取粮食保管费和陈化粮补贴费、挤占挪用粮食收购资金等问题，而这些问题又从客观上加速了基层国有粮食企业的消亡。为了便于监管，国家逐渐把粮食库存集中到了大型储备库，粮所储粮越来越少，得到的补贴也越来越少了。

这期间，陈良石又写了一篇文章，题目是《试论粮食企业经济增长方式的转变》，投给了《粮食研究》。出于骨子里对基层粮食企业的感情，文章在探讨粮食企业如何适应市场、提高经济效益的同时，呼吁国家财政继续给予补贴，让基层粮食企业存活下去，保留这一沟通生产和消费的"桥梁",促进粮食生产。

但这一次投稿没有被采用。

他打电话给黄主任,经过交流才知道,自己的论点太过偏颇。近年来,国家实行最严格的耕地保护制度,18亿亩的耕地保护红线不能碰,只要能保证这些耕地,粮食供给就不会有大的问题,至于流通环节,市场化改革是大趋势,政府不可能也没有必要继续维持这些半死不活的企业。

"储备粮可是保障国家安全的重要物资,几个粮库能取代这么多粮所盛下那么多粮食?"陈良石担心地说。

"你去你儿子那儿看看嘛。"黄主任提议说。

陈良石坐车来到华瑞粮库。满仓领他先去参观了方建修建的仓库。宽敞的仓库里,工人们正在摆一道道一种带小眼的铁笼,陈良石问:"这是干啥用的?"

满仓解释说:"这是地笼,用来通风的,粮食入仓后如果潮湿发热,可以用来通风降湿,还可以用来熏蒸除虫。"

陈良石点点头,环视偌大的仓房又问:"这口仓能盛多少粮食?"

"1200多万斤。"

"1200多万?"陈良石吃惊地问。满仓点头:"只这一口仓就相当于两三个粮所的库容呢!"

他们又来到粮情监控室,只见一面墙上挂满了电子屏,屏幕上清楚地显示着各仓的粮面和一组组数据。满仓介绍说:"每座仓里都有摄像头和感应器跟这些电脑连着,在这里就能全面掌握粮食的安全情况。"

陈良石欣喜地说:"想当年,我们靠人工挖坑查看粮情,一旦发热就要倒仓翻晒,既费时又费钱,现在保管粮食也用上了高科技,省事多了!"

通过参观华瑞粮库,陈良石消除了一直以来对国家无处存放储备粮的担忧，但同时也对基层粮食企业职工命运的不可逆转而感到非常惋惜。

就在巧婆婆公司雄心勃勃要做行业"巨无霸"的时候，各地雨后春笋般冒出了众多的方便面厂，珠海的"华丰"、山东的"龙丰"、无锡的"中萃"、陕西的"熊毅武"等，还有新加坡的"幸运"，印尼的"美厨"等品牌，大举进入，市场竞争变得激烈起来。

巧婆婆方便面技术含量比较低，主要生产中低档产品，供应农村市场。一开始，牛走牛路，马走马道，中高档方便面主要供应城市，到后来也来抢占农村市场了，巧婆婆的市场迅速被蚕食，销量少了，资金回笼慢了，生产经营形势急转直下，产品积压，很快进入了半停产状态。

公司又不死不活地维持了一年多，实在经营不下去了，开始精减人员，上班的工资待遇也大幅度下降，还发生了拖欠。

原粮油供应公司的职工又开始人心惶惶，他们并不了解方便面市场，认为是随风鑫克扣了他们的工资揣进了自己的腰包，于是集合起来去找陈金谷，让他领大家去找随风鑫讨说法。

金谷本来对随风鑫也有看法。随风鑫做事一向独断专行，喜欢一个人说了算，对企业采取家族式管理模式，老婆任财务结算中心主任，一些重要岗位上都是他的家人和亲戚，对他这个副总并不放在眼里。他想，趁这件事把公司的家底清理一下也好，免得大家都说自己在公司里就是一个稻草人。

金谷还是给随风鑫留了面子，奉劝大家说："大家先不要着急，又不是去打架，不用这么多人，选几个代表跟我一起去就好。"

大家推选了四个代表，金谷领他们去见随风鑫。

随风鑫一看是金谷领他们来的，便认为这是金谷在故意出难题，闹分裂，那刮得很干净的脸上早已没有了笑容，说："现在市场不好，方便面卖不出去有啥办法？ 当前正是公司困难时期，大家应该同舟共济，共渡难关，咋能起哄闹事？"

金谷用尽量平和的语气说："我们不是起哄闹事，大家是关心公司的前途。"

随风鑫不耐烦地说："像这样无理取闹，公司没前途！"

金谷还想说什么，随风鑫却转身走了，头也不回地甩过来一句话："你有能耐，这总经理你来干，看你能上九天揽月，能下五洋捉鳖！"

金谷脸色煞白，一时喘不上气来，嘴唇半张着，立在那儿。 有职工代表想去追随风鑫，金谷把他们拦住了，说："他现在不冷静，过后我再找他谈谈吧。"

过后，金谷找到随风鑫，心平气和地跟他谈了职工的担心和要求。 随风鑫听得虽然有些心不在焉，但最后表态却很干脆："行，资金回笼后，先发工资。"

然而，由于公司的财务大权由随风鑫的老婆掌管着，别人不知道公司有没有钱，何时进钱。

金谷发现随风鑫这段时间对公司的生产并不上心，而是经常出发，也不说到哪里去，像有事情瞒着他。

公司的经营每况愈下，随风鑫和陈金谷的裂隙也越来越大。

由于迟迟不发工资，这一天，原粮油供应公司的职工罢工了，堵住了公司大门不让车辆出进，几个头头把随风鑫围在办公室，要求清查账目，看看这几年公司的利润都到哪里去了。

不多时候，随风鑫打电话叫来了周局长。 任周局长怎么做工作，随风鑫不答应要求，职工们就是不撤。 最后，随风鑫不得不答应成立联合清产核资小组，全面清查公司财务账目。

一查不要紧，随风鑫抽逃资金的尾巴马上露了出来。 原来，他一看公司经营一天不如一天，并且看不到希望，就想把自己的投资转移出去。

两下公开闹翻了,县粮油供应公司想起诉随风鑫,随风鑫找来陈满仓做调解。

陈满仓回到清阳,劝金谷做些让步,说大家都是朋友,不要钻牛角尖。

金谷心里非常矛盾,很想给叔叔一个面子,可身边聚集着原粮油供应公司的一百多名职工,他正被一种斗败随风鑫的热情鼓动着,跟大家一商量,没有一个同意的。在这种情况下,他也不想偃旗息鼓,让人说自己是个怂包软蛋,撑不起门面,于是决绝地对叔叔说:"不行,这涉及全公司一百多职工的切身利益,现在软了,他们不骂死我才怪呢!"

陈满仓劝解说:"这随风鑫对方便面行业还是很了解的,也有一些人脉,有他在也许还能起死回生,离了他企业会垮得更快。"

金谷坚定而自信地说:"我们会找到出路的!"

陈满仓生气地说:"像你这样执迷不悟,不会找到出路,只会碰到墙上!"

"那咱走着瞧!"

陈满仓对侄子这种冥顽而不识时务的态度非常恼怒,但又无可奈何,气愤地说:"好啊,你小子翅膀硬了,叔叔的话也不听了,以后你的事我不管了!以后有事别再找我!"

金谷不满叔叔胳膊肘子往外扭,替随风鑫说话,回呛一句:"不找就不找!"

虽然得罪了叔叔,但陈金谷找律师起草的诉状到底没有递到县法院,周局长奉封县长之命把这件事压了下来。封县长指示,为了不影响县里招商引资的声誉,让粮油供应公司和随风鑫友好分手。

这时,县油棉厂也掺和进来,职工用焊枪把建在油棉厂的车间仓库大门给焊死了,几十口子职工围住方便面公司大门索要占地使用费。

经过三方艰苦协商，最终达成了协议，油棉厂收回出租土地，用上面的一处仓库抵顶所欠土地占用费。随风鑫除已转移出的部分资金外，再分两条生产线，粮油供应公司分得两条生产线和未收回的货款。一千万元银行贷款，由随风鑫和粮油供应公司各承担一半。

粮油供应公司和巧婆婆方便面公司的合作不欢而散，两败俱伤。

更让金谷受伤的是，叔叔陈满仓从此不再搭理他。可金谷觉得自己没有错，也就没有去跟叔叔作解释，赔不是，以至叔侄二人的关系越来越生分了。

公司接管分得资产后，有些职工提出把设备处理掉，把钱分光散伙，也有的怕丢了工作不再好找，想继续干。陈金谷集合全体职工进行表决，结果想继续干的占了上风。陈金谷重组了公司领导班子，带领大家继续生产方便面。

困难是可想而知的。没有了品牌，他们只好重新注册商标，改"巧婆婆"为"好媳妇"。由于没有市场知名度，产品推销不开，他们只好走低端路线，利用各种促销手段，如搞有奖销售，给经销商高点回扣等方法，刺激销售。对于接收的欠账，公司组织了由一名副经理挂帅的清欠小组，外出追讨欠款。他们根据清收难度把外欠分成一、二、三类，分别制定了不同的提成比例，充分调动清欠人员的积极性，不到六个月的时间，欠款收回了百分之六十，其他一时收不回的，就挂了账，以后再说。

因为以前的贷款没有还清，银行不再向公司提供贷款。周转资金不足，方便面生产时停时续。为了保障生产，公司班子会议决定又占用部分代农储粮。

然而，毕竟设备、技术落后，虽经百般努力，公司生产经营并无多少起色。

更让人沮丧的是，人心涣散了。这个涣散来自职工们对企业前景的绝望和无奈。一些人辞职去开饭馆、摆地摊了，留下来的人也是出工不出力，积极性全无。

企业半死不活地维持着。

第二年秋天，发生了全国性干旱，小麦播种面积大幅度减少，麦苗也出得稀稀拉拉，明年减产已成定局。很多储粮用粮单位开始抢购小麦。这时，国家为了保证农民收入不下降，稳定农业生产，提高了粮食最低保护价收购价格，致使市场粮价大幅度上涨。

谷贱伤农，粮价上涨对农民来说是件好事，却要了好媳妇方便面的命。

陈金谷在刚接任公司经理时，为给职工发放生活费缓解上访，占用了部分代农储粮，后来生产资金紧张时，又借用了一部分，现在粮食价格上涨，意味着公司要花更多的钱来补上库存。就在这个当口，不知是谁透露了代农储粮被挪用的消息，储粮户一窝蜂似的前来兑付粮食。

代农储粮的政策是存粮自愿，取粮自由，储粮户把公司的大门围了个水泄不通。

没过几天，公司的小麦库存就取空了。

陈金谷紧急向周局长求援，想从粮所借些粮食救急，可粮所的粮食都跟农业发展银行的贷款挂着钩，实行"库贷挂钩、顺价销售、封闭运行"，出库一斤要向银行交一斤的钱。周局长双手一摊，爱莫能助。

没有办法，陈金谷只好让车间停产，拿出公司的所有资金来为储粮户兑付现金。没过两天，现金又兑完了，储户们把陈金谷堵在办公室，逼他想办法。

陈金谷磨破了嘴皮，请求大家给他十天时间，承诺砸锅卖铁也要把大家的粮款还清。

还没等他砸锅卖铁，银行害怕贷款不保，向县人民法院提起了财产保全。好在法院查封前，陈金谷叫程刚开来大车，抢出了一车方便面。

春节就要到了，公司既要兑付代农储粮，还要筹钱为职工发工资，陈金谷愁死了。

他跟吉林的一个客户联系，把抢出来的那车方便面便宜一点卖给他，但必须给现钱。

金谷让程刚送过去。程刚一听天气预报，东北正在下大雪，怕出危险，不想去。金谷恳求说："火烧眉毛，你帮帮忙，工资我给你加倍！"

程刚还是不愿去。

青娥见金谷愁眉紧锁，想想是金谷帮程刚重新就业的，让她感觉欠下了人情，一直有种衔恩待报的心结，现在见他有了难处，就想帮他一把，于是劝程刚："去吧，路上开慢点，我陪你一起去。"

程刚勉强点点头。

金谷说："辛苦你们了。我让会计跟你们一块去，你们到了那里，对方不给足钱别卸车，务必把钱带回来！"

21

几天后，会计带着银行汇票坐火车回来了，程刚和常青娥却被大雪困在了东北。

公司继续兑付代农储粮，由于资金缺口很大，只开了一个窗口，并以发现了假代存证为由，对代存证逐户进行核对。这样一来，兑付速度慢了，却保证了细水长流不断线。储粮户看到每天都在兑付，情绪渐渐平复下来。

腊月二十三，俗称"小年"，传说中灶王爷上天的日子。在民间，也叫"迎春日"或"扫尘日"，家家户户都要大扫除，用干净、整洁、亮堂来迎接新年的到来。

这一天，天格外晴朗，格外寒冷。

金谷一直在公司里忙活，扫尘的活儿全落在了林中霞的身上，这让她非常不满。中午，金谷回家吃饭，见她才开始做，顺口说了一句："怎么才做饭啊？"

林中霞忙了一上午，累得腰都酸了，听了他的抱怨，心里一下子拱出火来，不耐烦地说道："才做还晚吗？我和儿子打扫了一上午卫生，你可好，成甩手掌柜了，家里的事横草不拿，竖草不动，在家当起老爷了！"

金谷本也心焦神躁，一听林中霞的埋怨，心里忍不住也生出了烟火，虎着脸说："我整天忙得脚不沾地，闲着了吗？家里打扫卫生的活也要我来干？"

林中霞一听，轻蔑地撇撇嘴，冷嘲热讽道："哟，小公鸡站大梁——冠（官）不大，架子不小！打扫卫生屈你才了？我是你雇来的老妈子，专门打扫卫生的？"

金谷指着林中霞说："你……你这人真不可理喻！"

这时儿子陈昊走过来说："你们别吵了！影响我做作业了。"

林中霞看看儿子，又斜视陈金谷一眼，一声不响地咬住嘴唇，把已经涌到嘴边的气话咽了回去。

陈金谷铁青着脸，疲惫地靠在沙发上，拿过一张《齐鲁晚报》，正看着，电话铃突然响了。他伸手摸过话筒，夹在耳朵和肩膀之间，眼睛没有离开报纸。

"喂，你是陈金谷经理吗？"对方问。

"是啊。你们是？"

"我们是吉林省四平市交警大队，程刚和常青娥是你们公司的人吗？"

"是，是！他们咋了？"金谷一听说是交警大队的，心一下子提到了嗓子眼。

"他们出车祸了……"

"啊！人咋样，伤着了没有？"金谷着急地问。

"司机程刚死了，常青娥正送往四平市人民医院，你们单位快点派人过来吧。"

"天哪，咋会这样！"犹如晴天霹雳在耳边炸响，金谷听到了自己肝胆破裂的声音。他像被人施了魔法，僵在那里，一动不动。

陈昊做完了作业，走过来，见爸爸呆呆的样子，好奇地问："爸爸，你咋了？"

陈金谷被叫醒了，立即打电话召集公司班子成员到公司开会。

陈金谷急匆匆来到办公室，不一会儿，公司班子的人也到齐了，他沉痛地把程刚和常青娥出车祸的事跟大家讲了，大家都惊呆了。

他一拳头砸在桌子上，愤怒地吼道："祸不单行，祸不单行啊！"

"邪性了，这段时间咋遇上这么多糟心事！"一位副经理也悲痛地说。

沉默良久，大家开始商量后事如何处理。

金谷想了想说："明天一早，我跟会计去吉林，"转身对一位副经理说，"你在家主持工作，代农储粮再兑付三天就放假，给储户们写个告示，年后再兑付，职工工资我回来后再发。"

金谷会后去了程刚家，见到了程刚的母亲和女儿。程刚的父亲几年前去世了，母亲七十来岁，又矮又瘦，佝偻着背，一头白发，压了一层大雪似的，脸上的皱纹沟加沟坎连坎，又深又密。女儿十二岁了，长得又高又瘦。

看着她们的样子，金谷心里一抖，不知道这一老一小能否承受住这巨大的打击，嘴张了几张，也没有说出程刚去世的事。想来想去，决定去找程刚的姐姐。

程刚的姐姐和姐夫都在县镰刀厂工作，双双下岗在家。金谷找到他们，把程刚出车祸的事说了。程刚姐姐的脸一下子白了，像一盆冰水顺着脊梁浇下去，浑身一阵抖缩，很久才"哇"的一声哭出来。姐夫五大三粗的，站在一旁挓挲着双手，不知所措。

等把程刚姐姐的哭声劝止了，金谷说："程姐，节哀吧！我想明天一早去四平，你们家谁去？"

程刚姐姐擦把泪，看看丈夫，说："你去吧，我去了家里老太太咋办？她要知道了还不急死啊！还有小侄女……天哪！"说着又哭起来。

陈金谷抹着泪从程刚姐姐家出来，又去了青娥的家。正好青娥的父母和弟弟、弟媳都在，他把情况说了，一家人不免又哭一场，并商定青娥弟弟德诚明天一块儿跟着去四平。

定好了前往的人数，陈金谷给省城的一位朋友打了电话，让他到火车站代买了火车票。

第二天一早，他们就心急火燎地出发了。

当他们赶到青娥病床前的时候，天快黑了。青娥躺在病床上，眼睛哭成了烂桃子。见到家里人来了，又开始涕泗横流，哀哀地哭起来。大家看了，也不由得泪水涟涟。

陈金谷痛心疾首地说："都怪我让你们来送货，是我害了你们啊！"

青娥声随泪下，讲述了车祸的经过。

方便面运到后，卸车和结算都很顺利，可要返回时，天上下起了大雪。由于路滑，他们便找了一处路边旅店停下来，等待天空放晴。可连续几天，风雪不止。马上要过年了，两个人沉不住气，这天见风雪下得小了些，就侥幸上路了。路过一段狭长的山路，一边是高山，一边是悬崖，程刚没有冰雪路上开车的经验，在一个转弯处，踩了急刹车，车辆转个圈，要向山下滑，他又急打方向盘，车头一转，一下撞在山崖上。程刚当时就不行了，身子卡在座椅和方向盘中间，七窍出血。青娥坐在副驾驶上，多亏系了安全带，只伤到了锁骨，骨裂了。她抱着程刚往外拖，却拖不动，就坐在车上号啕大哭。不知过了多久，要冻僵了，后面来了一辆小轿车，车上的人给报了警，并把她送到了四平市人民医院。

陈金谷听着，悔恨像刀子一样刮着他的心，手紧紧地握着床头的铁管，仿佛要把它捏扁。

看过青娥，陈金谷又去太平间看过程刚的尸体，然后去了交警队。

一名警察拿出一个档案袋，说："车祸的责任很清楚，没有跟别的车发生碰撞，也不存在赔偿问题，你们尽快为死者处理后事吧。"

等他们抱着程刚的骨灰盒回到家的时候，已经是腊月二十八傍晚。青娥强忍着伤痛也一起回来了，回来后马上又住进了县医院。

晚上，陈金谷和程家、常家的人坐在一起，商量如何办理丧事。后天就是大年三十，他提议明天出丧。

这时，程刚的姐夫和德诚不干了。程刚姐夫说："出丧？赔偿的事还没说清楚呢，咋出丧？"

德诚也说："我姐和姐夫可是给单位送货出的事，谈不妥赔偿就出丧？没门儿！"

陈金谷顿时傻了眼，没想到在四平配合很好的他们俩，回来后突然变脸了，一个个眼睛瞪得像铃铛。

他为难地说："公司这个样子，哪有钱赔？"

程刚姐夫说："那我不管，反正没有三十万别想出丧！"

德诚也说："家里的顶梁柱死了，你看看这个家，老的老，小的小，三个女人今后的日子咋过？"

德诚和程刚姐夫一唱一和，原来他们在四平时就嘀咕好了。

"三十万？你们知道，公司连工资都发不出去，哪来这么多钱？"金谷转而问他，"你姐姐啥意见？"

"她哪有心思管这些事？全权委托我们两个处理了，有事跟我们商量就是。"德诚说。

金谷摸着几天没刮的、刺猬一样挓挲着的胡子茬，说："出了这样的大事，谁也不愿意。可这事我一个人说了不算，要回去跟公司班子的人商量，还要向县粮食局汇报。"

程刚姐夫指指骨灰盒，气急败坏地说："今天腊月二十八了，后天就是年，你看着办，不行我就把这抱到你家去！"

经过班子开会讨论，又经县粮食局同意，粮油供应公司与常青娥达成协议，公司赔偿二十万元。

公司刚卖过方便面，还有些钱，但要给职工发工资，大家都盼着发工资过年呢。陈金谷就跟德诚和程刚姐夫商量，年前先付五万元，剩余的打欠条，一年内还清。

德诚和程刚姐夫死活不同意，没有办法，陈金谷只好去医院找常青娥商量。常青娥同意了，说："先这样吧，还能逼得你上吊？"

办完了有关手续，二十九下午，程刚在农村老家下葬了，萧索的荒地上，新添了一座扎眼的黄土堆。

22

这个春节，陈良石过得特别郁闷。

满仓一家三口在陈良石的建议下到河北杨中吉家过年去了，陈金谷心绪不佳，没有回闻韶镇过年，家里只剩下老两口，冷冷清清，买了很多的烟花炮仗，却没人放，让他备感失落。

最令他糟心的是小米。因为她要离婚。

小米要跟方建离婚的事是方局长告诉他的。

腊月二十六，陈良石正坐在火炉旁悠闲地听戏，方局长和老伴突然来了，还带来了大包小包的礼品。他急忙关掉收音机，热情地把他们迎进屋坐下，接着倒水沏茶，见方局长脸色阴暗，就问："有事？"

方局长问:"小米最近跟家里有联系吗?"

陈良石疑惑地问:"没有啊。咋了?"

方建妈问:"她要离婚的事没跟你们说?"

"离婚?"陈良石和尹巧凤异口同声地问。

方局长长叹一口气,说:"放着好日子不过,他们两个要离婚呢。"

陈良石着急地问:"为啥?"

方局长叹口气,不情愿地说:"都是我那不争气的儿子小建,挣了几个钱,不知道姓啥了,跟公司的女秘书……"

陈良石拄了拐杖一下子站起来:"怎么?那小子有外心了?"

方局长感叹道:"都怪我教子无方啊!这不,小米知道后,把孩子扔在家里,去广州了。"

尹巧凤吃惊地说:"小米去广州了?咋没跟我们说?"

方建妈一脸愁苦地说:"走了快两个月了,只来过两回电话,问了问孩子,问她具体在哪里她也不说。"

陈良石瞪着眼,两腮的肌肉颤抖着,伸手指着方局长说:"我早看出你那二流子儿子没定性!刚有了几个臭钱,就不知道自己扒几碗干饭了!在外面勾搭女人,这不是骑在小米脖子上拉屎?"

这阵子,不论陈良石说什么,方局长两口子都不反嘴,这是他们来之前定下的计策。等陈良石斥责够了,方局长才说:"春节快到了,要是小米回来了,你们千万想法把她留下,如果来电话,你们就劝她回来吧,有孩子方远,这个家怎么也不能散了啊。"

沉默良久,陈良石说:"要你儿子还这个样子,劝小米回来受气?"

方局长大包大揽地说:"这事包在我身上,一定让小建把那个女的赶走,让他给小米赔不是。"

陈良石想了想说:"那我们分别做做工作吧。"

然而，小米过年没回家，寄回了两件羽绒服和五百元钱，还寄来一封信，信上绝口没提离婚的事，只说自己在外面挺好的，不要挂念，有事她会跟家里联系。

陈良石把信撕得粉碎，恼怒地说："我稀罕你这俩钱？你咋不能让我省省心！"

日子在无奈之中前行。

这年冬天的尾巴格外长，被春风的鞭子抽了多少遍，还是慢吞吞地不肯走。

"好媳妇"方便面厂彻底垮了。银行和债主整天围着公司讨债，陈金谷被追得焦头烂额。

后来银行干脆申请法院把两条方便面生产线查封了。墙倒众人推，其他单位和个人也把公司送上了被告席，公司的有效资产一点一点地被割去。

有人看中了公司的六间门市部和后面的几间仓库，要求法院查封，陈金谷预先得到了消息，召集公司领导班子开会，会上提议把这几间门头房和后面的几间仓库抵给常青娥，以归还欠她的十五万元，大家都同意了。

门头房的产权交接完后，陈金谷一纸诉状递到县人民法院，申请了企业破产。公司的资产一点一点被别人拿去，还不如救济救济自己的职工。《破产法》规定，企业破产资产变现后，优先偿付欠发职工的工资、欠交的养老保险费。

经过几个月的清算，企业破产终结。

皮之不存，毛将焉附？所有职工都被解除了劳动合同。陈金谷和林中霞当然也不例外。之后，除了每人每月领取一百多元的失业保险金外，再没有其他收入。

这让平时爱吃爱穿、花钱大手大脚的林中霞很不适应，开始锱铢必较，而县医院的起死回生让她心里更是不平衡。

从上年起，国家推行新型农村合作医疗制度，在县医院搞试点，定点诊疗，定点报销，县医院又开始红火起来，员工推行绩效工资，收入一下子就上去了。这一下一上，让林中霞后悔不迭，要是当初不调到粮食部门来该多好！这样一来，话里话外常带出抱怨，陈金谷心情好的时候就不吱声，如果心情不好，就回一句："人哪有前后眼？知道尿床，就一宿不睡觉了？"

金谷何尝不后悔呢？如果自己不接手粮油供应公司经理这个活，继续经营自己的面条加工厂，咋也不会沦落到现在这个地步。如果去了报社，那更会是另一种前程。

这世界上貌似有很多条路，在启程的时候，以为自己的未来充满无限可能，但往往在人生的岔路口，你无法做出一个一生无悔的选择。你完全有权力后悔，可走过的路已经无可更改。觉得遗憾吗？你可能期盼如果重来一次该多好！然而，即使再重来一次，你不选择这条路，选择的也许是另一条更加曲折不平的路。

家里弥漫着一种无法想象的听天由命的悲戚氛围。

金谷郁闷地待在家里，不愿出门，即使有事不得不出去，也是低着头，贴着墙根走，见了人也不打招呼。太没面子了，把一个一百多人的公司带没了，还有资格在人面前装五作六，大摇大摆？

林中霞也无事可做，一家人坐吃山空。

林中霞梳头的时候，发现已生出不少白发，脸色也异常憔悴，就像久涝的庄稼迟迟缓不过生机似的，让她没法不伤感。

这一天，她在路上遇见了原来县医院的同事曹丽娜，曹丽娜说自己的一个同学新开了一家美容店，约她去美容，免费，不要钱。

曹丽娜比林中霞大两岁，人长得也很漂亮。她早也不在县医院工作了。她本来就是临时工，前几年医院效益不好，常发不出工资，就去一家大酒店当服务小姐，后来跟酒店老板混在了一起。酒店老板原来在县物资公司跑业务，辞职后自己开煤炭公司，利用原来的人脉从山西大同往山东的几家大型发电厂倒煤，票子赚得哗哗响，还开着大酒店，是名副其实的款爷。曹丽娜怀孕后，逼着他跟老婆离了婚。结婚不到半年，她就下了个"双黄蛋"，生了一对龙凤胎。这样一来，公婆和老公更稀罕她了，家里请了两个保姆，她什么都不用干，就跟着老公到处旅游，或者到大商场看看衣物、鞋帽、包包、化妆品，再到美容店做做面膜、指甲，滋润得让人羡慕死了。

这都是命呀，在县医院时她可不如自己！自己是正式工，她是个临时工，自己调到粮食部门来时，她也曾眼馋妒忌得要命，才过了几年，竟翻了个个儿！

林中霞眼气地看看曹丽娜光彩照人的面庞，动了心，跟着曹丽娜去了。

美容店有一个好听的名字——美丽人生。里面收拾得很整洁，冲门的墙上贴着两条字：享受美丽的地方，放松心情的空间。

林中霞躺在一个小包房的美容椅上，一名美容师过来为她服务。那美容师穿着时尚，人长得也漂亮，眉清目秀，皮肤水嫩，嘴唇一定漂过，红红的，清晰的唇线使她的嘴显得很小巧。美容师不但长得漂亮，脾气也好，笑眯眯的，说起话来燕语莺声，很有女人味。她先拿着一个像小手电一样的护肤美容仪，为林中霞测试皮肤状况，夸赞道："你长得真漂亮，皮肤这么白，只是平时不注意保养，或者保养不得法，毛孔变大了，里面积满了尘垢，把这么好的皮肤糟践了。不过现在保养还不晚，用不了半年就能恢复了。"

"哦，这么长时间？"林中霞说，她还想问问这半年要花多少钱，但忍住了。

"时间不算长啊，也就是你的皮肤基础好，不然一年也不一定清理彻底。"美容师说着，开始用洗面奶为她清理面部，接着又用护肤美容仪喷雾，为皮肤补充水分，一边喷一边说："对咱女人来说，这脸就是半条命！要是对自己的形象懈怠了、放松了、邋遢了，魅力就减弱了。如果你连自己都不爱自己，那谁还会来爱你？"

几句话，说到林中霞心眼里去了。是啊，女人最珍贵的是什么？不是衣服，而是一张好看的脸啊。

美容师开始对林中霞面部皮肤施以穴位按摩，嘴还是不闲着："女人爱自己就要千方百计地善待自己。不要认为开美容店的能赚你多少钱，其实这脸是你自己的，这黄斑是你自己的，这些皱纹也是你自己的……时间长了……也许老公就不是你自己的了，云想衣裳花思容，哪个男人不爱美人？不是有人说过吗，男人好色，女人就要出色。女人应该对自己好点，投资自己的美丽和健康是最划算的。"

做完按摩，美容师又用护肤美容仪对林中霞面部毛孔排出的角质进行清理，然后再在她脸上贴一层紧肤防皱面膜，对皮肤进行提升护理。过了一段时间，美容师揭掉面膜，又将一些霜膏轻涂在她脸上，说是湿凝霜和活性美颜弹力青春原液，能使皮肤的弹力蛋白再度活跃，再现肌肤的青春活力。

全部程序做完了，林中霞坐起来，照照镜子，果然发现自己的皮肤水灵了许多，于是对美容师说声："谢谢！"

"不客气。"美容师说着，拿过两瓶洗面奶和两瓶护肤品说："我们刚开业，这次就不收你钱了。你买两瓶洗面奶和护肤霜吧，它有保湿及平衡皮肤的效果，作用很好的，你回去用它保养，不要让皮肤的黄斑出现反弹。"

林中霞一下愣住了，心想不是免费吗，咋还推销护肤品？再说兜里没带多少钱啊。她嚅嚅地问："多少钱？"

这时，曹丽娜从另一个包间也做完了，走过来说："中霞是我要好的姐妹，便宜点，收个成本价就行了。"

美容师听了，下了狠心似的，说："好，看丽娜的面子，原价一千八，打个五折，您拿九百吧。"说完又叮嘱一句，"对外可不要说这个价钱，我是赔本给你的。"

这么贵！林中霞心里一惊，现在下岗了，几个月不进一分钱，家里哪有这么多钱呀？但虚荣心又让她不能说没有钱，而是说："这次出来没带钱呀。"

美容师大方地说："没事，你是丽娜的朋友，先拿去用吧，下次来时带过来就行了。"

这下林中霞无话可说了，拿过洗面奶和护肤霜，转身跟曹丽娜出了美容店。

林中霞回到家的时候，正好十二点了。她有些后悔去美容，儿子过些时候就要交学费，自己把钱花在这不当吃不当喝的美容上，金谷知道了肯定会发火。

她见金谷正在厨房里做饭，急忙闪进屋，把带回的护肤品塞进大衣柜里。

刚把大衣柜门关好，陈昊放学回来了，欢跃地说："妈妈，考试了，我又得了第一。"

林中霞非常高兴，说："儿子，真棒！"

陈昊看着妈妈的脸，说："妈，你美容了？更漂亮啦！"

"是吗？以前妈妈不漂亮？"林中霞心里一阵慌乱，掩饰着说。

"漂亮，漂亮，我刚才说的是'更漂亮'！"他在一个"更"字上加重了语气。

"谁更漂亮?"金谷端着菜碗走进来问。

"是妈妈。爸爸，你看妈妈是不是更漂亮了？"陈昊说。

金谷看看林中霞的脸，问："你去美容了？"

林中霞一看他的脸，马上声明说："啊，是曹丽娜拉我去的，她的朋友新开的，刚开业不要钱。"

"不要钱？鸡不尿尿有便处，做生意的还能便宜了你？"金谷说着，把菜放在桌子上，招呼大家一起吃饭。

过后，林中霞想把那些护肤品给美容店退回去，又怕人笑话，想了想就留下了。可一想到钱，就有些头疼，决定出去找份工作，发了工资慢慢还。

林中霞在医院朋友的帮助下，去了一家私人诊所打工，给病人拿药扎针。这是一家新开业的诊所，位置在县城的边上，生意并不好，因此给她开的工资也不高。不过，毕竟有了一份工作，她的生活重新有了规律。

金谷在家里坐吃山空，心里又毛又慌，也去找工作。可是由于长期在粮食部门从事没有多少技术含量的工作，身无一技之长，一连找了一个月，不知碰了多少鼻子灰，也没找到一个合适的。他郁闷极了。

这天，陈良石打来电话，说尹巧凤病了。

金谷骑上摩托车急急地回到闻韶镇，带着奶奶到了镇医院做了各种检查，最后确诊为萎缩性胃炎，拿了一大包药。

吃中午饭的时候，陈良石看他明显瘦了，前额上的头发也掉了很多，鬓角有了不少白发，知道他近来日子过得不舒心，一阵心疼。他说："去找你叔叔呀，你看那方建，沾了多大的光！你要不好意思去，我给他打电话。"

金谷一听，连忙说："不用，不用，我自己能找到工作的。"

听陈良石说到方建，躺在床上的尹巧凤说："小米很长时间没来电话了，也不知咋样了。"

金谷连忙说："前几天我才跟她联系过，她挺好的。"

陈良石问："没提离婚的事？"

金谷说："我问了，她说不急，不会轻易放过方建。"

尹巧凤叹口气："这是何苦呢？"

陈良石想了想说："你姐姐要在广州混得不错，让她在广州给你找个工作也行啊。"

金谷摇摇头："陈昊上初中了，功课很紧，我想照顾他上了高中再说，上高中就能住校了。现在我要去了远处，不放心。"

陈良石点点头，说："也好。"说完，挂了拐杖走到床头，打开抽屉的锁，拿出一沓钱，递给金谷，"拿着，陈昊上学花销大，别难为了孩子。工作的事也别太着急，慢慢找。"

金谷泪水马上汪了出来，他知道由于企业不景气，这两年爷爷的工资也时常发放不及时，于是说："爷爷，我……我不能再要您的钱。"

陈良石一瞪眼，高声说："什么你的我的，一个井里讨炭，你的就是我的，我的就是你的。"

金谷用手背一抹泪水，动情地说："爷爷，我快四十的人了，不能孝敬您，还要花您的钱，我……"一阵哽咽，说不下去了。

尹巧凤用虚弱的声音说："说傻话哩！咱不是一家人嘛！"

金谷点点头，暗自下定决心，回去马上再去找工作，干什么已经完全不重要，能挣到钱养家糊口才是好样的，即便打扫卫生挖厕所都成！

23

不知从什么时候，在县城的国道边，形成了一个自发的劳务市场。每天，众多的下岗职工和农村打工者一大早就来到这里等活儿。

由于人多粥少，遇到一个来招人的，便会有一群人围过来，竞相压价，都盼着能被人招走。遇到较大的活，也许能干两三天，如果是小活，就干一天或半天。也有很多人，一天到晚都等不到活，就几个人聚在一起打扑克，或站在一旁看热闹。

陈金谷也到劳务市场来等活。

开始，他要面子，穿得干干净净，戴了一只大口罩，来了雇主也不好意思上前去争，更不好意思讨价还价，常孤独地站在或蹲到一边，这儿瞅瞅，那儿望望，直杵得腿抽筋了，脚发麻了，还等不到活儿。

好在不久，原来城关粮所的保管员小吕的出现，让这种情况有了改变。

这年秋天，国家为推进体制创新，消化历史包袱，分流富余人员，又一次对粮食企业深化改革。这一深化不要紧，彻底把传统的老国有粮食企业"深化"掉了。除了县粮食局留下十几个人收拾粮改后的烂摊子，应付职工上访，全县一千多名基层粮食职工全被推向了社会，自己找奶吃。

路边劳务市场，一下子涌进了不少粮食部门的下岗职工。小吕见到陈金谷，热情地跟他打招呼，打扑克缺人手的时候，就喊他过去，有时揽到了活，也把他叫上。小吕在城关粮所上班时，经常耍奸磨滑，人们都不愿跟他一个班组，陈金谷也很蔑视他。可没想到，在这劳务市场上却混得不错，是一个小工头儿，手下有三五个人，来了找活的，呼的一下围过去，占领有利位置，让别人无法插手。小吕对陈金谷一口一个"陈经理"。

陈金谷臊红着脸说："别叫我经理，那都是过去的事了。"

小吕却调皮地说："忘记过去就意味着背叛。"

慢慢地，陈金谷的脸皮越来越厚了，虚荣心越来越稀薄了，逐渐跟大家打成了一片，把口罩摘掉了，也敢跟小吕一起上前争活了。只是不会木工、瓦工，没有技术，只能干搬砖和泥的小工儿，工钱比大工少很多。

即使跟小吕一起团队作战，也不能保证每天都有活干。这天上午，陈金谷就没有找到活儿，有些失望地回家吃饭，刚走到粮油供应公司（按理，不应该叫粮油供应公司了，除了原有的职工住房，其他资产包括地皮都改旗易帜了）门口，突然响起了震耳欲聋的鞭炮声，他抬头一看，原来是常青娥的"稻香园酒家"开业了。

常青娥把粮油供应公司赔偿的六间门市进行了改造装修，三间经营粮油，另外三间和后面的几间仓库开了酒店。

酒店门口放置一个红色的充气宫门，青娥正穿着紫红色的套装，迎接前来祝贺的人们。她满脸喜气，眼睛亮亮的，眼神里充满了对此刻和未来的热情。

金谷由衷地感慨道："她性格真是大气，彻底从丧夫之痛中走出来了。"

青娥一抬头看见了他，高声喊道："金谷，快来，你到哪里去了，也不来给我帮帮忙？"

金谷走过来说："不知道你今天开业呀！"

青娥惊疑地说："中霞没跟你说？前天就告诉她了，让她告诉你。"

"哦，她这两天回娘家去了，也许忘了。"金谷急忙扯谎圆场。

青娥催促说："那你赶快回家换件衣裳，我等着你陪客人呢。"

"好。"金谷连忙回家，洗脸的时候，见镜子里的自己头发又脏又乱，胡子也几天没刮了，青森森的，于是潦草地洗了头，刮了脸，换好衣服往外走。走到门口，又返回来，在桌子上给林中霞留了个纸条。他又往外走，走到门口，又想起了什么，再返回来，打开抽屉拿了二百元钱，出门到一家礼品店买了一对花篮，提着来到稻香园酒家。

酒店规模不大，一大两小三个雅间，前厅里放着六七张长条桌，厨房在后面的仓库里。今天的客人满满的，都是青娥的同学、以前的同事和朋友。

青娥把金谷安排在雅间里，陪最重要的客人。

厨师拿出了看家本事，菜做得色香味俱佳，得到了大家的一致好评。大家推杯换盏，高潮迭起，都夸青娥为人实诚，拿得起，放得下，一定会把这酒店经营得风生水起。

金谷今天高兴，喝得有点高，散席了，帮青娥送走客人，还要帮着收拾残席。青娥见他脚底无根的样子，劝他回家休息，但他执意帮她收拾。

收拾完了，青娥沏了一杯茶，让他喝会儿水再走。

金谷喝口茶说："青娥姐，还是你厉害，自己开饭店当老板，比我强。"

青娥看他一眼，说："喝多了？我一个娘们儿家咋能比你强？我的难处你不知道。"

金谷大幅度地点点头："是，你肯定有难处。你有难处，我有难处，我们粮食部门下岗的人都有难处。干了这么多年的粮食，一无特长，二无技术，到头来连饭碗子都丢了，命咋这么苦啊！"

青娥坐在他对面，说："你咋还纠结这些事？我是想明白了，命苦不能怨政府，点背不能怪社会。你怨也好，怪也罢，有啥用？没有人会同情你，可怜你！就要跟命运争。你不争，是命运的奴才，你力争，才会成为命运的主人。如果前面有阴影，一转身，面前肯定有阳光。"

金谷惊奇地看着她，说："三日不见，刮目相看，青娥姐，你行啊，成哲学家了！"

青娥脸红了，连忙说："你笑话我。"想了想又说，"说实话，我挺感激你的，要不是你主持着把这几间门头房给了我，我现在还不知道到哪里喝西北风呢！"

金谷摇摇头，自责道："是我把程刚害了啊，要不是……"

青娥马上提起壶来给他续水，催他快喝，意思很清楚，不让他说下去。她看看金谷说："这段时间你的脸黑多了，在劳务市场找的活不好干吧？"续完水坐下，又说，"开了这个饭店，粮店那边顾不上了，要不，你来帮我照看粮店吧。"

"好啊。"金谷一听，高兴地说。

"你回去跟中霞商量商量，如果行，明天就可来上班了。"青娥一脸喜悦。

"好！"金谷站起来走了。

金谷出了门，一看表，已经三点了，到劳务市场下午也找不到活了，就直接回了家。

他打开电视，歪在沙发上看电视剧。电视里正在播《我非英雄》，孙红雷扮演的刑警队长陈飞在洗手间洗手时，发现了几滴血迹，他掏出枪来，在最后一间厕格中，发现搭档、刑警大队副队长胡建国瘫坐在马桶上，一柄短箭似的凶器插在他的心脏上……剧情扣人心弦，引人入胜。不过，每播二十来分钟，就要插播一次广告，广告时间还长，让人不胜其烦。

金谷看上了瘾，直到林中霞下班回来，他还坐在那里盯着屏幕。

林中霞疲惫地进了门，见金谷在看电视，心里便有些不高兴，说："你咋这么早就回来了？"接着闻到他身上一股酒味，又问，"喝酒了？"

"喝了，"金谷说，"今天青娥姐的酒店开业，我去祝贺了。"

"祝贺了？花了多少钱？"林中霞一听，气不打一处来，"你不去找活干，而去喝酒，以后这日子咋过？"

金谷今天的心情好，没有跟她吵，反而笑笑说："以后的日子会好过了，青娥姐让我去帮她打理粮店，再不用整天跑劳务市场了。"

"什么？你要去给她打工？你好意思啊！"林中霞转过身，瞪着眼说。

"咋了？给谁打工不是打？给钱就行呗。"

林中霞杏眼直竖，说："不行，不能去！"

"为啥？"金谷不明就里地问。

"为啥？你的花花心眼子我看不出？你们想再续前缘吗？"

"续前缘？"金谷一怔，明白了林中霞的意思，说，"你说什么呀？我跟青娥姐之间……"

林中霞不耐烦地打断他的话："别整天青娥姐青娥妹的，你们之间那点事我早知道，你不能去她那儿！你要去，我们就……""离婚"二字虽然没说出口，但意思很明了了。

"你这人不可理喻！"金谷极力控制着情绪，面颊早已颤抖，一下站起来，摔门而出。

为了儿子陈昊，他不能离婚，甚至连架都不愿跟林中霞吵。

他前思后想，到底没有去常青娥的粮店。由于没精力照看，常青娥就把粮油店转租了出去。

陈金谷重新到劳务市场打零工。

可是，没过多长时间，劳务市场被有关部门取缔了。

这缘于一起造成一死两伤的车祸。而死者正是小吕。

这一日，来了一辆招工的面包车，车还没停稳，路边等待出工的人，就呼的一下围过去。小吕一马当先，领几个哥们横跨公路冲在最前面。可就在这时，一辆货车驶过来，新手司机错把油门当了刹车，小吕被撞得头破血流，当场毙命，还有两位民工一重伤一轻伤。金谷只是当时动作稍慢一点，没有冲在前面，才逃过一劫。

血腥的车祸就发生在眼皮子底下，金谷腿都软了。他忍着剧烈的头痛，帮助小吕处理完后事，在家躺了三天才渐渐缓过劲来。

等他再去劳务市场时，这个自发的劳务市场已被政府责成有关部门查封了。后来，政府重新划出一块闲地方作为劳务市场，但位置又偏又远，没人去招工，也没人去上市。

这样一来，陈金谷找活更难了。

这天早上，陈金谷刚起床，付志国打电话来，鼓动他上午9点到县政务中心上访，主要诉求是让县政府督促各镇村落实下岗职工"非转农"政策。

真是风水轮流转,当年多少人为了"农转非"挤破了头,而今却要苦苦哀求着把户口再转回农村! 然而,有很多村却千方百计阻止他们回去。 近几年,国家为了鼓励农民的种粮积极性,对粮食种植实行了补贴政策,种粮又有利可图了,即使自己不种,流转出去也可获笔收入,因此谁都不愿抽出地来分给回村的下岗职工。 尤其是面临拆迁的县城城郊村,回村落户就意味着分集体的房和钱,硬要从村里的大锅里挖一碗饭吃,必然会损害到原来村民的利益。

金谷放下电话,想来想去没有去。 他觉得那个小时候的乡村回不去了,自己的心不可能再安放在那片黄土地上,城市化是历史大势,自己在城里安了家,林中霞是说什么也不会跟自己回家种地的。另外,儿子正在县城上学,不可能舍下他再回闻韶镇。

不过,他对同事们去上访却乐观其成。

24

家里开支捉襟见肘,林中霞对这样的日子非常不满意,时不时挖苦金谷窝囊。 金谷最不愿听林中霞骂自己无能,尤其在儿子陈昊面前,他欲反驳,说话却没有底气。

他沉不住气了,明年陈昊就要考高中,高中之前是义务教育阶段,不用交学费,花费少,到上高中,学费要自己交,连同生活费将是一大笔支出。 儿子学习成绩很好,绝不能因为经济问题耽误了孩子的学业。

这时,爷爷又打电话来,说奶奶病了,让金谷带她到县医院检查检查。

金谷借了一辆汽车,把奶奶拉到县医院一检查,结果让他和陈良石都震惊了,竟是胃癌! 且已经扩散,没法做手术了。

陈良石不相信,说:"咋一发现就扩散了? 一定是误诊了。"他又给儿子满仓打了电话,让他带尹巧凤到省城进行复查。

然而，省立医院的诊断结果跟县医院一样，医生建议住院化疗。

化疗的副作用让尹巧凤十分痛苦，恶心、呕吐、疼痛、食欲不振、发烧，第一疗程勉强坚持下来，就闹着出院回家，说死也要死在家里。

满仓怎么劝都不成，陈良石也说服不了她，只好说："随她吧。"于是带了些药回到了闻韶镇。

金谷住下来照顾奶奶。

尹巧凤每天在家里由村医为她打点滴。其实输的也不是治病的药，而是维持生命的营养素。

奶奶的样子非常憔悴，人小了一号。

金谷坐在床边，看着液体一滴一滴缓慢地注入奶奶的静脉，就像听到了奶奶走向死亡的脚步声。奶奶干瘪的胳膊上清晰可见的血管，仿佛又把他带进了往昔岁月的河流。他开始记事的时候，奶奶虽已是中年，但是那么健壮，那么年轻！四十年来，为了一家人，她起早贪黑，缝衣做饭，操心受累，付出了多少辛劳，以致积劳成疾！

他握着奶奶的手。奶奶干瘦的手面上骨节、青筋和老年斑非常清晰。他多想紧紧拉住岁月的缰绳，让时光的脚步慢些，再慢些。

然而，让他无比痛心的是，奶奶的病比预想发展得要快，没过一个月，开始犯糊涂了，常常语无伦次，前言不搭后语。

陈良石开始默默地为她准备后事，为她置办了寿衣。寿衣从内到外有好几层，古装样式，最外面一件呈天蓝色，上绣着"五蝠捧寿"的图案。

奶奶又开始说话了，虽然含混不清，但金谷听得清清楚楚。只听尹巧凤说："满囤，满仓，回家吃饭了……别打孩子……小米……有好吃的要让……让着弟弟，真乖！"

金谷的泪水"哗"地从眼眶里涌出来，肆意汪洋。

又听奶奶说:"这活我干……走? 我不走,不走……"

坐在一旁的陈良石也听到了,走到床边,大声地说:"谁让你走啊? 你不愿走就不走!"说着,俯下身子,用嘴唇在她的额头上试一试体温,说,"不烧啊。"

金谷看到这一幕,惊呆了。与其说爷爷是在试奶奶发不发烧,倒不如说这是爷爷用最前卫的方式来表达对奶奶的爱!

人的生命就好像一盏灯,有时非常脆弱,一阵风吹来就会"噗"的一声灭掉,有时又非常顽强,不熬干最后一滴油不会熄灭。尹巧凤不吃不喝半个月了,营养液已输不进去,只是心脏却还在虚弱地跳动。

这天早晨,陈良石又用嘴唇在她额头上试试烧不烧,然后对金谷说:"去给你叔叔和姐姐打电话,让他们回来吧,你奶奶没有两天的活头了。"

"不,奶奶不会死的!"金谷含着泪说。

"人还有不死的? 你看,抬头纹都放开了,撑不多久了,快去吧。"陈良石说完,坐在床边上,握住了尹巧凤没有血色的手。

金谷悄悄地退出屋,给叔叔和姐姐打电话去了。他同时给林中霞打了电话,让她带着陈昊一块回来。

下午,林中霞带着陈昊刚到家,陈满仓也开车带着妻子朱白丹和儿子陈文斌回来了。

一家人围在尹巧凤床前,看着她。她正在昏睡中,瘦削的脸颊上,两个颧骨像两座小山似的凸出在那里,肤色姜黄,一双深陷的眼睛紧紧地闭着。

满仓来到床前,叫了一声:"娘!"

尹巧凤眼皮费力地睁一睁,没有睁开,上唇碰下唇动了几次,像是说了一句什么话,却没有一点儿声音。

满仓急忙把耳朵送到尹巧凤嘴边,尹巧凤的嘴却不动了。 满仓期待地喊："娘，你说话啊！"

可娘就那么躺着，一动不动。

朱白丹在一旁看着，掏出手绢擦起了眼泪。儿子陈文斌躲在她的身后，童稚的脸上充满了害怕的神情。

直到第二天傍晚，小米才赶回了家。

她急切地来到尹巧凤床前，唤了一声"奶奶"。

尹巧凤听到她的叫声，身子动了一下，眼皮儿撑出了一条细线。她嘴唇动了动，小米急忙把耳朵贴在她的唇边。她闻到奶奶嘴里发出的浓重的陈腐之气里夹杂着若有似无的丝丝甜腥，但一点声音也没有。

"奶奶，你说话啊！"小米在奶奶耳边催促说。

尹巧凤却闭上了嘴，也闭上了眼，胸膛一起一伏，仿佛在攒劲儿。终于，她的眼皮又撑开了，嘴唇颤巍巍地动了动，残牙交错间，挤出了一字："米……"还想说些什么，却再也发不出任何声音，眼皮又合上了。

陈良石始终抓着尹巧凤干树枝样的一只手，想通过他的手，把自己的气血传递给老伴，然而一切都是徒劳的，他感觉到尹巧凤的手渐渐变凉了，无奈而平静地说："人不行了，给她穿寿衣吧。"

大家都在看着尹巧凤，却没有一个人觉察到她的魂魄已驾鹤西去，经陈良石这么一说，才醒悟过来，都张开嘴大哭起来。

数小米哭得最响，一把鼻涕一把泪，一边哭还一边说："奶奶啊，我的亲奶奶啊，我那苦命的奶奶啊，我那叫不答应的奶奶啊，你咋说走就走了啊？不管我了啊……"

林中霞哭了一阵，率先停下来，上前去劝小米和朱白丹不要哭了。

朱白丹到底是城里生城里长的，不会像乡下媳妇那样的号啕，擦擦眼泪收了声响。小米却停不下来。

哭声把邻居福德和牢靠招来了，还来了一帮妇女。妇女们眼窝都浅，虽然对尹巧凤的死早有预料，可还是流下了伤心的泪水。她们七手八脚地给尹巧凤穿好寿衣。

穿寿衣的空儿，男人们已在正房冲门用两条凳子架起两块门板，搪好了灵床，大家把尹巧凤的尸体抬过来放在上面。

陈良石叫上满仓开车去了陈沙窝，他要把尹巧凤埋到祖坟里，将来自己也要埋在这里，一起守着父母。

满仓是儿子，出丧的事由他出头。其实，陈良石早把一切都计划好了，平时，街上谁家遇上红白喜事，他都去给人帮忙，关于发丧的风俗和细节，关于程序和用品，他全懂。儿孙们只管哭就行了，什么事都不用操心。

在是否给方太广送信上，陈良石犯了一些心思，按说理应送信儿，可小米和方建铁了心要离婚，心想，不再掺和也好。

可是，让他想不到的是，出丧这天，方建带着儿子方远来了。他们是坐一辆黑色加长小轿车来的，油漆锃亮，能像镜子一样照出人影来。有识货的说："这是劳斯莱斯，好几百万呢！"

方建带来了一个精致的折叠大花圈，还上了一万元的礼金。

几年不见，陈小米快认不出方建了。原来瘦得像螳螂一样的身体，跟吹气似的鼓了起来，尤其是小腹，当仁不让地挺着，好像抱着一个大冬瓜。本来不大的眼睛，给肥嘟噜的脸蛋往上一挤，成了一条缝，眼珠快看不到了，两只手上都戴着硕大的金戒指，走起路来一晃一晃的，完全是一副功成名就的老板派头。

小米一眼看见了儿子，心里立时涌起满腔愧疚，鼻子一酸，落下泪来。她跑过去，一下抱起小方远。可长时间不见，儿子已不认识妈妈了，扭动着身子挣扎着，哇的一声哭起来，像被人贩子绑架了一样。

小米痛苦地说："小远，我是妈妈呀，咋，不认识妈妈了？"

这时，方建走过来，一下抢过了儿子，说："你还知道是他妈妈？有你这么狠心的妈妈吗？几年都不回家看看孩子！"

小米看他一眼，呛白说："这怨我？你跟那狐狸精整天缠在一块，让我咋回家？"

方建有些理屈，不耐烦地说："别说我们俩的事，我说的是孩子！"

小米声音更高了："你干出那窝囊事时咋没想到孩子？"

听到吵闹声，村里的几个年轻人凑过来，撸起袖子，气势汹汹地点着方建的鼻子问："你是来吊丧的还是来闹事的？"

方建一看，心里一毛，知道好汉打不出庄，就软下来说："没事儿，我们两口子的事。"

这时，陈满仓走过来，劝解道："别吵了，你们的事以后再说，现在不是吵架的时候，这里也不是吵架的地方！"

方建抱起孩子走了。

"小远！"小米在背后叫着。

方建迅速地钻进了劳斯莱斯，汽车猛地启动，绝尘而去，气流搅得路边的草屑和尘土旋转着纷飞起来。

小米一下蹲到地上，哇的一声大哭起来。

丧事按照农村的基本程序进行，送浆水，烧轿子，上路，拜祭，最后把尹巧凤的骨灰送到陈沙窝黄河岸边的坟坑里。

一个圆圆的坟头，为这个女人坎坷的一生画上了一个句号。

回到家，一家人围着陈良石坐下来，低着头，脸色沉重，谁也不说话。

陈良石拿出账本和一沓沓钱，说："这是收的人情份子钱，我让理事会的人给分好了，属于亲戚的归伙里，支付丧葬花销，属于朋情的谁的关系归谁，都拿走吧。"

满仓急忙站起来说:"不,您留着养老吧。"

陈良石摇摇头:"我用不着,我是离休干部,有工资,有病医疗费国家全管。再说,这人情钱就是些欠账,以后谁的欠账谁还。"说着,把账本和钱向前推了推。

大家没有一个去拿,陈良石见状,站起来,一份一份递给朱白丹、林中霞和小米。

满仓看看陈良石说:"爸,跟我到城里去住吧,以后我来照顾你。"

陈良石摇摇头:"不去,那里我住不惯。我就在家里,哪儿也不去。"

小米担心地说:"你这么大年纪了,一个人在家里我们咋放心?"

陈良石摇摇头说:"没事的,我这身体还行,你们都忙。实在不行就让金谷照顾我。"其实,他早有了打算,金谷工作一直不稳定,收入不好,他想用自己的离休金帮帮他。

林中霞不明白他的用意,心里说:"凭啥把金谷拴在家里啊,养老也应该先靠儿子啊!"她张了张嘴想说点什么,但看到金谷直拿眼瞪她,就没有吱声。

天就要黑了,陈良石催促说:"都早点回去吧,累了几天,回去歇歇吧。"

大家都走了,只有金谷和小米留下来陪爷爷。

晚上,小米为爷爷熬了小米稀饭,炒了一盘鸡蛋,可陈良石没有吃,早早地上床睡了。他觉得疲惫极了,仿佛操办老伴的丧事耗尽了所有的心血和精神。

金谷和小米两个人守着饭,也没有食欲,吃了几口,收拾了碗筷,准备早点休息。

金谷来到床前,见爷爷面朝里躺着,不知道他是否睡着了,就轻声地问一句:"爷爷,喝水吗?"

陈良石未吱声。

金谷以为爷爷睡着了,把暖瓶和水杯放在床头的小桌上,在爷爷身边躺下来。 也许是太累了,头一着枕头,就发出了鼾声。

半夜里,金谷被一阵"呜呜"的哭声惊醒,那声音仿佛从遥远的地方来到耳畔,开始还以为自己在做梦,仔细一听,才发现这哭声是由爷爷发出的。 借着月光,看到爷爷面朝墙壁,像刺猬一样缩成一团,肩膀微微抽动着,发出一声声压抑的呜咽,像老牛粗重的低吼,仿佛是从灵魂深处艰难地一丝丝抽出来的,散布在屋里,织出一团悲哀的黑暗。

"爷爷!"金谷坐起来,轻轻地推一推爷爷。

哭声戛然而止。 许久,陈良石翻身平躺下来,用手擦擦眼窝,说:"没啥,睡吧。"

金谷的心像被针扎了一下,劝慰道:"爷爷,您不要太伤心,奶奶年纪不小了,她生病后您没少给她支使,您已经尽心了。"

陈良石喘口粗气,呼地喷出来,感慨说:"你奶奶这一辈子不容易啊!"

"是啊,"金谷点点头,说:"可奶奶以前多次跟我说过,跟了您,她知足了。"

"哦。"陈良石沉默良久,闭着眼睛说:"知足了,我也该知足了!"

慢慢地,他心平气和地睡着了。

25

第二天一早,小米走了。 临走前,陈良石对她说:"小米啊,你年纪不小了,该过安稳日子了。 跟方建不能过,离就离吧,光拖着对自己也不好。"

小米看爷爷一眼，眼窝湿润了，说："爷爷，您别操心了，我会处理好的。"

"哦。"陈良石点点头，自言自语地说，"这老人啊，对孩子总有操不完的心。"

小米走后，金谷又在家待了两天，在爷爷的再三催促下，回到了县城。

他每天外出找工作。可冬天到了，很多工程都停下来，三天两头找不到活干，一家人的生活收支左支右绌，林中霞的唠叨更加频繁。

金谷觉得心中有愧，开始并不反驳，可时间长了，忍无可忍，就开始吵嘴。两个人三天一小吵，五天一大吵，都像打了炮眼填了炸药等待爆破的石头，一点就崩。有时为钱，有时为吃喝，有时为儿子，有时为了鸡毛蒜皮的小事，有时甚至什么都不为，只是心中堵得慌，想吵架，想发泄。

金谷的心中越发灰暗，开始借酒浇愁，企图以酒来消解胸中的块垒。他喝了醉，醉了睡，醒了喝，喝了再醉，喝醉了酒也不再去找活干。

这天，天渐渐黑下来，金谷饮干了杯中酒，再倒时，瓶里一滴也没有了。酒兴未尽，摸摸上衣口袋，从中摸出皱巴巴的十元钱，扶着桌子站起来，要出去打酒。

这时，儿子陈昊正好放学回来了，金谷就把一个小塑料桶和钱交给他，硬着舌头说："宝贝，回……回来了，去，去给……老爸打……打酒去，打关……东高……高粱烧。"

陈昊站在那里没动，说："爸，学校让交钱，补课费。"

金谷一瞪眼，说："又……交钱？什么破学校，咋整天交……交钱？哪有钱？"他把几个口袋都掏出来，摊摊手说，"哪……哪有钱？我身上又不……不长钱！"

陈昊明年就要中考了，平时吃住在学校，每星期回家一次。一米七多的个子，瘦瘦的，嘎了一副公鸭嗓子，看上去既不像大人又不像孩子。儿子看看他醉醺醺的样子，小声地说："你整天喝酒有钱。"

金谷一怔，提高嗓门儿说："我喝酒，我……我挣……"他想说我喝酒的钱是我自己挣的，但一想自己这段时间实在没挣到钱，就没说出来，可怜巴巴地皱了皱眉头，英雄气短地摆了摆手说，"拿去吧，不……不打酒了，交……交学校吧。"

陈昊说："不够啊，要交一百呢，这才十元。"

"不……不够？找……找你妈要去。"

这时，妻子林中霞正好拖着疲惫的双腿进了家门，看到桌子上杯盘狼藉，气便不打一处来："找我要钱？我身上就长钱？这阵子家里花销不都是靠我那点工资强撑着吗？瞧你那德行，一个大老爷们整天窝在家里灌马尿，早晚让酒鬼把你的命勾走了！"

"勾……勾走了倒……倒好，省……省得活……活受罪！"金谷张着五个手指头，比比划划地说。

"你……去死吧，死了干净！"林中霞跺跺脚说，接着呜呜地哭起来，一边哭一边数落，"我哪辈子作了孽，嫁了你这样一个窝囊废！呜呜……"

一听妻子又当着儿子的面骂自己窝囊废，金谷急了，趔趔趄趄地来到一个橱子前，打开门，从中搬出一大摞荣誉证书扔在床上，说："我，我他妈是窝……窝囊废？我以前是……是公司的团支书，是经理哩……以……以前哪……哪一年不……不是先进？"

林中霞拣起几本荣誉证书举在他面前："先进顶个屁用？先进不也下岗了吗？这能买粮？这能买菜？这能给儿子交学费？"她越说越气，一下把荣誉证书扯成两片，扔出门外，还不解气，又转身抱起床上所有的荣誉证书，一股脑地扔到门外，愤愤地说，"跟你的先进过日子去吧！"

金谷仿佛受了天大的污辱，一步冲到妻子面前，用手点着她的鼻尖，一字一顿地叱喝道："给……我……拾……回……来！"

林中霞一下拨开他的手："就不拾！咋样？"

"我……揍你！"金谷说着，一拳打在林中霞胸部。

林中霞猝不及防，一屁股蹲到地上，接着站起来，上前就要跟金谷交手。陈昊一个箭步跨过来，把她抱住了。

林中霞挣扎几下，没挣脱，索性蹲到地上大哭起来，一边哭一边说："你个没良心的，我上养老下管小的，哪里对不起你？"说着扯扯身上的衣服，"你睁大眼睛看看人家小周、小潘，整天穿红戴紫的，这两年，我添过一件衣裳？跟了你真倒了八辈子血霉！"她越想越委屈，越想越气愤，提高嗓门儿骂道，"你整天困在家里，钱挣得不多，脾气倒长了不少，敢打人了！把手伸到裤裆里摸摸，你还是个男人不？我看这日子没法混了！"

儿子面前，金谷不想示弱，粗嗓大声地说："没法混就……就不混了，你……你觉得委……委屈，就离婚，随你到……到哪里享福去！"近些日子，每逢吵架必言"离婚"二字，都快成口头禅了。这不，一顺嘴又溜达出来了。

"好，姓陈的，这可是你说的，这回谁要不离谁是婊子生的！"林中霞一骨碌爬起来，开始收拾东西。

"爸，你……"陈昊怨恨地看了爸爸一眼，见他两只眼睛红红的，像输急了眼的赌徒，不敢吱声了，转身又去劝林中霞，"妈，俺爸他喝酒了……"

"他喝酒喝到狗肚子里了，不会说人话了？"林中霞一边收拾着衣物，一边说，"现在嫌俺了，看俺不顺眼了，俺原来在县医院上班多好，非显能，投门子钻窗户地把俺调到粮食上来，到头来让俺和孩子跟着遭罪……"

金谷见林中霞真的要走，心有些软了，但嘴上并不服输："走，走吧，永远别再回来！"

林中霞决然地走了，儿子陈昊没有拦住。

陈昊回到屋里，站在墙角抹眼泪。金谷看了他一眼，说："你等等。"说完，披上件外衣出门去了。

他要去稻香园酒家找常青娥借钱。来到稻香园酒家旁的小广场，见青娥正在那里收拾音响，几个中老年妇女聚在她的身边，要等她把音响弄好了一起跳广场舞。

不知从什么时候开始，广场舞在大街小巷风靡起来，每天晚饭后，一群群中老年妇女就在县城大大小小的空闲地上跳起舞来。稻香园酒家的旁边有一块宽敞的水泥地，是原来粮油供应公司的一块晒场，附近的大妈们便把它占了，每天来跳舞的有几十人，多时甚至达到一百多人。

青娥是个想得开、放得下的人，除了偶尔的忧愁，她一向是乐观的，再苦再难的日子都战胜不了她那豁达的天性，丈夫程刚的死只是让她萎靡了一阵子，不久又变得热情乐观起来。她免费为舞蹈队提供音响和茶水，每天晚上都为广场舞忙里忙外地张罗，并逐渐成了领舞。

通过跳舞，她的腰身明显地苗条了，脸色变得酡红，浑身充满了活力。

金谷见青娥忙着，就来到酒店里等着。

厨师正在杀鹅，准备做店里的招牌菜——特色砂锅鹅。他蹲在水池边清洗着脱去白毛的鹅，细心摘着上面的绒毛。鹅那原本高贵的曲颈软软地耷拉到水盆的一侧。

这让金谷想起了骆宾王的《咏鹅》诗："鹅，鹅，鹅，曲项向天歌。白毛浮绿水，红掌拨清波。"这时，他心中突然滑过一丝悲哀，感叹它们与生俱来的高贵和净白，即将变成俗人餐桌上的吃货，而食用过它们的人，不会去怀念它们曾经在池塘里的模样。这不正好是粮食人的人生写照吗？想当年粮食部门吃香时，曲项向天歌，多么高贵，多么自在！而现在却像这断了气的鹅一样，再也抬不起头来！

门外飘来欢快的歌曲。金谷仔细一听，竟是《年轻的朋友来相会》："再过二十年，我们重相会，伟大的祖国该有多么美……"歌曲让他一下子想起了多年前组织的青年联欢会。掐指一算，到现在正好二十年了，自己由一个毛头小伙子，变成了一个毛头小伙子的爸爸了，可现在的处境比起二十年前差远了！那时候是扬眉吐气，人人羡慕，现在是穷愁卑微，人人鄙视，这让他对以往经历有南柯一梦之感。他怨天尤人地感叹道：自己怎么就混成这个样子了呢？

歌曲《年轻的朋友来相会》播送完了，又响起了《十送红军》的乐曲。金谷一怔，儿子还在家等着呢，急忙走到门口向青娥招招手。

青娥刚要扭动腰身领舞，看到了他，马上停下走过来问："有事？"

金谷不好意思地说："借我一百元钱，陈昊要交补课费。"

"怎么，家里连一百元都没有了？"青娥想问一句，但怕伤了他的自尊，就说："一百够吗？不行拿二百吧。"说着到吧台拿了二百元递给他。

金谷接了，说："也好，过两天还你。"

金谷回到家时，陈昊已把林中霞扔在天井里的荣誉证书都捡了回来，并用根细绳拴成一摞，放在桌子上。他拿着几本陈旧的杂志和几张发黄的报纸，兴奋地说："爸爸，这上面有你的文章！"

金谷瞥一眼，说："很早以前写的呢。"

陈昊由衷地说："爸爸，你真厉害！"

"厉害？我还厉害？"金谷苦笑着，把一百元和原有的十元钱都递给儿子,说,"上学去吧,路上买点吃的。"

儿子拿钱走了,不一会儿又返回来,把两个火烧放在桌子上:"爸,我给你买了两个火烧,你吃吧。"

金谷抚摸着儿子的头,哽咽着说:"儿子长大了,知道疼爸爸了,爸爸不饿,你吃了去上学吧,在学校好好学,明年考个重点高中,以后考个好大学,一来自己有个好前程,二来也给爸爸长长脸。"

陈昊认真地点点头:"老爸放心吧,我不会让您失望的!"说着,看爸爸脸上满是难得的温和,趁机恳求道,"爸爸,你别再喝酒了,喝酒对你的身体不好……"

金谷一怔,马上说:"好,好,不喝了,听你的。快去上学吧。"说完,又爱怜地摸了一下儿子的头。

陈昊还站在那里不走,欲言又止的样子。

金谷问:"还有事?"

陈昊小声地说:"你去把妈妈接回来吧。"

金谷的脸骤然转阴,鼻孔里喷出一股粗气,说:"大人的事你别管……"

儿子上学去了,金谷拿过刚才儿子放在桌子上的杂志和报纸,翻看着,一下勾起了他对过去美好的回忆。

"还想做文学家呢!"他嘲笑自己,接着从一参加工作一直回忆到当下,越想越悲伤,越想越痛苦,禁不住感叹一声,"人家都是步步高,我咋光走下坡路?"

他感到口渴,摸暖壶倒水喝,把几把暖壶倒个底朝天,只倒出半杯浑浊不堪的水来。看了看,愤愤地把水泼到院子里,索性趴到自来水管上,灌了一肚子凉水,回到屋里,重新躺在床上。

冰凉的自来水在他的肚子里翻腾,心里越来越酸。他没有再起床吃东西,胡思乱想了许久,沉沉地睡去了。

等到睁眼醒来，第二天的太阳已透过窗玻璃照在了枕头边。他懒洋洋地坐起来，朝四下望望，并没有林中霞回来过的痕迹，又重新躺下来，闭上眼睛。

他清楚两口子吵架女人的三部曲，一哭二跑三喝药，或一哭二跑三上吊。演出已进入第二幕，但绝对不会发展到第三幕。因为林中霞是个聪明人，不会干傻事。

以往，他有一个屡试不爽的小伎俩，每次吵架后不吃不喝，躺在床上，装出一副可怜相，林中霞一看，心先软下来，做了饭摆在桌子上，然后招呼他，语气像招呼儿子。他再拿捏一番，等到林中霞声色俱厉地说："还要我喂你呀！"这时，他趁机"扑哧"一笑，满天阴云顿时消散。

这次他失算了，打悲情牌的必杀技失灵了，夜幕又盖下来了，林中霞还没回来。他有点心慌了，想到岳父家去找她，但男子汉大丈夫的自尊让他把这个念头只停留在脑子里。肚子饿得不行，拿过儿子买的火烧，啃几口，又冷又硬，就扔在一旁，继续睡觉。

不吃不喝，都两天两夜了，要不是青娥听说了前来看看，陈金谷也许还要躺下去。

青娥把一个饭盒放在桌子上，看一眼团身躺在床上的金谷，用戏谑的口吻说："哟，这床咋惹你了，大白天还跟它较劲？"

金谷抬眼一看是她，吃惊地问："你咋来了？"

青娥继续挖苦说："我来看看英雄啊，长胆了，敢打老婆了，狗熊变英雄了！"

"你别西北风刮蒺藜——连讽（风）加刺好不好？"金谷红着脸，懒洋洋地坐起来。

"你们为啥吵架？"

"她骂我是窝囊废！"金谷气呼呼地说。

"我也看你是个窝囊废！一个堂堂大经理，混到现在这副光景，不是窝囊废是啥？"青娥激将地说。

"你！"金谷没想到她也这么说，使劲一甩头，把乱草似的头发甩到脑后，不服气地说，"还不都怪国家政策，前些年我哪年不是先进？"

青娥怒其不争地看他一眼，用大姐般的口吻说道："不论什么样的好酒，如果发酵过了也会变成酸醋。十年河东，十年河西，谁能保证自己一辈子都处在上风头，都站高枝上？现在是社会在变，下岗的一茬人呢！这是国家大形势，你能把这拽回来？我们还年轻呢，你难道要这样浑浑噩噩地过下去？"

金谷苦笑着摇摇头，没说话。

青娥看他一眼，又说："就好比在海上，船快要沉了，想要活命就得抓住个救生圈选择往海里跳，活命要紧啊！你还整天窝在家里睡大觉，能等来啥？你呀！"

金谷分明是听到心里去了，渐渐低下了头，脸一阵红一阵白。

青娥又说："你不为自己想，也该为孩子想想，陈昊就要考高中了，你这个样子，孩子会咋想？耽误了孩子可是大事！"

青娥的一番话，仿佛一只无形的大锤重重地敲在金谷心上，让他好生自责。是啊，自己这段时间是咋了？怎么老是怨天尤人、不思进取？自己一个大老爷们儿还不如眼前这个女人呢！她咬着牙抵抗命运的打击，既不诉苦，也不埋怨，而自己却要做困难的俘虏！他开始鄙视自己没出息的所作所为。不能再这样下去，不能！尤其青娥提到了儿子，更让他心里一振，一股男人的责任感和豪壮气概，从心中涌了上来。

他下了床，穿上鞋，到自来水龙头旁洗洗脸，回到屋里说："好了，青娥姐，你别说了，你不说我也明白……放心吧，就算为了儿子，我也要混出个人样来！"

青娥把几百元钱放在桌子上走了，走到门口，又回头说："去给中霞赔个不是，把她接回来吧。"

送走青娥，金谷又坐在床沿上沉思良久，然后站起来走出门去。

他并没有去找林中霞，而是去了"一剪美发廊"理了发，刮了脸。他要以一副全新的面貌开始新的生活。

回到家里，金谷找出几张稿纸，字斟句酌地撰写了自己的简历，定稿后拿去打印社打印了二十多张，开始去找县城的每一家职业介绍所。

一个星期过去了，没有一个职业介绍所反馈信息。

正当他焦躁不安之际，常青娥带来了好消息。一个常年为稻香园酒家供油的油脂厂，正要招一个业务员，她给厂长打电话，把陈金谷推荐给厂里。

油脂厂设在邻县，陈金谷去厂里当了业务员。

油脂厂规模很大，占地六百多亩，有五条浸出油生产线，产品畅销全国各地。业务员的工资待遇是底薪加提成，推销越多，提成越多。

金谷领到了第一个月的工资，是一个让他没有想到的数字，心里乐开了花。

他想到了妻子林中霞，可以向她证明自己不是窝囊废了。

他要把妻子接回来，共同度过一个愉快的周末。

两个来月没有见到妻子了，正是如狼似虎的年纪，说不想是自欺欺人，早就想去找她了，只是前段时间兜里没钱，怕去了自取其辱，才忍住了。

金谷兜里揣了钱，骑着摩托车，先去了林中霞工作的那家诊所，诊所的医生说她半月前就辞职了。又去岳父家，岳母把他数落一顿，最后告诉他，林中霞到省城打工去了。

金谷的心一下子凉了半截。妻子咋连辞职和外出打工这么重大的决定都不告诉自己呢？难道真想离婚？他越想越预感到问题的严重，想去省城找她，又怕请假耽误工作，就没去。

金谷对这份工作倍加珍惜，起早贪黑，不辞辛苦，既跑购，又跑销，非常用心。

忙忙碌碌中又一个月过去了，在公司的十几个业务员当中，他的购销量跃居前三，老板给他开了很高的工资。

金谷心里有了一种绝望触底之后开始反弹的振兴。

他想到很长时间没有去看爷爷了，于是骑了摩托车回到闻韶镇。

陈良石正戴着老花镜看一张报纸，桌子上摆了一大堆书报资料。见金谷走进屋，感奋地说："金谷，快看，国家正式宣布取消农业税了！"说着把手中的报纸递给他。

金谷接过报纸一看，报纸上刊登着2005年12月29日第十届全国人民代表大会常务委员会第十九次会议公告，决定自2006年1月1日起废止《农业税条例》，在全国范围内取消农业税。爷爷在重点文字上用红蓝铅笔画出很多圈圈杠杠。

金谷看看爷爷亢奋的样子说："咱家早没地了，取不取消农业税与咱啥关系？"

陈良石一听，眼一瞪，说："差矣！咋能说没关系？这说明我们国家真正富强了！自古说，有国必有税，自周代推行'井田制'开始，把缴纳田赋地税当作农民天经地义的义务，一连延续了2600多年！现在这'皇粮'终于不收了，对农民来说真是个破天荒的好事！"

接着，他开始滔滔不绝地讲起了农业税的由来、变迁，还列举了秦汉隋明等几个封建王朝因为繁重赋税引起民不聊生而败落的历史。他最后说："这次取消农业税，农民再不用交公粮了，不仅减轻了农民负担，也体现了一种社会公平，农民为什么总要牺牲自己来哺育其他行业？现在到了其他行业反哺农业的时候了！"

他说着，兴奋之情溢于言表，眼睛里放射着火热的光芒。

金谷本来不想破坏爷爷的好心情，但忍不住说了一句："正是农民不用交公粮了，我们粮食人才失业了，日子过得越来越差。"

听了这话，陈良石脸上的兴奋之色马上冷却下来。作为一名老粮食人，国营粮食企业起高楼，然后宴宾客，最后楼塌了，一幕幕都是在他眼皮子底下发生的，心里不由得五味杂陈，他同情地说："是啊，以前是种粮人没饭吃，这回轮到卖粮人没饭吃了。"

金谷心中酸涩，又说："本来，一些下岗职工还存在幻想，希望有朝一日粮食部门能咸鱼翻身，东山再起，过像以前那样实惠而光鲜的日子，这下好了，连'皇粮'都取消了，那样的日子永远不会再来了。"

陈良石认真地点点头，说："每次改革都是一次利益调整，要牺牲一些人的既得利益，这正是改革的难处啊。不管怎么说，从大处讲，取消农业税是一次很大的社会进步！"

金谷还想发两句牢骚，但忍住了。

从闻韶镇回到县城，金谷又来到稻香园酒家，拿出几百元还了青娥的账，要了一瓶酒，点了两个菜，找个靠窗的位子坐下来。他今天心情特好，就说："青娥姐，多亏你帮我找了这份工作，你快点忙，忙完了我敬你两杯。"

"行，今天不去跳舞了，忙完了我陪你喝，看谁把谁喝趴下。"青娥豪气地答应着。

"好，那咱较量较量。"

青娥把酒店的事情交代给厨师和服务员，自己提了一瓶酒来到金谷桌前："来，比试比试！"

"比就比！"

两个人开始推杯换盏。

金谷打开了话匣子，把到油脂厂以来自己如何开展推销工作的经历叙说一遍，其中不乏自鸣得意的虚夸。

青娥听着，板着脸，时而"哦"一声，时而插嘴说句"干得不错"，打出一副官腔。

觉察出气氛不对，金谷闸住叙说，恍然说："我这不成了给领导汇报工作了？"

青娥坐在那里还在装模作样："哦，干得不错！"接着自己忍俊不禁，两眼笑成一条缝，说，"以前别人找你汇报工作，你就是这个德行！来，为你重新就业干杯！"

两人杯子一碰，一饮而尽。

你敬我，我敬你，渐渐地，两个人都喝多了。

金谷今天晚上的话特别多，仿佛把下岗以来少说的话，都攒在今晚说了。他不止一遍地重复唠叨老板咋夸他有能力，这个月发给他多少钱，一会儿伸出两个手指头，说："这个数。"一会儿又伸出五个手指头，说："这个数！"

青娥醉眼迷离，还忘不了逗他："发了这么多钱，没去路边店嫖个小姐？"

"路边店……嫖小姐？到哪去他妈的嫖……嫖小姐？"金谷把手在空中一划，两只通红的眼睛盯着青娥，大着舌头说，"要嫖，我就嫖……嫖你……哈哈……"

"嫖我？走，老娘我今天晚上免费提供全方位服务，试试你有没有这个胆量！"青娥也喝醉了，说着，站起来扯他的衣服，"走啊，到后面去！"

金谷原本是跟她斗嘴开玩笑，没想到她居然来了这么一句，脑子一下子短路了，犯了卡，不知所措，许久才嬉笑着说："改天吧。我明天还有事呢。"说着，避开青娥的拉扯，跌跌撞撞地朝店门口走去。

青娥大笑着说："有贼心没贼胆！"说完，扯开嗓子唱起来，"帝国主义夹着尾巴逃跑了……"

金谷出门不远就倒酒了,"哇哇"地连胆汁都吐了出来,后来扶着墙勉强回到家,躺下就睡了。

26

第二天早上醒来,头还晕得不行。回忆起昨天晚上同常青娥喝酒斗嘴的事来,恍惚间,想到了妻子林中霞,心中瞬间生出一个强烈的愿望,要马上见到她。

他想解释,是失业导致的生存压力使自己变得消沉而焦躁。

他想检讨,是自己的鲁莽让她受到了伤害。

他想赔罪,只要能回到他的身边,对他怎么惩罚都可以接受。

他胡乱地洗把脸,骗上摩托车飞也似的去了岳父家,问了林中霞打工的地方,然后又火速赶往长途汽车站。

金谷来到省城,东打听西问,拐弯抹角,终于在一个叫领秀园的高档别墅区找到了林中霞。

林中霞在那里给一个偏瘫的房地产公司总经理当保姆。那黄总经理喝多了酒,上楼时摔下来,摔伤了头,摔折了腰,生活不能自理一年多了,年轻的媳妇耐不住寂寞,另栖高枝,他只好找个保姆照顾自己。林中霞原不想接这样又脏又累的活,但当时别的活实在找不到,加上这里工钱又高,就硬着头皮应了下来。

金谷环视黄总经理的家,真是富丽堂皇,精致新派。暗黄色的釉木地板,中式红木沙发,吊满装饰灯的天花板,大屏幕液晶电视,高档音响,一应俱全。

林中霞余怨未消,脸上挂了一层厚霜,对金谷冷鼻子冷脸的。金谷多少天没见她了,想上前亲热亲热,刚要上前,被她一下子推开了:"去去去,瞧你那一头一脸的龌龊样,少来!"

金谷尴尬地坐回沙发上,感到莫大的自卑和压抑。看看林中霞忙里忙外的,俨然当家主妇,想起自己家里长时间没人收拾,落满了灰尘，心里酸酸的。他恳切地说："中霞，上次吵架我不该动手，是我错了，我保证以后再也不打人了。现在我有了工作，我们回去好好过日子吧！小昊也想你。"

林中霞听金谷提起儿子，心里一哆嗦，眼圈马上红了。

金谷想趁热打铁再说点什么，林中霞却冷冷地下了逐客令："不回去，我是跟职业介绍所签了合同的，要我回去，违约金你付得起吗？你走吧。"

金谷见林中霞一副不容商量的样子，垂头丧气地往门外走，林中霞跟着用拖把把他留下的脚印抹掉了。

春节过后，食用油销售进入了淡季，但陈金谷努力开拓新客户，业绩还是名列前茅。不过由于公司订购了一批进口大豆，造成了资金周转困难，连续几个月工资只发给了一部分，剩余的承诺六月底之前补齐。金谷心想，公司给攒着也不错，到时发下来正好给儿子交学费，如果零碎发，也许随手就花了。

然而，人倒霉的时候，走平路都会栽跟头。金谷的运气实在是糟透了，不久，又一个意外降临到了头上——油脂厂被工商部门查封了。原来，油脂厂卖出的豆油中，掺上了大量的"地沟油"。

近些年，一些利欲熏心的人开始炼起了"地沟油"，他们收集餐饮垃圾、动物内脏和下水道的泔水，通过蒸煮、去杂、过滤、化学脱臭脱色脱酸，制成油脂，或直接低价销售，或掺在其他食用油里高价卖出，严重危害了人们的身体健康，消费者无不恨之入骨。

油脂厂的厂长经理被抓了起来，货物被查封，资金账户被冻结，公司欠发职工的工资也都打了水漂。金谷那个恨呀，那个悔呀，破口大骂："黄鼠狼专咬有病的鸡，我真是倒八辈子霉了！"

他再一次感到了命运的随意、强大、虚无和儿戏。不过，儿子即将中考的事让金谷不敢过分消沉。儿子在中考模拟考试中，考了年级第二名，考重点高中是板上钉钉的事。入学就要拿七八千元的学杂费，他要在儿子入学前筹足这笔钱。他想，什么事都可以缓办，唯独儿子上学的事不能耽误。

他在心里鼓着劲，准备接受生活中的任何考验。他开始重新找工作。他把条件降得很低，但还是难以如愿。

树林里开始响起乱哄哄的蝉鸣，热烈而绵长的夏天开始了。

这天傍晚，奔波了一天一无所获的陈金谷坐在马路牙子上想着心事。公路对面有一个垃圾箱，一只黑狗在五颜六色的垃圾堆里嗅来嗅去，半天没啥收获，停下来，站定了，朝金谷这边看着。

"妈的，你也嘲笑我！"金谷骂着，捡起一块砖头投过去。

那狗吓了一跳，退几步，又上前嗅了嗅砖头，见不是食物，颠颠地跑走了。

就在那条狗跑走的方向，突然出现一个熟悉的身影，金谷仔细一看，原来是城关粮所的付志国。

付志国的模样变化很大，肚子像皮球泄气似的瘦了下去，面色不再那么赤红，原来走路时身体左右晃动的幅度也收敛了很多。金谷看看他三轮车上的旧报纸、酒瓶子和破铜废铁，疑惑地问："付组长，你这是……当破烂王了？"

付志国一看是金谷，有些难为情，苦涩地笑笑说："还能干啥？总要吃饭啊。你找到工作了？"

金谷痛苦地摇摇头，叹口气，说："巴掌大的县城，有多少工作给咱留着？"

付志国长叹一口气说："我们的日子不会总这样吧？"

"但愿。"金谷难以预测未来的日子，只说了两个字。

他让付志国到家里坐坐，付志国摇摇头说："现在正是下班的时候，人们都回家了，我赶紧转转，争取多收点。"

金谷回到家，前思后想，实在没有其他出路，也萌生了收废旧物品的念头。

说干就干，第二天，他买了一辆脚蹬三轮车和一杆秤，把家里的所有书籍、本子和那摞荣誉证书统统收拾出来，扔到三轮车上，准备送到废品收购点卖了。临走，犹豫一下，从车上挑出了自己以前的几个日记本和刊有自己作品的刊物报纸，放回屋里。他想把那摞荣誉证书也留下来，忍住了，咬着牙说："和粮食部门彻底决裂了，谁再叫我新粮食，我就跟他急！"

可当他骑了三轮车来到一个居民区时，马上后悔了。他脸皮薄，张不开嘴吆喝，远远地见到熟人，就感到不好意思，忙把脸转向一边。直到天黑，收的废品还不满三轮车车厢。

他羞惭沮丧，同时又劝自己，万事开头难，开弓没有回头箭，一定要坚持下去！

第二天，他去五金商店买来一个电喇叭，找个没人的树林里，仿照其他破烂王的吆喝声开始录音："高价回收旧冰箱、旧空调、旧电视、旧电脑、旧手机、旧洗衣机！高价回收旧电动车、旧摩托车、旧自行车、旧家具！高价回收废铜废铝、旧书旧报、旧纸箱！"连续录了几遍，终于录好了，然后戴上一顶长檐帽，眼上扣一副墨镜，开始走街串巷。

这一天生意还不错，除去成本，净赚三十多元。

这天下午，陈金谷骑了三轮车刚要出门，常青娥忽然来找他，一看他那副打扮，差点没认出来，笑弯了腰，问："你咋打扮得像个特务？"

金谷的脸一直红到脖颈里，仿佛掉进了红染缸。他把帽檐往下一拉，气呼呼地说："去去去！"

青娥止住笑，对金谷说："晚上别做饭了，我请你。"

"有事？"金谷问。

"你先别问。"青娥卖个关子。

金谷心里不停地嘀咕,她晚上请我干什么呢?

夏日的黄昏迟迟不肯退场,晚上七点半,西天边依然挂着刺眼的余光。金谷把收购的废品送到收购点上卖了,来到稻香园酒家。

他发现今天有些特别,平时红红火火的生意变得冷冷清清。青娥等在门口,穿了一身蓝色套裙,很成熟很诱惑人的样子。她替他开开门,用一种期待很久的声音略带责怪地说:"你咋才来啊,我都等你半天了。"

金谷不解地问:"今天咋没有客人?"

"你真是眼大无神,这么大的字都看不见?"青娥说着,一扬下巴,示意他看门上贴的一张告示,上面写着:"因煤气管道维修,今晚暂停营业。"

"还说请我呢,原来是让我来给你修煤气管道,直说就行,何必绕弯子。"金谷边脱衣服边向厨房走。

青娥一把拉住他,跺跺脚说:"天地良心,谁用你修煤气管道?"说着把金谷拥进了后面的一个雅间。

雅间里,灯光温柔,音响里流淌着舒缓优美的乐曲,桌子上摆了六盘菜,每个盘子上都扣着一个碗,六盘菜正中放着一个精致的蛋糕。金谷似乎明白了什么,搓着手,窘迫地说:"呀,今天原来是你的生日,你不早说,我也没带什么礼物。"

"你这人越过越糊涂了,今天是我的生日?你忘了我的生日是腊八日呢?"

金谷不解地问:"你这是?"

青娥一把把他按在椅子上:"你脑子进水了呀,今天是你的生日!"

"我的生日?"金谷张着嘴怔住了,久久不能合上。

青娥把扣在盘子上的碗一个个拿开来:"今天晚上厨师有事,我下厨房炒的菜，也不知合不合你的口味。"说完又拿过一盒火柴递给他，"来，点上吧。"

金谷木呆呆地怔在那里，等醒过神来，鼻子一酸，把脸埋在手掌里，呜呜地哭了。

青娥受到了感染，跟着落下泪来。她把泪一抹，清清喉咙，敞亮地说："我最见不得老爷们哭哭啼啼的，像个老娘们儿！"说着，擦着火柴把蛋糕上的蜡烛一一点着，"来，许个愿，吹！"

金谷停止了哭泣，接过青娥递过来的面巾纸，擦干了眼窝和脸上的泪，默默地许下一个愿望，吹灭了蜡烛。

青娥端起酒杯跟金谷碰一下："祝你生日快乐，来，干！"

金谷把酒干了，百感交集地说："青娥姐，谢谢你记住我的生日。"

"咋会不记得？前些年，我们谁过生日谁请客，你忘了？"青娥快活地说。

"我只请过一次，亏你记得这么清楚。"金谷说。

"那时候，日子虽然穷，但大家压力小，过得都乐呵呵的。"青娥说。

"是啊，"这句话让金谷一阵恍惚，仿佛回到了从前。他低头沉思，半晌才说，"往事不堪回首啊，那时候多好啊，无忧无虑的，活得多么从容！你看现在，我们原来那帮人，树倒猢狲散，像一只只没家的鸡，到处自己刨食吃。"

"世上没有不散的筵席，这人生一世，很多事情难以预测，过了今天你都不知道明天等待你的是什么，重要的是要把握好现在。这人啊，什么都可以丢，就是心劲不能丢，只要心劲不丢，一切都会好起来。来，再干一杯！"青娥端起杯来跟金谷碰杯。

金谷从心里佩服青娥男人般的豪爽气魄，感动地说："谢谢你！"

几杯酒喝下，青娥的心中禁不住卷起了波澜，脸更红了，红苹果一样，灯光下显得异常娇艳。她柔声细气地说："金谷，别收破烂了，到我的店里来吧，帮着我，我一个女人操持这个店实在不容易，有些街痞吃了饭不但不给钱，还想欺负人。再说，光顾开店了，孩子也顾不上，小小的年纪竟开始谈恋爱了，昨天她班主任老师叫我去，说她的成绩直线卜降……"

听青娥说着，金谷突然像烫着了一般，朝自己的腿上"啪"地猛击一掌，霍地站起来。

青娥被吓了一跳，惊慌地问："咋的了？"

"我真糊涂，明天陈昊要参加中考呀，我答应在家好好伺候他的，咋就把他忘在脑后了呢！"说着就想走。

"呀！这可是大事，"青娥说，"你等会儿走，把这些菜打包捎上，也让孩子改善改善生活。"说着，麻利地拿来几个饭盒，把菜分别装上，撂在一个方便袋里，递给金谷，"快回吧，这两天别做饭了，让陈昊到酒店里来吃吧，他要不愿来，给他送到家里也行。"

"不用这么麻烦了，明天我不出去了，专门在家伺候他。"金谷说着，转身就走。

刚走到门口，青娥又把他叫住了，从一旁桌子上提来一个盛着几本书的塑料袋递给他，说："我让弟弟给你借了一套《平凡的世界》，你现在的心态看看它也许有好处。"

金谷走了，青娥望着他远去的背影，惆然若失地吧嗒着嘴，长叹一口气。

金谷赶到家的时候，儿子陈昊正在吃面包，一边吃还一边看书。金谷见了，眼圈一红，自责道："儿子，对不起，老爸回来晚了，耽误给你做饭了。"

陈昊站起来说："爸，没啥，我买了面包和火腿肠，可好吃呢！我想犒赏一下自己，争取明天考个好成绩。给，你尝尝吧。"

金谷的泪夺眶而出，把儿子的面包放到一边，把带回的菜摆在桌子上，说："儿子，这些菜好吃，来，快吃，吃得饱饱的。"

"呀，这么多好吃的！"陈昊摸起筷子吃起来。

金谷没有动筷，只是目不转睛地看着儿子大快朵颐。

27

儿子被县一中录取了，并且分到了重点班。

还有一个好消息，儿子的作文《小城的炊烟》发表在了《萌芽》杂志上。在儿子略显幼稚却充满灵气的文字中，陈金谷发现了书缘和写作的天分。他脑子里突然闪过一个想法，自己对文学的热爱，自己的作家梦，说不定会在儿子的身上实现呢！

陈昊想起爸爸平时常说的一句话——"小昊，要好好学，要对得起爸爸的疼爱。"有些得意地问金谷："爸爸，这能对得起您了吧？"

"对得起！"金谷笑着拍拍他的头，说，"对不对得起爸爸是次要的，你要对得起自己才行，这才是最重要的。"

"好，我一定好好学，长大了好好报答您和妈妈！"陈昊信誓旦旦地说。

金谷好生感动。当父母的都是这样，即使付出再多，都无怨无悔，只要能赢得儿女一句感恩的话就会感动得不行。

儿子提到了妈妈，金谷也觉得应该把这两个喜讯告诉妻子林中霞，同时也让她为儿子准备点学费，就说："好啊，明天我们一块去省城找你妈妈！"

"好！"陈昊高兴地应道。

可第二天一早，学校突然来电话，通知陈昊去参加一个优秀毕业生座谈活动，陈金谷只好只身前去。

第二次来，轻车熟路。他按了门铃。

此时，林中霞正坐在沙发上饶有兴趣地端详着一只透明的茶杯。

茶杯里，绿莹莹的薄片在水里轻歌曼舞，渐渐地舒展成叶子，有的芽头朝上，立在水中，有的缓缓下落，伏在水底，还有的先沉下去再慢慢升上来。上午一杯茶、下午一杯茶已成为习惯。

社会上开始流行喝"功夫茶"。开始是在茶行茶楼里，后来普及到办公室和家里。尤其是私营老板，如果家里不配备根雕茶台，就是落伍了，是说不过去的。悠闲地品茶渐成了一种享受的象征，一种身份的象征，一种地位的象征。仿佛只有悠闲地品茶才能显出自己的大度从容，显出自己运筹帷幄的睿智与才干，显出与为了温饱而苦累忙碌之人的区别，显出自己比别人活得更有价值。

黄总在公司由女秘书泡茶，在家里由林中霞泡茶。

至于泡茶的程序，林中霞陪黄总到茶楼去过几次，看了茶楼小姐的表演，回家找来网上有关泡茶的视频看，不几天就学会了。每当有客人来，她就过来泡茶，一招一式，比如"乌龙入宫""高山流水""春风拂面""神龙行雨"等，非常标准地道。

没有客人来的时候，她就泡给黄总一个人喝，表演给黄总一个人看。

喝的次数多了，她也喜欢上了喝茶。她的味蕾很灵敏，很快就能对绿茶、黄茶、黑茶、白茶、乌龙茶、红茶等各自的特点如数家珍。即使独自在家，也要泡一杯，凭借几泡好茶，就可以快乐地把大半天工夫打发过去。

这个世界啊，一眨眼就变了。什么都能变钱，钱也能变出很多东西，像戏法一样，改变着人的认知、习惯和命运。像林中霞这样一个一直在小县城生活的人，之前一年来不了省城一趟两趟，等到真正融入城市生活中，才知道外面的外面还有外面，太大了。

"来了，来了！"林中霞听到敲门声，欣喜地应着过去开门。开门一看竟是陈金谷，一张笑脸顿时阴沉下来，失望地说，"你咋又来了？"

金谷看一眼林中霞,感觉她像换了一个人,俨然一位阔绰的少妇。穿一件米白棉布长裙,搭一件淡绿开衫,水仙花一般清纯干净。脸面白了,胖了,红了,润了,像是不食人间烟火的样子。脖子上戴着亮闪闪的白金项链,脚上穿着蟹青色人字夹趾拖鞋,雪白的足踝和脚面露在外面,足踝上系着细细的银链子,趾甲上涂着亮晶晶的淡粉色油彩,一步一闪,妖娆动人。有意看一眼她的手腕,婚前姐姐送她的那副玉镯子不见了,代之以金灿灿的金镯子。

金谷用惊异的目光从头到脚,又从脚到头来回瞅了好几遍,没想到自己的妻子会这么美艳!

林中霞看他愣在那儿,冷冷地说:"傻看啥?进屋吧,你来得正好,我正想找你呢。"

金谷坐在宽大柔软的沙发里,见林中霞走过来,忙向一头挪挪,意思是让她也坐下。

林中霞没有坐,站在一旁问:"有事?"

金谷看了她一眼说:"来看看你。"

"切!"林中霞不领情地把脸转向一边,移开视线。

金谷欢喜地说:"中霞,告诉你个好消息,咱儿子考上县一中重点班了!"

林中霞的态度出乎金谷的预料,并没有表现出应有的兴奋,不冷不热地说:"我早知道儿子会有出息。你是来给他要学费的吧?"没等金谷答话,接着说,"学费的事你不用操心,我包了,只是我们之间应该有个了断了。"

"了断?什么了断?"金谷瞪着眼睛问。

林中霞从抽屉里拿出一张纸递给他。

金谷满脸狐疑,展开一看,吃惊地问:"你真要离婚?"

虽然以前预料过这种结局,但事情真的来了,他还是像被一记闷棍打在脑门上。

"上次我们可是起过誓的，谁要不离谁就是婊子养的！"

"我……我那不是喝了酒了嘛。"

"酒后吐真言。"

"可是……"

林中霞抢过话头说："没有可是了，我早想好了，你看我们还有可能再在一起生活吗？"

"看在孩子的面上，我们还是……"

"孩子的事你放心，你连自己都喂不饱，还指望你供孩子上学？老黄说了，他正在联系省实验中学，让小昊去那里读高中，那里的师资力量和升学率可比县里的中学更高。"

"你想夺走儿子？没门！"金谷一听，愤怒地站起来。

这时，有人敲门，林中霞走过去，把门开开，门外走进一个胖大的男人，手里提着两个大袋子，一边在门口换拖鞋，一边问："宝贝，你猜我又给你买什么了？"

林中霞接过男人手中的袋子，男人搂了林中霞的脖子在她的额头上亲一下。林中霞说："老黄，陈金谷来了。"

金谷看到这一幕，脑子轰的一下，心里一阵抽搐，差点气绝当场。

黄总走过来，把手伸给金谷："你就是陈金谷？你好！"

金谷愤恨地看他一眼，把头扭向一边，强忍着，没有把拳头打过去。

黄总讪讪地收回手，坐下来，调整一下情绪说："我理解你现在的心情，让我们坐下来心平气和地谈谈吧！"

"跟你有什么好谈的？我只想让她跟我回去！"金谷已经气得脸颊抽搐，用手哆哆嗦嗦地指着林中霞说。

"早就跟你过够了，我才不跟你回去呢！"不等黄总说话，林中霞抢先表态，语气异常笃定。

"一天不离婚,你就是我老婆,跟我回去!"金谷挥挥拳头吼着。

黄总站起来,绵里藏针地说:"兄弟,不要激动嘛,动拳头解决不了问题,我在省城风里浪里闯荡这么多年,什么样的场面没见过?既然中霞不想跟你过了,跟你回去有啥用? 俗话说,捆绑不是夫妻,强扭的瓜不甜啊。 再说,像你这样,连自己都吃不饱穿不暖,会给她带来幸福吗? 实话告诉你,在我最困难的时候,是中霞不怕脏、不怕累,精心伺候我,把我从阎王爷手里拉了回来,我发誓下半辈子要供神一样供着她,让她享尽荣华富贵,这些你做得到吗?"

黄总说的不错。 林中霞当过护士,粗通医道,又跟人学习了推拿、按摩、针灸,对黄总奇迹般的康复立下了汗马功劳。 本来合同到期,该走了,黄总硬是跪在地上磕头把她留了下来。

林中霞走过去,暧昧地将胳膊放在黄总的肩上。

金谷看到这一切,浑身战栗起来,心里一阵翻腾,直想吐血,想大骂一声,可喉咙像被堵住了,发不出声。 他一步冲过去,要扇她几巴掌,没想到黄总反应迅捷,一伸手把他的手挡住了,紧接着右手一记勾拳打了过来,速度极快,金谷没做出任何反应,只觉得下巴被强力一撞,身体失去了平衡,一下跌坐在地上。

"你敢打老子!"金谷爬起来,挥拳冲向黄总,可还没靠上前,腹部就重重地挨了一脚,肚子疼得要命。

金谷被这不可思议的一拳一脚打傻了,怔怔地看着黄总。

黄总把十分瞧不起的神情挂在脸上,冷笑道:"欺负老子是只病猫? 别忘了老子是练过散打的,底子厚着呢,还想挨两下吗? 不服再来!"

金谷偷眼看到茶几上有把水果刀,一个箭步冲过去。 没想到黄总抢先一步抓在手里,刀尖对着他的喉咙,恶狠狠地说:"你再来,老子要了你的小命!"

林中霞一看势头不好,一下从后面把黄总抱住了:"老黄,你的病刚好,医生说不能生气。"接着转过脸来对金谷吼道,"快走,再不走要出人命了!"

一股巨大的挫败感排山倒海般向金谷袭来,他马上就要崩溃了。但他告诫自己要挺住,自己是个爷们儿,不能在他们面前丢丑! 他拿起一个茶杯,高高举起,用力朝茶几上砸去,骂道:"你们这两个不要脸的狗男女,不得好死!"

茶杯和玻璃茶几都碎了,黄总瞪起两只灯笼眼,满脸的横肉颤抖着,企图挣脱林中霞。 林中霞死死地抱住他,对金谷歇斯底里地喊:"陈金谷,你快走啊!"

金谷把一口唾沫啐在黄总的脸上,嘭的一声狠狠地带上门走了。

金谷胸中恶气郁积,有痛苦,有憎恨,有忌妒,也有悲伤,行尸走肉般回到县城,没有回家,去了黄河边。 他独自一人躺在河边的草地上,枕着胳膊,仰望着天空。

愁云在漠漠的天空翻滚,只是从西方的云缝里露出一线阳光斜照着青色的远天。 一只鹰在乌云波浪似的边际下斜着身子飞翔,越飞越远,越飞越小。

他感到额头上有些痒,似有个小虫子在爬,伸手一巴掌拍下去,马上闻到一股难闻的臭味。 一只臭大姐让他拍得内脏崩裂。"真他妈倒霉!"他把那只臭大姐甩掉,手在草上搓一搓,一闻,还是脱不掉那股让人恶心的味道。 他站起来,走到河边,要去洗一洗。

河水浑浊湍急,像一条饥饿的大蟒。

他想,一头扎进去,喂了它算了!

他想起了宝贝儿子,收回了那样的念头。

洗了手,又洗了额头,上了大堤。 远处的村庄、树木正在召唤着黑暗,夜幕垂下来。 他踽踽而行,向家走去。

不知不觉来到了稻香园酒家。

青娥不在店里,回娘家去了。

金谷找一个背静的角落坐下来，要了菜和啤酒，自斟自饮。眼前再一次浮现出林中霞和黄总亲热的丑态，推测他们早已明铺暗盖了，他觉得自己窝囊透顶！

他喝了一瓶又一瓶，很快就酩酊大醉……

当被一泡尿憋醒的时候，金谷睁开沉重的眼皮一看，顿时蒙了。自己这是在哪儿呢？窗明几净，纤尘不染，空气中弥漫着清新的香气。他一下坐起来，接着"啊"地叫一声，马上又躺下了，原来赤裸着身子。他用牙咬咬自己的舌尖，生疼地，嘀咕道："不是做梦啊。"

"醒了？"这时，一个女人的声音又把他吓了一哆嗦。循声望去，见是青娥正在梳妆台前梳头，疑惑地问："我这是……"

"昨天晚上你咋那么没出息？喝那么多！都成一摊烂泥了，扶都扶不起来，以后可不能这么自己糟蹋自己！"青娥说完，走出门去。

陈金谷努力回忆昨天晚上的事，只想起自己喝酒了，可自己咋喝醉的，咋睡在了青娥的床上，全然记不起来了。他接着往下想，自己的衣服是咋脱下来的呢？莫非是她？顿时，他的脸颊泛起一阵红晕，心怦怦地跳起来。

金谷正在胡思乱想，厨师推门进来，把两件熨好的衣服扔给他："穿上吧，你昨天喝得那个熊样，把店里吐得满地都是，害得我打扫了半夜！衣服上也吐满了，辛苦人家青娥又是洗又是熨的。"

"哦，是吗？真对不起。"金谷连声道歉。

金谷穿好衣服想回家，来到前面见到青娥时，脸先红了，说："青娥姐，谢谢你啊！"

青娥用白眼珠扫他一眼："别来虚的，要谢，每天晚上来帮我收拾盘子，打扫卫生！"

"行。"金谷痛快地说。

虽然答应着，但晚上金谷并没有去帮青娥收拾盘子，打扫卫生。接下来几天，他什么都不想干，只想去省城杀掉那个霸占自己老婆的"黄世仁"。他甚至准备了几把刀子，长的短的，圆的扁的，直的折叠的，大大磨一遍，用绸布擦一遍。但一想到还要为儿子筹集学费，还要供儿子上学，心里的顾虑就多起来。他劝自己，留得青山在，不怕没柴烧。君子报仇，十年不晚。他把刀子放到床下面的一个木箱子里，骑上三轮车收废品去了。

离开学还有一段时间，陈昊也想帮爸爸去收废品。金谷说："你以为好玩啊？不能去，这是个多么丢人的活儿呀！"

"既然是丢人的活儿，你咋还干？"

"还不是为了给你挣学费？"

"既然为了我，我更该帮你，帮你就是帮自己。"

金谷眼窝潮湿了，哽咽着说："儿子真懂事，不过，这真不是个风光的活儿，爸爸年纪大了脸皮厚，你还是个学生，让同学看见了会笑话你的。"

陈昊摇摇头："我才不怕别人笑话呢，没有钱上学才可怕！"

金谷还是不同意，一再对儿子说："车到山前必有路。放心，爸爸一定有钱供你上学，有爸，咱们的日子一定会变好的！"

陈昊却坚持说："我长大了，一定要帮着爸爸渡过当前的难关！"

金谷心头一热，见说服不了儿子，只好让他随自己一起去收废品。

晚上回到家里，金谷把收入的钱数一遍，除去本钱看能赚多少，记在一个账本上。每天如此，但每算一次都让他多一次失望，增一层忧愁，每天赚这么点钱，何时才能凑足儿子的学费呢？他的心情越来越沉重。但他把沉重藏在心里，每次都夸张地笑着说："今天生意真不错！赚了六十多元。"他不想让儿子过早地为自己分担忧愁，因为那样自己的忧愁会成倍地增加。

这天上午，金谷和儿子又去走街串巷收废品，走到一个路口，见一伙人围在一起看墙上贴的一张广告，陈昊好奇，就跑过去看。回来后，金谷问他："又是推销保健品的野广告吧？"

"不是，是县计划生育委员会贴的公告，让人检举偷生超生的，还有奖金呢。"

"哦，"金谷不屑地说，"奖金再多，谁去干那让人断子绝孙的缺德事？"

"对违反国家法律法规的行为进行检举是每个公民应尽的义务。"儿子认真地说。

"是，是。"金谷笑了，"儿子长大了，能教训爸爸了。"

"思品课上老师就是这么说的。"陈昊不好意思地龇龇牙。

到了三夏大忙季节，农民在家忙收忙种，来县城收废品的少了，金谷爷俩的收购量大了许多，赚的钱也多了不少，两个人非常高兴。不料想，天有不测风云，一场雨从天而降，不紧不慢连续下了几天，还没有停下来的迹象，一下把金谷心头的热情浇灭了。他每天都在合计离儿子开学还有多少天，一天赚多少才能筹足儿子的学费。天黑下来，他打开电视，看看天气预报，明后天还有雨，郁闷地说："看来明后天的生意又要泡汤了！"

金谷像一只困兽在笼子里转来转去。突然像想起了什么，停下来，拿了手电筒，撑把伞出门了。

他来到那天上午儿子看公告的路口，用手电照着墙上贴的公告，读着上面的内容。字有些小，看起来很费劲，他索性把它揭下来，带回了家。

第二天上午他鼓足勇气，冒雨把一封举报信投进了邮箱。

过了几天，金谷举报的问题落实了，奖金发到了他的手中。儿子的学费筹集够了，他长长地吐出了一口气，就像火车到站后的汽笛一样绵长。

陈昊开学的前一天，陈良石突然来了，他为陈昊送来 6000 元学费。

金谷感动地说："陈昊的学费已经够了，你拿回去吧。"

陈良石摇摇头说："知道你日子过得不好，我早给他攒着呢，学费够了那留着给他作生活费吧，别难为了孩子。"

金谷含着泪收下了。

一起吃过午饭，陈良石就匆匆走了，他要到县农业局代别人咨询一下责任田里建养猪棚的事情。

下午，金谷出去收了一会儿废品，太阳很高就回家了。他到超市买了韭菜和肉馅，要给儿子包饺子吃。

和面、调馅、擀皮、包饺子，忙活一阵，一盖垫饺子就包好了。金谷在锅里添了水，等儿子回来就开始煮。

天黑的时候，儿子回来了。他将一个信封交给儿子，高兴地说："你的学费，收好了。"

不想，儿子也拿出一个信封，从里面抽出一沓钱说："今天下午，我妈托人捎来了学费。"

金谷一听就火了，一把夺过来摔到地上，指着儿子的鼻子问："谁让你要那婊子的钱？"

儿子委屈极了，落下泪来，小声地说："你咋骂人？是妈让人捎来的，又不是我要的。她……是俺妈呀！"

金谷一下子怔住了，对呀！林中霞是生他养他的母亲啊，儿子这么大了，有自尊心了，再说儿子并没有过错呀！他开始后悔自己怒不择言了。

金谷把脸色缓和下来，将儿子一把搂在怀里，为他擦擦泪水，说："儿子，对不起，是爸爸不对，错怪你了。"

"妈妈还会回来吗？"陈昊用满含泪水的眼睛看着爸爸，忍不住又问一句。

金谷不知道怎么回答儿子的问题，儿子已不是小孩子，不能糊弄，也糊弄不了了。他想了想，叹口气说："爸爸是个失败的男人啊！"

陈昊看着爸爸，不知道怎么安慰，半晌才说："爸爸，不管怎么样，你都要高兴起来才是。"

儿子的一句话，让金谷心头一热，郁闷随之消散。他亲昵地捏捏儿子的双腮说："好儿子，爸爸一定高兴起来，也会让咱家的日子好起来！"

金谷去燃气炉上下水饺，陈昊也过去帮忙，爷俩很默契地下好水饺端到餐桌上。

吃过水饺，金谷嘱咐儿子准备好明天开学用的东西，自己要出去走走。

陈昊点点头，说："你可要早点回来。"

月亮出来了，半轮，瘦得可怜。

金谷沿着街道边慢走。昏黄的路灯周围飞着一团团蚊虫。他一边走，一边回首着自己失败的婚姻，计划着下一步该怎么办。

正走着，一辆面包车突然停到他的面前，下来一伙人，腾腾两拳打在他的眼上，接着一下把他按到地上，一阵拳打脚踢。那伙人一边打，一边骂："让你干那缺德的事！"

等金谷醒来的时候，发现自己躺在了医院的病床上，一只眼被纱布包着，左胳膊上缠着绷带，右胳膊上打着点滴。常青娥和陈昊站在床前，青娥一脸的担心和焦灼，陈昊的泪水像输液管里液体一样连续不断地淌下来。

金谷用一只眼看看青娥和陈昊，对儿子说："没事，快回家睡觉吧，明天还要上学，这里有你青娥姨就行了。"

青娥也劝说道:"回去吧,我照顾你爸,你放心。"

陈昊擦擦泪走了,青娥留下来守着金谷。

第二天早晨,青娥为金谷蒸了牛奶鸡蛋羹。

金谷嘴角被打破了,不能张嘴吃硬东西,说话也不敢张大嘴。喂他之前,青娥先用手蘸了水,给他润润嘴唇嘴角。她的手指很滑,带着些温暖,带着些淡淡的香味。

金谷只觉得嘴角上麻麻的,酥酥的,很舒服,疼痛的感觉好像全部消失了。

他若有所思地对青娥说:"这是我第三次在这儿住院了,三次都是你来伺候我。"

青娥想了想,一语双关地说:"这说明咱俩有缘分啊。"

"也是。"金谷咧嘴一笑,拉动了伤口,嘶地从牙缝里吸口气。

刚吃完饭,城区公安分局的民警来了,说:"打你的那几个家伙被逮住了,有人看到了他们的车牌号。"

"谁报的警?多管闲事!"金谷埋怨道。

"他们把你打成这样还不应该报警?"青娥吃惊地问。

金谷咬住嘴唇,不吱声了。

民警向金谷核实了一些细节问题,最后说:"你放心,对这种打击报复举报人的行为,我们一定会依法严惩的。"

金谷求情道:"把他们放了吧,我是罪有应得。"

"举报光荣啊,咋说罪有应得?再说我们还能说抓就抓说放就放?"民警们安慰一番走了,出了门,对青娥说,"他检举超生是正当行为,你是他的家属吧,他的脑子被打糊涂了,好好伺候他吧。"

青娥的脸烧红了,想说明情况,民警们转身走了。

青娥全明白了,回到病房,责怪说:"就为了弄点钱给孩子交学费?没钱咋不早说?你看这多危险!"

金谷低垂下目光,没有说话。

就在陈金谷经历危险之时，爷爷陈良石也收到了危险警告——一封塞进大门口的匿名信，劝他少管闲事。

原来，他在为十几户农民打一场真假种子的官司。

今年夏天，闻韶镇北街的十几户农民，买了同一人推销的玉米种，出苗后发现苗稀、黄、弱，长势不旺，到了结棒期，大多不长棒子，长棒子的也没几粒籽。农户找到卖种子的人，卖种子的人却说是田间管理问题，不是种子的事，两下争得不可开交。这时，有人支招，让受害农户去找"农业政策通"陈良石。

陈良石一听说是假种子坑农的事，顿时义愤填膺，立马答应帮助大家。他拖着一条残腿，亲自到田间查看，发现所种玉米的特性与所购玉米品种应有特性严重不符，他带着包装袋和剩余的玉米种去了省城，经省农作物种子质量检测中心检验，认定为无实际收获价值的假种子。

从省城回来，他又到处搜集证据，等把事件的来龙去脉梳理好了，就想为买卖种子的双方进行调解，可卖种子的不认错，说自己是从别处进货分装的，自己也是受害者，拒绝赔偿。陈良石先是打出"释法牌"，告诉卖种子的，根据《中华人民共和国种子法》，并不是不知者无罪，只要做出了违法行为，造成了损失，就需要承担法律责任，并承诺说，如果他赔偿了农户的损失，可帮他去追究上线的责任，挽回部分损失。

可卖种子的人死活不认头，甚至写了匿名信，对陈良石进行威胁。

陈良石看着匿名信乐了："老子是从枪林弹雨中长大的，是吓大的啊？这不正好暴露了你理亏？"接着，他作为受害农户的代理人，把卖种子的人告上了法庭。

不久，法庭开庭判决，卖种子的人不仅包赔了经济损失，门市也被查封了，人还被判了刑。

通过对这一案件的代理，陈良石对种子在粮食生产中的重要性有了更全面、更深刻的认识，也对我国种业发展和良种的推广、应用、管理中存在的问题更加担忧，于是，他广泛搜集资料，写了一篇名为《种子安全是粮食安全的前提》的文章。文章开头首先引用了国际战略大师基辛格的名言——"谁控制了石油，就控制了所有国家；谁控制了粮食，就控制了人类"，接着写道："种子是农业的'芯片'，是整个农业产业链的源头，如果没有好种子，粮食危机就不远了。多年来国家实施'藏粮于地、藏粮于技'的策略，在'藏粮于技'上，种子的问题最关键，种子安全关系着一个国家的食物安全与战略安全，是万万不可掉以轻心的大事！"随后指出了有关种子安全的矛盾和问题，并提出了一系列改革改善的建议和意见。

这篇文章很快被一家叫《社会治理》的期刊发表了。

28

金谷不再去收废品了，来到稻香园酒家帮常青娥料理饭店，负责食材采购，闲着时就到厨房帮着厨师顺菜。

这样一来，青娥轻松多了，平时在前面迎接客人，安排房间，让客人点菜收款，说笑逗乐，应付得滴水不漏。酒店生意越来越好，但不管多忙，为了巩固减肥效果，每天晚上去跳广场舞也是雷打不动的事。

这年二月，林中霞向法院起诉离婚，陈金谷放不下心中的愤恨，不愿意离，想再熬她一阵，尤其想报复一下"万恶的黄世仁"。

陈良石知道了，劝他说："缘分尽了，混不到一起，离就离吧，好说好散，闹大了对小昊影响不好。"

青娥也劝他："人要学会放下，不但要学会放过别人，也要学会放过自己，一辈子很短，浪费在痛苦中不值得，要多向前看，过好当下和今后的日子。"

金谷通过长时间设身处地的思考，渐渐想开了。从恋爱开始算起，林中霞与自己一起走过了近二十年的时光，多少欢乐，多少体贴！对这个家，尤其是对于儿子的成长，她付出了多少心血！夫妻本是同林鸟，大难临头各自飞。这几年自己的光景，虽说不上什么大难，却也坎坷得够呛，她弃自己而去，既是造化弄人，也是因为自己无能。谁都有追求自己幸福的权利。一日夫妻百日恩，既然自己没有能力给她想要的生活，满足她奢侈和豪华的欲望，不如放手由她去吧。

在离婚之前，金谷跟儿子陈昊进行了一次长谈。

自从儿子升入高中后，他更加小心翼翼地呵护他。他怕影响了儿子的学习，一直把苦闷和纠结藏在心里，现在林中霞起诉了，瞒不下去了。

当金谷把事情说给儿子后，陈昊哭了。他满怀祈求地问："您去求求妈，和好不行吗？要不我们两个去求她，我下跪也行啊！"

金谷心里一痛，不想把妻子跟黄老板的事告诉儿子，只是摇摇头，叹口气说："你妈她……过不了穷日子了。"

沉默良久，陈昊幽幽地说："那就……随便你们吧，如果都痛苦，不幸福，分开也是一种选择。"

金谷没想到儿子能说出这么理智、这么善解人意的话来，竟一时不知道说什么好，情不自禁地上前抱抱他。

"那以后我们怎么对待妈妈呢？"陈昊眼含泪水问。

金谷想了想说："她是你妈，是给予你生命的人，对你有天恩，你想见就见，长大还要孝顺她。"可他又担心儿子被林中霞夺走，于是又加了一句，"可你要记住，什么时候都是陈家的人！"

他不能容忍儿子认"万恶的黄世仁"做继父，特意把"陈家"二字说得重一些。

聪明的陈昊心领神会:"爸,你放心!"

父子俩搂得更紧了。

金谷和林中霞离婚很简单,二人没有多少共同财产,再说林中霞背靠黄总这个大款,根本没有把那两间破房子和几件旧家具放在眼里,只是在儿子陈昊的监护权上争了一番,最后征求儿子的意见,陈昊表示要跟着爸爸,于是两个人达成协议,办理了离婚手续。

金谷离了婚,与青娥结婚是水到渠成的事。不久,他们结婚了,新房设在新买的楼房里。

新婚之夜,青娥把粉红色的窗帘拉上,房间里弥漫起一种地老天荒的静寂与安详。

她坐在床边,水水地看着金谷,过了很久,指指身上的红绸旗袍,温柔地说:"金谷,给我解开。"

金谷正痴痴地看着她。他看到她的身上有一道道祥瑞的光,脑袋后仿佛凭空生出了一个大光环。

他走过来,一粒一粒解开了她旗袍上的盘丝扣。

青娥一下抱住了金谷的腰,把脸贴在他的胸膛上摩擦着,然后仰起头看着他。

他们四目相对,心中翻涌着幸福的波澜,都觉得有了实实在在的依靠。

金谷把青娥的手拉过来,握在自己手里边,深情地说:"青娥姐,谢谢你嫁给我,我会对你好的。"

"到这时候了还叫姐?"

"不叫姐叫啥?"

"你傻了?叫老婆!"

"老婆!"

"哎。"青娥幸福地笑了,眼眶里滚动着泪花,又说,"人家二十多年前就想做你的老婆,可你看不上俺。"

"不是……"金谷无言以对,百感交集。

如果二十多年前娶了这个女人做老婆,现在会是什么样子呢?

青娥动情地说:"金谷,我们都不小了,一起相亲相爱过好下半辈子吧。"

"不!"金谷却说。

"咋?"青娥惊异地看着他。

"不单是下半辈子,来生来世你也要嫁给我!"金谷伸手捧着青娥的脸,一下揽到自己的胸口,紧紧地。

"一定!"

金娥听到了金谷如鼓的心跳,也听到了自己的心跳。

跳着跳着,就跳到一起了。

日子重又顺入了平凡。

可春天偏偏是个不安分的季节,突然一阵暖风吹来,就会弄皱一湖春水。

上午,金谷从市场上买菜回来,一进门就高兴地说:"青娥,跟你商量个事!"

青娥正看着电脑学跳广场舞,抬头看他一眼:"啥事?"

金谷上前拉她一把,正儿八经地说:"正事儿。咱把隔壁出租的门市收回来吧。"

"收回来干啥?"

"刚才我看到粮食局周局长了,他说县里要搞'放心粮油'经营网络,想建一批'放心粮油示范店',局里负责给装修门面,还有补贴,问我愿不愿意干。"

"你咋说的?"

金谷笑笑说:"当然要回来跟你商量商量。"

"你想干?"青娥看着他振奋的样子,知道了他的心思,又说,"你不是发誓这辈子再也不跟粮油打交道了吗?"

金谷脸红了,挠挠头说:"以前真发过恨,在粮食部门风风雨雨这么多年,摔倒了爬起来,爬起来又摔下,连泥带水的,丢人现眼的,可想来还是有感情的,割舍不了呢! 咱不能因为噎着了就不吃饭了吧? 凭我的直觉,这是一个好机会,应该珍惜。"他用力挺了挺胸脯,长吸一口气,感觉意气风发的那个自己又一寸一寸地回来了。

青娥看着他充满自信的脸,逗他说:"你原来叫新粮食,现在重操旧业,岂不成了新新粮食? 只要你愿干,我支持你!"

原来,自从粮价放开后,粮食实行多渠道经营,市场竞争激烈,加之管理缺位,食品安全问题日益严重起来,地沟油、硫黄馒头、胶面条等事件层出不穷。 在这种情况下,政府决定推出放心粮油店,以保障老百姓的餐桌安全。

青娥的话,仿佛有一种莫名其妙的力量,注入了金谷的身体,他的腰身挺得更直了。

"艰难的日子都挺过去了,今后要活出点志气来!"金谷对自己说。

人生就是一个组合谜语,能全部猜中的人很少,但每个人都必须用心去猜,用自己的能力和运气,把谜底一步一步地慢慢地揭开。

经过跟承租人协商,他们收回了粮油门市,并紧锣密鼓地对店面进行了装修。

整修完门市,金谷又让工程队对自己的宿舍进行了维修。

陈昊大了,对青娥这个继母非常尊重,却不热情,他不想跟他们住在一起。 金谷就由着他。

另外,金谷想把爷爷接过来。 爷爷年纪越来越大,一个人在闻韶镇生活，实在不放心。叔叔陈满仓几次接他去省城，可他住不惯，待不了几天就要回来。他想把爷爷接过来，一来方便伺候他，二来让他晚上跟儿子做个伴。

陈良石不愿来，金谷就说："我搞这放心粮油店没经验，您过的桥比我走的路都多，吃的盐比我吃的米都多，去给我掌掌舵吧，可别再失败了。"

陈良石听出了金谷的话里充满了恭维，明白孙子的良苦用心，想了想，就同意了。

"五一节"这天，在一阵爆响的鞭炮声中，"金谷放心粮油店"开业了，绿底红字的招牌分外醒目，门口的墙上还挂上了一块"清阳县金谷粮油供应公司"的牌子。

县财委的一位领导和粮食局的周局长来给揭了牌，剪了彩。

粮店重新找回了往昔的热闹，顾客有来有往，涓涓不断。陈金谷找来几个原供应公司的下岗职工当营业员，大家都很珍惜这份工作，对顾客服务热情周到。

因为业务需要，放心粮油店添置了货物配送车辆，金谷和青娥去学了驾照，出远门时，两人轮替开车，方便了很多。

金谷联系了一些知名粮油品牌公司，为他们做地区总代理，又在乡镇发展了加盟店，又购又销，生意兴隆。这样的好形势彻底驱逐了他内心深处的种种积怨，让他重新变得朝气勃勃、激情满怀，就连迈出的步子都格外大，格外带劲。

随着业务量蒸蒸日上，周转仓库不足成了制约企业发展的"瓶颈"，第二年春天，陈金谷便筹集资金把相邻的几间门市和仓库买了过来，连同原来的稻香园酒店重新进行了规划和改扩建，沿街建起了二层楼房，后面建了饭店和储粮仓库，办公室设在二楼，爷爷腿脚不便，他特意为他在院子里新盖了两间办公室，装上电视和电话，摆上沙发、桌椅，还有两个大书橱，把老家爷爷的书籍资料都搬了来，让他在这里看书看报搞研究，接待种地农民、下岗职工前来咨询政策建议。

这里渐渐地成了一个小俱乐部。陈良石的一些老战友、老同事经常来找他聊天，赶上饭时，陈良石就留他们到隔壁稻香园酒家吃饭喝酒，忆往事，谈现在，开心地说笑。

这天，文省三来了，长时间不见，两人分外亲热。

他已经九十多岁了，头顶上的头发全白了，眉毛和胡子也白了，不过身体还硬朗，有点仙风道骨的味道。

这得益于他持之以恒的太极功夫锻炼。对书法也是每日必习，一直在县老年大学担任书法教师。

文省三为他带来一副装裱好的挂轴，上面写着七个大字："位卑未敢忘忧国。"

陈良石非常喜欢，立马张罗着让金谷给挂在墙上。

他又让金谷把乔江龙接来了。

去年春天，乔江龙老两口跟着做服装生意的女儿秀菊来县城居住了。

乔江龙的头发差不多也全白了，脸上还生出了几块老年斑，衰老让他脸上的沟壑更密更深了，不过声音仍旧洪亮。

三个人或主动或被家人逼着都戒了烟。坐下来闲聊，时而聊过去，时而聊现在，时而聊将来，从家庭琐事聊到国计民生。别看他们都一副任何事都看得开的样子，其实骨子里也是忧国忧民。因为阅历深，忧得也深。

乔江龙喝着茶，讲起了前几天他亲历的一件事。

他的家在县城西边的一个新开发的小区，小区周围的村子都拆迁了，却还没有大规模建设。这天，天气暖和，他骑了脚蹬三轮车到小区外闲玩，发现麦田边一伙人正围着一台收割机争论着什么。他想，刚小满呢，麦子还没熟，怎么就要收割？于是上前看个究竟。只见一位六十多岁的老农坐在收割机前，大声地说："地是地，麦子是麦子，要割，就在我身上压过去！"

一个老板模样的人一手掐腰，一手指点着他，愤愤地说："你耍赖啊，这片地我们从前年就征了，你还种，这是公开侵犯我们公司的利益呢！"说完回头对一个干部模样的人抱怨说，"刘主任，我们可是咱开发区招商引资引来的，你们这样的投资环境让我们怎么追加投资？"

刘主任分明也在气头上，上前扯了老农一把说："快闪开！这麦子是谁让你种的？"

老农一动不动，拿眼白他一下说："这片地闲那么长时间了没人管，我种点庄稼还不行？"

刘主任质问道："土地补偿款早给你了，地不是你的了，你咋还来种？"

老农挑不到理了，只是重复着先前那句话："地是地，麦子是麦子。"

刘主任见他油盐不进，不耐烦地说："无理狡辩嘛！来人，把他拖开，割！"

接着，收割机一声轰鸣打着了火，几个穿保安服的人上前要去拖那老农。这时几个村民围过来，护住老农。双方开始拉拉扯扯。

乔江龙一看，急忙上前说："停，大家有话好好说嘛。"

大家齐刷刷地看着他。

老板模样的人看他一眼，问："你是谁？"

有人认得他，就说："他是离休干部老荣军、老粮所所长乔江龙。"

刘主任仔细一看也认出了他。去年重阳节，他亲自上门慰问过他。

刘主任脸上的表情缓和了些，上前说："乔大爷您怎么到这儿来了？"

乔江龙说："我在转着玩儿，路过这儿。"

老板模样的人走过来说："那您评评理，这事谁对谁错？"

乔江龙看看他，心平气和地说："刚才我听明白了，这地你们公司买了，一直闲着，这位兄弟没经过你们同意种上了麦子，按说是他的不对，可你们征而不用也是一种浪费不是？"

"哪里是征而不用？你没看到那边我们在盖办公楼吗？"老板模样的人指指远处正在施工的一处建筑说。

"多征少用也不对啊！按照国家法律规定，一年内不用而又可以耕种并收获的，由原耕种该耕地的集体或者个人恢复耕种，一年以上未动工建设的，要缴纳闲置费，连续二年未使用的，政府有权无偿收回。你们征地这么长时间了，才搞了这么点建设，明显是多征少用嘛。"乔江龙引经据典地说。

"不管咋说，这块地我们交钱买了，怎么用由我们说了算！"老板模样的人没想到遇到了个行家，一时愣在那儿，半晌才外强中干地说。

乔江龙还想据理力争。

刘主任怕引起更大的争执，纠纷处理起来难度更大，一下跨到他的前面，同老板模样的人说："老百姓中懂法的人也不少呢，你们的建设速度的确慢了一点。你看，这麦子再过半月十天就成熟了，现在割了也实在可惜，老百姓种地不容易，你看这样行不行，再宽限他半个月，等收了这季麦子不再种了行不行？"

老板模样的人无奈地看刘主任一眼，无计可施，借坡下驴说："好吧，就再宽限半个月，麦子收了不能再种了！"说完，领一伙保安走了。

收割机也调个头开走了。

坐在地上的老农站起来，握着乔江龙的手直说谢谢。

听了乔江龙的讲述，陈良石伸出大拇指说："老乔，你行啊，《土地法》学得不赖啊，要不是你依法力争，那几亩地的麦子就瞎了！"

乔江龙乐呵呵地说："光兴你学不兴我学啊？不瞒你说，这《土地法》和相关条例我学过多少遍了。还有每年的中央1号文件，我都积存多少年了。"

"地是地，麦子是麦子。"文省三一直念叨着那位老农的话，总觉得这里面有些说不明白的智慧，不由得笑了。

乔江龙又喝口茶说："你们说，我们是不是在多管闲事？"

"这咋叫管闲事？天下兴亡，匹夫有责嘛！"文省三说。

"我们还是有几十年党龄的老党员呢，见了不管不问是没尽到党员义务！"陈良石认真地说。

乔江龙听了，分明受到了鼓动，又说："这县城周围怎么这么多闲置土地？好好的庄稼地长满了杂草，有的甚至成了垃圾场，少打多少粮食啊！"

陈良石颇有同感，说："可不是？有些企业老板钻政府急于招商的空子，虚报项目，多征少用，甚至征而不用，以图囤地增值，造成了土地大量浪费，真让人心疼啊！"

文省三点点头，说："这土地政策越往上抓得越紧，中央每年都要下文件，安排检查，可总有的地方搞下有对策，屡查屡犯，为啥？因为'土地财政'呗，不少地方工商业发展落后，税源少，财政收入入不敷出，有的不卖地连行政事业人员的工资都发不出来，只好在卖地上做文章。不管是'种'工厂还是'种'房子，都比种庄稼来钱来得快。"

陈良石忧心地说："可'种'工厂'种'房子长不出粮食啊，遇到灾荒贱年怎么办？"

乔江龙摇摇头，又说："还有呢，你看围县城的村子，很多耕地里都种上了桃树，春天花开了，红彤彤的一片，倒是真好看，可人们种这些树不是为了长桃，树一丛一丛，密不透风，长了桃也没人管理，没人摘，全落在地里烂掉。人们只是为了征地时多要些补偿金，几年不种庄稼，对国家来说，也是个大的损失！"

文省三想了想，建议说："老陈，你是笔杆子，写篇文章把这些情况向上级反映反映吧，你要怕一个人承担责任，就以咱三个老粮食的名义，你写好了我们俩签字！"

乔江龙赞同地说："我同意。"

陈良石说："我怕啥？再说，向上级如实反映情况有啥好怕的？我写！"

中午，三个人来到稻香园喝酒。

金谷把他们送到酒店，把一瓶好酒放在桌子上，有事出去了。陈良石拿过酒瓶把酒斟到三个杯子里。近些年，人们喝酒都不用小酒盅了，开始用大杯，一杯盛二三两。他们都上年纪了，喝不动了，三人就约法三章，每人只倒小半杯，互不劝酒。

人老了，牙口也差，青娥就让厨师做了水滑虾仁、炒鸡蛋、烧豆腐，把鸡炖得稀烂，入口即化。

陈良石喝了点酒，心里突然生出感慨，说："这人一辈子啊，就像演戏，可各人有各人的剧本，没有相同的，扮演的角色也总在不停地变换，不知道最后是什么结局。"

乔江龙点点头："说的是，年轻时气盛，总想争着当主角，后来想开了，当配角有啥不好？不管啥角儿，演好了都能出彩儿。"说着，跟陈良石碰了一下杯。

多少年过去了，都把人生看透了，相互间，心里的那些刺慢慢地融化到理解、谅解和旧情之中了。

文省三看着他俩，感慨万千，说："这人啊，年轻的时候，总是喜欢争，可有些想要的事怎么争也争不到；年纪大了，开始喜欢让，有些事反而在让中意外得到了。"

陈良石和乔江龙都点头称是。

三个人边喝边聊，和风细雨。

然而，三位心态淡然的老人饭后却跟四个年轻人大声吵了起来。

他们吃饱了饭，出门的时候，见四个年轻人点了一桌子菜，没吃多少，结了账要走，陈良石忍不住说："以后少点点儿，剩这么多多浪费！要不打包带走吧。"

一个喝红了脸的年轻人看他一眼，说："又不花你的钱，你管得着吗？"

文省三一听，觉得刺耳，上前说："吃了不疼瞎了疼。不管花谁的钱，总不能太浪费。"

不想，另一个脸上长满粉刺疙瘩的年轻人上前说："我花自己的钱，愿浪费就浪费！"

"多管闲事，我们这是刺激消费呢！"一个脖子和胳膊上纹着龙的年轻人也来帮腔，说完还把手中的一瓶酒拧开了，"咚咚咚"倒进了一个垃圾桶。

面对挑衅，陈良石火气一下子冲上来，高声训斥道："浪费就是犯罪！你知道这粮食是咋来的？这肉蛋奶是咋来的？这酒是咋来的？有几个臭钱有啥了不起？有钱吃你的钱去，别到这里来穷显摆！"

青娥正在房间里收拾盘子，听到吵嚷声，急忙走过来，怕三位老人气坏了，劝慰道："他们不懂事，您别生气，要气出个好歹来不值了。"

饭店里吃饭的人都围过来，纷纷指责那几个年轻人不懂珍惜物力。

有人指着四个年轻人说："你们还敢惹他们，他们可都是老荣军老离休干部，抡你两拐杖你们也不敢还手，快走吧！"

几个年轻人见势不妙，灰溜溜地走了。

陈良石指着他们的背影说："真该关个十天半月的，让他们尝尝挨饿的滋味！"

下午，陈良石让金谷买来几张红纸，裁成一条一条的，文省三用毛笔写起珍惜粮食的宣传标语来。

谁知盘中餐，粒粒皆辛苦；

粮安天下；

粒米虽小犹不易，莫把辛苦当儿戏；

珍惜粮食，反对浪费；

节约光荣，浪费可耻；

倒下的是剩饭，流走的是血汗；

倡导"光盘"行动，减少铺张浪费；

请吃不了"兜"着走；

一粥一饭当思来之不易，半丝半缕恒念物力维艰；

节约粮食，人人有责；

……

写完之后，陈良石让金谷和青娥贴在了稻香园的各个房间里。

一位厨师走过来说："客人点的饭菜越多，我们赚的钱也越多啊，咋还劝人家节约？"

陈良石说："古人说，虽有数斗玉，不如一盘粟，粮食是命呢，还能要钱不要命？"

那厨师又说："请客人吃饭，吃得盘子见了底没面子哩，再说，全县饭店那么多，光咱节约这点管啥事？"

青娥理解爷爷的用意，说："不管别人，咱先做好了再说。"

厨师的一句话，提醒了陈良石。几天后，他联合文省三、乔江龙等几个老粮食人给县委、县政府写了一封信，建议关注粮食浪费问题。县委、县政府很快指示市场管理和粮食部门，在餐饮业推广"光盘行动"，厉行节约渐成风气。

为了让孩子们从小养成节约粮食的意识和习惯，不少中小学校聘请陈良石担任校外辅导员。这下陈良石更忙了，开始频繁地跑学校，给孩子们讲粮食生产的辛苦，讲朝鲜战场上战友们饿得没法含着石头打仗的故事，讲粮票和粮本的故事，讲小岗村十八个红手印的故事，讲国家粮食安全……有时也陪孩子们一起吃饭，把碗里的饭吃得一粒不剩，孩子们见状，也把碗里的饭吃得一粒不剩。

29

金谷不再让爷爷自己到乡下去搞调研，如果非要去，他就开车陪他，一时走不开，就由青娥拉他去。

陈良石渐渐习惯了县城的生活，可近段时间，他一直往村里跑，因为他在研究"空心村"和土地撂荒问题。

这天，陈良石见公司里业务不忙，就让金谷拉他去乡下村里转转，顺便去一趟北张村。他要去看看杜志儒，几年没见，想他了。临走，他想起了当年跟杜志儒下棋的情景，就把象棋捎上了。

金谷从店里拿了些牛奶和糕点放在车上，出发了。

春光明媚，天气和暖，村里的槐花开了，到处弥漫着好闻的香气。前些年，这个季节，这样的好天气，街上一定会有很多人坐在暖阳里拉呱，可现在很少看到这样的情景了，村里冷冷清清，除了老人和病残，基本看不到其他人。

陈良石下车问："人呢？"

老人们说："都出去了。"

金谷问："都去哪儿了？"

老人们说："不是去上学，就是去打工了。"

一位花白胡子的老人进一步介绍说，自从小学撤销后，孩子们不论上小学还是上中学，都统统去了镇上，有些直接去了县城，一两个星期才回家一趟，而能够外出的劳动力统统外出打工了。他说着，满脸是困惑和苦涩。

金谷问："那谁来种地？"

花白胡子老人说："糊弄着种呗，好在现在都是机耕机种机收了，耽误不了多少工夫。也有的干脆不种了，让地荒着，一年种地的收入比不过打几天工的收入。"说着，掰着指头算起了种粮收支账，"我们村一人一亩二分地，按麦秋两季各收一千斤计算，除去耕地、种子、化肥、农药、浇水、收割，不说自己出工，能落一季就不错了，收入也就一千来元，还不够在城里打五天工呢。"

陈良石点点头，说："怪不得村村都这么冷清。"

另一位面呈病态的老人说："就是呀，你看这村里的路越修越平整，国家还为每家安上了有线电视，通上了自来水、天然气，但还是留不住年轻人在村里种田，他们心气都高了，想出去挣大钱呢！"

花白胡子老人指了指几座破院子："这些人家都搬到城里去住楼了，房子塌了也不管，主人家也没心思去修补它，只想占着这个宅基地。"

人们跟着他的手，环视一圈，村里确实有不少房子因为很久没有修缮显得十分寒碜，有的屋顶已塌陷下去，墙也歪歪斜斜的，院子里的荒草有的已高出墙头。

又一位老人指了指一些新房子，说："别看这些院子建得很好，其实没人住呢，他们宁愿在城里几十个人挤在工棚里，也不愿回家来种地享宽敞。"

花白胡子老人叹口气说："这样下去村子还能长久？"

"是啊，没有了烟火的村子还能叫村子？"陈良石喃喃地说。

他们一连串了几个村，村村如此。

十点多，他们来到了杜志儒家。让陈良石想不到的是，杜志儒不认人了，坐在门口的一把圈椅上，呆滞地看着前方。

杜志儒的儿子把他们迎进屋里，说："父亲去年得了老年痴呆症，现在连我都认不出来了，有时叫我石头砖头，有时叫我狗子猫子。"

陈良石不甘心，来到杜志儒面前，大声地喊："老杜，看看我是谁！"

杜志儒扭了扭皱皱巴巴、露着干筋的细脖子，嘴唇动了动，含混地说："不知道。"

陈良石又说："你再看看，我是陈良石啊！"

杜志儒耷下眼皮，看也不看了。

陈良石又拿出象棋，亮在他的眼前："来，我们再下盘棋，看你还能赢我不！"

杜志儒不但没反应，反而歪了头，像要睡着的样子，嘴里流下了哈喇子。

陈良石失望地摇摇头："没带他到大医院看看？"

杜志儒儿子说："看过了，都说没啥好法。这不，我在家照顾他两年了，也没法出去打工。"

陈良石问："这几年，国家为农业出台了那么多好政策，咋还留不住人呢？"

杜志儒儿子说："谁要说国家对我们农民的政策不好，那是没良心，只是跟其他行业比较起来，种粮食的收入还是比较低，靠种地赶吃赶穿还行，可家里一旦遇点大事就不行了。年轻人到城里打工，时间长了就不愿回来了，在城里娶媳妇必须有房有车，农村人谁有那么多积蓄？只好贷款，贷了款小两口还不上，父母帮着还，可种地收入低，父母也只好外出打工。"

陈良石同情地说："是啊，什么时候种地农民能过上宽松日子啊！"

谈着谈着，天快晌午了，陈良石本来打算中午跟杜志儒喝两盅，没想到他这个样子，便没有了心情，谢绝他儿子的挽留，回了县城。

经常陪爷爷下乡，金谷也渐渐迷上了农村调研，他从深入调研分析中尝到了甜头，对粮食市场走向看得更准了，制定的经营办法更有针对性，业务活动开展得更顺当了。

接下来，爷俩又一起对县城近郊村庄盲目拆迁，企业滥占土地、圈而不用等现象进行了深入调查，经过反复探讨，合作撰写了一篇题为《谁来种地与怎样种地的思考》的调查报告，发给了《中国农业经济》，不久被刊发了。

陈良石欢喜地说："那年咱爷俩同时发表了文章，名字同时变成了铅字，这次爷俩联名发表了文章！"

爷爷的这句话，勾起了金谷对过去美好日子的怀恋，勾起了他的文学梦。

正巧，这时陈昊的散文《温暖的滋味》在《山东文学》发表了，情节记述的是中考前那天晚上，父亲为自己带回的那顿丰盛的晚餐。字里行间，充满了感恩的温情。

金谷读着读着，先是脸上发烧，继而流下了热泪。他突然想，自己何不重新拾起笔来写点文学的东西呢？也许那诱人的作家梦会跟儿子联手实现呢！如苏洵与苏轼，晏殊与晏几道，还有大仲马和小仲马。

文学梦就好比冬眠的甲壳虫，当生活之重压盖在身上时，它就像死掉一样。但重压一旦解除，它又会复活，睁开眼四处瞧瞧，抖抖触角，伸伸腿脚，朝着有光亮的地方爬去。

金谷业余时间开始写东西，从脑海里打捞着一些沉到时光深处的记忆。那些快乐的、温暖的、幸福的、失落的、心酸的、悲伤的碎片，像一颗颗被遗忘的珍珠，稍加擦拭，便焕发出七彩光芒。虽搁笔多少年了，乍一写有些手生，可毕竟有些底子，几篇散文还是被几家报纸的副刊刊用了。

这年腊月初，酒店白案的面点工张嫂的儿媳妇到了预产期，提出辞职，酒店需要重新招聘一名面点工。金谷写了一张招聘启事贴在墙上，没想到当天下午就有人上门应聘了。

来人三十六七岁的样子，身材娇小，穿一身得体的长款羽绒服，一张瓜子脸，显得文气而温顺。黑发中夹杂了根根白发，平平地梳向脑后，绾成一个结，显得干净利索。

金谷问她："你叫什么名字？哪里人？"

来人说："俺叫张红豆，太平店镇的。"

青娥问："你都会做什么面点呢？以前在饭店里做过吗？"

张红豆说："俺从十六岁就在镇上一家饭店里做面食，包子、面条、点心、锅饼、焖饼都会做，只是今年俺闺女来城里上初中，俺租了房子来陪读，才辞了那里的活儿。"

金谷问："你来干活，不耽误了照顾你闺女？"

张红豆说："她平时只在家里吃一顿早饭，中午和晚上都在学校里吃。她胆子小，不敢独自睡，俺主要是晚上陪她睡觉。平时闲得心烦，就想找点活干。你们放心，俺保证给你们干好，你们要不放心，可试用一段时间，觉得不行，不用给工钱，你们再另外找人。"

听她这自信的口气，青娥跟金谷一商量，说："好，你留下来吧，以后干活可要勤快啊。"

"行。"张红豆高兴地答应着。

张红豆对于面食制作果真样样在行，烙的脂油饼，旋纹相套，外观焦黄明亮，层薄如纸，外酥内软，浓香扑鼻，很受顾客欢迎。最拿手的是灌汤包，形似菊花，皮薄馅多，口感柔软，鲜香不腻，为酒店引来了很多的回头客。

青娥和金谷对她非常满意，月底，给了她比原来张嫂多一倍的工资。

张红豆接过青娥递过来的工资，却不肯走，欲言又止的样子。金谷在一旁疑惑地问："嫌少？"

"不，不。"张红豆连忙摇摇头。良久，仿佛下了很大的决心，问，"你叫陈金谷，你是不是有个姐姐叫陈小米？"

"是啊。咋了？"金谷纳闷地问。

"你……爸爸是不是叫陈……满囤？"张红豆吞吞吐吐地问，问完，双眼紧盯着金谷。

"是啊。你是？"金谷一脸诧异。

"哥哥，我是红豆啊！"张红豆声泪俱下。

"红豆？你本来不就叫张红豆吗？"青娥好奇地问。

"我原来叫陈红豆……"张红豆抹把泪说。

"你……你是红豆妹妹？"金谷不敢相信地问。

"哥，是我呀！"张红豆点点头。

"你们是咋回事呀？"青娥一脸不解。

张红豆坐下来，说起了自己的身世。

张红豆正是陈满囤跟高爱玲的女儿。陈满囤被枪毙后，高爱玲带着红豆改嫁到了太平店镇，丈夫是一个叫张八方的三十多岁的老光棍，陈红豆改名叫张红豆。张八方不但人懒，还酗酒，家里穷得叮当响，全靠高爱玲一个人种地维持生活。第二年，高爱玲生下一个"酒精儿"，三岁多了才学会走路和说话。他学会的第一句话不是喊"爸爸妈妈"，而是张八方挂在嘴边的那句"打酒去"。这可把高爱玲愁坏了，三十多岁头发就白了一多半。日子窘迫，张红豆小学没毕业就辍学了。高爱玲的母亲出主意，让她把张红豆送回闻韶镇，让爷爷奶奶抚养，可高爱玲舍不得，知道家里已养了满仓、小米和金谷三个孩子，负担已经很重了，就没有送。张红豆辍学后，帮着高爱玲洗衣、做饭、种地，辛苦度日。继父因酗酒成性，没活到五十岁就得肝癌死了，高爱玲又守了寡。张红豆十六岁那年，一个亲戚介绍她去了太平店镇的一家饭店干活，起初负责打扫卫生，端菜，后来学做面点。二十岁那年，跟在饭店做厨师的一个小伙子结了婚。弟弟虽然傻，但男性荷尔蒙却分泌旺盛，随着年龄渐长，竟跟高爱玲要媳妇。在大街上见到女人就撵，撵上就抱，经常被人打得鼻青脸肿，高爱玲不得不把他锁在家里。一年春天，傻弟弟砸断了窗棂跑了出来，不知云到哪里去了，高爱玲疯了一样到处找，却始终没有找到。后来，她真疯了，夏天穿棉袄，冬天光脚丫，一日三餐不知时辰，不管刮风下雨，不管酷暑严冬，只要想起儿子，就出去找，拦也拦不住。一年冬天，不幸掉入徒骇河的冰窟窿里淹死了。

陈金谷跟高爱玲共同生活过很短的时间，那时小，刚刚记事，印象并不深。一直以来，他对高爱玲可谓又爱又恨。在人们的言谈话语中，他知道了自己是陈满囤和高爱玲从外面拣回的孩子，要不是他们，自己也许早就饿死了，所以心怀感激。又听说是高爱玲逼着爸爸害死了妈妈，爸爸又被枪毙了，让自己和姐姐成了孤儿，心中就充满了愤恨。听了妹妹红豆的哭诉，心里先是一惊，继而爱和恨都没有了，只剩下深深的怜悯。

"太可怜了！"青娥一边用手绢擦着泪，一边唏嘘着。

沉默许久，金谷问："你现在日子过得咋样？"

红豆脸色转晴，说："还不错，现在俺男人在省城的一个大企业食堂做厨师，收入挺高的。还有一个儿子，十七了，初中毕业后没有考上高中，现在省城的一个技校学火车驾驶，毕业后就能跟铁路上签约。再就是这个闺女，今年刚考入县创新中学，学习很用功，成绩也挺好的。"

金谷由衷地说："这就好。"

青娥拉着红豆的手，欢喜地说："这下没有外人了，咱们一起把酒店经营好，赚了钱大家既有炮仗也有烟花！"

红豆欢快地说："俺一定好好干。不过，亲姊妹明算账，俺给你们打工，你们给俺工钱，如果俺干得不好，你们随时可以炒俺的鱿鱼。"

青娥俏皮地说："炒鱿鱼？那是厨师的事，我和金谷都不会。"

红豆和金谷一听，都笑了。

金谷想了想，对红豆说："走，我领你见爷爷去！"

他们来到隔壁陈良石的办公室，陈良石正在和一位老人下棋，抬头见他们进来，连忙招呼红豆："小张，来，快坐！"

红豆看着他，深情地叫一声："爷爷！"其实，她早就知道陈良石是自己的爷爷了，只是没有贸然相认。

陈良石仔细端详着红豆，看出她的眉眼酷似儿子陈满囤。他欣喜地说："你是孙女红豆？"

红豆用颤抖的声音说："爷爷，我是您的孙女啊！"

30

岁月不居，时节如流。陈良石八十岁了。

生日这天，全家人聚在稻香园为他做寿。本来，儿子满仓想把寿宴安排在省城的星级大酒店，可陈良石说什么也不同意，满仓只好带了妻子和儿子赶回清阳。

小米也从广州飞了回来。

陈家儿女和孙儿女们齐聚，有说有笑，其乐融融。

陈良石身穿红色唐装，幸福地坐在宴席上首，眯着眼看着一家人，心里就像喝了蜜。他在这个世界上已经活了八十年，这起起伏伏的八十年，让他目睹了社会的沧桑变迁，尝尽了人生的酸甜苦辣。他看着围了满满一大桌子的子孙，虽然没有一个跟自己是骨血之亲，但每个人都是他的心尖子，都跟他扯着筋连着肉。

此刻，他感到恬静、幸福，眼睛湿润了，泛出点点泪光。

蛋糕上插了八根蜡烛，小米一一点上。在大家"祝你生日快乐"的歌声中，陈良石闭上眼睛，默默地许下一个愿望，一口气把蜡烛吹灭了。

人们开始敬酒，说说笑笑，非常热闹。

席间，陈良石问小米在广州过得咋样，小米说自己已升任公司负责生产的副总，收入蛮高的，让大家放心。

大家都劝小米跟方建离婚，把自己解脱出来。

小米说："我也这么想，但不能就这么便宜了他！"

其实，她在广州有了自己的意中人，不想跟方建再缠下去，这次回来就是打算离婚的。

对于离婚，方建求之不得，但一听说陈小米要分割自己的一半家产，马上急了："来割肉呢，你为这个公司出过多少力？不种树就来摘桃子？"

陈小米强硬地说："不行我们就让法院判决吧。"

"法院就法院，老子去哪儿都不会输！"方建说话的姿态很张扬，有一种可以摆平世间一切的超然自信。

"那咱就法庭上见！"陈小米一点都不示弱。

方建有常年做法律顾问的律师。律师说："从法律上说，这建筑公司的资产属于夫妻关系存续期间的共同财产，离婚确实要分她一部分，何况你还是有过错的一方。"

方建不甘心，又去找在法院当副院长的同学。副院长说："真要起诉到法院来，法官也不敢闭着眼瞎判，即使判了，人家不服也会上诉，我看还是让人从中调解一下好。"

没有办法，方建只好找原来民天楼的经理来调解，最后达成了协议，方建分给陈小米一千万元。

对于方建来说，一千万元不是什么大数目，他痛快地答应了。

陈小米没有把这些钱带回广州，她见爷爷还住在平房里，就花一百多万给买了一套精装修的电梯楼房，剩余的以儿子方远的名字存在了清阳的一家银行。

31

小满天逐热，温风沐麦圆。

空气里开始弥漫起麦香，每到这个季节，陈良石的心里总有一股掩盖不住的欢欣和抑制不住的对成熟的渴望。

这天上午，他见金谷清闲，让他开车拉自己去了闻韶镇。他不是要回家，而是要去郭家村。他听说郭家村的农民专业合作社搞得很成功，想去看看现在的合作社与二十世纪五十年代的合作社有什么不同，后期会不会走上"一大二公"和"一平二调"的老路。

接待他们的是村支部书记郭永康，他同时也是福田农业合作社总经理。郭书记四十来岁，中等身材，面色红润，非常热情，也非常健谈，详细地为他们介绍了合作社的发展过程和运营情况。

郭书记介绍说，他们村走的是"龙头企业+合作社+农户"的路子，村里首先成立了福田公司，然后由农户自愿以土地承包权入股，成为股东，联合为互助的经济组织。资源变资产，资金变股金，农民变股东，有事召开股东会集体商量，这样，不但提高了每个农户参与市场竞争的能力，也强化了合作社的组织管理能力。当然，也有的农户怕担风险，不愿入股，就直接把土地承包权流转给合作社，每年坐享每亩地1000斤小麦的收入，有能力的还可以到合作社打工，工钱另算。合作社把集中到的1200亩地，一半建了蔬菜大棚发展蔬菜生产，一半种了小麦、玉米、谷子等粮食作物。因为实行规模种植，在很大程度上降低了生产成本，提升了农产品品质，实现了多方利益主体的"共赢格局"。

陈良石戴着老花镜，低头在一个笔记本上认真地记着，抬起头来问："现在这农民合作社与二十世纪五十年代的合作社有啥不同？"

郭书记分析说："当然不同，当年的合作社我虽然没有经历过，但我研究过，那时的合作社是计划经济时代政府领办的，由上而下，农户是被动参与的；而现在的农民专业合作社是在家庭承包责任制基础上出现的农村合作组织，是自下而上的，农户愿入就入，不入就拉倒，不强求。以前的合作社只是种粮食，而现在的合作社将农业生产、加工、销售整合为一体，实现了农业产业链的优化，农户的收益比分散种植高多了，村里劳动力就业也有了更多的选择，人均收入提高了很多。"

陈良石越听越亢奋，连连说："这种农业组织形式好，实现了小规模农户和现代农业发展的有机衔接，这就叫'互利共生'啊！"

金谷也倍感兴趣，问了一些农业合作社如何注册、如何管理、土地如何流转等具体问题，郭书记一一做了解答，并把一些现有的书面材料送给了他。

郭书记又领他俩来到合作社的大田里转一圈，指着一片齐崭崭的已经发黄的小麦说："这是优质面包专用小麦，已跟省城一家大食品加工厂签订了收购订单。"又指指一片白花花的蔬菜大棚说，"这些大棚里种了黄瓜、五彩椒和牛肚菌等，既有大路菜，又有高档菜，既供应当地批发市场，也通过网上销售，有的还销到了国外。"

陈良石竖起大拇指，连说几个好。

回来的路上，陈良石感奋地说："郭家村的路子不错，应该好好总结推广。"

金谷从反光镜里看爷爷一眼，似有所悟地说："爷爷，我们公司也找个村，合作办个农业合作社好不好？"

陈良石眼睛一亮，兴奋地："好啊，回去我们仔细合计合计！"

等陈金谷紧锣密鼓地把兴办"金谷农业合作社"的手续全部办完的时候，已经是秋天了。

清风徐来，凉爽宜人，攀爬在树枝或庄稼棵上的牵牛花，正用一只只彩色的小喇叭欢乐地吹奏着丰收曲。

青娥开车拉了陈良石和金谷来到太平店镇乡下，站在徒骇河大堤上，望着堤外的一片土地。地里的玉米已经成熟，叶子开始泛黄，在清风的吹拂下，发出沙沙的响声。

"这块就是我们流转的土地。"金谷朝前面的玉米地一指，神神气气地说。

陈良石看看前方，又朝四下看看，兴奋地说："巧了，当年我们治理徒骇河时，指挥部就建在这里呢！"

"是吗？"金谷兴致勃勃地说，"公司已经跟农户签了合同，等收了玉米，我们的农业合作社就可进驻，西面建蔬菜大棚，东面跟省农业厅科研所合作培育种子。"

陈良石双手扶了拐杖，目视着前方。一垄垄玉米就像一排排整齐的士兵，接受一位老将军的检阅。他回头对金谷说："好啊，这样一来，土地可以实现规模经营，大幅提高生产效率，有效解决'谁来种地''怎样种地'的问题，于国家、于农民、于企业都有利，认准了就干吧！"

"嗯！"金谷和青娥同时信心满满地答应道。

他们共同把目光投向天边，只见黄昏中的那片云朵，呈金黄色，像一副大鸟的翅膀，振翅欲飞，冥冥中带着某种启示和指引。

（完）